CLAUDIA KERN

HOMO SAPIENS 404

DIE AUSGESTOSSENEN

cross cult

DIE AUTORIN

Claudia Kern sah *Star Trek* mit vier, *Dawn of the Dead* mit zwölf und ihre erste Webseite mit zwanzig. Nach einigen Umwegen über die Heftromanserien *Maddrax* und *Professor Zamorra*, eine Fantasy-Trilogie und zwei historische Romane hat sie diese Erfahrungen nun endlich in *Homo Sapiens 404* verarbeitet.

Ihre Kolumnen und Kritiken erscheinen im Magazin *Geek!*, auf *www.robotsanddragons.de* und auf *claudia-kern.com*.

Die Taschenbuchlizenzausgabe HOMO SAPIENS 404 BAND 2: DIE AUSGESTOSSENEN beinhaltet die E-Book-Episoden 7–12 und wird herausgegeben von Amigo Grafik, Teinacher Straße 72, 71634 Ludwigsburg.

Herausgeber: Andreas Mergenthaler und Hardy Hellstern
Autorin: Claudia Kern
Redaktion: Markus Rohde; Lektorat: Susanne Picard und Gisela Schell
Satz: Rowan Rüster/Amigo Grafik
Cover: Martin Frei; Umschlaggestaltung: Andreas Mergenthaler; Logo/Backcover: Sebastian Lorenz
Gedruckt von CPI Moravia Books s.r.o., CZ-69123 Pohorelice.
Printed in the Czech Republic.

ISBN: 978-3-86425-783-4 (April 2015)

WWW.CROSS-CULT.DE

TEIL 1

ALLEIN IN DER DUNKELHEIT

»TFD – Total Fucking Destruction. So nennen diese Idioten im Netz ihren irrsinnigen Feldzug gegen die Jockeys. Aber über wessen totale Vernichtung reden wir hier? Bestimmt nicht die der Jockeys. Klar könnt ihr ein paar Schiffe mit diesem Tool, das ich am liebsten aus dem Online-Gedächtnis der Menschheit löschen würde, in die Luft jagen, aber was dann? Hat denn keiner von euch jemals *Risiko* gespielt? Was passiert, wenn ihr mit euren zehn Armeen Australien erobert, aber euer Gegner hundert in China stehen hat? Ich sage es euch: Er setzt nach und nach und nach, bis ihr nicht nur Australien verloren habt, sondern alles. Alles, was ihr noch habt. Jedes winzige bisschen. Ihr Vollidioten.«

– Nerdprediger Dan, *ASCII-Zeichen für die Ewigkeit*

1

»Du Vollidiot!«

Rin fuhr herum, als sich die Fahrstuhltüren öffneten und Kipling herausstolperte. Er trug ein weißes T-Shirt mit einem gezeichneten Pinguin auf der Brust, Boxershorts und war barfuß. Seine V-Specs hielt er in der Hand.

»Vollidiot!«, wiederholte Lanzo. Er trieb Kipling mit groben Stößen vor sich her. »Du warst das, richtig?«

Er zeigte auf die Bildschirmwand, die die gesamte Front der Brücke einnahm. Ein YouTube-Video hing dort, eingefroren und verschwommen. Es zeigte ein Raumschiff, das von Explosionen zerrissen wurde. Der Titel des Videos lautete: *Tasha's Tool in Action – Total Fucking Destruction!!!*

Kipling wich dem nächsten Stoß aus und brachte einige Meter zwischen sich und Lanzo. Sein Blick glitt kurz zu den Bildschirmen, dann senkte er den Kopf, so als schäme er sich für das, was er dort sah. Rin fiel auf, wie blass er war.

»Ja«, sagte er und hob abwehrend die Hände, als Lanzo nachsetzen wollte. »Ich war das.«

»Warum?«, fragte Rin, obwohl sie sich die Antwort bereits denken konnte.

»Ich …« Kipling fuhr sich mit der Hand durch das Gesicht, bemerkte die V-Specs, die zwischen seinen Fingern hingen und setzte sie auf. Seine Augen waren hinter den leicht getönten Gläsern schlecht zu erkennen. »Ich wollte nicht, dass jemand stirbt.«

Lanzo öffnete den Mund, aber Rin bat ihn mit einem kurzen

Kopfschütteln, sich nicht einzumischen. Zu ihrer Überraschung schloss er den Mund wieder.

»Tasha …« Kipling zögerte und suchte nach den richtigen Worten. »Tasha hat versucht, unsere Menschenrechte zu verteidigen, deshalb hat sie sich dem Aufstand auf NG27 angeschlossen. Das Tool …« Er zeigte auf die Bildschirme, ohne hinzusehen. »… sollte die Fortsetzung dieses Aufstandes sein. Ziviler Ungehorsam auf Knopfdruck. Ich wollte den Jockeys klarmachen, dass wir uns nicht alles gefallen lassen. Dass wir ihnen das Leben schwer machen können, wenn wir das wollen.«

»Das ist dir allerdings gelungen.«

Rin sah auf, als sie Aucklands Stimme hörte. Er ging bereits die Treppe hinunter, die von der Galerie, auf der sich seine Kabine befand, hinunter zur Brücke führte. Die verletzte Hand hatte er in die Jackentasche geschoben. Er war vollständig angezogen und wirkte nicht so, als hätte er geschlafen.

»Du weißt Bescheid?«, fragte Lanzo.

Auckland nickte. Er sah Kipling an, aber sein Gesichtsausdruck war so neutral, dass Rin nicht erkennen konnte, was er dachte. »Kannst du bereits absehen, wie viele Schiffe zerstört worden sind?«

»Nein. Die Leute geben zwar damit an, dass sie Jockey-Schiffe in die Luft jagen, aber wer weiß, was davon wahr ist.« Kipling rieb die Fingerspitzen aneinander. Sein Blick zuckte. »Das Tool wird immer noch runtergeladen. Es ist überall. Ich glaube nicht, dass die Jockeys schon einen Patch dafür haben. Sie kapieren wahrscheinlich überhaupt nicht, was los ist.«

»Der Angriff läuft also immer noch«, sagte Rin.

»Er geht gerade erst richtig los.« Kipling lehnte sich an eine der dunklen Konsolen, stieß sich aber sofort wieder ab. Er schien nicht still stehen zu können. »Und ich kann ihn nicht stoppen.«

Es wurde still auf der Brücke. Irgendwo knackte etwas. Rin dachte an die Videos und Bilder, die sie gesehen hatte. Lachende

Menschen, meistens Jugendliche, die Selfies aufnahmen, während im Hintergrund Schiffe brannten. Sie verhöhnten die Jockeys, zeigten offen ihre Gesichter und posteten unter ihren normalen Usernamen, so als rechneten sie nicht mit Konsequenzen.

Nein, dachte Rin im nächsten Moment. *Die Konsequenzen sind ihnen nur egal.*

Die Menschen waren zum Mob geworden. Nach Monaten der Hilflosigkeit, der Unterdrückung und der Demütigung hatte ihnen jemand – Kipling – eine geladene Waffe in die Hand gelegt. Und die würden sie so lange abfeuern, bis die Munition verbraucht war oder sie selbst starben. Warum auch nicht? Wenige hatten so viel zu verlieren wie Rin. Während sie auf einem gewaltigen, gut beheizten Schiff mit genügend Nahrung für die nächsten Jahre lebte, hausten die meisten in Dreckslöchern. Tasha's Tool gab ihnen nicht nur Macht über Leben und Tod, es gab ihnen die Hoffnung auf einen ruhmreichen Untergang. Besser, mit einer Million Likes im Plasmafeuer der Jockeys zu verbrennen als allein und namenlos zu verrecken.

Lanzos Stimme riss sie aus ihren Gedanken. »Du bist für die größte Katastrophe seit Omega verantwortlich, Kipling«, sagte er. Seine Stimme klang gepresst. »Was auch immer jetzt passiert –«

Rin unterbrach ihn, bevor er weiterreden konnte. »… ist ebenso wenig seine Schuld wie deine. Niemand wird gezwungen, das Tool zu benutzen. Es spricht die Verletzten an, die Verzweifelten und die Hilflosen, aber sie haben trotzdem ein Gehirn. Es liegt an ihnen, ob sie es zum Denken einsetzen oder nicht.«

Lanzo schien widersprechen zu wollen, aber das Zischen der Fahrstuhltüren unterbrach ihn. Arnest betrat mit langen Schritten die Brücke. Er hielt ein Pad hoch, dessen Display so verschmiert und zerkratzt war, dass Rin sich fragte, ob er überhaupt etwas darauf erkennen konnte.

»Seht euch mal diese geile Scheiße an!« Er grinste. »Da hat einer was programmiert, mit dem man Jockey-Schiffe abschießen kann. Ich hab schon Blasen an den Fingern, so oft haue ich auf den Button.«

Kipling starrte ihn an. Lanzo rieb sich mit den Fingern über die Schläfe, so als habe er Kopfschmerzen. »Lass das bitte«, sagte er mühsam gefasst.

»Warum?«

»Weil du nicht weißt, was du damit auslöst.«

Arnest zuckte mit den Schultern und ließ sich in einen der Sitze fallen. »Mir doch egal. Heute ist Party. Um den Kater kümmere ich mich morgen.« Er bemerkte das eingefrorene Video auf den Bildschirmen. »Lasst das mal weiterlaufen. Sieht so riesengroß bestimmt geil aus.«

Rin beugte sich zur Seite und schloss das Browserfenster mit einem Druck auf den Touchscreen an ihrer Pilotenkonsole.

»Was soll denn die Scheiße jetzt?« Arnest klang ungehalten. »Da hat man mal die Chance, den Jockeys so richtig in die Eier zu treten und ihr steht hier nur blöd rum und macht nichts. Kaper diem, wie sie in diesem alten, kacklangweiligen Film sagen. Kaper diem.«

Niemand antwortete darauf. Selbst Lanzo korrigierte seinen Bruder nicht. Auckland räusperte sich nach einem Moment und sah Kipling an. »Weiß irgendjemand außerhalb der *Eliot*, woher das Tool stammt?«

»Ja.«

»Wer?«

Kipling schob die Hände tief in die Hosentaschen. Rin sah seinen Gesichtsausdruck und wusste, dass die Antwort ihr nicht gefallen würde.

»Ein Typ namens DetroitKid. Er hat mir bei der Programmierung geholfen.« Kipling machte eine kurze Pause. Sein Adamsapfel hüpfte. »Es wäre möglich … also ich bin mir nicht sicher … aber es könnte sein, dass er ein Jockey ist.«

Scheiße, dachte Rin.

Lanzo stöhnte so tief, dass es wie ein Knurren klang. Auckland schloss einen Moment lang die Augen. Als er sie wieder öffnete, sagte er: »Wir springen, Rin. Sofort. Drei Sprünge. Mir ist egal, wohin, so lange es am Ziel keine Jockeys gibt.«

Rin nickte und schwang mit dem Sitz herum. Ihre Finger flogen über den Touchscreen und programmierten den Kurs ein. Sie waren erst wenige Stunden zuvor gesprungen, als sie die *Destination Moon* und ihre Flotte verlassen hatten, aber ein so großes Schiff wie die *T.S. Eliot* verfügte über Energiereserven, die für mehrere Sprünge, auch kurz hintereinander, reichten.

Auckland ging zum Fahrstuhl. »Ich werde mit Ama'Ru reden. Sie muss die Wahrheit erfahren.«

Lanzo drehte sich zu ihm um. »Hältst du das wirklich für eine gute Idee?«

»Sie ist nicht blöd. Wenn sie liest, dass das Programm, das dieses Chaos anrichtet, Tasha's Tool heißt, wird sie sich den Rest denken. Es ist besser, wenn sie es von mir hört.«

Die Fahrstuhltüren schlossen sich hinter ihm. Aus den Augenwinkeln bemerkte Rin, dass Arnest einen nach dem anderen ansah. Auf seiner Stirn bildete sich eine steile Falte. Er dachte nach. Schließlich blieb sein Blick an Kipling hängen. »Du hast das programmiert? Wirklich?«

Als Kipling das Gesicht verzog, grinste er. »Ich verarsch dich nie wieder.«

Er hob die Hand, so als wolle er, dass Kipling abklatschte, aber der schüttelte nur den Kopf. »Das war der größte Fehler meines Lebens, Arnest. Mein ›Kirk springt in den Wächter der Ewigkeit‹-Moment. Ich habe uns damit vielleicht alle zum Tode verurteilt.«

Arnest ließ die Hand sinken und winkte ab. »Ach Quatsch, wir kommen schon klar.«

In diesem Moment wünschte sich Rin nichts sehnlicher, als die Welt so sehen zu können wie er. Sie wischte über den Touchscreen. »Erster Sprung in neun, acht, sieben …«

2

Der Boden vibrierte unter seinen Füßen. Auckland blieb stehen und lauschte auf das dumpfe Dröhnen des Bubble-Antriebs. Das Schiff schien tief Luft zu holen, seine Lungen vor dem Sprung zu füllen. Dann stieß es sie aus und einen Sekundenbruchteil fühlte es sich für Auckland an, als habe das Schiff einen Schritt zur Seite getan und nur er sei stehen geblieben. Es war desorientierend, beinahe schwindelerregend. Er blinzelte und fuhr sich mit der unverletzten Hand über das Gesicht. Die andere pochte im Rhythmus seines Herzschlags.

Er zog seine Jacke aus, bevor er an die Tür von Ama'Rus Kabine klopfte. Der Öffner summte, dann fuhr die Tür zischend zurück. Obwohl Auckland sich auf die Hitze, die in der Kabine herrschte, vorbereitet hatte, prallte er von ihr ab wie von einer Wand. Sie brannte auf seinem Gesicht und in seiner Kehle. Seine Augen brauchten einen Moment, um sich an das Halbdunkel zu gewöhnen. Ama'Ru hatte alle Möbel entfernt und die meisten Lichtquellen. Der Boden war knöcheltief mit zerrissenem Papier, größtenteils Seiten aus Zeitschriften und Lieferscheinen, bedeckt. Es raschelte, als Auckland eintrat.

»Möchtest du lieber an einem anderen Ort sprechen?«, fragte sie. Die Gottesanbeterin stand vorgebeugt in einer Ecke auf der gegenüberliegenden Seite der Tür. Ein Haufen Papier, zusammengekehrt wie altes Laub, befand sich vor ihr. Sie drehte Auckland den Rücken zu, nur Ama'Ru sah ihn an. Ihre Stimme faszinierte ihn immer wieder aufs Neue. Die Worte schienen aus ihrem Mund zu fließen, so klar und rein wie Wasser aus einer Quelle.

»Nein«, sagte er und schloss die Tür hinter sich. Der Raum roch nach Stroh und ein wenig salzig. Es war der Geruch der Gottesanbeterin. »Weißt du, was passiert ist?«

»Ja.«

Er erwartete, dass sie noch etwas hinzufügen würde, aber sie betrachtete ihn nur aus ihren runden, großen Augen. Die Mandibeln der Gottesanbeterin öffneten und schlossen sich unaufhörlich. Bei jeder Bewegung knisterte etwas.

»Kipling hat das Tool programmiert«, fuhr Auckland fort, als sich das Schweigen in die Länge zog. »Er hat nicht geahnt, was damit passieren würde. Ich wollte, dass du das weißt.«

Sie nickte, eine unbeholfene, offensichtlich von Menschen kopierte Geste. »Ich weiß das. Danke.«

Es klang wie ein Rauswurf. Auckland blieb stehen. Schweißperlen bildeten sich auf seiner Stirn, aber er wischte sie nicht weg. Außer dem Knistern und dem leisen Schaben der Mandibeln war es still in der Kabine.

»Sie baut ein Nest«, sagte Ama'Ru nach einer Weile, »aus Papier und ihrem Speichel. Das beruhigt sie.«

Er verstand nicht, was sie mit dem Themenwechsel bezweckte, beschloss jedoch, mitzuspielen. »Wieso muss sie sich beruhigen?«

»Weil du in der Nähe bist. Sie hat Angst vor dir, John.«

Zumindest das war nachvollziehbar, schließlich hatte er nur wenige Tage zuvor eine Waffe auf ihren Kopf gerichtet.

»Das tut mir leid.« Er meinte es ernst.

»Ich versuche ihr zu erklären, dass sie keine Angst haben muss, dass du uns nicht mehr umbringen willst, aber ich weiß nicht, ob sie mir das glaubt. Sie kann mir das doch glauben, oder?«

Er dachte an die Nachricht, die er geschickt hatte und an die

Antwort, die zurückgekommen war. *Einwand unerheblich. Mission fortsetzen. – Brown.*

»Sie kann dir das glauben«, log er.

»Das freut uns beide.«

War das Sarkasmus? Er war sich nicht sicher. Die Mimik eines Jockeys war ihm immer noch fremd und die Reinheit ihrer Stimme erschwerte es, den richtigen Tonfall zu erkennen.

Das Knistern und Schaben verstummte. Die Gottesanbeterin drehte sich um. Papierfetzen hingen zwischen ihren Scheren, ihre großen Facettenaugen schimmerten im Halbdunkel wie Öl.

»Was die Frage angeht, die du nicht stellst, obwohl du wahrscheinlich an nichts anderes denkst«, sagte Ama'Ru. »Ich weiß nicht, was die Völker jetzt machen werden.«

»Die Völker?«

»Kein gutes Wort, aber besser als Jockeys.« Sie strich über den Hals der Gottesanbeterin. »Ich kann dir keine Antworten geben.«

Unfug, dachte Auckland. Die Hitze begann ihm zuzusetzen. Das Hemd klebte an seinem Rücken und sein Mund war trocken. »Wenn du keine Antworten hast, nehme ich auch Spekulationen.«

»Einen solchen Vorfall hat es noch nie gegeben. Wie soll ich darüber spekulieren?«

Sie wich ihm aus, da war er sich sicher. »Wir wissen bereits, dass ihr gnadenlos zurückschlagt, wenn euer Herrschaftsanspruch infrage gestellt wird«, sagte er, ohne seine Verärgerung durchblicken zu lassen. »Ihr habt eine ganze Station zerstört, um zu verhindern, dass sie uns in die Hände fällt. Dabei ist dort kein einziger Jockey gestorben.«

»Außer dem, den du umgebracht hast.«

»Lass mich ausreden.«

Die Gottesanbeterin reagierte auf seinen schärferen Tonfall, indem sie die Hinterbeine gegeneinander rieb, ein Zeichen für ihre Nervosität.

»Wenn ihr bei einem relativ kleinen, isolierten Zwischenfall so reagiert, was wird wohl jetzt passieren? Das möchte ich von dir wissen und du kannst mir nicht erzählen, dass du nicht zumindest eine grobe Vorstellung davon hast.«

Ama'Ru richtete sich in ihrem Sattel auf und die Gottesanbeterin mit ihr. »Ich kann dir erzählen, was ich will, denn du verstehst nichts. Du und all die anderen Menschen, ihr erkennt zwar, dass wir anders aussehen, aber ihr glaubt, dass in unseren Köpfen das Gleiche passiert wie in euren. Aber wir denken nicht wie ihr und wir sind nicht wie ihr. Wenn –«

Ein Ruck ging durch das Schiff. Das Deck bockte unter Aucklands Füßen. Er stützte sich an der Wand ab, die Gottesanbeterin knickte ein. Es sah aus, als wolle sie sich ducken.

»Was ist –?«, setzte Ama'Ru an, aber ein ohrenbetäubendes Stöhnen, das aus den Tiefen der *Eliot* zu kommen schien, unterbrach sie. Das ganze Schiff zitterte und dann, scheinbar langsam, aber doch so schnell, dass Auckland nicht mehr rechtzeitig reagieren konnte, kippte es zur Seite. Es gab nichts, an dem er sich hätte festhalten können, auch wenn sich seine Hände instinktiv in die Luft krallten. Der Boden neigte sich immer stärker. Papierfetzen rutschten über das Deck, dann auch Auckland. Er verlor das Gleichgewicht, drehte sich und fing seinen Sturz mit der Schulter ab. Die Tür zum Bad befand sich auf einmal unter ihm. Das Schiff hatte sich um fast neunzig Grad gedreht.

Was zum Teufel ist hier los?

Die Gottesanbeterin stieß einen schrillen Pfiff aus. Dank ihrer vier Beine hatte sie sich länger halten können als Auckland, aber nun lag sie seitlich auf dem, was eben noch die linke Wand der Kabine gewesen war. Ihre unmöglich dünn erscheinenden Beine zappelten in der Luft. Ama'Ru klammerte sich an ihren Hals. Ihr Pad war aus der Satteltasche gerutscht und lag neben dem Kopf der Gottesanbeterin.

Wieder dieses Stöhnen, dann das Kreischen von Metall, so

laut, dass Auckland sich unwillkürlich die Hände auf die Ohren presste. Eine Sekunde später schwankte die Wand unter ihm, neigte sich, nur dieses Mal zur anderen Seite. In einem Regen aus Papier rutschte Auckland durch die Kabine. Er hörte, wie die Scheren der Gottesanbeterin über den Boden kratzten. Sie versuchte, auf die Beine zu kommen, erreichte damit aber nur, dass sie sich im Sturz überschlug.

»Bleib unten!«, schrie Auckland über den Lärm des Schiffs hinweg. Er federte den Aufprall an der gegenüberliegenden Wand mit den Beinen ab. Dann stand er plötzlich, aber nur für einen kurzen Augenblick. Das Schiff schwankte nicht mehr unter ihm wie in einem Sturm, es drehte sich nun um die eigene Achse. Auf einmal wurde aus dem Boden die Decke. Irgendwo – im Bad? – rumpelte und krachte etwas. Er stürzte inmitten von Tausenden Papierfetzen und kam so hart auf, dass stechender Schmerz aus seiner verletzten Hand bis in seine Schulter schoss.

Die Gottesanbeterin stieß wieder diesen schrillen Pfiff aus. Sie kratzte mit Scheren und Beinen über die Wand. Ama'Ru klammerte sich immer noch mit weit aufgerissenen Augen an sie. Auckland hatte den Eindruck, dass sie die Kontrolle verloren hatte und das Tier seinen Instinkten überließ.

»Wehr dich nicht dagegen!«, rief er. »Mach die Drehungen mit!«

Er war sich nicht sicher, ob er Ama'Ru oder ihr Tier ansprach, aber es war egal, denn beide schienen zu sehr in ihrer Panik gefangen zu sein, um ihm zuzuhören. Auckland krümmte sich zusammen. Es kam ihm so vor, als rolle er in einem Fass einen steilen Abhang hinunter. Er prallte gegen Wände, den Boden, die Decke, verlor vollkommen die Orientierung. Die Tür zum Bad öffnete sich plötzlich. Vielleicht hatte die Gottesanbeterin den Öffner berührt, vielleicht er. Helles Licht drang in die Kabine. Auckland blinzelte, riss jedoch im nächsten Moment die Augen auf, als er zwischen den Papierfetzen eine weiße Keramiktoilette entdeckte. Ama'Ru musste sie abmontiert haben und nun rutschte sie genau auf ihn zu.

Auckland rollte sich zur Seite. Die Toilette krachte neben ihm gegen die Wand. Splitter schossen durch die Luft und ritzten seine Wange. Aus den Augenwinkeln sah er, wie die Gottesanbeterin sich mit allen vier Beinen in den Türrahmen krallte und versuchte, sich dort zu halten. Ama'Ru schien sich gefangen zu haben. Sie hockte im Sattel und beruhigte ihr Tier.

Ein Knall. Ein Krachen. Ein Ruck, der Auckland vom Boden hoch riss. Auf einmal schwebte er schwerelos inmitten von wirbelnden Papierfetzen. Sie raubten ihm die Sicht und das letzte bisschen Orientierung. Die Toilette raste sich überschlagend an ihm vorbei und verschwand zwischen bunten Fetzen. Er hörte, wie sie gegen eine der Wände schlug und zerbrach. Nur eine Sekunde danach schoss ein faustgroßes Stück Keramik wie ein Querschläger durch die Kabine.

Ein Bein tauchte vor ihm auf. Eine Schere schnappte zu. Dann prallte die Gottesanbeterin auch schon gegen ihn und trieb ihn zurück. Sein Körper geriet ins Trudeln. Auckland hatte in Schwerelosigkeit trainiert. Er wusste, was er tun musste, aber das traf weder auf Ama'Ru noch ihr Tier zu. Immer wieder sah er, wie die beiden gegen die Wände geworfen wurden. Sie bekamen ihre Bewegungen nicht unter Kontrolle und jeder Aufprall verlieh ihnen neuen Schwung.

Auckland schob Papierfetzen zur Seite und duckte sich unter den Trümmern der Toilette hinweg. Er versuchte, näher an Ama'Ru heranzukommen, aber die Gottesanbeterin drehte sich immer schneller. Ihre Scheren schnappten reflexartig zu, zerschnitten Luft und Papier. Eine kam ihm so nahe, dass sie den Ärmel seines Hemdes aufriss. Auckland ruderte zurück.

Und dann, auf einmal, schwebte Ama'Ru über der Gottesanbeterin. Sie musste aus dem Sattel gerutscht sein. Die Nabelschnur, die sie und das Tier verband, spannte sich. Beide schrien, Ama'Ru so hoch und schrill, dass es sich anfühlte, als würde jemand Auckland eine Klinge in den Kopf rammen, die Gottesanbeterin beinahe stumm und mit waagerecht abstehenden Mandibeln.

Außerhalb der hörbaren Frequenzen, dachte Auckland, noch während er sich von der Wand abstieß. Buntes Papier klatschte gegen sein Gesicht. Er sah Schriftfetzen ›NEU!‹, ›KAUFT!‹, ›SKANDAL!‹. Vor ihm schlug Ama'Ru in Panik um sich. Es waren die gleichen Bewegungen, die auch die Gottesanbeterin machte, so als wären ihre Gliedmaßen durch Schnüre miteinander verbunden.

Eine weit geöffnete Schere schnappte nach ihm. Er trat sie zur Seite und versetzte die Gottesanbeterin dadurch in ein weiteres, unkontrolliertes Trudeln. Die Nabelschnur spannte sich bis zum Zerreißen. Kugelförmige, trübe Tropfen stiegen aus dem Nacken des Tiers auf und verteilten sich im Raum.

Ist das Blut?, fragte sich Auckland, doch dann konzentrierte er sich nur noch auf Ama'Ru. Aus dem Flug heraus schlang er seinen linken Arm um sie, mit dem rechten packte er den Nacken der Gottesanbeterin. Das Tier schnappte und schlug nach ihm, aber er zog es in der Schwerelosigkeit mühelos hoch, sodass er in seinem Rücken hing, unerreichbar für Mandibeln und Scheren.

Ama'Ru lag schwer atmend und mit schmerzverzerrtem Gesicht in seinem Arm. Er hatte noch nie einen Jockey angefasst und wunderte sich darüber, wie heiß und trocken ihre Haut war. Der Raum drehte sich um ihn und die hektischen Bewegungen der Gottesanbeterin schleuderten sie und ihn gegen Wände und Decken.

Auckland ließ Ama'Ru in ihren Sattel rutschen und beugte sich über sie, schützte sie mit seinem Körper vor den Aufschlägen. Sie wirkte so zerbrechlich, dass sie ansonsten wohl zwischen dem harten Chitinkörper der Gottesanbeterin und der noch härteren Metallwand zerquetscht worden wäre.

Warum tue ich das?, dachte er plötzlich, während er zwischen Papier und Keramik herumgewirbelt wurde. Er sah Browns Anweisung vor seinem geistigen Auge: *›Einwand unerheblich. Mission fortsetzen.‹*

Alles konnte so einfach sein. Er musste nur Ama'Ru weiter festhalten und die Gottesanbeterin loslassen. Der Schwung würde ihn durch die Kabine schleudern, die Nabelschnur würde sich spannen und reißen. Er war sich sicher, dass weder Jockey noch Tier das überleben würden.

Dann eine kurze Antwort an Brown: *›Ja, Sir. Mission fortgesetzt. Ziel Nummer zwölf eliminiert.‹*

So einfach. Doch er hing nur dort, beide Arme um Jockey und Tier geschlungen, den Kopf gesenkt, und ließ sich gegen Wände schleudern.

Warum tue ich das?

Das Krachen und Seufzen des Schiffs erstarb mit einem letzten Ruck. Auckland spürte, wie sein Magen nach unten sackte, dann landete er auch schon hart auf dem Boden, die Gottesanbeterin quer über sich. Es überraschte ihn, wie leicht sie war.

Keramikstücke schlugen auf. Eine halbe Toilettenschüssel knallte keinen Meter von ihm entfernt auf das Deck. Papier fiel wie Schneeflocken auf ihn herab. Die Gottesanbeterin richtete sich auf, blieb aber am Boden hocken, so benommen wie Ama'Ru, die in ihrem Sattel hing.

Auckland lag auf dem Rücken. Schweiß rann über sein Gesicht. Sein Atem ging stoßweise, sein ganzer Körper schmerzte und er war so erschöpft, dass er am liebsten die Augen geschlossen hätte.

Ich muss auf die Brücke, dachte er, ohne sich zu bewegen.

»Von etwas getötet zu werden, in dem ihr euch entleert, wäre eine Beleidigung in deiner Kultur, oder?«

Ama'Rus Stimme vertrieb den Nebel aus seinem Bewusstsein. Auckland stützte sich auf die Ellenbogen und sah sie an. Sie hockte auf dem Rücken der Gottesanbeterin und wirkte so gefasst und ruhig, als wäre nichts geschehen.

»Es wäre … peinlich«, sagte er nach einem Moment.

»Dann ist es gut, dass wir diesem Schicksal entgangen sind.« Ama'Ru machte ein Geräusch, das klang, als würde eine Brise durch Laub fahren und Auckland erkannte, dass sie lachte.

Zu seiner eigenen Überraschung musste er lächeln. »Ja, das ist es.«

Er stand auf und ging durch raschelndes Papier und über knirschende Keramiksplitter zur Tür. »Ich muss auf die Brücke.«

»Wir werden nachkommen.«

Auckland drückte auf den Türöffner. Er stand bereits im Gang, als Ama'Ru ihn aufhielt.

»John?«, sagte sie.

Er drehte sich um.

Ama'Ru strich über den Hals der Gottesanbeterin. »Sie hat keine Angst mehr vor dir.«

Er nickte und schloss die Tür.

3

»Was ist passiert?«

Auckland musste die Treppe genommen haben, denn Lanzo hatte den Fahrstuhl nicht gehört. Er antwortete auf die Frage, ohne von seiner Konsole aufzusehen. »Wir sind aus dem Hyperraum geflogen.«

Zahlen- und Buchstabenkolonnen krochen über sein Display. Er versuchte vergeblich, ihre Bedeutung zu verstehen. Sie waren auch nicht für ihn gedacht, sondern für die Programme und Systeme, die sich abgeschaltet hatten und nun nach und nach wieder zum Leben erwachten.

»Warum?«, fragte Auckland.

»Das wissen wir noch nicht.« Lanzo drehte sich zu ihm um und stutzte. Auckland war schweißgebadet. Das Hemd klebte ihm am Körper. Aus einigen kleinen Schnittwunden im Gesicht tropfte Blut in seinen Bart. »Alles in Ordnung?«

Auckland nickte und setzte sich an eine der dunklen Konsolen. Mit einer Geste aktivierte er sie.

»Haben uns die scheiß Jockeys angegriffen?« Arnest bückte sich und hob sein Pad auf, das während des Sturzes aus dem Hyperraum heruntergefallen war. Sie hatten Glück gehabt. Niemand hatte gestanden, als es losgegangen war und als die Schwerkraft aussetzte, hatten alle Rins Befehl, die Sicherheitsgurte anzulegen, bereits befolgt. Lanzo nahm an, dass Auckland nicht ganz so viel Glück gehabt hatte.

»Man kann im Hyperraum nicht angegriffen werden«, sagte

Kipling. »Das ist unmöglich.«

Er hatte die V-Specs beiseitegelegt und konzentrierte sich auf sein Display. Seine Finger flogen mit beinahe übermenschlich wirkender Geschwindigkeit über die virtuelle Tastatur. »Die Schiffssysteme führen eine Selbstdiagnose durch, aber vielleicht kann ich sie dazu bringen, die Außenkameras einzuschalten und die Bildschirme zu aktivieren. Ich will wissen, wo wir sind.«

Lanzo starrte auf die Bildschirmwand vor sich. Es war alles so schnell gegangen, dass ihm die Schwärze, die von dort zurückstarrte, erst in diesem Moment auffiel.

»Wir fliegen also blind«, sagte Auckland.

Rin nahm die Hände von den Joysticks, die aus den Armlehnen ihres Pilotensitzes ragten. »Ja. Ich kann nichts machen. Das System sperrt mich aus.«

Kipling sah kurz auf, tippte währenddessen aber weiter. »Es kann uns gerade nicht gebrauchen. Es muss erst wissen, dass es sich auf sich selbst verlassen kann, bevor es Input von draußen zulässt.«

»Und wieso kommst du dann rein?«, fragte Rin.

Kipling lächelte. »Weil wir Freunde sind.«

Er redet über Computer wie über Menschen, dachte Lanzo. *Vielleicht ist das sein Problem.*

Er versuchte, nicht wütend auf Kipling zu sein, aber das fiel ihm schwer. Als sie auf die *Eliot* gekommen waren, hatte Lanzo zum ersten Mal seit Omega das Gefühl gehabt, dass sie wenigstens noch ein paar Jahre überleben würden. Sie hatten genügend Geld, Vorräte und Waffen. Die Zeit, in der sie nach irgendeinem Schrott suchen mussten und von einem Tag zum anderen gelebt hatten, schien vorbei zu sein. Selbst Aucklands Enthüllungen über seine Vergangenheit und seinen Auftrag hatten Lanzos Stimmung kaum getrübt. Er hatte dem Mann vorher nicht getraut und er traute ihm auch jetzt nicht. Keine große Veränderung. Aber Kipling …

Er schüttelte den Kopf. *Dieser verdammte Idiot.*

»Is' was?«, fragte Arnest.

»Nein, ich hab nur nachgedacht.«

»Okay, die Kameras sollten jetzt laufen«, sagte Kipling. Seine Hände schwebten über dem Display. »Und Action.«

Er drückte auf ein Icon. Die Bildschirmwand flimmerte kurz. Im nächsten Moment erfüllte blendend helles Licht die Brücke. Lanzo schossen Tränen in die Augen. Er drehte den Kopf zur Seite.

»Scheiße, ist das hell«, rief Arnest.

»Das ist eine Sonne!«, stieß Rin hervor. Ebenso wie die anderen hatte sie sich von den Bildschirmen abgewandt. »Kipling, ich muss ins System.«

Das Licht war so durchdringend, so gleißend, dass es die Farben aus allem herauszubrennen schien, bis nur noch weiß übrigblieb. Es gab keine Schatten mehr. Jede Oberfläche erstrahlte in diesem Licht. Lanzo hob seine Hand vor die Augen. Seine Haut wirkte transparent und er konnte die Knochen darunter sehen.

»Ich versuche es«, sagte Kipling, »aber –«

»Schalt die Bildschirme ab«, unterbrach ihn Auckland. Er war aufgestanden und hatte sich eine Hand über die Augen gelegt.

Lanzo stieß den Atem aus, als die Bildschirmwand schwarz wurde und das grelle Weiß verschwand. Dunkle Flecken tanzten vor seinen Augen. »Wie nahe sind wir dieser Sonne?«, fragte er.

Rin wischte sich mit den Handrücken Tränen aus den Augen. »Zu nahe, aber mehr kann ich dir erst sagen, wenn Kipling die Systeme zum Laufen gebracht hat.«

»Das wird er nicht.« Auckland ließ die Hand sinken. »Er wird warten, bis die Selbstdiagnose abgeschlossen ist.«

»Was?« Rin schwang ihren Pilotensitz herum. »Dafür haben wir keine Zeit. Wir müssen hier weg.«

»Sie hat recht«, sagte Kipling. »Du weißt, wie gut ich bin. Mir reichen zwei Minuten, dann bin ich drin.«

»Und wenn nicht? Das System ist nicht dein Freund, Kipling. Es ist paranoid und gefährlich.«

Wie der Herr …, dachte Lanzo.

»Wenn es deinen unberechtigten Zugriff bemerkt, wird es sich abschotten«, fuhr Auckland fort. »Und dann sitzen wir hier fest bis …«

Er sprach den Satz nicht zu Ende. Das war auch nicht nötig. Jeder wusste, was er meinte.

»Bis was?«, fragte Arnest.

Fast jeder.

»Bis wir in der Sonne verglühen«, sagte Lanzo ruhig.

»Ah.« Arnest nickte. Das schien ihn nicht sonderlich zu beunruhigen. Er neigte dazu, Dinge, die er weder beeinflussen noch zerstören konnte, zu ignorieren.

»Es wird mich nicht bemerken«, sagte Kipling, aber Lanzo hörte erste Zweifel in seiner Stimme. »Und wir müssen jetzt handeln. Merkt ihr nicht, dass es schon wärmer wird?«

Im ersten Moment glaubte Lanzo, er bilde sich das nur ein, aber dann spürte er die Wärme unter seinen Stiefelsohlen. Sie stieg vom Boden empor, kam wahrscheinlich auch aus Wänden und Decke. Die *Eliot* heizte sich auf.

»Wir warten«, sagte Auckland.

Kipling warf Rin einen hilfesuchenden Blick zu. Wie Lanzo erwartet hatte, ging sie darauf ein. »Das beschließt du einfach so«, sagte sie. »Und was, wenn wir alle dagegen sind?«

Auckland hob die Schultern. »Dann seid ihr alle dagegen. Das kann ich nicht verhindern. Ich *kann* aber verhindern, dass wir sterben. Deshalb warten wir.«

»Wie lange?«, fragte Lanzo. Das Deck unter seinen Stiefeln wurde nun unangenehm warm.

»Ich weiß es nicht. Das System hat, seit ich an Bord bin, noch keine Selbstdiagnose durchgeführt.«

»Wie hoch ist die Wahrscheinlichkeit, dass Kipling entdeckt würde?«

Auckland dachte einen Moment nach. »Vielleicht zwanzig Prozent. Er *ist* gut.«

»Höchstens zehn«, sagte Kipling. Er strich über die Konsole. Seine V-Specs lagen vergessen neben ihm. »Lasst mich helfen. Ich weiß, dass ich das hinkriege.«

Er klang beinahe verzweifelt.

Er will sich beweisen, dachte Lanzo. *Das ist seine Art der Wiedergutmachung.*

»Nein«, sagte er, bevor ein anderer antworten konnte. »Auckland hat recht. Selbst zehn Prozent sind zu viel. Wir warten.«

Aus den Augenwinkeln bemerkte er Aucklands Blick. Er schien nicht damit gerechnet zu haben, dass jemand ihm zustimmte.

Kipling schüttelte frustriert den Kopf. »Wir sind im Gravitationsfeld der Sonne. Je länger wir warten, desto schwieriger wird es –«

»Systeme online«, sagte die weibliche Computerstimme, die Kipling einprogrammiert hatte. Rin schwang ihren Sitz zurück und legte die Hände auf die Joysticks. Die Bildschirme flackerten, doch anstelle des gleißenden Lichts sah Lanzo ein düsteres, rotes Flammenmeer, das die gesamte Wand einnahm. Das System filterte das Licht, damit es für Menschen erträglich war.

»Warnung.« Die Computerstimme klang freundlich und distanziert, so wie die, die früher einmal Verspätungen an Bahnhöfen angekündigt hatten. »Hitzeschildauslastung bei hundertfünf Prozent. Hundertacht Prozent, hundertzehn …«

Auckland berührte sein Display. Die Stimme verstummte, dafür tauchte die Prozentanzeige auf einem der kleineren Bildschirme auf. Hundertzwölf, hundertvierzehn …

Das Deck vibrierte. Der Bubble-Antrieb dröhnte. »Wir

kommen nicht weg«, stieß Rin hervor. Sie hatte die Joysticks bis zum Anschlag zurückgezogen und biss die Zähne zusammen. »Die Anziehungskraft ist zu stark.«

»Können wir in den Hyperraum springen?«, fragte Lanzo.

Kipling warf einen Blick auf seine Konsole. »Nein. Das System synchronisiert sich noch mit den Sprungtoren. Das wird ein paar Minuten dauern.«

»Die wir nicht haben«, sagte Arnest.

»Das ist richtig.«

Das Dröhnen des Antriebs wurde lauter. Hinter Lanzo zischten die Fahrstuhltüren, aber er drehte sich nicht um.

»Gibt es ein Problem?«, fragte Ama'Ru.

»Wir stürzen in eine Sonne«, sagte Auckland. Er hatte sich nicht wieder hingesetzt, sondern stand hinter seinem Sitz, die unverletzte Hand auf die Rückenlehne gelegt.

Ama'Ru schwieg und trat neben ihn. Im wabernden roten Licht wirkten ihre Augen schwarz.

»Antrieb auf hundert Prozent Auslastung, da geht nichts mehr«, sagte Kipling. »Hitzeschild bei hundertzwanzig. Ich will keinen Stress machen, Rin, aber bei hundertvierzig wird der Rumpf schmelzen.«

»Bin dabei.« Ihre Finger drückten auf kleine Tasten an den Joysticks. Das Dröhnen des Antriebs wurde zum Heulen. Die *Eliot* erbebte und stöhnte. »Haltet euch fest.«

Sie stieß die Joysticks nach vorn. Das gewaltige Schiff ächzte unter den Kräften, die an ihm rissen und neigte sich, genau der Sonne entgegen.

»Bist du bescheuert?« Arnest umklammerte die Armlehnen des Sitzes. Auckland rutschte in seinen und legte den Sicherheitsgurt an. Die Gottesanbeterin presste ihren Körper an den Boden. Sie hatte die Beine ausgebreitet und versuchte, nicht ins Rutschen zu geraten.

Rin antwortete nicht. Ihr Blick war starr auf das Display

gerichtet, ihre Finger tanzten über die Tasten der Joysticks.

»Hitzeschild auf hundertfünfundzwanzig Prozent, siebenundzwanzig, dreißig«, sagte Kipling, obwohl alle die Zahlen auf dem Bildschirm sehen konnten. Das Deck wurde so heiß, dass Lanzo die Füße hoch nehmen musste. Neben ihm murmelte Arnest ununterbrochen »Scheiße, Scheiße, Scheiße …«

»Dreiunddreißig, fünfunddreißig. Siebenunddreißig.«

Rin riss die Joysticks zurück. Das Brüllen und Stöhnen, mit dem das Schiff darauf reagierte, klang wie das eines gewaltigen, verletzten Tiers. Es bebte, zitterte und dröhnte, und dann, plötzlich, sah Lanzo schwarzes All vor sich. Das Heulen des Antriebs wurde zu einem dumpfen Dröhnen, die *Eliot* stabilisierte sich, das Schiff kam zur Ruhe.

»Hundertzwanzig, hundertzehn, hundert.« Kipling lehnte sich zurück und verschränkte die Hände hinter dem Kopf. »Wir sind raus.«

Lanzo schloss einen Moment die Augen. Sein Herzschlag beruhigte sich. Arnest sagte weiter »Scheiße«, aber es klang deutlich erleichterter als zuvor.

Auckland sah Rin an. »Was auch immer du gemacht hast: Herzlichen Glückwunsch, es hat funktioniert.«

Sie lachte. »Ich habe nur die Anziehungskraft der Sonne genutzt, um uns die letzten paar Prozent Beschleunigung zu geben, die noch fehlten. Und dann …«

Sie redete weiter, aber Lanzo wurde von Kipling abgelenkt, der Icons auf seinem Display verschob und die Augenbrauen zusammengezogen hatte. Für jemanden, der gerade einer Todesfalle entkommen war, wirkte er nicht sehr erfreut.

»Was ist los?«, fragte er.

Kipling zögerte. Er tippte etwas ein, bevor er aufsah. »Ich kriege keine Verbindung zu den Sprungtoren und die Googlegates sind down.«

Nervös fuhr er sich mit der Zunge über die Lippen. Lanzo

ahnte, was er sagen würde, bevor er es aussprach. »Die Jockeys haben alles offline genommen. Wir sitzen fest.«

»Scheiße«, sagte Arnest.

Lanzo nickte.

4

»Hast du was zum Zocken?«

Kipling öffnete die Augen und sah Arnest an, der im Türrahmen seiner Kabine lehnte. »Was denn?«

Arnest hob die Schultern. Er trug schwarze Cargohosen und ein fleckiges, graues T-Shirt, unter dem sich seine Muskeln abzeichneten. Obwohl er rund drei Meter entfernt war, roch Kipling Schweiß und Bier.

»Keine Ahnung«, sagte Arnest. »Dieses eine Spiel mit den ganzen Idioten, die man abballern muss.«

»Das schränkt es nicht gerade ein.« Kipling schob einen Arm unter den Kopf. Seine V-Specs lagen auf dem Nachttisch neben ihm. Er vermisste ihr vertrautes Gewicht auf seinem Nasenrücken, widerstand aber der Versuchung, sie aufzusetzen. »Sei mal genauer.«

Arnest kratzte sich am Kopf. »Na das, wo alle immer rumschreien, dass man schwul is'.«

»Ah, *Call of Duty*.« Kipling griff instinktiv nach den V-Specs, verzog dann aber das Gesicht. »Das geht nur online.«

»Scheiße.«

»Ja.«

»Hast du irgendwas, das offline läuft?«

»Nein.« Kipling wandte seinen Blick von ihm ab und sah hinauf zur Decke. »Alles ist online.«

Drei Tage waren vergangen, seit er Tasha's Tool im Netz freigelassen hatte, zweieinhalb, seit die Jockeys die Sprungtore und Googlegates abgeschaltet hatten. Sechzig Stunden ohne Internet. Er fühlte sich, als habe jemand eine Tür zugeschlagen und ihn allein in einem dunklen Raum zurückgelassen.

Allein in der Dunkelheit, dachte er. *So wie die ganze Menschheit.*

Und das war seine Schuld.

»Was ist mit Porn?«, fragte Arnest.

»Online.«

»Scheiße.«

»Ja.«

Kipling wünschte sich, Arnest würde endlich gehen, aber er stand nur weiter im Türrahmen und kratzte sich am Kopf.

»Was ist denn mit –«

»Alles ist online, Arnest. Alles. Jedes Spiel, jeder Film, jede Serie, jeder Song, jedes Buch, jedes Foto, jeder Menschenporn, jeder Jockey-Porn, jedes verdammte Leben und jede Hoffnung auf Leben ist online. Und wir sind offline.«

Er setzte sich auf. »Und ich würde es wirklich, wirklich begrüßen, wenn du mich jetzt in Ruhe lassen würdest.«

Arnest hörte auf, sich zu kratzen und musterte ihn mit diesem seltsam kalten Blick, den Kipling nie richtig einschätzen konnte. Vielleicht würde er im nächsten Moment lachen, vielleicht ihm aber auch den Kopf abreißen. Außer Lanzo konnte das niemand wissen, und Kipling glaubte, dass selbst der manchmal nur so tat, als verstünde er seinen Bruder.

»Mädchen«, sagte Arnest.

Kipling blinzelte. »Was?«

Arnest rülpste und fuhr sich mit dem Handrücken über den Mund. »Du führst dich auf wie ein kleines Mädchen. Du bist auf die Schnauze gefallen, na und? Steh auf, wisch dir das Blut ab und mach weiter. Is' nicht das Ende der Welt.«

Versteht er denn überhaupt nichts? »Doch, genau das könnte es sein.«

»Nicht für uns. Wir haben genug zu fressen und zu saufen.

Bis es uns erwischt, wird verdammt viel Zeit vergehen.«

»Aber andere –«

»Was interessieren dich andere?« Arnest streckte das Kinn vor. Es sah aus wie eine Provokation. »Für die meisten wär's eh 'ne Erlösung, wenn's endlich vorbei wär, also scheiß drauf. Kümmer dich um deine Leute. Der Rest ist scheißegal.«

Er schob die Hände in die Hosentaschen und wandte sich ab. »Ich geh duschen.«

Seine Schritte hallten durch den Gang. Kurz darauf zischte eine Kabinentür. Kipling strich sich mit beiden Händen durch die zerzausten Haare. Er war sich sicher, dass Arnest das nicht gesagt hatte, um ihn auf seine sehr eigene Art zu motivieren, sondern weil er es tatsächlich glaubte. Lanzo hatte einmal erklärt, dass Arnest die Menschheit in zwei Gruppen einteilte: Die, die er zur Familie erklärt hatte und ›Mir-doch-egal‹. Er hatte es nur noch nie so deutlich ausgesprochen.

Aber mit einem hat er recht, dachte Kipling. *All das Brüten bringt nichts. Was vorbei ist, ist nun mal vorbei.*

»Außer für den Doctor«, murmelte er und fluchte im nächsten Moment, als ihm klar wurde, dass diese Serie auch online stand und er sie vielleicht nie wieder sehen würde. Aber er würde sich an sie erinnern. Er würde sich an alles erinnern.

»Scheiß drauf«, sagte er. Die Worte hatten etwas Befreiendes. »Scheiß drauf. Scheiß drauf. Scheiß –«

»Kipling?«

Er fuhr herum. Auckland stand in der Tür. Kipling schaltete die Schließautomatik oft ab, um die Stimmen und Geräusche der anderen hören zu können. Auf der *Mishima* hatte er sich so sehr an diese Nähe gewöhnt, dass er sie nun vermisste.

Er räusperte sich. »Hey, John.«

Auckland sah ihn an, so als erwarte er eine Erklärung, aber als Kipling schwieg, sagte er: »Würdest du mit mir auf die Brücke kommen?«

»Klar.« Kipling bückte sich und zog seine Stiefel an. »Aber das hättest du mich auch über das Interkom fragen können.«

»Ich wollte sicherstellen, dass du allein bist.«

»Warum?« Ein mulmiges Gefühl breitete sich in Kiplings Magen aus.

Auckland trat bereits in den Gang. »Das erkläre ich dir auf der Brücke.«

»Okay …«

Kipling schloss zu ihm auf. Sie gingen an Kabinentüren vorbei. Hinter einer plätscherte Wasser. »Arnest duscht.«

»Gut.«

Mehr sagte Auckland dazu nicht. Es gab niemanden an Bord der *Eliot*, mit dem Kipling so ungern allein war. Die Kunst der belanglosen Unterhaltung, die sogar Arnest beherrschte, wenn man die Themen entsprechend reduzierte, schien ihm völlig fremd zu sein. Alles, was er sagte, war zweckgebunden und wenn es nichts Zweckgebundenes zu sagen gab, schwieg er.

»Was macht deine Hand?«, fragte Kipling aus reiner Verzweiflung, als sie in die Offiziersmesse einbogen.

»Heilen.«

»Wäre ja auch blöd, wenn nicht.« Er verzog das Gesicht, als er sich das sagen hörte. *Was rede ich denn da?*

Die Messe war leer. Es roch nach Fett und Desinfektionsmitteln. Zwei Reinigungsroboter rollten über den Boden. Sie hinterließen feuchte Spuren.

Kipling folgte Auckland in den Raum dahinter. Zur Brücke führte ein Fahrstuhl und eine hinter einer schweren Metalltür verborgene Wendeltreppe. Er hatte gehofft, dass sie die Treppe nehmen würden, Schweigen war weniger unangenehm, wenn man sich bewegte, aber Auckland drückte auf den Fahrstuhlknopf.

»Ich weiß, dass du Wiedergutmachung leisten willst«, sagte er, als sich die Türen öffneten und sie den Fahrstuhl betraten,

»aber ich kann nicht zulassen, dass du dafür solche Risiken eingehst wie bei dem Sturz in die Sonne. Ist das ein Problem für dich?«

»Das ist kein Problem«, antwortete Kipling und versuchte, ebenso neutral zu klingen wie Auckland. »Wolltest du mich deshalb sprechen?«

»Nein, nicht deshalb.« Sie verließen den Fahrstuhl. Die Brücke lag im Halbdunkel. Auf der Bildschirmwand breitete sich das Sonnensystem aus, in das der Hyperraum sie ausgespien hatte. Es war ein öder, trostloser Ort mit einem Zwergstern, dessen bläulich weißes Licht einen einzelnen, hinter grauen Schwaden versteckten Planeten anstrahlte.

Auckland drückte auf ein Icon an einer der Konsolen. Auf einigen Bildschirmen tauchten Zahlen- und Buchstabenkolonnen auf, die langsam nach oben scrollten. »Sag mir, was du siehst.«

Kipling atmete auf. *Er will nur meine Meinung hören.*

Er trat neben die Konsole und betrachtete die Bildschirme. »Das sind Scanergebnisse.« Er lächelte. »Während wir einkaufen gegangen sind, hast du dir den Planeten angesehen.«

Einkaufen. So nannten sie die Ausflüge, die sie in die beiden Frachträume der *Eliot* unternahmen. Cargo I, der größere der beiden, erstreckte sich fast über die gesamte Länge und Breite des Schiffs. Es würde Monate, wenn nicht sogar Jahre dauern, alles darin zu entdecken.

Auckland setzte sich auf die Treppe. »Sieh dir die Zahlen an. Lass dir Zeit.«

»Wonach suche ich?«

»Ich will dich nicht beeinflussen. Vielleicht irre ich mich ja.«

Kipling ließ seinen Blick über die Daten gleiten. »Okay, mal sehen. Die Atmosphäre besteht größtenteils aus Kohlendioxid, ein bisschen Stickstoff, Spuren von Argon und Sauerstoff. Oberfläche ist felsig, porös, sandig. Die Temperatur in dem Ausschnitt, den du dir angesehen hast, beträgt zweihundertzehn Kelvin oder …« Er rechnete kurz nach. »… minus dreiundsechzig Grad Celsius. Der Planet ist dreißig Prozent größer als die Erde, Schwerkraft liegt bei 1,5 g. Anzeichen für vulkanische Aktivität, Windgeschwindigkeiten von rund achtzig Stundenkilometern.«

Er drehte sich zu Auckland um. »Die Scanner der *Eliot* sind echt geil. Auf der *Mishima* hätten wir uns über ein verschwommenes Schwarz-Weiß-Bild von dem Planeten gefreut.«

»Konzentrier dich auf die Zahlen«, sagte Auckland. Er wirkte ruhig, zupfte jedoch an dem Verband an seiner linken Hand.

Kipling wandte sich wieder den Bildschirmen zu. *Was übersehe ich?*, dachte er. Die Werte, die von den Scannern geliefert wurden, erschienen ihm völlig normal. Das, was sich unter ihnen drehte, war ein öder, toter Planet, ein kalter Fels mitten im Nichts.

Die Minuten verstrichen. Auf dem Bildschirm wiederholten sich die Zahlenkolonnen. Kipling hob die Schultern. »Tut mir leid, aber ich habe keine Ahnung, was du meinst. Dieser Planet ist das uninteressanteste, was ich seit dem Remake von –«

Er stutzte. Einen Moment lang starrte er auf die Zahlen, die wie Soldaten in perfekten Reihen über den Bildschirm marschierten, dann war er auch schon an der Konsole und hielt sie an. Da, versteckt zwischen Oberflächenwerten saß eine Zahl, die er beim ersten Mal übersehen haben musste.

»Tausend Grad Kelvin?«, sagte er leise, mehr zu sich selbst als zu Auckland. »Das ist ein bisschen viel.«

Er setzte sich an die Konsole und rief das Scanprogramm auf.

»Was denkst du?«, fragte Auckland.

»Ich denke, dass es sich um den Kamin eines unterirdischen Vulkans handelt, der bis zur Oberfläche reicht.« Kipling richtete den Scanner auf die Koordinaten des Hitzeausstoßes. »Es könnte auch eine Fehlmessung sein. Die unteren Atmosphärenschichten sind voller Sand. Aber …«

Er beendete den Satz nicht, sondern betrachtete stattdessen stirnrunzelnd die neuen Messwerte. »Achthundert Grad Kelvin. Es wird kälter.«

»Ich weiß.« Auckland stand auf und trat neben seinen Sitz. »Bei meiner ersten Messung waren es noch vierzehnhundert. Das ist kein Kamin.«

»Sondern?«, fragte Kipling, obwohl ihm die Antwort bereits klar war.

»Das ist ein Schiff.«

»Wenn du recht hast – und das ist ein ziemlich großes ›wenn‹, Courier New 18 Punkt groß – dann spiegeln die Messwerte den sich abkühlenden Antrieb wider, was bedeutet, dass es erst vor Kurzem gelandet ist. Und das bedeutet wiederum, dass es uns bemerkt hat und sich verstecken wollte, richtig?«

Auckland nickte. »So sehe ich das auch.«

Kipling trommelte mit den Fingerspitzen auf das Display. »Und jetzt?«

»Statten wir ihm einen Besuch ab.«

»Was?« Er drehte den Kopf zur Seite und sah Auckland an. »Ist das nicht ein bisschen überstürzt?«

»Noch haben wir einen Vorteil. Da unten weiß vermutlich keiner, dass wir das Schiff schon entdeckt haben. Je länger wir im Orbit bleiben, desto plausibler wird das jedoch. Alles spricht dafür, jetzt zu handeln.«

Auckland trat einen Schritt zur Seite und aktivierte eine der dunklen Konsolen. Lichter flackerten, das Logo von FTL Transports erschien, Sekunden später eine Reihe von Icons. Er berührte eines. »Auckland an alle. Kommt zu Schleuse 7SH. Wir treffen uns dort.«

Er schaltete das Interkom ab, bevor jemand antworten konnte und ging zum Fahrstuhl. Kipling fuhr sich müde über die Augen. *Er tut es schon wieder*, dachte er. *Fällt Entscheidungen, ohne sie abzusprechen.*

»Das wird niemandem gefallen«, sagte er laut, obwohl sich die Fahrtstuhltüren schon hinter Auckland geschlossen hatten. »Ganz ehrlich. Ich finde das scheiße.«

Schade, dass ich nur mutig bin, wenn niemand zuhört, dachte er, dann stand er auf und verließ ebenfalls die Brücke.

5

»Ich find's geil«, sagte Arnest.

»Geil?« Kipling sah ihn ungläubig an. »Du hast doch überhaupt keine Ahnung, was dich da unten erwartet.«

»Is' mir scheißegal. Hauptsache, runter vom Schiff.«

Zu Kiplings Überraschung nickten Lanzo und Rin. Sie standen mit Auckland, Arnest und Ama'Ru in der Schleuse. Vor ihnen hing ein Schiff an großen Greifkrallen von der Decke. Abgesehen von den Tragflächen und dem trichterförmigen Antrieb an seinem Heck sah es aus wie ein Container, eine graue, hässliche Metallkiste, an deren Seiten der Schriftzug *FTL Transports* und eine Registrierungsnummer angebracht waren. Auckland hatte das Schiff als Rettungskapsel bezeichnet. Ursprünglich hatte es zwölf davon gegeben, aber als er die *Eliot* übernommen hatte, waren noch drei übrig. Mit den anderen hatten wohl Passagiere oder Besatzungsmitglieder versucht, sich in Sicherheit zu bringen. Kipling bezweifelte, dass es ihnen gelungen war, denn die Kapseln verfügten nur über einen rudimentären Antrieb und zwei kleine Treibstofftanks.

»Also hat keiner von euch ein Problem damit, dass das einfach so entschieden wurde«, sagte Kipling langsam.

Rin seufzte. »In diesem Fall bin ich auf Arnests Seite. Hauptsache, runter vom Schiff. Ich habe seit Omega keinen Himmel mehr über meinem Kopf gesehen, nur Metall, Plastik oder leeres All.«

»Warum hast du nichts gesagt?«, fragte Kipling. »Ich hab

Dutzende Simulationen in 3D, 4k, mit natürlicher Geräuschkulisse, allem, was du dir vorstellen kannst.«

»Das ist nicht dasselbe.«

Nein, es ist besser, dachte er, ohne es auszusprechen. Doch Rin schien an seinem Gesichtsausdruck zu sehen, dass er nicht verstand, was sie damit meinte.

»Ich muss mal wieder von etwas umgeben sein«, fuhr sie fort, »das weder Menschen noch Jockeys hergestellt haben. Etwas, das einfach nur existiert.«

Kipling wandte sich an Lanzo. »Siehst du das auch so?«

Lanzo lächelte knapp. »Die Bedürfnisse von Arnest und mir sind etwas simpler. Da runterzufliegen und sich was auch immer dort ist anzusehen, ist besser, als herumzusitzen und auf etwas zu warten, das möglicherweise nie eintreten wird.«

»Die Sprungtore werden nicht auf ewig geschlossen bleiben«, sagte Ama'Ru, die bis jetzt geschwiegen hatte.

»Das weißt du nicht. Niemand weiß das.« Lanzo nickte Auckland zu. »Wollen wir?«

»Gerne.« Er drückte auf einen Knopf neben der Tür. Die Greifkrallen senkten sich langsam von der Decke. Hydraulische Pumpen ächzten. Ein Wandsegment fuhr zurück und enthüllte mehrere metallicblaue Raumanzüge, die von Haken hingen. Kiplings Gesicht spiegelte sich in den Helmen und er bemerkte erschrocken seine dunklen Bartstoppeln und die wirr vom Kopf abstehenden Haare. Er hatte über Arnest gelacht, aber er selbst sah nicht besser aus.

Ich muss mich zusammenreißen, dachte er, während die Rettungskapsel sanft aufsetzte und Auckland die schmale, mit einem Keypad versehene Luftschleuse öffnete. Alles, was er tat und sagte, erschien ihm fremd, so als würde er neben sich stehen und einem Gestaltwandler zusehen, der sich als Kipling ausgab.

Körperfressermäßig …

»In der Kapsel gibt es vier Plätze«, sagte Auckland. »Kipling will nicht mit, Ama'Ru kann nicht mit –«

»Und will nicht mit«, fügte sie hinzu.

Er lächelte, bevor er fortfuhr und Kipling erkannte unvermittelt, dass er sie mochte. *Wie seltsam.*

»… also bleiben wir vier.« Auckland nahm einen der Raumanzüge vom Haken. »Die Anzüge sind mit Wifi ausgestattet, was uns momentan nichts bringt, und Helmfunk. Ob wir bei den Bedingungen da unten etwas damit anfangen können, werden wir dann sehen.«

»Wie lange reicht die Atemluft?«, fragte Rin.

»Maximal vier Stunden.« Auckland sah Kipling an. »Es wird keine Kommunikation zwischen uns und der *Eliot* möglich sein. Wenn wir nach fünf Stunden nicht zurück sind, will –« Er unterbrach sich. »… möchte ich, dass ihr das fremde Schiff zerstört und die Umlaufbahn verlasst.«

»Warum?«, fragte Ama'Ru.

Arnest antwortete an Aucklands Stelle. »Damit das, was uns gefickt hat, nicht euch fickt.«

Es wurde still in der Schleuse. Kipling sah schweigend zu, wie – seine Freunde? Kollegen? Kameraden? Es fiel ihm schwer, ein Wort zu finden, das alle vier umfasste – die Raumanzüge anlegten und ihre Waffen in Außentaschen unterbrachten. Die Helme klemmten sie sich unter den Arm. Als sie so nebeneinander vor der Kapsel standen, wirkten sie auf Kipling wie ein Filmplakat. Er zwinkerte instinktiv, um ein Foto davon zu machen, bemerkte dann jedoch, dass er seine V-Specs auf der Brücke gelassen hatte.

Ich stehe wirklich neben mir, dachte er. »Ich glaube zwar nicht, dass es so weit kommen wird, aber wenn es dich glücklich macht: Ja, ich werde das tun.«

»Gut.« Auckland nickte und gab einen Zahlencode auf dem Keypad ein. Die Luftschleuse des kleinen Schiffs öffnete sich. An den Spitzen der Tragflächen leuchteten Positionslichter auf.

Elektromotoren sprangen summend an.

Auckland stieg die drei Stufen zur Schleuse hoch und trat wortlos ein. Lanzo und Arnest folgten ihm. Nur Rin drehte sich noch einmal um. »Wir sehen uns in ein paar Stunden.«

Kipling nickte. »Da bin ich mir sicher. Viel Glück da unten.«

Rin verschwand im Inneren des Shuttles. Kipling trat in den Gang und wartete, bis Ama'Ru den Raum ebenfalls verlassen hatte, bevor er die Tür schloss. In seinem Magen breitete sich ein unangenehmes Brennen aus. Es gab ein Fenster in der Tür. Er blieb davor stehen und sah zu, wie sich die äußere Schleuse öffnete und den Blick auf die wirbelnde Atmosphäre des Planeten freigab. Das Schiff hob lautlos ab und steuerte direkt darauf zu.

Versaut das bloß nicht, dachte Kipling, als er sich abwandte. Aus den Augenwinkeln sah er, dass Ama'Ru ihn musterte.

»Du bist nervös«, sagte sie.

Es gab keinen Grund, zu lügen. »Ja.«

»Was tun Menschen gegen dieses Gefühl?«

Kipling hob die Schultern. »Wir gehen ins Netz und surfen so lange, bis wir vergessen, dass wir nervös sind.«

»Und wenn es kein Netz gibt?«

»Dann bleiben wir nervös.«

Ama'Ru stieß dieses seltsame Geräusch aus, das wie das Rascheln des Windes in einem Wald klang und das er als ihr Lachen identifiziert hatte. »Dann lass uns gemeinsam nervös sein. Wir werden dich auf die Brücke begleiten.«

Nicht auch noch das. Aber er sagte: »Klar. Warum nicht?«, und ging vor. Das Brennen in seinem Magen wurde stärker.

6

Die Joysticks schlugen gegen ihre Hände. Das Schiff um sie herum ächzte und rappelte. Rin verzog das Gesicht. Die Kapsel sah nicht nur aus wie ein Container, sie flog sich auch wie einer. Sie reagierte träge und mit manchmal sekundenlanger Verzögerung auf Kommandos. Es erforderte Kraft, sie auf dem Flug durch die Atmosphäre zu stabilisieren.

»Bisschen holprig«, sagte Arnest hinter ihr nach einem besonders harten Schlag. Sie hatten alle vier Plätze in dem kleinen Cockpit besetzt und sich angeschnallt. Ihre Helme hingen über ihnen in Netzen, vor Rin gab es zwei, wie auf der Seite liegende spitze Dreiecke geformte Fenster. Durch die sah sie wirbelnde graue Schlieren, die dichter wurden, je näher sie der Oberfläche kamen. Seit einigen Sekunden prasselte Sand gegen die Kapsel. Es klang wie Hagel.

»Schaffst du es, zwischen fünfhundert und tausend Meter von der Hitzesignatur entfernt zu landen?«, fragte Auckland und zeigte auf die Koordinaten, die im System eingespeichert waren. Der Handschuh spannte sich über seiner bandagierten und geschwollenen Hand. Dort, wo sich der Ringfinger befinden sollte, hing der Stoff leer herunter. Vielleicht hatte er geglaubt, dass niemandem die Schmerztabletten aufgefallen waren, die er zerkaut hatte, bevor er seine Hand in den Ärmel schob, aber Rin hatte es gesehen. Und es bereitete ihr Sorgen.

Er hätte nicht mitkommen sollen, dachte sie.

»Rin?«, hakte er nach.

Sie schüttelte den Gedanken ab. »Ich bin froh, wenn ich es schaffe, zu landen«, sagte sie. »Alles andere ist ein Bonus, okay?«

Auckland neigte den Kopf. »Okay.«

Rin zwang sich, nicht aus dem Fenster zu sehen, sondern nur auf die Werte zu achten, die ihr die Instrumente lieferten. In dem tosenden Chaos aus Sand und Staub und Sturm konnte sie die Oberfläche sowieso nicht erkennen. Selbst den Sensoren fiel es schwer, Luft und Boden voneinander zu unterscheiden.

Die Hitzesignatur blinkte auf ihrem Koordinatensystem. Rin drückte die Joysticks langsam nach links, doch das, was sie als sanfte Kurve geplant hatte, wurde zu wilden Schlangenlinien und einem plötzlichen Absacken, das ihr den Magen bis in die Kehle zu drücken schien.

»Sauber«, sagte Arnest.

Rin und Auckland öffneten gleichzeitig den Mund, aber Lanzo kam ihnen zuvor. »Lass sie in Ruhe. Sie tut, was sie kann.«

Er klang angespannt. Lanzo kam nicht gut mit Situationen zurecht, über die er keine Kontrolle hatte. Er war es gewohnt, Entscheidungen zu treffen. Sich ihnen zu beugen, lag ihm nicht.

Rin runzelte die Stirn, als sie einen Blick auf die Instrumente warf. Eben noch war die Oberfläche zweihundert Meter entfernt gewesen, nun waren es auf einmal fast zweitausend.

Irgendwas stimmt hier –

Aucklands Stimme unterbrach ihren Gedanken. »Berg.«

Sie drehte den Kopf. »Was?«

»Berg!«

Einen Sekundenbruchteil später sah Rin eine graue Wand, die sich vor ihr aus dem Sand schälte. Erschrocken riss sie die Joysticks zurück. Der Bug des Schiffs hob sich zögernd, so wie der eines Schiffes, das sich aus den Wellen schiebt. Metall ächzte. Schroffe, nadelspitz zulaufende Felsen rasten an den Fenstern vorbei. Rin biss die Zähne zusammen, rechnete jeden Moment mit einer Kollision. Sie waren den Felsen so nahe, dass ein Schlenker der Tragflächen gereicht hätte, um sie zu berühren. Die Beschleunigung presste Rin in ihren Sitz. Aus den Augenwinkeln bemerkte sie, dass die Sensoren die Felswand nun auch anzeigten – ebenso wie die hinter ihnen.

Deshalb schwanken die Höhenangaben, dachte sie. Die Muskeln in ihren Armen schmerzten, so fest zog sie an den Joysticks. *Wir sind in einem Gebirge.*

Der graue Fels verschwand so plötzlich wie er aufgetaucht war. Sand prasselte erneut gegen die Scheiben. Rin brachte das Schiff zurück in eine waagerechte Position und atmete tief durch.

»Das war knapp«, sagte Lanzo.

»Ja.« Rin wischte sich die verschwitzten Hände an ihrer Hose ab. »Das war es.«

Arnest beugte sich vor, bis seine Gurte sich spannten und sah Auckland an. »Hast du Infrarot eingebaut oder so'n Scheiß?«

Obwohl Lanzo und Kipling ihm den Unterschied zwischen einem Cyborg und einem genetisch modifizierten Menschen ein Dutzend Mal erklärt hatten – letzterer sogar mit Zeichnungen – schien er ihn nicht zu begreifen. In diesem Moment hatte niemand die Kraft, ihn noch einmal zu korrigieren.

»Nein«, sagte Auckland knapp. »War reiner Zufall.«

Dann wandte er sich an Rin. »Findest du hier einen Landeplatz? Die Hitzesignatur ist nicht weit weg.«

»Ich versuche es.« Sie drosselte die Geschwindigkeit auf ein Minimum und ließ das Schiff langsam absacken. Dass sie nicht sehen konnte, was sich unter ihr abspielte, machte sie nervös, aber sie musste auf die Sensoren vertrauen. Es gab keine Außenkameras wie auf der *Eliot* oder der *Mishima*. Die Ausstattung an Bord war primitiv und spartanisch.

Der Wind schüttelte das Schiff durch. Einige Male drohte es, zur Seite zu kippen und Rin musste den Landevorgang mit gezielten Beschleunigungsmanövern abbrechen. Dann endlich setzten die Kufen laut knirschend auf. Rin nahm die Hände von den Joysticks und schaltete den Antrieb ab.

»Gute Arbeit«, sagte Lanzo, während er seinen Gurt löste und hinter den Sitz griff. Dort hatten sie die Rucksäcke, in denen sich die Atemlufttanks befanden, verstaut.

»Danke.« Rin lächelte, obwohl sie unzufrieden war. Das Ausweichmanöver hatte zu viel Treibstoff verbraucht. Einer der beiden Tanks war bereits leer, der andere stand auf neunzig Prozent.

Der Start muss besser laufen, dachte sie, *sonst kommen wir hier nicht mehr weg.*

Auckland musste das ebenfalls sehen, schließlich saß er direkt vor der Anzeige, aber er sagte nichts dazu. Stattdessen erhob er sich. »Die Navigationssysteme unserer Anzüge müssten sich automatisch mit denen der Kapsel synchronisiert haben«, sagte er. »Das heißt, dass wir die Koordinaten der Hitzesignatur und des Schiffs sehen sollten. Überprüft das aber noch mal.«

»Ja, Sir«, sagte Lanzo mit einem Hauch Sarkasmus. Arnest setzte sich wortlos den Rucksack auf die Schultern und nahm seinen Helm. Als Rin ihren aufsetzte, aktivierte sich automatisch das HUD des Systems. Schrift glitt über die Innenseite ihres Visiers.

›*Willkommen, Gast. Bitte registrieren Sie sich, damit Sie alle Vorteile des Tough Protect Navigations- und Produktivitätssystems (Basisversion) optimal nutzen können.*‹

›*Jetzt registrieren?*‹

›*Ja/Nein.*‹

»Nein«, sagte Rin.

›*Eine Registrierung ist kostenlos und dauert nur ein paar Minuten. Jetzt registrieren?*‹

›*Ja / Später noch einmal erinnern.*‹

Rin trommelte mit den Fingern auf die Rückenlehne ihres Sitzes. »Später noch einmal erinnern.«

Der Schriftzug verschwand. An seine Stelle trat ein sich drehender, mittelalterlich wirkender Schild, das Logo der Firma Tough Protect.

›*Es sind 481 Updates verfügbar. Updates jetzt installieren?*‹

›*Ja / Später noch einmal erinnern.*‹

»Später noch einmal erinnern«, sagte Rin.

›*Warnung! Eine Verbindung zum Internet konnte nicht hergestellt werden. Kein Update wurde heruntergeladen. Möchten Sie manuell nach einer Internetverbindung suchen?*‹

›*Ja/Nein/Hilfe*‹

»Nein, verdammte Scheiße noch mal!«

Arnest brüllte so laut, dass Rin ihn trotz Helm mühelos verstehen konnte. Anscheinend hatte er den gleichen Menüpunkt erreicht.

»Nein«, sagte sie.

›*Warnung! Nicht alle Funktionen verfügbar. Updates wurden nicht installiert. Registrierung abgebrochen. Möchten Sie wirklich als »Gast« fortfahren?*‹

›*Ja/Nein/Hilfe*‹

»Ich dreh durch!« Arnest schlug mit der flachen Hand gegen seinen Helm. »Ja!«

»Ja«, sagte auch Rin.

Wieder der Schild, dann endlich tauchten Icons an den Rändern des Visiers auf. Auf einer kleinen Karte unten rechts leuchteten die Koordinaten, die ins System überspielt worden waren. Ein Pfeil am oberen Rand wies Rin den Weg. An der linken Seite sah sie Icons mit Fragezeichen, neben denen Gast 1 bis 4 stand. Alle waren grün unterlegt, ein Zeichen dafür, dass sie sich in Reichweite des Helmfunks befanden.

»Kipling hätte sich das vorher mal ansehen sollen«, sagte Lanzo über Funk. Als er sprach, leuchtete das Icon von Gast 2 auf. Rin selbst war Gast 1.

»Den Scheiß konnte ja keiner ahnen.« Arnest – Gast 3 – ging

zur Luftschleuse im hinteren Bereich des Cockpits und öffnete die Tür. »Kommt ihr?«

Rin trat einen Schritt vor und wäre beinahe gestolpert. Ihr eigenes Gewicht drückte sie nach unten. Es kam ihr so vor, als säße jemand auf ihren Schultern.

Wie ein Jockey.

Sie verdrängte das Bild. Die Schwerkraft, die auf dem Planeten herrschte, war höher als die auf der Erde. Ihr Körper würde sich schon daran gewöhnen, so wie an die Schwerelosigkeit auf der *Mishima*.

Zu viert betraten sie die Schleuse. Die Tür schloss sich hinter ihnen, einen Moment später zeigte ein grünes Licht über der Außenschleuse an, dass der Druckausgleich erfolgt war.

Arnest aktivierte die Schleuse mit einem Knopfdruck. Die Tür öffnete sich. Wind heulte, Sand prasselte gegen Rins Visier. Sie kniff instinktiv die Augen zusammen, wich zurück und prallte gegen Auckland.

»Oh, tut mir leid«, sagte sie.

»Kein Problem.« Er schob sich an ihr vorbei und verließ hinter Arnest das Schiff. Rin sah, wie beide Männer bis zu den Knöcheln im Sand versanken. Ihre Anzüge flatterten im Wind.

Das war eine scheiß Idee, dachte sie, als sie in den Sand sprang. Der Boden fühlte sich weich unter ihren Stiefelsohlen an. Die Anzeige ihres HUDs gab die Außentemperatur mit minus sechzig Grad Celsius an, die Innentemperatur ihres Anzugs mit plus zwanzig. Durch den wirbelnden Sand erhaschte sie Blicke auf gewaltige, steil aufragende Berge, deren Gipfel wie die Turmspitzen von Kathedralen wirkten.

Rin bückte sich und ließ den Sand durch die Finger ihres Handschuhs rieseln. Windböen rissen ihn davon, bevor die Körner den Boden berühren konnten. Er hatte die gleiche graue Farbe wie die Felsen.

Er stammt von den Bergen, erkannte sie auf einmal. *Der Wind trägt sie Korn um Korn ab.*

Eines Tages, in Millionen, vielleicht Milliarden von Jahren würde nichts mehr von ihnen übrig sein außer diesem Sand. Rin wusste nicht genau, weshalb sie die Berge bedauerte.

»Alles in Ordnung?«, fragte Auckland – Gast 4 – in ihrem Helm.

Sie stand auf und wischte den Sand von ihrem Handschuh. »Ja. Ich hab nur nachgedacht.«

Der Pfeil in ihrem HUD pendelte einen Moment lang unschlüssig von einer Seite zur anderen, dann richtete er sich aus und zeigte tiefer in das Tal hinein. Vierhundert Meter sollten angeblich zwischen ihnen und ihrem Ziel liegen. Ob das stimmte, würde sich herausstellen.

»Hier entlang«, sagte Auckland. Das seltsame, harte Licht und der wirbelnde Sand ließen ihn und die anderen wie Figuren aus einem grobkörnigen, alten Schwarz-Weiß-Film wirken.

Rin stapfte durch den Sand. Ihr Körper gewöhnte sich langsam an die hohe Schwerkraft, aber seine Bewegungen waren schwerfällig und träge. Der Wind drückte gegen ihren Rücken und stieß sie voran, so als wolle er sie vom Schiff wegtreiben, hinein in eine Welt, in der sie nicht überleben konnte.

Sie blieben dicht zusammen und sprachen nur das Nötigste. »Pass auf den Felsen auf«, »Scheiß Wind«, »Achtung, das HUD justiert nach«, das waren die Dinge, die sie sagten. Rin war noch nie zuvor auf einem fremden Planeten gewesen, aber da war kein Staunen in ihr und kein Wunsch, die neue Umgebung zu erkunden. Die Welt bedrückte sie, wirkte auf eine aggressive Weise feindselig und ablehnend.

»Ich bin froh, wenn die Scheiße vorbei ist«, sagte Arnest.

»Du wolltest unbedingt hierher«, antwortete Gast 2, Lanzo.

»Weil ich dachte, dass es Spaß machen würde. Das hier …« Er trat eine Sandfontäne in die Luft, die vom Wind davongerissen wurde. »… macht keinen Spaß.«

Rin warf einen Blick auf die Entfernungsanzeige. Zwanzig Meter noch, doch dort, wohin der Pfeil zeigte, sah sie nur Sand und einige Felsen. Trotz der schlechten Sicht hätte sie ein Schiff bemerken müssen.

Die Hitzesignatur stammt wohl doch von etwas anderem, dachte sie.

Zehn Meter. Sie bemerkte, dass Auckland stehen blieb und sich umsah. »Vielleicht gehen wir in die falsche Richtung«, sagte er so leise, dass sie ihn über das Heulen des Windes kaum verstand. »Die Koordinaten könnten falsch sein.«

»Oder es gibt hier kein Schiff und die ganze Aktion war umsonst«, sagte Lanzo. »Das wäre –«

»Nee, die war nicht umsonst.« Arnest hob den Arm und zeigte nach vorn. »Seht ihr das nicht?«

Rin kniff die Augen zusammen und versuchte, das wirbelnde Chaos auszublenden und das zu erkennen, was dahinter lag. Sand, natürlich, sehr viel Sand, aber er wehte nicht über den Boden, sondern hatte sich zu einer Düne aufgetürmt, die den dunklen Felsen darunter fast ver–

Das ist kein Felsen, dachte sie plötzlich. Die Konturen waren zu glatt, zu rechtwinklig und die Form zu vertraut. *Das ist ein Schiff.*

»Ich sehe es«, sagte Auckland.

Lanzo nickte in seinem Helm. »Ich auch.«

Langsam gingen sie darauf zu, und je näher sie kamen, desto mehr konnte Rin erkennen. Die Düne hatte sich am Bug gebildet und bedeckte das gesamte Cockpit und einen Teil der Tragflächen. Nur der Antrieb, ein fast drei Meter breites Rohr, lag frei. Die Fläche dahinter war schwarz verbrannt und glasig. Der Wind hatte noch nicht die Zeit gehabt, sie wieder mit Sand zu füllen.

»Du hattest recht, John«, sagte Rin. »Das ist ein Schiff. Aber es muss schon eine ganze Weile hier sein. Die Sandschicht auf dem Cockpit ist über einen Meter dick.«

Lanzo sah sie an. Wie die anderen auch hatte er die Innenbeleuchtung seines Helms ausgeschaltet, um nicht von ihr geblendet zu werden. Sein Gesicht war nur ein heller Fleck. »Die Hitzesignatur stammt also nicht von seiner Landung.«

»Nein«, sagte Auckland. »Es hat versucht, zu starten.«

»Warum? Die Besatzung muss wissen, dass die Sprungtore abgeschaltet sind und sie nicht aus dem Sonnensystem herauskommen. Hier unten ist es wärmer als im All. Der Sand isoliert zusätzlich. Warum warten sie nicht einfach ab?«

»Vielleicht, weil sie keinen Bock auf Warten haben«, sagte Arnest in Rins Helmfunk. »Geht mir auch so.«

Mit langen Schritten legte er die letzten Meter zum Schiff zurück.

»Arnest, warte!«, befahl Lanzo, aber sein Bruder ignorierte ihn. Er kletterte die kurze Leiter, die zur Schleuse führte, hinauf und hämmerte mit der Faust gegen die Tür.

»Hallo?«

7

Lanzo zuckte zusammen, als Arnests Stimme durch seinen Helm donnerte. »Brüll nicht so«, sagte er genervt. »Sie können dich nicht hören.«

Arnest deutete auf eine Kamera, die über der Schleuse angebracht war. »Aber sie können mich sehen.«

Er winkte. »Macht die scheiß Tür auf! Keiner hier will euch was!«

Lanzo atmete tief durch, wies ihn aber nicht noch einmal zurecht. Er war sich sicher, dass Arnest nur brüllte, weil er wusste, dass das seinen Bruder nervte. *Er ist manchmal so ein Kind.*

Das rote Licht der Kamera blinkte. Das Schiff wurde also noch mit Energie versorgt, was jedoch nicht bedeutete, dass jemand an Bord war. Die Systeme waren auf menschliche Eingaben nicht angewiesen, selbst der Startvorgang ließ sich automatisieren.

Lanzo kletterte die Leiter hoch und blieb neben seinem Bruder auf der sandbedeckten kleinen Plattform, die zu der Schleuse führte, stehen. Neben dem Keypad leuchtete ein grünes Licht.

»Die Schleuse ist nicht gesichert«, sagte Lanzo. »Gehen wir rein?«

Gast 4, Auckland, meldete sich. »Wir haben geklopft und – halbwegs – höflich gefragt. Mehr kann man von uns nicht verlangen. Wir gehen rein.«

»Verstanden.« Lanzo und Arnest zogen gleichzeitig ihre Waffen, überprüften das Magazin und nickten einander zu. Sie waren so eingespielt, dass sie keine Worte brauchten.

Lanzo legte die Hand auf die Schaltfläche über dem Keypad. Er wartete, bis Arnest in Position gegangen war – Pistole in einer Hand, den Arm zum Stabilisieren darunter –, bevor er darauf drückte.

Die Schleuse öffnete sich. Weißes Licht fiel auf den Sand und erhellte Arnests Gesicht. In seinen Augen funkelte es. Er grinste. Falls jemand an dem Bildschirm saß, auf den die Bilder der Kamera übertragen wurden, musste er ihn für einen Wahnsinnigen halten.

Vielleicht nicht ganz zu unrecht, dachte Lanzo.

»Nichts«, sagte Arnest. Er klang ein wenig enttäuscht.

Lanzo folgte ihm in die Schleuse. Hinter ihm stiegen Auckland und Rin die Leiter hinauf. An der Rückwand des kleinen Raums gab es eine Stahltür, über der eine Lampe rot blinkte. Neben der Tür hing eine Plakette. Lanzo ging darauf zu, während Rin die Schleuse verriegelte.

»*James K. Polk*«, las er vor. »United States Navy.«

»Das muss einer der alten Navy-Aufklärer sein«, sagte Auckland. »Erste Generation. Die wurden alle nach US-Präsidenten benannt.«

»Ja, ich erinnere mich an die Witze.« Lanzo warf einen Blick durch das Bullauge in der Tür. Der Gang auf der anderen Seite war hell erleuchtet und leer. »Schiffe wie ein Präsident. Randvoll mit leeren Versprechungen.«

Rin lachte leise. Das rote Licht blinkte ein letztes Mal und wechselte auf Grün.

»Bereit?«, fragte Lanzo.

Arnest nickte.

Die Tür öffnete sich. Der Gang, den Lanzo und Arnest betraten, war nur wenige Meter lang, hell und leer. Es gab zwei

Türen, eine an seinem rechten Ende und eine in der Mitte. Links endete der Gang in einer Wand, hinter der sich die hermetisch abgeriegelte Antriebssektion befand. Wegen der starken Strahlung des Bubble-Antriebs hatten Menschen dort keinen Zugang. Roboter kümmerten sich um Wartung und Reparaturen.

Rin schloss die Schleuse, nahm ihren Helm ab und hängte ihn in die dafür vorgesehene Schlaufe am Rucksack ihres Anzugs. »Die Luft riecht frisch. Keine Verwesung.«

Lanzo und die anderen nahmen ebenfalls die Helme ab. Nach dem Heulen des Windes dröhnte die Stille in seinen Ohren. Er brauchte einen Moment, bis er das sanfte Summen der Schiffssysteme wahrnahm. An den Rändern des Gangs hatte sich Sand gesammelt. Die Besatzung der *Polk* musste das Schiff erst kürzlich verlassen haben, sonst hätten die Selbstreinigungssysteme ihn längst beseitigt.

Auckland zeigte auf die Tür in der Mitte. »Wenn das Schiff nicht modifiziert wurde, liegt dahinter der Frachtraum. Rechts sollten sich der Schlafraum für die Besatzung, die Duschen und das Cockpit befinden.«

»Woher weißt du so einen Scheiß?« Arnest sah ihn an. »Lernt man das in der Roboterschule?«

»Von uns wurde erwartet, dass wir die Spezifikationen aller Schiffstypen auswendig lernen.« Auckland zuckte mit den Schultern, ohne auf Arnests Kommentar einzugehen. »Ist wohl ein bisschen was hängen geblieben.«

Er versuchte, locker zu klingen, so als wolle er herunterspielen, was er war und wie er bis kurz vor Omega gelebt hatte. Es gelang ihm nicht. Seine Worte klangen gezwungen und unehrlich. Sogar Arnest schien das zu bemerken, denn er runzelte nur die Stirn und schwieg.

Lanzo räusperte sich. »Fangen wir mit dem Frachtraum an.«

Es kam kein Widerspruch. Niemand wollte mit einer ungeöffneten Tür im Rücken weitergehen. Sie nahmen ihre üblichen

Positionen ein, Arnest vorn, Lanzo seitlich, Auckland und Rin weiter zurück. Alle hatten ihre Waffen gezogen, nur Rins zeigte zu Boden. Sie war eine mäßige Schützin, was sie wusste, und in beengten Räumlichkeiten wie diesen, mit Metallwänden, die Kugeln zu unberechenbaren Querschlägern werden lassen konnten, war das gefährlich.

Lanzo schloss seine Hand um den Türknauf. Jahrelang hatte das Pentagon den Piloten versprochen, dass man die billigen, als Improvisation geltenden Türen gegen hydraulisch betriebene austauschen würde, aber das war bis Omega nicht geschehen. Sie neigten dazu, bei extremen Flugmanövern aufzugehen und gegen die Wand zu schlagen. Lanzo hatte nie einen Piloten getroffen, der die Präsidentenklasse gern geflogen hatte.

»Heute noch?« Arnest sah ihn ungeduldig an.

Lanzo nickte und drehte den Knauf. Die Tür schwang lautlos nach innen auf. Auckland hatte zwar von einem Frachtraum gesprochen, aber was Lanzo sah, war kaum größer als seine Kabine. An der linken Wand stapelten sich Metallkisten in einem mit Gurten gesicherten Regal, das bis zur Decke reichte, an der rechten stand ein Dutzend hüfthoher schwarzer Tanks. Metallverstrebungen, die mit der Wand verschweißt waren, hielten sie fest. Auf den Tanks klebten Warnhinweise.

»Muss was Wertvolles drin sein«, sagte Arnest. »Oder was Gefährliches.«

»Das eine schließt das andere nicht aus.« Lanzo ging auf die Tanks zu. Sie waren elektronisch versiegelt worden. Lichter blinkten an der Oberseite. Er beugte sich zur Seite, um die Warnungen besser lesen zu können.

»Flüssiger Stickstoff«, sagte er dann. »Sieht so aus, als müsse das, was sich in den Tanks befindet, extrem –«

»Etwas stimmt nicht.« Auckland stand neben Rin in der Mitte des Raums und drehte sich langsam um. »Der Raum ist zu klein.«

Lanzo wandte sich von den Tanks ab. »Was soll das heißen?«

»Die Frachträume auf Schiffen der Präsidentenklasse haben eine Fläche von zwanzig Quadratmetern, aber der hier hat was? Dreizehn? Vierzehn?«

Er trat vor und ließ seine Hand über die Rückwand des Raums gleiten. »Die sollte nicht hier sein. Jemand –«

Ein Knall. Lanzo fuhr herum. Die Tür, durch die sie gerade eingetreten waren, hatte sich geschlossen. Ihre Rückseite und der Rahmen waren metallverstärkt. Es klickte laut, als irgendein Schließmechanismus in ihrem Inneren aktiviert wurde.

Ich hätte mir die Rückseite ansehen müssen, dachte Lanzo. *Was bin ich nur für ein Idiot!*

Er machte sich nicht die Mühe, zur Tür zu gehen, Arnest schon. Mit seiner großen Hand riss er an dem Knauf.

»Die ist zu!« Er trat gegen das Metall. »Was ist das für eine Scheiße?«

»Vorsicht.« Auckland riss die Hand zurück, als hätte er sich verbrannt. Etwas knirschte laut, dann rollte sich die Wand, vor der er stand, wie Papier auf.

Jockey-Technologie.

Beißender Verwesungsgeruch schlug Lanzo entgegen. Zombies rissen an Ketten, die in der wahren Rückwand des Frachtraums verankert waren. Sie stöhnten und fauchten. Zwei von ihnen trugen Raumanzüge, deren Helmvisiere zertrümmert waren. Lanzo blickte in schwarz verfärbte, erfrorene Gesichter und milchig weiße Augen. Die anderen vier waren uniformiert.

Arnest und Auckland schossen gleichzeitig. Beide Kugeln schlugen in einen der Zombies ein, die Raumanzüge trugen. Sein Kopf verschwand in einer Explosion aus Blut, Knochen und Gehirn. Im gleichen Moment fielen die Ketten der anderen. Vom eigenen Schwung getrieben, stolperten die Zombies nach vorn. Einer, ein junger Mann mit hoher Stirn und einem klaffenden Loch in der Wange, fiel hin. Ein zweiter taumelte zur

Seite, genau auf die Tanks zu, vor denen Lanzo stand.

Aus den Augenwinkeln sah er, wie Arnest seine Waffe auf den anderen helmtragenden Zombie, eine Frau mit langem blondem Haar, richtete. Seine Kugel traf nicht das zertrümmerte Visier, sondern schlug Millimeter darüber in Plastik ein. Zwei Löcher tauchten im Helm auf, Sekundenbruchteile später sprühten Funken aus der Rückwand, dann aus der Seitenwand. Es ging so schnell, dass Lanzo nicht einmal auf die Idee kam, sich zu ducken. Wie ein Insekt, das sich wütend gegen Scheiben warf, prallte der Querschläger gegen Wände, Decke und Fußboden, bevor er sich mit einem letzten, feuchten Klatschen in den Rücken des Zombies bohrte, der auf Auckland und Rin zustolperte.

»Nicht schießen!«, rief Lanzo. In seinen Ohren klingelte es so laut, dass er seine eigene Stimme kaum hören konnte. »Wir müssen sie anders erledigen.«

Er fasste seine Waffe am Lauf, trat dem Zombie vor sich gegen die Brust und hämmerte ihm den Griff der Pistole ins Gesicht. Knochen knackten, schwarzes, träges Blut floss wie Öl auf den Boden, aber der Zombie grub immer noch seine Hände in Lanzos Arme und schnappte nach ihm. Erst ein Dutzend Schläge später lag er still.

Lanzo sah auf. Rin war fast bis zur Tür zurückgewichen. Eine Sekunde lang glaubte er, sie würde versuchen, vor dem uniformierten Zombie, der ihr folgte, zu fliehen. Er sprang bereits auf, doch da schlug sie plötzlich einen Haken und gelangte in den Rücken der übergewichtigen, rothaarigen Frau. Rin packte ihren Kopf mit beiden Händen und schlug ihn gegen die Tür. Die Frau wedelte mit den Armen und versuchte, ihren Kopf zu drehen, aber Rin holte erneut aus.

Lanzo wandte sich von ihr ab. Sie hatte die Lage offensichtlich im Griff. Etwas streifte seinen Rücken. Er fuhr herum, aber da prallte Auckland bereits gegen den Zombie, der die Hände nach ihm ausgestreckt hatte. Beide gingen zu Boden. Lanzo sah eine Uniform und ein fast schon mumifiziertes, dunkles Gesicht. Zähne schnappten nach Auckland, der dem Zombie den Ellenbogen gegen die Kehle drückte und mit dem anderen Arm dessen Hände abwehrte.

»Aus dem Weg!«

Aucklands Augen weiteten sich, als Arnest plötzlich über ihm auftauchte. Er warf sich nach hinten, der Zombie fauchte und schnappte. Arnest stieß sich ab. Seine schweren Stiefel begruben den Kopf des Zombies unter sich. Es knackte, Blut spritzte über Auckland und Lanzo. Arnest sprang noch einmal hoch. Die Arme des Zombies zuckten, dann lag er still.

Arnest wischte sich die Stiefel an dessen Uniform ab. »Was für eine Schweinerei.«

Fünf Zombies lagen mit zertrümmerten Schädeln am Boden. Der sechste, die Frau im Raumanzug, deren Kopf Arnest nur gestreift hatte, irrte mit ausgestreckten Armen durch den Raum. Sie schien blind zu sein. In ihrem blutüberströmten Gesicht steckten Splitter des Visiers, aber der Helm umschloss immer noch ihren Kopf.

»Die Navy hatte schon immer die beste Ausrüstung«, sagte Lanzo. Als die Frau seine Stimme hörte, drehte sie sich um und taumelte auf ihn zu. Er ging einige Schritte zur Seite. Sie lief an ihm vorbei, prallte gegen die Wand und drehte sich um.

Arnest lachte. »Das ist ja wie Blinde Kuh.«

Er wich der Frau aus und trat ihr die Beine unter dem Körper weg. Fauchend ging sie zu Boden. Ihr Helm schlug mit einem dumpfen Knall auf.

Sie versuchte, aufzustehen, aber Arnest stellte ihr den Fuß auf den Rücken. Ihre Arme und Beine bewegten sich unablässig. Es sah aus, als würde sie schwimmen.

»Und was jetzt?«, fragte Arnest.

»Wir ziehen ihr den Helm aus.« Lanzo ging vor der Frau in

die Hocke. Sie fauchte und knurrte, konnte aber den Kopf nicht heben. Der Helm drückte gegen ihre Schultern. »Haltet ihre Arme fest.«

Auckland und Rin hockten sich rechts und links von ihm hin. Mit dem Knie drückten sie die Arme der Frau nach unten. Lanzo packte den Helm mit beiden Händen und drehte ihn. Sand knirschte, aber die Verriegelung löste sich nicht. Er fluchte leise.

»Wir sollten sie einfach abknallen«, sagte Arnest. »Die Kugel wird den Helm schon nicht durchschlagen.«

»Und wenn doch?« Rin sah auf. »Willst du noch einen Querschläger riskieren?«

Er stemmte seinen Fuß so fest in den Rücken des Zombies, dass die Rippen knackten. »Ich will nur hier raus.«

Lanzo warf ihm einen kurzen, besorgten Blick zu. Arnests Tonfall gefiel ihm nicht. Er klang angespannt und ungeduldig. »Eines nach dem anderen«, sagte er, während er mit aller Kraft versuchte, den festsitzenden, knirschenden Helm zu drehen. Die Frau warf ihren Kopf hin und her. Eine blonde Haarsträhne fiel aus dem zersplitterten Visier. Lanzos Handschuhe glitten an dem glatten Plastik des Helms immer wieder ab, aber er wagte es nicht, durch das Visier ins Innere zu greifen. Die Zähne des Zombies und die scharfkantigen Scherben hielten ihn davon ab.

»Tauscht die Plätze«, sagte Auckland. »Lass Arnest ran.«

Lanzo nickte und stand auf. Im Gegensatz zu Arnest benutzte er nicht seinen Fuß, um den Zombie am Boden zu halten, sondern hockte sich mit beiden Knien auf den Körper. Trotz des Raumanzugs und der Kleidung, die die Frau darunter trug, spürte er ihre Knochen. Sie musste schon vor einiger Zeit zum Zombie geworden sein. Ihr Körper war völlig ausgemergelt.

Arnest setzte sich vor ihr auf den Boden, nahm den Helm in beide Hände und drehte ihn. Sand knirschte, aber der Helm bewegte sich nur um wenige Millimeter. Lanzo sah die Überraschung auf dem Gesicht seines Bruders. Er war es nicht gewohnt, dass sich etwas seiner Kraft widersetzte. Arnest kniff die Lippen zusammen. Die Adern an seinem Hals traten hervor und seine Bizepse zeichneten sich deutlich unter seinem eng sitzenden Raumanzug ab. Er grunzte vor Anstrengung.

»Nicht locker lassen«, sagte Rin. »Du schaffst das. Er bewegt sich schon.«

Arnest stieß den Atem aus. »Nein, tut er nicht. Das Gelenk dreht sich mit.«

Er wechselte die Taktik, stemmte nun die Stiefel gegen die Schultern des Zombies und zog an dem Helm. Lanzo, Auckland und Rin mussten sich mit ihrem ganzen Körpergewicht dagegenstemmen, sonst hätte er sie inklusive des Zombies über den Boden gezogen. Die Frau fauchte. Eine gelbliche Flüssigkeit tropfte aus ihrem Mund.

»So eine Scheiße!« Arnest ließ den Helm los und massierte seine Hände. Ein seltsamer Ausdruck trat in sein Gesicht.

»Arnest …« Weiter kam Lanzo nicht. Mit einer rasend schnellen, gleitenden Bewegung zog Arnest seine Waffe aus der Tasche, presste die Mündung an den Helm und drückte ab.

Ein Knall. Ein Schlag. Dunkelheit.

8

»B-9?«

»Wasser. D-4?«

»Treffer.«

Täuschte sich Kipling oder klang Ama'Ru ein wenig frustriert? Er unterdrückte ein Lächeln und markierte den Treffer mit einem X. Sie saßen auf der Brücke, er an einer Konsole, Ama'Ru unter der Bildschirmwand. Die Gottesanbeterin verharrte reglos, schlief vielleicht sogar.

»Das ist dein Schlachtkreuzer«, sagte Kipling. »Willst du das Leiden unnötig hinauszögern oder gibst du dich geschlagen?«

Sie zögerte einen Moment, bevor sie das Blatt Papier zusammenfaltete. Der Kugelschreiber wirkte wie ein Fremdkörper in ihrer knochigen Alienhand, fast schon wie diese Bilder, auf denen man Musikinstrumente in die Pfoten von Tieren photoshoppte.

»Ich gebe mich geschlagen.«

Kipling lehnte sich zurück und legte die Füße auf die Konsole. »Drei Spiele, drei Niederlagen. Darf ich dir einen Tipp geben?«

Sie nickte steif.

»Du denkst zu viel nach. Wenn du mein Spielfeld nach einem bestimmten Muster absuchst, muss ich meine Schiffe nur so platzieren, dass sie keinem Muster entsprechen. Nenn einfach die erstbesten Koordinaten, die dir einfallen. Nicht nachdenken, schießen.«

Ama'Ru drehte den Kugelschreiber zwischen den Händen. Papier zu finden, war einfach gewesen – es gab genügend Lieferscheine mit unbedruckter Rückseite in den Frachträumen – aber Kugelschreiber hatten sich als Herausforderung erwiesen. In einer Kiste mit billigen Werbegeschenken hatte er schließlich welche zwischen USB-Sticks mit viel zu wenig Speicher und dreidimensionalen Aufklebern gefunden.

LOL-OMG-‹3.com stand auf dem Kugelschreiber. Kipling fragte sich, was die Firma wohl produziert hatte und wie sich ihre Mitarbeiter am Telefon gemeldet hatten.

Ama'Ru schien der Kugelschreiber zu faszinieren. »So simpel«, hatte sie gesagt, als Kipling ihr die Funktionsweise erklärte. Doch nun betrachtete sie ihn gedankenverloren, als nähme sie ihn kaum wahr.

»Wie nennt ihr dieses Spiel noch?«, fragte sie, ohne auf Kiplings Tipp einzugehen.

»Schiffe versenken.«

»Schiffe versenken.« Ama'Ru sah ihn an. Die Hinterbeine der Gottesanbeterin rieben leise raschelnd gegeneinander. »Das wäre ein passender Name für Tasha's Tool gewesen.«

Kipling spürte einen Stich im Magen. Er nahm die Füße von der Konsole. »Das hättest du dir sparen können. Ich weiß, was ich getan habe.«

»Und ich weiß, warum du es getan hast. Ich verstehe nur nicht, welches Ziel du damit verfolgen wolltest, bevor andere anfingen, es zu missbrauchen. Welchen Zweck hatte Tasha's Tool?«

Kipling betrachtete einen Moment lang die Scanergebnisse, die auf einem der Bildschirme dargestellt wurden. Dann erwiderte er Ama'Rus Blick. »Lolz«, sagte er. »Das war nur für lolz. Ich wollte, dass die Leute über euch lachen, dass sie euch ein paar Stunden oder Tage, je nachdem, wie lange ihr mit dem Patch gebraucht hättet, vorführen. Mehr nicht.«

»Und danach?«

Er hob die Schultern. »Wäre alles gewesen wie vorher.«

»Aber das ergibt keinen Sinn.«

»Für uns schon. Vielleicht muss man ein Mensch sein, um das zu verstehen.« Kipling erwartete, dass Ama'Ru etwas darauf antworten würde, aber als sie schwieg, fuhr er fort: »Sag mir, was sie jetzt machen werden. Uns aussperren? Jagen? Ausrotten?«

»Ich weiß es nicht.« Ama'Ru steckte den Kugelschreiber in eine ihrer Satteltaschen. »Niemand kann das sagen.«

Kipling fiel es schwer, das zu glauben. »Wirklich nicht?«

»Nein«, sagte Ama'Ru knapp. Sie lachte leise. »Vielleicht muss man ein ... Jockey sein, um das zu verstehen.«

»Ja, wahrscheinlich.« Kipling fuhr sich mit beiden Händen durchs Gesicht und gähnte. »Nur so als Gedankenspiel: Was würdest du tun, wenn es deine Entscheidung wäre?«

Sie musterte ihn aus ihren runden, großen Augen, bevor sie antwortete. »Ich würde euch den Zugang zu unseren Raumstationen verbieten und warten, bis ihr hier draußen verhungert.«

Er hob die Augenbrauen. »Wenigstens bist du ehrlich.«

»Warum nicht? Es ist nur ein Gedankenspiel und keine Person wird auf diese Weise über euer Schicksal entscheiden. Unsere Gesellschaftsstrukturen sind wesentlich komplexer als eure. Die Entscheidung könnte Jahre dauern.«

»Jahre ohne Internet? Dann leg mich lieber gleich um.« Er lächelte, um seinen Worten die Schärfe zu nehmen, erkannte aber ein wenig geschockt, dass er das ernst meinte. Obwohl er von anderen umgeben war, fühlte er sich, als säße er in Einzelhaft. Das Internet verband ihn mit der Welt. Ohne es war er allein.

Ama'Ru legte den Kopf schräg. Der Kopf der Gottesanbeterin machte die Bewegung mit. »Du bist sehr merkwürdig, Kipling, sogar für einen Menschen. Darf ich dich etwas fragen, auch wenn es wenig schmeichelhaft ist?«

Er setzte sich auf und nahm instinktiv seine V-Specs in die Hand. Die Zahlen- und Buchstabenkolonnen, die über den Bildschirm liefen, spiegelten sich in ihren Gläsern. »Okay.«

»Wenn ich mir die anderen ansehe – Auckland, Rin, Lanzo und Arnest – entdecke ich Qualitäten, die ihnen bis heute das Überleben ermöglicht haben. Aber du …«

Sie ließ den Satz unvollendet, so als erkenne sie auf einmal, wie beleidigend die Frage klingen würde. Kipling lachte. »Du willst wissen, wie ausgerechnet ich es geschafft habe, von der Erde zu fliehen, während neunundneunzig Prozent der Menschheit da unten verreckt sind?«

»Ganz so wollte ich es nicht ausdrücken.«

»Ich nehme das nicht persönlich.« *Im Gegenteil*, dachte er. *Ich bin froh, dass wir nicht mehr über dieses ganze Schuld-und-Sühne-Ding reden müssen.* »Die Antwort ist simpel: Ich war vorbereitet.«

9

Man nannte sie »Penny Pubs«, kleine, privat betriebene Kneipen, die manchmal von einem Tag auf den anderen in verlassenen Fabrikhallen oder alten, staubigen Bürogebäuden auftauchten. Der Penny Pub, in dem Kipling mit einer Flasche Indian Pale Ale in der Hand an der Wand lehnte, hieß *Portal*. Er hatte ihn selbst taufen dürfen, ein Dankeschön des Besitzers Marc, dem er die Einrichtung finanziert hatte.

Die ehemalige Autowerkstatt war voll. Alt gewordene Hipster standen neben herausgeputzten, mit Elektronik behangenen Parrots, der neuesten Modewelle, die zusammen mit Programmierern und Künstlern aus Mumbai nach London geschwappt war. Dazwischen tranken Arbeitslose aus dem Ghetto und Jugendliche Bier. Marihuanarauch zog träge durch den Raum.

Das *Portal* war kein Ort für Designerdrogen und Brain Fucks, wie die immer populärer werdenden Gehirnstimuli genannt wurden. *Wer hierherkommt, will entspannt breit werden*, dachte Kipling. Er wippte auf den Fußballen im Takt der Musik. Jeder Song, der im *Portal* lief, wurde direkt aus seiner Sammlung auf den Musicplayer hinter der Theke gestreamt. Marc zahlte keine Gebühren, keine Lizenzen, keine Abgaben an irgendwelche Brauereien. Früher oder später würde die Polizei den Laden stürmen, aber dann würde ein anderer aufmachen. Kipling dachte nicht an das Geld, das er dabei verlieren würde. Er hatte genug davon.

Ein dezent blinkendes Licht am äußersten Rand seiner

V-Specs verriet ihm, dass jemand ihn kontaktierte. Er zuckte kurz mit den Augen. Ein Icon mit einer norwegischen Flagge erschien auf dem Display, darunter stand der Name *Erika*DieWikingerin. Er lächelte und schaltete die Ohrstecker auf Empfang. Musik und Gespräche wurden zu einem dumpfen Hintergrundgeräusch.

»Hi Erika.«

»Hi Kipling.« Ihre Stimme klang weich und freundlich. Erika war vor einigen Jahren von Oslo nach New York gezogen. Mehr wusste er nicht über sie und mehr wollte er auch nicht wissen. Er tippte mit dem Daumen seiner linken Hand gegen den Ringfinger, um die Kamera in den Beobachtermodus zu versetzen. Er hatte sich die Chips erst vor einigen Wochen implantieren lassen, aber sie schmerzten schon längst nicht mehr.

Ein Fenster ging im Display auf und zeigte ihm eine weiße Wand. Kein Fenster, keine persönlichen Dinge, nichts, was Erika hätte identifizieren können. Man wusste nie, wer zusah.

»Bist du schon wieder in dieser Kneipe?«, fragte Erika, als sie seine Aufnahmen sah. Kipling richtete die Kamera zwar auf eine unverputzte Mauer, aber die Hintergrundgeräusche verrieten, wo er sich aufhielt.

»Ich trinke nicht gern allein«, sagte er.

»Soll das heißen, dass du mit jemandem redest?« Sie klang fast schon empört.

»Jetzt schon.« Er lächelte, als sie lachte. Manchmal dachte er darüber nach, das Versteckspiel aufzugeben und sie in New York zu besuchen. Er wollte wissen, wie ihr Gesicht aussah, wenn sie lachte, wie sie lebte, wie sie sich bewegte.

»Ich rufe wegen des Exploits an«, sagte sie.

»SaferBuys?«

»Ja, genau.« Zwischen den Antworten vergingen immer einige Sekunden. Das war der Preis, den man für Anonymität zahlen musste. Selbst, wenn jemand die Gesprächsinhalte abhörte, würde er den Standort von Kipling und Erika nicht ermitteln können. Sie waren vorsichtig. »Konntet ihr euch einigen?«

»Nein. Die Sicherheit ihrer Kunden waren ihnen leider nicht einmal hunderttausend wert.«

»Bitcoins oder Dollar?«

»Dollar.« Kipling hörte, wie Erika den Atem ausstieß.

»Das verdienen die doch am Tag«, sagte sie. »Arschlöcher. Dann kann ich ihn also freilassen?«

Er nickte und trank einen Schluck Bier. »Wann immer du willst.«

»Dein Name oder meiner?«

Kipling dachte einen Moment darüber nach, bevor er antwortete. Im Hintergrund sang Jonathan Coulton »Still Alive«. »Deiner, wenn's dir nichts ausmachst. Ich habe in der letzten Zeit schon zu viel geposted.«

»Nein, es macht mir nichts aus. Ich kann den Street Cred gebrauchen. Noch bin ich keine Legende wie du.«

Er verzog das Gesicht. Auch wenn er wusste, dass sie recht hatte, wollte er es nicht hören. Es gefiel ihm noch nicht einmal, wenn man ihn als »Hacker« bezeichnete, oder schlimmer »Black Hat Hacker«. Er selbst sah sich als Qualitätssicherung, als jemanden, der defekte Software aufspürte, den Entwicklern das Problem mitteilte und dafür eine angemessene Entlohnung erwartete, normalerweise ein Prozent ihres Nettoumsatzes. Wenn sie nicht zahlen wollten, machte er das gefundene Problem publik. Dadurch war er zum Helden von Millionen Script Kiddies auf aller Welt geworden. Beabsichtigt hatte er das nicht, aber es war geschehen. Nun musste er damit leben.

Hinter ihm klirrten Gläser. Jemand fluchte laut, ein anderer brüllte etwas. Kipling drehte sich nicht um. Er wollte nicht, dass Gesichter auf seinem Stream zu sehen waren.

»Hallo? Bist du noch da?«, fragte Erika.

»Ja, sorry, ich war gerade abgelenkt.«

»Hört sich an, als wäre ziemlich viel los bei dir.«

»Ein typischer Samstag Abend.« Ein Pop-up ging auf und bat ihn, lauter zu sprechen, damit sein Gesprächspartner ihn besser verstehen könne.

»Verpiss dich!«, schrie eine raue, alkoholgetränkte Stimme hinter Kipling. Er spürte, wie die Stimmung umschlug.

»Ich wollte dich was fragen«, sagte Erika. »Es geht um diese Idee, die ich hatte. Du weißt schon, Social Secure File Sharing. Ich hab ein bisschen Code geschrieben und –«

Der Rest des Satzes ging in wütendem Brüllen unter. Ein Ellenbogen traf Kipling in den Rücken und ließ ihn taumeln. Er musste sich an der Mauer abstützen, sonst wäre er gestürzt.

»Kipling?« Erika klang besorgt. »Was ist denn –«

»Moment.« Er nahm die V-Specs ab und drehte sich um. Ihm stockte der Atem, als er sah, was sich vor ihm abspielte. Ein Mann stand unter einer der drei Hebebühnen, die Marc hochgefahren und mit bunten Lichterketten umwickelt hatte. Er war älter und übergewichtig. Sein nackter Bauch hing über eine verdreckte Jogginghose und er trug nur einen Schuh. Sein Kopf pendelte von einer Seite zur anderen, sein Kinn war blutig.

Die anderen Gäste hatten einen Kreis um ihn gebildet. Einige schrien ihn an, andere provozierten ihn, ein Mann hielt seine Hand hoch, von der Blut tropfte und wiederholte immer wieder: »Das Arschloch hat mich gebissen!«

Es war die gleiche Stimme, die nur eine Minute zuvor »Verpiss dich« gerufen hatte.

»Lasst mich mal durch!«, brüllte Marc über den Lärm hinweg. Er hatte hinter der Theke gestanden, bahnte sich aber nun einen Weg durch die Menge. In einer tätowierten Hand hielt er einen Baseballschläger.

Seine Gäste wichen zurück. Die meisten Parrots hatten ihre V-Specs aufgesetzt und filmten, was sich um sie herum abspielte. Hipster hielten altmodische Smartphones hoch. Kipling sah sogar ein Tablet zwischen ihnen.

Marc trat in den Kreis, den die Gäste gebildet hatten. Er war in den Ghettos aufgewachsen und schreckte vor Gewalt nicht zurück. Sein dunkles Gesicht war mit Maori-Tätowierungen bedeckt, dabei stammten seine Vorfahren aus Jamaica. Kipling hatte ihn nie danach gefragt.

Der übergewichtige Mann drehte sich, als er bemerkte, dass jemand in den Kreis getreten war. Marc ging um ihn herum wie ein Gladiator in einer Arena. Die Menge wurde still. Coulton sang: »Re: Your Brains.«

»Geh nach Hause, Kumpel«, sagte Marc. »Schlaf deinen Rausch aus.«

Der Mann knurrte und streckte die Arme aus. Seine Bewegungen wirkten unkoordiniert und steif. Er stolperte auf Marc zu, doch der drückte seine Arme mit dem Baseballschläger beiseite, ohne ihn zu verletzen.

»Letzte Warnung«, sagte er.

»Kipling?« Erikas Stimme drang aus den Ohrsteckern, die vor Kiplings Brust baumelten. »Sag doch was. Ich mach mir hier langsam Sorgen.«

Ich mir auch, dachte Kipling. Er zögerte, bevor er die V-Specs aufsetzte. Identifizierbare Gesichter zu zeigen, war riskant, aber er wollte, dass Erika an dem teilhatte, was gerade geschah. »Sieh dir das an«, sagte er und trank einen Schluck Bier. Seine Finger zitterten.

Der übergewichtige Mann reagierte nicht auf die Warnung. Er taumelte an den Rand des Kreises, wurde von den Zuschauern jedoch zurückgestoßen. Kipling zoomte so nahe an ihn heran, dass er das Gesicht erkennen konnte. Unter der wächsernen Haut zeichneten sich dunkle Adern ab. Die Lippen waren zurückgezogen, die Zunge schwarz und geschwollen. Seine Augen waren von einer milchig weißen Schicht überzogen. Der Blick dahinter war stumpf und …

Tot, dachte Kipling. Er setzte die Ohrstecker wieder ein, als er Erikas Stimme hörte.

»Ah, Scheiße«, sagte sie. »Das muss dieser neue Brain Fuck sein, von dem alle reden.«

»Welcher neue Brain Fuck?«

Der Mann stolperte nun wieder auf Marc zu, der den Baseballschläger in beide Hände nahm und ausholte.

»Siehst du keine Nachrichten?«, fragte Erika.

»Nein, die deprimieren mich nur.«

Mit einem satten Klatschen traf hartes Holz auf weiches Bauchfett. Die Menge stieß kollektiv den Atem aus, aber Kipling achtete nur auf das Gesicht des Mannes. Er sah keinen Schmerz darin, nicht mal Überraschung. Marc holte ein zweites Mal aus.

»Der Brain Fuck stammt aus der New Yorker Partyszene«, sagte Erika. »Du sollst dadurch eine plus zehn auf Ausdauer, Geschicklichkeit und Charisma bekommen … merkt man eigentlich, dass ich vor Kurzem eine Dungeons-&-Dragons-Gruppe gefunden habe?«

Kipling antwortete nicht, hörte ihr kaum noch zu. Marcs zweiter Schlag traf Bauch und Rippen des Mannes. Die Haut an diesen Stellen färbte sich sofort schwarz.

»Jedenfalls«, fuhr Erika fort, »funktioniert das Ganze nicht so gut. Viele Leute, die den Brain Fuck benutzen, werden psychotisch. Gestern haben die Bullen einen Typen in Brooklyn erschossen, der einen Taxifahrer angefallen hatte. Fünf Schüsse haben sie gebraucht, um ihn zu stoppen.«

»Ging der letzte in den Kopf?«, fragte Kipling. In dem Kreis sah Marc sich hilfesuchend um. Er wirkte verstört, schien nicht zu wissen, wie er mit einem Gegner umgehen sollte, der auf Schmerz nicht reagierte.

»Keine Ahnung. Wieso willst du das wissen?«

Marc traf seine Entscheidung. Er machte einen Schritt nach vorn und holte so weit aus, dass die Zuschauer hinter ihm zurückwichen. Sein erster Schlag zertrümmerte den linken Oberarm des Mannes, sein zweiter den rechten. Die Arme sackten herab, hingen nutzlos von den schwarz verfärbten Schultern.

Kipling hörte, wie sich jemand übergab. Die meisten Zuschauer verzogen das Gesicht oder wandten den Blick ab. Der Mann schrie nicht, keuchte nicht, kreischte nicht. Einen Moment lang stand er da, als könne er nicht begreifen, weshalb seine Arme herunterhingen, dann taumelte er einfach von neuem auf Marc zu.

»Du kannst mir erzählen, was du willst, aber dieser Typ ist mehr als psychotisch.«

Marc tänzelte um ihn herum wie ein Boxer und gelangte in seinen Rücken. Seine Hand schoss vor und packte den Mann im Genick.

»Zur Seite!« Die Menge machte ihm Platz. Irgendwo fiel eine Flasche um und rollte über den Boden. Marc stieß den Mann vor sich her. Der versuchte, nach ihm zu schnappen, konnte aber den Kopf nicht weit genug drehen.

»Die Bullen haben schon Warnungen herausgegeben, Kipling. Die Symptome, die sie schildern, passen hundert Prozent zu dem, was du mir zeigst. Am besten rufst du 911 an, oder welche Nummer auch immer ihr auf der Insel benutzt.«

»999«, sagte Kipling automatisch. Er ließ Marc und seinen Gegner nicht aus den Augen. Gemeinsam gingen sie auf die Hintertür zu, unter den hochgefahrenen Hebebühnen hindurch. Marc hatte die Führungsschienen entfernt, aber der Boden war immer noch uneben. Der Mann schlurfte und stolperte.

Kipling konnte später nicht mehr sagen, wie genau es geschah, aber plötzlich ging der Mann zu Boden und riss Marc mit sich.

»Scheiße!« Kipling ließ die Bierflasche fallen. Sie zerschellte auf dem Beton.

»Misch dich nicht ein!«, rief Erika in seinem Ohrstecker. »Der Typ ist gefährlich.«

Kipling zog die Stecker aus seinen Ohren. Er war nicht der Einzige, der zu Marc und seinem Gegner lief, aber er war der Einzige, der stehen blieb, als er Marcs Schrei hörte und sah, was vor ihm geschah.

Der Mann hatte seine Zähne in Marcs Unterarm geschlagen und kaute darauf wie ein Hund auf einem Knochen. Marc schrie und schlug ihm immer wieder mit der Faust ins Gesicht, doch der Mann ließ nicht nach.

In Kiplings Kehle brannte es. Sein Herzschlag raste. Er wurde von anderen angerempelt und fast umgerissen. Jemand drängte sich mit den Worten »Feiges Schwein« an ihm vorbei. Kipling hörte das kaum. Er sah noch wie einige Gäste den Mann von Marc wegzogen, dann drehte er sich auch schon um und ging durch Scherben und Erbrochenes zum Ausgang.

Die Nachtluft kühlte sein Gesicht. In einiger Entfernung grölte eine betrunkene Stimme. Auf den Stufen eines Clubs saßen Jugendliche und starrten auf die Holobildschirme, die ihre Armbandcomputer vor ihnen aufbauten. In deren Licht schimmerten ihre Gesichter bläulich.

Kipling setzte die Ohrstecker ein und schaltete die Kamera aus. »Erika?«

Er sah die weiße Wand ihres Appartements. »Ich bin noch da«, sagte sie. »Dieser Typ … hast du gesehen –«

»Ich brauche deine Hilfe.« Seine Gedanken überschlugen sich. Er versuchte, sie zu ordnen, eine Abfolge dessen zu erstellen, was er nun tun musste. »Kannst du die Datenbank des CDC hacken?«

»Des Centers for Disease Control? Ich denke schon. Warum? Hast du einen neuen Auftrag?«

»Nein, mach das für mich, okay?« Durch den einsetzenden Nieselregen lief er auf eine U-Bahn-Station zu. Jeder Schatten, jede Gestalt, die aus den dunklen Gassen kam, ließ ihn zusammenzucken. »Ich sollte so in drei Stunden zu Hause sein. Wenn du es bis dahin nicht geschafft hast, helfe ich dir.«

»Ich werde hier ein kleines bisschen nervös, Kipling. Was ist los?«

Ich sollte es ihr sagen, dachte er, verwarf den Gedanken aber sofort wieder. Noch war er sich nicht sicher.

»Das wissen wir in ein paar Stunden.« Er lief die Rolltreppe zu den Gleisen hinunter. Eine Gruppe italienischer Touristen fuhr auf der anderen Seite nach oben. Drei von ihnen unterhielten sich und lachten, ein vierter, ein Teenager mit schlechter Haut und fettigen, dunklen Haaren, stand hinter ihnen und hatte die Arme um seinen Körper geschlungen. Sein Gesicht war verschwitzt. Einer der anderen Touristen drehte sich zu ihm um und fragte etwas, aber er schüttelte nur den Kopf.

Als Kipling auf einer Höhe mit ihnen war, traf sein Blick kurz den des Teenagers. Unter seinen Augen zeichnete sich eine dunkle Ader ab. Kipling sah rasch weg.

»Erika, folgst du mir auf Twitter?«, fragte er. In seinem Magen schien ein schwerer, heißer Stein zu liegen.

»Natürlich.«

»Dann retweete alles, was ich unter dem Hashtag #ZombiesAreReal poste.«

»Willst du mich verarschen?« Ihr Akzent war auf einmal deutlich zu hören. Er beendete den Anruf, ohne zu antworten. Zwei Minuten später saß er in einem Zug der District Line und bearbeitete das Video, das er aufgezeichnet hatte. Er verpixelte die Gesichter und kürzte Unwesentliches. Er lud es hoch, kopierte den Link und loggte sich in Twitter ein.

»Wer hat so etwas oder Ähnliches gesehen? Bitte Bilder, Videos posten. #ZombiesAreReal«

Und dann wartete er.

»Ich fuhr nach Heathrow«, sagte Kipling. In seiner Erinnerung sah er den Waggon, hörte das Rattern der Schienen und roch den scharfen Essiggeruch der Pommes, die jemand neben ihm aß. »Dort mietete ich den größten Geländewagen, den ich finden konnte. Ich spielte immer dieses Spiel, weißt du. Auf langen Autofahrten oder in der Bahn fragte ich mich, was ich tun würde, um eine Zombie-Apokalypse zu überleben. Wohin würde ich gehen, was würde ich mitnehmen, *wen*? Ich war vorbereitet. Als ich nach Hause kam, war der Hashtag #Zombies-AreReal unter Trends auf Platz zwei, direkt unter #BieberComeback. Über zwanzigtausend Videos, Bilder und …«

Er unterbrach sich, als er sah, dass Ama'Ru sich umgedreht hatte und die Bildschirmwand betrachtete. »Langweile ich dich?«, fragte er. »Das liegt an meiner Stimme, oder? Die ist zu monoton.«

»Nein, für einen Menschen hast du eine sehr schöne Stimme«, sagte Ama'Ru, ohne ihn anzusehen. »Mich interessiert deine Geschichte, aber du solltest sie zu einem späteren Zeitpunkt fortsetzen.«

»Warum?« Kipling setzte sich auf und betrachtete nun ebenfalls den Bildschirm. Je länger die Sensoren der *Eliot* auf diesen Teil des Planeten gerichtet waren, desto genauere Ergebnisse lieferten sie. Schon jetzt hatten sie die Zusammensetzung der Atmosphäre bis auf Zehntel Prozente genau berechnet und die Bodenbeschaffenheit …

»Ach du Scheiße«, sagte Kipling, als er Stahl, Aluminium und Fiberglas entdeckte. Die Vorkommen konzentrierten sich auf einen Punkt ungefähr einen Kilometer von der Hitzequelle entfernt, die er nun als Schiff identifizieren konnte. »Das Zeug gehört da nicht hin.«

»Du weißt, was das bedeutet?«

Er war sich nicht sicher, ob Ama'Ru die Frage rhetorisch meinte. Nervös fuhr er sich mit der Zunge über die Lippen. »Das bedeutet, dass es da unten ein zweites Schiff gibt, von dem unsere Leute nichts ahnen.«

10

»Es tut mir leid. Es tut mir so leid. Wieso mache ich so eine Scheiße nur immer?«

Arnest saß auf dem Boden und stützte die Ellenbogen auf die Knie. In einer Hand hielt er seine Waffe, um ihn herum lagen Teile des zerplatzten Helms, Knochensplitter und Gehirnmasse.

Lanzo hockte neben ihm. Die Prellung an seiner Schläfe, dort, wo ihn die Rückseite des Helms getroffen hatte, war daumengroß und färbte sich bereits blau. Er war weniger als zwei Minuten bewusstlos gewesen und Auckland glaubte nicht, dass er sich ernsthaft verletzt hatte. Trotzdem schien Arnest nicht darüber hinwegzukommen.

»Du musst mir wieder mehr vertrauen«, sagte Lanzo ruhig. »Vergiss Trevor und den ganzen Mist, den er erzählt hat. Wir leben noch, weil wir aufeinander aufpassen. Du auf mich und ich auf dich. Ich halte dich auf, wenn du über die Stränge schlägst, dafür hältst du mir den Rücken frei. Wir sind ein Team, okay?«

Arnest nickte.

Lanzo stand auf und streckte die Hand aus. »Schlag drauf ein.«

Er geht mit ihm um wie mit einem Kind, dachte Auckland. Das fiel ihm nicht zum ersten Mal auf. Er verstand nur nicht, warum Arnest sich das gefallen ließ. Wieso hatte Lanzo diese Macht über ihn?

Er sah Rin an, die mit vor der Brust verschränkten Armen

neben ihm stand. Was in ihr vorging, konnte er nicht sagen.

Das ist meine Besatzung. Ich muss sie besser kennenlernen. Aber er wusste nicht, wie.

Arnest stand auf und schlug ein. Lanzos Hand verschwand in seiner und Auckland sah ihn kurz zusammenzucken. Arnest fiel es manchmal schwer, seine Kraft richtig einzuschätzen.

»Können wir jetzt zu unserem eigentlichen Problem zurückkehren?«, fragte Auckland.

»Ja«, sagte Lanzo. »Es ist alles geklärt.«

»Gut.« Er bemerkte Rins missbilligenden Seitenblick, ignorierte ihn jedoch. Stattdessen ging er zur Tür und schlug mit der Faust dagegen. »Wir leben noch«, rief er. Seine Stimme klang dumpf in seinem Kopf und sein Körper fühlte sich schwer an. Er war froh über das unablässige Pochen seiner im Handschuh eingequetschten Hand. Es schärfte seine Sinne so weit, dass sie nicht in einem Nebel aus Schmerztabletten und Schlafmangel versanken.

»Ich weiß«, sagte eine Frauenstimme im Gang vor dem Frachtraum.

Auckland hob überrascht die Augenbrauen. Er hatte nicht mit einer Antwort gerechnet.

»Mach die Tür auf«, rief er.

»Nein.«

»Das war zu erwarten«, sagte Rin leise.

Lanzo trat vor. »Frag sie, ob sie ein Mensch oder ein Jockey ist.«

»Ein Mensch«, sagte sie, als Auckland die Frage stellte.

Immerhin etwas, dachte er. »Dann hast du nichts zu befürchten. Wir sind in dein Schiff eingedrungen, du hattest das Recht, dich zu verteidigen. Wir werden mit erhobenen Händen und ohne Waffen herauskommen, wenn du das möchtest.«

»Ihr werdet gar nicht herauskommen, weil ich die Tür nicht öffnen werde.«

Auckland erkannte auf einmal, dass ihr die Unterhaltung Vergnügen bereitete. *Das werden wir ändern.*

»Wie heißt du?«, fragte er.

»Erin.«

»Okay, Erin. Mein Name ist John. Bei mir sind Rin, Lanzo und Arnest. Ich werde jetzt bis drei zählen und wenn die Tür dann noch geschlossen ist, werden wir alles in diesem Raum zerlegen. Inklusive der Tanks. Eins.«

»Was soll euch das bringen? Wenn ihr die Fracht kaputt schlagt, werde ich euch erst recht nicht rauslassen.«

Ein Anflug von Unsicherheit war in ihre Stimme gekrochen.

»Zwischen nicht rauslassen und erst recht nicht rauslassen, gibt es keinen großen Unterschied«, sagte Auckland. »Beides endet mit unserem Tod. Zwei.«

»Du hast keine Ahnung, was ihr damit anrichten würdet. Der Inhalt dieser Tanks ist wertvoller als ihr euch vorstellen könnt. Das –«

»Gut.« Auckland ließ sie nicht ausreden. »Dann werden wir mit denen anfangen. Drei.«

»Warte! Lass mich einen Moment nachdenken.«

»Nein. Arnest?« Auckland zeigte auf die Tanks. »Fang an.«

»Alles klar«, sagte Arnest, warf dann aber Lanzo einen kurzen Blick zu. Erst, als der nickte, setzte er sich in Bewegung. »Ich schlag die einfach gegeneinander. Irgendwas wird schon kaputtgehen.«

Es klickte. Die Tür schwang auf. Vor Auckland stand eine kleine, rundliche Frau mit gelocktem und dunklem Haar. Sie trug eine hochgeschlossene Bluse und Jeans. Ihre Lippen waren zusammengepresst, in ihren Augen flackerte Angst.

»Und was jetzt?«, fragte sie.

»Jetzt sagst du uns, weshalb du bereit bist, dein Leben zu riskieren, um diese Tanks zu beschützen.« Auckland winkte sie herein. Sie zögerte. Ihr Blick glitt über die Menschen, die blutverschmiert und bewaffnet vor ihr standen.

An ihrer Stelle hätte ich vielleicht auch versucht, uns umzubringen, dachte Auckland. *Wir wirken gefährlich.*

»Niemand wird dir etwas tun«, sagte Rin. Sie schien den gleichen Gedanken gehabt zu haben. »Du musst keine Angst haben.«

Erin atmete tief durch. Ihr Doppelkinn zitterte. »Mein Name ist Dr. Erin Seyfield. Ich war die wissenschaftliche Leiterin einer Forschungseinrichtung der US-Regierung. Wir haben uns dort mit genetischen Modifikationen von Menschen befasst.«

Auckland hob die Augenbrauen. Rin, Arnest und Lanzo warfen ihm kurze Blicke zu.

»Du hast direkt für die Regierung gearbeitet?«, hakte Auckland nach.

»Ja. Die Einrichtung befand sich noch im Aufbau.« Erin ging zu den Tanks und strich fast liebevoll darüber. »Wir wurden evakuiert, als es … losging, aber ich konnte das Wichtigste mitnehmen.«

Sie sah auf. »In diesen Tanks befindet sich menschliches Sperma und menschliche Eier. Jeweils zehntausend, in flüssigem Stickstoff konserviert. Diese Zellen wurden lange vor dem Ausbruch des Virus entnommen. Versteht ihr, was das bedeutet?«

»Nein«, sagte Arnest, aber weder Auckland noch die anderen beachteten ihn.

Rin fuhr sich mit der Hand durch die Haare. »Sie sind gesund?«

Erin nickte.

»Zehntausend Menschen«, sagte Lanzo. Er betrachtete die Tanks, als enthielten sie ein Heiligtum. »Nicht infiziert, gesund, unbelastet von alldem.«

Er drehte sich zu seinen Begleitern um. »Wir könnten von vorne anfangen, irgendwo weit weg von den verdammten Jockeys. Eine neue Erde für eine neue Menschheit.«

Auckland sah Erin an. »Wie können wir dir helfen?«

11

Die Landung war hart. Kiplings Zähne schlugen aufeinander, er wurde durchgeschüttelt und in die Gurte geworfen. Das kleine Schiff rutschte über den Sand. Staubwolken wurden empor geschleudert, Sand prasselte gegen das Cockpitfenster.

Kipling atmete auf, als das Schiff zum Stehen kam und sich der Antrieb abschaltete. ›*Landung erfolgt*‹, meldete der Autopilot auf dem Cockpitbildschirm. ›*Keine größeren Schäden feststellbar.*‹

Was genau der Computer unter »größeren Schäden« verstand, hinterfragte Kipling lieber nicht. Er löste den Gurt, setzte Helm und Atemlufttanks auf und ging zur Schleuse. Mit dem Administratorpasswort brach er die Setup-Routine der billigen Software ab und loggte sich als Gast ein. Das HUD hatte sich bereits aktiviert und zeigte ihm die Richtung an, die zu den Koordinaten führte, zu denen auch die anderen aufgebrochen waren. Kipling hoffte, dass er sie dort finden würde.

Ich sollte das nicht tun, dachte er, als er die Außenschleuse öffnete und der Wind ihn fast zurück ins Schiff warf. *Das ist ein Riesenfehler.*

So ähnlich hatte das auch Ama'Ru ausgedrückt. *»Das ist dumm, gefährlich und sinnlos«*, hatte sie gesagt. *»Du wirst die anderen wahrscheinlich nur vor etwas warnen, was sie schon längst wissen. Wenn du sie überhaupt findest.«*

Vielleicht stimmte das, trotzdem musste er es versuchen. Und das, so versicherte er sich, hatte nichts mit Tasha's Tool oder dem Drang, sich zu beweisen, zu tun. Es war richtig, nicht mehr und nicht weniger.

Er unterschätzte die Schwerkraft und wäre fast die Leiter heruntergefallen. Im letzten Moment schlossen sich seine Hände um die Metallgeländer. Ungeschickt kletterte er zu Boden. Der Richtungspfeil seines HUDs schwang herum und zeigte tiefer ins Tal hinein. Die andere Rettungskapsel sah Kipling nicht, aber er vermutete, dass sie sich in der Nähe befand. Er hatte ihre Flugbahn als Kurs in den Autopiloten einprogrammiert. In Funkreichweite befand sich niemand, aber das bereitete ihm noch keine Sorgen. Bei all dem Sand und Schmutz, der vom Wind aufgewirbelt wurde, betrug die Reichweite höchstens zwanzig Meter.

Kipling ging langsam und richtete immer wieder den Blick auf den Boden. Zwischen dem Sand schimmerten Felsen hindurch, potenziell gefährliche Stolperfallen. *Es wäre so peinlich, wenn ich hier sterben würde*, dachte er und spielte die Unterhaltung der anderen in seinem Kopf durch.

Ama'Ru: »Ich hatte ihm gesagt, dass er nicht gehen soll, aber er wollte nicht hören.«

Rin: »Ich mochte ihn wirklich gern, auch wenn er ein Vollidiot war.«

Arnest: »Wo kriege ich jetzt meine Pornos her?«

Lanzo: »Wir finden schon einen neuen Nerd.«

Auckland: »Können wir jetzt weiterfliegen?«

Kipling lächelte. Er glaubte, ihre Stimmen hören zu können. So morbide es war, die Reaktionen auf seinen eigenen Tod durchzuspielen, es beruhigte ihn. Seine Schritte wurden sicherer, sein Herz schlug nicht mehr so schnell, der Drang, sich zu erleichtern, ließ nach.

Bis er die Gestalt sah.

Zuerst war sie nur ein Schemen, heller als der Sand, der sie umgab, doch als Kipling näher herankam, bemerkte er Kleidung, die im Wind flatterte, einen Kopf, Arme und Beine. Er brauchte einen Moment, bis er begriff, was an ihr so seltsam war. Sie trug keinen Raumanzug.

Einige Meter von ihr entfernt blieb er stehen. Sie stand reglos und eingefroren da. Ihre Kleidung – Jeans, T-Shirt, eine farblose Jacke – hingen ihr in Fetzen vom Körper. Wind und Sand hatten ihre Haut abgeschmirgelt. An manchen Stellen schimmerte blanker Knochen durch. Der Kopf sah aus wie der eines Skeletts, haarlos, weiß, mit einigen Fleischfetzen, die sich an den Wangen gehalten hatten. Sand floss aus einem offen stehenden Mund.

Ein Zombie? Kipling ging langsam um die Gestalt herum. »Wie kommst du denn hierher?«, fragte er leise, ohne eine Antwort zu erwarten.

»Das wollte ich dich gerade fragen«, antwortete eine Stimme in seinem Helm.

Kipling fuhr herum. Vor ihm standen drei Menschen in roten Raumanzügen. Sie hielten Pistolen in den Händen, die sie auf ihn richteten. Ihre Helme waren verspiegelt.

»Also?« Es war die Stimme eines Mannes. Kipling hörte einen Akzent in ihr, den er nicht zuordnen konnte.

»Ich …« Sein Herz klopfte so laut, dass ihm das Denken schwerfiel. »Ich … bin auf der Suche nach etwas.«

Die Menschen schwiegen, aber Kipling ahnte, dass sie sich auf einem privaten Funkkanal über ihn unterhielten.

»Schickt dich der Käufer?«, fragte eine zweite, ebenfalls männliche, aber akzentfreie Stimme.

»Ja.« Die Antwort kam viel zu schnell. Sie klang nach Lüge. Kipling verzog das Gesicht.

Wieder einen Moment Stille, dann die misstrauische Frage des Mannes mit dem Akzent: »Wie bist du denn hierhergekommen? Die Sprungtore sind doch down.«

Kipling stellte sich vor, wie Arnest auf diese Fragen antworten würde und zog die Hälfte der Schimpfworte ab. Eine

Rolle zu spielen, gab ihm Sicherheit. »Ich bin schon seit zwei Tagen in diesem beschissenen Sonnensystem und suche euch.«

»Dass die Sprungtore abgeschaltet wurden, hat uns alle überrascht.« Der Mann ohne Akzent sah seine beiden Begleiter an. Die Pistole in seiner Hand senkte sich ein wenig. »Was meint ihr?«

»Geh auf den privaten Kanal, Stanley«, sagte der Dritte, der bislang noch nicht gesprochen hatte.

Kipling wartete nervös auf ihre Entscheidung. Er versuchte, sich locker und selbstbewusst zu geben, aber er wusste nicht, was er mit seinen Händen tun sollte. Wenn er sie hinter dem Rücken verschränkte, fühlte er sich wie ein Vulkanier, wenn er sie vor dem Körper verschränkte, wie ein Fußballspieler vor einem Freistoß. Sie in die Taschen seines Raumanzugs zu schieben, wagte er nicht. Die Männer hatten ihn nicht durchsucht und in seiner rechten Brusttasche steckte eine Pistole.

Er zuckte zusammen, als es in seinen Helmlautsprechern knackte. »Wir werden dich mitnehmen«, sagte Stanley zu seiner Erleichterung. »Bist du bewaffnet?«

»Ja.« Kipling klopfte auf seine Brusttasche. Der Arnest in ihm sagte: »Und das bleibt auch so.«

»Okay.« Stanley schien das relativ egal zu sein. Er winkte mit seiner Pistole. »Geh vor.«

Kipling drehte sich zu dem festgefrorenen Zombie um, der hinter ihm stand. Es kam ihm so vor, als hingen dessen Arme nicht mehr ganz so dicht neben dem Körper wie zuvor. »Wollt ihr den nicht erledigen?«

»Nein, der dient uns als Wegweiser. Sonst sieht ja hier alles gleich aus.«

»Wie lange seid ihr denn schon auf diesem Planeten?«

»'ne Weile.« Mehr sagte Stanley dazu nicht und Kipling hakte auch nicht nach. Jeder Satz barg das Risiko, sich zu verraten.

Schweigend stapften sie durch den Sand. Der Wind ließ

nach und hinter den Schlieren konnte Kipling eine blasse, helle Sonne über dem Horizont sehen. *Sonnenuntergang*, dachte er. Seit fast einem Jahr hatte er keine Sonne mehr live untergehen sehen. Er spürte eine plötzliche Leere in sich, eine Sehnsucht, die keine HD-Aufnahme stillen konnte. Es fiel ihm schwer, das Gefühl abzuschütteln.

Nach einer Weile tauchte ein halb im Sand vergrabenes Schiff vor ihm auf. Der Richtungspfeil seines HUDs leuchtete kurz auf. ›*Sie haben ihr Ziel erreicht*‹, stand darunter. Kipling tippte auf die Kontrollleiste an seinem linken Unterarm und der Schriftzug verschwand.

»Bleib stehen«, sagte Stanley. Dann wandte er sich an den Mann mit dem Akzent. »Dmitri, geh bis auf Funkreichweite heran und sag ihr Bescheid. Wir sollten nicht einfach mit ihm da reingehen.«

»Seit wann bist du hier der Chef?«, fragte Dmitri hörbar missmutig, ging aber trotzdem los.

Kipling atmete tief durch. Anscheinend war noch nicht über sein Schicksal entschieden worden. Er machte einen Schritt in Richtung des Schiffs und setzte sich auf einen Felsen. Es war einfacher, gelassen zu wirken, wenn man saß.

›*Kontakte gefunden*‹, meldete das Helmdisplay. ›*Kontakte importieren?*‹

Er warf einen kurzen Blick auf seine Begleiter. Stanley stand neben ihm und beobachtete Dmitri, der namenlose dritte Mann hatte sich in den Sand gehockt und beachtete ihn nicht weiter. Kipling bestätigte die Anfrage mit einem Knopfdruck.

Vier Icons erschienen auf der linken Seite seines Helmdisplays. Gast 1 bis 4. Seine eigene Kennung wies ihn als Gast 5 aus. Kipling wechselte auf die private Frequenz. Er spürte seinen Herzschlag bis in die Kehle.

Ein Stück entfernt, ungefähr auf halber Strecke zwischen Kipling und dem Schiff, blieb Dmitri stehen. Wahrscheinlich sprach er mit jemandem im Inneren, dort, wo er auch Rin und die anderen vermutete. Die Reichweite seines Helmfunks schien deutlich niedriger als Kiplings zu sein.

Das hat man davon, wenn man Red Samurai kauft, dachte er. Auf seiner verschlüsselten und gesicherten Frequenz herrschte Stille. Er räusperte sich und sagte: »Hier ist Kipling. Hört ihr mich?«

Rauschen antwortete ihm.

12

»Wir wurden von Piraten angegriffen«, sagte Erin, als sie die Brücke der *James K. Polk* betraten. »Wir konnten sie zwar abwehren, aber dabei wurde unser Antrieb so stark beschädigt, dass wir notlanden mussten. Seitdem sitzen wir hier fest … sitze ich hier fest.«

Rin sah sich auf der Brücke um. Sie war breiter als die der *Mishima*, aber ebenso aufgebaut, mit einem Pilotensitz ganz vorn und drei weiteren Stationen dahinter. An der Rückwand befanden sich mehrere, wohl für Passagiere gedachte Sitze, die fest mit dem Boden verschraubt waren.

Die beiden Brückenfenster waren bedeckt von schwarzem Sand und im Raum selbst brannte nur die Notbeleuchtung. Trotzdem sah Rin, dass eine Station zerstört worden war, bei einer zweiten war das Display gesprungen und die Instrumente verschmort. Der Geruch von verbranntem Plastik hing in der Luft.

»Gibt es ein Problem mit der Klimaanlage?«, fragte sie.

Erin schüttelte den Kopf. »Ich betreibe sie nur auf niedrigster Stufe, um Energie zu sparen. Ich wusste ja nicht, wie lange ich hierbleiben würde.«

»Du hättest um Hilfe bitten können«, sagte Lanzo. Er und Auckland standen an einer der Stationen und betrachteten die Diagnosemeldungen, die wahrscheinlich seit der Notlandung über das Display flimmerten.

»Wen?«, fragte Erin. Verbitterung kroch in ihre Stimme. »Alle, die ich vor Omega kannte, sind tot. Alle, die ich seit Omega kennengelernt habe, liegen da hinten im Frachtraum. Wer wäre mir wohl zu Hilfe gekommen, wenn ich einen Notruf abgesetzt hätte? Mit ein bisschen Glück Geier, mit ein bisschen Pech Piraten.«

»Wir leben in einer abgewichsten Welt«, sagte Arnest. Er hatte sich auf einen Sitz an der Wand gesetzt und wischte sich mit dem Uniformärmel, den er einem der Zombies abgerissen hatte, das Blut von den Stiefeln.

»Wo wir gerade vom Frachtraum sprechen.« Auckland sah von dem Display auf. Das Licht warf dunkle Schatten über sein Gesicht. »Was machten deine Freunde angekettet hinter einer Wand aus Jockey-Technologie?«

Er hat ihr zwar unsere Hilfe angeboten, aber er traut ihr nicht, dachte Rin.

»Die Wand gab es bereits, als ich an Bord kam, darüber weiß ich nichts, aber die Zombies waren Davids Idee.« Erins Lächeln wirkte wehmütig, so als erinnere sie sich an jemanden, der ihr einmal viel bedeutet hatte. »Er nannte sie unsere letzte Verteidigungslinie. Bei dem Angriff waren zwei von uns ums Leben gekommen, ein weiterer starb kurz darauf. Wir ketteten sie dort hinten an, weil David Angst hatte, dass die Piraten zurückkommen könnten.«

»Ist David auch da hinten?«, fragte Rin.

Erin schluckte, bevor sie antwortete. »Er ist einer der Toten im Raumanzug. Amy und er wollten sich ein paar Tage nach der Notlandung die Umgebung ansehen und gerieten in einen Sturm. Ich bin sofort mit Robert, unserem Waffenoffizier, nach draußen gelaufen, aber wir konnten ihnen nicht mehr helfen.«

»Also landeten sie auch an der Wand?« Lanzo runzelte die Stirn. »Ganz schön kaltschnäuzig.«

»Sie hätten es so gewollt, denke ich«, sagte Erin. »So konnten sie die Zukunft der Menschheit noch über den Tod hinweg schützen. David hätte das gefallen.«

Sie fuhr sich durch die Haare. »Und bevor ihr fragt: Robert hat sich selbst angekettet. Er war Diabetiker und wir hatten kein Insulin mehr. Er wusste, was ihm bevorstand.«

Auckland musterte sie und Erin hielt seinen Blick, so als ahne sie, dass er derjenige war, den sie vor allen anderen überzeugen musste.

»Ich –«

Ein Piepen in all ihren Raumanzügen unterbrach ihn.

»Was ist das?«, fragte Erin. Nun klang sie misstrauisch.

»Nur ein Zeitmesser«, sagte Lanzo. Er war ein guter Lügner. »Er sendet stündlich ein Warnsignal, damit wir die Zeit nicht vergessen und uns auf einmal die Luft knapp wird.«

»Echt?«, fragte Arnest. »Hatte ich gar nicht mitbekommen.«

Während er redete, warf Rin einen Blick auf die Kontrollleiste an ihrem Unterarm. *›Eingehender Funkspruch. Anzeigen?‹*

Sie bestätigte. Die Software wusste, dass sie ihren Helm nicht trug und wandelte deshalb Sprache in Text um.

›Kipling hier. Hört ihr mich?‹

›Ja‹, tippte sie ein.

»Kümmern wir uns erst mal um den Antrieb deines Schiffs«, sagte Auckland, um Erin von Rin abzulenken. »Du hast versucht, zu starten. Wieso hat das nicht funktioniert?«

Rin blendete die Antwort aus und konzentrierte sich auf das, was ihr die Kontrollleiste zeigte.

›Seid ihr im Schiff?‹

›Ja. Wo bist du?‹

›Zwanzig Meter entfernt.‹

Rin bemühte sich, ihre Überraschung zu verbergen. Sie wollte antworten, aber Kipling sprach bereits weiter.

›Ich bin von drei Tüten gefangen genommen worden.‹

Das sollte wohl *›Typen‹* heißen. Der Spracherkennung schien es Schwierigkeiten zu bereiten, seine Worte über dem Heulen des Windes zu verstehen.

›Sie glauben, dass mich irgend Wein Käufer geschickt hat, keine Ahnung, worum es geht. Einer von ihnen, Die mit Brie, redet mit jemandem an Bord eures Schiffs. Und der Knaller: Es gibt ein zweites Schiff, ganz hier in der Nähe.‹

›Bleib dran.‹ Rin tastete nach ihrer Pistole. Erin stand neben Auckland und beugte sich über die Konsole. Sie war wesentlich kleiner als er und so konnte er ihr Gesicht nicht sehen. Doch Rin sah Erins zusammengezogene Brauen, ihren kalten Blick – und die sich unablässig bewegenden Lippen.

»Es ist alles gelogen.« Rin zog ihre Pistole. »Sie trägt ein Mikro.«

Mit nur einem Schritt war Lanzo bei Erin. Er packte ihre Arme und zog sie zurück, während Auckland den hochgeschlossenen Kragen ihrer Bluse nach unten zog. Eine schmale schwarze Klammer umschloss ihren Kehlkopf wie eine Zange.

»Dmitri!« Erins Stimme klang völlig anders als zuvor, herrisch und kalt. »Vier Gegner. Bring den Kerl um, wenn du in fünf Minuten –«

Auckland schlug ihr ins Gesicht. Benommen sackte sie in Lanzos Griff zusammen. Arnest stand mit gezogener Pistole am Eingang der Brücke. »Was soll denn die Scheiße jetzt?«

Rin wiederholte, was Kipling gesagt hatte. Bevor sie ausgeredet hatte, war Auckland bereits an der Tür. »Wir gehen raus. Sperr sie in den Frachtraum, Lanzo. Arnest, hilf ihm.«

Sie setzten die Helme auf. »Wir holen dich da raus, Kipling«, sagte Rin, während sie durch den Gang zur Schleuse lief. »Verstanden?«

Er antwortete nicht.

»Verstanden? … Kipling?«

Das Icon von Gast 5 verschwand.

13

»Entspiegle deinen Helm!« Stanley presste die Mündung seiner Pistole gegen Kiplings Visier. »Mach schon.«

Kipling wagte es kaum, sich zu bewegen. Ohne nach unten zu sehen, drückte er auf einen Knopf. *›Helm entspiegelt‹*, bestätigte die Software. Kipling wusste, dass Stanley sein Gesicht nun sehen konnte, während er immer noch auf einen dunklen Helm starrte.

»Und jetzt wechsle den Kanal. Ich schwöre dir, wenn ich sehe, wie sich deine Lippen bewegen, aber ich deine Stimme nicht höre, knall ich dich ab.«

Kipling befolgte den Befehl. Der namenlose Mann stand jetzt neben Stanley, Dmitri lief gerade auf sie zu.

»Du hast keine Ahnung, wen ihr gerade anpisst!«, schrie er.

»Halt die Fresse.« Stanley wandte sich wieder Kipling zu. »Wenn ich die Lage richtig einschätze, sind wir hier alle Geschäftsleute. Sag mir, wie du heißt.«

»Robert A. Heinlein.« *Und du schätzt die Lage leider völlig falsch ein*, fügte Kipling in Gedanken hinzu.

»Okay, Heinlein. Deine Kumpel haben –«

»Die Schleuse geht auf«, unterbrach ihn der namenlose Mann. Stanley und Dmitri fuhren herum. Im gleichen Moment sprang jemand aus der geöffneten Außenschleuse, rollte sich im Sand ab und kam hoch. Ein Schuss hallte dumpf durch den heulenden Wind.

Stanley brach zusammen.

»Scheiße!« Dmitri und und der Namenlose warfen sich gleichzeitig hinter einen Felsen. Ihre Pistolen hatten sie längst gezogen, nun schossen sie zurück. Die Gestalt am Boden – war das Auckland? – lief geduckt vom Schiff weg, lenkte ihre Aufmerksamkeit auf sich, gleichzeitig tauchten zwei weitere in der Schleuse auf und feuerten ihre Pistolen ab.

Renn!, dachte Kipling und dann rannte er. Sein Verstand sagte ihm, er solle Haken schlagen, aber sein Instinkt hatte die Kontrolle übernommen. Er hörte die Schüsse hinter sich und zuckte bei jedem zusammen, weil er auf den Einschlag wartete.

Noch während er lief, schaltete er den Funkkanal um. »Rin?«

Er konnte kaum sprechen. Angst trocknete seinen Mund aus. Seine Beine waren so schwer, dass er glaubte, Blei fließe durch seine Adern.

»Hier ist Lanzo.« Seine Stimme klang verrauscht. Die Reichweite des Funks war fast überschritten. »… zurück zur *Eliot* … zweite Schiff zerstören … es … Glück.«

Dann brach die Verbindung ab. Kipling hoffte, dass er genug verstanden hatte. Er konzentrierte sich auf den Richtungspfeil, den Boden vor sich und das Stechen in seinen Seiten. Was sich hinter ihm abspielte, konnte er erst beeinflussen, wenn er wieder auf der *Eliot* war.

Ich hatte recht, Ama'Ru, dachte er. *Es war richtig, hierherzukommen.*

Er atmete auf, als er seine Rettungskapsel in den Schlieren auftauchen sah. Die Kufen und die Cockpitfenster waren bereits unter dem Sand verschwunden. Nervös warf Kipling einen Blick zurück, aber es war niemand zu sehen. Er hatte es geschafft. Jetzt musste es ihm nur gelingen, die Kapsel zu starten.

›*Verbindung zum Internet wurde hergestellt. 373 Updates verfügbar. Jetzt herunterladen? Ja/Nein.*‹

Kipling blieb an der Leiter zur Schleuse stehen und starrte auf die Meldung. In seinem Magen kribbelte es. *Die Googlegates sind up*, dachte er. Energie durchströmte ihn. Er streckte die Faust in die Luft und brüllte seine Erleichterung heraus.

»Internet!«

Die Außenschleuse glitt hinter ihm zu. Kipling wartete ungeduldig, bis er ins Innere der Kapsel gehen konnte, dann zog er seinen Helm aus, nahm den Rucksack von den Schultern und griff in die Brusttasche seines Raumanzugs.

Er setzte die V-Specs auf, noch bevor er den Autopiloten einschaltete und ihn in seine Navigationssoftware einband. »Computer«, sagte er dann. »Flieg mich zur *Eliot*.«

Auf dem Display erschien eine Animation, die wie ein stilisierter Vogel aussah. Der Empfang war schlecht, gerade mal zwei Balken, trotzdem kam Kipling die Zeit, die der Autopilot zur Berechnung der Flugbahn benötigte, unnötig lang vor.

›*Ziel nicht gefunden.*‹

»Was?«

Er probierte es noch zweimal, aber das Ergebnis blieb gleich. Seine Euphorie verflog. Ein unangenehm beißendes Gefühl breitete sich in seinem Magen aus. Mit zitternden Fingern rief er seine Kontaktliste auf, scrollte nach oben, bis er Ama'Ru fand und drückte auf das Telefon-Icon. Die Warnung über eine Verschwendung von Bandbreite wischte er zur Seite.

Die Verbindung wurde aufgebaut. Eine Nachricht erschien: ›*Der Teilnehmer ist nicht verfügbar.*‹

Eine Weile lang saß er einfach nur da und stützte den Kopf in die Hände. Ihm war übel. »Sie ist mit dem Schiff abgehauen«, flüsterte er schließlich, nachdem er alle möglichen Szenarien durchgespielt hatte. »Ama'Ru hat die *Eliot* gestohlen.«

14

Der *Anderen* gefiel nicht, was sie tat.

Ama'Ru spürte es, aber sie ging nicht darauf ein. Es war still auf der Brücke der *Eliot*, in ihren Korridoren und Kabinen. Das Schiff erschien ihr größer als zuvor, fremder und fast schon feindselig.

Sie lächelte, als sie sich bei dem Gedanken ertappte. *Es ist nicht die Stille, die mich bedrückt, sondern das, was ich mit ihr verbinde.*

Die *Andere* scharrte sich ihr Nest zurecht. Sie benötigte lange dafür und selbst nachdem sie fertig war, schien sie keine Ruhe zu finden, sondern drehte sich immer wieder.

Ama'Ru ließ sie gewähren und zog ihr Pad aus der Satteltasche. Ihre Finger streiften den Kugelschreiber, den sie dort hineingesteckt hatte und für einen Moment verharrte sie und dachte an das, was sie getan hatte. Dann aktivierte sie das Pad.

›*Ein verpasster Anruf*‹, stand auf dem Display. Sie wischte die Nachricht beiseite, öffnete ein Chatfenster und tippte einige Worte. Die *Andere* seufzte in ihrem unruhigen Schlaf. Ihre Müdigkeit floss durch die Nabelschnur, die sie beide verband, in Ama'Rus Geist.

Sie schloss die Augen und unterwarf sich den Träumen der *Anderen*. Wenn sie träumten, waren sie beide frei. Als sie irgendwann hochschreckte und ihr Pad herauszog, stand ihre Nachricht immer noch unbeantwortet im Chatfenster:

›*Ich bin bereit.*‹

TEIL 2

NICHTS IST WAHR

»Wir wissen, dass sich die Jockeys online oft menschliche Namen geben und auf den Counterstrike-Servern abhängen, dass ihre Musik klingt, als schalte man ein altes Modem ein, während man einer Katze rhythmisch auf den Schwanz tritt, und dass fast alle Englisch sprechen. Aber wusstet ihr, dass die Jockeys über sechshundert eigene Sprachen haben und dass es keinen Menschen gibt, der auch nur eine davon gelernt hat? Keinen. Warum nicht? Fehlende Neugier unsererseits? Nein, die Jockeys *wollen* nicht, dass wir etwas über sie erfahren. Sie sehen sich als Götter, die helfend die Hand ausstrecken, wenn ihnen danach ist oder sie zur Faust ballen, um uns zu zerschmettern. Und wir haben zu danken oder zu sterben, je nach Wunsch. Dass wir das nicht tun, sondern uns erheben wie James T. Kirk in *Star Trek V* (kack Film, ich weiß) und fragen: ›Wozu braucht Gott ein Raumschiff?‹, ist die Ursache für all unserer Probleme.«

– Nerdprediger Dan, *ASCII-Zeichen für die Ewigkeit*

1

Ein scharfer Knall. Dreck spritzte prasselnd auf Kunststoff. Auckland duckte sich und brachte einen fast mannshohen Felsen zwischen sich und die Schützen. Vorsichtig hob er den Kopf. Zwei der Piraten, die Kipling gefangen genommen hatten, hockten ebenfalls hinter Felsen. Mündungsfeuer verriet ihre Position. Ein dritter Pirat lag tot hinter ihnen im Sand. Kipling selbst war verschwunden, hatte die Verwirrung des Angriffs genutzt, um zu entkommen. Lanzo hatte ihm über Funk befohlen, zur *Eliot* zurückzukehren und das Schiff der Piraten, das sich irgendwo in der Nähe befinden musste, zu suchen und zu zerstören. Sie hatten keine Ahnung, wie viele Gegner sich an Bord befanden, aber Auckland war sich sicher, dass die vier, die sie bisher getroffen hatten, nicht allein vorgingen. Piraterie war ein gefährliches Geschäft. Je mehr Personen es betrieben, desto größer waren die Erfolgsaussichten und nach allem, was Auckland bisher gesehen hatte, erschienen ihm Erin und ihre Leute wie äußerst erfolgreiche Piraten.

Die Schüsse hallten verzerrt durch die dichte Atmosphäre des Planeten. Arnest, Lanzo und Rin deckten die Piraten mit Sperrfeuer ein und sorgten dafür, dass sie Kipling nicht folgen konnten. Auckland dachte kurz darüber nach, einen Haken zurück zur *James K. Polk* zu schlagen, entschied sich dann aber dagegen. Er wollte versuchen, in den Rücken der Piraten zu gelangen. Es gab ausreichend Deckung rund um das Schiff, hauptsächlich Felsen und Sandverwehungen, die von der aufgehenden Sonne in ein violettes Licht getaucht wurden.

»Schießt weiter«, sagte er über Funk. »Ich schleiche mich hinter sie.«

»Verstanden.« Lanzos Stimme war so verrauscht, dass er sie kaum verstehen konnte. Er fragte sich, ob Kipling den Befehl, das Piratenschiff zu zerstören, überhaupt gehört hatte. *Wenn nicht, werden wir uns darum kümmern müssen*, dachte er. Sie durften keinen der Piraten entkommen lassen, dafür war die Fracht im Laderaum der *Polk* zu wertvoll. Zehntausend menschliche, nicht infizierte Spermien und Eier, eingefroren in zwei Tanks voll flüssigem Stickstoff. Lanzo hatte recht: Das war eine zweite Chance für die Menschheit, ein Neuanfang kurz vor dem Ende.

Wir müssen sie um jeden Preis beschützen.

Auckland klemmte seine Pistole zwischen die Knie und überprüfte das Magazin. Seit der Skorpion ihm vor einigen Tagen den Ringfinger abgerissen hatte, war seine linke Hand praktisch unbrauchbar, ein schnelles Nachladen damit unmöglich. Neunzehn Kugeln standen ihm noch zur Verfügung, zwei weitere Magazine steckten in seinem Gürtel. Er bezweifelte, dass er sie benötigen würde.

Als Arnest seine nächste Salve abfeuerte – klar zu erkennen an dem dumpfen Wummern seiner großkalibrigen Waffe – lief Auckland los. Fünf Schritte brauchte er bis zum nächsten Felsen, einem flacheren, aus dessen Spalten und Rissen Sand rieselte. Die beiden Piraten schienen ihn nicht zu bemerken, zumindest fielen keine Schüsse. Er war nun fast auf einer Höhe mit ihnen, aber der hufeisenförmige Fels, hinter dem sie hockten und eine Sandverwehung, die wie ein Wall aufragte, nahmen ihm die Sicht auf sie. Er warf einen Blick auf die Landschaft zwischen ihnen. Sie war flach und bot kaum Deckung. Er würde wohl einen größeren Umweg als geplant machen müssen.

›*Verbindung hergestellt.*‹ Der Schriftzug tauchte so unerwartet in seinem HUD auf, dass er blinzelte. ›*Updates jetzt herunterladen? Ja/Nein.*‹

»Nein«, sagte Auckland instinktiv. Das WLAN-Icon leuchtete am rechten oberen Rand seines Helms auf. Zwei Balken, eine schlechte Verbindung, aber besser als erwartet. *Ich hätte nicht gedacht, dass die Jockeys uns wieder ins Netz lassen.*

Er verdrängte den Gedanken und die Frage, was sie dazu bewogen hatte. Solange er nicht handelte, verschwendeten Lanzo und die anderen nur Munition. Auckland fand Deckung hinter einem weiteren Felsen, dann hinter einer Sandverwehung. Die Piraten mussten ahnen, was er plante, schließlich hatten sie ihn von der *Polk* weglaufen sehen, aber sie schossen wieder nicht. Lenkten die anderen sie so sehr ab? Möglich war das, doch er konnte nicht daran glauben.

Der Helm schluckte die Geräusche in seiner Umgebung. Auckland hörte zwar das Krachen der Schüsse und den heulenden Wind, nicht aber das Knirschen des Sands unter seinen Stiefeln oder andere, leisere Geräusche. Hinzu kam, dass er den ganzen Körper drehen musste, um hinter sich oder zur Seite zu blicken. Er fühlte sich eingeschränkt und isoliert.

Sand rieselte auf das Visier seines Helms. Seit Sonnenaufgang hatte der Wind nachgelassen, aber er zog immer noch an seinem Anzug und drückte gegen seinen Rücken. Auckland dachte einen Moment nach, dann steckte er die Waffe ein und kletterte die Sandverwehung hinauf. Er musste wissen, ob er recht hatte, doch das ging nur, wenn er sich einen Überblick verschaffte.

Er versank fast bis zu den Knien im Sand, als er sich nach oben kämpfte. Schweiß trat ihm auf die Stirn und einige Sekunden lang beschlug das Helmvisier. Er wartete reglos, bis das Klimasystem des Anzugs sich angepasst hatte, bevor er weiterkletterte. Die Verwehung war sechs oder sieben Meter hoch. Kurz vor der Kuppe ließ sich Auckland in den Sand fallen und kroch. Das Prasseln des Sandes wurde stärker, der Wind zerrte und drückte. Auckland legte die verletzte Hand auf die Kuppe und zog mit der anderen seine Waffe. Vorsichtig hob er den Kopf.

Die Verwehung war höher als die anderen in seiner Umgebung. Er konnte die halb im Sand steckende *Polk* sehen. Die Schleuse stand offen. Darin hockten Lanzo, Rin und Arnest und schossen abwechselnd auf die Piraten hinter dem Felsen. *Nein,* dachte Auckland, *nicht die Piraten, sondern der Pirat.*

Nur ein Mann lehnte sich an den dunkelgrauen Stein. Er trug zwei Pistolen und schoss mal von der rechten, mal von der linken Seite des Felsens, um die Illusion zu erzeugen, dass sein Begleiter immer noch dort war. Doch das war er nicht.

Aber wo ist er? Auckland sah sich um. Der Wind trieb Sand wie Nebel vor sich her, trotzdem hätte er den Mann sehen müssen, wenn er sich irgendwo zwischen dem Felsen und der Verwehung aufgehalten hätte. *Wo bist du?*

Sein Blick glitt zurück zu dem Piraten am Felsen, der gerade eine der beiden Pistolen nachlud. Er hatte freies Schussfeld, die Entfernung betrug keine fünfundzwanzig Meter. »Warum nicht?«, sagte Auckland leise zu sich selbst und legte an. Der Mann bewegte sich ständig, aber rhythmisch; links rechts, links rechts wie ein Pendel. Aucklands Pistolenmündung schwang mit. Sein Finger berührte den Abzug.

›Neue Textnachricht.‹ Der Schriftzug leuchtete in seinem HUD auf. Im ersten Moment wollte Auckland den Hinweis ausblenden, doch dann sah er, dass die Nachricht von Kipling stammte und sich an ihn, Lanzo, Rin und Arnest richtete und rief sie auf.

Kipling: ›Leute, ich hoffe, ihr sitzt. Die Eliot *ist weg. Ich glaube, dass Ama'Ru damit abgehauen ist. :(‹*

Auckland ließ die Waffe sinken. Die Schüsse aus der *Polk* verstummten. Nur der Pirat schoss weiter, so als bemerke er nicht, dass er der Einzige war, der sich noch die Mühe machte.

Sekunden vergingen, bis eine erste Antwort im Chatfenster auftauchte.

Lanzo: ›Was?‹

Dann kam die zweite:

Rin: ›Bist du ganz sicher?‹

Und die dritte:

Arnest: ›Gottverdamte Kack!!! Schlampe!‹

Auckland wusste, dass er sich hätte melden sollen, aber er konnte den Blick nicht von Kiplings Nachricht nehmen. Etwas in ihm wurde kalt.

Kipling: ›Ja, ich bin mir sicher. Das ist die einzige Erklärung, die Sinn ergibt. Sie muss in dem Moment gesprungen sein, als das Netz zurückkam.‹

Rin: ›Wo bist du?‹

Kipling: ›Noch auf dem Planeten, in der Kapsel.‹

Rin: ›Bleib erst mal dort. John, liest du mit?‹

Er tippte die Antwort in die Kontrollleiste an seinem Unterarm, ohne die Waffe aus der Hand zu nehmen. *›Ja.‹*

Lanzo: ›Und?‹

›Moment.‹

Auckland richtete die Waffe auf den Piraten, der inzwischen stehen geblieben war und sich unsicher umsah. Er schien nicht zu verstehen, warum er als Einziger noch an der Schießerei teilnahm. Die Kugel aus Aucklands Pistole schlug nur Millimeter neben seinem Kopf ein. Der Fels sprühte Funken, der Pirat warf sich hinter einen kleinen Vorsprung und schoss ziellos um sich.

Auckland drehte sich um und stapfte durch den Sand nach unten, die Waffe immer noch in der Hand. Der Pirat glaubte jetzt, dass er in der Falle saß und würde nicht versuchen, zu fliehen. Und die Aufmerksamkeit seines Begleiters hatte Auckland hoffentlich auf sich gezogen. Er stieg bis zum Fuß der Verwehung hinab, grub sich in den Sand und bedeckte sich damit, bis nur noch das Visier seines Helms freilag. Dann wartete er.

Rin: ›John?‹

Er antwortete nicht. Die Frage hing vor ihm im Chatfenster, der Cursor im Textfeld blinkte.

Arnest: ›Ja, halt blos die Fresse. Ner scheiß Jockey die Schlüssel zum Schif geben!!1‹

Sein Name war auf einmal grau unterlegt. Kipling musste ihn stumm geschaltet haben. Auckland lächelte, obwohl er wusste, dass Arnest recht hatte. Ama'Ru hatte ihn getäuscht und er, der ein Leben lang ausgebildet worden war, jeden Fremden als potenziellen Feind zu betrachten und dessen Default-Emotion, wie Kipling gesagt hätte, Misstrauen war, hatte sich von ihr täuschen lassen. Und er verstand nicht, wieso.

Rin: ›John, du wirst online angezeigt. Sag mir nur, dass alles okay ist.‹

Er wollte bereits die Hand heben, um ihr zu antworten, als er die Bewegung aus den Augenwinkeln sah. Der Wind hatte Sandkörner auf sein Visier geweht, doch durch sie entdeckte er einen Mann in einem billigen Red-Samurai-Raumanzug, der geduckt und mit gezogener Waffe langsam an der Verwehung vorbeischlich. Vielleicht hatte er das Mündungsfeuer von Aucklands Schuss gesehen, vielleicht suchte er auch nur nach einer Anhöhe, von der aus er seine Gegner in der *Polk* angreifen konnte. Im Umkreis von sechzig, siebzig Metern gab es keine, die so gut geeignet war wie diese Verwehung.

Der Mann kam näher. Er hatte seinen Helm verspiegelt. Violettes Sonnenlicht und schroffe, hoch aufragende Felsen brachen sich darin. Auckland spannte sich an, als der Mann näher kam und musterte ihn durch Körner und Schlieren. Er war nicht so groß wie Auckland, aber breiter und kräftiger, und er bewegte sich wie ein Mann, der einmal viel Zeit im Fitness-Studio verbracht hatte. Seine Waffe hielt er in der Hand. Sie war nach vorn gerichtet, aber wenn er sich drehte, um sich umzusehen, machte sie die Bewegung nicht mit.

Kein Profi, dachte Auckland, *sondern jemand, der nach Omega in dieses Leben geschleudert wurde. Wahrscheinlich konnte er sich normalerweise darauf verlassen, dass andere ihm den Rücken deckten.*

Der Mann kam näher. Er wirkte nervös, fuhr immer wieder herum, so als sei er sich nicht sicher, ob er Jäger oder Gejagter war. Unmittelbar vor Auckland blieb er stehen. Jemand musste ihn kontaktiert haben, denn er hob den linken Arm und tippte etwas auf der Kontrollfläche ein. Als er den Arm sinken ließ, trat Auckland zu. Sein Stiefel traf den Mann in der Kniekehle. Er knickte mit einem Bein ein, stolperte und rollte sich zur Seite ab. Gleichzeitig mit Auckland kam er hoch. Ein zweiter Tritt prellte ihm die Waffe aus der Hand, ein dritter traf seine Rippen.

Er ging zu Boden. Auckland richtete die Waffe auf seinen Kopf. Er sah sich selbst in der Verspiegelung des Helms. Sand rieselte von seinem dunklen Raumanzug, das Licht der höher steigenden Sonne rahmte ihn ein. Die Helmsoftware meldete eine neue aktive Funkfrequenz und er schaltete darauf um. »Helm entspiegeln«, befahl er.

Der Mann gehorchte. Sein Handschuh zitterte, als er den Knopf an der Seite seines Helms drückte. Auckland blickte in ein junges, bärtiges Gesicht. Die hellblauen Augen zuckten hektisch.

Rin: ›John, bitte antworten, wenn du es kannst. Wir machen uns Sorgen.‹

Er bezweifelte, dass der Plural angemessen war.

»Aufstehen«, sagte er. »Mit dem Rücken zu mir.«

Langsam erhob sich der Mann. Seine Rippen mussten schmerzen, denn er massierte sie mit einer Hand. »Bringst du mich jetzt um?«, fragte er mit rauer Stimme.

Auckland beachtete ihn nicht, sondern tippte, während der Mann ihn nicht sehen konnte, seine Antwort auf Rins Nachricht ein.

›Alles okay. Ich besorge uns ein Schiff.‹

»Bringst du mich jetzt um?«, wiederholte der Mann. Er hatte die Hände gehoben, obwohl er nicht dazu aufgefordert worden war.

Auckland schaltete den Chat aus. »Das wird sich zeigen.«

2

Auckland: ›Alles okay. Ich besorge uns ein Schiff.‹

Die V-Specs waren Ama'Ru zu groß und sie musste sie mit einer Hand festhalten, damit sie ihr nicht vom Gesicht rutschten. Es war ein seltsames Gefühl, die Brücke durch ihre Gläser zu betrachten, so als befände sie sich in zwei Welten, die gleichzeitig ihre Aufmerksamkeit verlangten. Sie verstand nicht, wie Kipling sie ständig tragen konnte.

Er hatte die V-Specs auf der Konsole liegen lassen, als er zum Planeten aufgebrochen war. Zum Glück war er noch eingeloggt gewesen und es hatte keine Passwortabfrage gegeben, als Ama'Ru sie aufsetzte. Wie die meisten Jockeys ihrer Generation beherrschte sie die digitale Technik der Menschen nur als Benutzer. Sie zu manipulieren oder zu »hacken« setzte ein Können voraus, das sie weder besaß noch besitzen wollte.

»Wir müssen uns keine Sorgen machen«, sagte sie, als sie die V-Specs abnahm und das graue Wabern des Hyperraums auf der Bildschirmwand betrachtete. »Es gibt Schiffe dort unten und Atemluft. Sie werden nicht ersticken.«

Die *Andere* hockte reglos unter ihr. Obwohl Ama'Ru ihr ganzes Leben auf ihrem Rücken verbrachte, wusste sie nicht genau, ob die *Andere* ihre Worte verstand oder nur auf Gefühle reagierte, die durch die Nährflüssigkeit von einem Körper in den anderen gelangten.

Und wieder zurück, dachte Ama'Ru. *Auch wenn wir es nicht wahrhaben wollen.*

»Ich hätte das Schiff umgedreht, wenn dem nicht so wäre«, sagte sie. »Ich würde sie nicht dem sicheren Tod ausliefern.«

Der Gedanke, dass sie das getan hätte, gefiel ihr, aber sie hinterfragte ihn nicht, denn ein Teil von ihr – vielleicht die *Andere*? – befürchtete, dass es gelogen war.

Ama'Ru setzte die V-Specs wieder auf. Im Chatfenster waren neue Nachrichten hinzugekommen.

Lanzo: ›Warte.‹

Rin: ›Mach das nicht allein, John.‹

Kipling: ›Das könnt ihr euch sparen. Er ist offline.‹

Arnest: ›Ganz tolle Scheiße widermal.‹

Ama'Ru legte die V-Specs auf die Konsole. Ihr wurde übel, wenn sie sie zu lange trug. Auf einem der Bildschirme vor ihr lief der Countdown bis zum Ende des Sprungs. Drei Stunden noch bis zu dem System JIRH-225 mit seinen acht Planeten und zahlreichen Monden. Sie warf einen kurzen Blick auf das Pad, das auf ihren Knien lag, aber ihr Satz *›Ich bin bereit.‹* stand immer noch unbeantwortet im Chatfenster. Ryn'Nel op Yrlem hatte ihn gesehen, das verriet sein Online-Status, nur darauf reagiert hatte er nicht. Wahrscheinlich fragte er sich, wie er sie davon abhalten konnte, das zu tun, was sie damals beschlossen hatten, bevor Auckland kam und das Morden begann.

Wir waren zu feige, dachte sie. *Das alles ist auch unsere Schuld.*

Die *Andere* rieb ihre Mandibeln mit leisem Knirschen gegeneinander. Ihre Müdigkeit sprang auf Ama'Ru über und sie legte ihren Kopf an die warme Schulter der Gottesanbeterin. Sie träumte von einer Wüste unter einer roten, aufgedunsenen Sonne. Der Geruch nach Kaktusblüten hing schwer in der Luft und sie spürte, wie die Hitze des frühen Abends in ihren Körper eindrang. Sie war die *Andere* und sie war Ama'Ru. Sie wusste nicht mehr, wo ein Bewusstsein anfing und das andere endete, aber eine Trennung schien ihr bedeutungslos. Sie sah zum Himmel hinauf und schmeckte süßes Kaktusfleisch. Der Saft rann über ihr Kinn und tropfte in den Sand. Er sah aus wie Blut. Nein, er war Blut, das klebrige, nach Eisen stinkende Blut toter Menschen.

Ama'Ru schreckte hoch. Die *Andere* zuckte und rieb die Hinterbeine gegeneinander.

»Eingehende Funkverbindung«, meldete eine angenehm klingende, weibliche Stimme. Einen Moment lang war Ama'Ru desorientiert. Ein Teil von ihr stand noch auf der Welt, die sie Heimat nannte, doch als sie sich umsah, war da keine endlose heiße Ebene, sondern das harte, kalte Metall der *Eliot*. Ama'Ru schüttelte sich und die *Andere* machte die Bewegung mit. Dann räusperte sie sich.

»Auf den Schirm«, sagte sie, während sie aus den Augenwinkeln bemerkte, dass der Countdown auf null gesprungen war. Sie hatte den Eintritt in den Normalraum verschlafen.

Auf einem der großen Bildschirme tauchte ein Cockpit auf. Es war hell erleuchtet und mit drei uniformierten Jockeys besetzt. Ihre Tiere hatten geschuppte, graue Haut, kleine Augen und große Mäuler voller Reißzähne, die zu grinsen schienen. Sie trugen die gleichen Uniformen wie ihre Reiter.

Haie, dachte Ama'Ru und unterdrückte ein Lächeln, als ihr klar wurde, dass sie die Terminologie der Menschen übernommen hatte.

»Identifizieren Sie sich«, sagte der mittlere Jockey. Sein Tonfall war scharf.

Ama'Ru hätte ihn am liebsten gefragt, was ihm einfiel, so mit ihr zu reden, aber sie hielt sich zurück, setzte sich im Sattel der *Anderen* auf und nannte ihren Namen: »Ama'Ru en Rahlyn od Fir.«

Sie sah, wie die drei Jockeys kurze Blicke untereinander austauschten. Auf einem der anderen Bildschirme meldeten die Scanner, dass die *Eliot* von sechs kleinen Schiffen umgeben war, Abfangjägern, die denen der Menschen technisch weit voraus waren.

»Und wer sind Sie?«, fragte sie ebenso fordernd.

Der mittlere Jockey wirkte plötzlich verunsichert. »Zanur'Um Captain«, sagte er.

»Captain?« Ama'Ru musterte ihn. »Also haben Sie sich einen zweiten Namen gegeben, Zanur'Um Captain.«

»Nein.« Zanur'Um spielte nervös mit den Knöpfen seiner Satteltasche. Er schien es nicht gewohnt zu sein, hinterfragt zu werden. »Das ist mein Rang, Ama'Ru en Rahlyn od Fir.«

Sie ließ sich ihre Bestürzung nicht anmerken. »Wenn es kein Name ist, dann werde ich darauf verzichten, Sie damit anzusprechen. War das alles, Zanur'Um?«

»Ja … ich meine, nein.« Er bemerkte, was er mit seinen Fingern tat und verschränkte die Arme vor der Brust. »Wir müssen wissen, ob Menschen an Bord Ihres Schiffes sind.«

»Warum müssen Sie das wissen?«

Die beiden anderen Jockeys blickten konzentriert auf ihr Display. Ama'Ru hatte den Eindruck, dass sie froh waren, nicht an dieser Unterhaltung beteiligt zu sein.

»Weil ich dann meinen Kommandanten informieren und weitere Befehle abwarten soll.«

Das Wort *Kommandant* missfiel Ama'Ru ebenso sehr wie *Captain*. Sie setzte zu einer weiteren Frage an, aber Zanur'Um kam ihr zuvor.

»Mehr kann ich Ihnen nicht sagen, Ama'Ru en Rahlyn od Fir. Ihres ist das erste Schiff, das wir gestoppt haben und ich verstehe nicht ganz, wieso Sie uns die Arbeit so erschweren. Nach dem, was die Menschen getan haben, sollte die Sicherheit unserer Völker doch allen am Herzen liegen.«

Er drückte auf einige Knöpfe an seiner Konsole. »Aus Respekt werde ich Ihr Schiff nicht scannen, aber ich möchte Sie bitten, Ihre persönlichen Prioritäten zu überdenken.«

Der Bildschirm wurde dunkel. Einige Sekunden später drehten die Schiffe ab. Ama'Ru wartete, bis sie aus der Reichweite ihrer Scanner verschwunden waren, bevor sie ihren Flug fortsetzte. Ihr Ziel ging niemanden etwas an.

Ich mache mir etwas vor, dachte sie im nächsten Moment. Zanur'Um hatte nicht aus Respekt gehandelt, sondern weil sie ihn verunsichert hatte. Also hatte er ihren Namen sehr wahrscheinlich an seinen *Kommandanten* weitergeleitet, wer auch immer das war, und wenn der erst einmal wusste, wer sie war, würde es ihm leichtfallen, ihr Ziel zu erraten.

»Das spielt keine Rolle«, sagte Ama'Ru leise und griff nach ihrem Pad. Das Chatfenster mit der unbeantworteten Frage war immer noch geöffnet. Sie tippte etwas darunter ein.

›Ich bin da. Holst du mich ab oder muss ich auf deinem Haus notlanden?‹

Ryn'Nel op Yrlem: ›Ich lasse dich abholen.‹

›Ich hoffe, dass du dir Zeit nehmen kannst. Wir haben viel zu besprechen.‹

Ryn'Nel op Yrlem: ›So scheint es.‹

Mehr schrieb er dazu nicht. Ama'Ru lächelte und steckte ihr Pad in die Satteltasche. Dann streichelte sie den Hals der *Anderen.*

»Es ist so weit«, sagte sie. »Wir werden endlich das Richtige tun.«

Eine halbe Stunde später dockte Ryn'Nels Schiff an und Ama'Ru verließ die *T.S. Eliot.*

3

»Wie heißt du?«, fragte Auckland. Er richtete die Pistole auf den Rücken seines Gefangenen und achtete darauf, stets drei Schritte hinter ihm zu bleiben.

»Michael. Und du?«

Auckland antwortete nicht. Er hatte Michael befohlen, ihn zum Schiff der Piraten zu führen und sie gingen durch das Tal auf das schroffe Gebirge in einiger Entfernung zu.

»Gut«, sagte Michael nach einigen Sekunden.

»Was ist gut?«

»Dass du mir deinen Namen nicht sagst und deinen Helm verspiegelst. Du denkst darüber nach, mich am Leben zu lassen.«

»Vielleicht.« Michael sollte glauben, dass er etwas zu verlieren hatte. Jemand, der hoffte, kooperierte. »Also, was ist hier los?«

»Wir sind Piraten, aber das hast du wahrscheinlich schon kapiert. Bis vor ein paar Monaten sind wir durch die Gegend geflogen und haben Schiffe angegriffen, aber das ist scheiße gefährlich und bringt meistens nicht viel.« Er nahm die Hände herunter. Auckland ließ ihn gewähren.

»Aber dann hatte Erin – Erin ist unser Boss – die Idee, auf diesem Planeten zu landen und einen Notruf auszusenden. Das System liegt ziemlich geil, das hat was mit der Anordnung der Sprungtore zu tun. Jedenfalls machen viele Schiffe hier Zwischenstopps.«

»Und die habt ihr angelockt.«

»Genau.« Michael klang stolz. »Du kannst dir nicht vorstellen, was hier abgeht. Erin war vor Omega Schauspielerin in irgend so einer Seifenoper. Alter, die hätte einen Oscar bekommen müssen, so wie die lügen kann. Alle, die hier runterkommen, denken, wir sitzen auf den größten Schätzen, aber nichts ist wahr.«

Auckland spürte, wie sein Mund trocken wurde. »So wie die Tanks mit Spermien und Eiern?«

»Nee, die sind echt. War in einem der ersten Schiffe, die wir runtergeholt haben. Wir haben erst Wochen später gemerkt, was da eigentlich drin ist. Die Leute an Bord haben mir ein bisschen leidgetan. Die meisten, die auf den Notruf antworten, sind Arschlöcher, die uns nur abzocken wollen, aber die waren ehrlich. Schade drum.«

»Was habt ihr mit ihnen gemacht?«

Michael ging langsamer. Auckland hielt den Abstand ein. »Das Gleiche wie mit den anderen. Unser Schiff ist ein leichter Kreuzer, der braucht fünf Sekunden vom Maschinenstart auf zehntausend Meter Höhe. Da kommt kaum ein Schiff mit, auch nicht die *Polk*. Wir haben sie abgeschossen und die Besatzung umgebracht. War ein tierisches Theater. Ein paar haben versucht, abzuhauen, der Wissenschaftler, den wir eigentlich leben lassen wollten, ist einfach so im Frachtraum verreckt, und so weiter. War ein krasser Tag.«

Er blieb stehen und drehte sich zu Auckland um. »Seit Omega machen wir alle Sachen, die uns früher im Traum nicht eingefallen wären, oder? Das heißt nicht, dass wir schlechte Menschen sind oder so. Wir wollen nur überleben.«

»Geh weiter«, sagte Auckland. Er konnte sich den Rest denken. Die Scanner des Kreuzers mussten die *Eliot* entdeckt haben und da die *Polk* ohne Internet keinen außerplanetaren Notruf absetzen konnte, hatte Erin die Triebwerke gestartet, um auf sich aufmerksam zu machen.

Was bedeutet, dachte Auckland, *dass sie möglicherweise funktionstüchtig sind.*

Michael wandte sich wieder ab. »Ist nicht mehr weit.«

Einige Hundert Meter vor dem Fuß des Gebirges bogen sie nach links ab. Die Felsen ragten höher hinauf als in der Nähe der *Polk* und bildeten einen Kanal, der vor Wind und Sand schützte. Michael zeigte nach vorn. »Die *Thunderbird* steht hinter den Felsen direkt am Kraterrand.«

Was für ein Krater?, fragte sich Auckland. Er folgte Michael durch den Kanal, bis er die runde, dunkle Triebwerksspitze des Kreuzers sah, dann blieb er unwillkürlich stehen. Der Krater, der sich hinter dem Schiff erstreckte, war gewaltig, ein Dutzende Kilometer umfassendes, kreisrundes Tal, dessen Steilwände von hohen Gebirgen umgeben waren. Ihre Gipfel verloren sich in den Schlieren der Atmosphäre. Unzählige Trümmerstücke, die meisten kaum größer als Aucklands Unterarm, bedeckten den sandigen Boden und ragten aus ihm hervor.

»Wir schlachten die Schiffe, die wir gekapert haben, aus«, sagte Michael, der ebenfalls stehen geblieben war und sich nun umdrehte. »Und dann schießen wir sie in Stücke, damit sie von Scannern nicht entdeckt werden können.«

»Ihr denkt an alles.« Auckland achtete darauf, dass seine Stimme neutral klang.

»Müssen wir. Die Leute sind misstrauisch geworden.« Michael zögerte, bevor er weitersprach. »Wir haben hier 'ne ziemlich geile Operation laufen. Was die abwirft, würde auch für euch reichen, wenn du verstehst, was ich meine.«

Aucklands Schweigen schien ihn anzuspornen. »Denk mal drüber nach. Deine Leute lassen Erin frei, so als Vertrauensbeweis, dann reden wir. Söldner wie euch können wir gut gebrauchen.«

»Wieso hältst du uns für Söldner?«

»Ihr wisst, was ihr tut, das ist mir direkt aufgefallen.« Michael lachte. Mit jedem Wort wurde er entspannter und selbstsicherer. Aus der vagen Hoffnung, dass er diesen Tag überleben würde, schien Gewissheit geworden zu sein. »Verglichen mit euch sind wir Amateure.«

Auckland wog seine Optionen ab. Die Triebwerksform verriet ihm, dass es sich bei dem Schiff um einen der neueren indischen Kreuzer handelte, entweder Soma- oder Vishnu-Klasse. Gute, schnelle Schiffe mit einer maximalen Besatzung von zwanzig Personen. Er glaubte jedoch nicht, dass sich so viele an Bord der *Thunderbird* befanden. Piraten brauchten größere Frachträume, als ein Kreuzer bot. Wahrscheinlich hatten sie einen Teil der Kabinen umgebaut, um ihre Beute verstauen zu können.

»Ich meine es ernst«, sagte Michael.

Das stimmte. Auckland sah es in seinen Augen. Zumindest in diesem Moment war Michael fest davon überzeugt, dass Erin und die anderen Piraten auf seinen Vorschlag eingehen würden. Verzweiflung verzerrte seine Realität.

Auckland traf seine Entscheidung. Er trat einen Schritt vor und reichte Michael seine Pistole. »Hier.«

Michael ergriff sie nicht. Sein Blick zuckte zwischen der Pistole und Aucklands verspiegeltem Helm hin und her. »Was soll das?«

»Du wolltest einen Vertrauensbeweis, hier ist er. Meine Leute haben euren Captain, jetzt hast du ihren.«

»Echt jetzt?«

Auckland nickte. Michael streckte zögernd die Hand aus, und dann, mit einer plötzlichen, hektischen Bewegung schloss er die Finger um die Waffe und richtete sie auf Auckland. »Okay …« Er atmete tief durch. »Okay … schon besser. Viel besser.«

Es klang so, als müsse er sich beruhigen. Auckland ging an ihm vorbei, ohne die Pistole zu beachten. »Sag deinen Leuten, dass wir unterwegs sind.«

Michael antwortete nicht. Auckland dachte an die Mündung, die auf seinen Rücken gerichtet war. Seine Muskeln spannten sich an, sein Herz schlug schneller. Es war ein gefährlicher Moment, einer, der sich seiner Kontrolle entzog und nur von Michael bestimmt wurde. Was auch immer er entschied, würde geschehen. Doch von allen Optionen, die Auckland gegeneinander abgewogen hatte, war diese die mit der größten Erfolgsaussicht.

Was einfach nur heißt, dass die ganze Sache keine gute Idee war, dachte er. Das Adrenalin, das durch seinen Körper strömte, vertrieb den Nebel aus Müdigkeit und Schmerzmitteln. Sein Kopf wurde klar, sein Magen knurrte. *Wenn ich jetzt sterbe, kann ich nur mir die Schuld daran geben. Nicht Ama'Ru, nicht Michael. Mir.*

Doch mit jedem Schritt, den er machte, wurde er ruhiger. Je länger jemand darüber nachdachte, einen Schuss abzugeben, desto unwahrscheinlicher war es, dass er es auch tat. Trotzdem zuckte Auckland zusammen, als Michaels Stimme aus seinem Helmlautsprecher drang.

»Sie sagen, dass wir ins Schiff kommen sollen. Nimm die Hände hoch.«

Auckland drehte sich nicht zu ihm um. »Nein.«

Michael wiederholte den Befehl nicht. Sie gingen schweigend bis zum Ende des Felskanals. Als sie ihn verließen, riss der Wind wieder an Aucklands Raumanzug und das Prasseln des Sandes kehrte zurück. Er blinzelte in das helle Licht der Sonne, deren Rand sich über das Gebirge auf der anderen Seite des Kraters schob.

»Das hab ich noch nie gesehen«, sagte Michael, während er hinter Auckland zur Schleuse der *Thunderbird* ging.

»Was?«

»Dass die Sonne so hoch steigt. In den letzten Tagen kam's mir schon so vor, als sei es tagsüber heller, aber die Sonne ist nie über die Berge gestiegen.« Er lachte nervös. »Wird vielleicht Frühling oder so.«

Vor der Leiter, die vom Boden zur Schleuse führte, blieben sie stehen. Die *Thunderbird* war ein schönes Schiff, schlank und lang, mit eng anliegenden Flügeln, die ihr in der Luft das Aussehen eines Falken im Sturzflug verliehen. Unter der dünnen Sandschicht schimmerte silbern abgesetztes, anthrazitfarbenes Metall hindurch und das Logo der indischen Luftwaffe.

Die Außentür der Schleuse schwang lautlos auf. Jemand im Inneren des Schiffs musste sie aktiviert haben. Auckland sah nach oben und bemerkte eine kleine Kamera, die sich in einer Vertiefung über der Tür befand. Ihr Objektiv folgte seinen Bewegungen, als er die Leiter hinaufstieg. Er benutzte beide Hände, um sich in der hohen Schwerkraft festzuhalten, auch wenn dumpfer Schmerz bei jedem Griff durch seinen linken Arm zuckte. Er wollte keine Schwäche zeigen.

Michael schloss die Tür hinter sich. Es zischte, als der Druckausgleich begann und Atemluft in die Schleuse gepumpt wurde. Ein rotes Licht blinkte rhythmisch. Durch das Bullauge in der inneren Tür sah Auckland zwei menschliche Schatten an der Wand des Gangs.

»Schon komisch, was einem so einfällt, wenn man glaubt, dass man sterben muss«, sagte Michael. Erleichterung machte ihn redselig. Er stand schräg hinter Auckland und hielt die Pistole in der linken Hand. »Als du über mir standst, dachte ich auf einmal, dass ich nie den Führerschein gemacht hab. Ich hab's mir immer vorgenommen, aber irgendwie war nie genug Kohle da.«

»Und jetzt gibt es keine Autos mehr.«

Michael lachte leise. »Da hast du recht. Aber komisch, dass ich daran denken musste, oder?«

»Ja.« Auckland hörte ihm kaum zu. Er richtete den Blick abwechselnd auf das blinkende rote Licht, die Pistole und die

Schatten an der Wand. Seine Gedanken konzentrierten sich auf das, was in den Sekunden nach dem Öffnen der Tür geschehen würde.

Das Licht blinkte nicht mehr. Mit einem Knacken wurde die Tür entriegelt und schwang auf. Aus den Schatten wurden zwei Menschen, die in den Türrahmen traten.

Auckland handelte.

4

Ama'Ru schloss die Augen, wandte ihr Gesicht der Sonne zu und genoss ihre Wärme. Das Rauschen des Ozeans, der sich vor ihr bis zum Horizont erstreckte und die leichte Brise, die nach Salz und Seetang roch, stillten eine Sehnsucht, die sie weder auf NG27 noch auf der *Eliot* je wahrgenommen hatte.

Wir sind natürliche Wesen, dachte sie. *Wir brauchen eine natürliche Umgebung.*

Unter ihr presste sich die *Andere* mit dem Hinterleib in den Sand. Ama'Ru spürte, wie glücklich sie war.

Das Klatschen großer Flügel riss sie aus ihren Gedanken. Sie wandte sich von der Sonne ab und sah, wie ein Schatten über sie hinwegglitt. In das Salz und den Seetang mischte sich scharfer Raubtiergeruch.

Ryn'Nel landete einige Meter von ihr entfernt am Strand. Das – Ama'Ru verwendete das Wort nur ungern – Tier, auf dem er saß, grub seine Krallen in den Sand und faltete die Schwingen zusammen. Seine Haut sah aus wie gegerbtes Leder, sein Hals war dünn und faltig, der Kopf, der darauf saß, wirkte zu groß. Es hatte einen unterarmlangen Schnabel und eng zusammenstehende, tückisch wirkende Augen. Die Menschen hätten das Tier wohl als Flugsaurier bezeichnet und da ihr eigenes Volk den Spezies, mit denen es zusammenlebte, nie Namen gegeben hatte, hielt Ama'Ru es für richtig, sie so zu nennen. Nur das, was man benennen konnte, existierte.

Hätten sie Namen, könnten wir sie nicht ignorieren, dachte sie.

Ryn'Nel richtete sich in seinem reich verzierten Sattel auf und sah über die Schulter des Flugsauriers. »Wenn ich nicht wüsste, weshalb du hier bist, würde ich mich sehr freuen, dich zu sehen«, sagte er.

Ama'Ru lächelte. »Und da du es weißt?«

»Freue ich mich etwas weniger.« Ryn'Nel erwiderte ihr Lächeln und winkte sie mit einer dünnen, alten Hand heran. »Komm. Wir gehen ins Haus.«

Das, was er als Haus bezeichnete, war eine offene, mehrstöckige Konstruktion aus weißen Säulen, die in die Hügel hinter dem Strand hineingebaut worden war. Es gab nur wenige Wände und kaum Mobiliar. Jeder Raum ließ sich von draußen erreichen, passend für Wesen, die das Fliegen dem Gehen vorzogen.

Über den Hügeln kreisten Flugsaurier am wolkenlosen blauen Himmel. Andere Häuser sah Ama'Ru nicht. Ryn'Nel lebte wie die meisten seines Volkes am Äquator einer Welt, die Ksy genannt wurde, doch im Gegensatz zu den meisten zog er es vor, allein zu sein.

»Ich bin zu intelligent für andere«, hatte er einmal gesagt. »Wenn sie mit mir sprechen, erkennen sie ihre eigene Dummheit. Ich halte es für grausam und nutzlos, sie dieser Erfahrung auszusetzen.«

Ama'Ru betrachtete es nicht als Kompliment, dass Ryn'Nel für sie eine Ausnahme machte. Es gab nicht so viele Experten für menschliche Genetik, dass er sich seine Kollegen hätte aussuchen können.

Gemeinsam betraten sie das Haus mit seinen vielen kleinen Ebenen, die durch Treppen miteinander verbunden waren. Es war hell und so konstruiert, dass die ständige leichte Brise, die vom Ozean wehte, für Kühlung sorgte. Ama'Ru hatte viele Wochen in ihm verbracht. Es kam ihr vor, als beträte sie ihr Zuhause.

In einer Ecke der untersten Ebene stand ein Internetterminal, über dem sich ein großes G langsam drehte. Der Holobildschirm reagierte auf Zuruf und folgte seinem Benutzer durch das ganze Haus, wenn das gewünscht wurde. Trotz seines Traditionsbewusstseins verzichtete Ryn'Nel nie auf die neuesten Spielereien.

»Darf ich deinen Hunger und Durst stillen?«, fragte er. Der Flugsaurier war größer als die *Andere* und Ama'Ru musste den Kopf heben, um Ryn'Nel anzusehen.

»Wir nehmen mit Freuden, was du zu geben hast«, sagte sie, so wie es der Brauch verlangte, abgesehen von einer kleinen Änderung, die Ryn'Nel sofort bemerkte.

»Wir.« Er lachte und ging zu einem Kühlschrank, der in eine der Wände eingelassen war. »Du bist also immer noch Hhalim.«

»Das ist der richtige Weg. Es gibt keinen Grund, davon abzuweichen.«

Normalerweise genoss Ryn'Nel es, sich mit ihr über dieses Thema zu streiten, doch heute schien er kein Interesse daran zu haben. Er nahm zwei schmale, bunte Getränkedosen mit Schriftzeichen, die Ama'Ru nicht kannte, aus dem Kühlschrank und reichte ihr eine davon. Sein Flugsaurier schloss währenddessen mit einer Flügelspitze die Kühlschranktür.

»Ich habe etwas Neues entdeckt«, sagte Ryn'Nel. »Es stammt aus einem Land namens Korea und verbindet japanische mit amerikanischen Einflüssen. Wirklich bemerkenswert. Mein Händler sagt, dass es in der ganzen Galaxis höchstens fünfzig Dosen gibt.« Er neigte den Kopf. »Ich weiß. Natürlich würde ein Händler so etwas behaupten, aber da ich noch nie davon gehört hatte, kann er nicht ganz falschliegen.«

Die Dose knackte laut, als er seinen Finger unter den Ring im Deckel schob und sie aufriss. Manche Jockeys sammelten Gemälde von der Erde oder Bücher, aber Ryn'Nel sammelte Softdrinks. Im Keller unter seinem Haus, den er eigens hatte anlegen lassen, lagerten Tausende Dosen, und ständig fanden seine Händler neue Sorten.

Ama'Ru öffnete ihre Dose und hörte Kohlensäure prickeln. Wie die meisten Jockeys musste sie weder essen noch trinken. Die *Andere* versorgte ihren Körper mit all den Nährstoffen, die er brauchte. Trotzdem genoss sie es gelegentlich, etwas auf der Zunge zu schmecken und ihren Magen zu füllen.

»Lass sie einen Moment atmen«, sagte Ryn'Nel, als sie die Dose ansetzen wollte, und hob die Hand. »So eine Köstlichkeit fordert Respekt. Man schüttet sie nicht einfach in sich hinein wie billige Pepsi, die nach 2030 abgefüllt wurde.«

Schweigend wartete Ama'Ru, bis er die Hand senkte und die Dose zum Mund hob. Dann trank sie auch. Die Flüssigkeit, die in ihren Mund strömte und auf der Zunge prickelte, war so sauer, dass Ama'Ru sie beinahe ausgespuckt hätte. Es kam ihr vor, als fräße sich Säure von innen in ihre Wangen, doch dann, keine Sekunde später verschwand das Gefühl und wurde von einer schweren Süße abgelöst, die ihre Zunge wie Sirup bedeckte.

Ryn'Nel lachte. Seine Augen strahlten wie die eines Kindes. »Ist das nicht phantastisch? Die Süße stammt von einer chemischen Reaktion, die bei Kontakt mit Speichel ausgelöst wird. Ich hätte nicht gedacht, dass der Trick bei uns auch funktioniert, aber zum Glück habe ich mich geirrt.«

»Ja, zum Glück.« Ama'Rus Stimme klang belegt. Der Sirup verklebte ihr den Mund. Sie wollte noch etwas hinzufügen, doch im gleichen Moment verschwand das Lachen aus Ryn'Nels Augen und er wurde ernst. Sie wusste, dass er zu solch plötzlichen Stimmungsschwankungen neigte, trotzdem wurde sie meistens von ihnen überrascht.

»Warum bist du hier?«, fragte er.

Sie stellte die Dose auf einen schmalen Vorsprung. »Aus dem Grund, den ich dir geschrieben habe. Ich bin bereit.«

»Für was?«

»Das weißt du sehr gut.« Die *Andere* unter ihr schüttelte sich. Anscheinend war der Softdrink in ihrem Körper angekommen. »Wir haben damals beschlossen, dass wir an die Öffentlichkeit gehen und alles erklären würden. Das haben wir nicht getan.«

»Weil jemand anfing, uns umzubringen.« Ryn'Nel drehte die Dose zwischen seinen Händen, bevor er einen Schluck daraus trank. »Der Mensch, mit dem ich telefoniert habe. Der mit der Liste.«

»Ja.« Aus den Augenwinkeln sah Ama'Ru, dass die Farbe des G über dem Internetterminal von blau auf rot gewechselt hatte. Ryn'Nel musste eine Nachricht bekommen haben. Er sah kurz hin, rief sie aber nicht ab. »Du hättest den Skorpion nicht schicken sollen.«

»Skorpion … wir reden über uns selbst schon wie die Menschen. Wollten wir nicht genau das verhindern?«

Nicht wir, sondern ich, dachte Ama'Ru. *Alles hat mit mir angefangen.*

5

FÜNF JAHRE ZUVOR

Mehr als zwei Dutzend Avatare ordneten sich auf dem Holoschirm zu einem Rahmen an. Die Mitte blieb für denjenigen frei, dem Ama'Ru das Wort gab. Ryn'Nel hatte ihr erklärt, wie das funktionierte, aber noch machte sie davon keinen Gebrauch. Sie ließ die Wissenschaftler, die sie um diese Konferenz gebeten hatte, untereinander reden. Außer Ryn'Nel wusste niemand, weshalb Ama'Ru sie zusammengerufen hatte.

Sie war nervös. Ihre Stimmung übertrug sich auf die *Andere*, die ihre Hinterbeine gegeneinander rieb und kaum still sitzen konnte. Lange hatte sie über diesen Tag nachgedacht und über den Vorschlag, den sie machen würde. Mal hatte sie den Moment herbeigesehnt, mal gefürchtet, aber sie hatte, seit sie die Entscheidung getroffen hatte, gewusst, dass er kommen musste. Es gab keinen anderen Weg.

»Sie haben noch nie ein Basketballspiel gesehen?«, fragte Wor'Tel ot Ley. Die Tentakel seines Oktopus zuckten. »Das ist der schnellste Sport, den es gibt und ungeheuer aufregend. Ich schicke Ihnen gleich mal einen Link. Sie werden es nicht bereuen.«

Tan'Ie ar Natr stützte die Ellenbogen auf die Schultern ihrer Echse. »Wenn Sie das sagen. Allerdings muss ich Sie vorwarnen. Mir liegen E-Sports mehr. Dieses Herumgerenne mit einem Ball ist schon sehr menschlich.«

Nun mischten sich auch andere ein, auf Tan'Ies und auf Wor'Tels Seite. Ryn'Nel trat neben Ama'Ru und beugte sich zu ihr herüber. »Willst du nicht anfangen?«

Nein, dachte sie. *Das will ich nicht.* Doch dann berührte sie die Tastatur, die Ryn'Nel auf den Hinterkopf der *Anderen* projizierte. Ihr Bild tauchte inmitten des Rahmens auf. Ama'Ru wusste, dass sie nun auf allen zugeschalteten Bildschirmen zu sehen war.

»Ich möchte Ihnen allen für Ihr Kommen danken«, sagte sie. Die Unterhaltungen verstummten. »Da wir uns alle kennen, können wir wohl auf eine Vorstellung verzichten. Ich möchte Sie alle jedoch bitten, Ihre Verbindung zum Internet kurz zu überprüfen. Sollte sie nicht verschlüsselt sein, sollten Sie diesen Chat in Ihrem eigenen Interesse verlassen. Was wir hier besprechen werden, ist ebenso brisant wie geheim.«

Ein Bild verschwand tatsächlich, auf den anderen blickten ihr ernste Gesichter entgegen. Innerhalb weniger Sekunden hatte sich die Stimmung völlig verändert.

»Danke«, sagte Ama'Ru. Ryn'Nel hatte ihr geraten, so schnell wie möglich zum Punkt zu kommen, damit niemand auf die Idee kam, aus Langeweile zu surfen, aber sie wusste nicht recht, wo sie anfangen sollte. »Sie alle … wir alle …« Sie hielt inne. Auf einmal erschien ihr das, was sie sagen wollte, so ungeheuerlich, dass es ihr den Atem raubte. »Ich …«

»Soll ich für dich sprechen?«, fragte Ryn'Nel so leise, dass nur sie ihn verstehen konnte. Am liebsten hätte sie zugestimmt, doch dann fiel ihr Blick auf die Dose, die er festhielt. Entschlossen griff sie danach und hielt sie hoch. »Ich will darüber mit Ihnen sprechen.«

Wor'Tel beugte sich vor und kniff die Augen zusammen. »Galaxy Coke?« Er klang verwirrt. »Was ist damit?«

»Alles ist damit.« Ama'Ru stellte die Dose ab. »Ein menschliches Produkt, auf unseren Geschmack abgestimmt, millionenfach auf unsere Welten und Stationen verkauft.«

»Warum auch nicht?«, sagte Tan'Ie. »Es schmeckt gut.«

»Und was ist mit Spielen, Musikvideos, Serien, Filmen,

Waffen, Pornos, Kleidung, Holofones? Ist das auch alles gut?«

Tan'Ie wirkte unbeeindruckt. »Niemand zwingt mich, etwas zu kaufen, was mir nicht gefällt.«

Einige nickten, eine menschliche Geste, die ebenso wie das Kopfschütteln in den letzten Jahren populär geworden war.

Ama'Ru war froh über den Widerspruch. Er spornte sie an, ihre eigenen Gedanken zu ordnen und auf Schwachstellen zu überprüfen. »Sie haben recht. Und seien wir ehrlich: Die Unterhaltungskultur der Menschen ist der unseren um Jahrhunderte voraus.«

Die anderen lachten. »Um genau zu sein, sind die Menschen in allem besser als wir«, sagte Ama'Ru, als es wieder ruhig wurde. »Entscheidungen, für die wir Jahre brauchen, fällen sie in wenigen Tagen. Sie ordnen alles in Hierarchien, angefangen von ihren politischen Systemen bis hin zu den Bestenlisten in Online-Spielen. Jeder misst sich mit jedem, versucht aufzusteigen, mehr zu bekommen, sich über die anderen zu erheben. Sie leben in einem ständigen Krieg. Das macht sie so effizient.«

Ama'Ru wartete, aber niemand widersprach ihr. »Wir sind so nicht. Wir kennen keine Hierarchien. Wir fragen uns nicht, wer besser ist, welches Volk mehr erreicht, mehr geleistet hat. Wir *sind* und das hat uns bis jetzt gereicht. Aber nicht mehr. Die Ersten fordern, dass wir Vertreter wählen, damit wir schneller entscheiden können, damit wir effizienter werden. Die Menschen zerstören uns von innen.«

»Sie machen einen gewaltigen Sprung in Ihrer Argumentation«, sagte Wor'Tel. »Dass wir uns ein paar Filme ansehen, heißt noch lange nicht, dass wir unsere Kultur aufgeben. Ich –«

Ama'Ru unterbrach ihn. »Wor'Tel, wir sprechen *Englisch.*«

Stille setzte ein. Minutenlang sagte niemand etwas, dann trat Ryn'Nel vor. »Warum denken wir nicht alle in Ruhe darüber nach, was Ama'Ru gesagt hat und treffen uns morgen um die gleiche Zeit wieder?«

»Ich möchte lieber jetzt hören, worauf das alles hinauslaufen soll«, sagte ein Wolf namens Gre'Uy.

»Ich halte das für verfrüht und –«

»Nein, er hat recht.« Ama'Ru sah zuerst Gre'Uy und dann die anderen Wissenschaftler an. »Ich schlage vor, dass wir die Menschheit aufhalten, bevor sie uns vernichtet.«

»Wir?« Tan'Ie lachte, aber Ama'Ru hörte keinen Humor darin. »Und wie sollten wir das tun?«

»Mit etwas, das so tief in der Popkultur der Menschen verankert ist, dass jeder auf der Erde das unaufhaltsame Ende der Zivilisation damit verbindet.« Ama'Ru hatte wochenlang darüber nachgedacht, aber nun, als sie das Wort aussprechen sollte, erschien es ihr lächerlich.

»Zombies«, sagte sie leise.

»Bereust du es?«, fragte Ryn'Nel. Er hatte seine Dose ausgetrunken und zerdrückte sie mit beiden Händen.

»Jeden Tag.« Ama'Ru streichelte den Hals der *Anderen*. »Die Realität war so anders als die Simulation. Ich hatte nicht mit diesem …« Sie suchte einen Moment nach dem richtigen Wort. »… diesem Leid gerechnet.«

»Kein Wunder, wir hatten eine Sterblichkeitsrate von zehn Prozent erwartet, nicht von neunzig«, sagte Ryn'Nel. »In diesem Kontext wäre es sinnvoll gewesen, an die Öffentlichkeit zu gehen und unsere Motive zu erklären. Die Menschheit musste in ihre Schranken gewiesen werden, das war unsere Intention. Und unsere eigenen Völker sollten gezwungen werden, in sich zu gehen. Beides ist jedoch aufgrund der katastrophalen Folgen unseres Handelns nicht eingetreten.«

Er schüttelte den Kopf.

Sie hatten nicht nur ihren eigenen Virus unterschätzt, sondern auch die psychologische Wirkung der lebenden Toten auf die Menschen. Ama'Ru hatte zwar vorausgesehen, dass Zombies jedem auf der Erde vertraut sein würden, doch die Verschleierungstaktiken der Regierungen und die Selbsttäuschung vieler Menschen, die bis zuletzt nicht hatten glauben wollen, was um sie herum geschah, hatte sie nicht erwartet.

Wenn sie früher reagiert hätten, wäre es nie so weit gekommen, dachte sie. »Wir hätten ihr Sonnensystem nicht unter Quarantäne stellen dürfen. Das war der Todesstoß für ihre Zivilisation.«

»Onas'Ramun ay Sin'Dolf hat dafür gesorgt.«

Das hatte sie nicht gewusst. »Deshalb hat Auckland ihn also umgebracht.«

»Was die interessante Frage aufwirft, wer ihm davon erzählt hat.« Ryn'Nel sah wieder zu dem rot leuchtenden G hinüber. Ama'Ru fragte sich, ob er die Nachricht aus Höflichkeit nicht abrief.

»Wir müssen den Menschen und unseren Völkern sagen, was wir getan haben, Ryn'Nel. Die Menschen ahnen es bereits, aber unsere eigenen Leute nicht. Wenn sie erkennen, dass das Leid einer ganzen Spezies von uns verursacht wurde, werden sie hoffentlich Mitgefühl haben und aufhören, uns in eine Gesellschaft zu verwandeln, die Uniformen trägt und Ränge als zweiten Namen annimmt.«

»Dafür ist es längst zu spät.« Ryn'Nel trat auf die Terrasse, die sein Haus umgab und wandte sein Gesicht der Sonne zu. Der Flugsaurier breitete die mehr als menschenlangen Schwingen aus, so als wolle er abheben. »Wir sind auf einem unumkehrbaren Weg in eine menschliche Gesellschaft und ob wir unsere Schuld öffentlich eingestehen oder nicht, spielt keine Rolle mehr. Wir würden uns nur Killern wie Auckland aussetzen.«

Er drehte den Kopf und sah Ama'Ru an. »Gefährde nicht unsere Arbeit. Lass uns gemeinsam ein Gegenmittel für den Virus finden. Damit leisten wir mehr Wiedergutmachung als mit einem tränenreichen Geständnis.«

»Ich hatte nichts von Tränen –« Schwingenschlagen unterbrach Ama'Ru. Der Flugsaurier nahm Anlauf und stieg zum Himmel empor. Ryn'Nel saß auf seinem Rücken, den Blick nach vorn gerichtet, die Hände auf seine Schultern gelegt. Er sah sich nicht um.

Minuten später landete eine Fähre auf der Landeplattform neben dem Haus. Als Ama'Ru nach draußen trat, bemerkte sie, dass das G über dem Internetterminal nicht mehr rot leuchtete. Ryn'Nel musste seine Nachricht aus der Luft abgerufen haben.

Ein seltsames Verhalten, dachte Ama'Ru. *Passend zu einer seltsamen Unterhaltung.*

Sie hatte nicht erwartet, dass er begeistert auf ihren Vorschlag reagieren würde, doch seine Resignation und Weigerung, darüber zu diskutieren, überraschten sie dennoch. Sie kannte niemanden, der sich mit größerer Freude stritt als Ryn'Nel. Doch an diesem Tag war er vor dem Streit beinahe geflohen.

Die Türen der Fähre schlossen sich hinter ihr. Es gab keinen Piloten an Bord, das einprogrammierte Ziel wurde automatisch angeflogen. Als die Fähre startete, sah Ama'Ru aus dem Fenster und betrachtete das kleiner werdende Haus. Die *Andere* zirpte leise.

»Es tut mir leid«, sagte Ama'Ru. »Ich wäre auch gern länger geblieben.«

Doch ein Teil von ihr war froh, den Planeten verlassen zu können. Sie hatte ihre – sie schreckte vor dem Wort Freunde zurück, obwohl es ihr als Erstes einfiel – Mitreisenden in eine unangenehme, möglicherweise gefährliche Lage gebracht, nur um jemanden aufzusuchen, der sie nun abgewiesen hatte.

Ich musste es versuchen und über das Internet hätte er eine so brisante Unterhaltung nicht geführt, dachte sie. Ryn'Nel an ihrer Seite zu haben, hätte ihren Worten mehr Gewicht verliehen und diejenigen zum Schweigen gebracht, denen sie ihren dritten Namen zu verdanken hatte. *Nun muss es eben ohne ihn gehen.*

Die Fähre stieg höher. Ama'Ru warf einen Blick auf die Flugsaurier, die immer noch über den Hügeln und dem Haus kreisten, so wie Raubvögel in diesen Naturdokumentationen, die Kipling sich auf der Brücke manchmal ansah.

Die Jockeys auf ihnen waren bewaffnet.

6

Die Kugel schlug funkensprühend im Metall über der Schleusentür ein und heulte als Querschläger davon.

Arnest zog den Kopf ein und lehnte sich an die Wand. »Ja«, sagte er. »Das Arschloch ist immer noch da.«

Rin und Lanzo hockten auf der anderen Seite der Schleuse. Sie schossen nur noch selten zurück. Ihr Gegner hatte zwischen den Felsen einen so gut geschützten Platz gefunden, dass er kaum zu treffen war.

»Irgendwann muss ihm doch die Munition ausgehen«, sagte Rin über den Helmfunk.

»Nicht, wenn er vernünftig vorbereitet ist.« Arnest tastete nach den Magazinen, die in seinem Gürtel steckten. »Ich geh nirgendwo mit weniger als zweihundert Schuss Munition hin. Wir leben ja nich' in Disneyland.«

»Bitte erwähne Disneyland nicht, okay?« Lanzos Stimme hatte diesen Tonfall, den Arnest nur zu gut kannte und der ihm verriet, dass sein Bruder den Zwischenfall im Frachtraum noch nicht verziehen hatte.

Zu Recht, dachte er. *Ich hätte ihn beinahe umgebracht.*

Manchmal stellte er sich seinen Verstand wie ein Fass vor, das sich langsam füllte, ohne dass er selbst es merkte, bis es schließlich überlief. Dann drehte er durch. Und der Einzige, der wusste, wo sich der Stöpsel befand, mit dem man das Fass ablaufen lassen konnte, war Lanzo.

»Was war denn in Disneyland?«, fragte Rin.

»Ni–«, setzte Lanzo an, aber Arnest kam ihm zuvor.

»Ich hab Goofy in die Eier getreten und wir sind rausgeflogen. Keine große Sache.«

»Keine große …?« Lanzo sprach den Satz nicht zu Ende, sondern schüttelte in seinem unverspiegelten Helm nur langsam den Kopf. Arnest sah das getrocknete Blut an seiner Schläfe und spürte einen Stich im Magen.

»Was fasst der mich auch an?«, sagte er, aber es klang eher trotzig als erklärend.

Einen Moment lang sagte niemand etwas, dann räusperte sich Rin. »Und was machen wir jetzt?«

»Wenn Auckland seinen Job erledigt hätte, müssten wir gar nichts machen«, sagte Lanzo. »So muss einer von uns da raus.«

Sie hatten vor wenigen Minuten erkannt, dass nur noch ein Mann sich hinter den Felsen versteckte. Den anderen hatte Auckland wohl gezwungen, ihn zum Schiff der Piraten zu bringen. Lanzo war der Meinung, er hätte den zweiten nur zurückgelassen, um Zeit zu schinden. Er wollte nicht, dass ihm jemand folgte.

Lanzo schien darüber wütend zu sein, was Arnest nicht verstehen konnte. Auckland hatte Ama'Ru vertraut und ihnen damit die Scheiße eingebrockt. Jetzt wollte er sie wieder ausbügeln, ohne jemand anderen mit hineinzuziehen.

»Ich gehe«, sagte er. »Ihr müsst mir nur Deckung geben.«

Lanzo sah ihn an. »Okay, aber wir brauchen ihn lebend.«

Schon als Söldner hatte Arnest diesen Befehl mehr als alles andere gehasst. Das war so, als würde jemand sagen: *Trink die Flasche Whisky, aber werd' nicht betrunken.* »Was? Wieso?«

»Weil ich lieber zwei Gefangene habe, die wissen, wo das Schiff ist, als einen. Aber wenn du denkst, du kriegst das nicht hin …«

»Natürlich kriege ich das hin! Ich hab nur keinen Bock drauf.« Arnest schob ein frisches Magazin in seine Pistole und ließ es einrasten. »Bei drei«, sagte er, ohne auf die anderen zu achten. Es verärgerte ihn, dass sein Bruder ihm eine so simple Mission nicht zutraute. »Eins, zwei, drei.«

»Moment.«

Er sprang. Lanzo und Rin schossen. Er hörte ihre Schüsse und das Fluchen seines Bruders im Helmfunk. Grinsend landete er im Sand und rollte sich über die Schulter ab. Der Gegner hinter dem Felsen erwiderte das Feuer nicht. In der hohen Schwerkraft kam Arnest langsamer hoch, als er gewollt hatte, aber doch schnell genug, um die Vorderseite des Felsen zu erreichen, bevor Lanzo und Rin nachladen mussten.

Einen Meter links von ihm gab es eine Kluft im Felsen, die aussah, als habe jemand ihn mit einer riesigen Axt gespalten. Dahinter hockte sein Gegner. Arnest sah den zitternden Schatten seines Helms auf dem Stein. Er dachte einige Sekunden nach, dann zog er seine Waffe, richtete sie auf den Schatten und schoss ein halbes Dutzend Mal. Der Schatten verschwand.

Wie Billard, dachte er.

»Ich sagte, lebend!«, brüllte Lanzo in seinem Helmfunk. Arnest ignorierte ihn. Das Fass in seinem Kopf war noch nicht voll. Er wusste genau, was er tat. Mit einem Sprung landete er in dem Spalt. Der Wind hatte die Steine abgeschliffen und er rutschte trotz der griffigen Sohlen seiner Stiefel aus. Instinktiv streckte er die linke Hand aus, um sich festzuhalten, bekam den Rand des Spalts zu fassen und zog sich daran nach vorn.

Zwei weitere Schüsse auf die gleiche Stelle, dann brachte er den Spalt hinter sich. Seine Sohlen versanken in weichem Sand. Leere Patronenhülsen funkelten im Sonnenlicht. Arnest fuhr herum, die Waffe im Anschlag. Der Anblick, der sich ihm bot, war genau der, den er erwartet hatte: Ein Mann in einem billigen, roten Red-Samurai-Raumanzug, der sich aus Angst vor Querschlägern hinter einem Vorsprung geduckt hatte. Er hob die Hand, in der seine Pistole lag.

»Lass es, Arschloch«, sagte Arnest, bevor ihm einfiel, dass der Mann ihn nicht hören konnte. Trotzdem ließ der die Waffe fallen und entspiegelte seinen Helm. Seine Augen waren weit aufgerissen, der tätowierte Kopf rasiert. Die Lippen bewegten sich.

Arnest schaltete die Funkfrequenz um.

»... mich, hörst du? Ich ergebe mich.« Er hob die Hände hoch über den Kopf. Arnest wechselte die Frequenz wieder und bedeutete ihm mit einer Geste aufzustehen und in Richtung des Schiffs zu gehen.

»Zufrieden?«, fragte er, als er den Mann in die Schleuse stieß.

»Sehr.« Lanzo lächelte und obwohl es Arnest nicht gefiel, erfüllte ihn das mit Stolz. Hinter ihm schloss Rin die Außentür.

»Wir werden ihn zu Erin in den Frachtraum sperren«, sagte Lanzo über Funk. Der Pirat hatte immer noch die Hände erhoben und sah sich nervös um. Er redete, aber niemand hörte ihn.

Rin hob die Augenbrauen. »Warum fragen wir ihn nicht direkt, wo sein Schiff ist?«

»Ich möchte, dass die beiden sich unterhalten und erkennen, wie eingeschränkt ihre Optionen sind.« Die Lampe über der Tür leuchtete grün. »Während sie das tun, werden wir herausfinden, ob die *Polk* flugtüchtig ist. Auckland ist zu Fuß unterwegs. Wenn wir das Schiff starten können, werden wir wahrscheinlich vor ihm am Ziel ankommen.«

Arnest nahm seinen Helm ab und schlug gegen den des Piraten. »Runter damit.«

Mit zitternden Fingern öffnete der Mann die Verschlüsse und zog den Helm von seinem Kopf. »Mein Name ist Dmitri«, sagte er. »Ich bin kein schlechter Mensch, okay? Ich tue nur, was mir befohlen wird.«

Auf seiner Stirn war eine Totenkopfflagge eintätowiert, rechts und links über den Ohren eine Strichliste.

»Führst du Buch über die Leute, die du umgebracht hast?«, fragte Lanzo.

»Nein.« Dmitri hob abwehrend die Hände. »Nur über die Zombies.«

Arnest zählte kurz nach und lachte. »Vierzehn? Was bist du denn für ein Loser?«

Einen Moment lang blitzte Wut in Dmitris Augen auf und Arnest erkannte, dass er ihn nicht unterschätzen durfte. Er deutete mit der Pistole auf die innere Schleuse. »Geh vor.«

Die Tür zum Frachtraum befand sich nur wenige Meter entfernt. Dahinter war es still. Lanzo öffnete sie, Arnest stieß Dmitri wortlos hinein und schloss sie wieder. Dann folgte er den anderen durch den Gang. »Wie lange lassen wie die beiden da drin?«

»Bis wir fertig sind«, sagte Lanzo. Hinter ihnen hämmerte Dmitri gegen die Tür des Frachtraums. Arnest schüttelte den Kopf.

Was für ein Loser.

7

Der Kampf war ein Tanz, der dem Rhythmus seines Atems folgte. *Einatmen* – die Waffe wurde aus Michaels Hand geprellt und rutschte in seine eigene – *Ausatmen* – der Schuss traf Michael unter der Achselhöhle seines noch immer ausgestreckten Arms und drang in sein Herz ein – *Einatmen* – ein Schritt brachte ihn hinter den Sterbenden; er schob den Arm unter dessen Schultern und benutzte ihn als Schild – *Ausatmen* – Michael zuckte, als drei Kugeln in seinen Körper einschlugen – *Einatmen* – Auckland richtete seine Waffe auf den Mann und die Frau, die in der Tür standen; die Frau verlagerte ihr Gewicht, um zur Seite zu springen – *Ausatmen* – die erste Kugel zerriss das Herz der Frau, die zweite und dritte ließen die Lungenflügel ihres Begleiters kollabieren – *Einatmen* – beide brachen zusammen; Michael rutschte aus Aucklands Griff und sackte tot zu Boden – *Ausatmen* – Auckland lud seine Waffe nach.

Es war vorbei.

Er ging zu den Toten und zog ihnen nacheinander die Helme ab. Die Frau war jung, höchstens zwanzig, der Mann neben ihr älter und fett. Noch lagen sie reglos da, aber das würde sich in wenigen Minuten ändern. Auckland hatte absichtlich darauf verzichtet, ihnen in den Kopf zu schießen. Der Virus, der in ihnen schlummerte, würde dafür sorgen, dass sie sich bald erhoben. Je mehr Chaos auf der *Thunderbird* herrschte, umso besser war es für ihn.

Zuletzt nahm er seinen Helm ab und hängte ihn an den

Gürtel. Er trat in den Gang vor der Schleuse und zerstörte mit zwei Schüssen die Kameras, die dort hingen. Der Gang endete unerwartet in einer geschlossenen Tür. Auckland war mit den Schiffen der Vishnu-Klasse, in die er die *Thunderbird* eingeordnet hatte, vertraut. Es hätte an dieser Stelle keine Tür geben dürfen. Dass es sie doch gab, deutete auf massive Umbauten hin, nicht nur auf ein paar zu Frachträumen umgewandelte Kabinen.

Das ist nicht gut, dachte er.

Die Tür öffnete sich nicht, als er davor stehen blieb. Wahrscheinlich hatte wer auch immer sich auf der Brücke befand die Automatik abgeschaltet. Auckland klopfte gegen die Wand, bis sie hohl klang, dann drückte er auf die Stelle. Eine kleine Klappe, die vorher nicht zu sehen gewesen war, schwang auf. Dahinter befand sich ein faustgroßes Metallrad, das zur manuellen Türöffnung diente. Das war ein Sicherheitsstandard, den die meisten Schiffe einhielten, nur Unternehmen wie *FTL Transports* hatten wegen der Diebstahlgefahr auf ihren darauf verzichtet, deshalb gab es diesen Mechanismus auf der *Eliot* nicht. Auckland fragte sich, wie sie je damit durchgekommen waren. Doch er zwang sich, nicht mehr an sein Schiff und vor allem nicht an Ama'Ru zu denken. Das lenkte ihn zu sehr ab.

Er steckte seine Pistole ein und drehte an dem Rad. In der Wand, verborgen hinter Plastik und Metall, setzte sich ein Mechanismus aus Kabeln und Gewichten in Bewegung. Nur Sekunden später schwang die Tür auf. Auckland drückte sich gegen die Wand und warf einen Blick in den großen Frachtraum dahinter. Er sah Kisten, die von Netzen gehalten wurden, Maschinenteile und notdürftig durch schmutzige Vorhänge abgetrennte und mit dem Boden verschraubte Betten. Der Anblick erinnerte Auckland an die Kasernen, in denen er fast sein ganzes Leben verbracht hatte.

Aber sie leben freiwillig so, dachte er. Sie hatten ihr Schiff aus Gier in einen einzigen, großen Frachtraum verwandelt. Irgendwo auf der anderen Seite musste sich die Tür zur Brücke befinden, doch der Raum war mit so vielen Kisten zugestellt, dass er sie nicht sehen konnte.

Eine Kugel schlug neben ihm in der Wand ein. Auckland widerstand der Versuchung, zurückzuweichen und lief stattdessen geduckt vor, bis zu einem Stapel Metallkisten, die mit Stahlkabeln gesichert waren. Hinter ihm im Gang polterte etwas. Schritte schlurften über den Boden.

Da kommt meine Verstärkung.

Er hörte, wie sich jemand vor ihm im Raum bewegte. Sein Gegner wurde ungeduldig. Auckland drehte sich um und sah, wie die Frau, der er ins Herz geschossen hatte, im Türrahmen auftauchte. Ihr Blick war stumpf, aber noch war ihr Körper warm und sie bewegte sich geschmeidiger und schneller als die meisten Zombies. Der Mann mit den beiden Schusswunden in der Brust folgte ihr. Blut tropfte von dem blauen T-Shirt, das er trug, auf seine Schuhe. Michael war nirgends zu sehen. Bei manchen brauchte der Virus länger.

»Du Arschloch!«, brüllte eine raue Männerstimme. Wahrscheinlich der Pirat, der den Frachtraum verriegelt hatte. »Warum hast du ihnen nicht in den Kopf geschossen?«

Auckland drehte den Kopf und sah, wie die beiden Zombies an einigen Kisten vorbei in einen schmalen Gang schlurften. Geräusche, vor allem Stimmen, zogen sie an. Er folgte ihnen lautlos. Sein Gegner befand sich offensichtlich vor ihm und zwar nahe genug, um die Zombies bereits an der Tür entdeckt zu haben.

Die Gänge zwischen den Kisten, Kartons und Ersatzteilen waren schmal. An einer Biegung sah Auckland unter einem Netz einen Haufen Koffer und Reisetaschen, der fast bis zur Decke reichte. Einige waren aufgeplatzt. Kleidung quoll aus ihnen hervor. Er fragte sich nicht, was aus den Menschen geworden war, denen das alles einmal gehört hatte. Es war leicht zu erraten.

Ein Schuss. Auckland duckte sich hinter dem Kofferhaufen. Er hörte den dumpfen Knall eines aufschlagenden Körpers, dann ein raues Schluchzen. Als er einen Blick in den Gang warf, sah er, dass die Frau wenige Schritte entfernt am Boden lag.

Er muss sie gemocht haben, dachte Auckland.

Er wusste nun, wo sich sein Gegner befand, keine zehn Meter entfernt, hinter einigen hüfthohen Metallkisten. Der zweite Zombie wankte direkt auf die Kisten zu. Auckland sah sich kurz nach Michael um, konnte ihn aber immer noch nicht entdecken. Wahrscheinlich irrte er irgendwo durch den Frachtraum.

Der breite Rücken des Zombies schützte Auckland vor den Blicken seines Gegners. Er trat aus der Deckung des Kofferhaufens heraus und hob die Pistole. Nur wenige Sekunden später fiel der Schuss, auf den er gewartet hatte. Die Schädeldecke des Zombies wurde abgerissen, Blut spritzte durch den Gang, klatschte auf den Boden und auf Aucklands Stiefel.

Der Zombie blieb schwankend stehen. Seine Knie gaben nach und er sackte zusammen. Auckland sah auf einmal das tränennasse, bärtige Gesicht seines Gegners. Die Augen des Mannes weiteten sich, der Zeigefinger krümmte sich um –

Zu spät. Aucklands Schuss riss ihn herum und seine eigene Kugel schlug in den Kofferhaufen ein.

»Scheiße!«

Auckland machte einen Satz über den dicken Zombie hinweg, sprang auf die Kiste und richtete seine Waffe auf den verletzten Mann, der vor ihm lag. Die Kugel hatte sein rechtes Schlüsselbein zertrümmert, die Pistole war ihm aus der Hand geglitten und über den Boden gerutscht.

Auckland sah auf ihn herunter. »Du bist der Letzte.«

Er war sich sicher, dass das stimmte. Sieben Betten hatte er in dem Frachtraum gezählt, vier Piraten waren an der *Polk* gewesen, drei hier.

»Dann habt ihr Erin und Dmitri also auch erwischt«, sagte der Mann mit schmerzverzerrtem Gesicht. Tränen liefen über seine Wangen. »Das macht's mir leichter.«

Erst in diesem Moment bemerkte Auckland, dass er etwas in der linken Hand hielt, einen kleinen silbernen Stab, den er in der geschlossenen Faust verborgen hatte. Nun öffnete er sie und der Stab rollte über den Boden. An einem Ende leuchtete ein kleines grünes Licht, das plötzlich auf Rot sprang.

Granate, war Aucklands erster Gedanke, doch da heulten die Schiffssirenen auch schon auf.

»Selbstzerstörung in T minus zweihundertvierzig«, sagte eine kalte Computerstimme. »Zweihundertneununddreißig, zweihundertachtunddreißig …«

Totmannschalter, korrigierte er sich. In dem Moment, als der Stab den Kontakt zu seinem Träger verlor, war die Selbstzerstörungssequenz aktiviert worden.

Der Mann schluchzte und lachte gleichzeitig. »Ihr kriegt nichts. Gar nichts, ihr verdammten Arschlöcher.«

Auckland ließ den Mann liegen, sprang von der Kiste und setzte seinen Helm auf.

»Zweihundertfünfunddreißig …«

Das System kam sofort online. Über die Kontrollleiste an seinem Unterarm wählte Auckland Kiplings Namen aus.

›Selbstzerstörungssequenz Vishnu-Klasse stoppen?‹

Die Antwort kam, als die Stimme »Zweihundertdreißig« sagte.

Kipling: ›Darf ich annehmen, dass das keine hypothetische Frage ist?‹

›Kipling!‹

Kipling: ›Sorry, ich suche schon. Moment.‹

»Zweihundertzweiundzwanzig, zweihunderteinundzwanzig …«

Auckland stieg über die toten Zombies hinweg. Das Blut rauschte in seinen Schläfen und sein Mund war trocken. *Das wird eng*, dachte er. *Sehr, sehr eng.*

Der Mann hörte auf zu lachen und schluchzte nur noch. Wären die Koffer und Taschen nicht gewesen, hätte er Auckland leidgetan.

Kipling: ›Okay, wie lang ist der Countdown?‹

›206 Sek.‹

Kipling: ›Zu kurz. Du kannst nichts mehr machen. Hau ab. Lauf, Forrest, lauf!‹

Auckland hatte keine Ahnung, weshalb Kipling ihn Forrest nannte, aber der Rest der Nachricht bedurfte keiner Erklärung. Er drehte sich um – und prallte gegen einen Körper. Hände krallten sich in seine Schultern, Zähne kratzten über sein Visier.

Michael.

Auckland rammte ihm sein Knie zwischen die Beine und den Helm ins Gesicht. Der Schwung trieb Michael zurück, aber seine Hände krallten sich immer noch in den Raumanzug und zogen Auckland mit. Er wäre beinahe zu Boden gegangen, fing sich aber im letzten Moment und schlug die Hände des Zombies mit den Armen zur Seite.

»Einhundertzweiundneunzig …«

Michael fauchte und taumelte auf ihn zu. Seine Nase war gebrochen. Auckland trat ihm gegen die Brust, hob seine Pistole und schoss ihm in den Kopf. Michaels linkes Auge verschwand in einer Explosion aus Blut und Knochensplittern. Er brach zusammen. Noch bevor er den Boden berührte, sprang Auckland bereits über ihn hinweg. Der Weg zur Schleuse lag frei vor ihm, nur wenige Meter trennten ihn von der Tür.

»Einhundertsechsundachtzig …«

Er schlitterte durch eine Blutlache, stolperte in die Schleuse und schlug die Tür hinter sich zu. Das rote Licht zeigte an, dass der Druckausgleich begonnen hatte. Es gab keine Schaltflächen, auch nicht versteckt in den Wänden, die Auckland mit dem Pistolengriff abklopfte. Mit zusammengepressten Lippen, eine Hand auf die Außentür gelegt, blieb er schließlich stehen und wartete.

»Einhundertfünfunddreißig …«

Er kam sich vor wie jemand, der in einem Lift stand und »The Girl from Ipanema« hören musste, während um ihn herum das Gebäude abbrannte. Die Hilflosigkeit frustrierte ihn so sehr, dass er beinahe auf die Tür geschossen hätte, nur um irgendetwas zu tun.

Das Licht sprang um. Auckland riss die Tür auf und sprang in den Sand unter der Leiter. »Einhundert«, hörte er die Stimme sagen, als er losrannte. Seine Schritte erschienen ihm schwerfällig und langsam. Der Sand und die hohe Schwerkraft hielten ihn zurück. Er sah nicht zurück, drehte sich nicht um, rannte nur immer weiter in den Felskanal hinein, durch den er gekommen war, weg von dem Schiff und dem Krater.

Die Selbstzerstörungssequenz auf der *Eliot* war an den Bubble-Antrieb gekoppelt, die der *Thunderbird* wahrscheinlich auch. Wie weit er laufen musste, um dem Radius der Explosion zu entkommen, ob er ihm überhaupt entgehen konnte, wusste er nicht. Seine Gedanken konzentrierten sich nur auf den Atem in seinen Lungen und das Hämmern seines Herzens. Wie viele Sekunden blieben ihm wohl noch? Zwanzig oder zehn?

Null.

Der Knall ließ den Boden erbeben. Auckland schrie auf, als die Druckwelle ihn traf und durch die Luft schleuderte. Er sah die Wand des Felskanals auf sich zukommen, schroffe, spitze Felsnadeln und scharfkantige Vorsprünge. Schützend riss er die Arme hoch, doch sein Flug endete in weichem Sand, keine Handbreit von den Felsen entfernt. Heißer Wind zerrte an ihm. Die Außentemperatur sprang von minus dreißig Grad auf plus sechzig. Er keuchte. Die Luft brannte in seiner Kehle. Das Kühlsystem seines Anzugs aktivierte sich, kam aber kaum gegen den plötzlichen Wechsel an.

Sand prasselte auf ihn nieder, glühende Trümmerstücke, manche so groß wie er selbst, schlugen ein. Auckland kämpfte sich hoch und rannte weiter, fast blind in dem wütenden Inferno aus Feuer, Sand und Trümmern.

Kipling: ›Lebst du noch?‹

Über ihm wurde es dunkel. Das letzte Sonnenlicht, das den Sand durchdrungen hatte, verschwand. Auckland riss den Kopf hoch und sah, wie der Bug der *Thunderbird*, das gesamte Brückenmodul, ihm entgegenstürzte. Donnernd und krachend schlug es auf die Wände des Felskanals. Etwas explodierte. Funken und Steinsplitter regneten auf ihn herunter. Die Spitze des Bugs brach ab und bohrte sich hinter ihm in den Boden, so nahe, dass er glaubte, die Hitze würde seinen Rücken versengen.

Er rannte, stolperte, fiel, kam hoch, taumelte, keuchte und rannte weiter. Seine Welt bestand nur noch aus Chaos und Hitze.

Kipling: ›Im Ernst jetzt: Lebst du noch?!‹

Der Felskanal endete und auf einmal war Licht über ihm und das sandige Tal vor ihm. Die Außentemperatur sackte auf null Grad, dann minus zwanzig. Auckland blieb stehen. Seine Knie zitterten und gaben unter ihm nach. Er drehte sich keuchend auf den Rücken und starrte in den violetten Himmel.

Nach einer Weile tastete er nach der Kontrollleiste an seinem Unterarm.

›Ja.‹

8

Auckland: ›Ja.‹

Kipling fuhr sich mit der Hand über das Gesicht und atmete tief durch. Wenigstens endete nicht alles an diesem Tag in einer Katastrophe. Er tippte kurz ein :) ein, dann wechselte er in den allgemeinen Chat.

›Habt ihr zufällig eine Explosion gesehen oder gehört?‹

Rin antwortete fast sofort.

Rin: ›Ja, eben. Weißt du mehr?‹

›Das war das Piratenschiff. Auckland ist okay.‹

Lanzo: ›Das Schiff wohl nicht.‹

›Nein.‹

Arnest: ›Fuck.‹

Wenigstens ein Wort, das er nicht falsch schreibt, dachte Kipling. Er wechselte in den Chat mit Auckland zurück, aber sein Smiley stand weiterhin unbeantwortet in der Eingabemaske. Er vermisste seine V-Specs. Die primitive Software des Helms erlaubte es ihm noch nicht einmal, mehrere Chats gleichzeitig zu sehen und schickte auch keine Benachrichtigung, wenn jemand in einem anderen Chat als dem geöffneten etwas schrieb.

Er ging zurück in den allgemeinen Chat. *›Was macht ihr gerade?‹*

Lanzo: ›Rin sieht sich den Antrieb an. Wenn wir das Schiff nicht starten können, haben wir ein Problem.‹

Kipling richtete sich auf. *›Soll ich kommen?‹*

Er hoffte, dass sie Ja sagen würden. Es gefiel ihm nicht, allein auf einem fremden Planeten in einer Kapsel zu sitzen, deren Steuerung er kaum beherrschte. Manchmal, wenn er darüber nachdachte, wie er sein Leben als Rollenspiel gestalten würde, sah er sich selbst als Spezialisten, den die Gruppe brauchte, um den Endboss zu besiegen. Als Solospieler war er unbrauchbar.

Wenn ich die Aggro vom Gegner ziehe, bin ich erledigt.

Nervös trommelte er mit den Fingern auf seiner Sitzlehne.

Lanzo: ›Es wäre besser, wenn du auf die Kapsel aufpassen würdest.‹

Kipling schüttelte den Kopf. ›*Wozu? Die* Eliot *ist weg und die Piraten gibt es auch nicht mehr.*‹

Lanzo: ›Sag Auckland, dass er in diesen Chat kommen soll. Ich will wissen, ob jemand außer ihm die Explosion überlebt hat.‹

›*Okay.*‹ Kipling wechselte. ›*Komm mal rüber in den allgemeinen Chat. Wir müssen ein paar Sachen klären.*‹

Auckland: ›Ge t nic t. Die Kontrollleiste ist besc ädi t.‹

Ein paar Buchstaben auf der Tastatur funktionierten anscheinend auch nicht mehr. Kipling tippte seine Frage ein. ›*Lebt von den Piraten auf dem Schiff noch jemand?*‹

Auckland: ›Nein.‹

Kipling gab die Antwort weiter.

Lanzo: ›Wenn er sicher ist, dann komm. Wir können dich hier gebrauchen.‹

Er stand so schnell auf, dass er sich das Knie an der Konsole vor seinem Sitz stieß. Vor Omega war er gern allein gewesen. Es hatte ihm gereicht, Menschen gefiltert durch Avatare und erfundene Usernamen zu begegnen, aber das war vorbei. Allein zu sein, bedeutete Gefahr, Hilflosigkeit und Angst. Sicherheit gab es nur in der Gruppe.

Kipling rieb sich das Knie, während er in der Schleuse stand und auf den Druckausgleich wartete. Er wechselte in den privaten Chat mit Auckland und fragte: ›*Bist du auf dem Weg zum Schiff?*‹

Auckland: ›Ic offe es. UD ist aus efallen.«

›Sonst alles okay? Klingt so, als hätte dein Anzug einiges abbekommen.‹

Auckland: ›2x ja.‹

Die kürzest mögliche Antwort, dachte Kipling und schloss das Chatfenster. Er wollte es bereits mit den Tasten auf der Kontrollleiste zum Rand des Helms schieben, als er den klein geschriebenen Hinweis unter dem Fenster bemerkte. *Auf Ihr Konto wird zugegriffen von …*

Es folgten zwei IP-Adressen. Kipling stutzte. Das Licht über der Tür sprang auf Grün. Er sah oft zwei IP-Adressen, wenn er seine V-Specs trug und gleichzeitig mit einem Pad spielte, deshalb hatte er dem Hinweis keine Beachtung geschenkt, doch nun auf einmal wurde ihm klar, dass das in dieser Situation nicht sein konnte. Die *Eliot* war irgendwo weit entfernt, sein Pad außer Reichweite und doch griffen zwei Adressen auf sein Konto zu.

Unwillkürlich griff er sich ins Gesicht, aber sein Handschuh prallte an dem Helm ab, den er bereits aufgesetzt und geschlossen hatte. Auch so hätte er nicht gefunden, wonach er suchte, denn seine V-Specs lagen auf der Brücke der *Eliot*.

Ich habe mich nicht ausgeloggt, dachte er. *Jemand kann alles, was in den Chats steht, mitlesen.*

Es war nicht schwer zu erraten, wer dieser Jemand war. Kipling öffnete die Tür und trat hinaus auf den fremden Planeten. Aus dem Sturm war ein kräftiger Wind geworden, die Sonne hing über den Bergen und blendete Kipling, bis er sein Visier verspiegelte. Das Anzugsystem gab die Außentemperatur mit null Grad an, geradezu tropisch für diesen Planeten.

Ama'Ru, dachte Kipling. Sie musste diejenige sein, die auf sein Konto zugriff. Hätte sie die V-Specs auf der Konsole liegen lassen, wäre der Sleepmodus, in den sie nach zehn Minuten Inaktivität gingen, nicht aufgehoben worden. Ama'Ru las mit, es gab keine andere Erklärung.

Kipling war nicht wütend darüber, sondern erleichtert. Dass sie verfolgte, was auf dem Planeten geschah, bedeutete, dass sie sich noch für die, die sie zurückgelassen hatte, interessierte. Und vielleicht konnte sie dazu gebracht werden, nicht nur zu beobachten, sondern zu handeln.

Der Pfeil seines HUDs schwenkte herum und wies ihm den Weg zur *Polk*. Kipling ging los. Seine Finger schwebten über der Tastatur, während er darüber nachdachte, was er ihr schreiben sollte. In seinen Gedanken formulierte er eine eloquente und, da war er sich sicher, ebenso witzige wie überzeugende Ansprache, die mit dem eindringlichen Appell, die *Eliot* zum Planeten zurückzubringen, endete.

Doch er schrieb nichts davon. *Ich bin die falsche Person*, dachte er. Es spielte keine Rolle, wie gut seine Argumente waren, wie überzeugend seine Rhetorik, am Ende würde seine Ansprache wie das Betteln eines Verzweifelten klingen. Er hätte sie auch abkürzen und ›*Bitte, bitte komm wieder. Keiner ist dir böse. :) -Mfg, Kipling*‹ schreiben können, das Ergebnis wäre das gleiche gewesen.

Sie wird wissen, dass ich ihr alles versprechen würde, um sie hierher zu locken.

Kipling zögerte, dann rief er eines der Chatfenster auf und tippte einige Worte ein. Er drückte sich vorsichtig aus, weil er wusste, dass Ama'Ru auch diesen Eintrag lesen würde. Die Antwort kam nach wenigen Sekunden.

Auckland: ›Ic ?‹

Sie weiß, dass du sie nicht anlügen wirst, dachte Kipling und schrieb es nach einem Moment auch. Zwischen Auckland und Ama'Ru herrschte eine seltsame Vertrautheit, die er sich nicht ganz erklären konnte. Ama'Ru war die Einzige, die Aucklands verstümmelte Hand behandelte, die Einzige, der er sie zeigte. Auf der Brücke blieb sie meistens in seiner Nähe und sie unterhielten sich ungezwungener miteinander als mit den anderen an

Bord. Vielleicht lag es daran, dass sie beide Außenseiter waren, vielleicht an etwas völlig anderem. Kipling wusste es nicht. Aber ihm war klar, dass nur Auckland Einfluss auf sie nehmen konnte.

Auckland antwortete nicht auf die Nachricht. Nach einigen Sekunden ging Kipling weiter, aber sein Blick zuckte zwischen dem Weg, den ihm das HUD zeigte und dem Chatraum hin und her.

9

Die Fähre stoppte.

Ama'Ru richtete sich in ihrem Sattel auf und sah aus dem Fenster. Die Landschaft unter ihr war so weit entfernt, dass sie nur noch den blauen Ozean und die sanft geschwungene Küste erkennen konnte, Ryn'Nels Haus war längst nicht mehr zu sehen. Doch sie befand sich immer noch in der Atmosphäre und noch nicht im All.

Sie berührte den Touchscreen neben sich an der Wand und aktivierte das Computersystem. »Warum halten wir an?«, fragte sie.

Keine Antwort. Die Triebwerke der Fähre summten leise.

Ama'Ru drückte auf den Notrufknopf. Es hätte sofort eine Verbindung zur Flugzentrale dieser Region hergestellt werden müssen, aber es geschah nichts. Die Fähre hing nur weiter bewegungslos in der Luft, weit weg vom Boden und von der *Eliot*. Sie zwang sich, nicht daran zu denken, was geschehen würde, wenn sich die Triebwerke abschalteten. Die *Andere* unter ihr kaute gelassen auf einem Kaktusblatt, das sie vom Strand mitgebracht hatte. Ihr fiel nicht auf, dass etwas nicht stimmte.

Eine technische Störung, dachte Ama'Ru, *mehr nicht.* Sie zog ihr Pad aus einer der Satteltaschen und aktivierte es. Wenn der Notrufknopf nicht funktionierte, würde sie über WLAN Hilfe holen. Das Signal war stark und ein Foto von der Signatur der Fähre, die an der Rückwand hing, brachte sie direkt auf eine Seite mit Buchungsoptionen und dem Link zu einem Chat.

Ein dumpfer Knall. Die Fähre wurde durchgeschüttelt und verdunkelte sich. Die *Andere* stellte sich erschrocken auf die Hinterbeine und öffnete ihre Zangen. Das angekaute Kaktusblatt fiel zu Boden.

Ama'Ru wäre beinahe das Pad aus der Hand gerutscht. Sie drehte den Kopf und sah, dass vor den Fenstern auf der linken Seite der Fähre Schwärze herrschte. Erst nach einem Moment begriff sie, dass es sich um ein Schiff handelte, das nun mit einem nassen und rasselnden Geräusch andockte.

Sie spannte sich an. Die *Andere* wippte auf ihren Hinterbeinen, bereit zum Angriff mit den einzigen Waffen, über die sie beide verfügten: ihren Zangen.

Langsam wurde die Tür zur Fähre geöffnet. Ama'Ru versuchte, durch den Spalt zu erkennen, wer hinter ihr stand, aber es war zu dunkel.

»Ich entschuldige mich für diesen Auftritt«, sagte eine Stimme, die ihr sehr vertraut war. Die *Andere* schloss die Zangen, als sie spürte, wie Ama'Ru aufatmete.

»Ryn'Nel?«

Der Flugsaurier schob die Tür mit einem seiner angelegten Flügel ganz auf und betrat die Fähre. Er war so groß, dass er sich ducken musste, um nicht gegen die Decke zu stoßen. Seine Krallen kratzten über den Boden und er brachte den salzigen Geruch des Ozeans mit.

»Mir ist klar, dass dies sehr unorthodox ist, aber ich sah leider keine andere Möglichkeit.« Ryn'Nel blieb vor Ama'Ru stehen. Es gab keine Sitzgelegenheiten in der Fähre, nur ein paar Touchscreens an den Wänden. Auf den kurzen Flügen brauchten die meisten Jockeys nicht mehr.

Ama'Ru strich über den Hals der *Anderen*, mehr um sich selbst als sie zu beruhigen. »Kannst du in deinem eigenen Haus nicht offen sprechen?«

Ryn'Nel lächelte. »Offen schon oder besser gesagt, öffentlich.

Privat erfordert hingegen gewisse Vorkehrungen, wie du siehst.«

Er wurde ernst. »Du hättest nicht herkommen sollen«, sagte er. »Ich dachte, wenn ich auf deine Nachricht nicht antworte, würdest du die richtigen Schlussfolgerungen daraus ziehen, aber leider habe ich mich geirrt.«

»Ich bin nicht so klug wie du.«

»Nein«, sagte Ryn'Nel ohne jede Arroganz, »aber ich befürchte, dass du nicht anders gehandelt hättest, wenn du es wärst. Du willst das Richtige tun, doch du wirst alles nur schlimmer machen.«

Ama'Ru glaubte zu wissen, worauf er hinaus wollte. »Wenn ich an die Öffentlichkeit gehe.«

»Wenn du den Menschen das Recht gibst, Krieg gegen uns zu führen. Du wirst sie vernichten und uns. Kennst du Mak'Uryl?«

Der plötzliche Themawechsel überraschte Ama'Ru. Sie sah Ryn'Nel verwirrt an. »Den ehemaligen Stationskommandanten von NG27? Natürlich.«

»Hast du gewusst, dass er sich einen zweiten Namen gegeben hat? Er nennt sich jetzt Mak'Uryl on Narum.«

Sie buchstabierte den Namen in Gedanken und versuchte, ihn einer der Sprachen zuzuordnen, die sie kannte, schüttelte dann aber den Kopf. »Was heißt das?«

»Feuerbringer.«

Ama'Ru lachte. Es war ein alberner und peinlicher Name. »Und die Leute nennen ihn so?«

»Die Leute beten ihn an wie eine Gottheit.« Der Flugsaurier ging langsam auf und ab, angestachelt von Ryn'Nels Stimmung. »Nach der Zerstörung von NG27 hätte sein eigenes Volk ihn beinahe ausgestoßen. Es war kurz davor, ihm einen zweiten, deutlich weniger klangvollen Namen zu geben, aber als Tasha's Tool auftauchte, wurde er zum Helden. Er verkündete, er würde den Verantwortlichen finden und töten. Du kannst dir das auf

YouTube ansehen. Es ist das widerlichste Video, was ich je gesehen habe, schlimmer als das, in dem dieser Mensch eine Katze von seiner Zunge fressen lässt. Was finden Menschen eigentlich an Katzen? Das ist auch etwas, das ich nie verstehen werde.«

Er hielt inne. »Wo war ich?«

»Bei Mak'Uryl.« Ama'Ru ließ sich ihre Sorge nicht anmerken. Dass jemand öffentlich verkündete, einen anderen, auch wenn es ein Mensch war, töten zu wollen, widersprach dem Bild, das sie sich von ihren Völkern gemacht hatte. *Wir sind so nicht*, dachte sie. *Wir sind so nie gewesen.*

»Mak'Uryl ist ein Symptom für die Krankheit, die seit Jahren in uns schlummert und nun ausbricht. Mein eigenes Volk leidet unter ihr. Du hast doch die Bewaffneten über meinem Haus gesehen. Ich habe sie gebeten, mich zu beschützen, weil ich Angst vor diesem Killer hatte. Und jetzt hören sie nicht mehr auf. Und wenn ich sie frage, weshalb, sagen sie: Weil Mak'Uryl will, dass wir wachsam sind. Ich bin mir sicher, dass sie ihm oder einem seiner Lakaien alles erzählen, was sie in meinem Haus sehen und hören.«

Die *Andere* hob ihr Kaktusblatt auf und nagte daran. Ryn'Nel sah Ama'Ru missbilligend an, sagte aber nichts dazu. Sie ignorierte seinen Blick.

»Hast du deshalb deine Nachricht nicht abgerufen?«, fragte sie.

»Was?« Er hatte sie genau verstanden, sie kannte ihn gut genug, um das zu bemerken. Die kurze Nachfrage war nichts anderes als sein Versuch, Zeit zu schinden, während er sich eine Antwort überlegte. Ryn'Nel war klug, aber er war kein guter Lügner.

»Nein, das war eine Nachricht von jemandem, der etwas abholt, das ich auf Ebay versteigert habe. Er wollte mir nur sagen, dass er fast am Ziel ist.« Ryn'Nel schlug seine Hände zusammen, eine altmodische, fast schon ungebräuchliche Art der Verabschiedung. »Damit weißt du alles, was nötig ist. Ich kann dich nicht zwingen, meiner Bitte nachzukommen, aber ich hoffe, dass du es trotzdem tun wirst. Es hängt viel davon ab.«

Ama'Ru schlug die Hände ebenfalls zusammen. »Ich werde über alles nachdenken, was du gesagt hast.«

Sie sah ihm an, dass er mit ihrer Antwort unzufrieden war. Doch er versuchte nicht noch einmal, sie zu überreden, sondern lenkte den Flugsaurier durch die Tür und zurück in die andere Fähre.

Nur wenige Minuten später koppelten die Schiffe voneinander ab und Ama'Ru setzte ihren Flug fort.

Was von dem, was Ryn'Nel gesagt hat, ist wahr und was ist gelogen?, fragte sie sich. Als sie die *Eliot* erreichte, was sie der Antwort auf diese Frage noch kein bisschen näher gekommen.

10

»Und?«

Rin sah auf, als Lanzo die Brücke betrat. Arnest folgte ihm. In einer Hand hielt er eine Dose, aus der er mit einem Löffel kalte Ravioli aß.

»Ich komme der Sache langsam auf den Grund«, sagte Rin. Seit mehr als einer halben Stunde beobachtete sie auf einem Monitor die beiden Wartungsroboter im Maschinenraum. »Der Antrieb schaltet sich tatsächlich nach ein paar Sekunden ab, so wie Erin behauptet hat. Das war raffiniert: Hätten wir die *Polk* selbst gründlich gescannt und nicht nur ihre Umgebung,wäre uns aufgefallen, dass eines der Verbindungsteile defekt ist. Es überhitzt und dann schaltet der ganze Antrieb aus Sicherheitsgründen ab. Alles hätte zu Erins Geschichte gepasst.«

»Aber?«, fragte Lanzo, als er neben sie trat. Arnest ließ sich in einen der Sitze fallen und legte die Füße auf eine dunkle Konsole.

»Das Verbindungsteil ist nicht defekt.« Rin zeigte auf einen der beiden Roboter. »Pass mal auf, was er macht, wenn ich den Antrieb einschaltete.«

Lanzo beugte sich zu ihr herunter. Seine Haare waren feucht und er roch nach Seife. Anscheinend hatte er die Zeit genutzt, um zu duschen. Der Gegensatz zu seinem Bruder, auf dessen Raumanzug bereits Spuren von Tomatensoße zu erkennen waren, hätte nicht größer sein können.

Rin drückte auf einige Knöpfe und legte einen Schalter um.

Die *Polk* war so alt, dass es auf ihr noch keine virtuellen Konsolen mit Touchscreens gab. Die Lichter auf der Brücke flackerten kurz, als die Systeme Energie in den Antrieb umlenkten. Ein Dröhnen, das Schiff erbebte und knirschte.

»Jetzt«, sagte Rin.

Auf dem Monitor richtete sich einer der spinnenartigen Roboter auf und streckte drei seiner Greifarme aus. So schnell, dass die Bilder der Kamera verschwammen, tippte er etwas in die Konsole, die vor ihm an der Wand stand, ein. Dann sackte er wieder in sich zusammen.

Eine Sirene heulte kurz auf. Diagnose- und Statusmeldungen krochen über die Monitore. Das Dröhnen verstummte, die *Polk* bewegte sich nicht mehr.

»Was hat er da gemacht?« Lanzo wirkte fasziniert. »Hat er den Antrieb abgeschaltet?«

Rin schüttelte den Kopf. »Nur die Kühlung des angeblich defekten Teilstücks. Die Piraten müssen den Roboter darauf programmiert haben, um ihre misstrauischen Opfer zu täuschen. Wenn du mich fragst, ist der Antrieb in Ordnung.«

Sie lächelte, als sie sah, wie erleichtert Lanzo war. »Ich werde den Roboter erst mal abschalten, Kipling kann ihn später umprogrammieren. Einfacher könnte es nicht sein.«

»Doch, könnte es«, sagte Arnest mit vollem Mund. »Wenn die kack Jockeyschlampe nicht die *Eliot* geklaut hätte, müssten wir uns mit so einer Scheiße erst gar nich' rumschlagen.«

»Aber wenigstens haben wir wieder ein Schiff.« Rin betrachtete die abgewetzten Armlehnen der Sitze und die kleinen Bildschirme. »Wenn auch kein schönes.«

»Die Bewaffnung ist ganz in Ordnung«, sagte Lanzo, wahrscheinlich um die Stimmung seines Bruders zu verbessern. »An Bord sind Vorräte, Medikamente, alles, was wir brauchen. Wir werden uns nur ein wenig einschränken müssen.«

Arnest knurrte und schob sich einen Löffel Ravioli in den

Mund. Rin wollte noch nicht darüber nachdenken, wie ihr Leben von diesem Zeitpunkt an verlaufen würde. Für sie hatte es zwar melodramatisch geklungen, als Lanzo davon sprach, dass sich die Zukunft der Menschheit an Bord der *Polk* befand, aber es stimmte. Nur was sie damit anfangen sollten, wusste sie nicht. Keiner von ihnen war Wissenschaftler, sie würden sich also jemandem anvertrauen müssen, was den Kreis der Mitwisser erhöhte und Risiken barg.

Wir kommen schon irgendwie klar, dachte sie in Anlehnung an etwas, das Arnest immer sagte. *Mit oder ohne* Eliot *und bestimmt auch ohne Ama'Ru.*

Sie schaltete alle Systeme bis auf die Lebenserhaltung aus und lehnte sich zurück. Der alte Sitz knarrte bei jeder Bewegung. »Was machen wir mit den …« *beiden Piraten im Frachtraum*, hatte sie fragen wollen, aber ein hohes Pfeifen, gefolgt von einem Dröhnen, das in ihrem Magen kribbelte, unterbrach sie.

Arnest sprang auf. Die Raviolidose rutschte ihm aus der Hand und rollte über den Boden. Rote Tomatensoße und kleine Teigtaschen verteilten sich auf dem Metall. »Das ist ein Schiff!«

Er hatte recht. Das Geräusch war Rin nur zu vertraut. Sie drückte auf mehrere Knöpfe, noch während Lanzo »Außenkameras?« fragte.

Die kleinen Bildschirme über den Konsolen erwachten zum Leben. Rin biss sich auf die Unterlippe, als es über ihren Köpfen erneut pfiff und dröhnte. Die Außenkameras zeigten nur Sand, der von den Antrieben aufgewirbelt wurde. Das Pfeifen und Dröhnen wiederholte sich.

»Drei Schiffe«, sagte Lanzo. Er hob seinen linken Arm und zeigte auf die Kontrollleiste. »Ich warne Kipling.«

Rin nickte. Aus den Augenwinkeln sah sie, wie Arnest schräg hinter ihr stehen blieb, die Hand auf den Griff seiner Pistole gelegt. Der säuerliche Geruch nach Tomatensoße und Tabasco umgab ihn. »Unsere oder ihre?«, fragte er.

Rin hob die Schultern. Draußen vor der *Polk* verstummte das Dröhnen der Triebwerke. Der Wind trieb den Sand, den sie in die Luft geschleudert hatten, vor sich her. Die Kameras justierten sich nach und als ihre Bilder scharf wurden, sah Rin zwei schlanke schwarze Abfangjäger mit spitz zulaufendem Bug und kurzen, geschwungenen Tragflächen, unter denen Raketen hervorragten. Zwischen ihnen stand ein kleines, ebenso schwarzes Passagierschiff, das wie ein Regentropfen geformt war. Seine Fenster waren verspiegelt. Es gab keine Kanten an diesen Schiffen, nichts wirkte improvisiert oder zweckmäßig. Sie strahlten eine lässige Eleganz aus. Verglichen mit ihnen kam sich Rin so vor, als säße sie in einem Verschlag und betrachte ein Schloss.

»Ihre«, sagte sie.

»Scheiße.« Arnest fuhr sich mit der Hand über die kurz geschorenen Haare. »Und jetzt?«

Auf dem Bildschirm vor Rin drehte sich langsam ein blinkendes Icon. »Sie funken uns an.«

»Senden ihre Schiffe eine Signatur?«, fragte Lanzo.

»Nein.« Rin betrachtete die Anzeigen, die auf dem zweiten, noch kleineren Bildschirm auftauchten. »Aber die Abfangjäger haben die *Polk* als Ziel erfasst. Wir müssen auf ihren Funkspruch reagieren.«

»Ja.« Lanzo ergriff Arnests Arm und zog ihn daran in eine Nische neben dem Eingang zur Brücke. »Ich will nicht, dass sie uns beide sehen. Je weniger sie wissen, desto besser.«

Arnest widersprach ihm nicht. Rin wartete, bis sich beide gegen die Wand gepresst hatten, dann fuhr sie sich nervös mit der Zunge über die Lippen und nahm den Funkspruch an.

»Hallo?«

11

Lanzo: ›KOMM NICHT HER!‹

Kipling erhielt die Nachricht nur zwei Minuten nachdem Schiffe dicht über seinen Kopf hinweggedonnert waren und er sich in den Sand geworfen hatte.

›Was ist los? Sind das Jockeys?‹

Lanzo: ›Ja. Rest später. Sag Auckland Bescheid.‹

Kipling drehte sich auf den Rücken und begann zu tippen. *Geh nicht zur* Polk. *Drei Jockeyschiffe sind da gelandet. Lanzo hält uns auf dem Laufenden.*

Auckland: ›Wo bist du?‹

›Ungefähr hundert Meter von meiner Kapsel entfernt.‹ Er stand auf und schüttelte sich den Sand vom Raumanzug.

Auckland: ›Wie komme ich zu dir?

Kipling aktivierte die Übersichtskarte, von der auch sein HUD die Daten abgriff und orientierte sich einen Moment lang. *›Ist die Gebirgswand rechts oder links von dir?‹*

Auckland: ›Links.‹

›Okay, dann sorg dafür, dass das so bleibt. Geh an ihr entlang, immer geradeaus. Beim Zombie biegst du scharf rechts ab. Dann wieder geradeaus, bis du mich siehst.‹

Fast eine Minute lang blinkte der Cursor neben Aucklands Namen, dann erst kam die Antwort.

Auckland: ›Beim was?‹

›Du wirst sehen, was ich meine.‹ Kipling ging auf und ab. Eine nervöse Energie trieb ihn an. Im Zehn-Sekunden-Takt wechselte

er zwischen den beiden offenen Chatfenstern, doch er fand keine neuen Einträge.

Das ist ein gutes Zeichen, versuchte er sich selbst zu überzeugen. *Keine Explosionen, keine panischen Nachrichten. Alles ist gut.*

Abgesehen von der Tatsache, dass drei Jockeyschiffe zur *James K. Polk* geflogen waren und er nicht wusste, ob sie den Planeten jemals wieder lebend verlassen würden.

»Nichts ist gut«, sagte er leise.

Quälend langsamen verstrichen die Minuten, dann endlich tauchte Gast 4 in seiner Funkreichweite auf. Kipling drehte sich suchend um. »Auckland, kannst du mich hören?«

»Ja und sehen.« Seine Stimme klang verrauscht, wurde aber zunehmend klarer. Nur Sekunden später entdeckte Kipling ihn neben einigen Felsen. Er joggte durch den Sand, so als mache ihm die Schwerkraft nichts aus. Erst als er näher kam, bemerkte Kipling, dass sein Raumanzug an mindestens einem Dutzend Stellen zerrissen war. Der weiße Schaum, der sich zwischen den beiden Stofflagen befand, war ausgetreten und hatte sich verhärtet, um die Löcher abzudichten. Auckland sah aus wie ein Stofftier, auf das jemand eingestochen hatte, bis die Füllung herausquoll.

»War wohl eine ziemlich heftige Explosion«, sagte Kipling, als Auckland neben ihm stehen blieb. Das Visier seines Helms war so zerkratzt, dass sein Gesicht kaum zu erkennen war.

»Ziemlich. Irgendwelche Neuigkeiten?«

Kipling schüttelte den Kopf. »Nein, nur Stille.«

»Okay. Zwei der Schiffe waren Abfangjäger mit maximal zwei Personen an Bord, aber wer weiß, wie viele sich in dem Passagierschiff befinden. Wenn ich die Entfernungen richtig einschätze, sollte sich die *Polk* fünfzehn bis zwanzig Minuten von uns entfernt befinden. Wir haben also nicht viel Zeit.«

Es geht schon wieder los, dachte Kipling. »Lanzo will nicht, dass wir kommen. Er hat das in Großbuchstaben geschrieben, was entweder bedeutet, dass er nicht weiß, wie man die Feststelltaste löst oder dass er es wirklich, wirklich ernst meint.«

»Wir werden nicht beide –«

Kipling unterbrach ihn. »Natürlich nicht. Das wird wieder die große John-Auckland-Ein-Mann-Show. Scheiß drauf, was die anderen wollen oder ob sie vielleicht eigene Pläne haben, die du gefährdest, wenn du dich einmischst. Egal, Hauptsache, du kannst dein Ding durchziehen.«

Er breitete die Arme aus. »Dabei haben wir alle gesehen, wie es endet, wenn du auf niemanden hörst, sondern machst, was du willst. Nämlich mit einem abgerissenen Finger und einem geklauten Schiff.«

Sand spritzte hoch, als Kipling frustriert in den Ausläufer einer kleinen Düne trat. »Aber dich interessiert eh nicht, was ich sage, also mach dein Ding, geh zum Schiff und versuche, es nicht zu versauen, okay?«

Auckland sah ihn reglos an. Sand sammelte sich in den Ritzen des gehärteten Schaums, der ihm das Leben gerettet hatte. Kipling erwiderte seinen Blick. Ein Teil von ihm – der, der jedem Streit aus dem Weg gehen wollte und Konflikte scheute – bereute das Gesagte bereits, aber Kipling ließ sich von ihm nicht beirren. Was er gesagt hatte, stimmte. Es gab keinen Grund, davon abzuweichen.

»Ich werde nicht gehen«, sagte Auckland schließlich ruhig, »sondern du.«

Kipling kam es so vor, als lege sich eine kalte Hand in seinen Nacken. »Was?«

12

»Bist du Erin?«

Der Jockey auf dem Bildschirm musterte Rin aus runden, milchig blauen Augen. Sie bemühte sich, den Hai, der sie unter ihm anzugrinsen schien, zu ignorieren. Bis auf Ama'Ru empfanden es alle Jockeys, denen sie je begegnet war, als unhöflich, wenn man ihren Tieren Beachtung schenkte.

»Ja«, sagte sie, weil dies die einzig vernünftige Antwort zu sein schien. Sie sah, wie der Jockey den Kopf zu jemandem drehte, der neben ihm saß, wahrscheinlich seinem Co-Piloten. Er schaltete den Ton ab, dann bewegten sich seine Lippen. Rin betätigte ebenfalls die Stumm-Taste und legte die Hand vor den Mund, so als wolle sie ein Gähnen verbergen.

»Ich habe keine Ahnung, was ich hier mache«, sagte sie währenddessen.

Lanzo antwortete leise. »Bleib ruhig, rede so wenig wie möglich und versuche, sie irgendwie aus den Schiffen zu holen. Gegen die Jockeys haben wir eine Chance, gegen ihre Raketen nicht.«

Der Jockey wandte sich wieder Rin zu. Sie schaltete hastig den Ton ein und nahm die Hand herunter.

»Befindet sich die Ware in dem beschriebenen Zustand?«, fragte er.

»Ja. Alles wie beschrieben.« In ihren Ohren klang jedes Wort gestelzt und verräterisch. »Sie können sich gern davon überzeugen.«

»Das werden wir natürlich«, sagte der Jockey. »Ich wollte dir nur Gelegenheit geben, mögliche Beschädigungen offenzulegen. Uns ist die Explosion nicht entgangen. Gab es Probleme?«

»Diese Probleme waren eine interne Angelegenheit, die von mir gelöst wurde«, gab sie mit der Schärfe zurück, die Erin wohl in ihre Worte gelegt hätte. »Worum es dabei ging, betrifft Sie nicht.«

Als sie Ärger in den Augen des Jockeys aufblitzen sah, dachte Rin einen Moment lang, sie sei zu weit gegangen, doch dann lächelte er, wenn auch ein wenig verkrampft. »Deine Ebay-Bewertungen entsprechen zumindest zu fünfzig Prozent der Wahrheit: ›Unangenehme Person, gute Ware‹. Wir werden gleich sehen, ob die anderen fünfzig Prozent ebenfalls zutreffen.«

Der Bildschirm wurde schwarz. Er hatte die Verbindung unterbrochen. Rin atmete auf und lehnte sich in ihrem knarrenden Sitz zurück. »Das muss der Käufer sein, mit dem Kipling verwechselt wurde«, sagte sie.

Arnest trat aus der Nische vor. Er hielt seine Pistole in der Hand. »Wie kann man denn Kipling mit einem Jockey verwechseln?«

»Wahrscheinlich wussten sie gar nicht, an wen sie verkaufen«, sagte Lanzo. »Aber ich denke, wir alle wissen, was sie verkauft haben.«

Rin neigte zustimmend den Kopf. Arnest wirkte ratlos.

»Zehntausend menschliche Spermien, zehntausend menschliche Eier«, fuhr Lanzo fort, als er den Blick seines Bruders bemerkte. »Erin hat die Zukunft der Menschheit auf Ebay gestellt.«

»Schlampe«, sagte Arnest, aber Rin hatte den Eindruck, dass er noch immer nicht so ganz verstand, was das Besondere an den beiden Tanks war.

»Die Jockeys dürfen sie nicht bekommen«, sagte sie eindringlich. »Das ist die wichtigste Fracht, auf der wir je gesessen haben.

Wichtiger als die fünf Paletten Dosenbier, die du auf der *Eliot* gefunden hast.«

Arnest nickte. Seine Augen wurden hart. »Alles klar.«

Die Bilder der Außenkameras zeigten Rin, wie die Jockeys ihre Schiffe verließen. Insgesamt vier stiegen aus den Abfangjägern. Haie wie Jockeys trugen dunkle Raumanzüge; sie waren mit Pistolen und Schnellfeuergewehren bewaffnet. Sie verteilten sich rund um die Schleuse der *Polk*. Wenige Sekunden später öffnete sich das Heck des Passagierschiffs wie ein großes stählernes Maul. Vier Haie marschierten die Rampe herab. In ihrer Mitte befand sich ein Mensch, der sich unsicher und schwerfällig durch die hohe Schwerkraft bewegte. In einer Hand hielt er einen kleinen Metallkoffer.

»Buchhalter oder Wissenschaftler«, sagte Lanzo, »aber ich tippe auf Wissenschaftler. Die Jockeys brauchen jemanden, der den Zustand der Tanks überprüft.«

Rin öffnete die Außenschleuse, als die vier Jockeys und der Mensch davor stehen blieben. Sie traten ein und schlossen die Tür hinter sich. Die anderen Haie nahmen vor dem Schiff Aufstellung. Ihre Aufmerksamkeit richtete sich auf die Umgebung, so als würden sie einen Angriff erwarten.

»Ganz schön misstrauisch.« Arnest stützte seine großen, schwieligen Hände auf die Konsole. »Wenn der Tanz losgeht, müssen wir uns um die vier Pisser da draußen kümmern. Die stehen verdammt nah an den Jägern.«

»Warten wir ab, was passiert«, sagte Lanzo. Er legte die Hand auf seine Pistole. »Die Schleuse wird sich gleich öffnen. Gehen wir.«

Rin hob die Augenbrauen. »Zusammen?«

»Das Schiff ist klein. Wir können uns nicht verstecken, sollten sie es durchsuchen und das werden sie. Also spielen wir mit offenen Karten.«

»Und wie erklären wir Erin und Dmitri im Frachtraum?«

»Dir fällt schon was ein.« Lanzo lächelte und ging zur Tür. Rin schüttelte den Kopf, schloss sich ihm und Arnest aber an. Hintereinander gingen sie den Gang hinunter und hielten erst an, als die Schleusentür sich leise zischend öffnete. Zwei Haie stürmten mit angelegten Sturmgewehren in den Gang. Ebenso wie die Jockeys auf ihren Rücken hatten sie ihre Helme nicht abgenommen, aber die Visiere nach oben geschoben. Nur die teuersten Anzüge verfügten über dieses Extra.

»Wer sind die?«, brüllte der vorderste Jockey mit einem Blick auf Arnest und Lanzo. Rin erkannte seine Stimme wieder. Sie hatte mit ihm auf der Brücke gesprochen.

»Meine Leibwächter«, sagte sie ruhig.

»Das war nicht verabredet.« Hinter dem Jockey schoben sich die anderen beiden Haie in den Gang. Nur der Mensch stand noch in der Schleuse.

»Es war auch nicht verabredet, dass Sie mit einer halben Armee auftauchen. Jetzt müssen wir wohl beide damit leben.«

»Übertreib es nicht«, sagte Lanzo hinter ihr leise.

Der Jockey starrte sie an, so als überlege er, ob er verhandeln oder sie umbringen solle, dann nickte er zwei seiner Begleiter zu. »Durchsucht das Schiff.«

Die beiden Haie drängten sich an Rin, Arnest und Lanzo vorbei. Sie trugen Rangabzeichen an ihren Raumanzügen, die auf Rin willkürlich und sinnlos wirkten. Ränge konnte sie an ihnen jedenfalls nicht ablesen.

Menschen und Jockeys standen einander schweigend gegenüber und warteten. Hinter Rin polterte und schepperte es einige Male. Sie hörte, wie die Tür zum Schlafsaal geöffnet wurde, etwas später die zur Brücke.

»Schweinerei«, sagte irgendjemand. Er musste die Ravioli am Boden entdeckt haben. Stiefel knallten über Metall, dann tauchten die Jockeys und Haie wieder auf.

»Da ist niemand«, sagte einer von ihnen.

Der Jockey, mit dem Rin gesprochen hatte, sah ihn abwartend an. »Da ist niemand?«, fragte er.

»Nein.«

»Da ist niemand?«, wiederholte der Jockey. Rin hatte keine Ahnung, worauf er hinaus wollte, sein Gegenüber anscheinend auch nicht, denn er drehte den Kopf, so als erhoffe er sich Hilfe von seinen Begleitern.

»Sir …«, flüsterte Arnest ihm zu.

Die Miene des Jockeys hellte sich auf. Er wandte sich wieder der Schleuse zu und sagte laut: »Da ist niemand, Sir!«

Arnest grinste. »Das scheiß Militär ist doch überall gleich.«

Der Jockey-Kommandant ging auf die Bemerkung nicht ein. Er nickte seinem Untergebenen zu und zeigte auf den Frachtraum. »Dann nehmen Sie sich noch diesen Bereich vor.«

»Nein«, sagte Rin. Trotz der Waffen, die sich auf sie richteten, ging sie den Korridor hinunter und blieb neben der Tür zum Frachtraum stehen. »Darin befindet sich die Ware. Wir gehen entweder zusammen hinein oder gar nicht.«

Der Hai des Kommandanten fletschte die langen, spitz zulaufenden Zähne, der Jockey auf seinem Rücken verzog das Gesicht. »Du kannst dir nicht vorstellen, wie gern ich dir in den Kopf schießen würde, aber wenn eine so widerliche, anmaßende Person wie du es geschafft hat, so lange zu überleben, dann muss sie auf alles bestens vorbereitet sein.«

Rin dachte an die Zombies hinter der Wand und nickte. »Ich nehme das als Kompliment.«

Es verwunderte sie, wie ruhig sie klang, denn ihre Gedanken überschlugen sich bei dem Versuch, eine halbwegs logisch klingende Erklärung für die beiden Gefangenen im Frachtraum zu finden und für die Geschichte, die sie erzählen würden.

Der Kommandant griff in eine seiner Satteltaschen, zog einen kleinen, länglichen Handscanner hervor und hielt ihn vor der Tür hoch. »Das wird nur einen Moment dauern.«

Rin zwang sich zu einem Lächeln. Aus den Augenwinkeln sah sie, wie Arnests Hand zu seiner Waffe glitt und Lanzo einen Schritt zurücktrat. Der Handscanner blinkte.

»Soong?«, sagte der Kommandant nach einer Rin endlos erscheinenden Zeitspanne. »Würdest du bitte kommen?«

Was ist denn jetzt los?, dachte Rin. Ihr Mund war so trocken, dass sie kaum schlucken konnte. Aus der Schleuse trat der Mensch, der mit den Jockeys das Passagierschiff verlassen hatte. Auch er trug einen der teuren Raumanzüge, deren Visier sich hochklappen ließ, aber die Rangabzeichen fehlten. Er war ein Asiate mit schütterem, schwarzem Haar und Doppelkinn. Den Kopf hielt er gesenkt, so als wolle er niemanden ansehen.

Der Kommandant steckte den Handscanner ein. »In dem Raum ist niemand. Mit Erins Erlaubnis kannst du die Ware jetzt überprüfen.«

Rin nickte unwillkürlich, als er sie ansah. Arnest und Lanzo warfen sich kurze Blicke zu. Entweder funktionierte der Handscanner nicht oder der Kommandant hatte ihn falsch eingestellt. Eine andere Erklärung gab es nicht.

»Ja, Sir«, sagte Ian leise. Er legte die Hand auf den Knauf. Die Tür schwang auf.

13

Die Tür schwang auf.

Soong schrie, stolperte zurück und prallte gegen einen der Haie. Hände griffen nach ihm aus dem Frachtraum und rutschten am Stoff seines Raumanzugs ab. Arnest hörte ein Knurren, dann schlurfte Erin in den Gang. Ihr Gesicht und die hochgeschlossene Bluse waren voller Blut. Dmitri folgte ihr. Seine Kehle war zerfetzt. Die Nase und ein Teil der Wange fehlten.

Zwei Haie sprangen vor, schlossen die Lücke zwischen Soong und den Zombies. Einer trat Erin gegen die Brust und trieb sie zurück, der zweite ließ sein Schnellfeuergewehr fallen und zog eine Pistole. Er musste erkannt haben, dass es keine gute Idee war, eine Salve in Räumen mit Metallwänden abzufeuern.

Arnest fragte sich nicht, wieso Erin und Dmitri zu Zombies geworden waren, er nutzte nur die Gelegenheit, die sie darstellten und legte seine Waffe an. Die Aufmerksamkeit der Jockeys konzentrierte sich auf die Gefahr vor ihnen, nicht auf die im Gang.

Ein Schuss riss Erins Schläfe auf, tötete sie aber nicht. Dmitri taumelte an ihr vorbei in den Gang. Bevor der Jockey, der geschossen hatte, reagieren konnte, hatte er seine Hände um dessen Helm gelegt und schnappte nach ihm. Es sah aus, als wolle er ihn küssen. Der Jockey schrie, der Hai schlug seine Zähne in Dmitris Schulter und riss ein faustgroßes Stück Fleisch heraus.

Lanzo zog Rin zurück. »Geh auf die Brücke. Arnest?«

Er wusste, was der Tonfall bedeutete. Zweimal krümmte sich sein Finger um den Abzug. Die erste Kugel traf den Hai des Kommandanten in die Brust, die zweite seinen Jockey in den Kopf. Ein anderer Hai schwang herum. Die Salve aus seinem Schnellfeuergewehr hallte ohrenbetäubend laut durch den Gang. Der Jockey, der auf ihm hockte, schloss sein Helmvisier.

Lanzo presste sich in eine Nische. Arnest ließ sich fallen und schützte seinen Kopf mit den Armen. Querschläger hämmerten gegen die Metallwände und den Boden, Funken sprühten.

»Bist du bescheuert?«, schrie Arnest, während er sich zur Seite rollte, dorthin, wo sein Bruder stand. Der Hai schoss einhändig weiter, der Lauf des Gewehrs tanzte in seiner Klaue. Mit der anderen packte er Soong und stieß ihn in die Schleuse.

Er beschützt ihn, dachte Arnest. Er zog den Kopf ein, als ein Querschläger über ihm von der Wand abprallte. »Hör mit der Scheiße auf!«

Sekunden später verstummte die Salve. Es klickte. *Ladehemmung.* Arnest sprang aus seiner Deckung, sah aber nur noch, wie sich die Tür der Schleuse hinter Mensch und Hai schloss. Der Kommandant, den er erschossen hatte, lag am Boden, sein Hai zuckte neben ihm und erbrach eine trübe Flüssigkeit. Erin saß an der Wand. In ihrer Stirn klaffte ein Loch. Ein Querschläger musste sie getroffen haben. Das Metall hinter ihrem Kopf war voller Blut.

Dmitri, der Hai und der Jockey waren immer noch ineinander verkeilt. Arnest hob seine Waffe, um die Chancen zugunsten des Zombies zu verbessern, aber im gleichen Moment warf sich der letzte Hai gegen die drei und stieß sie in den Frachtraum. Mit einem Knall wurde die Tür geschlossen. Sekunden später fiel ein Schuss.

Selbst als Zombie warst du ein Loser, Dmitri, dachte Arnest. Er sah seinen Bruder an. »Und jetzt?«

Lanzo fuhr sich mit der Hand durch die Haare. »Sie wollen die Tanks, wir auch. Solange wir sie haben, werden die draußen nicht auf uns schie–«

Die Tür flog auf. Ein Hai stürmte in den Gang, in jeder Pranke ein Schnellfeuergewehr. Er brüllte tief und grollend wie ein Bär. Der Jockey hing im Sattel auf seinem Rücken. Ein Großteil seines Gesichts fehlte und sein Kopf rollte über die Schultern, so als wäre er kaum noch bei Bewusstsein. Tot konnte er nicht sein.

Der Hai rannte auf Arnest und Lanzo zu. Seine Klauen krümmten sich. Alles ging so schnell, dass Arnest erst reagierte, als die Kugeln um ihn herum einschlugen. Gleichzeitig mit Lanzo warf er sich in den Schlafsaal, schlug hart auf und kam wieder hoch.

Das Brüllen des Hais wurde zu einem lauten Schreien. Er musste von Querschlägern getroffen worden sein.

»Sie brechen aus!«, rief Lanzo. »Wir dürfen sie nicht mit den Tanks entkommen lassen.«

»Lass mich mit deinen scheiß Tanks in Ruhe!« Arnest lehnte sich mit dem Rücken an die Wand neben der Tür. »Das Arschloch da draußen hat fünfhundert Schuss Munition.«

Die schweren Stiefel des Hais hämmerten auf Metall. Er musste wissen, dass mindestens zwei Gegner im Schlafsaal auf ihn warteten, trotzdem wurde er nicht langsamer, als er die Tür erreichte. Wie ein Berserker aus einem alten Wikingerfilm stürmte er brüllend und blutend in den Raum. Seine eigenen Kugeln hatten ein halbes Dutzend Wunden gerissen, aber er stand immer noch.

Seine Schüsse krachten in Decke und Wände, rissen Matratzen auf, zertrümmerten Bilderrahmen, in denen längst gestorbene Menschen lachten und durchlöcherten Vorhänge. Lanzo war hinter einem der Betten in Deckung gegangen. Die Füllungen der Matratzen sanken wie Schnee auf ihn herab. Der Hai konnte seine Schüsse wahrscheinlich nicht kontrollieren, zu wild hüpften die Gewehre in seinen Klauen auf und ab. Sein aufgerissenes Maul war blutverschmiert, das Gesicht verzerrt.

Er sah Arnest nicht, der direkt neben ihm an der Wand stand und die Pistole erhoben hatte. Seine Welt bestand aus Hass und Schmerz und Lärm. Arnest wusste, wie sich das anfühlte. Er wusste, wie es war, wenn sich der rote Vorhang senkte und man sich in ihm auflöste, wenn es keine Gedanken mehr gab, keine Zweifel, nur noch Wut.

Das beste Gefühl der Welt, dachte er und schoss dem Hai in den Kopf.

Jockey und Tier sackten zusammen. Es wurde still. Beißender Schießpulvergeruch hing in der Luft.

Lanzo stand auf und lief an Arnest vorbei zur Tür. Er sprang über die Leiche des Hais und den sterbenden Jockey hinweg. »Komm! Er hat sich geopfert, um dem anderen Zeit zu verschaffen. Wenn wir Glück haben, ist er noch in der Schleuse.«

Arnest erschoss den Jockey und folgte seinem Bruder. Der Boden unter ihnen erbebte. Dröhnend sprangen die Triebwerke an. Lanzo fuhr herum. »Was zum Teufel macht Rin denn da?«

Mit drei Schritten erreichte er die Tür zur Brücke und stieß sie auf. Arnest lief zurück zur Schleuse, aber als er einen Blick durch das Bullauge warf, sah er, dass sie leer war. Er drehte sich um und warf einen Blick in den Frachtraum. Dmitri lag reglos am Boden. Die Tanks waren verschwunden.

»Scheiße!« Arnest warf die Tür hinter sich zu und lief zur Brücke. Er befand sich noch im Gang, als er laute Stimmen hörte.

»Du kannst jetzt doch nicht starten«, sagte Lanzo scharf. »Die Jockeys haben die Tanks.«

Rin saß an der Pilotenkonsole, die Joysticks in den Händen. Mit dem Kinn deutete sie auf den Helm, der neben ihr lag. »Lies, was Kipling schreibt.«

Arnest steckte seine Pistole ein. Das Schiff vibrierte und knirschte, als Rin versuchte, es aus den Sandverwehungen zu befreien. Auf den Außenkameras sah er, wie mehrere Haie die Tanks auf das Passagierschiff zuschoben. Die Metallbehälter schwebten auf Antigravringen einige Zentimeter über dem Boden.

Damit hat er sie so schnell aus dem Frachtraum bekommen, dachte Arnest.

Lanzo setzte den Helm auf, während draußen Haie in die Abfangjäger stiegen. Die Raketen machten Arnest nervös. Den Menschen, den die Jockeys beschützt hatten, konnte er nirgends entdecken. Wahrscheinlich hielt er sich im Passagierschiff auf.

Nach einigen Sekunden nahm Lanzo den Helm ab. Er lehnte sich an die Wand und fuhr sich müde mit der Hand über die Augen. »Starten wir.«

»Warum?«, fragte Arnest. Niemand antwortete. »Was ist los?«

14

FÜNF MINUTEN ZUVOR

Kipling lief keuchend durch den Sand. Der Helm mit dem zerkratzten Visier baumelte von seinem Gürtel und schlug bei jedem Schritt unangenehm hart gegen seinen Oberschenkel. Auckland hatte ihn mit der Kapsel so nahe wie möglich an die *James K. Polk* herangeflogen, doch die letzten zweihundert Meter musste er laufen. Die Gefahr, von den Jockeys entdeckt zu werden, wäre sonst zu groß gewesen.

Der Plan, den sie hatten, war verrückt, gefährlich und *irgendwie cool*, dachte Kipling. Während er lief, wählte er Rin aus seinen Kontakten aus und öffnete ein Chatfenster. Von den dreien an Bord der *Polk* war sie die Einzige, die einigermaßen schnell tippen konnte.

›Was ist los bei euch?‹

Rin: ›Die Hölle. Bin auf der Brücke. Im Gang sind Haie. Es wird geschossen. Erin, Dmitri sind Zombies.‹

Kipling wäre beinahe über einen Felsen gestolpert. *›Was? Wieso?‹*

Rin: ›Dmitri = von Erin gebissen. Erin = ?. War im Frachtraum eingesperrt.‹

›Wo die Tanks stehen?‹

Rin: ›Ja, wieso?‹

Er antwortete nicht gleich darauf, sondern wandte sich an Google. Während er auf den Seitenaufbau wartete und die langsame Verbindung verfluchte, warf er einen Blick nach oben. Der Wind hatte so stark nachgelassen, dass die Atmosphäre beinahe frei von Sand war. Es gab keine Schlieren mehr, die schroffen, dunklen Gebirge zeichneten sich klar vor dem violetten Himmel ab. Zum ersten Mal, seit Kipling auf dem Planeten gelandet war, hatte er wirklich das Gefühl, auf einer fremden Welt zu stehen.

Er bemerkte, dass die Außentemperatur auf über zwanzig Grad gestiegen war. Der Wegweiserzombie, den die Piraten platziert hatten, taute wahrscheinlich bereits auf.

Die Seite baute sich endlich auf. Kipling scrollte sie durch, aber eine Nachricht von Rin unterbrach ihn.

Rin: ›Sie haben die Tanks. Weiß nicht, was da hinten los ist.‹

Vor Kipling tauchte die *Polk* zwischen einigen Felsen auf. Die Schiffe der Jockeys standen weniger als zwanzig Meter entfernt, zu nahe für das, was sie geplant hatten. Er sah Gestalten in Raumanzügen zwischen den Schiffen hin und her eilen. Tanks wurden eine Rampe hinaufgeschoben.

›Wann hat Erin das Schiff gekapert?‹

Rin: ›Laut Logdateien vor 3 Monaten. Wieso?‹

Er lief geduckt zu den Felsen. Vor ihm lagen rund fünf Meter freies Gelände, aber die Jockeys waren abgelenkt.

›Scheiß auf die Tanks. Was da drin war, ist längst verrottet. Starte.‹

Rin: ›Bist du sicher? Ganz sicher?‹

Er robbte durch den Sand auf eine Düne zu. Als er aufstand, sah er Jockeys in die Abfangjäger springen.

Kipling: ›Google ist sicher, also bin ich auch sicher. Starte!‹

Nur Sekunden später heulte der Antrieb der *Polk* auf. Sand wurde Dutzende Meter emporgeschleudert und rutschte vom Bug des Schiffs, die Fläche hinter den Triebwerken verwandelte sich in Glas. Die Bewegungen der Jockeys wurden hektischer. Ein Hai rannte mit langen Schritten die Rampe des Passagierschiffs hinauf. Dessen Triebwerke dröhnten bereits.

Jetzt, dachte Kipling. Er stand auf und löste den Helm vom Gürtel. Durch den wirbelnden Sand konnte er die Schiffe kaum noch erkennen, doch das bedeutete, dass auch niemand ihn sehen konnte. Kipling schaltete das Helmsystem ein und wartete, bis es online gegangen war. Dann holte er aus und schleuderte den Helm mit aller Kraft nach vorn, dorthin, wo er die Schiffe vermutete.

›*Starte doch!*‹, tippte er, bevor er sich umdrehte und losrannte. Er legte eine solche Kraft in seine Schritte, dass seine Stiefel fast bis zu den Knöcheln versanken.

Aus den Augenwinkeln sah er, wie sich die *Polk* langsam vom Sand befreite. Die Kufen, auf denen sie stand, lösten sich vom Boden. Sand spritzte wie Wasser. Es sah aus, als würde sich ein riesiges Tier schütteln. Und dann hob die *Polk* ab, stieg immer schneller in den Himmel.

Irgendwo nicht weit entfernt hatte Auckland das Signal des Helms bereits empfangen. Kipling stellte sich vor, wie er es an das Navigationssystem der zweiten *Eliot*-Kapsel weiterleitete und die Kollisionskontrolle ausschaltete. Ein Knopfdruck reichte, um den Autopiloten per WLAN zu starten. Wie lange würde die Kapsel brauchen? Eine Minute? Zwei?

Etwas donnerte über seinen Kopf hinweg, aber es war nicht die Kapsel, sondern das Passagierschiff der Jockeys. Ein Gegner war ihnen damit entkommen. Kipling biss sich auf die Lippe, als er an die Abfangjäger dachte. Die *Polk* hatte ihnen nichts entgegenzusetzen. Wenn sie starteten, war das Schiff erledigt.

Und damit wir.

Sein Fuß blieb an etwas hängen. Er stürzte. Kipling schlug im Sand auf und drehte sich auf den Rücken. Er glaubte, über einen Felsen gestolpert zu sein, aber als er den Fuß hochnehmen wollte, zog etwas ihn zurück.

Er setzte sich auf – und erstarrte.

Es war eine Hand. Sie ragte aus dem Boden empor und hatte sich um seine Ferse geschlossen. Eine zweite schob sich aus dem Sand wie eine Frühlingsknospe aus tauendem Schnee. Kipling riss sich los und sprang auf. Er fuhr herum und sah, dass sich der

Sand bewegte. Haut blitzte auf, Raumanzüge, Stiefel. Und immer wieder schwarz erfrorene Hände, die sich auf der Suche nach Nahrung in die Luft krallten.

All die Leute, die Erin angelockt hat, dachte er. *Sie sind hier verscharrt worden, damit sie andere nicht abschrecken.*

Und jetzt tauten sie auf.

Wind strich so heiß über seinen Rücken, dass Kipling ihn trotz seines Raumanzugs spürte. Die Kapsel raste über ihn hinweg.

Oh Scheiße, nicht jetzt. Nicht hier.

Die Explosion riss ihn von den Füßen. Mit dem Gesicht nach unten landete er im Sand. Eine kleine Kuhle entstand vor ihm, als der Zombie, der unter ihm lag, den Mund öffnete und Sand hineinlief. Hände griffen steif und ungeschickt nach seinen Armen. Kipling stieß sich vom Boden ab, stolperte über Beine, Füße und den Kopf einer Frau, der sich aus dem Sand hob. Die Zombies, die ihn umgaben, waren noch halb gefroren, aber das würde sich bald ändern. Der Virus war erwacht und verlieh ihnen neue Energie.

Eine letzte Hand knackte unter seinem Stiefel, dann ließ er den Friedhof hinter sich. Die Kapsel, in der Auckland auf ihn wartete, tauchte geschützt von einigen Felsen vor ihm auf. Keuchend und mit schmerzenden Muskeln erreichte er sie und kletterte die Leiter hinauf. Er hatte die Außenschleuse kaum geschlossen, als Auckland die Triebwerke einschaltete.

›*Wir kommen*‹, tippte Kipling ein. ›*Achtet auf unsere Kapsel.*‹

Rin schickte einen Smiley zurück. Kipling blieb in der Schleuse stehen und sah aus dem Fenster, während Auckland eine Runde über dem Tal drehte, in das die Kapsel eingeschlagen war. Rauchschwaden stiegen aus einem brennenden Trümmerfeld auf. Nicht weit entfernt von ihnen erhoben sich die ersten Zombies aus dem Sand.

Kipling wandte sich ab und verließ die Schleuse. *Das ist jetzt ihre Welt.*

15

»Die Tanks wurden mit flüssigem Stickstoff gekühlt. Der muss regelmäßig gewechselt werden, sonst erwärmt er sich, wird zu Gas und tritt aus. Genau das ist hier passiert.«

»Vielleicht hat Erin den Stickstoff ja ausgetauscht, Kipling, und wir haben den Jockeys das Einzige überlassen, was die Menschheit hätte retten können.«

»Und wieso ist Erin dann gestorben?«

Auckland lag auf einem der Betten, die den Beschuss des Hais überstanden hatten und lauschte den anderen, die in der kleinen Küche hinter dem Schlafsaal diskutierten. Er war sich sicher, dass Kipling recht hatte. Erin hatte Monate gebraucht, um zu merken, auf was für einer Beute sie saß, in der Zeit war alles, was sich in den Tanks befand, längst verrottet.

»Keine Ahnung«, sagte Lanzo. »Vielleicht hatte sie einen Herzinfarkt.«

»Sie hatte kein Herz.«

»Wo er recht hat«, sagte Arnest. Geschirr klapperte, eine Mikrowelle piepte. Essensgeruch zog durch den Schlafraum.

»Nein, sie ist erstickt. Stickstoff ist schwerer als Luft. Er hat sich am Boden gesammelt und da Erin die Klimaanlage auf die niedrigste Stufe gestellt hatte, das hat sie ja Rin erzählt, konnte er nicht abziehen. Ihr wart nur ein paar Minuten in dem Frachtraum, aber sie … wie lange? Eine halbe Stunde?«

»Ungefähr«, sagte Rin. Es klang, als würde sie kauen.

»Sie hat sich auf den Boden gesetzt, gewartet und ist erstickt.

Das ist alles.«

Lanzo fluchte leise. Von allen an Bord hatte er die größten Hoffnungen in die beiden Tanks gesetzt. »Unsere Zukunft lag in ihren Händen und sie hat sie vernichtet. Sie hat uns vielleicht mehr genommen, als wir je begreifen werden.«

»Schlampe«, sagte Arnest, dann nach einem Moment: »Isst das noch jemand?«

Es wurde ruhig in der Küche. Auckland betrachtete die von Kugeln vernarbte Decke und dachte an die *Eliot*. Er vermisste die Größe, die Ruhe und seine Kabine. Auf der *Polk* gab es keine Privatsphäre, keine Tür, die man hinter sich schließen konnte. Es war wie ein Schritt zurück in ein Leben, das er nur zu gern hinter sich gelassen hatte.

»John?«

Er sah auf. Rin stand in der Tür zum Schlafraum. »Wir sollten darüber reden, was wir jetzt machen«, sagte sie. »Wohin wir fliegen.«

»Ich komme gleich.«

Sie blieb stehen. Es kam ihm so vor, als wolle sie noch etwas sagen, aber dann drehte sie sich um und ging zurück zu den anderen.

Auckland setzte sich auf. Kipling hatte in den wenigen Habseligkeiten der toten Soldaten und Wissenschaftler ein Pad gefunden, das abgesehen von einigen Kratzern noch funktionierte. Auckland nahm es vom Tisch und loggte sich ein. Seine linke Hand schmerzte, aber er zwang sich, mit ihr zu tippen.

Ama'Ru wurde als offline angezeigt, doch Kipling hatte ihm gesagt, dass sie über seine V-Specs den Gruppenchat mitlas. Ohne nachzudenken, tippte er ein, was er ihr sagen wollte und schickte es ab. Dann loggte er sich aus und mit einem anderen Benutzernamen wieder ein. Daten wurden heruntergeladen und entpackt, dann startete sich das Pad neu. Als er sich ein weiteres Mal einloggte, hatte sich die Oberfläche verändert. *BetterLife-*

Solutions stand nun in geschwungener Schrift vor einem dunklen Hintergrund, eingerahmt in ein Logo. Es gab nur ein Icon, das wie eine Sprechblase aussah.

Auckland wählte es an. Er musste Benutzernamen und Passwort erneut eingeben, dann öffnete sich ein Fenster und er sah, wie eine Verbindung aufgebaut wurde. Die letzten empfangenen und gesendeten Nachrichten standen dort, seine lange Erklärung, weshalb er die Todesliste nicht weiter abarbeiten wollte und Browns kurze Antwort.

›*Einwand unerheblich. Mission fortsetzen.*‹

Eine Weile lang starrte Auckland auf den blinkenden Cursor unter dem Satz. Dann tippte er ein einzelnes Wort ein, loggte sich aus und schaltete das Pad ab.

›*Nein.*‹

TEIL 3

ES TUT SO WEH

»Die meisten Menschen, die das Glück hatten, von der Erde fliehen zu können, trugen nur wenig bei sich. Mein Gepäck beschränkte sich auf einen Rucksack mit Kleidung, einem alten Laptop, zwei Dosen Heineken, einem Handtuch und einer Zahnbürste. Und natürlich meinen Erinnerungen. Doch so langsam schwinden sie. Ich weiß nicht mehr, wie ein heißer Sommertag am Strand roch oder wie frisches Popcorn schmeckte.

Vor ein paar Monaten habe ich gesehen, wie ein Mann einen anderen wegen einer Tafel Kinderschokolade umbrachte. Nicht, weil er sie essen wollte, sondern um sie in der Hand zu halten, an ihr zu riechen und die schwindenden Erinnerungen, die er damit verband, zurückzuholen. In einer Welt ohne Zukunft sind wir nicht mehr als die Summe unserer Erinnerungen. Wenn sie vergehen, dann auch wir, und wir tun alles, um das zu verhindern.«

– Nerdprediger Dan, *ASCII-Zeichen für die Ewigkeit*

1

Auckland: ›Du hast mein Schiff.‹

Ama'Ru lachte, als sie in Kiplings V-Specs sah, was Auckland geschrieben hatte. Knapp, präzise, unterlegt mit dem Hauch einer Drohung. Diese Nachricht hatte Kipling wahrscheinlich nicht erwartet, als er ihn bat, Ama'Ru zu einer Rückkehr zu bewegen. Warum seine Wahl auf Auckland gefallen war, hatte er mit den Worten *Sie weiß, dass du sie nicht anlügen wirst* erklärt.

Das hatte er auch nicht getan. Ama'Ru streckte sich in ihrem Sattel und legte die V-Specs auf eine Konsole. Ein winziges grünes Licht leuchtete an einem der Ohrbügel. Ama'Ru hatte den Standby-Modus ausgeschaltet, um einer möglichen Passwortabfrage zu entgehen und weiterhin die Unterhaltungen der anderen lesen zu können. Doch nun war die Zeit gekommen, das Versteckspiel zu beenden. Sie zog ihr Pad aus der Tasche. Die *Andere* seufzte im Halbschlaf.

Auckland hat eine Antwort verdient, dachte Ama'Ru, während das Pad hochfuhr, um sich unter ihrem eigenen Namen einzuloggen. Ihr Vorhaben war gescheitert. Sie hatte Ryn'Nel nicht davon überzeugen können, gemeinsam mit ihr an die Öffentlichkeit zu gehen und die Entwicklung des Virus, das die Menschheit fast vernichtet hatte, einzugestehen. Er hielt das für unsinnig und wollte lieber weiterhin im Verborgenen an einer Heilung arbeiten. Ama'Ru war nicht der Meinung, dass das eine das andere ausschloss. Vielleicht befürchtete er einfach nur, zur Zielscheibe rachsüchtiger Menschen zu werden. Auf Aucklands Todesliste stand er bereits.

Sie hielt das Pad hoch. Ein Licht scannte ihr linkes Auge, dann baute sich die Benutzeroberfläche auf. Das Pad war schwer und langsam, eines der Nachbauten, mit denen die Völker versucht hatten, sich der digitalen Konkurrenz von der Erde zu stellen. Kipling bezeichnete es gern als »Jockeyschrott«.

Ama'Ru wollte das Chatfenster öffnen, doch Bewegungen auf der Bildschirmwand lenkten sie davon ab. Die Software hatte die Wand in ein Raster eingeteilt. Auf einem der virtuellen Monitore sah Ama'Ru die Zeit, die der Autopilot noch bis zum Sprungtor brauchen würde – sieben Minuten –, auf einem anderen interne Nachrichten, die von den Systemen untereinander ausgetauscht wurden und nur für Menschen wie Kipling lesbar waren. Ein dritter Monitor zeigte die Ordnerstruktur des Servers, den Kipling für die gesamte Besatzung freigegeben hatte – Filme, Bücher, Serien, Bilder, Musik, FÜR ARNEST – ANKLICKEN AUF EIGENE GEFAHR!, Porn – auf einen vierten wurden die Bilder der Außenkameras übertragen. Doch Ama'Ru konzentrierte sich auf den fünften Monitor, der die Ergebnisse der Langstreckenscanner in Echtzeit als Grafik anzeigte. Die Software bemerkte, worauf sich ihre Aufmerksamkeit richtete und zog das Bild groß. Kipling und Auckland schalteten diese Automatik meistens aus, aber Ama'Ru machte sich die Mühe nicht. Es gefiel ihr, wenn Maschinen errieten, was sie von ihnen wollte.

Auf dem Monitor war ein Abbild des Sonnensystems zu sehen, durch das die *Eliot* flog. Zahlreiche kleinere Schiffe kreuzten ihren Weg. Mit seinen acht Planeten und unzähligen Monden war JIRH-225 eines der größten Systeme, das die Völker besiedelt hatten.

Ama'Ru betrachtete die sechs Schiffe, die sich ihr näherten, schnelle, kleine Abfangjäger, die eine Pfeilformation angenommen hatten. Und die Spitze dieses Pfeils richtete sich auf die *Eliot.*

»Eingehende Funkverbindung.« Die weibliche Computerstimme klang wie immer freundlich und ein wenig distanziert.

»Auf den Schirm«, sagte Ama'Ru. Sie legte ihr Pad in den Schoß.

Das Abbild des Sonnensystems fiel in das Raster der Bildschirmwand zurück. Ein sechster Monitor öffnete sich und überlagerte die anderen. Darauf sah Ama'Ru ein Cockpit, das mit drei Haien besetzt war.

»Guten Tag, Zanur'Um«, sagte sie zu dem mittleren. Wie schon bei ihrer ersten Begegnung erwähnte sie den Rang *Captain*, den er sich als zweiten Namen gegeben hatte, nicht.

»Guten Tag, Ama'Ru en Rahlyn od Fir.« Sein Gesicht war entspannt, die Augen hatte er weit geöffnet, seine Arme hingen locker an den Seiten herab. Die verkrampfte Nervosität, die er zuvor gezeigt hatte, war verschwunden.

Er hat mit jemandem gesprochen, dachte Ama'Ru. Bevor er fortfahren konnte, sagte sie: »Sie werden mich kein zweites Mal einem Verhör unterziehen. Meine Geschäfte in diesem System sind erledigt. Ich werde es nun verlassen.«

»Sie werden nichts dergleichen tun.« Zanur'Um warf den Jockeys, die rechts und links neben ihm saßen, kurze Blicke zu, so als suche er ihre Anerkennung. Er war ein schwacher Mann, entschied Ama'Ru, dessen Selbstgefälligkeit nur darauf beruhte, dass ein starker Mann über ihn wachte.

»Seit wann bestimmen Sie über die Handlungen anderer?«, fragte Ama'Ru. Zanur'Um legte seine Hand auf den Kopf seines Hais. Es klang wie Sandpapier, als er ihn rieb.

»Seit es nötig ist«, sagte er.

Auf einem der kleinen Monitore sah Ama'Ru, dass das Sprungtor nur noch fünf Minuten entfernt war. Die sechs Schiffe umkreisten die *Eliot* wie Aasfresser einen Kadaver. Den

Menschen, mit denen sie gereist war, wäre es wahrscheinlich ein Leichtes gewesen, sie abzuschießen, aber Ama'Ru kannte die Waffensysteme nicht gut genug.

Und ich würde nie auf einen der unseren schießen, dachte sie. *Egal, wie fehlgeleitet er auch sein mag.*

»Es war nie nötig und es wird nie nötig sein«, sagte sie, obwohl sie ahnte, dass die Diskussion sinnlos war. »Ich habe keine Menschen an Bord. Scannen Sie das Schiff, wenn es sein muss und lassen Sie mich in Ruhe.«

»Meinetwegen könnten Sie machen, was Sie wollen, Ama'Ru en Rahlyn *od Fir* …« So wie er ihren dritten Namen betonte, hatte er mittlerweile herausgefunden, was er bedeutete. »… aber ich habe den Befehl erhalten, Sie zu meinem Oberkommandanten zu bringen und den werde ich befolgen.«

Captain, Befehl, Oberkommandant. Die Worte klangen fremd und falsch in ihren Ohren. Die Völker, die sie kannte, hätten sie nie benutzt. Aber vielleicht hatte sie sich zu lange unter Menschen aufgehalten, zuerst auf NG27, dann auf der *Eliot.*

»Die Sprungkoordinaten wurden bereits an Ihren Computer übermittelt, Sie müssen sie nur noch aktivieren. Ich würde Ihnen raten, das jetzt zu tun.«

Wieder dieser Blick zu den anderen beiden Jockeys im Cockpit. Zanur'Um genoss seine neu erlangte Macht und wollte sie allen vorführen.

Ama'Ru legte eine Hand auf das Pad in ihrem Schoß. Ihre Finger öffneten das Chatfenster. »Ich würde Ihrem Wunsch gern nachkommen, um Schlimmeres zu verhindern«, sagte sie und hoffte, dass ihre Stimme angemessen resigniert klang, »aber diese Schiffssysteme sind mir nur wenig vertraut. Ich befürchte, Sie werden mich anleiten müssen.«

Sie wagte es nicht, den Blick auf das Pad zu richten. Blind tippte sie auf den Bereich, in dem sie die Tastatur vermutete.

Zanur'Ums Lippen bildeten ein O, ein Ausdruck des Spotts

in seiner Kultur. »Die große Ama'Ru en Rahlyn *od Fir* braucht Hilfe von jemandem, dem sie nicht einmal den Respekt zukommen lässt, ihn mit seinem vollständigen Namen anzusprechen? Wie ernie–«

Er unterbrach sich, als der Jockey links neben ihm sich zu ihm herüberbeugte und etwas flüsterte. »Lassen Sie das«, sagte er scharf.

Ama'Ru schaltete das Pad aus und legte es auf die Konsole neben Kiplings V-Specs. Anscheinend ließ Zanur'Um die Kommunikation der *Eliot* überwachen.

»Da Sie nicht vertrauenswürdig sind, werden wir Ihren Internetzugang bis zum Ende unserer Reise blockieren«, sagte er. Seine pompöse Ausdrucksweise passte zu seinem Auftreten. »Aktivieren Sie jetzt den Kurs. Ich nehme an, dass Sie mit Ihrer vorgetäuschten Unwissenheit nur Zeit gewinnen wollten.«

Ama'Ru verzichtete auf eine Antwort. Die *Andere* hockte immer noch mit halb geschlossenen Augen am Boden, so als interessiere sie sich nicht für das, was um sie herum geschah. Ama'Ru musste nur die Hand ausstrecken, um die Konsole zu aktivieren. Ein gelbes Icon blinkte. Als sie es berührte, meldete das System, dass eine Kurskorrektur von externer Quelle eingegangen war.

›Annehmen? Ablehnen?‹

Sie drückte auf *›Annehmen‹* und lehnte sich im Sattel zurück. Die Bewegung weckte die *Andere*.

Zanur'Um musterte sie aus Augen, die so kalt wie die seines Hais waren. »Sie sind sehr gelassen«, sagte er nach einem Moment. »Wollen Sie denn gar nicht wissen, was unser Ziel ist?«

»Sie sagten es bereits. Wir fliegen zu Ihrem Oberkommandanten.«

»Und wissen Sie auch, wer das ist?«

Nein, aber ich kann es mir denken. Die *Andere* drehte sich auf ihre Bitte um und ging zur Fahrstuhltür.

»Natürlich«, sagte Ama'Ru, als sie davor stehen blieb. »Mak'Uryl, der Massenmörder von NG27.«

»Mak'Uryl on Narum! Warum sind Sie nur so respektlos?«

Dass sie seinen Oberkommandanten als Massenmörder bezeichnet hatte, schien ihn nicht zu stören, aber dass sie seinen albernen zweiten Namen – Feuerbringer – ausließ, raubte ihm die Selbstbeherrschung.

Ama'Ru beachtete ihn nicht weiter und trat in den Fahrstuhl. Erst als sich die Türen hinter ihr schlossen, erlaubte sie sich, nervös zu werden. Die *Andere* reagierte darauf, indem sie ihre Hinterbeine gegeneinander rieb. Vielleicht hätte Zanur'Um daraus nicht die richtigen Schlüsse gezogen, schließlich gab es nur wenige ihrer Art, aber Ama'Ru wollte keine Blöße riskieren.

Sie war sich sicher, dass die Unterhaltung direkt an Mak'Uryl übertragen worden war, sonst hätte Zanur'Um nicht so – wie hätte Arnest das formuliert? – auf die Kacke gehauen.

Je weniger er über mich weiß, desto besser, dachte sie. Die Fahrstuhltüren öffneten sich und sie ging durch die leeren, stillen Gänge zu ihrer Kabine. Sie war sich nicht sicher, wie viel von ihrer Nachricht bei den Menschen angekommen war, die sie auf dem Planeten zurückgelassen hatte. Sie hatte nicht sehen können, was sie tippte und wusste auch nicht, zu welchem Zeitpunkt das Internet blockiert worden war.

Komme, wenn ich kann. Muss zu Mak'Uryl. Folgt mir nicht, hatte sie schreiben wollen. Vielleicht war es ihr ja gelungen.

Sie betrat die Kabine. Die Kälte des Schiffs fiel von ihr ab, Hitze hüllte sie ein wie eine schwere Decke. Die *Andere* hockte sich in ihr Nest und schloss die Augen. In der Kabine fühlte sie sich sicher. Selbst der Ruck, der durch das Schiff ging, als die *Eliot* in den Hyperraum sprang, schreckte sie nicht auf.

Ama'Ru legte ihren Kopf in die warme Halsbeuge der *Anderen* und verschloss ihre Gefühle vor ihr.

Und dann wartete sie.

2

Jazzmusik plätscherte unaufdringlich und entspannt über die Brücke der *James K. Polk*. Der gesamte Frontbildschirm wurde von einem Video eingenommen, das Kipling gerade gestartet hatte. In der linken oberen Ecke des Fensters prangte das YouTube-Logo. Kipling schaltete auf Vollbild um. Rahmen und Logo verschwanden.

Ein Schriftzug erschien vor schwarzem Hintergrund, Times New Roman, fett, kursiv. Kipling schüttelte sich, noch bevor er las, was dort stand.

Offizielle Verlautbarung der galaktischen Gemeinschaft

»Fängt ja schon gut an«, sagte Lanzo. Er stand gemeinsam mit den anderen auf der Brücke und betrachtete den Bildschirm. Kipling hatte nach ihnen gerufen, als das Video in seiner Twitter-Timeline aufgetaucht war. Mittlerweile waren die Hashtags #Jockeyvid und aus irgendeinem Grund #RATM Toptrends geworden. Er tippte auf #RATM und fand eine endlose Reihe von Tweets, die aus den Worten *›Fuck you, I won't do what you tell me!‹* bestanden. Kipling war sich sicher, dass beide Hashtags zusammenhingen.

Er hob den Kopf, als der Schriftzug auf dem Bildschirm verschwand. An seine Stelle trat ein hell erleuchteter, langer Gang, durch dessen Fenster man das All sehen konnte.

CGI, dachte Kipling.

Die Kamera fuhr zurück und zeigte einen Mann, der im Gang stand. Er hatte dichtes, graues Haar, ein sonnengebräuntes

Gesicht und tiefblaue Augen. Er trug einen dunklen Anzug, ein weißes Hemd und eine blaue Krawatte, die zu seinen Augen passte.

»Ist das –«, setzte Rin an, aber im gleichen Moment sagte der Mann über die leiser werdende Musik hinweg: »Hallo, mein Name ist Algernon Reynolds. Sie kennen mich vielleicht aus Sendungen wie *Hard News* und *Faktencheck*.«

»Nee«, sagte Arnest. Lanzo brachte ihn mit einem Blick zum Schweigen.

Es überraschte sogar Kipling, dass Arnest anscheinend noch nie von Algernon Reynolds gehört hatte. Er hatte für CNN jede US-Präsidentenwahl begleitet und den einen oder anderen Skandal aufgedeckt. Weltberühmt war er jedoch mit einem Bericht geworden, in dem er die offizielle Behauptung, bei dem Virus handele es sich um eine neue, Psychosen auslösende Droge, drastisch widerlegt hatte. Kipling sah die Aufnahmen immer noch vor sich: Ein ausgemergelter Körper, der auf Reynolds zuschlurfte, dann dessen Schüsse, die ihm die Brust zerfetzten. Er taumelte zurück und stürzte, richtete sich aber im nächsten Moment wieder auf. Reynolds feuerte fast sein ganzes Magazin auf dessen Oberkörper, doch der Körper ging weiter auf ihn zu. »Das, meine Damen und Herren, ist kein Junkie«, sagte Reynolds in die Kamera, während er seine Pistole hob. »Das ist ein Zombie.« Und dann schoss er ihm in den Kopf. Der Tote brach zusammen.

Das Video hatte die Welt erschüttert.

Auf dem Bildschirm ging Reynolds durch den Korridor. Die Kamera blieb vor ihm. »Ich spreche heute im Namen der Außerirdischen, die Sie und ich gern als Jockeys bezeichnen. Sie haben mich gebeten, dieses Video aufzuzeichnen. Gebeten, nicht gezwungen. Ich bin mir sicher, dass Sie, meine Mitmenschen, bald verstehen werden, warum diese Unterscheidung so wichtig ist.«

»Ist er real?«, fragte Auckland. Er stand hinter einem der zerschlissenen Sitze und stützte die Arme auf die Lehne.

Die gleiche Frage hatte Kipling sich auch schon gestellt. Seit Omega hatte man nichts mehr von Algernon Reynolds gehört. Es erschien ihm merkwürdig, dass jemand, der seinen Beruf mit solcher Leidenschaft ausübte, fast ein Jahr lang keinen Bericht veröffentlicht hatte.

»Ich weiß es nicht«, sagte Kipling. »Er wirkt echt, aber seine Umgebung ist definitiv fake.«

»Die Jockeys«, fuhr Reynolds fort, »haben ein großes Experiment gewagt, als sie uns in ihrer Mitte willkommen hießen. Wir alle haben versucht, miteinander zu leben und voneinander zu lernen. Die Ereignisse der letzten Tage und Wochen haben uns jedoch gezeigt, dass dies nicht möglich ist. Das Experiment ist gescheitert.«

»Oh-oh.« Kipling richtete sich auf. Er war der Einzige, der saß. »Jetzt kommt's.«

Reynolds blieb stehen. Die Kamera fuhr langsam um ihn herum und zeigte die helle Metalltür, vor der er stand. *Habitat I*, stand darauf, *v09.1-alpha*.

»Manche von Ihnen dürften bemerkt haben, dass die Umgebung, durch die ich mich bewege, computergeneriert ist. Sie entspricht allerdings zu einhundert Prozent den Konstruktionsplänen, die während der Sprungtorblockade von den Jockeys und einigen ausgewählten Menschen erstellt wurden.«

»Ausgewählte Menschen? Was für Menschen?«, fragte Rin. Sie wirkte aufgebracht, obwohl sie noch gar nicht wusste, worum es ging. Doch wie alle auf der Brücke ahnte sie wohl, dass die Neuerungen nichts Positives bringen würden.

»Die, denen Scheiße am Kopf klebt, weil sie bis zu den Schultern in Jockeyärschen stecken«, sagte Arnest. Er sprach so laut, dass Kipling Reynolds erst wieder verstand, als Arnest schwieg.

»… alles, was ich Ihnen jetzt zeige, auch so gebaut werden wird.« Reynolds winkte die Kamera heran. »Kommen Sie«, sagte er direkt in die Linse. »Sehen wir uns gemeinsam um.«

Die beiden Türhälften verschwanden mit einem *Star-Trek-TNG*-Geräusch in der Wand. Die Kamera bewegte sich an Reynolds vorbei und schwebte auf Augenhöhe in einen großen, offenen Saal. Der Boden bestand aus einem mediterran wirkenden bunten Mosaik, Efeu wand sich um Säulen, Grünpflanzen ragten an den Wänden empor bis zur Decke. Kipling entdeckte Hanf und Tabak zwischen ihnen, aber auch Tomaten und Kiwis. Sonnenlicht drang durch Lamellen in der rötlich braunen Decke. Ein gewundener Bach führte am Rand des Saals entlang und mündete in einem Teich. Auf den Bänken, die ihn umgaben, saßen Menschen, sonnten sich und redeten. Andere spazierten in kleinen Gruppen durch den Saal. Alle waren gut gekleidet und wirkten vollkommen realistisch.

Statisten oder Animationen?, fragte sich Kipling. Er würde eine hochauflösende Version des Videos brauchen, um das zu entscheiden. Aber wenn die Menschen animiert waren, dann hervorragend.

»Unsere neue Heimat«, sagte Reynolds. Seine Stimme klang etwas leiser und kam aus den hinteren Brückenlautsprechern, so als wäre er an der Tür stehen geblieben. »Eines von hundertzwanzig Habitaten, die in den nächsten Monaten entstehen werden. Geleitet von Menschen, bevölkert von Menschen. Die Jockeys werden sich in die Verwaltung nicht einmischen, nur die Grundversorgung sicherstellen.«

Begleitet von beschwingter Musik schwebte die Kamera durch den Saal. »Jedes Habitat wird zwanzigtausend Menschen ein komfortables und sicheres Leben bieten.«

Ein Schrei. Kipling zuckte unwillkürlich zusammen. Die Kamera fuhr herum und zeigte einen aufgedunsenen, verdreckten Zombie, der aus dem Teich taumelte. Wasser tropfte aus seinen Haaren und seinen Lumpen. Menschen sprangen auf und zeigten auf ihn. Eine Sirene heulte auf. Im gleichen Moment ließen sich alle zu Boden fallen. Laserstrahlen schossen aus Kanonen, die irgendwo zwischen den Grünpflanzen hängen mussten. Zielsicher bohrten sie sich in die Stirn des Zombies. Der Kopf explodierte. Blut und dunkelgraues Gewebe bespritzten die Umstehenden und klatschten auf den Mosaikboden. Der kopflose Zombie fiel rückwärts in den Teich. Nur Sekunden später tauchten Reinigungsroboter auf. Die Menschen standen auf und setzten ihre Unterhaltungen fort, als wäre nichts geschehen. Dass manche von ihnen voller Blut waren, schien sie nicht zu stören.

»Wie ich gerade sagte: sicher.« Kipling glaubte das Lächeln in Reynolds' Stimme zu hören.

»Ist das Satire?«, fragte Lanzo, während die Kamera den Saal durch eine zweite Tür verließ und in einen Wohntrakt schwebte.

Kipling schüttelte den Kopf. »Das ist der offizielle Jockey-Channel. Es gibt zwar schon die ersten Parodien, aber dieses Video hier ist echt.«

»Es gibt Einzel-, Doppel- und Familienkabinen«, sagte Reynolds. »Alle sind mit der gleichen Sicherheitstechnik und dem gleichen Komfort ausgestattet.«

Die Kamera gab ihre FPS-Perspektive auf und zeigte stattdessen Modelle der Kabinen. Sie bestanden aus zwei, manchmal auch drei Zimmern mit Küchenzeile und Bad. Für die meisten Menschen war ein solcher Luxus nach Omega unvorstellbar geworden. Sogar die *Eliot* war nicht so gut ausgestattet.

Die Modelle wurden von Reynolds abgelöst, der jetzt auf einer Bank am Teich saß und zusah, wie die Reinigungsroboter den Zombie mit Netzen aus dem Wasser zogen. Während er sprach, hob er eine Hand hoch und zählte seine Argumente an den Fingern ab. »Komfort, Sicherheit, ein Leben nur unter Menschen, maximale Bandbreite und …« Er lächelte. Seine

Zähne waren so weiß wie sein Hemd. »… ein garantierter Mindestlohn für jeden, der sich im Habitat registriert und die im System angebotenen Arbeiten annimmt.«

Reynolds stand auf und ging langsam durch den Saal. »Hundertzwanzig Habitate. Hundertzwanzig Chancen für eine bessere Zukunft.« Die Menschen schlossen sich ihm an, traten hinter ihn, bis sie zu einer unüberschaubar großen Menge wurden, in der die einzelnen Gesichter verschwammen. Die Kamera schwebte nach oben und zeigte sie von der Decke. Nur Reynolds war klar zu erkennen.

»Aber diese Habitate werden sich nicht von selbst bauen. Vor uns liegt eine gewaltige Aufgabe, ein letztes Experiment, das Jockeys und Menschen gemeinsam wagen müssen. Damit es gelingt, wird jeder gebraucht. Alle Menschen, die keine Sondergenehmigung besitzen, sollen sobald wie möglich zu den Konstruktionsplattformen fliegen, um ihren Teil zum Bau der Habitate beizutragen. An den Sprungtoren der bewohnten Systeme stehen Jockeyschiffe bereit, um Ihnen bei der Wahl des richtigen Kurses behilflich zu sein.«

Reynolds breitete die Arme aus. Er sollte wohl aussehen wie ein General vor seinen Truppen, aber Kipling erinnerte er mehr an einen Rattenfänger. »Begleiten Sie uns auf dieser Reise. Wagen Sie Zukunft.«

Ein Schnitt und sein Gesicht füllte den gesamten Bildschirm aus. »Bunte Träume und eine gute Nacht.«

Mit diesem Spruch hatte er jede seiner Sendungen beendet.

»Ach, der Typ ist das«, sagte Arnest, als das Video zum Anfang zurücksprang und Kipling das Fenster schloss. »Der hat mal meine Einheit begleitet. Das war in Äthiopien …« Er zögerte. »Oder Belgien? Irgendwas mit -ien.«

Niemand ging darauf ein. Rin fuhr sich mit beiden Händen durch das Gesicht. »Sie sperren uns also wirklich aus.«

»Oder ein«, sagte Auckland.

Kipling nickte. »Habitate in unbewohnten Systemen. Schiffe mit deaktiviertem Bubble-Antrieb. Sklavenarbeit auf irgendwelchen Asteroiden. Wenn sie uns erst mal dort haben, müssen sie nur noch abwarten, bis der Virus uns erledigt. Problem gelöst.«

»Und sie werden uns dort hinbringen«, sagte Lanzo. »Früher oder später werden uns ihre Schiffe an den Sprungtoren aufgreifen.«

»Außer wir haben eine Sondergenehmigung«, warf Arnest ein.

»Richtig.« Kipling öffnete ein Chatfenster auf dem Pad und loggte sich ein. Arnest hatte manchmal das Talent, den einen Diamanten in einem Berg von Müll zu finden. »Mal sehen, was darüber schon bekannt ist.«

Das Fenster öffnete sich und Kiplings Kontakte wurden Zeile um Zeile generiert. Nach der Flucht von dem Planeten war Rin mit der *James K. Polk* wahllos in ein System gesprungen, um mögliche Verfolger abzuschütteln. Gelandet waren sie an einem der äußeren Punkte des Sprungtornetzwerks, einem ebenso unbewohnten wie planetenlosen System, um dessen blasse Sonne nur ein Gürtel aus Asteroiden kreiste. Das Internet war entsprechend langsam.

Die Kontaktliste hatte sich aufgebaut, die Liste der verpassten Nachrichten noch nicht. Kipling trommelte ungeduldig mit den Fingern auf den Rand des Pads. Nicht nur das Netz war langsam, die Hardware war es auch.

Ama'Ru ist jetzt online

Die Nachricht stand so unvermittelt in seiner Statuszeile, dass Kipling den Atem ausstieß. »Sie ist hier.«

Alle Gesichter wandten sich ihm zu. »Was?«, fragte Lanzo.

»Ama'Ru.« Kipling tippte auf den Gruppenchat, den er für sich und die anderen Besatzungsmitglieder der *Eliot* angelegt hatte. Die Nachricht, die Auckland als Letztes geschickt hatte – *Du hast mein Schiff* – stand immer noch in der untersten Zeile, aber das Icon mit dem schreibenden Stift neben Ama'Rus

Namen verriet, dass sich das bald ändern würde. »Sie antwortet.«

Er hatte den Satz noch nicht ganz ausgesprochen, als ihre Nachricht im Chatfenster erschien. Im gleichen Moment verschwand ihr Name aus der Liste seiner Online-Kontakte.

»Und weg ist sie«, sagte Kipling. Er starrte auf das, was sie geschrieben hatte.

»Was hat sie gesagt?«, fragte Lanzo.

Kipling reichte ihm wortlos das Pad. Lanzo warf einen Blick darauf. Die anderen sahen ihm über die Schulter. »Ist das irgendein Code?«

»Keine Ahnung.« Kipling nahm das Pad wieder an sich und betrachtete die Nachricht.

Ama'Ru: ›o;kk vp,r sd dppm ef o xjn‹

3

»Und?«, fragte Rin. Sie lehnte mit dem Rücken an der Pilotenkonsole und sah Kipling an. Die *Polk* hielt ihre Position am Rand des Sonnensystems, weit vom Asteroidengürtel mit seinen ständigen Kollisionen trudelnder Gesteinsbrocken entfernt.

Kipling hob die Schultern. »Wenn es ein Code ist, dann verstehe ich ihn nicht. Und schlimmer noch, EazyKrack, das beste Dekodierungstool, das je geschrieben wurde, versteht ihn auch nicht. Für mich sieht das so aus, als hätte Ama'Ru wahllos irgendwelche Tasten berührt.«

»Vielleicht fehlte ihr für alles andere die Zeit«, sagte Auckland. Er ging auf und ab. Nach den Monaten, die er allein auf der *Eliot* verbracht hatte, schien ihm die Enge der *Polk* nicht zu behagen.

»Kannst du die Nachricht zurückverfolgen?«, fragte er.

Kipling hob die Augenbrauen. »Ama'Ru war sechs Sekunden online.« Dann lächelte er. »Natürlich kann ich sie zurückverfolgen.«

Er streckte sich, legte das Pad auf seine Knie und tippte etwas ein. »Ihr müsst mir nicht zusehen. Das wird ein paar Minuten dauern.«

»Was sollen wir sonst machen?«, sagte Rin. »Du hast das einzige Pad.«

Kipling lachte leise. »Auch wieder wahr.«

Die Enge der *Mishima* war Rin nicht annähernd so erdrückend erschienen wie die auf der *Polk*. Ohne Pad und Kopfhörer war sie ständig von den Geräuschen anderer umgeben. Sie konnte nicht einmal mehr die Augen schließen, die Musik aufdrehen und so tun, als wäre sie allein.

Wir alle brauchen unsere Illusionen, dachte sie, *und meine ist Alleinsein.*

»Sind deine V-Specs noch online?«, fragte Lanzo nach einem Moment.

Kipling nickte, ohne aufzusehen. Seine Finger flogen über die virtuelle Tastatur. »Ja, und bevor du fragst: ich kann sie nicht tracken. Das interne WLAN der *Eliot* ist zu gut gesichert. Ama'Ru geht über das normale rein. Sie benimmt sich wie die meisten älteren Leute. Warum die Default-Einstellungen ändern, wenn alles läuft?«

Rin runzelte die Stirn. »Hältst du sie für alt?«

»Du nicht?« Kipling schob ein Fenster auf dem Pad zur Seite und öffnete ein neues. »Jung ist sie jedenfalls nicht.«

Sie hatte sich noch nie Gedanken über Ama'Rus Alter gemacht. Sie wirkte auf Rin beinahe zeitlos, so wie ein Stern, dessen Licht in fünfhundert Jahren noch genauso hell leuchten würde wie heute.

»Wie erkennt man eigentlich, wie alt ein Jockey ist?«, fragte Arnest.

Kipling antwortete, bevor jemand anderer es tun konnte. »Du musst ihnen den Kopf abschlagen und die Ringe zählen. Ist wie bei Bäumen.«

»Verarsch mich nicht.«

»Okay.«

Arnest musterte ihn einen Moment, dann beugte er sich zu Lanzo hinüber. »Der verarscht mich, richtig?«

Lanzo nickte. In seinen Augen stand etwas, das Rin als stumme Resignation bezeichnet hätte.

Was ist seine Illusion?, dachte sie. *Dass sein Bruder eines Tages ohne ihn klarkommen wird? Oder dass es irgendwo da draußen noch Hoffnung für uns gibt?*

Dass die Spermien und Eier, die die Piraten auf Ebay hatten

verkaufen wollen, längst verrottet waren, hatte niemanden an Bord so getroffen wie ihn. Er redete immer noch von der großen Chance, die damit verpasst worden war.

Kiplings Stimme riss sie aus ihren Gedanken. »Ich hab sie. Ama'Ru war im System JIRH-225, als sie online gegangen ist. Ob sie immer noch dort ist, weiß ich natürlich nicht.«

Auckland blieb stehen und drehte sich zu Kipling um. »JIRH-225? Bist du sicher?«

»Ja. Wieso?«

»Weil ich vor ein paar Monaten dort war.«

Rin dachte an die Liste, von der er erzählt hatte. Über einhundert Jockeys standen darauf, die angeblich alle an der Entwicklung des Virus beteiligt gewesen waren. Auckland hatte den Auftrag gehabt, sie zu töten.

»Um jemanden umzubringen«, sagte Rin. Es war keine Frage.

Er sah sie einen Moment an, so als versuche er, ihren Tonfall zu ergründen. Dann nickte er. »Einen Jockey namens Ryn'Nel, aber ich musste die Mission abbrechen. Es gab umfassende Sicherheitsvorkehrungen. Ich kam nicht an ihn heran.«

»Hat man dich bemerkt?«, fragte Lanzo.

»Nein.«

»Das ist vielleicht nur ein Zufall«, sagte Kipling und legte das Pad auf die Konsole vor sich. »JIRH-225 ist ein großes, relativ belebtes System. Es gibt tausend Gründe, weshalb sie dort hingeflogen sein könnte.«

»Und einer davon ist, dass sie Ryn'Nel aufsuchen wollte.« Auckland nahm seinen Weg wieder auf. »Die beiden kennen sich, da bin ich mir sicher.«

»Das würde erklären, warum sie die *Eliot* gestohlen hat«, sagte Lanzo. »Sie konnte uns nicht bitten, zu ihm zu fliegen, weil sie ahnte, dass Ryn'Nels Name auf der Liste steht. Sie hatte Angst, dass du die Gelegenheit nutzen würdest, um ihn doch noch umzubringen.«

»Hättest du das?«, fragte Rin.

»Nicht mehr zu diesem Zeitpunkt«, sagte Auckland. Er schien zu bemerken, wie skrupellos das klang, denn er wollte fortfahren. »Ich –«

»Fliegen wir jetzt endlich in das scheiß System?«, unterbrach ihn Arnest. »Wir haben doch eh nichts anderes vor.«

Rin schüttelte den Kopf. »Die Jockeys werden uns in dem Moment, in dem wir das Sprungtor verlassen, abfangen und zu einem dieser Habitate bringen.«

»Dann faken wir eben eine von diesen Sondergenehmigungen.« Arnest deutete vage mit dem Kinn in Kiplings Richtung. »Das kriegt der doch wohl hin.«

»Der …« Kipling wirkte gereizt. »… kann nur etwas faken, wenn er weiß, wie es aussieht oder funktioniert. Eine Sondergenehmigung könnte aus einer Plastikkarte bestehen, einem Stück Papier, einem Code, einer Signatur oder einem geheimen Händedruck, was weiß ich? Vielleicht gibt es auch gar keine und die Jockeys lügen uns an. Das ganze Netz versucht, das herauszufinden, aber bis wir es wissen, brauchen wir Alternativen.«

»Und die wären?«, fragte Lanzo.

Kipling legte sich das Pad wieder auf die Knie. »Sage ich dir, wenn ich sie gefunden habe.«

Arnest knurrte so tief, dass Rin im ersten Augenblick glaubte, er habe gefurzt. »Und wenn du keine findest?«

»Dann haben wir größere Probleme als die Suche nach der *Eliot*.«

Womit er recht hat, dachte Rin. Die Vorräte an Bord der *Polk* reichten vielleicht noch eine Woche und da sie bewohnte Systeme nicht anfliegen konnten, gab es auch keine Möglichkeit, Jobs zu finden, Geld zu verdienen und Nachschub zu kaufen. Sie würden entweder verhungern oder sich der Willkür der Jockeys unterwerfen müssen.

Habitat. Das Wort machte Rin nervös. Es klang wie etwas,

das ein Zoobetreiber sagen würde, um das Wort »Käfig« nicht erwähnen zu müssen. *Die Jockeys wollen, dass wir unsere eigenen Käfige bauen und dann darin verrotten.*

Sie zuckte zusammen, als Kipling plötzlich aufsprang.

»Ha!«, sagte er.

4

Es war ein langer Sprung. Ama'Ru verbrachte einen Großteil davon in ihrer Kabine, doch als eine schiffsweite Durchsage sein Ende ankündigte, weckte sie die *Andere* und ging hinauf zur Brücke. Sie fragte sich nicht mehr, was Mak'Uryl von ihr wollte. Es gab keinen Grund, sich darüber Gedanken zu machen. Er würde es ihr schon sagen, wenn sie ihn traf.

Sie fragte sich auch nicht mehr, wie es der ehemaligen Besatzung der *Eliot* ging. Auckland war auf einem Schiff namens *James K. Polk*, darauf ließen seine Nachrichten schließen. Der Verlust des alten Schiffs war ein widriger Umstand, kein lebensbedrohliches Problem. Sie würden zurechtkommen, was auch immer geschah.

Zwei Minuten bis zum Eintritt in den Normalraum. Das stand auf einem der Monitore vor ihr an der Wand. Die anderen zeigten das graue Wabern des Hyperraums. Ama'Rus Blick fiel auf die V-Specs. Sie hob sie auf und steckte sie tief in eine ihrer beiden Satteltaschen. Dann wartete sie.

Ein Ruck. Das dumpfe Dröhnen des Bubble-Antriebs verstummte. Summend sprangen die unterlichtschnellen Triebwerke an. Die Monitore flackerten, als die Außenkameras sich neu justierten.

MYTR-12, meldeten die Scanner nach einem Moment und stellten die Position des Sonnensystems auf einer Karte dar. Es befand sich an einem der äußeren Punkte des Sprungtornetzwerks. Abgesehen von einer Raumstation mit der Kennung

LT-09 war es unbewohnt. Diese Station steuerte der Autopilot nun an. Sie umkreiste den einzigen Planeten des Systems, eine riesige Welt, die von blauweißem Eis bedeckt war. Ama'Ru sah keinen einzigen Schatten auf ihrer Oberfläche und keine Konturen. Sie wirkte so glatt, als habe man sie poliert.

LT-09 sah aus wie ein schwarzer Strich auf der ansonsten makellosen Oberfläche. Ama'Ru stellte sich vor, jemand würde ein Tuch nehmen und ihn wegwischen. Der Gedanke gefiel ihr.

Als die *Eliot* der Station näher kam, bemerkte sie, dass der Strich von einem Ring umgeben war, dessen Fenster hell erleuchtet waren. Zwei graue Transportschiffe, die wie Metallsärge aussahen, hatten dort angedockt. Es waren von Menschen konstruierte Schiffe, das war Ama'Ru sofort klar. Keines der Völker hätte es gewagt, etwas derartig Hässliches zu bauen.

Die *Eliot* wurde langsamer und drehte sich, bis sich ihre Schleuse mit einem freien Andockpunkt der Station verband. Die sechs Abfangjäger umgaben sie immer noch, aber Zanur'Um nahm nicht noch einmal Funkkontakt auf. Wahrscheinlich ging er zu Recht davon aus, dass Ama'Ru wusste, was nun von ihr erwartet wurde.

Sie verließ die Brücke und ging zur Schleuse. Kipling hatte das Sicherheitssystem der *Eliot* einmal als paranoid bezeichnet, deshalb machte sich Ama'Ru keine Sorgen, dass jemand während ihrer Abwesenheit eindringen würde.

Die Schleuse schloss sich hinter ihr. Der Gang, der zur eigentlichen Station führte, war hell erleuchtet. An seinem Ende stand eine Jockey, ein Oktopus, so wie Mak'Uryl. Er hatte die Station nicht nur wegen ihrer isolierten Lage ausgewählt.

Der Oktopus glitt Ama'Ru auf seinen Tentakeln entgegen. Die Jockey winkelte ihre Arme an und drehte die Handflächen nach oben. »Willkommen, Ama'Ru en Rahlyn od Fir«, sagte sie mit dem weichen Akzent, den viele ihres Volkes hatten. »Der

Name, der mir gegeben wurde, lautet Rena'El und es gefällt mir, diese Station zu leiten.«

Eine traditionsbewusste, höfliche Frau, dachte Ama'Ru. Sie winkelte ebenfalls die Arme an, aber ihre Handflächen zeigten nach unten, zum Zeichen, dass sie Rena'El nicht herausfordern würde. »Und mir gefällt es, dass Sie das tun.«

In dieser Situation waren die Worte nur Formalität. Viele hätten sie weggelassen, denn Ama'Ru war offensichtlich nicht auf LT-09, um die Station zu übernehmen. Dass Rena'El sie trotzdem ausgesprochen hatte, sagte viel über sie aus.

Rena'El ließ die Arme sinken. »Mein Cousin erwartet Sie bereits.«

Mak'Uryl war nicht im irdischen Sinne ihr Cousin, ebenso wenig wie der von Auckland ermordete Onas'Ramun ay Sin'Dolf Mak'Uryls Vater gewesen war. Anfangs hatten die Völker solche Worte nur gegenüber Menschen benutzt, weil die englische Sprache nicht in der Lage war, die komplexen Beziehungen zweier symbiotisch verbundener Wesen zum Rest ihrer Familienverbände auszudrücken. Mittlerweile waren sie jedoch aus Bequemlichkeit dazu übergegangen, sie auch untereinander zu verwenden. Dass Ama'Ru aus der zwölften Verpaarung von Daqia'Le hervorgegangen war, dass die *Andere* die siebte von neun aus dem Nest am Berg war und dass es ein kurzes, präzises Wort gab, um genau das zu beschreiben, interessierte nur, wenn es darum ging, Inzest zu vermeiden.

Der Oktopus streckte einen Tentakel nach der schweren Metalltür am Ende des Gangs aus, berührte das Kontrollfeld neben ihr jedoch nicht. Rena'El drehte sich auf seinem Rücken zu Ama'Ru um.

»Bitte urteilen Sie nicht vorschnell über mich«, sagte sie.

Ama'Ru wollte fragen, was sie damit meinte, aber da verschwanden die beiden Türhälften bereits in Decke und Boden. Lärm schlug ihr entgegen. Stimmen schrien und brüllten, Stiefelsohlen hämmerten auf Metall. Ama'Ru folgte Rena'El in den offenen Bereich, der sich vor dem Gang erstreckte. Sie befanden sich in dem Ring, den sie von der *Eliot* aus gesehen hatte. Er war mehrere Stockwerke hoch und breiter, als sie gedacht hatte. Da es im Gegensatz zu der wesentlich größeren NG27 auf LT-09 keine offene Mittelsektion gab, wirkte die Station wie ein Rad. Fensterlose Wände schirmten sie von der Antriebssektion ab, die aus dem All wie ein senkrecht stehender Stift ausgesehen hatte.

Ama'Ru nahm das mit einem Blick auf. Dann widmete sie sich dem Chaos, das in dem Ring herrschte. Überall waren Menschen. Sie bildeten eine lange Schlange, trugen Taschen, Rucksäcke und Koffer. Manche schoben Kartons vor sich her. Ein Mann hatte sich zwei Plastikstühle auf den Rücken geschnallt. Was er damit wollte, wusste Ama'Ru nicht. Alle wirkten teilnahmslos.

Der Lärm wurde von einer zweiten, kleineren Schlange verursacht. Diese Menschen stolperten zusammengedrängt wie Vieh durch den Ring. Umgeben waren sie von Jockeys und einigen wenigen anderen Menschen, die sie mit Gewehrkolben und Knüppeln vor sich hertrieben. Einige bluteten aus Platzwunden. Die meisten hielten schützend die Arme über ihre Köpfe. Sie schrien, fluchten und spuckten die Jockeys, aber vor allem die Menschen an deren Seite an.

Ama'Ru sah, dass beide Schlangen zu Schleusen geführt wurden und dachte an die beiden Transportschiffe, die sie beim Anflug bemerkt hatte.

»Was ist hier los?«, fragte sie.

»Ich lasse die Menschen von der Station entfernen«, sagte Rena'El. Mit den Fingerspitzen strich sie über eine Hautfalte des Oktopus. Sie hielt den Kopf von dem Chaos und den Menschen abgewandt, so als wolle sie nicht hinsehen.

»Entfernen klingt endgültig«, sagte Ama'Ru. Einige Dutzend

Meter links von ihr schrie eine Frau, die zu der kleineren Schlange gehörte, unvermittelt: »Fuck you!«

Rena'El zuckte zusammen. Die Tentakel des Oktopus zitterten kurz. »Es ist ja auch endgültig. Ich gehe nicht davon aus, dass jemand aus den Habitaten zurückkehren wird.«

»Habitaten?«

»Wissen Sie noch nichts davon?« Rena'El ging langsam los. Sie blieb nahe der äußeren Wand, möglichst weit weg von den beiden Schlangen. »Wir sammeln die Menschen und bringen sie zu unbewohnten Systemen, in denen Stationen für sie entstehen werden.«

»Fuck you!« Andere nahmen den Ruf der Frau auf. Die Menschen, die den Jockeys halfen, schlugen mit Knüppeln auf sie ein. Die Jockeys selbst, hauptsächlich Haie und Warane, hielten sich zurück.

»Alle Menschen?«, fragte Ama'Ru, als sie zu Rena'El aufschloss.

»Jeden einzelnen.« Rena'El wandte sich Ama'Ru zu. »Diejenigen, die uns helfen, glauben zwar, dass sie hierbleiben dürfen, aber sie werden den anderen in ein paar Wochen folgen. Jeder Mensch stellt eine Gefahr dar, egal, wie loyal er uns auch erscheinen mag.«

Wie konnte es so weit kommen?, fragte sich Ama'Ru. *Was ist aus uns geworden?*

»Fuck you!« Die Rufe wurden immer lauter.

Sie versuchte, ihre Bestürzung zu verbergen, aber Rena'El bemerkte sie trotzdem. »Ich hatte Sie gebeten, nicht vorschnell zu urteilen. Was hier geschieht, ist nur Teil eines großen Ganzen. Am Ende wird es das Beste für uns alle sein.«

»Für uns und die Menschen? Das glaube ich nicht und Sie glauben das –«

»Rena'El!« Der Ruf mischte sich in die Schreie. »Rena'El!«

Ama'Ru drehte den Kopf und sah einige Menschen in der

kleineren Schlange, die winkten und riefen. Rena'El tat so, als bemerke sie das nicht.

»Rena'El! Helfen Sie uns!« Ein älterer, bärtiger Mann, der zwischen zwei jüngeren Frauen stand, sprang hoch, um auf sich aufmerksam zu machen. »Wir wollen nicht weg.«

Er kämpfte sich durch die Menge, auf die Jockeys zu, die sie eingekreist hatten. »Rena'El!«

»Sie waren gut zu diesen Menschen, oder?«, fragte Ama'Ru. »Deshalb sind so viele auf dieser Station.«

»Ich habe versucht, fair zu sein und das versuche ich immer noch.« Rena'El richtete sich in ihrem Sattel auf, vermied es aber weiterhin, zu den beiden Gruppen hinüberzusehen. »Wer freiwillig geht, bekommt Geld. Wer sich weigert, wird abgeführt. Ich zahle das aus meiner eigenen Tasche.«

Sie klang nicht trotzig, eher traurig, so als sei dies das Einzige, was sie noch tun konnte. Der ältere Mann ließ die Hand sinken, als er bemerkte, dass er keine Antwort bekommen würde. Sein Gesicht verzerrte sich.

»Fuck you!«, schrie er. Ein Jockey holte mit seinem Schlagstock aus, doch ein anderer Mann hielt seinen Arm fest und zog daran. Der Jockey, ein Hai, stolperte. Wie ein in die Enge getriebenes Tier, das plötzlich einen Ausweg entdeckt, witterte die Menge ihre Chance. Eine geworfene Tasche traf den Hai an der Schulter und riss ihn endgültig zu Boden. Menschen trampelten über ihn hinweg. Die anderen Jockeys wollten zu ihm laufen, aber es war bereits zu spät. Die Menge brach durch. Innerhalb von Sekunden verwandelte sich das Chaos in einen Aufstand.

Es waren weniger Menschen als bei dem auf NG27, vielleicht dreißig oder vierzig, aber auch deutlich weniger Jockeys, die sich ihnen entgegenstellen konnten. Die Männer und Frauen, die ihnen geholfen hatten, warfen ihre Knüppel weg und liefen davon. Kollaborateure waren bei Menschen noch verhasster als Jockeys.

»Bleiben Sie hier, Ama'Ru en Rahlyn od Fir«, rief Rena'El über den Lärm hinweg. Nun kam auch in die Menge der Freiwilligen Bewegung. Sie wurde nur von zwei Jockeys begleitet, obwohl sie fast doppelt so groß war wie die andere. Wenn sie sich dem Aufstand anschloss, konnte sich das, was auf NG27 geschehen war, wiederholen. Mit allen Konsequenzen.

Der Oktopus glitt über den Boden. Der Ring war in Segmente unterteilt, die sich im Notfall abschotten ließen, wie Warnhinweise an den Wänden verrieten. Im ersten Moment glaubte Ama'Ru, dass Rena'El genau das tun würde, aber der Oktopus glitt an den roten Pfeilern vorbei, die den Übergang zwischen den Segmenten markierten. Die Jockeys hatten eine Linie gebildet und versuchten, die Menschen auf die bereits geöffnete Schleuse zuzutreiben, doch die hielten Taschen und Koffer wie Schilde hoch. Der Hai lag hinter der Linie benommen am Boden. Blutspritzer umgaben ihn. Sein Jockey schlug müde auf seine Schultern ein, wahrscheinlich, um ihn zum Aufstehen zu bewegen, aber Ama'Ru konnte sehen, dass auch seine Augen glasig waren.

Die anderen Jockeys schützten ihn mit der Linie, die sie gebildet hatten. Einer der Haie hob seine Pistole, als eine Rolle Toilettenpapier ihn im Gesicht traf. Sie rollte sich über den Boden aus wie ein Banner.

»Niemand schießt!«, schrie Rena'El. Sie schlug einen Bogen, um hinter die Linie zu kommen. Der Hai zögerte eine Sekunde, dann drehte er die Waffe in seiner Hand und schlug mit dem Griff nach einem Mann. Der hob rechtzeitig seinen Rucksack hoch.

»Sollen sie doch schießen!«, rief der bärtige Mann, der Rena'El angesprochen hatte. »Dann ist es wenigstens schnell vorbei.«

Einige lachten, dann, auf einmal, ausgelöst durch etwas, das Ama'Ru nicht verstand, wogte die Menge nach vorn. Haie und

Warane schlugen auf sie ein, wichen jedoch gleichzeitig zurück. Sie kamen dem am Boden liegenden Jockey und Rena'El immer näher.

»Lasst sie nicht durchbrechen!«, rief Rena'El. Die Tentakel ihres Oktopus griffen nach dem benommenen Hai und zogen ihn über den Boden.

Die Menge rückte vor. Ama'Ru sah die Lücke, die zwischen ihr und der Schleuse entstanden war. Kleidungsstücke lagen am Boden. Der Geruch nach Blut und Schweiß hing in der Luft. Sie lief los, auf die zweite Gruppe zu, die sich auf die andere Schleuse zubewegte. Einige hatten sich bereits aus ihr gelöst, aber noch schreckten sie davor zurück, sich dem Aufstand anzuschließen. In schwierigen Situationen brauchten Menschen einen Anführer, jemanden, der ihnen die Entscheidung abnahm. Niemand schien sich berufen zu fühlen, diese Rolle anzunehmen.

Ama'Ru drängte sich an der Menge vorbei. Einige drehten sich um und bemerkten sie, aber sie lief so schnell an ihnen vorbei, dass sie nicht reagieren konnten. Vielleicht spürten sie auch, dass keine Gefahr von ihr ausging.

»In die Schleuse«, rief sie den Menschen der zweiten Gruppe zu. Sie wichen unsicher vor ihr zurück. Ama'Ru war sich des Anblicks bewusst, den sie bot. Niemand von ihnen hatte je ein Wesen wie die *Andere* gesehen. Ihre Größe, ihre völlige Fremdheit schüchterte sie ein. Die *Andere* bemerkte das und richtete sich noch weiter auf, bis ihr Kopf fast an die Decke des Rings stieß. Es gefiel ihr, wenn man Angst vor ihr hatte.

»Geht«, sagte Ama'Ru. Die *Andere* bildete mit ihren ausgebreiteten Armen und den großen Scheren eine Barriere zwischen beiden Gruppen. »Beeilt euch!«

Aus den Augenwinkeln bemerkte sie, wie Rena'Els Oktopus den Hai in das nächste Segment zog. Er hob bereits den Kopf, war aber immer noch benommen. Blut lief aus einer Platzwunde über sein schuppiges Gesicht. Der Jockey auf seinem Rücken wirkte wütend.

»Aber –«, setzte einer der Menschen vor ihr an, doch Ama'Ru ließ ihn nicht zu Wort kommen. »Geh!«

Zögernd betraten die ersten die Schleuse.

Hinter Ama'Ru schlugen Jockeys und Menschen aufeinander ein. Der bärtige Mann hatte irgendwie einen Schlagstock in seinen Besitz gebracht und holte immer wieder damit aus, während die beiden jungen Frauen – vielleicht seine Töchter? – ihm mit zwei großen Reisetaschen Deckung gaben.

»Wir holen uns Rena'El!«, brüllte er heiser. »Da hinten ist sie.«

Er war zum Anführer der Menge geworden. Er gab ihr ein Ziel, einen Sinn. Die Jockeys stolperten zurück, als die Menschen sich mit neuer Kraft nach vorn warfen. Auf beiden Seiten gab es kaum noch jemanden, der nicht blutete.

Die Gruppe vor Ama'Ru bewegte sich nun schneller. Das Chaos verunsicherte sie. Es waren zumeist ältere Menschen oder solche, die Kinder bei sich hatten. Sie wollten keinen Kampf. Trotzdem trieb Ama'Ru sie weiter an. Sie durften nicht erkennen, dass sie das Schicksal der Station in der Hand hielten. Gerade mal ein Dutzend Jockeys versuchte, den Aufstand niederzuschlagen. Gegen eine doppelt so große Menge hätten sie keine Chance gehabt.

»Was ist mit den anderen?«, fragte eine Frau, die ein kleines Mädchen zur Schleuse führte.

Ama'Ru wollte ihr sagen, dass jeder selbst für seine Taten verantwortlich sei, doch Rena'Els Stimme unterbrach sie.

»Hört auf! Ihr könnt nicht gewinnen.«

»Sieht für mich anders aus«, rief jemand.

Ama'Ru drehte sich um und sah, wie der Oktopus seine Pistole auf den Boden legte und sie mit einem Tentakel wegschob. Die anderen Jockeys ließen sich zurückfallen, um Rena'El zu schützen, aber sie hielt sie mit einer Handbewegung auf.

»Ihr könnt mich umbringen«, sagte sie. »Ihr könnt uns alle umbringen, aber wozu? Eure Situation würde sich dadurch nicht verbessern. Ihr wisst doch alle, was auf NG27 geschehen ist.«

Die Menge wurde ruhiger. Einige kämpften weiter, aber die meisten ließen Fäuste und improvisierte Waffen sinken. Ama'Ru sah, wie erleichtert Rena'El darüber war. Den meisten Menschen war die Körpersprache der Jockeys nicht vertraut genug, um das zu bemerken.

»Gebt den Habitaten wenigstens eine Chance«, fuhr Rena'El fort. »Dort könnt ihr selbst über euer Schicksal bestimmen. In unserer Welt werdet ihr immer nur Bettler sein.«

Die Menschen sahen den bärtigen Mann an. Es überraschte Ama'Ru jedes Mal aufs Neue, wie schnell Menschen bereit waren, sich einem anderen zu unterwerfen – oder ihn fallen zu lassen.

»Was meinst du, Yussuf?«, fragte eine Frau.

Der bärtige Mann kratzte sich mit dem Griff des Schlagstocks am Kinn. »Ich meine, dass wir Zugeständnisse brauchen. Wir werden nicht –«

Ein Knall. Ein daumengroßes Loch erschien in Yussufs Stirn. Sein Hinterkopf explodierte. Blut und Knochensplitter klatschten den Menschen hinter ihm auf Gesicht und Kleidung. Sie sprangen zurück, noch bevor Yussufs Leiche den Boden berührt hatte. Die beiden jungen Frauen schrien.

»In die Schleuse.« Mak'Uryl stand zwischen den beiden Pfeilern, wo auch der Hai lag. Eine dünne Rauchfahne stieg aus der Pistole in seiner Hand auf. Die Tentakel seines Oktopus zuckten. »Sofort.«

Niemand rührte sich. Yussufs Blut tropfte von bleichen, schreckensstarren Gesichtern.

»Geht«, sagte Ama'Ru leise. Die Menschen, die sie umgaben, stolperten in die Schleuse. Sie zuckte zusammen, als ein zweiter Schuss durch den Ring hallte. Ein junger, kräftiger Mann brach zusammen. Die Menge schrie und fuhr herum, so als hätte sie nur einen Mund, einen Körper. In Panik rannte sie auf die Schleuse zu. Menschen stießen sich gegenseitig weg, um sich als Erste durch die Tür zu quetschen. Manche fielen über Gepäckstücke, die andere achtlos fallen gelassen hatten. Jockeys zogen sie vom Boden hoch, prügelten und traten sie zur Schleuse. Nur Minuten später verriegelten sie die Türen hinter beiden Gruppen.

Zurück blieben aufgeplatzte Taschen, aus denen Kleidungsstücke quollen, Koffer, die niemand mehr brauchte, Blutlachen und zwei Leichen. Rena'El ging langsam zwischen ihnen hindurch. Die Tentakel ihres Oktopus strichen über Stoff und langsam erkaltende Haut.

»So weit hätte es nicht kommen müssen«, sagte sie. Ihre Augen waren kreisrund, die Pupillen geweitet. Sie war entsetzt.

Mak'Uryl steckte seine Pistole ein. »Sie irren sich.« Er wandte sich Ama'Ru zu. »Kommen Sie.«

Sie folgte ihm wortlos.

5

»Ist das riskant?«, fragte Rin.

Kipling lachte. »Riskant? Das ist völlig wahnsinnig, aber es könnte funktionieren.«

»Scheiß drauf. Machen wir's«, sagte Arnest.

Vier Stunden waren seit dieser Unterhaltung vergangen. Kipling saß allein auf der Brücke, das Pad auf den Knien, den Bildschirm mit dem endlosen Grau des Hyperraums vor sich. Das Dröhnen des Bubble-Antriebs klang so, als hielte jemand einen Staubsauger an sein Ohr. Es fiel ihm schwer, sich zu konzentrieren.

Die anderen hatten sich in den Schlafbereich zurückgezogen, dessen Schallisolierung besser als die auf der Brücke war. Selbst auf der *Mishima* war es nicht so laut gewesen. »Bei der Präsidentenklasse wurde an allem gespart«, hatte Lanzo gesagt. »Die *Polk* ist nichts anderes als ein IKEA-Sperrholzschrank im All.«

Gojira4evar: ›Haben den Code optimiert. Sollte jetzt in Echtzeit laufen. Guck mal rein.‹

Gojira4evar gehörte zu der Hackergruppe, auf die Kipling gestoßen war. Sie arbeiteten schon seit einiger Zeit an einer Software, die Scanner täuschen sollte, hatten sie jedoch erst nach der Veröffentlichung des Habitatvideos in den einschlägigen Chaträumen publik gemacht. Kipling hatte sich mit seinem 4815162342-Account, unter dem er auch Tasha's Tool veröffentlicht hatte, eingeloggt.

Sie feierten ihn wie einen Star und er ließ sie gewähren. Dass er Tasha's Tool für den größten Fehler seines Lebens hielt, ging außer ihm niemanden etwas an.

Er gähnte, während er den Code betrachtete, an dem Gojira4evar und ParisHiltonsLeftTit die letzten Stunden gearbeitet hatten. Die Zeilen verschwammen vor seinen Augen und er dachte sehnsüchtig an die deutlich höhere Auflösung seiner V-Specs. Er hätte Hilfe gebrauchen können, vor allem die von DetroitKid, der die GUI für Tasha's Tool programmiert hatte, doch von ihm hatte er seitdem nichts mehr gehört.

Kipling warf einen kurzen Blick auf den Seitenbalken des Chatfensters. Die V-Specs waren noch online. Mittlerweile dürfte ihr Akku bei höchstens dreißig Prozent stehen. Er hatte sich zwar kurz bevor die Welt zu einer *Resident-Evil*-Kulisse geworden war, einen der hochmodernen, neuen gekauft, aber auch der hielt nicht ewig.

Er bemerkte, dass er sich in seinen Gedanken verlor, blinzelte und rieb sich die Augen. Dann tippte er seine Antwort ein.

›Erstklassig. Besser kriegen wir's nicht mehr hin. Ich spiel das so ins System ein.‹

Gojira4evar: ›Großes Lob von jemandem wie dir \o/. Wann probierst du's aus?‹

Kipling sah auf die Uhr unterhalb des Bildschirms. *›In zwanzig Minuten.‹*

Gojira4evar: ›Als Testlauf?‹

›Nein.‹

Der Cursor blinkte einen Moment. Dann:

Gojira4evar: ›MIT ECHTEN JOCKEYS???‹

›Lol, ja.‹ Als Gojira4evar schwieg, fügte er hinzu: *›Geht nicht anders, aber keine Sorge. Das Tool wird laufen. Der Code sitzt.‹*

Das stimmte, aber nur deshalb, weil sie den ehrgeizigsten Teil des Projekts ausgeklammert hatten. Die Scanner der Jockeys zu überlisten war schwierig genug, ihnen vorzugaukeln, dass einer der ihren auf der Brücke des Schiffs saß, momentan unmöglich. Weder Kipling noch die anderen neun Hacker, die an dem Projekt beteiligt waren, hatten die Hard- und Software, die man benötigen würde, um einen Jockey realistisch zu animieren und in eine bestehende Umgebung einzufügen.

Aber das muss unser Ziel sein, dachte er. *Alles andere wird nur kurzfristig funktionieren.*

Gojira4evar: ›Hoffentlich hast du recht. Noch was anderes: Wir haben geredet und möchten, dass du dem Tool seinen Namen gibst. Aus Respekt.‹

Kipling schüttelte den Kopf. *›Nein, das ist euer Tool. Ich habe nur geholfen. Das wäre nicht richtig.‹*

Gojira4evar: ›Wir wollen es so, okay? Denk dir also was Vernünftiges aus. :)‹

»Wie lange noch?«

Kipling zuckte zusammen und drehte sich um. Auckland lehnte im Türrahmen, die Arme vor der Brust verschränkt.

»Neun Minuten. Willst du den anderen Bescheid sagen?«

»Gleich.« Auckland betrat die Brücke und schloss die Tür. Das Dröhnen des Bubble-Antriebs wurde nicht leiser. »Ich möchte dich vorher um etwas bitten.«

»Okay.« Kipling öffnete eine Verbindung zum Schiffssystem und überspielte den Code, bevor er das Pad auf die Konsole legte. Es gefiel ihm nicht, dass Auckland die Tür geschlossen hatte. Das deutete auf eine Bitte hin, von der die anderen nichts wissen sollten. »Worum geht's?«

»Das Tool.« Auckland blieb neben ihm stehen. »Sollte es nicht funktionieren, möchte ich, dass du die Waffensysteme der *Polk* lahmlegst.«

Kipling hob die Augenbrauen. »Ungewöhnlicher Vorschlag.«

»Dieses Schiff hat gegen Abfangjäger der Jockeys keine Chance. Sie würden uns sofort abschießen. Wir alle wissen das. Rin, du und ich würden uns auf keinen Kampf einlassen, aber Arnest? Lanzo? Bei den beiden bin ich mir nicht sicher.«

»Also willst du sichergehen?«, fragte Kipling.

»Ja.« Mehr sagte er nicht dazu.

Kipling lächelte. »Ich hätte gedacht, dass du eher der Butch-Cassidy-Sundance-Kid-Typ bist.« Er konnte sehen, dass Auckland die Referenz nicht verstand. »Mit gezogenen Waffen aus einer Hütte stürmen, obwohl sie von Bolivianern umzingelt ist?«

Auckland hob die Schultern. Kipling seufzte und griff nach seinem Pad. »Ich zieh dir den Film.« Er zögerte einen Moment. »Und ich entschuldige mich schon mal für den Spoiler.«

»Um zum Thema zurückzukommen –« Weiter kam Auckland nicht. Die Tür wurde aufgestoßen und Arnest betrat die Brücke, dicht gefolgt von Lanzo und Rin.

»Sind wir immer noch nicht da?« Seine Stimme übertönte das Dröhnen mühelos.

»Vier Minuten«, sagte Kipling. Er nickte Auckland kurz zu. Der erwiderte die Geste und wandte sich ab.

Rin glitt in den Pilotensitz, wischte sich die Hände an der Hose ab und ergriff die Joysticks. »Irgendwelche Anweisungen?«, fragte sie.

Kipling setzte sich auf. »Nur die eine: Wenn die Jockeys Funkkontakt zu uns aufnehmen, rede nur ich. Das Tool wird ihnen vormachen, dass ein Jockey an Bord ist, niemand sonst.« Er sah Arnest an. »Verstanden?«

»Ich bin nicht blöd, Kipling.«

»Das habe ich auch nicht behauptet.« Er sah auf die Uhr. Zwei Minuten. Die Nervosität, die er bis zu diesem Moment hatte verdrängen können, schoss nun wie ein Stromschlag durch seinen Körper. Sein Herz raste, sein Mund war trocken, ihm wurde übel. Kipling fuhr sich mit der Zunge über spröde Lippen und wünschte sich, er könne in die Küche gehen und ein Glas Wasser holen. Doch dazu war es zu spät.

Es gab keine Computerstimme wie auf der *Eliot*, nur die

Bildschirmuhr, auf der die Sekunden dahinrasten. Sechzig, fünfundvierzig, dreißig …

»Ich muss mal.« Erst als er seine Stimme hörte, wurde Kipling klar, dass er den Satz laut ausgesprochen hatte.

»Zieh's hoch«, sagte Arnest.

Lanzo drehte sich zu ihm um. So wie der Rest der Besatzung hatte auch er sich an eine der freien Konsolen gesetzt. »Du sagst erst wieder was, wenn ich dir die Erlaubnis dazu gebe.«

Arnest öffnete den Mund, schloss ihn aber wieder. Stumm schüttelte er den Kopf.

Die Uhr sprang auf null. Durch die *Polk* ging ein Ruck. Das Schiff erbebte, der Bubble-Antrieb verstummte. Die plötzliche Stille hallte in Kiplings Ohren nach. Er beugte sich vor und schaltete die Außenkameras ab. Der Bildschirm wurde schwarz.

Kipling bemerkte Lanzos fragenden Blick und sagte: »Das Programm fälscht nur die Informationen über Lebensformen, die von den Scannern an ihre Schiffssysteme weitergeleitet werden. Wenn ich behaupten will, dass die Kameras nicht funktionieren, darf kein Strom zu ihnen –«

Er unterbrach sich, als er sah, dass ein Licht an seiner Konsole blinkte. Auf dem kleinen Bildschirm stand: *Eingehende Funkverbindung.*

»Es geht los«, sagte er leise und nahm die Verbindung an.

»Name!« Die Brückenlautsprecher spien das Wort beinahe aus.

Was? Bei all den Lügen, die er sich ausgedacht und bei all der Arbeit, die er in das Tool investiert hatte, war ihm nicht aufgefallen, dass er als Jockey einen Namen brauchte.

»Name!«, wiederholte die aggressiv klingende, dunkle Stimme. Alle auf der Brücke wandten sich Kipling zu. Seine Gedanken überschlugen sich, aber vor seinem inneren Auge sah er nur Codefragmente und Markennamen. *Sag was*, dachte er, *irgendwas!*

»Cthulhu.«

Was tue ich da? Kipling fuhr sich mit der Hand durch das Gesicht, Rin riss entsetzt die Augen auf. Die anderen wirkten verwirrt, wussten wahrscheinlich nicht, wessen Namen er genannt hatte.

Die Stille, die auf der Brücke eingetreten war, zog sich in die Länge.

»Wie bitte?«, fragte die Stimme schließlich.

»Cthul'hu«, sagte Kipling und vergaß dieses Mal die kurze Unterbrechung nicht, die durch das Apostroph symbolisiert wurde.

»Sie sind kein Mensch?«

Er atmete auf. Sein Herz schlug ein wenig langsamer. Der Jockey siezte ihn, das war ein gutes Zeichen.

»Bitte öffnen Sie eine Videoverbindung, Cthul'hu.«

Kipling durchströmte ein seltsames Machtgefühl, als er mit dem Namen des uralten Gottes angesprochen wurde. Sein Selbstbewusstsein kehrte zurück.

»Sie haben mir noch nicht gesagt, mit wem ich spreche.«

»Verzeihen Sie«, sagte der Jockey. Kipling war sich sicher, dass es sich bei ihm um keinen Hai handelte, dafür war er zu höflich. »Der Name, der mir gegeben wurde, lautet Ruk'Il und es gefällt mir, dieses Schiff zu kommandieren.«

Das klang wie ein formeller Gruß, auf den wahrscheinlich eine ebenso formelle, Kipling unbekannte Antwort erwartet wurde. Er entschied sich, das zu ignorieren. Cthul'hu hatte es nicht nötig, sich an die Traditionen anderer zu halten.

»Ich würde Ihrer Bitte gern nachkommen, Ruk'Il«, sagte er, »aber wie Sie bestimmt sehen können, wurde mein Schiff beschädigt. Das gesamte Kamerasystem ist ausgefallen.«

»Wie wurde Ihr Schiff beschädigt?« Ruk'Il klang deutlich frostiger als zuvor. Ob das an dem fehlenden Gruß oder der fehlenden Videoverbindung lag, wusste Kipling nicht.

»Piraten. Ich hatte Glück, ihnen zu entkommen.« Er beugte sich vor. Sein Rücken war schweißnass. »Je eher wir die Menschen los sind, desto besser.«

Auckland warf ihm einen warnenden Blick zu. *Übertreib nicht*, schien er sagen zu wollen.

Der Jockey ging nicht auf seine Worte ein. »In diesem Fall muss ich leider darauf bestehen, Ihr Schiff zu scannen, Cthul'hu.«

»Machen Sie nur.« Kipling ließ sich auf seinem Pad die laufenden Software-Prozesse der *Polk* zeigen, während er redete. Das Tool war dabei. »Ich habe nichts zu verbergen.«

»Scan eingeleitet«, sagte eine zweite, weibliche Stimme, die vermutlich mit Ruk'Il sprach. Dann wurde es still.

Kipling hielt es in seinem Sitz nicht mehr aus. Er stand auf, streckte sich und atmete tief durch. Rin erhob sich ebenfalls. Sie kam zu ihm, nahm das Pad und öffnete ein kleines Fenster. Sie schrieb etwas und hielt das Pad hoch.

Cthulhu???

Kipling hob die Schultern und lächelte schief. Er wusste selbst nicht, wieso er ausgerechnet auf diesen Namen gekommen war.

»Entschuldigen Sie die Verzögerung«, sagte Ruk'Il. »Wir müssen den Scan leider wiederholen. Mit unseren Systemen scheint etwas nicht zu stimmen.«

Kipling schob nervös die Hände in die Taschen. *Was würde Cthul'hu tun?*, dachte er. Dann räusperte er sich. »Ihre Systeme sind nicht mein Problem. Ich habe einiges zu erledigen und nur wenig Zeit.«

»Wieso glaubt eigentlich jeder, dass er uns das Leben schwer machen muss?« Ruk'Il klang auf einmal frustriert. »Ich habe diesen Dienst freiwillig übernommen und –«

Kipling ließ ihn nicht ausreden. »Und ich habe keine Zeit, mir Ihr Selbstmitleid anzuhören. Ich werde meine Reise jetzt fortsetzen. Wenn Ihnen das nicht passt, können Sie mich ja abschießen.«

Cthul'hu war kein geduldiger Mann.

Lanzo lehnte sich zurück und bedeckte sein Gesicht mit beiden Händen. Auckland und Arnest wirkten angespannt. Kipling nahm Rin das Pad ab, tippte *Flieg los!* ein und reichte es ihr. Dass sie nicht zögerte, sondern zu ihrer Konsole ging und die unterlichtschnellen Triebwerke einschaltete, rechnete er ihr hoch an. Sie vertraute darauf, dass er wusste, was er tat.

Der Boden der *Polk* vibrierte unter ihm. Kipling glaubte zu spüren, wie die *Polk* sich drehte, obwohl die künstliche Schwerkraft solche Bewegungen abfing. Trotzdem wurde ihm schlecht. Er kam sich vor, als stünde er an Deck eines Segelschiffs.

In den Lautsprechern knackte es. »Wir haben unseren Scan abgeschlossen, Cthul'hu«, sagte Ruk'Il. Kipling schmeckte Galle. »Sie können weiterfliegen.«

Die Funkverbindung brach ab. »Alles okay.« Das Deck schwankte unter Kiplings Füßen. »Er kann uns nicht mehr hören.«

»Meine Fresse!« Arnest stand auf und grinste. »Das war richtig geil.«

Kipling lächelte. »Bedank dich bei Cthulhu. Er hat durch mich ge–«

Sein Mageninhalt schoss die Kehle hinauf. Kipling fuhr herum, lief von der Brücke durch den Schlafraum bis ins Bad und übergab sich.

Ein Opfer für die Großen Alten. Der Gedanke weckte Erinnerungen.

6

EIN JAHR ZUVOR

Als Kipling London verließ, stand der Hashtag #ZombiesAreReal auf Platz eins. Die ersten Nachrichtenorganisationen griffen die Geschichte auf. Videos von Menschen, die sich schlurfend auf andere stürzten, tauchten auf unzähligen Seiten auf und schließlich auch im Fernsehen.

Es war elf Uhr morgens. Die Autobahn nach Westen war voller Lkws und Transporter. Der Anhänger, den Kipling in einem Baumarkt zu teuer gekauft hatte, rumpelte hinter seinem gemieteten Landrover her. Zehn Fässer mit Diesel, rund fünfhundert Liter, standen festgebunden darin. Er hatte den Tankwart bestechen müssen, um die Fässer füllen zu dürfen. Den Rest des Anhängers und die große überdachte Ladefläche des Wagens standen voller Vorräte. Reis, Nudeln, Getränke, Konserven, ein laut Verkäufer arktistaugliches Zelt mit Schlafsack und Winterkleidung, ein Stromgenerator, Kochutensilien, Verbandszeug, Aspirin, Antibiotika, die Kipling sich mit gefälschten Rezepten besorgt hatte, Desinfektionsspray und andere Kleinigkeiten. Er hatte seine Einkäufe auf vier Supermärkte und einen Outdoor-Laden verteilt, war aber trotzdem aufgefallen.

»Bereiteten Sie sich auf das Ende der Welt vor?«, hatte eine Kassiererin lächelnd gefragt.

Er hatte ihr Lächeln nur schweigend erwidert und sich schlecht gefühlt, weil er ihr nicht die Wahrheit sagte. Wenn sie die Stadt nicht bald verließ, würde sie sterben.

Zwei Laptops lagen neben ihm auf dem Beifahrersitz. Auf

einen hatte er sich Wikipedia komplett gezogen und eine Reihe von Survival-Seiten. Er hoffte, dass er keine von ihnen jemals brauchen würde, aber es war besser, vorbereitet zu sein.

Kipling war kein guter Autofahrer und er nahm an, dass der Anhänger überladen war. Deshalb fuhr er so langsam, dass selbst die Lkws ihn überholten. Auf der Gegenfahrbahn in Richtung London sah er immer wieder Truppentransporter und Militärtrucks. Hubschrauber tauchten gelegentlich auf.

Es geht los, dachte er und setzte seine V-Specs auf. »Voice Chat öffnen«, sagte er. »Erika_DieWikingerin.«

Er redete nicht gern mit seinen Computern. Tippen ging schneller und führte zu weniger Fehlern, aber er wollte die Hände nicht vom Steuer nehmen.

»Hast du New York schon verlassen?«, fragte er, als die Verbindung stand. Die Benutzeroberfläche war transparent und er konnte die Straße dahinter sehen. Ein großer Lkw mit chinesischem Kennzeichen fuhr vor Kipling her.

Erika hatte die Webcam ausgeschaltet. Unter ihrem Icon, einer norwegischen Flagge, drehte sich langsam das Logo des Chatproviders. *MS – MEGA SECURE.*

»Nein«, sagte Erika. »Noch nicht.«

Der Lkw vor ihm schlingerte kurz. Kipling schüttelte den Kopf. »Du musst weg und zwar so schnell wie möglich.«

»Das lässt sich für dich leicht sagen, aber –«

Er unterbrach sie. »Du hast den E-Mail-Server des CDC doch selbst gehackt. Das ist keine neue Droge und kein Brain Fuck. Das ist ein Virus, der das Potenzial hat, zur Pandemie zu werden.«

Ein Lieferwagen fuhr an ihm vorbei und hupte, als der chinesische Lkw erneut schlingerte. Kipling sah zu den Bäumen links neben dem Standstreifen. Die Äste bewegten sich nicht. Es war windstill.

»Pack deine Sachen«, fuhr er fort. »Kauf alles, was auf der

Liste steht, die ich dir gemailt habe. Wenn du Geld brauchst, sag Bescheid. Und dann fährst du los und hältst erst an, wenn du weit weg von jeder Zivilisation bist. Norden, Süden, Westen, scheißegal. Nur weg, okay?«

Stille antwortete ihm. Kipling glaubte schon, die Verbindung sei abgebrochen, aber Erika_DieWikingerin wurde immer noch online angezeigt.

»Erika?«

Der Abstand zu dem Lkw nahm zu. Er wurde schneller. Die graue Plane, auf der neben einigen chinesischen Schriftzeichen die URL *www.perfect-great-recycling.cn* stand, flatterte im Fahrtwind. Aus den Augenwinkeln sah Kipling, wie eine fahrerlose, schwarze Limousine auf der mittleren Spur vorbeiglitt. Der Innenraum war leer. Der Ring mit Kameras, der auf dem Dach angebracht war, wirkte wie ein Kronleuchter.

So was hätte ich mieten sollen, dachte er.

»Erika«, sagte er dann. »Rede mit mir. Ich meine das wirklich ernst. Wenn es am Geld liegt –«

»Ich sitze im Rollstuhl, Kipling«, sagte sie.

Er nahm unwillkürlich den Fuß vom Gas. »Was? Seit wann?«

»Schon immer.«

Kipling blinzelte. Er wusste nicht, was er sagen sollte. Der Lkw war mittlerweile so weit entfernt, dass die Limousine mühelos in die Lücke zwischen ihm und Kipling gleiten konnte. Sie befanden sich in einer 50-Meilen-Zone und fahrerlose Wagen hielten sich immer an die Geschwindigkeitsbegrenzungen, wenn man sie nicht modifizierte.

»Du siehst also, dass das nicht so einfach ist. In der Stadt komme ich klar, aber was soll ich allein in der Wildnis machen?«

»Warum hast du nie was gesagt?«, fragte Kipling. Etwas Besseres fiel ihm nicht ein.

»Du hast nie gefragt.«

»Wieso hätte ich so was fragen sollen?« Verspätet fiel ihm der

Humor in ihrer Stimme auf. »Oh, schon gut.«

Sie hatte recht. Ihre Beziehung war nicht wie die von normalen Freunden. Sie redeten so wenig wie möglich über private Dinge, damit ihre Identität eventuellen Mithörern verborgen blieb. Natürlich hatte sie nie etwas gesagt. Er räusperte sich. »Lass mich eine halbe Stunde nachdenken, okay? Nur eine Frage: Wohnst du weit oben in einem Haus mit Fahrstuhl?«

»Ja.«

»Gut.« Das war alles andere als gut, doch das sagte Kipling nicht. Er fuhr an einem Schild vorbei, das die Geschwindigkeitsbegrenzung aufhob und die Limousine zog sofort auf die mittlere Spur, um den Lkw zu überholen. Im Rückspiegel sah Kipling, wie ein Lieferwagen ein Stück hinter der Limousine einscherte, um einem Sportwagen auf der äußersten rechten Spur Platz zu machen.

»Ich rufe dich nachher zurück.« Er unterbrach die Verbindung. Die Benutzeroberfläche verschwand und Kipling trat aufs Gas. Im gleichen Moment schlingerte der Lkw. Eine Sekunde lang fuhr er über die Standspur. Funken sprühten, als er an der Leitplanke entlangkratzte. Dann brach er aus.

Kipling bremste scharf. Hinter ihm quietschten Reifen. Die fahrerlose Limousine reagierte schneller als jeder Mensch. Sie gab Gas und schoss in die Lücke zwischen dem Lkw und dem Sportwagen, der bereits dicht heran war. Bremsen kreischten, Gummi qualmte. Der Fahrer des Sportwagens verlor die Nerven und riss das Steuer herum. Sein Wagen – *irgendwas Italienisches*, dachte Kipling – raste links an der Limousine vorbei, streifte ihr Heck, drehte sich und hob ab. Zweimal überschlug er sich. Plastik platzte ab, Reifenkappen flogen durch die Luft, dann schlug der Wagen durch die Plane und auf die Ladefläche des Lkws. Gurte rissen. Zwei Meter hohe quadratische Kartons wurden zerfetzt. Hunderte leerer Plastikflaschen ergossen sich aus ihnen auf die Straße. Der Sportwagen riss die Plane auf der anderen Seite der Ladefläche auf. Die Limousine setzte zurück, gerade noch rechtzeitig, denn einen Sekundenbruchteil später krachte der Lkw gegen die Mittelleitplanke und kippte um.

Aus Hunderten Plastikflaschen wurden Tausende. Sie wurden hoch in die Luft geschleudert, prallten von Autos und Asphalt ab und flogen bis auf die Gegenfahrbahn. Wieder quietschten Reifen, wieder krachte es. Rauchwolken stiegen auf. Es stank nach Gummi und Benzin.

Kipling bemerkte, dass er auf die Standspur gefahren und angehalten hatte. Er konnte sich nicht mehr daran erinnern. Zwei verbeulte Vittel-Flaschen lagen auf der Motorhaube des Landrovers. Neben ihm stieg der Fahrer des Lieferwagens aus.

»Ach du Scheiße«, hörte Kipling ihn dumpf durch die geschlossenen Fensterscheiben sagen. Und dann wieder: »Ach du Scheiße.«

Kipling lehnte sich in seinem Sitz zurück. Seine Hände zitterten. Der Sportwagen war hinter dem umgekippten Lkw nicht mehr zu sehen, nur noch der Rauch, der von ihm aufstieg. Irgendwo krachte es, dann hörte Kipling den scharfen Knall einer Explosion.

Der Fahrer des Lieferwagens, ein älterer Mann mit schütterem grauem Haar, der einen Overall trug, duckte sich. »Ach du Scheiße.«

Im Rückspiegel sah Kipling, wie andere Menschen ihre Fahrzeuge verließen. Die meisten hielten Handys in der Hand und telefonierten. Ein paar machten Fotos. Kipling zuckte zusammen, als jemand an sein Seitenfenster klopfte. Es war der Fahrer des Lieferwagens.

»Können Sie die Polizei rufen?«, sagte er, als Kipling die Scheibe herunterließ. »Ich hab mein Handy zu Hause vergessen.«

»Jeder ruft gerade die Polizei, was übrigens völlig unnötig ist, weil die Limousine das schon längst getan hat, wahrscheinlich noch während des Unfalls. Da steckt so viel Rechenpower drin, dass sie mühelos den optimalen Kurs berechnen und gleichzeitig telefonieren kann.«

Der ältere Mann sah ihn zweifelnd an und Kipling bemerkte, dass er zu viel redete. Es fiel ihm schwer, damit aufzuhören.

Ich stehe unter Schock, dachte er.

»Aber wir müssen doch irgendwas tun«, sagte der Mann. Auf der Brusttasche seines Overalls stand *Hank* und darunter *Hausverwaltung und Hausmeisterdienst J. Murray*. Er schien das Interesse an Kipling zu verlieren, denn er sah sich um und winkte einem Anzugträger zu, der einen Aktenkoffer in der Hand hielt. »Haben Sie die Polizei gerufen?«

»Ja.« Mehr sagte der Mann im Anzug nicht.

Kipling schloss das Fenster. Der umgekippte Lkw blockierte alle drei Spuren, aber der Standstreifen war abgesehen von ein paar Dutzend Plastikflaschen und Reifenteilen frei. *Wenn meine Finger aufhören zu zittern, fahre ich weiter*, dachte Kipling. Keine hundert Meilen trennten ihn noch von dem Cottage, das er vor ein paar Jahren gekauft hatte und seitdem als Ferienhaus vermietete. Nach einem Einbruch hatte er einen zwei Meter hohen Stahlzaun darum ziehen lassen und eine Alarmanlage eingebaut. Er hatte immer davon geträumt, die Gruppe, mit der er online *Call of Cthulhu* spielte, dort einzufliegen, aber daraus war nie etwas geworden.

Die Großen Alten sind uns zuvor gekommen.

Ein Schrei. Jemand rief »Oh Gott!«, jemand anderes würgte so laut, dass Kipling es durch die geschlossenen Scheiben hören konnte. Er öffnete die Augen und setzte sich auf. Hank, zumindest nahm er an, dass der Fahrer des Lieferwagens so hieß, bedeckte seinen Mund mit einer Hand. Seine Augen waren geweitet. Der Anzugträger stützte sich auf den Kotflügel des Landrovers und übergab sich. Einige andere Menschen, die in kleinen Gruppen zusammenstanden, wichen zurück.

Ihre Blicke richteten sich auf eine Gestalt, die über den

Standstreifen kroch. Es war ein Mann. In seiner Brust steckte eine Metallstange, seine Beine und ein Stück des Unterleibs fehlten. Er kroch auf Händen und Ellenbogen über den Asphalt. Die Blutspur, die er hinter sich herzog, war so breit wie er selbst. Von einem Ohr hing der Bügel und das zersprungene rechte Glas einer Sonnenbrille. Das andere Ohr fehlte. Seine Augen waren milchig und tot.

Ohne darüber nachzudenken aktivierte Kipling die Kamera seiner V-Specs. Der Rahmen, der um den Mann entstand, schien ihn aus der Realität zu entfernen und zu etwas Künstlichem zu machen, etwas, das aus Make-up und Spezialeffekten bestand, nicht aus zerschmetterten Knochen und zerfetzten Muskeln.

»Lassen Sie mich durch!«, rief eine Frauenstimme hinter seinem Landrover. »Ich bin Medizinstudentin.«

Oh nein, dachte Kipling und öffnete die Tür. Er hätte sie der Frau beinahe in die Hüfte gerammt, so dicht lief sie an seinem Wagen vorbei.

»Fassen Sie ihn nicht an!«, sagte er, als er ausstieg. Die Frau fuhr herum. Sie war Anfang zwanzig, hatte kurzes, dunkelblondes Haar und trug einen asiatisch wirkenden rotgelben Hosenanzug aus einem Kunststoff, der wie Seide aussehen sollte.

»Sind Sie verrückt? Er verblutet.« Sie wollte weitergehen, aber Kipling ergriff ihren Arm und hielt sie fest.

»Er ist längst verblutet. Sehen Sie sich ihn doch an. Solche Verletzungen überlebt niemand.«

»Er bewegt sich, also lebt er.« Sie versuchte, sich aus seinem Griff zu befreien. »Lassen Sie mich los!«

Der Mann auf dem Seitenstreifen streckte die Hand nach ihr aus, so als ahne er, dass sie zu ihm wollte.

Hände griffen nach Kipling. Hank und der Anzugträger zogen ihn zurück. Seine Finger glitten von der Kunstseide ab, die Frau riss sich los.

»Gehen Sie nicht zu ihm!«, schrie Kipling ihr nach, als sie dem Mann entgegenlief. »Das ist ein Zombie!«

Der Anzugträger schlug ihm mit der flachen Hand ins Gesicht. »Bist du bescheuert? Was redest du denn da?«

»Der hat eben schon so komisches Zeug erzählt«, sagte Hank. Er hatte seine Arme um Kipling gelegt und presste ihn an sich. Für einen Mann seines Alters war er erstaunlich kräftig.

Die Medizinstudentin ging neben dem Zombie auf die Knie. »Bewegen Sie sich nicht. Ich werde –«

Weiter kam sie nicht. Der Zombie stieß sich mit den Händen vom Boden ab und grub seine Zähne in ihre Kehle. Er schüttelte den Kopf wie ein Wolf, der seine Beute zerreißen will. Der Bügel seiner Sonnenbrille fiel auf den Asphalt. Menschen schrien auf. Die Medizinstudentin brach gurgelnd und zuckend zusammen. Blut spritzte über ihr Gesicht und ihren billigen Hosenanzug.

Hank ließ Kipling los und wich zurück. Der Anzugträger ließ seinen Aktenkoffer fallen. »Woher hast du das gewusst?«

»Geht denn keiner hier in das scheiß Internet?«, schrie Kipling ihn an. Er bemerkte, dass er die Kontrolle verlor und atmete tief durch. Der Zombie lag auf der Medizinstudentin und kaute. Ihre Augen starrten reglos in den wolkenverhangenen Himmel. Zwei Männer lösten sich aus einer der Gruppen. Sie sahen aus wie Handwerker. Einer packte den Zombie an seinen Beinstümpfen und zog ihn von der sterbenden Studentin. Der andere legte seine Hände auf ihren Hals und versuchte, die Blutung zu stoppen.

Das sind die Nächsten, dachte Kipling. Schreie hallten von der Gegenfahrbahn zu ihm herüber. Irgendwo weit entfernt hörte er Sirenen. Aus der Fahrerkabine des Lkws schob sich eine Hand, dann eine zweite. Ein blutiger Kopf mit milchig weißen Augen tauchte auf.

Weg hier.

Er drehte sich um – und erstarrte. In den Vorderreifen seines

Landrovers steckte ein fast zwei Meter langes, scharfkantiges Plastikstück, wahrscheinlich ein Teil des Sportwagens. Die Reifen standen auf den Felgen. Er würde keinen Meter mehr mit dem Wagen fahren können.

Nein. Nein. Nein.

Sein Blick fiel auf den Anhänger und die vollgepackte Ladefläche. Sein zukünftiges Leben befand sich dort, seine Hoffnung auf die Zukunft. Er konnte das nicht alles zurücklassen.

»Scheiße!« Der Handwerker, der versucht hatte, der Studentin zu helfen, sprang plötzlich auf und hielt sich den Arm. Sie lag immer noch am Boden, aber ihre Kiefer mahlten. »Die Schlampe hat mich gebissen.«

Kipling biss sich auf die Lippen, bis er Blut schmeckte. Vor ihm schob der Lkw-Fahrer seinen Oberkörper aus dem Fenster. Die Studentin setzte sich auf. Auf der Gegenfahrbahn krochen ein Mann und ein kleines Mädchen mit schrecklich entstellten Körpern über den Asphalt auf die Mittelleitplanke zu. Die Menschen, die vor ihren Wagen standen, beobachteten alles wie erstarrt. Eine Frau sagte: »Vielleicht ist das nur der Schock.«

Er wusste nicht, ob sie wirklich die Zombies damit meinte, aber er fragte auch nicht nach. Aus einem waren innerhalb weniger Minuten drei Zombies geworden und was passieren würde, wenn die Notarztwagen kamen, wollte er sich nicht vorstellen.

Kipling lief um den Landrover herum, nahm die Laptops vom Beifahrersitz und zwei Taschen von der Ladefläche. Als er die Fahrertür der Limousine öffnete, sagte eine angenehm dunkle Computerstimme: »Es tut mir leid, Sir. Sie können mich momentan nicht mieten, da ich Zeuge eines Unfalls geworden bin. Bis zur Klärung der Schuldfrage muss ich hier warten.«

»Einen Scheiß musst du«, sagte Kipling. Er ging zurück zum Landrover, nahm alles, was er tragen konnte und warf es in den Kofferraum der Limousine. Durch die Fenster sah er, wie die

Studentin aufstand und auf den Handwerker zuschlurfte, den sie gebissen hatte.

Hank stellte sich ihr den Weg. »Setzen Sie sich lieber wieder. Sie sind verletzt.«

»Sie ist ein Zombie!«, rief Kipling. »Fass sie nicht an.«

»Diese Leute stehen unter Schock«, sagte der Anzugträger. »Das ist nicht Hollywood, sondern die Realität.«

Als Hank die Hand nach der Studentin ausstreckte, setzte sich Kipling in die Limousine und schloss die Tür.

»Bitte verlassen Sie das Fahrzeug, Sir. Ich stehe Ihnen momentan nicht zur Verfügung. Wenn Sie der Aufforderung nicht nachkommen, werde ich die Polizei rufen.«

Kipling ignorierte die Stimme. Er öffnete einen der beiden Laptops, während er über die V-Specs bereits nach alternativer Firmware suchte. Zwei Minuten später drang er in das System ein und spielte auf, was er heruntergeladen hatte. Die Schallisolierung der Limousine war besser als die des Landrovers. Er hörte nichts von dem, was sich draußen abspielte. Und er hob auch nicht den Kopf. Sein Blick glitt zwischen Laptop und V-Specs hin und her. Er bemerkte, dass die Kamera noch alles aufzeichnete, was er sah, und schaltete sie ab. Dann startete er das System neu.

»Guten Morgen, Sir«, sagte die Computerstimme nach einem Moment. »Sie sind jetzt als alleiniger Besitzer dieses Fahrzeugs registriert. Wie darf ich Sie anreden?«

»Sir.«

»Ja, Sir. Meine Persönlichkeitsmodule wurden aktualisiert. Welches …«

Blut klatschte auf die Seitenscheibe. Eine Faust hämmerte gegen das Plastik.

»Abbrechen.« Kipling sah immer noch nicht auf. »Navigationsmodus ein. Zielauswahl: Maps/Kipling/Zombiezuflucht.org. Ziel übernehmen, aktivieren. Schnellste Route.«

»Ja, Sir. Tut mir leid, Sir, aber die Kollisonsabfrage ist positiv für die einzig verfügbare Route. Bitte entfernen Sie gefährdete Person.«

»Kollisionsabfrage abschalten.«

Eine dumpfe, unverständliche Stimme schrie unverständliche Worte vor dem Fenster.

»Ja, Sir. Bitte schnallen Sie sich an.«

Kipling griff nach dem Sicherheitsgurt und ließ ihn einrasten. Eine merkwürdige Euphorie breitete sich in ihm aus. Der Motor der Limousine schaltete sich leise summend an, dann fuhr sie los. Einen Moment später erreichte sie den Standstreifen und holperte über etwas hinweg.

Kipling hob den Kopf. Die Autobahn lag menschenleer vor ihm. Erste Regentropfen fielen. Die Selbstwaschanlage der Limousine spülte das Blut von der Seitenscheibe.

Ich habe alles verloren, dachte Kipling, *und Menschen sterben sehen. Wieso fühle ich mich so gut?*

»Wieso fühle ich mich so gut?«, fragte er.

»Weil Sie in einem Fahrzeug von Global Nomads Incorporated stets sicher und auf alle Eventualitäten vorbereitet sind, Sir«, sagte die Computerstimme. »Möchten Sie, dass ich die Vorzüge von Global Nomads Incorporated im Vergleich zu unseren Mitbewerbern aufliste?«

Kipling lachte. Dann dachte er an Erika in ihrem Apartment und verstummte.

»Spiel Musik«, sagte er. »Was Entspanntes. Ich muss nachdenken.«

7

»Das war eine widerwärtige Zurschaustellung von Willkür und Machtmissbrauch«, sagte Ama'Ru, als Mak'Uryl die Tür des Büros hinter sich schloss. »Ich werde Ihre Familie darüber in Kenntnis setzen.«

»Und sie wird mich dafür loben.« Mak'Uryl trat an das Stehpult und nahm die V-Specs, die darauf lagen. Sie waren kleiner und leichter als die der Menschen, funktionierten aber nach dem gleichen Prinzip. Er setzte sie auf. Durch das Fenster hinter ihm konnte Ama'Ru ein Stück des funkelnden, blauweißen Planeten sehen.

»Momentan gibt es siebzehn Aufstände auf unseren Stationen und Schiffen«, fuhr Mak'Uryl fort. »Dank meines Eingreifens dürfte die Zahl bald schrumpfen. Menschen sind sehr mitteilungsbedürftig.«

Er betrachtete Ama'Ru durch die transparenten Gläser seiner V-Specs. »Was Sie als Willkür bezeichnen, wird auf lange Sicht Leben retten. Die Menschen müssen erkennen, dass wir über sie bestimmen und sie nicht über uns. Dann werden sie zufriedener sein und dieser ganze Unsinn wird aufhören.«

Die *Andere* hockte sich auf den warmen, feuchten Boden. An den Wänden hingen gerahmte Zeichnungen, die Landschaften auf Mak'Uryls und Rena'Els Heimatwelt zeigten – weite Wasserflächen, auf denen Inseln aus Gras und kleinen Bäumen trieben. Luftbefeuchter sprühten winzige Tropfen in das Büro. Die Haut der Oktopoden war empfindlich und neigte dazu, auszutrocknen.

»Über sie bestimmen?«, fragte Ama'Ru. »Warum sollten wir das tun? Wir bestimmen ja auch nicht übereinander. Ist Ihnen je der Gedanke gekommen, dass *dieser ganze Unsinn* nur deshalb entsteht, weil wir nicht sonderlich gut im Bestimmen sind? Sie mussten sogar eine ganze Station zerstören, um sich durchzusetzen.«

»Das war richtig.« Die Mauer der Überheblichkeit, mit der er sich umgab, bröckelte. Ama'Ru hatte von Ryn'Nel erfahren, dass diese Entscheidung ihn beinahe ruiniert hätte. Nur dank Tasha's Tool war er von einem Versager zum Helden geworden.

»Wie Sie wissen, war ich dort«, sagte Ama'Ru, »und es war alles andere als richtig.«

»Ja, Sie waren dort.« Mak'Uryl nahm die V-Specs ab und legte sie zurück auf das Stehpult. »Monatelang. Und in der ganzen Zeit haben Sie mit den Menschen im Müll gelebt, ohne mich ein einziges Mal aufzusuchen. Ich hätte Ihnen zumindest eine bessere Unterkunft besorgen können.«

»Mir mangelte es nicht an Bequemlichkeit.« Ama'Ru musterte ihn. Sie hatte Mak'Uryl oft aus der Ferne durch die Station gehen sehen, immer umgeben von den ihm treu ergebenen Haien, doch so nahe war sie ihm noch nie gewesen. Er war jünger, als sie gedacht hatte, und sein Oktopus strahlte eine fast schon aggressive Energie aus. Die Tentakel zuckten wie Peitschen.

»Und an Gesellschaft, nehme ich an.«

Sie wusste nicht, was er damit sagen wollte, also schwieg sie. Mak'Uryl glitt um das Stehpult herum und blieb vor ihr stehen. Sein Oktopus roch salzig. Die *Andere* hob die Scheren, eine instinktive Verteidigungshaltung, die Ama'Ru ihr nicht verbot.

»Dieses Schiff, mit dem Sie unterwegs sind, die *Eliot*, traf am Tag des Aufstands auf NG27 ein und verließ es gleichzeitig mit Ihrem Schiff, das, wie der Zufall so spielt, auch die Anführer des Aufstands an Bord hatte.«

»Zufall spielte dabei keine Rolle. Ich wurde von ihnen entführt. Sie wollten meine Familie erpressen.«

»Interessant.« Die Überheblichkeit war in Mak'Uryls Stimme zurückgekehrt, aber Ama'Ru fand sie nicht in seinen Augen. Sie war seine Mauer, seine Maske, der Versuch, etwas zu sein, was er nicht war.

»Nein, es war uninteressant und äußerst langweilig«, sagte Ama'Ru. Sie ahnte auf einmal, worauf er hinaus wollte, und sie hatte nicht vor, sich in seinen Kokon aus Lügen und Anschuldigungen einspinnen zu lassen. »So ähnlich wie diese Unterhaltung. Wenn Sie mir etwas vorwerfen wollen, dann tun Sie es jetzt, ansonsten werde ich auf mein Schiff zurückkehren.«

Die Tentakel des Oktopus zuckten wild. Seine Augen färbten sich schwarz, ein Zeichen seiner Wut. Mak'Uryl fiel es leichter, die Fassung zu wahren, aber Ama'Ru sah, wie sich seine Finger verkrampften.

»Sie haben keine Ahnung, mit wem Sie reden, oder?«, fragte er.

»Oh doch, das weiß ich.« Sie lachte, weil sie wusste, dass es ihn noch wütender machen würde. »Wie Sie schon sagten: Ich war auf NG27. Ich weiß genau, was Sie sind.«

Ama'Ru wandte sich von ihm ab und ging zur Tür. »Ihre Familie wird erfahren, wie Sie sich mir gegenüber benommen ha–«

Etwas Feuchtes, Kräftiges legte sich um ihren Hals. Ein Ruck und sie wurde mitsamt der *Anderen* zurückgerissen. Gemeinsam schlugen sie auf. Tentakel umschlangen Scheren, Beine – und dann die Nabelschnur, die sie und die *Andere* verband. Ama'Ru erstarrte.

Der Oktopus beugte sich über sie. Das Schwarz seiner Augen war undurchdringlich. Mak'Uryl sah über seine Schulter. Sein Gesicht war verzerrt. Die Adern in seinem dünnen Hals klopften.

»Du wirst mir eine Frage beantworten«, sagte er, »eine simple Frage. Wo ist die Besatzung der *Eliot*?«

Die *Andere* zuckte unter ihr. Ama'Ru spürte die Panik, die sie erfasst hatte und ihre Hilflosigkeit. Aber sie wehrte sich nicht gegen die Tentakel. Wenn die Nabelschnur riss, würden sie beide sterben.

»Ich weiß es nicht«, sagte Ama'Ru. »Ich habe ihr Schiff gestohlen.«

Der Tentakel schlang sich enger um die Nabelschnur. Ama'Ru spürte einen dumpfen Schmerz, der rasch stärker wurde.

»Nein, das hast du nicht.« Winzige schwarze Punkte tanzten in Mak'Uryls Augen. Ama'Ru hatte so etwas noch nie gesehen. Die Wut des Oktopus schien auf ihn überzugehen, ohne dass er es bemerkte.

»Diese Menschen haben dich vorgeschickt, um etwas im System JIRH-225 zu tun. Und das hast du auch, denn du warst bereits auf dem Rückweg, als ich dich abfangen ließ. Also, wo sind sie?«

»Ich weiß es nicht. Ich habe ihr Schiff gestohlen.« Schmerz fraß sich durch ihren Unterleib bis in den Magen.

»Eine Lüge wird nicht glaubwürdiger, wenn man sie wiederholt«, sagte Mak'Uryl. Er wischte sich mit einer Hand über die Augen. Vielleicht sah er die schwarzen Punkte auch. »Nur um alle Missverständnisse auszuräumen: Ich weiß, wer auf der *Eliot* ist und ich will ihn haben.«

Woher weiß er davon? Sie zwang sich zur Ruhe, aber ihr Gesicht musste sie trotzdem verraten haben, denn Mak'Uryl lachte. Es klang wie Wasser, das aus einer Quelle sprudelte.

»Damit hast du nicht gerechnet«, sagte er. »Der junge Mann, der zu uns kam, war einmal so verblendet wie du. Er wollte den Menschen helfen, er gab sich online sogar als einer aus. DetroitKid nannte er sich.«

Er meint Kipling, nicht Auckland, erkannte Ama'Ru. *Es geht um Tasha's Tool.*

»Aber als er erkannte, wie die Menschen wirklich sind, sagte er uns alles, was er wusste. Und dazu gehörte auch der Name des Schiffs, *Eliot*.« Die schwarzen Punkte in seinen Augen wurden größer. »Tasha's Tool, die Zerstörung von NG27, dein Auftauchen in JIRH-225. Drei Ereignisse, dreimal dasselbe Schiff. Wo ist die Besatzung?«

Ama'Ru schloss die Augen. »Ich weiß es nicht. Ich habe ihr Schiff gestohlen.«

Schmerz stach wie eine Klinge in ihren Unterleib. Die *Andere* stieß ein hohes, schrilles Pfeifen aus. Ama'Ru presste sich an sie und streichelte ihren Nacken. Wenn es möglich gewesen wäre, hätte sie den Schmerz der *Anderen* in sich aufgenommen.

»Ich hatte ganz vergessen, dass du Hhalim bist«, sagte Mak'Uryl durch das Tosen und Hämmern in ihrem Kopf. »Das erklärt einiges.«

Der Tentakel klemmte die Nabelschnur fast vollständig ab. Auf beiden Seiten sammelte sich Flüssigkeit und mit ihr Gefühle, Gedanken, alles, was Ama'Ru und die *Andere* ausmachten. Sie krümmte sich zusammen. Der Schmerz brannte und stach in ihr, der Druck wurde unerträglich.

Er wird uns nicht sterben lassen. Sie klammerte sich an den Gedanken. *Wir sind die einzige Verbindung zwischen ihm und der* Eliot.

Mak'Uryl sagte etwas, aber sie verstand ihn nicht mehr. Sie glaubte, in einem Sturm aus Schmerz zu stehen, dessen Brüllen jedes andere Geräusch schluckte. Die *Andere* zitterte unter ihr.

Es tut so weh.

Der Gedanke stand plötzlich in ihrem Kopf, so deutlich, dass sie ihn trotz des Chaos aus Schmerzen und Krämpfen wahrnahm. Stammte er von der *Anderen*, von ihr selbst, von ihnen beiden? Ließ Mak'Uryl sie doch sterben und wurden sie im Tod vereint, so wie sie es immer geglaubt hatte? Die Vorstellung bereitete ihr keine Freude, sie zerriss ihr das Herz.

Sie soll nicht so gehen. Der Gedanke war ihr eigener. Ama'Ru kämpfte sich aus der Tiefe des Schmerzes hervor und durchstieß die Oberfläche.

»Hör auf«, sagte sie.

Mak'Uryl lächelte.

8

»Und?«

Kipling setzte sich und nahm das Pad. Er hatte sich die Zähne geputzt, aber der scharfe Geschmack des Erbrochenen brannte immer noch in seiner Kehle. Sein Sitz knarrte, als er sich zurücklehnte.

»Die Scanner auf diesem Kahn sind nicht besser als der Rest«, sagte Lanzo. Er drückte auf einige Knöpfe und schüttelte den Kopf. »Die *Eliot* befindet sich nicht in unmittelbarer Nähe des Sprungtors, das ist alles, was ich sagen kann.«

Rin drehte sich zu ihm um. »Selbst die Scanner der *Eliot* würden nicht das ganze System erfassen. Es abzusuchen würde Tage dauern und selbst dann könnte sie sich an uns vorbeischleichen, weil sie uns bemerken wird, lange bevor wir sie sehen.«

»Wir müssen das System nicht absuchen.« Auckland lehnte sich an die Wand. »Ama'Ru ist hier, um mit Ryn'Nel zu sprechen.«

»Das vermutest du, aber du weißt es nicht«, sagte Kipling. »Vielleicht ist sie auf dem Weg nach Hause und hat das System für einen Zwischensprung genutzt. Oder sie wollte was einkaufen.«

Arnest stand auf und kam zu ihm herüber. »Gib mir das Pad.«

Kipling sah auf. »Hast du dir die Hände gewaschen?«

»Gib mir das scheiß Pad.«

»Okay, schon gut.« Kipling reichte es ihm und beobachtete

besorgt, wie Arnest mit seinen dicken, großen Fingern darauf einstach.

»Was machst du da?«, fragte Lanzo.

Arnest antwortete nicht. Nach einem Moment runzelte er die Stirn. »Schreibt man Schlampe mit einem oder zwei p?«

»Mit einem«, sagte Kipling,

»Echt? Sieht irgendwie komisch aus.«

»Was immer du da schreibst, wird wohl nicht zur Lösung des Problems beitragen.«

Ein Knurren war die einzige Reaktion, die er darauf erhielt. Einige Minuten später reichte Arnest ihm das Pad zurück. »So.«

Kipling warf einen Blick darauf. In dem geöffneten Chatfenster stand: *›Ama'Ru, du blöde Schlammpe. Wir sin in JIRH-225. Gib uns das scheis Schiff zurück.‹*

Er seufzte. »Wie schon gesagt: Das trägt nicht zur Lösung des Problems bei.«

Arnest fuhr herum. »Dann lös du es doch, verdammte Scheiße!« Er trat gegen eine der Konsolen. Ein Stück Plastik brach ab und fiel zu Boden. »Hier wird nur gelabert, aber niemand macht was.«

Ups, dachte Kipling. Arnest war schlechter gelaunt, als er angenommen hatte. Die Enge schien ihm ebenso zuzusetzen wie allen anderen.

»Er hat recht«, sagte Auckland. »Der Einzige, der dieses Problem lösen kann, heißt Ryn'Nel und ich weiß, wie wir ungesehen an ihn herankommen. Wir fliegen dorthin, ihr setzt mich ab und lasst mich mit ihm –«

»Vergiss es«, unterbrach ihn Arnest. »Jeder hier hat die Schnauze voll von deinen scheiß Alleingängen. Wenn du mit dem Typen reden willst, dann nimmst du einen von uns mit. Sonst läuft gar nichts.«

Auckland musterte ihn einen Moment lang. Lanzo und Rin standen auf, so als befürchteten sie, dass die Auseinandersetzung handgreiflich werden würde.

»Okay«, sagte Auckland überraschend und ein wenig antiklimaktisch. »Willst du mitkommen?«

Arnest grinste. »Scheiße, ja.«

Es ist so leicht, ihn glücklich zu machen, dachte Kipling.

»Du wirst tun, was er sagt, okay?« Lanzo sah seinen Bruder eindringlich an. Sie saßen nebeneinander auf Arnests Bett im Schlafbereich. Die anderen waren auf der Brücke.

»Ja, ja«, sagte Arnest, während er das Magazin seiner Pistole überprüfte.

»Nicht ja, ja. Du sagst ›Ja, Sir‹ und machst es.«

»Ja, Sir.«

»Nicht so. Sieh mich an, wenn du das sagst.«

Arnest schob das Magazin in seine Pistole und legte sie auf das Bett. »Stell dich nicht so an. Ich bin früher auch ohne dich klargekommen.«

Seine Laune drohte umzuschwingen. Lanzo nahm den Druck aus seiner Stimme. »Bist du und zwar verdammt gut. Ich will nur, dass da unten alles läuft. Auckland kennt dich nicht so gut wie ich.«

»Dann wird er mich kennenlernen.« Arnest grinste. Das Pendel seiner Laune schwang zurück. »Es wird nicht wie in Dublin.«

»Ich weiß«, sagte Lanzo, obwohl er es nicht wusste. Wenn Arnest die Kontrolle über sich verlor, dann geschah das plötzlich, beinahe ohne jede Vorwarnung. Er hatte noch nicht herausgefunden, wodurch das ausgelöst wurde.

»Wir sind da«, rief Kipling von der Brücke.

Lanzo stand auf. »Komm«, sagte er. »Sehen wir uns den Planeten mal an. Wenn dir was nicht passt, kannst du immer noch abspringen. Dann gehe ich mit.«

Er war bereits an der Tür, als ihm auffiel, dass Arnest ihm

nicht folgte. Er drehte sich um und sah ihn unverändert auf dem Bett sitzen, die großen, schwieligen Hände auf die Knie gelegt. »Was ist?«

Arnest hob den Kopf. »Glaubst du, ich könnte ihn besiegen? Ohne Waffen, meine ich, Mann gegen Mann.«

»Wen?«

»Den Roboter.«

Seit Auckland erklärt hatte, dass er genetisch modifiziert worden war, nannte Arnest ihn so, meistens, wenn er mit Lanzo allein war. Er behauptete stets, das sei nur ein Scherz, aber Lanzo fragte sich manchmal, ob das wirklich stimmte.

Er schloss die Tür. Die Geräusche, die von der Brücke in den Schlafbereich drangen, wurden leiser. »Du wirst nicht gegen ihn kämpfen«, sagte er. »Du wirst nicht mal daran denken, gegen ihn zu kämpfen.«

Er trat an das Bett heran und nutzte die Gelegenheit, die sein sitzender Bruder bot, um auf ihn herabzusehen. »Ihr werdet dort runtergehen, mit dem Typen reden und zurückkommen. Kein Drama, keine Gewalt, nur eine simple Unterhaltung.«

»Ich hab ja nich' gesagt, dass ich gleich gegen ihn kämpfen will. Ich bin doch nich' blöd.« Arnest schüttelte den Kopf, so als könne er nicht verstehen, was Lanzo auf diese Idee gebracht hatte. »Ich hab' mich das bloß immer mal wieder gefragt und ich –«

Lanzo ließ ihn nicht ausreden. »Hör auf, dich das zu fragen. Wir spielen alle im selben Team. Wir kämpfen gegen das, was uns bedroht, nicht gegeneinander. Kapiert?«

Arnest verzog das Gesicht. »Ja.«

»Kapiert?«, fragte Lanzo lauter. Am liebsten wäre er anstelle seines Bruders auf den Planeten gegangen, doch damit hätte er nur einen Streit provoziert.

»Ja, Sir«, sagte Arnest und stand so abrupt auf, dass sein Kopf beinahe gegen Lanzos Kinn geprallt wäre. »Bringen wir die Scheiße hinter uns.«

Er ging durch den Schlafbereich, riss die Tür auf und verschwand im Gang. Lanzo folgte ihm. Er dachte kurz darüber nach, mit Auckland zu sprechen, verwarf den Gedanken aber noch, bevor er die Brücke betrat. Arnest hätte ihm das nicht verziehen.

»Ich habe die genauen Koordinaten in das Navigationssystem überspielt«, sagte Auckland, als Lanzo neben ihm stehen blieb. »Wir haben Glück. Dort ist es Nacht.«

Der Planet hing vor ihnen in der Schwärze des Alls, so groß, dass er fast den ganzen Bildschirm ausfüllte. Lanzo sah weite Ozeane, über die einige dünne Wolken zogen. Er nahm die Farben in sich auf, das Blau des Wassers, das Braun und Grün der Landmassen, eher Inseln als Kontinente, und das Weiß der Wolken. Es waren die Farben der Erde. Lanzo stockte der Atem, als ihm auf einmal bewusst wurde, wie sehr er sie vermisste. Sie standen für das Zuhause, das er verloren hatte und nie wieder zurückbekommen würde. Er konnte den Blick nicht von ihnen abwenden.

»Was hin ist, ist hin«, sagte Arnest. Er schien den gleichen Gedanken gehabt zu haben, schüttelte ihn aber mit seinem üblichen Pragmatismus ab.

»Ja.« Rin drehte sich nicht zu ihm um. »Das ist wohl so.«

Die *Polk* verließ die Tagseite des Planeten. Die Farben wurden blass und verschwanden in der Dunkelheit. Lanzo sah Lichter in einiger Entfernung, aber nicht unter dem Schiff. Sie flogen wohl über einen Ozean.

»Das letzte Mal habe ich mich dem Ziel von der Landseite genähert«, sagte Auckland. »Die Kapseln der *Eliot* können nicht im Wasser landen, deshalb war das die einzige Option. Dieses Mal werden wir es vom Wasser aus versuchen.«

Er sah Arnest an. »Kannst du schwimmen?«

»Natürlich kann ich schwimmen. Was für eine dämliche Frage ist das denn?«

Das fängt schon gut an, dachte Lanzo und fuhr sich mit der Hand durch das Gesicht. Auckland schien die vehemente Antwort zu überraschen, denn er blinzelte und schwieg einen Moment, bevor er fortfuhr.

»Rin, du wirst uns reinbringen. Vier, fünf Meter über der Wasseroberfläche wäre gut, nicht mehr als zweihundert vom Strand entfernt perfekt. Wir müssen mit Luftüberwachung rechnen und Wachen am Haus. Bring uns so nahe heran wie möglich, aber geh kein Risiko ein.«

»Ich übernehme die Scanner«, sagte Lanzo und setzte sich.

Kipling reichte Auckland das Pad. Er hatte es in Plastikfolie eingewickelt und mit Klebeband abgedichtet. »Ist nicht perfekt, aber sollte reichen«, sagte er. »Im Frachtraum gibt es noch jede Menge Folie, falls ihr eure Schuhe einpacken wollt.«

»Danke.« Auckland nahm das Pad und steckte es in die Seitentasche seiner Cargohose. »Ich brauche keine Schuhe.«

»Ich auch nicht«, sagte Arnest und verschränkte die Arme vor der Brust.

Lanzo schloss kurz die Augen. Er bekam Kopfschmerzen.

»Wir sind noch zehn Minuten vom Ziel entfernt«, sagte Rin. »Geht zur Schleuse. Ich sage euch Bescheid, wenn ihr springen könnt.«

Arnest drängte sich an Auckland vorbei und verließ die Brücke als Erster. Als sich die Tür hinter den beiden schloss, sagte Kipling: »Das wird keine Mission, sondern ein Wettbewerb im Weitpissen.«

Wenn es dabei bleibt, bin ich zufrieden, dachte Lanzo. Er verdrängte den Gedanken an seinen Bruder und konzentrierte sich auf die Scanner.

9

Arnest stand in der offenen Schleusentür und hielt sich an einem der Handgriffe fest. Der Wind zerrte an seiner Kleidung. Regen spritzte ihm ins Gesicht. Die Luft war warm und roch seltsam nussig.

»Wir bleiben dicht zusammen«, rief Auckland neben ihm über den Lärm der Triebwerke hinweg. »Bei dem Regen sollte man uns von oben nicht bemerken.«

Er hielt den Kopf gesenkt und wickelte den Verband von seiner Hand ab. Prüfend ballte er sie zur Faust. Dort, wo sein Ringfinger gesessen hatte, sah Arnest eine rote, wulstige Narbe, die sich wie ein Halbmond über seinen Knöchel zog.

»Sieht ganz schön scheiße aus«, rief er.

»Ist auch ganz schön scheiße«, sagte Auckland. Er schüttelte die Hand aus und ließ den Verband los. Der weiße Stoff wurde aus der Schleuse gerissen und verschwand in der Dunkelheit.

Der Lautsprecher, der in der Schleuse hing, knackte. »Wir sind noch einen Kilometer vom Strand entfernt«, sagte Rin. Ihre Stimme klang blechern und verzerrt. »Vor euch befinden sich rund ein Dutzend Jockeys und viel Elektronik. Ich werde die Triebwerke jetzt ausschalten und in den Gleitflug gehen, damit uns niemand hört. Haltet euch bereit.«

Das Wummern der Triebwerke verstummte. Arnest spürte in seinem Magen, wie die *Polk* tiefer ging. Der Wind heulte. Er beugte sich vor. Der Ozean war jetzt so dicht unter ihm, dass er die Schaumkronen der Wellen sehen konnte. Er schmeckte Salz auf der Zunge und süßes Adrenalin.

Wie auf dem Weg an die Front, dachte er, *kurz bevor die Rampe heruntergelassen wird, wenn man noch nicht weiß, was Sache ist.*

Arnest tastete nach der Pistole an seiner Hüfte. Sie war wasserdicht, so wie fast alle modernen Waffen. Trotzdem gefiel es ihm nicht, dass er sie der Nässe und dem Salz aussetzen musste. Einer seiner Ausbilder hatte immer gesagt, Waffen seien wie Frauen. Wenn man sie nicht ordentlich behandelte, ließen sie einen im Stich, räumten das Bankkonto leer, zündeten das Baumhaus, das man für die Kinder gebaut hatte, an, hauten mit dem auf Pump gekauften Wagen ab und nahmen den Hund mit. Er war ein seltsamer Mann gewesen, aber er hatte Arnest viel beigebracht.

»Du schießt nur im absoluten Notfall«, sagte Auckland, der seine Geste bemerkt haben musste. »Und selbst dann nur auf mein Kommando, okay?«

Arnest wollte ihm sagen, wohin er sich sein Kommando stecken konnte, doch dann dachte er an die Worte seines Bruders und riss sich zusammen. »Okay.«

Die *Polk* setzte zu einer Linkskurve an und wurde langsamer. Arnests nackte Zehen krümmten sich um die Kante der Schleuse. Das Metall war kalt und nass.

Er sah Lichter vor sich auftauchen. Das musste der Strand sein. In der Schwärze des Ozeans und der Nacht wirkten sie wie Sterne.

Der Lautsprecher knackte. »Jetzt«, sagte Rin.

Arnest sprang, noch bevor sie das Wort beendet hatte. Keine Sekunde später schlug kühles Wasser über ihm zusammen. Hemd und Hose sogen sich voll und klebten an seinem Körper, aber sie behinderten ihn kaum. Vollständig bekleidet zu schwimmen, war Teil seiner Ausbildung gewesen, damals, als er noch geglaubt hatte, eines Tages Sergeant zu werden. Vor der ganzen Scheiße.

Er tauchte auf und sah sich um. Salzwasser stach in seine Augen. Auckland befand sich einige Meter vor ihm und kraulte bereits auf den Strand zu. Arnest stieß sich ab. Mit kräftigen Schwimmstößen zog er an ihm vorbei. Auckland drehte kurz den Kopf, als er das bemerkte. Wasser lief über sein Gesicht.

Damit hast du wohl nicht gerechnet, dachte Arnest. *Reine Muskelkraft, keine Roboterscheiße.*

Der Strand kam rasch näher. Er sah ihn als graue Linie am Rand der Schwärze. Das Meer rauschte. Regen prasselte. Sein Fuß berührte etwas Weiches. Unwillkürlich trat er danach, traf aber nur Wasser.

Arnest mochte das Meer nicht. Es war voller Kreaturen, die entweder hässlich oder tödlich waren oder beides. Man konnte nicht sehen, was sich unter einem befand und wenn man aufhörte zu schwimmen, versank man und starb. Er war aus gutem Grund zur Infanterie und nicht zur Marine gegangen. Der Boden, auf dem man marschierte, brachte einen wenigstens nur um, wenn irgendein Arschloch ihn vermint hatte. Wasser brachte einen um, wenn es Bock darauf hatte. Wasser *war* das Arschloch.

Seine Arme schmerzten und er keuchte bereits, als er endlich Sand unter den Knien spürte. Er blieb im Wasser liegen und drehte sich um. Auckland befand sich keinen Meter hinter ihm. Auch er atmete schwer.

»Die Lichter auf zwei Uhr«, sagte er leise. »Das ist Ryn'Nels Haus.«

»Was ist mit Alarmanlagen?«

»Ich gehe davon aus, dass es welche gibt. Bemerkt habe ich keine, aber ich bin auch nicht bis zum Haus gekommen.«

Auckland übernahm die Führung. Sie blieben im Wasser und schwammen beinahe lautlos am Strand entlang, bis sie das Haus vor sich sahen. Auckland hob kurz die Hand und zeigte nach vorn. Arnest hielt inne, als er zwei Gestalten im Regen auftauchen sah. Ledrige Haut, Krallen, die sich tief in den Sand gruben, Köpfe mit spitzen Schnäbeln und Jockeys, die auf den Rücken saßen und Gewehre in den Händen hielten.

Arnest hörte ein heiseres Kreischen und sah nach oben. Über dem hell erleuchteten offenen Haus zog ein Flugsaurier weite Kreise. Der Jockey, der auf ihm hockte, trug eine Taschenlampe, deren Licht bis zum Boden reichte.

»Das ist ja wie der scheiß Jurassic Park hier«, sagte Arnest leise.

Auckland ging nicht darauf ein. »Rin sprach von einem Dutzend Jockeys. Ich sehe drei. Wo sind die anderen?«

»Bei dem scheiß Wetter haben sie sich vielleicht untergestellt.«

Die beiden Jockeys gingen einen Steinwurf von ihnen entfernt über den Strand. Sie unterhielten sich und wirkten unaufmerksam, so als rechneten sie nicht mit einer Bedrohung.

Das sind keine Profis, dachte Arnest.

»Los«, sagte Auckland. Gemeinsam krochen sie aus dem Wasser und robbten über den Strand. Arnest warf immer wieder einen Blick auf den Flugsaurier, der über dem Haus kreiste, doch dessen Lichtkegel konzentrierte sich auf die andere, einigen Hügeln zugewandte Seite. Wahrscheinlich verließ er sich auf seine Kollegen am Strand.

Vollidioten.

Er konzentrierte sich auf das Haus. Es bestand aus mehreren, offenen Etagen, die durch kleine Treppen miteinander verbunden waren. Das Dach ragte weit über das eigentliche Gebäude hinaus, damit kein Regen ins Innere eindringen konnte. Einige wenige Seitenwände versperrten die Sicht auf Teile des Hauses. Ryn'Nel wollte wohl nicht völlig auf Privatsphäre verzichten.

Hinter einigen mannshohen Felsen, zwischen denen eine Art Schilf wuchs, hielt Auckland an. Sie hatten ungefähr die Hälfte des Weges zum Haus zurückgelegt. Über ihnen schwenkte der Flugsaurier nach rechts und näherte sich dem Strand. Der Lichtkegel seiner Taschenlampe strich zitternd über Sand und Felsen. In gerader Linie kam er auf Arnest und Auckland zu.

»Scheiße«, sagte Arnest. Die Felsen boten kaum Deckung vor einem Beobachter in der Luft. Sie schützten nur vor Blicken aus dem Haus. Doch dort war niemand zu sehen.

»Weiter.« Arnest hätte beinahe gelacht, als er bemerkte, dass er und Auckland das Wort gleichzeitig ausgesprochen hatten. Dann sprangen sie auch schon auf und liefen geduckt durch den Regen. Der Lichtkegel riss die Felsen, hinter denen sie sich gerade noch versteckt hatten, aus der Dunkelheit und strich weiter über den Strand.

Arnest wandte sich davon ab – und musste zur Seite springen, um nicht gegen Auckland zu prallen, der abrupt in die Hocke gegangen war. »Scheiße, Mann, was –«

Auckland zog ihn am Arm nach unten und zeigte zum Haus. Arnest wollte seinen Griff im ersten Moment abschütteln, hielt dann jedoch inne und runzelte die Stirn.

Sie hatten einen Bogen nach links geschlagen, um nicht über den Hauptweg zum Haus laufen zu müssen. Nun sah Arnest durch den strömenden Regen den Teil des Erdgeschosses, der zuvor hinter einer Wand verborgen gewesen war. Und die neun Jockeys, von denen Rin gesprochen hatte.

Einer stand in der Mitte des großen, fast unmöblierten Raums, direkt vor einem dieser Holoterminals, die Arnest sich nie hatte leisten können. Der Flugsaurier hatte die Flügel ausgebreitet. Die anderen hatten sich im Raum verteilt. Sie beachteten einander nicht. Manche starrten die Wand an, ein paar sahen in den Regen hinaus, einer stand auf der Treppe. Sein Jockey bewegte den Mund, aber ob er mit jemandem sprach, konnte Arnest nicht erkennen.

»Was ist das für eine kranke Scheiße?«

Auckland hob die Schultern. »Ich weiß es nicht, aber der mit den ausgebreiteten Flügeln ist Ryn'Nel.«

»Woher weißt du das? Die sehen doch alle gleich aus.«

»Tun sie nicht.« Auckland ließ seinen Arm los. »Komm. Wir müssen unter das Dach, bevor die Luftüberwachung zurückkehrt.«

Sie robbten die letzten Meter und blieben im Sand liegen, als der Regen nicht mehr von oben auf sie herabfiel. Im Haus bewegte sich niemand. Die Jockeys wirkten wie Statuen.

»Als wären sie in Trance«, sagte Auckland.

»Oder zugedröhnt.« Arnest kratzte sich. Sand und Salz juckten auf seiner Haut. »Vielleicht können wir ihn einfach rausholen, ohne dass einer was merkt.«

»Vielleicht.«

Arnest sah ihn an und grinste. »Wollen wir's ausprobieren?«

»Nein.«

»Aber irgendwas müssen wir tun.«

»Ja. Warten.«

Arnest seufzte. *Ich habe diese Warterei so satt.* Er stieß Auckland an, als er eine Bewegung im Regen sah. Die beiden Wachen kehrten zurück. Sie gingen an einer kleinen Landeplattform vorbei und betraten das Haus durch den Haupteingang. Arnest hatte nicht den Eindruck, dass sie dazu einen Alarm ausschalten mussten. Einen Moment lang verschwanden sie hinter einer Wand, dann tauchten sie in dem Raum mit den anderen Jockeys auf. Sie gingen an ihnen vorbei, ohne sie zu beachten. Niemand reagierte auf sie.

Es dauerte einige Minuten, bis Arnest sie wieder sah. Sie kamen eine der Treppen herunter und verließen das Haus durch die Vordertür. Sie nahmen den gleichen Weg, den sie gekommen waren.

»Die da drin kriegen nichts mit«, sagte er. Auckland setzte zu einer Antwort an, aber er wusste bereits, wie sie ausfallen würde.

»Scheiß drauf, ich hol ihn raus.«

Er sprang auf, doch im gleichen Moment faltete Ryn'Nel die Flügel zusammen. Ein Ruck schien durch die anderen Jockeys zu gehen. Sie alle wandten sich ihm zu. Der Jockey auf der Treppe schloss den Mund.

Arnest ließ sich in den Sand fallen. »Okay«, sagte er, als er Aucklands Blick bemerkte. »Wir warten.«

10

»*»Ama'Ru, du blöde Schlammpe. Wir sin in JIRH-225. Gib uns das scheis Schiff zurück.«* Mak'Uryl lachte und steckte das Pad, das Ama'Ru ihm gegeben hatte, in seine Satteltasche. Die schwarzen Punkte in seinen Augen waren verschwunden. »Rechtschreibung ist wohl nicht seine Stärke.«

Er setzte seine V-Specs auf und nur wenige Sekunden später wieder ab. »So. Wir werden Ihre menschlichen Begleiter schon bald willkommen heißen. Ich danke Ihnen für die Auskünfte, die das ermöglicht haben.«

Seine Höflichkeit wirkte geheuchelt. Ama'Ru antwortete nicht. Die *Andere* hatte sich in eine Ecke des Konferenzraums gedrückt und zitterte. Sie ließ sich nicht beruhigen. Die Nabelschnur, die sie und Ama'Ru verband, war gerötet und schmerzte. Blutstropfen trieben in der trüben Flüssigkeit.

Es tut mir so leid, dachte Ama'Ru. Der Gedanke richtete sich nicht nur an die *Andere*, sondern auch an Auckland, Rin, Arnest, Kipling und Lanzo. Sie hatte sie zuerst im Stich gelassen und nun verraten. Es gab nichts, womit sie das rechtfertigen konnte, außer ihrem eigenen Egoismus.

Mak'Uryl glitt auf sie zu. Das Zittern der *Anderen* wurde so stark, dass ihre Krallen über den Boden kratzten.

»Ich setze Gewalt nur ungern ein«, sagte Mak'Uryl. Ama'Ru glaubte ihm nicht. »Und ich bedauere, dass Ihr uneinsichtiges Verhalten mich gezwungen hat, Ihnen Schmerzen zuzufügen. Wenn Sie wünschen, werde ich einen Arzt rufen.«

»Das ist …« Ama'Ru bemerkte, wie heiser ihre Stimme klang und räusperte sich. »Das ist nicht nötig. Wir haben schon Schlimmeres erlebt.«

»Wir.« Mak'Uryl musterte sie aus runden, großen Augen. Die Tentakel seines Oktopus hingen entspannt herunter. »Was für einer seltsamen Philosophie Sie sich verschrieben haben. Geben Sie ihr die Schuld für Ihr abnormes Verhalten?«

Ama'Ru wandte den Blick ab und lehnte den Kopf gegen die feuchte Wand. Mak'Uryl wartete, erkannte aber dann wohl, dass sie nicht antworten würde, denn er seufzte und ging zur Tür. Ama'Ru hörte ihn etwas sagen und eine Frauenstimme antworten. Sie behielt ihre Haltung bei, die zumindest ihre rechte Seite vor möglichen Kameras schützte und griff in eine Satteltasche. Kiplings V-Specs waren ganz nach unten gerutscht. Sie wurde nervös, als sie sie nicht auf Anhieb fand, aber dann schlossen sich ihre Finger um den leichten Kunststoff. Sie zog die V-Specs heraus und schob sie unter ihren Sattel.

Mak'Uryl drehte sich in dem Moment, als sie die Hand wieder in den Schoß legte, um. »Ihnen ist natürlich klar, dass ich Sie noch nicht gehen lassen kann«, sagte er. »Wir werden uns jedoch bemühen, Ihren Aufenthalt so angenehm wie möglich zu gestalten.«

Er trat zur Seite und gab den Blick auf drei Haie frei, die nun eintraten. Rena'El folgte ihnen. Ama'Ru wollte sie ansehen, aber sie wich dem Blick aus.

»Geben Sie uns bitte Ihre Satteltaschen«, sagte Rena'El. Sie betrachtete den Planeten, der vor dem Fenster hing.

Ama'Ru schnallte sie wortlos ab und reichte sie einem der Haie, der sie ebenso wortlos entgegennahm. Dann streichelte sie den Nacken der *Anderen* und drückte ihr sanft die Knie gegen den Körper. *Steh auf*, dachte sie. *Es wird alles gut. Niemand wird uns mehr wehtun.*

Das Zittern ließ langsam nach. Ama'Ru spürte, wie ein Ruck

durch die *Andere* ging. Sie erhob sich und stakste unsicher über den nassen, glatten Boden auf die Tür zu. Die Haie wichen zurück, als sie die Scheren ausstreckte und in einer warnenden Geste öffnete. *So ist es gut*, dachte Ama'Ru. *Sie sollen Angst vor uns haben, nicht wir vor ihnen.*

Mit dem Mut der *Anderen* kehrte auch ihr eigenes Selbstbewusstsein zurück. Sie wandte sich an Rena'El. »Sie dürfen uns jetzt unsere Kabine zeigen.«

Mak'Uryl lachte. Die Tentakel des Oktopus klatschten auf den Boden. »Sie haben sich Ihren dritten Namen wirklich verdient, Ama'Ru en Rahlyn od Fir. Eine gelungene Vorstellung.«

Ama'Ru ignorierte ihn. Rena'El zeigte zur Tür und ging vor. »Hier entlang, bitte.«

Sie sah Ama'Ru immer noch nicht an.

Sie verschließt den Blick vor dem, was um sie herum geschieht. Ama'Ru folgte ihr in den kreisförmigen breiten Gang, der sich vor der Tür erstreckte. Die Haie blieben dicht hinter ihnen.

Auf der Station war es still geworden. Die Schleusentüren waren geschlossen, dort, wo sich kurz zuvor der Aufstand abgespielt hatte, kreisten Reinigungsroboter über den Boden. Zwei Jockeys sahen ihnen gelangweilt zu.

Ama'Ru drehte kurz den Kopf. Mak'Uryl hatte sich ihr nicht angeschlossen, sondern war im Konferenzraum geblieben. Sie ging etwas schneller, bis sie Rena'El erreichte.

»Warum lassen Sie sich von ihm zwingen?«, sagte sie in deren Sprache. »Sie wissen doch, dass das, was er tut, falsch ist.«

Rena'El hob überrascht den Kopf und sah Ama'Ru sogar einen Moment lang an. Dann wandte sie den Kopf wieder ab. »Sie sprechen unsere Sprache gut.«

»Das ist keine Antwort auf meine Frage. Warum?«

Rena'El ging weiter. Die Stiefel der Haie schlugen hart auf den Boden.

»Warum?«, fragte Ama'Ru ein weiteres Mal.

Wieder antwortete ihr Schweigen. doch nach einem Augenblick sah Rena'El sie an. »Weil ich ein Feigling bin«, sagte sie mit fester Stimme. »Ich stehe lieber auf der falschen Seite und lebe als auf der richtigen und sterbe.«

Sie blieb stehen und drückte auf einen Touchscreen an der Wand. Eine Tür öffnete sich. »Wir sind da. Das ist Ihre Kabine.«

Ama'Ru ahnte, dass sie nicht mehr dazu sagen würde. Ihre Worte waren ein Geständnis, keine Aufforderung zur Diskussion. Also trat sie in den kleinen Raum ein, in dem es außer einem Bett und einem kleinen Bad nichts gab, und wartete, bis die Tür geschlossen wurde.

Dann ging sie ins Bad, schaltete das Licht aus und drehte das Wasser auf, bis es laut in der Dusche plätscherte. Sie setzte die V-Specs auf. Zweiundzwanzig Prozent zeigte die Ladeanzeige des Akkus an. Sie wusste nicht, wie lange er noch halten würde.

Das Chatfenster war immer noch geöffnet. Arnests letzte Nachricht stand unbeantwortet darin.

»Nachricht verfassen«, sagte Ama'Ru. Das Eingabefeld schob sich über das Chatfenster.

»Wir machen das wieder gut«, flüsterte sie der *Anderen* zu, bevor sie ihre Warnung einsprach.

Wir machen das wieder gut.

11

Seine Kleidung war fast trocken, als der letzte Jockey das Haus verließ. Auckland sah, wie er sich mit langsamen Flügelschlägen durch den strömenden Regen entfernte.

Er hob den Kopf. Ryn'Nel ging durch den großen Raum im Erdgeschoss auf die Eingangstür zu. Daneben hing ein kleiner Touchscreen.

Die Alarmanlage, dachte Auckland. Wenn er sie einschaltete, hatten sie ein Problem. Er stemmte sich hoch.

Jetzt, wollte er sagen, aber da stieß Arnest sich bereits ab. Sand spritzte Auckland ins Gesicht. Er fluchte, sprang auf und rannte hinter Arnest her an Säulen vorbei ins Haus.

Ryn'Nel fuhr herum, als er ihre Schritte hörte. Seine Blicke zuckten zwischen dem Holoterminal und der Alarmanlage hin und her. Sein Flugsaurier stieß ein heiseres Krächzen aus und schlug mit den Flügeln. Wind wehte Auckland entgegen. Er sah, wie sich die Klauen des Tiers vom Boden lösten. Er hob ab.

Auckland zog an Arnest vorbei. Der drehte den Kopf. Sein Gesicht verzerrte sich. Im nächsten Moment wurde Auckland zur Seite gedrückt. Arnest hatte ihn mit der Schulter gerammt, so wie ein Footballspieler, der vor seinem Gegner den Ball erreichen wollte. Auckland stolperte. Seine nackten Füße schlitterten über den Boden. Er sah, wie sich Arnest nach vorne warf und seine Hände um die Knöchel des Flugsauriers schlang.

Der Jockey schrie auf, das Tier krächzte. Es schlug mit den

Flügeln, aber Arnest war zu schwer. Er riss es zurück auf den Boden und holte mit der Faust aus.

»Bring ihn nicht um!«, schrie Auckland. Er ahnte, was in Arnest vorging, hatte es hundert Mal auf Trainingsmissionen erlebt, wenn das Gerücht, die neuen Soldaten seien nicht ganz menschlich, umgegangen war. Er wollte sich beweisen.

Aber nicht jetzt.

Arnests Faust kollidierte mit dem hastig hochgerissenen Flügel des Tiers. Es warf sich zur Seite, um den Jockey auf seinem Rücken zu schützen und trat mit seinen breiten Klauen um sich. Die Krallen verfehlten Arnests Hals nur um Millimeter.

Auckland nutzte die Ablenkung, setzte mit einem Sprung über den am Boden liegenden Flugsaurier hinweg und landete auf den Knien. Arnest wich den Krallen aus und packte den Flügel, der den Jockey schützte. Der Flugsaurier drehte den Kopf. Mit seinem langen, spitzen Schnabel holte er aus. Auckland rammte ihm den Ellenbogen ins Gesicht. Das Tier erschlaffte kurz, der Jockey auf seinem Rücken schwankte.

Arnest hatte die Gefahr noch nicht einmal bemerkt. Er stellte einen Fuß auf die Brust des Flugsauriers und zog an dessen Flügel, so als wolle er ihn ausreißen. Sein Gesicht lief rot an.

Das Tier kreischte vor Schmerzen, die Augen des Jockeys wurden glasig.

»Lass ihn los!« Auckland drückte den Schnabel des Tiers mit der rechten Hand herunter und zog mit der linken seine Pistole. Schmerz stach bis in seinen Arm, als er die Finger darum schloss. »Arnest! Was soll die Scheiße?«

Keine Reaktion. Arnest riss an dem Flügel. Schweiß lief ihm über das Gesicht.

Auckland fluchte und sprang auf. Mit einem Schritt war er bei Arnest, holte aus und schlug ihm den Pistolenlauf gegen die Schläfe.

Arnest blinzelte. Seine Hände ließen den Flügel los. Die

Beine gaben unter ihm nach und er setzte sich schwer auf den Boden.

»Fuck«, stieß er hervor.

Auckland fuhr herum. Das Kreischen des Tiers war verstummt. Sein linker Flügel hing schlaff herunter, aber mit dem rechten holte er aus. Auckland richtete seine Pistole auf den Kopf des Jockeys, der seine Benommenheit abschüttelte.

»Lass es«, sagte er.

Der Flügel verharrte reglos. Ryn'Nel starrte Auckland an. »Du … ich habe gewusst, dass du mich irgendwann finden würdest.«

»Ich bin nicht hier, um dich umzubringen.« Auckland warf Arnest einen kurzen Blick zu. »Mein Kollege scheint da etwas missverstanden zu haben.«

Er trat einen Schritt zurück. »Du kannst aufstehen, wenn du willst. Ich werde dir nichts tun.«

Ryn'Nel zögerte.

»Arnest«, sagte Auckland. »Geh raus und pass auf die Wachen auf.«

Arnest hob die Hände. »Es ist alles wieder okay, John. Ich hab nur kurz –«

»Geh raus.«

Zu seiner Überraschung stand Arnest auf und sagte »Ja, Sir«. Er taumelte leicht, als er das Haus durch die Eingangstür verließ.

Als er weg war, richtete sich auch der Flugsaurier auf. Ryn'Nel rückte seinen Sattel zurecht. »Wenn du nicht …« Er unterbrach sich. »Wenn Sie nicht hier sind, um mich umzubringen, dann nehme ich an, dass Ihr Besuch mit Ama'Ru zusammenhängt.«

Auckland war noch nie von einem Jockey gesiezt worden. Er nahm dessen Höflichkeit mit einem Nicken zur Kenntnis und erwiderte sie. »Dann war sie also bei Ihnen.«

»Ja. Wissen Sie, warum?«

»Nein.«

Ryn'Nel legte eine Hand auf die Schulter seines Tiers. Dass dessen Flügel immer noch herabhing und es leise wimmerte, beachtete er nicht. »Sie wollte an die Öffentlichkeit gehen und gestehen, dass wir den Virus erschaffen haben. Ich habe ihr davon abgeraten.«

Auckland fragte ihn nicht nach dem Grund. Für jemanden, auf den eine Waffe gerichtet wurde, verhielt Ryn'Nel sich ungewöhnlich ruhig, fast schon arrogant, so als wisse er etwas, das ihm einen Vorteil verschaffte.

»Und dann?«, fragte Auckland.

»Dann haben wir uns ein wenig unterhalten und sie ist zu ihrem Schiff geflogen.«

»Zu meinem Schiff.«

Ryn'Nel lachte. »Sie wollen es zurückhaben, deshalb suchen Sie nach ihr.«

»Unter anderem. Wissen Sie, wo sie ist?«

»Nein, leider nicht.« Ryn'Nel hob die Hand. »Und das ist die Wahrheit. Ich bin mir sicher, dass Sie Ihnen das Schiff zurückgeben wollte. Wenn sie das nicht getan hat, muss etwas passiert sein. Ich kenne Ama'Ru en Rahlyn od Fir seit vielen Jahren. Sie steht zu ihrem Wort.«

Auckland drehte den Kopf, als er Schritte vor der Tür hörte. Arnest kam herein. Seine Schläfe schwoll bereits an.

»Wir kriegen Gesellschaft«, sagte er. »Ein ganzes Geschwader von diesen Scheißviechern.«

»Verzeihen Sie bitte.« Ryn'Nel zog etwas aus seiner Satteltasche, das wie ein kleiner Kugelschreiber aussah. »Ich musste die Wachen rufen, um nicht selbst in Verdacht zu geraten. Rund um das Haus sind Kameras angebracht und das, was sie aufzeichnen, steht leider nicht nur mir zur Verfügung.«

Arnest griff nach seiner Pistole.

»Das würde ich nicht tun«, sagte Ryn'Nel. »Ich nehme an,

dass Sie auf dem Wasser von einem Schiff abgesetzt wurden. Können Sie den Planeten auf dem gleichen Weg wieder verlassen?«

Auckland nickte. Das war zumindest der Plan. Sobald er und Arnest bereit waren, sollten sie das Pad einschalten, GPS aktivieren und auf den Ozean hinausschwimmen. Kipling würde sie anpeilen und die *Polk* würde sie mit Seilen, die aus der Schleuse hingen, aufnehmen.

»Gut. Dann werde ich meinen Wachen sagen, dass Sie in die Hügel geflohen sind. Das wird Ihnen Zeit verschaffen. Sie haben mich verschont, nun verschone ich Sie. *Sie* wohlgemerkt …« Er deutete mit dem Kinn auf Arnest. »… nicht ihn.«

Arnest zeigte ihm den ausgestreckten Mittelfinger. »Arschloch.«

»Danke.« Auckland steckte die Pistole ein und wandte sich ohne ein weiteres Wort von Ryn'Nel ab. Auf dem Weg zur Tür nahm er das Pad aus der aufgesetzten Hosentasche und zog mit der anderen Hand Arnest mit sich. »Zum Strand.«

Der Regen hatte nachgelassen. Er konnte die Umrisse der Flugsaurier in einiger Entfernung bereits am Himmel sehen. Es waren mindestens zehn, vielleicht auch mehr. Der Sand unter seinen Füßen war nass und kalt. Auckland wickelte das Pad aus und schaltete es ein, während er lief. Plastik und Klebeband reichte er Arnest. Er stand bereits im Wasser, als er endlich sein Passwort eingeben konnte und die Benutzeroberfläche geladen wurde.

Ein Icon blinkte. ›*Zwei ungelesene Nachrichten*‹. Er tippte darauf.

»Beeil dich, verdammt noch mal«, sagte Arnest. Er watete ins Wasser.

Auckland las die Nachrichten. Er atmete tief ein, schaltete das Pad ab und steckte es in die Hosentasche.

»Lauf«, sagte er dann. Eine vertraute Ruhe überkam ihn.

Genetisch modifizierte Stressreaktionen ermöglichen höchste Konzentration auch in schwierigen Situationen, hatte die Werbebroschüre von BetterLifeSolutions das genannt.

Arnest fuhr herum. »Was? Holt uns die *Polk* an Land ab?«

Auckland lief los. Der Wind trug das Kreischen der Flugsaurier zu ihm herüber.

»Sie wird uns gar nicht abholen.«

»Was ist denn das schon wieder für eine Scheiße?«, rief Arnest. Dann lief auch er durch den Sand. Hinein in die Dunkelheit.

12

FÜNF MINUTEN ZUVOR

Die Nachricht stand auf dem kleinen Browserfenster an einer Seite des Bildschirms. ›*Seid vorsichtig. Mak'Uryl weiß, dass ihr in JIRH-225 seid. Er ist auf der Jagd nach euch.*‹

»Ich weiß, Ama'Ru«, sagte Kipling. »Ich weiß.«

Er tippte die Antwort auf Ama'Rus Nachricht an der Konsole ein. ›*Er hat uns gefunden :(*‹

Dann betrachtete er die drei Abfangjäger, die vor der *Polk* am nachtschwarzen Himmel hingen. Wie aus dem Nichts waren sie aufgetaucht, als Rin aus der Atmosphäre hatte aufsteigen wollen. Unter dem Bildschirm blinkte ein grünes Licht.

Eingehende Funkverbindung, dachte Kipling. Es blinkte schon seit einigen Minuten, aber niemand beachtete es.

»Sie haben ihre Zielerfassungssysteme aktiviert«, sagte Lanzo. »Irgendwelche Ideen?«

Es wurde still. Kipling dachte an Arnest und Auckland allein auf einem Planeten voller Jockeys. Er wusste nicht, ob er sie bedauern oder beneiden sollte. Sie hatten wenigstens noch eine Chance, während er –

»Ja, eine.« Rin schaltete die Triebwerke ab. Die *Polk* stürzte aus dem Himmel.

TEIL 4

BLUT, ÜBERALL BLUT

»Wenn man alles haben kann, ist nichts mehr absonderlich. Das ist die große Lehre des Internets. Die andere lautet: Wenn alle es haben wollen, ist es wahrscheinlich voller Malware, Trojaner und Viren. Und ich habe eben versehentlich ›die große Leere des Internets‹ geschrieben, was es seltsamerweise trifft. Denn wenn man alles haben kann, gibt es auch nichts mehr zu entdecken, nur zu ergoogeln. Umso erstaunlicher, wenn man auf ein Wort trifft, es googelt und das Internet schweigt. Das ist das *Necronomicon* der Gegenwart, das Geheimwissen, das nur Blut erkaufen kann.«

– Nerdprediger Dan, *ASCII-Zeichen für die Ewigkeit*

1

Mit einem Knopfdruck schaltete Rin die Triebwerke ab. Die *James K. Polk* stürzte in die Tiefe. Es wurde still auf der Brücke, weder Kipling noch Lanzo sprachen Rin an. Aus den Augenwinkeln sah sie, dass sich beide an den Armlehnen ihrer Sitze festhielten. Das grüne, blinkende Licht, das den eingehenden Funkspruch eines der drei Abfängjäger angezeigt hatte, erlosch. Die Jockeys an Bord schienen erkannt zu haben, dass die Besatzung der *Polk* nicht mit ihnen reden würde. Das abrupte Manöver hatte die Piloten überrascht und ihre Schiffe hingen reglos am Himmel.

Das wird nicht so bleiben, dachte Rin, während sie den Höhenmesser betrachtete. Die *Polk* hatte sich in neuntausend Meter Höhe befunden, als sie von den Jockeyschiffen abgefangen worden war, der Fall zurück zur Oberfläche würde rund drei Minuten dauern.

»Positionslichter und Scheinwerfer aus«, sagte Rin. Sie schloss die Hände fest um die Joysticks.

Kipling beugte sich vor. »Sind aus.«

Auf dem Bildschirm war Schwärze zu sehen und das kalte Funkeln der Sterne. Die Messungen der Scanner wurden in 3D-Modelle übertragen, die in dem kleinen Monitor in Rins Konsole zu sehen waren. Sie zeigten einen flachen Untergrund. Die *Polk* fiel dem Ozean entgegen.

»Nur um das Offensichtliche auszuschließen«, sagte Kipling. »Die *Polk* kann nicht tauchen, oder?«

Rin schüttelte den Kopf. Auf ihrem Monitor sah sie, dass die drei Abfangjäger ihre Positionen verlassen hatten. Sie hatten ihre Triebwerke nicht abgeschaltet und kamen deshalb rasch näher. Ihre Lichter tauchten nun auch auf dem Hauptbildschirm auf.

»Können ihre Scanner uns sehen?«, fragte Rin.

»Nein«, sagte Lanzo. »Wir geben kaum Wärme ab und keine Helligkeit. Deshalb haben die Jockeys die Scheinwerfer eingeschaltet.«

Deren Licht strich über die dichten Wolken unterhalb der *Polk*. Sie sahen aus wie graue Gebirge. Rin drückte die Nase des Schiffs nach unten. Es schoss auf die Wolken zu. Die Joysticks zitterten in ihren Händen. Turbulenzen schüttelten die *Polk* durch.

»Wir sind aus der Zielerfassung der Jockeys raus«, sagte Kipling. Er klang erstaunlich ruhig. »Sie können nur noch auf Sicht schießen.«

Und das taten sie im gleichen Moment. Ein bläulich leuchtender Plasmabolzen raste einige Dutzend Meter an der *Polk* vorbei und verlor sich in der Dunkelheit.

Lanzo stieß laut den Atem aus. »Und ich hatte gehofft, dass sie uns lebend wollen.«

Rin antwortete nicht. Sie konzentrierte sich auf die Joysticks und das Gefühl, das sie ihr für das Schiff vermittelten. Ohne Triebwerke reagierte die *Polk* noch schwerfälliger als sonst. Es kam ihr fast so vor, als müsse sie das Schiff mit reiner Muskelkraft steuern, so sehr widersetzte es sich jeder ihrer Bewegungen.

Sie hatten die Wolkendecke fast erreicht. Rin wusste nicht, wie tief sie herunterreichte. Sie hatte auf dem Weg nach oben nicht darauf geachtet. Kurz bevor das Grau über dem Schiff zusammenschlug, riss sie die Joysticks mit aller Kraft nach hinten.

Die Nase der *Polk* hob sich langsam, schwerfällig, widerwillig. Das Metall der Tragflächen knirschte unter der Belastung. Graue Schlieren, durch die immer wieder das Licht der Jockeyschiffe fiel, rasten auf dem Bildschirm vorbei.

Komm schon, dachte Rin. Sie zog an den Joysticks, bis ihre Arme schmerzten und warf einen Blick auf den Höhenmesser. Die Fallgeschwindigkeit nahm ab, die *Polk* stabilisierte sich. Wie ein Segelflugzeug glitt sie nun durch die Wolken, getragen vom Wind und ihrer eigenen Geschwindigkeit.

»Sehr *Star Trek II*«, sagte Kipling. »Kirk gegen Khan im Mutara-Nebel. Wie lange –«

Ein Plasmabolzen schoss diagonal am Bug der *Polk* vorbei, dann ein zweiter aus der gleichen Richtung. Unwillkürlich stellte sich Rin Männer vor, die mit Speeren im trüben Wasser nach Fischen stießen.

Kipling räusperte sich und wischte sich nervös die Hände an seiner Hose ab. »Wie lange noch, bis du die Triebwerke einschalten musst?«

»Ein paar Minuten vielleicht.« Rin sah nicht auf. Ihre Blicke glitten zwischen dem Höhenmesser und den Sensorenanzeigen hin und her. Die *Polk* fiel immer noch, aber deutlich langsamer als zuvor. Die Jockeyschiffe irrten hinter und über ihnen durch die Wolken.

»Sie haben keine Ahnung, wo wir sind, oder?«, sagte Lanzo. Er hatte sich in seinem Sitz vorgebeugt, hielt sich mit einer Hand an der Konsole fest und tippte mit der anderen etwas ein. »Waffensysteme sind online.«

»Was ist mit der Zielerfassung?«

»Würde ich nicht riskieren.« Kipling beugte sich nun ebenfalls vor. »Das Signal ist sehr stark. Eventuell könnten sie uns darüber orten.«

»Okay.« Das hatte Rin befürchtet. Sie drückte die Joysticks zur Seite und brachte die *Polk* in eine lang gezogene Rechtskurve. Die Geschwindigkeit nahm ab, das Schiff sackte nach unten. Einen Augenblick lang fühlte sich Rin beinahe schwerelos, dann drückte ihr Gewicht sie wieder in den Sitz.

Aus der Kurve wurde ein Halbkreis. Die Jockeyschiffe verschwanden kurz vom Monitor, als die Scanner sie in den Wolken verloren. Nur Sekunden später blinkten sie wieder. Rin zuckte zusammen. Eines der Schiffe befand sich unmittelbar vor ihr. Sie konnte auf dem Bildschirm sogar das Licht seiner Triebwerke sehen.

Lanzo schoss.

Zwei Plasmabolzen, kleiner und schmaler als die der Jockeys, rasten auf das Triebwerklicht zu. Der Abfangjäger machte einen Schlenker nach links. Einer der Bolzen verschwand in den Wolken, doch der andere traf sein Ziel.

Rin hörte einen gedämpften Knall. Die Explosion riss die Wolkendecke auf. Wasser, Metall und Kunststoff verdampfte in einem gewaltigen, gleißend hellen Feuerball. Trümmer rasten an der *Polk* vorbei, einige schlugen gegen den Rumpf. Die Druckwelle warf das Schiff herum. Es überschlug sich mehrfach, die Sicherheitsgurte schnitten tief in Rins Schultern. Dann, auf einmal, klatschte Regen auf die Außenkameras. Die Wolkendecke befand sich über der *Polk*, ein aufgewühlter Ozean unter ihr.

Ein Knopfdruck und die Triebwerke heulten auf. Das Schiff raste auf die Wellen zu. Rin riss an den Joysticks. Metall knirschte, das Deck bebte unter ihren Füßen, die Tür zur Brücke öffnete sich und knallte gegen die Wand.

Auf dem Bildschirm sah sie, wie brennende Trümmer in den Ozean stürzten. Die Nase der *Polk* hob sich Zentimeter um Zentimeter, aber das Wasser kam immer näher. Die Wellen wogten hoch, so als wollten sie das Schiff verschlingen.

Wir sind zu schwerfällig, dachte Rin. *Das schaffen wir nicht mehr.*

Trotzdem zog sie weiter an den Joysticks. Sie konnte nichts anderes tun. Die anderen beiden Abfangjäger hefteten sich an die *Polk*.

»Ihre Zielerfassung ist aktiviert«, rief Lanzo über das Dröhnen und Donnern hinweg. »Wir –«

»… springen«, unterbrach ihn Kipling. Seine Finger flogen über die Tastatur seiner Konsole. »Das ist unsere einzige Chance.«

»Ohne Sprungtor? Bist du verrückt? Was ist, wenn wir in einer Sonne landen oder mitten im Nichts?«

»Was ist, wenn wir hierbleiben?«, schrie Kipling zurück.

Wellen trafen die Unterseite des Schiffs. Es fühlte sich an, als führe man über Kopfsteinpflaster. Rin hatte die *Polk* nicht mehr unter Kontrolle. Das Schiff trudelte und drehte sich zur Seite. Seine rechte Tragfläche berührte fast schon das Wasser. Die Steuerung reagierte nicht mehr.

»Spring!«, rief Rin.

Und die *Polk* sprang.

2

Ein dumpfer Knall.

Auckland drehte im Laufen den Kopf und sah, wie sich weit entfernt über dem Ozean die Wolken rot färbten.

»Was ist das denn schon wieder für eine Scheiße?«, fragte Arnest neben ihm. Sein Atem ging stoßweise, aber noch hielt er mit. Er wusste ebenso wie Auckland, dass sie sich nicht ausruhen konnten. Die Jockeys auf ihren Flugsauriern schwärmten immer weiter aus, suchten nun nicht mehr nur zwischen den Hügeln nach Ryn'Nels Angreifern, sondern auch am Strand. Lichtkegel strichen über den Sand. Mit jedem Kreis, den die Saurier am Himmel zogen, kamen sie näher. Auckland hörte bereits ihr Krächzen.

»Eine Explosion«, sagte Auckland. Er dachte an die *Polk*.

Arnest sah ihn an. Regen und Schweiß liefen ihm über das Gesicht. »Ich weiß, dass das eine kack Explosion war. Ich will wissen, *was* da explodiert –«

Ein zweiter Knall, so scharf, als hätte jemand direkt neben Aucklands Ohr in die Hände geklatscht, aber gleichzeitig so leise, als käme er von der anderen Seite des Planeten. Es war der seltsamste Laut, den er je gehört hatte.

»Und was für eine Scheiße war das jetzt?«

»Keine Ahnung.« Auckland warf einen Blick auf die Flugsaurier. Sie schwärmten nicht mehr aus, sondern hingen beinahe reglos am Himmel. Das Geräusch schien auch sie zu verwirren. Der Wind trug Stimmen zu ihm herüber, Worte in einer fremden, guttural klingenden Sprache. Nur einen Moment später wandten die Jockeys sich gleichzeitig ab und flogen auf die Hügel zu, die den Strand einrahmten. Ihr Flügelschlag wirkte hektisch, fast schon panisch.

Das kann nichts Gutes bedeuten.

»Ey, Auckland, das Meer ist weg.«

»Was?« Er drehte sich um. Obwohl Dunkelheit und Regen die Sicht erschwerten, sah er, dass das Wasser zurückgewichen war, so als herrsche plötzlich Ebbe. Sie waren dicht am Meer entlang gelaufen, um nicht so tief im Sand einzusinken, doch nun trennten sie zwanzig Meter, vielleicht auch mehr vom Wasser.

Ein Rauschen mischte sich in das Prasseln des Regens. »Lauf«, sagte Auckland.

»Ich lauf schon die ganze scheiß Zeit.«

»Dann weißt du ja, wie's geht. Zu den Hügeln. Komm!«

Er zog Arnest hinter sich her. Das Rauschen wurde lauter.

»Was ist denn los?«, rief Arnest.

»Tsunami.«

»Scheiße.«

Arnest riss sich aus Aucklands Griff los und zog an ihm vorbei. Er war vielleicht nicht der Schlauste, aber wenn er ein Problem erst verstanden hatte, löste er es kompromisslos und entschlossen. In diesem Fall war das Problem ein Tsunami, die Lösung Weglaufen und das tat er so schnell, dass Auckland gerade noch mithalten konnte.

Kurz dachte er darüber nach, zu Ryn'Nels Haus zurückzukehren und in den oberen Etagen Schutz zu suchen. Doch er entschied sich dagegen. Die Hügel waren nicht weiter entfernt als das Haus und es war möglich, dass Ryn'Nel nicht mehr allein war.

Auckland drehte den Kopf und wischte sich den Regen aus den Augen. Weit entfernt sah er etwas, das wie ein weißer Strich in der Dunkelheit aussah. Es zog sich an der ganzen Bucht entlang.

Eine Schaumkrone, dachte er. Die Welle schwappte heran. Er wusste nicht, wie hoch sie war, aber dass die Schaumkrone weit über der normalen Wasseroberfläche zu hängen schien, machte ihn nervös. Das Rauschen war jetzt lauter als der Regen.

»Halt erst an, wenn es nicht mehr höher geht«, rief er darüber hinweg.

»Ich bin nicht blöd«, rief Arnest zurück. »Kipling hat mir *Tsunami Shark 2: Blood Water* gezeigt. Ich weiß, was hier abgeht.«

Der Regen hörte schlagartig auf. Wind drückte in Aucklands Rücken. Die Wolkendecke riss auf und enthüllte ein endloses, funkelndes Meer aus Sternen. In ihrem Licht sah Auckland die Hügel, die vor ihm aus dem Sand ragten und sanft anstiegen. Das hohe Gras, das sie bedeckte und im Wind hin und her wogte, wirkte grau. Zwischen ihnen schimmerten weiße Felsen hindurch.

Der Boden unter ihm stieg an und wurde fester. Muscheln und Steine bohrten sich in seine nackten Fußsohlen. Sein Hemd klebte ihm am Körper. Er spürte, wie sich seine Wadenmuskeln verkrampften. Vor ihm stolperte Arnest über einen Felsen und stürzte in den Sand. Hinter ihm krachte es. Wasser schwappte über seine Füße. Es war eiskalt.

Auckland riss Arnest hoch und zog ihn mit sich. Gemeinsam stolperten sie durch das hohe Gras den Hügel hinauf. Die Grashalme waren hart und schnitten wie Papier in seine Haut. Auckland drehte noch einmal den Kopf. Die Welle rollte beinahe gemächlich auf ihn zu. Sie war fünf oder sechs Meter hoch und er sah Trümmer in ihr, von was, konnte er nicht sagen.

Die Welle erreichte den Strand. Grotesk aussehende Lebewesen fielen in den Sand, Seeschlangen mit zwei Mäulern und phosphoreszierenden Schuppen, Fische, die nur aus Augen und Flossen zu bestehen schienen und etwas, das aussah wie ein Bär, aber kaum größer als ein menschlicher Kopf war.

Die Schaumkrone stürzte dem Strand entgegen. Gischt sprühte weiß und wütend. Auckland wandte den Blick ab und rannte den steiler werdenden Hügel hinauf. Arnest war dicht neben ihm. Seine Augen waren weit aufgerissen, das Gesicht vor Anstrengung verzerrt. Ebenso wie Auckland musste er ahnen, dass sie noch nicht weit genug gekommen waren, dass die wenigen Meter, die sie von der Kuppe trennten, den Unterschied zwischen Leben und Tod ausmachen konnten.

Das Rauschen wurde zu einem gewaltigen Tosen. Es hüllte Auckland ein, bis er seinen eigenen keuchenden Atem nicht mehr hören konnte. Und dann traf ihn die Welle.

Es war, als schlüge eine Wand aus Beton in seinen Rücken. Er wurde von den Füßen gerissen und nach vorn geschleudert, war plötzlich unter Wasser, eingehüllt von Sand und Schlick. Steine trafen ihn wie Faustschläge. Er hielt die Luft an und streckte die Arme aus. Seine Finger fanden Gras und krallten sich hinein. Seine linke Hand stach und klopfte.

Einen Moment lang glaubte Auckland, er könne sich festhalten. Das Wasser um ihn herum zerrte an ihm, doch er ließ das Gras nicht los. Es war zu seinem Anker geworden, seiner einzigen Verbindung zu der Welt außerhalb des Ozeans. Als sich die Wurzeln vom Fels lösten, wurde Auckland mit ihnen und dem Gras zurückgerissen, auf das offene Meer zu.

Er ließ das Gras los. Seine Lungen brannten, die Muskeln in seiner Kehle verkrampften sich und wollten ihn zum Atmen zwingen. Er versuchte, an die Oberfläche zu gelangen, aber er wusste nicht einmal mehr, wo sie war. Auckland wurde umhergeschleudert, prallte gegen Trümmer und Steine, gegen harten Sand und weiches Fleisch. Das Wasser war braun und aufgewühlt. Er konnte nichts darin erkennen.

Dann wogte die Welle auch schon wieder nach vorn. Er wehrte sich nicht dagegen, sondern ließ sich mittragen, den

Strand hinauf und dann den Hügel. Schwarze Punkte tanzten vor seinen Augen. Der Drang, verbrauchte Luft auszustoßen und frische einzuatmen, war beinahe unerträglich.

Auf einmal spürte er festen Boden unter den Knien. Er griff danach, aber die Welle trug ihn weiter. Auckland winkelte die Beine an und stieß sich ab. Im nächsten Moment sah er Sterne über sich, kalter Wind traf sein Gesicht. Hustend atmete er durch.

Die Welle versetzte ihm einen weiteren Stoß und Auckland bemerkte auf einmal, dass er sich über der Hügelkuppe befand. Dahinter stürzte das Wasser ins Tal …

Scheiße.

… und er mit ihm.

Auckland wurde über die Kuppe gespült. Wellen schlugen über seinem Kopf zusammen. Er rutschte durch Gras und Dreck nach unten. Trümmerstücke trudelten an ihm vorbei. Doch die Kraft des Wassers ließ nach. Als er an einem Felsen vorbeischlitterte, schlang er seinen Arm darum und konnte sich festhalten. Er zog sich hoch, würgte und spuckte Salzwasser aus.

Eine zweite, kleinere Welle schwappte über die Hügelkuppe, eine dritte, dann keine mehr. Auckland hörte, wie das Wasser auf der anderen Seite tobte. Gischt spritzte über die Kuppe, doch dann wurde es auch dort ruhiger.

Auckland wischte sich das Wasser aus den Augen. Als er die Hand herunternahm, sah er Blut an den Fingerspitzen. Sein ganzer Körper schmerzte und sein Hemd war zerrissen. Er tastete nach dem Pad in seiner Hosentasche, aber es war nicht mehr da. Ebenso wenig wie die Tasche.

Er hob den Kopf, als er jemanden husten hörte. Arnest saß einige Meter von ihm entfernt im Sand, die Arme auf die Knie gestützt. Blut tropfte aus einer Platzwunde an seinem Kinn.

Er sah Auckland an. »War doch gar nich' so schlimm.«

3

»Wie lange?«, fragte Lanzo.

Kipling warf einen kurzen Blick auf seinen Monitor, bevor er sich wieder der Datei vor sich zuwandte. »Zehn Minuten. Einen kürzeren Sprung konnte ich nicht eingeben.«

»Zehn Minuten.« Lanzo fuhr sich mit beiden Händen durch die Haare. Er hatte seine Station verlassen und ging auf und ab. »Und wie hoch ist die Wahrscheinlichkeit, dass wir in der Nähe eines Sprungtors herauskommen?«

»Ich weiß es nicht. Niemand weiß das.« Kipling löschte ein paar Zeilen Code. »Die Entfernungen von einem System zum nächsten sind gewaltig. Es ist also zumindest deutlich wahrscheinlicher, im Nichts zwischen den Sternen zu landen als in einem Stern.«

»Also verhungern statt verbrennen.«

Rin drehte sich zu Lanzo um. »Ohne diesen Sprung wären wir bereits tot.«

»Ich weiß.« Er ließ die Hände sinken. »Tut mir leid. Warten ist nicht meine Stärke. Das ist eine der wenigen Gemeinsamkeiten zwischen mir und meinem Bruder.«

Kipling blendete die Unterhaltung aus und konzentrierte sich auf seine Arbeit. So lange sie sich im Hyperraum aufhielten, waren sie wie Schrödingers Katze, weder lebendig noch tot. Erst in zehn, nein, achteinhalb Minuten würde sich das ändern. So lange konnte er den Gedanken an das, was dann geschehen würde, verdrängen.

»Ich brauche einen Schiffsnamen«, sagte er, als es auf der Brücke wieder still wurde.

»Eliot.«

Er sah Rin an. »Nein, einen neuen. Irgendeinen. Ich ändere die Signatur der *Polk*, damit die nächsten Jockeys, denen wir begegnen, uns nicht sofort abschießen. Unsere Flucht dürfte sich bereits herumgesprochen haben.«

»Du ziehst den Gedanken, dass dieser Sprung in einer Katastrophe enden könnte, nicht mal in Betracht, oder?«, sagte Rin. Sie lächelte.

Kipling hob die Schultern. »Wenn es so ist, kann ich nichts daran ändern, aber wenn nicht, sollten wir vorbereitet sein. Also, Schiffsname?«

»Number Three«, sagte Lanzo.

»Okay.« Kipling gab den Namen ein und verlinkte ihn. »Nicht sehr kreativ, aber schön unauffällig. Wir sollten das Schiff trotzdem so schnell wie möglich loswerden, am besten noch bevor wir Auckland und Arnest auflesen.«

»Bob Swanson kann uns vielleicht helfen.« Lanzo blieb stehen. »Die *Polk* ist besser als die meisten der Schiffe, die zu seiner Flotte gehören. Wir könnten tauschen.«

Er zögerte einen Moment, so als wolle er die nächsten Worte nicht sagen, doch dann sprach er sie trotzdem aus. »Wie lange noch?«

»Sechs Minuten.« Kipling wünschte sich, Lanzo würde die Frage nicht ständig wiederholen. Ein Teil von ihm wünschte sich, dass sie den Hyperraum niemals verlassen, sondern eine Ewigkeit lang durch das wabernde Grau fliegen würden. Dort konnte sie niemand angreifen, weder Jockey noch Mensch. Und sie würden für immer die Hoffnung haben, dass sie am Ende des Sprungs etwas Besseres erwartete als das, was sie zurückgelassen hatten. Seit Omega zog Kipling Hoffnung der Gewissheit vor, denn Gewissheit bedeutete meistens Enttäuschung.

»Wir sollten John und Arnest Bescheid sagen.« Rin wandte sich wieder dem Bildschirm zu und dem kleinen Browserfenster, das eine Ecke davon einnahm. »Nur für den Fall … ihr wisst schon.«

Auckland wurde als online angezeigt, hatte sich aber noch nicht gemeldet. Kipling nickte. Er speicherte die geänderte Signatur ab und loggte sich in den Browser ein. Sofort leuchtete eine Nachricht von Gojira4evar auf, einem der Hacker, mit denen er an dem Tool zur Täuschung der Jockeys gearbeitet hatte.

Gojira4evar: ›Und??? Läuft es?‹

›Perfekt! Melde mich später.‹, antwortete er. Dann wechselte er den Chatraum. *›Hey, Leute, wir mussten vom Planeten wegspringen. Keine Ahnung, ob ihr das da unten gemerkt habt. Wenn ihr nichts mehr von uns hört, war das eine kack Idee, wenn wir uns tränenreich verabschieden, auch. In …‹* Er sah auf die Uhr. *›… zwei Minuten sag ich euch Bescheid. Und wenn nicht, wisst ihr Becheid.‹*

Kipling schickte die Nachricht ab, las sie im Browserfenster und seufzte. *Becheid.* Die letzte Nachricht, die er vielleicht jemals schicken würde, endete in einem Rechtschreibfehler.

»Bescheid schreibt man mit –«

Er unterbrach Lanzo. »Ich weiß.«

Danach sagte niemand mehr etwas. Rin starrte auf das wabernde Grau, die Hände auf die Joysticks gelegt. Lanzo setzte sich und legte den Sicherheitsgurt an. Der Countdown auf Kiplings Konsole strebte unerbittlich der Null entgegen.

Sollte die *Polk* im Nichts landen, dachte Kipling, hatten sie zumindest noch eine theoretische Chance. Der Treibstoff reichte noch für drei, vielleicht auch vier Sprünge, doch je weiter sie sich vom Netzwerk der Sprungtore entfernten, desto unwahrscheinlicher war es, dass sie in es zurückfanden. Das Weltall war groß. Man konnte sich nicht vorstellen, wie riesig, gewaltig, verblüffend groß es war.

Kipling lächelte. *Ich beende mein Leben mit einem Douglas-Adams-Zitat. Kein schlechter Abgang.*

Der Countdown sprang auf null.

4

Ama'Ru las Kiplings Nachricht in ihrem dunklen, von Wasserdampf durchzogenen Bad. Sie war sich sicher, dass sie abgehört und beobachtet wurde, auch wenn sie keine Kameras bemerkte.

Ein Zufallssprung, dachte sie, während sie durch Kiplings V-Specs blickte. *Verrückt, aber mutig.*

Die *Andere* schmatzte leise. Sie mochte den dunklen, feuchten Raum, wahrscheinlich, weil er sie an eine Höhle erinnerte und sie sich sicher fühlte. Der Angriff von Mak'Uryl hatte sie zutiefst verunsichert.

Und nicht nur sie.

»Ama'Ru en Rahlyn od Fir?« Die Stimme war durch das Rauschen des Wassers kaum zu hören. Ama'Ru schaltete die Dusche ab, schob die V-Specs unter ihren Sattel und verließ das Bad. Das Interkom neben der abgeschlossenen Eingangstür zu ihrer Kabine blinkte. Die menschliche Angewohnheit des Anklopfens hatte sich bei den meisten Jockey-Völkern nicht durchgesetzt. Es galt als höflicher, zu rufen oder ein Interkom zu verwenden.

»Ama'Ru en Rahlyn od Fir?«, wiederholte die Stimme. Dieses Mal erkannte Ama'Ru sie.

»Kommen Sie herein«, sagte sie. Die Verriegelung klickte, die beiden Türhälften fuhren in Decke und Boden zurück und Rena'El glitt auf ihrem Oktopus in den Raum.

»Danke, dass Sie mich empfangen.« Sie schloss die Tür hinter sich mit einem Knopfdruck.

»Ich bin froh über ein wenig Gesellschaft. Die Ausstattung meiner Unterkunft ist recht minimalistisch und ohne Internet …« Ama'Ru lächelte. »Verzeihen Sie, ich beschwere mich schon wie ein Mensch. So etwas haben Sie sicherlich oft genug gehört.«

»Ja, das habe ich tatsächlich.« Rena'El erwiderte das Lächeln. Ihre Augen waren so sanft wie die ihres Oktopus. »Zu langsames Internet, zu weiche Matratzen oder zu harte, schlechtes Essen, schlechte Luft. Man kann es Menschen nie recht machen, oder?«

»Das kann erstaunlich schwierig sein.« Die Unterhaltung war nur Geplänkel und sie beide wussten es. Die Tentakel von Rena'Els Oktopus zuckten nervös, die *Andere* hatte ihre Scheren leicht geöffnet, so als erwarte sie einen Angriff.

»Ich würde Ihnen gern etwas anbieten«, sagte Ama'Ru, »aber die Umstände erlauben mir das leider nicht.«

»Ich weiß. Sie bringen keine Schande über sich.« Rena'El neigte den Kopf. »Wir können offen sprechen. Ich habe die Kameras sabotiert. Mak'Uryl weiß nicht, dass ich bei Ihnen bin und er wird nichts von dem erfahren, was hier gesprochen wird.«

Ama'Ru betrachtete sie einen Moment lang. Die Nervosität, die sich von ihr auf den Oktopus übertrug, konnte ein Symptom sowohl für Lüge als auch Wahrheit sein. Rena'El hatte sich selbst als Feigling bezeichnet. Es erschien Ama'Ru seltsam, dass sie ein solches Risiko eingehen würde. Doch sie wirkte auch nicht wie eine Person, die sich aktiv an Mak'Uryls Plänen beteiligte. Sie war eine Beobachterin, eine Mitläuferin, aber keine Täterin.

»Worüber sollten wir denn offen sprechen?«, fragte Ama'Ru.

»Ich kann verstehen, dass Sie vorsichtig sind«, sagte Rena'El. »Ich wäre das an Ihrer Stelle auch.«

Der Oktopus ließ sich auf dem Boden nieder und rollte seine Tentakel ein, eine betont defensive Geste, die die *Andere* dazu brachte, ihre Scheren zu schließen und sich ebenfalls zu setzen.

»Ich weiß«, fuhr Rena'El fort, »dass mein Cousin den Menschen jagt, der *Tasha's Tool* programmiert hat, aber das ist nicht der einzige Grund, weshalb er Sie hier festhält.«

Sie machte eine kurze Pause. »Onas'Ramun ay Sin'Dolf ist auf seiner Station ermordet worden, vor seinen Augen. Er betrachtet das als sein Versagen.«

»Es *war* sein Versagen«, sagte Ama'Ru. »Wenn er Onas'Ramun ay Sin'Dolf nicht hätte zeigen wollen, wie hart er durchgreifen kann, wäre es wahrscheinlich nie so weit gekommen.«

»Da ist Mak'Uryl anderer Ansicht. Er glaubt, dass der Mord an Onas'Ramun ay Sin'Dolf nur einer von vielen war, die alle von den gleichen Personen begangen wurden. Und er vermutet einen Zusammenhang zwischen diesen Personen, der Besatzung der *Eliot* und Ihnen.«

Ama'Ru erwiderte Rena'Els Blick ruhig und lehnte sich in ihrem Sattel zurück. Die Fragen, die Mak'Uryl ihr gestellt hatte, waren bereits in eine ähnliche Richtung gegangen, deshalb hatte sie seine Gedankengänge erahnt. Es überraschte sie nur, dass er sie mit Rena'El geteilt hatte.

Sie lügt, dachte Ama'Ru plötzlich. *Mak'Uryl beobachtet alles.* Es war die einzige Erklärung, die Sinn ergab. Er hatte in Rena'Els Angelegenheiten eingegriffen, als er die beiden Menschen erschoss. Mit einer Person, die man so wenig respektierte, teilte man seine Gedanken nicht. Man befahl ihr und sie gehorchte. Diese Gewissheit gab Ama'Ru Sicherheit.

»Haben Sie je in Betracht gezogen, dass Ihr Cousin den Verstand verloren haben könnte?«, fragte sie.

Rena'El stieß den Atem aus. Tentakel, die eben noch ruhig am Boden gelegen hatten, zuckten. »Selbstverständlich nicht. Wir vertreten oft unterschiedliche Ansichten, aber er ist nicht verrückt.«

»Wie können Sie da so sicher sein? Er hat auf NG27 gewütet. Er hat mich körperlich angegriffen. Man könnte glauben, dass das Tier den Reiter beherrscht und nicht umgekehrt.«

Eine schlimmere Beleidigung war kaum vorstellbar. Der

Oktopus wand sich unter Rena'El, sie selbst erstarrte. Ama'Ru wünschte sich, sie hätte Mak'Uryls Gesicht sehen können, aber sie musste sich mit Rena'Els Reaktion auf ihre Worte begnügen. Es tat ihr leid, sie so in die Enge zu treiben, aber sie gestand sich ein, dass sie es gleichzeitig genoss.

»Er kann besessen wirken, wenn ihm etwas wichtig ist.« Rena'El wählte ihre Worte vorsichtig und langsam. »Aber Sie sollten auch den Druck verstehen, unter dem er steht. Er trägt eine große Verantwortung.«

»Die er sich selbst auferlegt hat. Niemand hat ihn gebeten, das zu tun. Ich bin mir sogar sicher, dass viele ihn gebeten hätten, genau das nicht zu tun, wenn sie gefragt worden wären. Doch dafür war Ihr Cousin zu feige.«

»Nein, das stimmt nicht.« Der Oktopus stand auf und glitt zur Tür. Rena'El versuchte, der Situation zu entfliehen. »Ich wollte Sie nur warnen. Aus Respekt. Mein Cousin wird Sie erst gehen lassen, wenn er alles über die *Eliot* und die Menschen darauf erfahren hat. Sie können ihn nicht belügen, selbst wenn Sie es aus irgendeinem Grund wollten. Er weiß bereits zu viel.«

»Ich danke Ihnen für Ihre Freundlichkeit«, sagte Ama'Ru angemessen steif. »Ich werde das, was Sie gesagt haben, bei meinen Entscheidungen berücksichtigen.«

Sie klatschte kurz in die Hände, um Rena'El auf traditionelle Weise zu verabschieden, doch diese erwiderte die Geste nicht, sondern blieb, den Rücken Ama'Ru zugewandt, an der Tür stehen.

»Vermissen Sie manchmal die Zeit, als es nur uns gab?«, fragte sie. Ihre Stimme klang auf einmal dünn und leise. Die Tentakel des Oktopus bewegten sich unablässig. »Als jeder wusste, was ein Händeklatschen bedeutete und niemand je von Menschen gehört hatte?«

Ama'Ru verstand, was sie meinte. »Ja, ich denke oft daran.«

Rena'El drehte den Kopf und sah sie an. In ihrem Blick las

Ama'Ru die Erkenntnis, durchschaut worden zu sein. »Sind Sie je auf unserer Heimatwelt gewesen?«

»Einige Male.«

»Dann haben Sie sicherlich die weißen Höhlen besucht, in denen das Wasser so klar wie Winterluft ist, aber so schwerfällig wie Sirup fließt?«

»Das habe ich.« Sie hatten darin gebadet, sie und die *Andere*. Es war ihr so vorgekommen, als würde das Wasser sie umarmen und sich an sie schmiegen. »Ein einzigartiges Erlebnis.«

»So erinnere ich mich an die Zeit vor den Menschen. Wir waren schwerfällig, langsam und rein. Aber jetzt …« Sie sprach den Satz nicht zu Ende, sondern schüttelte den Kopf. Ama'Ru fragte sich, ob ihr bewusst war, dass sie diese Geste von den Menschen übernommen hatte.

»Wir müssen das Beste daraus machen«, sagte Ama'Ru. »Für uns und für sie.«

Rena'El wandte sich ab, klatschte in die Hände und öffnete die Tür. »So ist es.«

Ohne ein weiteres Wort trat sie in den Gang. Ama'Ru bemerkte, dass dort keine Wachen standen. Sie dachte an Rena'Els unerwartete Sentimentalität. *Was für eine seltsame Unterhaltung.*

Die beiden Türhälften schlossen sich mit einem leisen Zischen. Ama'Ru blinzelte überrascht. Am unteren Rand, knapp über dem Boden standen zwei in krakeligen lateinischen Buchstaben geschriebene Sätze. Rena'El musste Ama'Ru und wohl auch ihren Cousin mit ihren Worten abgelenkt haben, während der Oktopus schrieb.

Sie ist vielleicht nicht so schwach, wie ich geglaubt habe, dachte Ama'Ru und betrachtete die rasch verblassende Schrift, bis sie sich auflöste.

REIZEN SIE IHN NICHT. ER WIRD SIE SONST TÖTEN.

5

Null.

Die *Polk* stürzte in den Normalraum zurück. Kiplings Mund war so trocken, dass er nicht schlucken konnte. Der Bildschirm zeigte Schwärze und einige weit entfernte trübe Sterne.

Oh nein, nein, nein.

»Wo sind wir?«, fragte Lanzo. Er klang heiser.

Kipling rief die Sensoren auf. Ihm wurde schwindelig, als er sich vorbeugte, so schnell schlug sein Herz. »Die Sensoren justieren sich noch. Das wird –«

Er unterbrach sich, als sich ein Popup im Browserfenster öffnete.

Download Patty's Pussy Party, Part IV *abgeschlossen. Starte Download* Patty's Pussy Party, Part V.

»Ja!« Kipling sprang auf und stieß die Faust in die Luft. »Wir haben Internet! Internet!«

»Und?« Lanzo sah Rin an, aber sie hob nur die Schultern.

»Kein Googlegate ohne Sprungtor.« Kiplings Stimme überschlug sich. Er lachte. »Wenn wir in der Reichweite des Internets sind, dann auch in der eines Sprungtors. Wir haben es geschafft.«

Jetzt lachte auch Rin. Sie verließ ihren Platz und umarmte Kipling, drückte ihn fest an sich. Lanzo kam hinzu und legte beiden die Arme auf die Schultern. Einen Moment lang standen sie einfach nur da und hielten einander fest. Kipling spürte, wie die Spannung von ihm abfiel. Erleichterung strömte durch seinen Körper wie eine Droge. Er fühlte sich high.

»Patty's Pussy Party?«, fragte Rin auf einmal.

»Ist für seinen Bruder.«

Lanzo lachte. »Ich wünschte, Arnests Geschmack wäre so normal.«

Sie lösten sich voneinander. Der Moment war vorbei. Rin kehrte zu ihrem Pilotensitz zurück, Kipling und Lanzo an ihre Konsolen.

»Kipling, sag Auckland und Arnest Bescheid, dass wir zu Bob Swansons Flotte fliegen«, sagte sie, »und sie so schnell wie möglich auflesen werden. Wann können wir wieder springen?«

Lanzo warf einen Blick auf seinen Monitor. »Der Bubble-Antrieb muss sich erst abkühlen. Das dauert in dieser Schrottkiste mindestens zehn Minuten.«

»Okay. Sag Bescheid, wenn es so weit ist.«

Mühelos war Rin wieder in die Rolle der Kommandantin geschlüpft. Auf der *Eliot* hatte sie sich Auckland untergeordnet, aber Kipling war sich nicht sicher, ob sie das auch auf der *Polk* tun würde, sollte sich die Frage stellen.

»Auckland und Arnest sind offline«, sagte er. In seinem Magen kribbelte es immer noch und er kämpfte ständig gegen den Drang zu lachen an. »Ich schicke ihnen trotzdem eine Nachricht. Die werden sie ja bekommen, wenn sie wieder on sind.«

›Überraschung!‹, schrieb er. *›Wir leben noch. :) Wir holen euch da raus, aber zuerst‹*

»Scheiße«, sagte Lanzo.

Kipling sah auf. Das Kribbeln in seinem Magen wurde zum Stechen. Auf dem Bildschirm tauchten fünf Punkte auf, die rasch größer wurden. Das grüne Licht blinkte.

»Jockeys.« Rin drehte sich zu ihm um. »Kipling.«

»Bin dabei.« Er schloss das Chatfenster und rief das Tool, mit dem man Anzahl und Spezies der Lebensformen an Bord eines Schiffes vertuschen konnte, auf. »Programm läuft.«

»Du redest mit ihnen«, sagte Rin. »Beim letzten Mal hast du

den richtigen Tonfall getroffen. Das kriegst du wieder hin, okay?«

»Okay.« Kipling wischte sich die Hände an der Hose ab und zwang sich zur Konzentration. »Mach den Kanal auf.«

»Kanal auf in drei, zwei, eins, jetzt.« Rin legte ihren Zeigefinger auf die Lippen. Lanzo nickte und nahm die Hände von der Konsole.

»Kommandant des Menschenschiffs *Number Three*«, sagte eine autoritär klingende, weibliche Stimme. »Nennen Sie Ihren Namen und die Anzahl der an Bord befindlichen Personen.«

»Ich heiße …« Im ersten Moment wollte Kipling Cthul'hu sagen, den Namen, den er beim ersten Einsatz des Tools verwendet hatte, doch dann entschied er sich dagegen. Man hätte ihn zu leicht mit der *Polk* in Verbindung bringen können. »… Shub'Nig gu Rath und es gefällt mir, dieses Schiff zu kommandieren.«

Die gleiche Floskel hatte der Kommandant des Abfangjägers verwendet, mit dem er als Cthul'hu gesprochen hatte. Kipling hoffte, dass er sie richtig einsetzte.

»Und es gefällt mir, dass Sie das tun«, sagte die Stimme. Sie klang freundlicher, fast schon respektvoll, was wahrscheinlich an dem zweiten Namen lag, den er sich gegeben hatte. *Mögen die Großen Alten über mich wachen.*

»Mein Name«, fuhr die Stimme fort, »ist Luy'Ben. Dürfte ich Sie bitten, eine visuelle Verbindung herzustellen?«

Scheiße, dachte Kipling. Er beugte sich über seine Konsole und deaktivierte rasch die Außenkameras. »Ich würde Ihre Bitte gern erfüllen«, sagte er währenddessen, »aber mein Schiff wurde von Piraten beschädigt. Die Außen- und Innenkameras sind ausgefallen.«

Der Bildschirm wurde schwarz. Kipling richtete sich auf. »Aber Sie können mein Schiff gern scannen. Sie werden sehen, dass ich allein an Bord bin.«

»Einen Moment, bitte.«

Die Stimme verstummte. Kipling schaltete das Brückenmikrofon ab. »Das läuft doch bisher ganz gut«, sagte er. »Der zweite Name hilft.«

Lanzo nickte. »Jetzt muss nur noch das Programm funktionieren.«

»Keine Sorge, das wird es.«

Es knackte in den Lautsprechern. Kipling schaltete das Mikrofon wieder ein.

»Bitte entschuldigen Sie die Verzögerung«, sagte Luy'Ben. »Wir haben Ihr Schiff gescannt und niemanden außer Ihnen vorgefunden.«

Er lächelte.

»Allerdings«, fuhr Luy'Ben fort und sein Lächeln erstarb, »muss ich auf einer visuellen Identifizierung bestehen. In einem anderen System gab es einen Zwischenfall, der darauf schließen lässt, dass die Menschen einen Weg gefunden haben, unsere Scanner zu täuschen. Deshalb –«

Kipling unterbrach sie mit harter Stimme. »Das ist Ihr Problem, nicht meins. Ich habe mich äußerst kooperativ verhalten, aber auch meine Geduld kennt Grenzen.«

Aus den Augenwinkeln sah er, wie Lanzo an seiner Konsole etwas eintippte. Rins Finger schwebte über dem Triebwerksknopf, obwohl er sich nicht sicher war, weshalb. Die *Polk* war zu langsam und schwerfällig, um den Abfangjägern zu entkommen. Selbst wenn es ihnen gelang, das Sprungtor zu erreichen, würden sie dort warten müssen, bis der Bubble-Antrieb abgekühlt war. Rin schien seinen Blick zu bemerken, denn sie hob die Hände und tat so, als wolle sie etwas auseinanderziehen. Die Bedeutung der Geste war klar: *Schinde Zeit.*

Sie will es wirklich versuchen, dachte Kipling.

»Shub'Nig gu Rath, ich muss Sie auffordern, uns das Betreten Ihres Schiffs zu erlauben«, sagte Luy'Ben. Sie klang weniger freundlich als zuvor. »Ich bedauere die Unannehmlichkeiten.«

»Das sind keine Unannehmlichkeiten, das ist eine Unverschämtheit.« Kipling schlug mit der flachen Hand auf seine Konsole. »Wenn Sie jemanden schikanieren wollen, dann suchen Sie sich einen Menschen. Ich lasse das jedenfalls nicht –«

»Werden Sie uns das erlauben? Ja oder nein?«

Lanzo schüttelte den Kopf und zeigte auf seine Konsole. Er hatte die Waffensysteme aufgerufen. Rin wiederholte ihre Geste, aber Kipling breitete nur die Arme aus. Wie sollte er bei einer solchen Fragestellung Zeit schinden?

Ich muss es versuchen, dachte er und räusperte sich. »Luy'Ben, rein hypothetisch gesprochen, was würde passieren, wenn ich ›Nein‹ antworte?«

»Wir würden Sie abschießen.«

Klare Ansage. »Nur damit ich das richtig verstehe«, sagte er in dem Versuch, die längst mögliche Gegenfrage zu formulieren. »Sie würden also tatsächlich ohne den geringsten Beweis ein Mitglied Ihres eigenen Volkes abschießen, nur weil die Kameras seines Schiffs von Piraten, übrigens von *menschlichen* Piraten, beschädigt wurden?«

Rin streckte den Daumen hoch. Ihr schien seine Taktik zu gefallen.

»Nein«, sagte Luy'Ben. »Ich würde Sie abschießen, weil ich langsam ernsthaft bezweifle, dass Sie ein Mitglied meines Volkes sind. Also, zum letzten Mal: Lassen Sie uns Ihr Schiff nun betreten oder nicht?«

Kipling sah die anderen beiden an. Rin ließ die Hand sinken und nickte. Der Blick, den sie ihm zuwarf, schwankte zwischen Resignation und Verzweiflung. Lanzo zeigte wieder auf seine Konsole. Kipling dachte an das, was Auckland gesagt hatte, bevor er und Arnest zum Planeten aufgebrochen waren. Er hatte prophezeit, dass Lanzo sich nicht ergeben würde, obwohl ein Kampf aussichtslos war. Und er hatte Kipling gebeten, die Waffensysteme abzuschalten, sollte sich eine solche Situation ergeben.

»Ja«, sagte Kipling. Lanzo schüttelte den Kopf und gestikulierte. »Sie können an Bord kommen, aber wahrscheinlich wird das nicht nötig sein.«

Er schaltete die Kameras an und die Waffensysteme ab. Der Bildschirm flackerte und zeigte ihm die drei Warane, die im Cockpit des Abfangjägers saßen. Sie sahen ihn im gleichen Moment. Ihre Augen weiteten sich.

»Und was machen wir jetzt?«, fragte Kipling.

6

»Es wird bald hell.« Arnest blieb stehen und gähnte. Das geronnene Blut an seinem Kinn sah aus wie schwarze Bartstoppeln. »Wir sollten uns irgendwo verkriechen.«

Auckland nickte. Hinter ihnen färbte sich der Himmel rosa. Die Wolken waren verschwunden, die Sterne verblassten. Sie waren die ganze Nacht lang gelaufen und dabei tief ins Landesinnere vorgestoßen. Ab und zu hatten sie das Dröhnen von Triebwerken über sich gehört, von Schiffen, die auf dem Weg zur Küste waren, wahrscheinlich, um die Schäden des Tsunamis zu beseitigen. Niemand schien nach ihnen zu suchen.

Noch nicht, dachte Auckland. Er sah sich in der weiten, offenen Landschaft um. Sanfte, grasbewachsene Hügel, einige knorrige Bäume mit Blättern, die im ersten Tageslicht schwarz wirkten und lang gezogene Täler. In der Nacht hatten sie die Lichter von Ortschaften gesehen und einzeln stehenden Gebäuden, doch nun waren sie allein.

»Wir brauchen Deckung«, sagte Auckland. Er war so erschöpft und ausgehungert, dass ihm das Denken schwerfiel. Sein Körper war so zerschunden wie Arnests. Ihre Kleidung bestand nur noch aus Lumpen.

»Ja.« Arnest rückte die tote, über einen Meter lange Seeschlange zurecht, die er sich wie einen Schal um den Hals gelegt hatte. »Frühstück«, hatte er auf Aucklands Frage gesagt. Der Fischgestank schien ihn nicht zu stören.

Sie gingen weiter. Je näher der Tag rückte, desto klarer

wurde Auckland, wie exponiert sie waren. Der erste Jockey, der auf seinem Flugsaurier über die Landschaft flog, würde sie entdecken. Er tastete unwillkürlich nach seiner Waffe, aber er hatte sie ebenso verloren wie das Pad. Auch Arnest war unbewaffnet.

Nebeneinander stiegen sie einen Hügel hinauf. Der Boden fühlte sich unter Aucklands nackten Füßen weich und feucht an. Gras kitzelte an seinen Knöcheln.

»Die anderen haben uns ganz schön in die Scheiße geritten«, sagte Arnest. Er keuchte und schnaufte bei jedem Schritt, beschwerte sich aber nicht.

Er versucht immer noch, sich zu beweisen, dachte Auckland. »Sie hatten keine Wahl.«

»Ja, ja, ich weiß. Trotzdem scheiße. Und das verschissene Pad ist auch weg.« Arnest blieb schwer atmend stehen. »Vielleicht haben die Jockeys die *Polk* schon abgeschossen.«

Auckland ging an ihm vorbei. Fischgestank umgab ihn einen Moment lang wie eine Wolke. »Machst du dir Sorgen um deinen Bruder?«

»Quatsch.« Arnest ging weiter. »Er und die anderen sind entweder tot oder nich'. Ob ich mir Sorgen mache, interessiert doch keine Sau. Es is' wie es is'.«

»Das stimmt«, sagte Auckland. Er bemerkte, dass Arnest ihn aus den Augenwinkeln musterte. »Was ist los?«

»Nichts.«

»Bist du sicher?«

Arnest kratzte sich am Kopf. »Ich hab mich nur gefragt, ob du das kannst. Sorgen machen und so, also wie'n Mensch.«

Auckland schloss eine Sekunde lang die Augen. Es war nicht das erste Mal, dass Arnest ihn so etwas fragte. Wenigstens hatte er aufgehört, ihn *Roboter* zu nennen. Meistens. »Ich bin ein Mensch«, sagte er. »Nur ein wenig modifiziert.«

»Hätt' ja sein können, dass sie das auch modifiziert haben.« Arnest grinste plötzlich. »Wär' doch geil. Dann würdest du hier rumlaufen und der ganze Rotz ging dir am Arsch vorbei. Sind die anderen tot? Scheißegal. Komm ich hier lebend raus? Scheißegal. So'n Upgrade würd' ich mir sofort einsetzen lassen.«

»Das funktioniert so –«

Arnest ließ ihn nicht ausreden. »Hey, guck mal.« Er zeigte nach vorn.

Sie hatten die Hügelkuppe erreicht. Vor ihnen breitete sich ein weites, grünes Tal aus. In seiner Mitte stand ein Zelt. Es war rechteckig. Die hellen Stoffbahnen, aus denen es bestand, blähten sich im Wind wie Segel. Keine Straße führte dorthin, es war nur von Gras und Bäumen umgeben.

»Was ist das?«, fragte Arnest.

»Ein Zelt«, sagte Auckland. Er machte sich auf den Weg nach unten. Arnest seufzte und folgte ihm.

Sie erreichten das Zelt, als sich die Sonne über die Hügel schob und Aucklands Rücken wärmte. Er fand einen faustgroßen Stein im Gras, hob ihn auf und ging vorsichtig weiter. Die Stangen, an denen die Stoffbahnen hingen, bestanden aus dunklem Holz. Stricke, in die bunte Perlen gewoben worden waren, hielten das Zelt am Boden. Der Stoff war so dünn, dass Auckland schemenhafte Umrisse dahinter erkennen konnte. Nichts bewegte sich.

»Da is' keiner drin«, sagte Arnest. Er hielt einen knorrigen, unterarmlangen Ast in der Hand.

Auckland umrundete das Zelt und blieb vor dem offenen Eingang stehen. Darüber flatterte ein kleines gelbes Banner, auf dem Schriftzeichen standen. Der Innenraum war gerade groß genug, dass zwei Menschen darin Platz fanden, aber so hoch, dass Auckland darin stehen konnte. Auf dem Boden lagen Kissen und geflochtene Matten. In der Mitte stand ein flacher Tisch. Jemand hatte eine Karaffe mit einer durchsichtigen Flüssigkeit daraufgestellt, wahrscheinlich Wasser. Daneben sah Auckland Schalen mit Essen; Obst und dem unvermeidlichen Pak, dem fast geschmacklosen Grundnahrungsmittel der Jockeys.

Arnest wollte sich an ihm vorbei ins Zelt schieben, aber Auckland hielt ihn mit einer Hand zurück. »Die Schlange bleibt draußen.«

Es überraschte ihn, dass Arnest nicht widersprach, sondern sie wortlos ins Gras fallen ließ, bevor er eintrat und sich auf den Kissen ausstreckte. Er wälzte sich darin wie ein Hund im Gras. »Endlich.«

Auckland folgte ihm. Er legte den Stein auf den Tisch und roch an der Karaffe, dann trank er vorsichtig einen Schluck. Das Wasser war kühl und klar.

»Ist das Wasser?«, fragte Arnest, als er sich aufsetzte. Fischgeruch breitete sich in dem Zelt aus.

»Ja.«

»Man kann nich' alles haben.« Er griff nach einer Schale mit Pak und schaufelte sich den Brei mit der Hand in den Mund. »Hätte nie gedacht, dass ich mich über diesen Jockeyscheiß mal freuen würde.«

Auckland nahm die zweite Schale, setzte sich und aß. Der Brei schmeckte wie ungesalzener Haferschleim, aber er füllte den Magen. Während er aß, warf er einen Blick auf das Obst, handtellergroße, gelbe, mit langen Stacheln versehene Kugeln. Eines seiner … er dachte *Opfer*, wandelte das Wort aber in *Ziele* um, hatte eine von ihnen gegessen, bevor eine Kugel aus fünfzig Metern Entfernung sein Leben beendete. Er schüttelte die Erinnerung ab.

»Wir werden den Tag hier abwarten«, sagte er. »Ich übernehme die erste Wache, du die zweite.«

Arnest sah von seiner Schale auf. Brei lief ihm über das Kinn und tropfte auf seine zerrissene Hose. »Ich bin nicht müde. Du kannst schlafen.«

»Du bist …« *genauso müde wie ich*, hatte Auckland sagen wollen, aber er ließ den Satz unvollendet und hob stattdessen die

Schultern. Wenn Arnest beweisen wollte, dass er dem *Roboter* überlegen war, dann sollte er das tun. »Okay.«

»Na also.« Arnest schien die leere Schale abstellen zu wollen, hielt aber in der Bewegung inne und runzelte die Stirn. »Das is' ein Trick, oder? Die zweite Wache is' doch viel härter, weil man da aus'm Schlaf gerissen wird und wach bleiben muss, obwohl es scheißlangweilig is'. Du denkst, ich pack das nicht.«

Auckland öffnete den Mund, aber Arnest kam ihm zuvor. »Nee, ich nehm die zweite. So leicht lass ich mich nich' verarschen.«

Er stellte die Schale ab, legte sich hin und schloss die Augen. »Diskussion beendet.«

Gut, dachte Auckland. Er nahm seine Schale mit zum Eingang und setzte sich zwischen die Stoffbahnen. Die Brise vertrieb den Fischgestank und klärte seine Gedanken. Arnest schien sich nicht zu fragen, weshalb ein Zelt mit Kissen und Nahrung mitten in einem Tal stand, er nahm es einfach hin und freute sich über sein Glück. Auf Auckland wirkte es hingegen wie ein Tempel, ein Ort, an dem man den Göttern Opfer darbot. Und es musste regelmäßig befüllt und gereinigt werden, denn die Nahrung war frisch und trotz des beständigen Winds gab es kaum Staub im Innenraum.

Er fragte sich, ob Jockeys Religionen anhingen. Auf ihren Stationen hatte er so etwas wie dieses Zelt noch nie gesehen, aber das hieß nichts. Seit er Ama'Ru kannte, bekam er zunehmend den Eindruck, dass die Stationen und YouTube-Channel der Jockeys nur Bühnen waren, auf denen sie vorführten, was sie den Menschen von sich preisgeben wollten. Die Wahrheit über sie würde man dort nicht finden.

Aber an Orten wie diesem, dachte er. *Auf ihren Planeten und Monden, wo sie unter sich sind.*

Auckland streckte sich und verzog das Gesicht, als zahlreiche Stellen seines Körpers darauf mit Schmerz reagierten. Hinter ihm schnarchte Arnest laut, so wie er es scheinbar jedes Mal tat, wenn er sich Schlafen legte. Auf der *Eliot* hatte das niemanden gestört, aber auf der *Polk* sorgte es für Irritationen. Nach nur zwei Tagen hatten weder Auckland noch die anderen zur gleichen Zeit wie Arnest schlafen wollen.

Er zog die Knie an, stützte die Arme darauf und betrachtete den Sonnenaufgang. Er vermisste die *Eliot* mehr, als er zugeben wollte. Ihre Größe, ihre Stille, den Luxus, die Tür hinter sich zu schließen und allein zu sein. Sie war längst zu seinem Zuhause geworden, dem ersten, das er je gehabt hatte.

Dem zweiten, wenn man es genau nimmt, dachte Auckland.

Die Brise frischte auf und vermischte sich mit dem Fischgestank.

Vor seinem geistigen Auge sah Auckland ein anderes Schiff auf einem anderen Planeten.

7

EIN JAHR ZUVOR

England war gefallen.

3NJ94 hatte seinen falschen Namen, Colonel Raymond Pearce, zusammen mit der Hoffnung auf einen Sieg abgelegt. Der Flughafen, den er bis zuletzt gegen die Untoten verteidigt hatte, war längst überrannt worden, was aus den Soldaten und Zivilisten geworden war, wusste er nicht. Seine Begleiter, die sich McCullough und Snyder genannt hatten, waren im Hubschrauber unterwegs zu ihrer nächsten Mission. Er selbst hatte sich dem Befehl widersetzt und ausgeharrt, bis nur noch die Flucht blieb.

In einem Bauwagen am Strand hatte er die Nacht verbracht und die Befehle gelesen, die Brown, diese Mischung aus Vaterfigur und General, ihm hatte überbringen lassen.

›*3NJ94*‹, stand auf dem Pad. Darauf folgte eine Reihe von Zahlen, Koordinaten, die auf einen Ort mitten in der Irischen See verwiesen. ›*Dein Ziel. Begib dich dorthin. Befehl bestätigen.*‹

Als er sich im ersten Morgenlicht aufsetzte, war eine zweite Nachricht hinzugekommen. *Brown:* ›*Deine Entscheidung war falsch, NJ. Begib dich zu den Koordinaten. Sofort. Befehl bestätigen.*‹

Er tippte ›*Ja, Sir*‹ und steckte das Pad in die Hosentasche. Getrocknetes Blut bedeckte seine Uniform und machte den Stoff steif. Eisengeruch umgab ihn. NJ überprüfte das Magazin seiner Pistole, schob sie ins Holster und nahm stattdessen einen Hammer und eine unterarmlange Brechstange in die Hände. Beides hatte er in einem Werkzeugkasten gefunden. Lärm zog

Zombies an. Solange er allein war, musste er alles vermeiden, was Aufmerksamkeit erregte, vor allem Schüsse.

NJ steckte die Brechstange in seinen Gürtel und öffnete die Tür des Bauwagens. Vor ihm erstreckte sich eine lang gezogene schmale Bucht. Es regnete nicht mehr, aber die Wolken hingen immer noch dunkel über dem Meer und der Sand, in den er sprang, war schwer und nass. Muscheln knirschten unter seinen Stiefelsohlen.

In einer Entfernung von vier oder fünf Kilometern sah er die Häuser einer Kleinstadt. Sie brannte. Rauchwolken stiegen in den Himmel und wurden vom Wind davongeweht. Wie sie hieß, wusste NJ nicht und er hatte auch kein Interesse daran, das herauszufinden. Er war nicht auf dem Weg dorthin.

Seine Aufmerksamkeit richtete sich auf die Schiffe, die im Meer dümpelten, weiße Jachten und dunkle Fischerboote, deren Masten gleichmäßig wie Metronome von einer Seite zur anderen pendelten. Sie waren sein Ziel.

Er lief am Strand entlang, bis er ein kleines Ruderboot fand, das jemand auf den Strand gezogen hatte. Daneben lag ein Mann auf dem Bauch, mit dem Gesicht im Sand. Er trug eine graue Jogginghose und nur einen Schuh. Wasser schwappte über seine Beine. Er bewegte sich nicht.

NJ ging auf ihn zu. Als er noch zwei Schritte entfernt war, hob der Mann den Kopf. Sein Gesicht war voller Blut, die Nase fehlte. Aus milchig weißen Augen starrte er NJ an. Seine Hände krallten sich in den Sand. Schwerfällig kam er hoch.

NJ schlug ihm die spitze Seite des Hammerkopfes in die Stirn. Der Mann sackte ohne einen Laut zusammen.

Das Boot war schwer und alt. NJ stemmte sich dagegen, bis es über den Sand ins Meer glitt. Dann stieg er hinein und schob die Ruder ins Wasser. Am Bug des Boots stand ein Rucksack, daneben lag eine blutbefleckte Jacke. Er nahm an, dass der Mann verletzt aus der Stadt geflohen und gestorben war, bevor er das Boot zu Wasser lassen konnte.

Im Rucksack fand NJ außer Kleidung eine Flasche Wasser und in Zeitungspapier eingeschlagene Sandwiches. Er ruderte auf das Meer hinaus, bis die Strömung nicht mehr versuchte, das Boot wieder an den Strand zu werfen und aß die Sandwiches – Putenbrust mit zu viel Mayonnaise. Das Wasser, das er aus der Flasche trank, schmeckte nach Erdbeeren. NJ verzog das Gesicht.

Er drehte den Kopf und betrachtete die Schiffe, die auf dem Meer lagen. Seine Wahl fiel auf eine schlanke, kleine Jacht, die den Namen *Edith Head* trug. Sie lag hoch im Wasser, war also im Gegensatz zu einigen anderen nicht schwer beladen. Das war gut.

Viele Menschen waren auf die Idee gekommen, die Pandemie auf dem Wasser auszusitzen. Einigen war das vielleicht gelungen, aber die meisten hatten sie wohl nur mit auf ihre Boote genommen und waren dort gestorben. Da keines der Boote sich bewegte und er niemanden an den Decks sehen konnte, ging NJ davon aus, dass es sich bei ihren Besitzern um Menschen aus der zweiten Kategorie handelte.

Als er die *Edith Head* erreichte, fiel ein leichter Nieselregen. NJ ruderte zum Heck des Schiffs, von dem aus eine breite Leiter fast bis zur Wasseroberfläche führte. Er stand auf, griff nach den Sprossen und zog sich nach oben. Das Ruderboot schlug dumpf gegen die Jacht. NJ verharrte einen Moment auf der Leiter, aber als er nichts hörte, stieg er über die Reling.

Wasser tropfte aus seiner nassen Uniformhose auf das Deck. Es war niemand zu sehen. NJ stieg über einige fest vertäute Kisten hinweg und ging auf die Aufbauten zu. Eine Leiter führte nach oben zu einem kleinen, nach hinten offenen und überdachten Cockpit. Das Steuerrad drehte sich bei jeder Bewegung der *Edith Head*. Der Kapitänssitz war leer.

NJ zog den Hammer aus seinem Gürtel. Neben der Leiter

befand sich eine geschlossene Tür. Er vermutete eine Treppe dahinter, eine oder mehrere Kajüten und einen Maschinenraum.

Und was es sonst noch da unten gibt.

Er legte eine Hand auf den Türknauf und drehte ihn langsam. Lautlos zog er die Tür zu sich heran. Verwesungsgestank und der Geruch verdorbener Lebensmittel schlugen ihm entgegen. Die Treppe, die nach unten führte, war eng und steil. Sie mündete in einer Wand, wahrscheinlich das Ende eines in Richtung Heck führenden Gangs.

NJ atmete noch einmal die kühle Seeluft ein, dann legte er den linken Arm vor Nase und Mund und stieg langsam nach unten. Die Stufen knarrten bei jedem seiner Schritte. Nach der dritten blieb er stehen und lauschte. Nichts. Es musste irgendwo ein Bullauge geben, denn aus dem Gang drang diffuses Licht die Treppe hinauf. Alles wirkte grau.

Der Gang war kurz und endete in einer Tür. Auf seiner rechten Seite gab es eine kleine Küchenzeile. In der Spüle standen einige schmutzige Teller, auf dem Boden lag ein Geschirrtuch mit dunklen Flecken. Die Kühlschranktür stand offen. Dahinter sah NJ schwarz verfaultes Gemüse, eine Flasche mit verschimmeltem Orangensaft und einige ungeöffnete Obstjoghurts, deren Deckel sich wölbten. Insekten summten. Das Bullauge über der Küchenzeile war blutverschmiert und dämpfte das einfallende Licht.

NJ ging auf die zweite Tür zu. Das Blut, das Boden und Wände bespritzt hatte, war längst getrocknet und bildete schwarze Muster. Er blieb vor der Tür stehen und nahm den Arm herunter. Der Gestank ließ ihn würgen. Er wartete, bis der Drang verging, bevor er die Hand auf den Knauf legte und die Tür öffnete.

Der Zombie fiel ihm entgegen. Mit der Schulter prallte er gegen die Tür und schlug sie NJ aus der Hand. Der wich zurück und hob den Hammer. Der Zombie brach vor ihm in die Knie.

Seine teigig weißen Finger krallten sich in den Boden. Er musste mit der Stirn an der Tür gelehnt haben, denn dort war die Haut aufgeplatzt und mit Holzsplittern gespickt.

NJ riss ihn am Kragen vom Boden hoch und schlug ihm den Hammer in den Kopf. Noch während er den Zombie fallen ließ, richtete er seinen Blick auf die Kajüte und die beiden Zombies, die schlurfend und taumelnd auf ihn zukamen – eine halb nackte Frau mit zerrissener Bluse und ein etwa zehnjähriges Mädchen, dessen blutverklebtes Haar von einer Spange aus dem Gesicht gehalten wurde. Beide versuchten, sich gleichzeitig durch die Tür zu drängen. Sie fauchten. Ihre Zähne schlugen aufeinander, so als könnten sie das Fleisch, das sie herausreißen wollten, bereits schmecken.

NJ stieg über die Männerleiche und rammte den Hammer in die Stirn der Frau. Sie erschlaffte, ihre Beine knickten ein. Das Mädchen zwängte sich an ihr vorbei. Er stieß es mit einem Tritt zurück in die Kajüte, ließ den Hammer los und griff nach der Brechstange. Die Frau landete mit einem dumpfen Knall auf dem Boden.

In der Kajüte stank es nach Kot und Urin. Die Bullaugen waren mit Handtüchern verhangen, die Decken auf den beiden Kojen und dem Fußboden waren zerwühlt. Wer mit dem Virus infiziert war, wurde lichtempfindlich und fror. Jeder kannte die Symptome, doch nur wenige gestanden sie sich ein, bevor es zu spät war.

Das Mädchen war gestürzt und versuchte nun, sich aus den Decken zu befreien. NJ nahm eine davon und legte sie ihm über den Kopf. Er wollte sein Gesicht nicht sehen. Es fauchte und schlug nach ihm, aber seine Arme waren zu kurz, um ihn treffen zu können. Er drückte den Zombie mühelos zu Boden, nahm die Brechstange und schlug zweimal kurz zu. Unter der Decke knackte es. Er spürte, wie sich die Muskeln entspannten und stand auf. Dann sah er sich um. Es gab noch zwei weitere Türen in der Kajüte, eine in der Rückwand, hinter der er einen kleinen, kaum begehbaren Maschinenraum fand und eine in einem abgetrennten Bereich des Raums, die in ein Bad mit Dusche, Waschbecken und Toilette führte. An den Wänden saßen Fliegen. Der Kotgestank war überwältigend.

NJ schloss die Tür, ging zurück in die Kajüte und zog der toten Frau den Hammer aus der Stirn. Er ahnte, was sich auf der *Edith Head* abgespielt hatte. Es war nicht das Boot der Familie, es gab nur zwei Kojen, aber sie waren zu dritt gewesen. Wahrscheinlich hatten sie es gestohlen, was auch die wenigen Vorräte erklärte. Einer von ihnen musste bereits krank an Bord gekommen sein, NJ vermutete, dass es das Kind gewesen war. Er stellte sich vor, wie die Eltern auf dem Bett gesessen und darüber gesprochen hatten, die eigene Tochter zu töten. Doch sie hatten es nicht tun können und die Familie hatte den Preis dafür gezahlt. Die Geschichte wiederholte sich tausendfach jeden Tag auf der ganzen Welt.

NJ stieg die Treppe hinauf und betrat das Deck. Minutenlang stand er dort und ließ sich nass regnen, doch weder der Gestank noch das Blut verschwanden. Er schüttelte Wasser aus seinen Haaren und kletterte über die Leiter auf die Brücke. Der Schlüssel steckte noch in der Zündung. Er drehte ihn und die Motoren der *Edith Head* sprangen an. Ein Knopfdruck holte den Anker ein. Das Rasseln der Kette war über dem dröhnenden Motorenlärm kaum zu hören. NJ gab die Koordinaten in das Navigationssystem des Schiffs ein und wartete darauf, dass der Kurs berechnet wurde. Nach wenigen Sekunden pendelte sich der Pfeil auf dem Display ein. Sechs Stunden bis zu seinem Ziel.

NJ drückte den Gashebel nach vorn und drehte das Steuerrad. Der Bug der *Edith Head* hob sich aus dem Wasser, das Schiff nahm Kurs auf das offene Meer.

Aus den Augenwinkeln sah er, das etwas neben ihm blinkte. Es war ein Pad. Die Ladestation, in der es steckte, wurde mit

Solarenergie betrieben. Das kleine Panel ragte über die Seitenwand der Brücke hinaus. Wahrscheinlich versorgte es die Station schon seit Wochen mit Strom. Er zögerte, bevor er das Pad herauszog. Das Display schaltete sich sofort ein. Dreidimensionale Icons tanzten über der Oberfläche. Eines wies auf 852 ungelesene Nachrichten hin, rote Warndreiecke drehten sich und verlangten Aufmerksamkeit.

NJ wischte alle mit einer Handbewegung weg. Das Wallpaper dahinter bestand aus einem Foto, das an einem langen, weißen Sandstrand aufgenommen worden war. Palmen rahmten ihn ein. Der Himmel war blau und wolkenlos. Der Mann auf dem Foto trug Shorts und ein buntes T-Shirt. Lächelnd hielt er eine Frau im Arm, die etwas kleiner als er war und ihren Kopf an seine Schulter gelegt hatte. Vor ihnen spielte ein kleines Mädchen, das einen Sonnenhut trug, im Sand. Das weiße Kleid der Frau wehte im Wind. Ein anderes, identisch aussehendes Mädchen, hielt den Stoff fest und lachte.

Zwillinge.

Zwei Töchter.

NJ spürte, wie etwas auf seinen linken Stiefel drückte. Er sah nach unten. Vor ihm, in der Verkleidung der Brücke, gab es einige Fächer, die hinter einer Schiebetür versteckt gewesen waren. Die Tür stand offen. Ein kleines Mädchen kroch mit abgewinkelten Armen und Beinen wie eine Spinne heraus. Nach den Wochen in dem beengten Fach mussten sie steif geworden sein. Mit einer Hand stützte es sich auf seinen Stiefel, die andere krallte sich in sein Hosenbein.

Instinktiv riss NJ das Bein zurück. Das Mädchen wurde mitgeschleift und rutschte über den Boden, der Sitz schwang herum. Auch die zweite Hand krallte sich in seine Hose. Das Mädchen öffnete den Mund, doch bevor es zubeißen konnte, packte es NJ an den Haaren, sprang auf und schleuderte es von sich weg. Es war so leicht, dass es über die Leiter flog und hart auf die Reling prallte. Einen Moment lang hing es dort und NJ glaubte schon, es würde auf das Deck stürzen, doch dann kippte es plötzlich zur Seite und verschwand im Wasser.

Nein, nicht so. Er sprang von der Brücke auf das Deck und zog seine Pistole. Vom Heck aus zielte er ins Wasser. Die Schiffsschraube wühlte es auf. Gischt sprühte. Er sah den Kopf des Mädchens nur eine Sekunde lang, dann nicht mehr.

Nicht so. NJ dachte daran, wie das Mädchen sich in dem Fach auf der Brücke versteckt haben musste, allein und verängstigt, während die Schreie aus der Kajüte nach oben drangen. Waren sie das Schlimmste gewesen oder die Stille, die auf sie folgte, der Hunger, der Durst, die schwindende Hoffnung?

Das Mädchen war allein gestorben und es würde allein bleiben, ein hilfloser, einsamer Spielball des Winds und der Wellen. Der Tod war seine letzte Hoffnung gewesen und die war ihm nun genommen worden.

Das ist das Schlimmste, was ich je getan habe, dachte NJ.

Und es verfolgt mich heute noch, dachte Auckland.

Er wischte sich über die Augen, aber das Bild des in den Wellen treibenden Mädchens verschwand nur langsam.

Der Wind trug ein weit entferntes Krächzen zu ihm herüber. Auckland warf einen Blick zum Horizont. Eine dunkle Silhouette näherte sich durch den orangefarbenen, rasch heller werdenden Himmel. Sie flog auf das Zelt zu.

Er wich ins Innere zurück und legte Arnest die Hand auf die Schulter.

»Was?« Arnest fuhr sofort hoch. Er wachte auf wie ein Soldat, aufmerksam und angespannt.

»Ein Jockey. Vielleicht fliegt er über uns hinweg, vielleicht nicht.« Auckland zeigte auf die Kissen. »Wir verstecken uns zwischen denen, damit er uns von draußen nicht bemerkt. Wenn er reinkommt, schnappen wir ihn.«

Er sah, wie Arnest nach dem Knüppel greifen wollte, und hielt seine Hand fest. »Wir verletzen ihn nicht, wir töten ihn nicht. Wir schnappen ihn. Verstanden?«

Arnest schien widersprechen zu wollen, doch dann presste er plötzlich die Lippen zusammen, so als erinnere er sich an etwas, und nickte. »Ja, Sir.«

Das Krächzen kam näher. Ein Schatten glitt über das Zelt.

8

Man hatte sie im Schlafbereich der *Polk* eingesperrt. Lanzo saß auf einem der Betten und betrachtete seine Finger. Die Tür war geschlossen, davor standen zwei Jockeys. Ein weiterer saß auf der Brücke und flog das Schiff. Das Dröhnen des Bubble-Antriebs verriet, dass sie in den Hyperraum gesprungen waren, doch ihr Ziel kannten sie nicht.

»Wir hätten es schaffen können«, sagte er.

»Ohne Plasmabolzen? Niemals.« Rin setzte sich ihm gegenüber auf ein anderes Bett. »Hätten wir uns nicht ergeben, wären wir jetzt tot.«

»Und behaupte jetzt nicht, dass wäre vielleicht besser so«, rief Kipling aus der Küche. Er füllte einen Rucksack mit Konserven. »So lange wir leben, gibt es eine Chance.«

Lanzo hob den Kopf. »Worauf? Ein Leben in Sklaverei? Sie werden uns zu einem dieser Habitate bringen, das ist dir doch wohl klar.«

Er dachte an das Video, in dem dieser Nachrichtensprecher, Algernon Reynolds, lächelnde Menschen in einer sauberen, gut ausgestatteten Raumstation gezeigt hatte. Einer Raumstation, die allerdings noch gebaut werden musste.

Von uns und all den anderen armen Schweinen, die sich erwischen lassen.

»Deshalb sorge ich vor.« Kipling zog den Reißverschluss des Rucksacks zu und stand auf. »Verhungern werden wir erst mal nicht.«

»Wir müssen durchhalten, bis wir eine Möglichkeit finden, Arnest und Auckland zu kontaktieren«, sagte Rin.

»Die Lichtjahre entfernt auf einem Planeten festsitzen.« Lanzo ließ die Hände sinken. »Sie können sich wahrscheinlich nicht einmal selbst helfen, geschweige denn uns.«

Rin lächelte. »Ich glaube, du bist zu pessimistisch. Du unterschätzt die beiden.«

Nein, dachte Lanzo. *Das tue ich nicht.*

Er legte sich auf das Bett und starrte die Decke an. Rin erkannte wohl, dass damit die Unterhaltung beendet war, denn sie stand auf und ging zu Kipling in die Küche. Lanzo hätte sich ihnen am liebsten anvertraut, aber das hätte Arnest ihm nie verziehen. Und so ganz hatte er die Hoffnung, seinen Bruder wiederzusehen, noch nicht aufgegeben. Auch wenn es unwahrscheinlich erschien.

Was machst du gerade?, fragte sich Lanzo. *Lebst du noch? Lebt Auckland noch?*

Die Ungewissheit machte ihn nervös und gereizt. Dass Arnest etwas angetan werden könnte, bereitete ihm weniger Sorgen als das, was Arnest vielleicht jemandem antat.

Er verschränkte die Hände hinter dem Kopf. Draußen vor der Tür unterhielten sich die beiden Jockeys in einer angenehm melodisch klingenden Sprache. Lanzo konzentrierte sich auf die unverständlichen Worte und zwang sich zur Ruhe. Es brachte nichts, sich Sorgen zu machen, das sagte Arnest oft, nur etwas drastischer. Während man sich Sorgen machte, konnte man auch schlafen.

Lanzo schloss die Augen. Die weichen Stimmen der Jockeys mischten sich in das Dröhnen des Antriebs.

Die Tür flog auf. Lanzo fuhr hoch, griff nach seiner Waffe und fasste ins Leere. Erst als er den Waran mit seinem Jockey auf dem Rücken im Türrahmen stehen sah, kehrte die Erinnerung zurück. Ihm fiel auf, dass der Bubble-Antrieb verstummt war und die *Polk* den Hyperraum verlassen hatte. Er fragte sich, wie lange er geschlafen hatte.

»Aufstehen«, sagte Luy'Ben. Sie hatte das Schiff geflogen. »Nehmt euren Besitz und kommt mit.«

»Wohin?«, fragte Kipling. Sein Haar war zerzaust und er gähnte.

»Das werdet ihr sehen.«

Täuschte er sich oder schwang so etwas wie Mitgefühl in Luy'Bens Worten mit? Ihr Akzent und ihre fremde Mimik ließen das nur schwer erkennen.

Rin stand auf. Sie hatte zwar auf ihrem Bett gelegen, wirkte aber nicht so, als ob sie geschlafen hätte. Wortlos zog sie Stiefel und Jacke an und hängte sich eine Tasche über die Schulter.

»Ihr verlasst den Raum hintereinander und auf mein Kommando«, sagte Luy'Ben und trat einen Schritt zurück. Der Jockey, der neben ihr stand, hielt einen Scanner in der Hand.

Lanzo nahm einen der mit Konserven gefüllten Rucksäcke, Kipling den anderen. Er war schwer genug, um als Waffe zu taugen. Lanzo spannte sich an, als er auf die Tür zuging.

»Was passiert mit unserem Schiff?«, fragte er.

»Mit diesem Schrotthaufen?« Luy'Ben sah sich um. »Der wird ausgeschlachtet. Vielleicht lässt sich davon ja noch etwas verwenden.«

»Für den Bau der Habitate?« Lanzo hatte gehofft, dass der Jockey zu ihm kommen würde, aber er blieb auf der anderen Seite des Gangs stehen und scannte ihn von dort. Dann sagte er etwas in seiner eigenen Sprache zu Luy'Ben.

Sie zeigte in den Gang. »Geh weiter.«

Lanzo schätzte die Entfernung zu ihr ab. Ein schneller Schlag mit dem Rucksack, um sie aus dem Gleichgewicht zu bringen, ein Sprung, um hinter sie zu gelangen, ein Griff nach ihrer Waffe. Doch dann drehte er den Kopf und sah vier Jockeys, die neben der Schleuse am Ende des Gangs standen. Sie alle richteten Pistolen auf ihn.

Er entspannte seine Muskeln. *Das hat keinen Sinn*, dachte er.

»Eine kluge Entscheidung«, sagte Luy'Ben. Dass sie ihn durchschaut hatte, überraschte Lanzo. Den meisten Jockeys fiel es schwer, Menschen richtig einzuschätzen.

Er trat einige Schritte in den Gang und wartete, bis die anderen auf Waffen und Elektronik gescannt worden waren. Kipling legte die Hand auf die Tür zum Schlafbereich und strich darüber.

»Leb wohl, Schiff«, sagte er. »Wir konnten dich zwar nicht leiden, aber du hast dein Bestes gegeben. Wir werden dich vermissen.«

Luy'Ben und der Jockey mit dem Scanner sahen einander kurz an. Lanzo hatte den Eindruck, dass sie die menschliche Angewohnheit, unbelebten Objekten Absichten und Gefühle zu unterstellen, nicht verstanden.

»Geht zur Schleuse«, sagte Luy'Ben.

Die Mündungen der Pistolen folgten Lanzo auf seinem Weg. Die Schleusentür stand offen. Dahinter sah er einen kurzen, quadratisch geformten Gang, der in einer zweiten Schleuse endete. Dort warteten keine Jockeys. Der Raum war leer.

»Das ist keine Raumstation«, sagte Rin. »Das ist ein Schiff.«

»Und zwar ein ziemlich großes«, fügte Kipling hinzu.

Lanzo nickte. Kleine Schiffe dockten mit Schläuchen an, weil ihnen der Platz für einen ausfahrbaren Metallgang fehlte.

»Weiter!«, sagte einer der Jockeys. »Sonst schieße ich dir –«

»Mäßigen Sie sich, Rak'Ut«, unterbrach ihn Luy'Ben. »Sie machen uns Schande.«

Rak'Ut schien widersprechen zu wollen, doch dann breiteten Jockey und Waran gleichzeitig die Arme aus. »Diese Schande trage ich allein.«

Lanzo fragte sich, weshalb sie Englisch sprachen. Luy'Ben schien zu wollen, dass auch die Menschen diese Auseinandersetzung verstanden.

Er betrat den Gang zur Schleuse als Erster. Sein Körper fühlte sich einen Moment lang leicht an, als er zwischen den künstlichen Schwerkraftfeldern der *Polk* und des anderen Schiffs wechselte. Dann betrat er die zweite Schleuse. Rin folgte ihm, aber Kipling blieb am Eingang stehen und drehte sich um.

»Wie heißt das Schiff?«, fragte er.

Luy'Ben hatte die Schleuse der *Polk* bereits schließen wollen, hielt nun aber inne. »Wieso gebt ihr Dingen Namen? Eine Registrierungsnummer wäre doch völlig ausreichend.«

»Weichen Sie mir aus?«

Lanzo hatte den gleichen Eindruck.

»Nein«, sagte Luy'Ben. »Ich wollte nur meiner Verwunderung Ausdruck geben. Das Schiff heißt *Old Pine Box*.«

»Eine Kiste aus Kiefernholz?« Kipling stieß laut den Atem aus. »So wie ein Sarg?«

Die Schleusentür der *Polk* schloss sich mit einem dumpfen Knall.

»An ihrer Stelle wäre ich der Frage auch ausgewichen«, sagte Rin.

Lanzo nickte, betrat die Schleuse und legte die Hand auf den Türmechanismus. »Bereit?«

»Nicht so richtig«, sagte Kipling.

Lanzo öffnete die Schleuse.

9

Bau keine Scheiße.

Arnest zwang sich, an nichts anderes zu denken, während er unter den Kissen lag. Lanzo würde wütend sein, wenn er erfuhr, was in dem Haus von Ryn … wie auch immer der Typ hieß, geschehen war. Arnest konnte sich kaum noch daran erinnern. Er hatte Auckland zeigen wollen, was er konnte, obwohl er kein Roboter war, aber auf einmal war das Fass, von dem Lanzo immer sprach, voll gewesen und er hatte nicht gewusst, wie er es leeren sollte.

Wenn der Roboter mir keine gedonnert hätte, wäre es immer noch voll und Ryn Irgendwas hätte einen Flügel weniger.

Draußen vor dem Zelt murmelte der Jockey etwas in seiner Jockeysprache. Dreck knirschte unter den Klauen des Flugsauriers. Sein Schatten fiel über den Stoff, dann trat er ein. Arnest presste sich gegen die Kissen. Er hatte Auckland versprochen, dass er erst handeln würde, wenn er den Befehl dazu bekam und daran würde er sich auch halten. Sein Fass war leer.

Bau keine Scheiße.

Es raschelte, dann hörte er Aucklands Stimme. »Ich will Ihnen nichts tun.«

Die Schritte des Flugsauriers stoppten abrupt. Arnest spannte sich an.

»Das freut mich«, sagte der Jockey. Er klang heiser und alt. »Ich will Ihnen auch nichts tun. Wir sind uns also einig.«

»Darf ich das Innere Ihrer Satteltaschen sehen?«, fragte Auckland.

»Wenn es Sie glücklich macht.«

Rascheln, Schritte, das Geräusch von Metallschnallen, die gegen Leder schlugen. Dann wieder Aucklands Stimme. »Danke. Arnest?«

Arnest was?, dachte er. *Arnest, sag dem Jockey guten Tag? Arnest, reiß ihm die Flügel aus? Arnest, bring das Arschloch um?* Aucklands Stimme verriet nicht, was er von ihm wollte, also blieb Arnest liegen.

»Arnest? Du kannst rauskommen. Es ist alles in Ordnung.«

Aucklands Tonfall versetzte ihm einen Stich. Es klang, als habe er Angst vor dem Jockey, so als hätte er sich vor ihm verkrochen.

Bau keine Scheiße.

Arnest stand auf. Als der Jockey ihn bemerkte, wirkte er einen Moment lang verunsichert, fing sich aber rasch wieder. Seine Haut und die seines Flugsauriers war runzelig und fleckig. Sein Hals sah aus wie der eines Truthahns, doch sein Blick war wach.

Alt, aber nich' verblödet, dachte Arnest.

»Es war sehr klug von Ihnen, die Schlange mitzunehmen«, sagte der Jockey. Er sah Arnest und Auckland abwechselnd an. »Wäre der Fischgeruch nicht gewesen, hätte ich Sie noch aus der Luft gerochen. Dann wäre ich vielleicht nicht gelandet.«

Arnest warf Auckland einen triumphierenden Blick zu. »Hast du das gehört? Sehr klug war das von mir.«

»Ja, ja.« Auckland beachtete ihn kaum. Das störte Arnest, aber er schluckte das Gefühl herunter.

Der Jockey legte die Hände auf seine Knie. »Mein Name ist Ven'Por. Wie darf ich Sie anreden?«

»Ich bin John, das ist Arnest. Wir hoffen, dass unsere Anwesenheit hier kein Problem darstellt. Ist dieses Zelt eine Art Tempel, ein Ort des Glaubens?«

Mann, komm zur Sache, dachte Arnest. *Er soll uns ein Pad besorgen, damit wir von diesem scheiß Planeten abhauen können.*

»Ganz und gar nicht«, sagte Ven'Por. »Es gefällt mir, Reisenden eine Unterkunft bereitzustellen, in der sie sich ausruhen und erfrischen können. Diese Gegend ist dünn besiedelt und die Entfernungen zwischen den Siedlungen sind groß. Manchmal hinterlassen sie mir kleine Geschenke, so wie Sie diesen …«

Er zögerte. »… Stein und den Knüppel. Ein wenig ungewöhnlich, aber was verstehe ich schon von Ihren Bräuchen.«

Auckland öffnete den Mund, aber Ven'Por ließ ihn nicht zu Wort kommen. »Sie sind die ersten Menschen, denen ich je begegnet bin. Ich habe mich natürlich über Ihre Spezies informiert, doch manches erkennt man erst, wenn man sich von Angesicht zu Angesicht begegnet. Ist Ihre Größe normal? Sie kommen mir etwas klein vor.«

»Wir sind nach menschlichen Maßstäben beide groß«, sagte Auckland. Er wirkte entspannt und ein wenig amüsiert.

»Wirklich? Wie interessant.«

Das kann dauern, dachte Arnest. Er setzte sich auf eines der Kissen und griff nach der halb vollen Schale Pakbrei.

Ven'Por wandte ihm den Kopf zu. »Das ist eine Spezialität in dieser Gegend. Ich habe sie gestern frisch gekocht. Schmeckt sie Ihnen?«

»Nein«, sagte Arnest mit vollem Mund. Aus den Augenwinkeln bemerkte er Aucklands Blick und sein Kopfschütteln, aber er wusste nicht, worauf sich beides bezog.

»Oh«, sagte Ven'Por. »Das … äh …«

Er ließ den Satz unvollendet. Auckland räusperte sich. »Darf ich Ihnen eine Frage stellen?«

»Ja, natürlich. Was immer Sie wissen möchten.«

Der Jockey erinnerte Arnest an einen dieser Fremdenführer, die einem Informationen über irgendwelche scheiß Denkmäler aufdrängten, auch wenn man nur wissen wollte, wo die nächste Kneipe war. *Die gingen mir damals schon auf den Sack.*

»Gut. Wann wollten Sie die Jockeys erwähnen, die über uns am Himmel kreisen?«

Arnest ließ die Schale fallen und sprang auf. Sie rollte über eine der Matten und prallte gegen ein Tischbein. Der Brei war so zähflüssig, dass er in ihr kleben blieb. »Was?«

Ven'Por blinzelte. Der Flugsaurier unter ihm schnaufte und grub seine Krallen in den Boden.

»Ich habe die Schatten ihrer Flügel vor dem Eingang gesehen«, sagte Auckland. Wahrscheinlich musste man Roboteraugen haben, um so etwas zu erkennen. »Wie viele sind es? Zwei? Drei?«

»Zwei«, sagte Ven'Por. Sein Saurier bückte sich, hob die Schale auf und stellte sie auf den Tisch. »Das ist ein wirklich gutes Pakmuree. Ich verstehe nicht, warum es Ihnen nicht schmeckt.«

Arnest ignorierte ihn und ging zum Eingang, die Keule in der Hand. Nach einem Moment sah er, wie ein Schatten über das Gras glitt. *Scheiße.*

»Können wir beim Thema bleiben?«, sagte Auckland hinter ihm. »Wir sprachen über Ihre Begleiter.«

»Natürlich.« Ven'Por strich über den Kopf seines Flugsauriers. »Ich muss vorausschicken, dass keiner von uns je mit einem Menschen gesprochen hat. Wir wussten nicht, wie wir uns Ihnen nähern sollten, falls wir Sie finden würden, ob eine Demonstration unserer Stärke besser sein würde oder eine vorgetäuschte Schwäche.«

»Und Sie entschieden sich für letzteres.«

»Um zu verhindern, dass Sie fliehen. Menschen gelten ja als recht feige.«

»Ey!« Arnest drehte sich um. Ärger brannte tief in seinem Magen. »Ich ramm dir gleich meine feige Keule in den Arsch, du wider–«

»Arnest!« Auckland benutzte einen Tonfall, den Arnest sonst

nur von seinem Bruder kannte. Hart, unnachgiebig, enttäuscht. »Du redest nur noch, wenn du gefragt wirst, verstanden?«

»Versuch …« … *doch mal, mich dazu zu zwingen*, wollte Arnest antworten, aber er biss sich auf die Unterlippe und schwieg. Das Brennen in seinem Magen ließ langsam nach.

Bau keine Scheiße.

Er schluckte alles, was er hatte sagen wollen, hinunter. »Ja, Sir.«

Der Flugsaurier musterte ihn aus tückisch wirkenden, schmalen Augen. Sein Jockey wandte sich wieder an Auckland. »Verzeihung, ich wollte niemanden beleidigen, sondern nur den Grund für unsere Entscheidung erläutern.«

»Dann haben Sie uns also gesucht.«

»Ja, wir sind aufgebrochen, als es hell wurde. Diese Reisestation war unser erstes Ziel.«

Auckland schwieg einen Moment. »Heißt das, dass wir und Sie jetzt ein Problem miteinander haben?«, fragte er dann. Arnest nahm die Keule fester in die Hand. Der Jockey war nur zwei Schritte entfernt und wandte ihm den Hinterkopf zu. Ein Schlag würde reichen.

»Ich glaube eher, dass wir …« Ven'Por zeigte nach oben. »… die Lösung Ihres Problems sind. Ama'Ru en Rahlyn od Fir schickt uns.«

Arnest ließ die Keule sinken. *Die Schlampe?*

10

EINIGE STUNDEN ZUVOR

»Er will Sie sehen.«

Das waren die einzigen Worte, die Rena'El sagte, als sie umgeben von drei Haien die Kabinentür öffnete und Ama'Ru mit einer Geste befahl, mitzukommen. Schweigend gingen sie durch die Gänge und blieben vor Mak'Uryls Büro stehen.

Rena'El legte die Hand auf das Touchpad an der Wand. Die Tür öffnete sich. Ama'Ru trat ein. Die *Andere* zitterte unter ihr.

Mak'Uryl stand am Fenster und betrachtete den bläulich schimmernden Eisplaneten. Ama'Rus Pad lag auf dem Stehpult hinter ihm.

»Ist Ihnen je aufgefallen«, sagte er, als sich die Tür schloss, »wie sehr das Internet unserer Gesellschaft ähnelt? Jeder kann jemand anders sein, wenn er will, wenn ihm nur genügend Leute glauben. Oder die richtigen Leute.«

Der Oktopus drehte sich um und glitt an dem Pult vorbei. Das Zittern der *Anderen* wurde stärker.

»Ich hoffe, Sie konnten sich von Ihrer letzten Befragung erholen.«

»Es geht uns gut«, sagte Ama'Ru. Sie dachte an Rena'Els Warnung und fügte ein »Danke« hinzu.

»Uns.« Mak'Uryl lachte. Es klang herablassend. »Sind Sie trotz Ihres Fiaskos immer noch nicht bereit, diese alberne Philosophie aufzugeben? Sie macht Sie schwächer, nicht stärker.«

»Sie macht uns zu dem, was wir sind. Und wenn das schwächer ist als das, was wir zu sein vorgaben, dann ist das eben unsere wahre Natur.«

»Unfug. Man sollte stets bemüht sein, sich selbst zu verbessern.«

»Vielleicht haben wir unterschiedliche Auffassungen des Wortes *verbessern*«, sagte Ama'Ru. Sie achtete auf die Körpersprache des Oktopus. Seine Tentakel hingen entspannt vom Körper. Seine Augen waren halb geschlossen.

»Nein, das glaube ich nicht. Sehen Sie doch nur, wie es zittert.« Es überraschte sie, dass Mak'Uryl auf die *Andere* zeigte, als er das sagte. Das Tier eines Jockeys zu beachten, galt als äußerst unhöflich und war eines der letzten Tabus in ihrer Gesellschaft. »Es hat Angst.«

Ama'Ru überging den Einwand. »Finden Sie es nicht merkwürdig, dass wir keinen Namen für die haben, die uns von der Geburt bis zum Tod begleiten? Dass wir sie als *es* bezeichnen müssen?«

»Es gibt keinen Grund, sie zu benennen.« Mak'Uryl legte die Hand auf den Kopf des Oktopus. »Mein Name ist Mak'Uryl und das ist nur ein Teil meines Körpers.«

Ama'Ru dachte an die schwarzen Flecken, die in seinen Augen aufgetaucht waren. »Sie irren sich.«

»Ich irre mich nicht!« Er schrie sie so plötzlich an, dass Ama'Ru zusammenzuckte. Ein Tentakel des Oktopus peitschte durch die Luft. Die *Andere* öffnete ihre Scheren.

Einen Moment lang standen sie sich so gegenüber, dann klatschte der Tentakel zurück auf den Boden. »Aber ich wollte mit Ihnen nicht über Ihre seltsame Philosophie sprechen«, sagte Mak'Uryl. Die Aggression war aus seiner Stimme verschwunden. »Wir haben einen kleinen Rückschlag hinnehmen müssen. Das Schiff Ihrer menschlichen Begleiter ist uns vorübergehend entkommen. Erst, wenn ich sie befragt habe, kann ich Sie gehen lassen, das verstehen Sie doch sicher.«

»Ja.«

Er schien zu erwarten, dass sie noch etwas hinzufügen würde. Als sie das nicht tat, fuhr er fort. »Um uns die Zeit bis dahin zu vertreiben, würde ich mich gern von Ihnen durch die *Eliot* führen lassen. Ich bin sicher, dass es auf einem so großen Schiff viel zu entdecken gibt.«

Also hatte er versucht, den Schließmechanismus der *Eliot* öffnen zu lassen und war gescheitert.

»Eine etwas durchsichtige Lüge, meinen Sie nicht?«, fragte sie.

Dieses Mal klang sein Lachen ehrlich. »Ich wollte Ihnen Gelegenheit geben, Ihre Würde zu wahren.« Er wurde wieder ernst. »Sagen Sie mir, wie ich in das Schiff komme.«

»Nein.« Das Zittern der *Anderen* wurde so stark, dass ihre Hinterbeine gegeneinanderschlugen. Ama'Ru hatte sie kaum noch unter Kontrolle.

»Nein?« Mak'Uryl ging langsam auf sie zu. Der Oktopus streckte seine Tentakel aus wie ein Pfau in einer von Kiplings Naturdokumentationen. Sie streiften die Wände und hinterließen feuchte Spuren.

»Wir wissen doch beide, wie das enden wird.« Ärger kroch in seine Stimmc. Dunkle Schlieren zogen durch die Augen des Oktopus.

»Ich würde es vorziehen, wenn es nicht so weit käme«, sagte Ama'Ru. Sie hatte sich ihm einmal unterworfen und die Scham darüber fraß nicht nur an ihr, sondern auch an der *Anderen*.

»Dann sagen Sie mir, was ich wissen will!« Er blinzelte, so als wäre er selbst von diesem plötzlichen Ausbruch überrascht worden. Dann strich er mit den Händen über seine Satteltaschen und atmete tief durch. »Ich sehe doch, wie groß Ihre Angst ist. Sie werden nicht lange durchhalten.«

»Sie meinen das Zittern?« Ama'Ru nahm ihre Knie von den Schultern der *Anderen* und gab sie frei. »Das ist keine Angst. Das ist Wut.«

Mak'Uryls Augen weiteten sich. Die Tentakel des Oktopus rasten Ama'Ru entgegen wie Speere. Die *Andere* sprang aus dem Stand über sie hinweg. Ama'Ru duckte sich, kam der Decke aber trotzdem so nahe, dass die Feuchtigkeit, die in Tropfen daran hing, von ihrem Rücken abperlte.

Die *Andere* landete hinter dem Oktopus, der im gleichen Moment herumfuhr. Eine Schere schloss sich um weiches Fleisch und drückte zu. Der Tentakel fiel zu Boden und wand sich wie eine Schlange. Blut und eine schwarze Flüssigkeit spritzten aus dem Stumpf. Ama'Ru hatte noch nie einen Oktopus schreien hören. Der Laut, der aus seinem Schnabel drang, war tief und vibrierte in ihrem Magen. Mak'Uryls Brüllen ging darin unter. Einen Moment lang hörte sie nichts außer diesem Dröhnen.

Die *Andere* blockte den Schlag eines zweiten Tentakels ab, doch der dritte traf sie und schleuderte sie durch die Luft. Sie prallte gegen das Stehpult. Pad und V-Specs fielen zu Boden. Plastik knackte unter den Hinterbeinen der *Anderen*.

Ama'Ru hielt sich mit aller Kraft an ihr fest. Sie hatte ihr ganzes Leben in diesem Sattel verbracht, doch nun hatte sie zum ersten Mal den Eindruck, dass die *Andere* sie vergessen hatte. Ihr Kampf war der eines wilden Tiers. Sie nahm keine Rücksicht auf Ama'Ru. Für sie zählte nur der Gegner.

Der Oktopus versuchte, mit seinen Tentakeln ihre Scheren und Beine zu umschließen. Die *Andere* wollte sich mit einem Sprung in Sicherheit bringen, doch er erwischte ihr linkes Hinterbein und riss sie zurück.

Schwer schlug die *Andere* auf den Boden. Der Aufprall warf Ama'Ru beinahe aus dem Sattel. Sie schlang ihre Arme um den Hals der *Anderen*. Ihre Schulter schmerzte. Ein Blutschwall traf ihr Gesicht und sie sah, wie ein zweiter Tentakel fiel. Der tiefe, vibrierende Schrei des Oktopus dröhnte in ihren Ohren.

Bring ihn nicht um!

Die *Andere* glitt auf Blut, Wasser und schwarzer Flüssigkeit aus. Scheren schlugen aufeinander, Tentakel klatschten gegen Gliedmaßen. Die Schmerzen der *Anderen* raubten Ama'Ru fast das Bewusstsein. Der Oktopus riss an ihr und schleuderte sie umher. Sie war so viel leichter als er.

Doch Ama'Ru bemerkte auch, dass seine Bewegungen langsamer wurden, unkoordinierter. Mak'Uryl schüttelte sich auf seinem Rücken. Der Blutverlust und der Schmerz machten beiden zu schaffen.

Die Mandibeln der *Anderen* bohrten sich in den Tentakel, der sie festhielt und sie sprang über das Pult hinweg zum Fenster. Oktopus und Jockey brüllten. In Mak'Uryls Augen tanzten dunkle Flecken. Er schlug mit den Fäusten auf den Rücken des Oktopus, so als wolle er ihn zum Angriff zwingen, doch der hockte einfach nur am Boden, blutend, erschöpft, geschlagen. Und dann sackte er auf einmal zusammen und mit ihm auch Mak'Uryl.

Ama'Ru streichelte den Nacken der *Anderen* und fühlte, wie sie sich langsam beruhigte. Eines ihrer vier Hinterbeine hatte sie angewinkelt. Ama'Ru spürte, dass es gebrochen war.

»Wir werden uns darum kümmern«, sagte sie leise, »aber zuerst müssen wir weg von hier.«

Die *Andere* hinkte zu dem Stehpult. Ama'Rus Pad lag am Boden. Das Display war zersprungen und blutverschmiert, doch an den V-Specs, die daneben lagen, blinkte ein Licht. Sie hatten den Kampf überstanden. Ama'Ru hob sie auf und steckte sie in eine ihrer Satteltaschen.

Als sie sich umdrehte, hörte sie, wie sich die Tür zum Büro zischend öffnete.

»Entschuldigung, aber –«, sagte Rena'El und erstarrte. Ihr Blick nahm den gesamten Raum in sich auf; den reglosen Mak'Uryl, das Blut und die schwarze Flüssigkeit, die abgeschlagenen Tentakel und Ama'Ru.

»Ist er tot?«, fragte sie nach einem Moment.

»Nein.« Ama'Ru blieb ruhig stehen. Weder sie noch die *Andere* rührten sich. Sie hatten all die Kraft, die sie hatten, in den Kampf gegen Mak'Uryl gesteckt. Es war nichts mehr übrig.

Rena'Els Tentakel zuckten. »Kommen Sie. Schnell.«

Ama'Ru folgte ihr aus dem Büro.

»Gehen Sie an der Wand entlang«, sagte Rena'El. Sie sah sich um. Der Gang war leer. »Dort sind Sie außer Reichweite der Kameras.«

»Sie lassen uns gehen?« Ama'Ru zögerte.

»Ich habe zugesehen, als er Menschen tötete. Ich werde nicht zusehen, wie er Sie tötet.«

»Dann stellen Sie sich gegen ihn. Mak'Uryl hat nur die Macht, die man ihm gibt. Wenn Sie den Anfang machen, wenn Sie den Welten zeigen, was er angerichtet hat, werden andere Ihnen folgen.«

Rena'El lachte leise und wandte sich von ihr ab. »Ich bin ein Feigling, hatten Sie das schon vergessen? Ich helfe Ihnen nur, weil ich weiß, dass für mich keine Gefahr besteht. Gehen Sie, bevor er aufwacht und sich das ändert.«

»Ich danke Ihnen trotzdem.« Ama'Ru klatschte in die Hände. Rena'El erwiderte die Verabschiedung. Die *Andere* hinkte auf die Schleuse zu und nur Minuten später legte die *Eliot* ab.

Der funkelnde Eisplanet, vor dem die Raumstation wie ein schwarzer Fleck hing, blieb hinter ihr zurück. Aber erst, als der Bubble-Antrieb ansprang und die *Eliot* in den Hyperraum eintauchte, atmete Ama'Ru auf.

»Wir haben es geschafft«, sagte sie, während sie den Hals der *Anderen* streichelte. »Und nun leisten wir Wiedergutmachung.«

11

Als sich die Türen öffneten, schlug Rin lautes Stimmengewirr entgegen. Einer der Jockeys, die sie und die anderen von der Schleuse hierher begleitet hatten, versetzte ihr einen Stoß in den Rücken.

»Rein da«, sagte er.

Sie stolperte. Kipling ergriff ihren Arm und verhinderte, dass sie stürzte. Er drehte sich um. »Arschloch!«, rief er, aber die Türen hatten sich bereits geschlossen.

»Danke.« Rin löste sich aus seinem Griff und sah sich um. Sie standen im Frachtraum der *Old Pine Box*, einem rund dreißig Meter langen und zehn Meter breiten, fensterlosen Rechteck aus Metall. Dutzende Menschen saßen und standen darin. Manche hockten auf Koffern oder Taschen, andere hatten sich auf Mänteln ausgestreckt und den Arm über ihre Augen gelegt, um sich vor dem grellen Licht der Deckenlampen zu schützen. Einige Menschen waren verletzt, hatten Platzwunden und Prellungen am Kopf und starrten apathisch ins Nichts.

Es gab keine Möbel und keine Toiletten. An der Rückwand des Frachtraums hatten Menschen Gepäckstücke gestapelt, um eine Ecke vom Rest des Raums abzutrennen. Rin hoffte, dass sie nicht herausfinden würde, wie es dahinter aussah.

Eine Gruppe von Jugendlichen, sechs Teenager mit Bartstoppeln und Flaum am Kinn, kam auf Rin und die anderen zu. Selbstsicher und arrogant musterten sie die Neuankömmlinge. Die Hände hatten sie unter die Jacken geschoben, so als würden sie Waffen verbergen.

»Ich regle das«, sagte Lanzo. Er schob sich vor Rin und verschränkte die Arme vor der Brust.

Die Jugendlichen blieben stehen. Einer von ihnen, der Kleinste, aber auch der mit dem wachsten Blick, trat vor.

»Dann zeigt mal, was ihr dabei–«

Weiter kam er nicht. Lanzo packte seinen Kopf, drückte ihn nach unten und rammte ihm das Knie ins Gesicht, einmal, zweimal, dreimal. Knochen und Zähne knackten, Blut tropfte auf den Boden. Dann schleuderte er den Teenager am Kragen durch den Raum. Er prallte gegen einige Taschen und blieb stöhnend liegen, die Hände vors Gesicht geschlagen. Irgendwo applaudierte jemand.

»Das war dann wohl alles, oder?«, sagte Lanzo. Die fünf anderen Teenager starrten ihn an und ließen langsam die Hände sinken. Rin sah, dass sie kurze Stahlrohre und Messer darin hielten. Aber keiner von ihnen versuchte, Lanzo anzugreifen.

Es hat sich noch nie jemand gewehrt, dachte Rin. *Sie wissen nicht, wie sie damit umgehen sollen.*

»Ich habe gefragt, ob das alles war?«, sagte Lanzo schärfer.

Einer der Teenager nickte. »Ja …« Seine Stimme kippte. Er war im Stimmbruch. »Ja …«

»Ja was?«

»Ja, Sir.« Der Junge wich zurück. Zwei aus seiner Gang liefen zu ihrem benommenen, stöhnenden Anführer, die anderen zogen sich tief in den Frachtraum zurück.

»Nicht schlecht«, sagte Kipling. »Hast du deinen inneren Arnest gechannelt?«

»So in der Art.«

Einige Menschen warfen Lanzo anerkennende Blicke zu, die meisten taten jedoch so, als hätten sie von der Auseinandersetzung nichts bemerkt. Sie hatten längst gelernt, dass man das eigene Leben deutlich verlängern konnte, wenn man sich aus allem heraushielt.

Rin trat in die Mitte des Frachtraums. »Weiß irgendjemand, wo wir hingebracht werden?«, rief sie.

Kopfschütteln antwortete ihr. Nur eine ältere Frau sagte: »Ich nehme an, zu einem dieser Habitate, von denen Algernon Reynolds gesprochen hat.«

»Glaubst du etwa, dass die existieren?«, fragte ein junger Mann. »Nee, die werden irgendwo anhalten, wo es nicht auffällt und die Luftschleusen öffnen. Ein paar Dutzend Menschen weniger ist für die doch schon mal ein Anfang.«

Seine Worte lösten eine lautstark geführte Diskussion aus. Rin beteiligte sich nicht daran. Niemand wusste etwas, die Argumente, die sie austauschten, waren nur Spekulation.

»Ich glaube nicht, dass sie uns umbringen werden«, sagte Kipling, als sie neben ihn trat. »Sie stecken zu viel Aufwand in unseren Transport. Aber ich bin mir auch sicher, dass dieses Habitat, wo auch immer es ist, eher Mordor als Auenland sein wird.«

Lanzo schob die Hände in die Hosentaschen. »Und wir werden dort festsitzen.«

Er schien noch immer der Vorstellung nachzuhängen, dass sie die Abfangjäger hätten schlagen können, aber sie hätten keine Chance gehabt, das wusste Rin.

»Wir werden nur festsitzen, wenn uns niemand rausholt«, sagte sie, um seine Gedanken in eine konstruktivere Richtung zu lenken.

»Arnest und Auckland?« Lanzo hob die Augenbrauen. »Dazu müssten sie erst mal von dem Planeten runter und erfahren, wo wir sind.«

»Was uns zum eigentlichen Problem bringt«, sagte Kipling und rieb seine Hände zusammen, so als stünde er vor einer großen Aufgabe. »Wir brauchen Internet.«

Er trat an die gleiche Stelle, an der auch Rin die Mitgefangenen angesprochen hatte. »Okay, Leute«, rief er. »Hat hier irgendwer ein Pad oder V-Specs, irgendwas, mit dem man ins Netz kommt?«

»Die haben uns durchsucht und alles abgenommen«, sagte der junge Mann, der die Theorie aufgestellt hatte, die Jockeys würden sie umbringen. »Hier kommt niemand mehr ins Netz. Ist ja auch logisch. Die wollen nicht, dass wir andere warnen. Wir sind Schafe auf dem Weg zur Schlachtbank.«

Ein wahrer Optimist, dachte Rin.

Kipling ignorierte den letzten Satz. »Die können euch nicht *alles* abgenommen haben. Digitale Bilderrahmen, Uhren mit E-Mail-Funktion, Medienplayer, egal, ob kaputt oder ganz. Kommt schon, gebt mir irgendwas, das WLAN hat.«

»Wozu?« Der junge Mann stand auf und stellte sich vor Kipling. Es wirkte wie eine Herausforderung. »Die werden das Internet eh geblockt haben.«

»Dann hätten sie uns nicht die Pads und V-Specs abgenommen«, sagte Rin. Sie trat neben Kipling. Aus den Augenwinkeln sah sie, dass Lanzo Decke und Wände mit Blicken nach Kameras absuchte. Nach einem Moment schüttelte er den Kopf. Er hatte wohl nichts gefunden.

»Und selbst wenn sie es geblockt haben«, fügte Kipling hinzu, als er das bemerkte. »Dann entblocken wir es eben wieder.«

»Bist du so ein Crack, ja?« Der junge Mann hob die Schultern und deutete mit dem Kinn in Richtung der Gang, die sich am anderen Ende des Raums um ihren Anführer versammelt hatte. Die Teenager hörten aufmerksam zu. »Frag die Jungs da hinten. Die haben uns alles abgenommen, was irgendeinen Wert haben könnte.«

Der Anführer stand auf. Seine Nase war blutverschmiert und krumm, die Augen geschwollen. Als er den Mund öffnete, sah Rin, dass er keine Schneidezähne mehr hatte.

»Fickt euch!«, schrie er undeutlich. »Von uns bekommt ihr gar nichts.«

»Das werden wir ja sehen.« Lanzo ging auf die Gruppe zu und rollte die Ärmel seines Hemds hoch. Die anderen Teenager standen nun ebenfalls auf. Sie wirkten unsicher, zogen aber trotzdem ihre improvisierten Waffen.

»Lanzo, warte«, rief Rin. Sie wollte kein weiteres Blutvergießen, keinen weiteren Kampf. Der Anblick des zerschlagenen Anführers weckte ihr Mitleid. »Lasst uns darüber reden. Vielleicht können wir ja etwas dafür eintauschen.«

Der Anführer streckte ihr den Mittelfinger entgegen. »Fick dich, Schlampe!«

Rins Mitgefühl nahm ab.

»Sie hat recht«, sagte Kipling. »Machen wir einen Tausch. Wir bekommen den ganzen alten Schrott, mit dem ihr eh nichts anfangen könnt und alle hier bekommen dafür Internet.«

»Und das willst du hinkriegen?«, fragte ein anderer Jugendlicher. »Warum sollen wir dir das glauben?«

Rin erahnte die Antwort, noch bevor Kipling sie aussprach. »Sag es nicht«, flüsterte sie, aber er beachtete sie nicht.

»Weil ich der Typ bin, der *Tasha's Tool* programmiert hat.«

12

»Wie sieht der Plan aus?«, fragte Auckland und blinzelte in die helle Morgensonne. Über ihnen kreisten die beiden Jockeys am Himmel. Sie behielten die Umgebung im Auge und sollten vor möglichen Gefahren warnen.

»Wir bringen Sie zu unserer Siedlung«, sagte Ven'Por. »Dort wartet eine Fähre auf Sie, mit der Sie zu einem alten Transportschiff fliegen werden.«

Er zeigte nach oben. »Es gehört Ri'Lar. Sobald Sie das System verlassen haben, wird er behaupten, es sei ihm gestohlen worden.«

»Klingt durchdacht«, sagte Auckland. Er drehte den Kopf und sah Arnest an. »Was meinst du?«

Arnest hob nur die Schultern. Auckland wusste nicht, ob er zu müde war, um darüber nachzudenken oder ob ihn irgendetwas verärgert hatte. Für einen Mann, der stolz behauptete, als Kind bei *Bambi* nicht geweint zu haben, reagierte er manchmal erstaunlich sensibel.

»So durchdacht, wie es in der kurzen Zeit ging«, sagte Ven'Por.

Sie gingen eine Weile schweigend durch die hügelige, grüne Landschaft. Die Sonne wärmte Aucklands Gesicht.

»Warum helfen Sie uns?«, fragte er schließlich.

»Weil Sie Ama'Ru en Rahlyn od Fir geholfen haben. Wir drei respektieren sie sehr. Es ist nicht leicht, Hhalim zu sein, vor allem nicht, wenn man sich öffentlich dazu bekennt. Sie ist bisher die Einzige, die solchen Mut gezeigt hat. Wir anderen bleiben lieber im Verborgenen.«

»Hhalim?«

»Wenn sie Ihnen das nicht erklärt hat, dann sollte ich ihr nicht vorgreifen. Es wird Ihren Horizont wahrscheinlich ohnehin übersteigen.«

Auckland lächelte. Arnest schnaubte neben ihm. Sie gingen durch ein schmales Tal zwischen zwei Hügeln, an deren Hängen einige Bäume standen. Einer der Bäume bewegte die Äste, viel zu stark für die leichte Brise. Der Schatten eines Flugsauriers glitt über ihn hinweg. Der Baum drehte sich. Erde wurde aufgeworfen und Gras rutschte den Hang hinab, als er sich langsam in Bewegung setzte. Die anderen Bäume folgten ihm nach einem Moment.

Auckland blieb stehen. »Ist das normal?«

Ven'Por folgte seinem Blick. »Was?«

»Laufende Bäume.« Der Anblick vertrieb seine Erschöpfung. Fasziniert beobachtete er die Bäume, die wie eine Herde großer, schwerfälliger Tiere durch das Gras zogen.

»Wie sollten sie sonst von einem Punkt zum anderen kommen?«, fragte Ven'Por.

Arnest schüttelte den Kopf. »Was für ein kranker Kackplanet.«

Auckland sah den Bäumen nach, bevor er zu den anderen aufschloss.

Einer der beiden Flugsaurier über ihnen krächzte. Ven'Por winkte ihm zu und wandte sich an Auckland. Arnest beachtete er nach dessen Ausbruch im Zelt kaum noch, hielt sich nur fern von ihm. »Am Ende des Tals liegt die Siedlung. Wir werden sehr vorsichtig sein müssen, denn unser Leben spielt sich überwiegend draußen ab und es werden viele unterwegs sein. Achten Sie auf Ri'Lar. Er wird uns warnen, wenn es nötig sein sollte.«

»Habt ihr Waffen?«, fragte Arnest. Es war das Erste, was er

seit Verlassen des Zeltes sagte und dass er den Jockey dabei duzte, betrachtete Auckland als Provokation. *Ich kann machen, was ich will*, schien er damit zu sagen. *Und es ist mir egal, ob es dir passt oder nicht.*

»Nein.« Ven'Por wirkte nachdenklich und Auckland befürchtete, dass er bereits bereute, ihnen geholfen zu haben.

»Wir werden niemandem etwas tun«, sagte er. »Sie haben unser Wort.«

Arnest widersprach nicht. Trotzdem wirkte Ven'Por besorgt, als sie ihren Weg fortsetzten. Seine redselige Stimmung war verflogen und er warf den Menschen neben sich ab und zu kurze Blicke zu.

Die Hügel wurden flacher, das Tal breitete sich aus. Auckland sah offene Häuser, eher Hütten, deren Dächer grasgedeckt waren. Sie wirkten wie ärmliche Versionen von Ryn'Nels Villa. Flugsaurier gingen auf schmalen Pfaden umher und flogen über die Dächer. Es schien so gut wie keine Technik zu geben, weder Fahrzeuge noch Unterhaltungselektronik, so wie er sie bei Ryn'Nel gesehen hatte.

»Sie leben hier sehr einfach«, sagte Auckland. »Absichtlich oder erzwungen?«

»Wir haben alles, was wir brauchen.« Die Antwort klang ausweichend, aber er hakte nicht nach. Er bedauerte nur, dass er Ven'Pors Vertrauen verloren hatte.

»Wir werden die Siedlung umrunden. Bleiben Sie im hohen Gras. Kriechen Sie, wenn es sein muss. Niemand darf Sie sehen.«

»Sucht man nach uns?«, fragte Auckland, als er auf Hände und Knie herunterging. Das Gras schlug über seinem Kopf zusammen.

»In den Nachrichten heißt es, dass Sie versucht hätten, Ryn'Nel umzubringen. Natürlich sucht man nach Ihnen.«

Die Klauen von Ven'Pors Saurier entfernten sich von ihm.

»Wobei es mir persönlich egal wäre, wenn das stimmte. Ryn'Nel ist ein arroganter Widerling.«

Die Hütten kamen näher. Auckland atmete den süßlichen Geruch des Grases und der Erde ein. Der Boden war weich. Arnest blieb neben ihm, hob nur ab und zu den Kopf, um einen Blick auf das Dorf zu werfen.

»Der Scheiß hier gefällt mir nich'«, sagte er leise. »Ein Wort von denen und wir sind am Arsch.«

»Ohne sie wären wir schon längst am Arsch.« Auckland hob ebenfalls den Kopf. Er konnte den Landeplatz der Fähre hinter zwei Hütten sehen. Ein kleines, dunkles Shuttle stand darauf. Es wirkte wie ein Fremdkörper in der naturbelassenen Umgebung.

Zwei Flugsaurier gingen daran vorbei. Die Jockeys auf ihren Rücken unterhielten sich. Der Wind trug das Lachen einer Frau zu Auckland herüber. In der oberen Etage einer Hütte spielten einige Kinder. Auch sie saßen auf Sauriern, allerdings wesentlich kleineren. Die Tiere breiteten die Flügel aus und sprangen auf und ab. Ihre Füße verließen den Boden kaum. Anscheinend konnten sie noch nicht fliegen.

Auckland hatte noch nie Jockeykinder gesehen. Auf den Raumstationen gab es keine und seine Missionen auf Planeten hatten sich nachts abgespielt. Die Normalität des Lebens, das er in der Siedlung beobachtete, ließ die Jockcys auf seltsame Art fremder wirken als zuvor. Als er sie auf ihre Rollen hatte reduzieren können, hatte er geglaubt, sie zu kennen, doch nun wurde ihm klar, dass er nichts über sie wusste.

»Ey, guck mal, die Mini-Jockies da hinten«, sagte Arnest. Auckland hörte das Grinsen in seiner Stimme, ohne ihn anzusehen. »Die sollten sie auf die Raumstationen schicken. Ein Tritt und die sind fertig.«

»Das sind Kinder.«

»Scheiße, echt?« Gras raschelte, als Arnest den Kopf hob, um genauer hinzusehen. »Du hast recht.«

Seine Laune schien sich gebessert zu haben. Vielleicht hatte der Anblick der Fähre und die Hoffnung, den *kranken Kackplaneten* endlich verlassen zu können, dafür gesorgt.

Auckland sah hinauf zu Ri'Lar, der ruhig seine Kreise über dem Dorf zog. Alles schien in Ordnung zu sein.

Sie krochen an den Hütten vorbei. Das Gras endete rund zehn Meter vor dem Landeplatz der Fähre.

»Sie müssen nur einsteigen«, sagte Ven'Por. Er war stehen geblieben und sah über den Landeplatz hinweg zur Siedlung. »Der Kurs ist bereits einprogrammiert. Ich werde meine Familie ablenken, damit Sie niemand bemerkt.«

Auckland nahm an, dass mit Familie die anderen Dorfbewohner gemeint waren. »Ich danke Ihnen für Ihre Hilfe.«

»Das war ich Ama'Ru en Rahlyn od Fir schuldig.« Ohne ein weiteres Wort wandte sich Ven'Por ab und betrat die Siedlung. Einen Moment später rief er etwas in der fremden, gutturalen Sprache, die Auckland bereits am Strand gehört hatte. Jockeys sahen auf. Saurier flatterten aus ihren Häusern heran. Ven'Por führte sie laut redend und gestikulierend von dem Landeplatz weg.

»Jetzt«, sagte Auckland. Er sprang auf und ließ sich sofort wieder fallen, als er ein Krächzen hörte, gefolgt von einem heulenden Dröhnen. Ein Schatten glitt über das Dorf. Er war viel zu groß für einen Saurier.

»Was ist das denn schon wieder für eine Scheiße?«, sagte Arnest. Auckland hob den Kopf und sah die Unterseite eines Schiffs, das aus dem Himmel stürzte und hart aufsetzte. Eine Rampe krachte in den Dreck. Haie stürmten aus dem Schiff. Sie trugen Helme, Gewehre und Kampfwesten. Er zählte zehn Jockeys.

»Zurück.«

Er und Arnest krochen rückwärts durch das Gras. Die Haie schwärmten aus. Die Dorfbewohner liefen auf sie zu, unter anderem auch Ven'Por. Er redete auf die Haie ein.

»Das ist eine scheiß Falle.« Arnest schlug wütend mit der Faust in den Dreck. »Dieses kack Drecks-Arschloch von einem verlogenen Jockey –«

Der Hai, mit dem Ven'Por gesprochen hatte, zog eine Pistole und schoss zuerst dem Jockey, dann dem Saurier in den Kopf. Schreie hallten durch das Dorf. Die Bewohner flatterten davon oder liefen in ihre Häuser.

Arnest unterbrach sich. »Okay, er hat vielleicht doch nich' mit dringesteckt.«

Auckland verdrängte alle Spekulationen aus seinen Gedanken. Er sah auf. Die Jockeys, die Ven'Por begleitet hatten, waren verschwunden. Zwei Haie gingen neben der Fähre in Stellung, die anderen durchsuchten das Dorf und die Umgebung. Sie bildeten Zweiergruppen. Keiner von ihnen war allein.

Eine der Patrouillen schlug die Richtung ein, in die Auckland und Arnest sich zurückgezogen hatten. Sie richteten die Blicke vor sich ins Gras. Ihre Gewehrmündungen machten jede Bewegung mit.

»Und was jetzt, Roboter?«, fragte Arnest. »Irgendwelche Roboterideen?«

Auckland ignorierte die Anrede. »Ich schlage vor«, sagte er leise, während die Haie näher kamen, »dass wir sie umbringen und ihr Schiff stehlen.«

Arnest grinste. »Geil.«

13

Ich verstehe es nicht, dachte Rin.

Sie betrachtete die Menschentraube, die sich um Kipling gebildet hatte und ihm bei der Arbeit zusah. Er saß mit übereinandergeschlagenen Beinen auf dem Boden, umgeben von aufgeschraubtem und aufgebrochenem Elektroschrott, Kabeln, Drähten und größtenteils improvisiertem Werkzeug.

»Ich verstehe es nicht«, sagte Lanzo. Es klang wie ein Echo ihrer eigenen Gedanken. »Sein Programm ist maßgeblich dafür verantwortlich, dass wir Menschen aus den Stationen vertrieben werden und sie feiern Kipling wie einen Helden.«

Als sie hörten, wer er war, hatten die Teenager alles, was sie erbeutet hatten, geholt und vor ihm ausgebreitet. Nur der Anführer, ein Junge namens Marco, hatte sich nicht daran beteiligt. Auch jetzt saß er abseits auf einer Kiste und kühlte sein Gesicht mit einem feuchten Handtuch. Der Rest der Gang gehörte zu Kiplings Publikum.

»Vielleicht beeindruckt es sie, dass jemand es gewagt hat, etwas gegen die Jockeys zu unternehmen«, sagte Rin. »Aber ehrlich gesagt, verstehe ich es auch nicht.«

Lanzo nickte. »Hauptsache, es kommt niemand auf die Idee, ihn an die Jockeys zu verkaufen, um seine Haut zu retten.« Er warf einen Blick auf Marco. »Er zum Beispiel.«

Das war auch Rins Sorge. Deshalb standen sie und Lanzo neben der Tür. Sie stellte den einzigen Ausgang aus dem Frachtraum dar. Wer auch immer die Aufmerksamkeit der Jockeys erregen wollte, würde es dort versuchen, ob mit Faustschlägen, Tritten oder Rufen. Die Wände waren zu gut isoliert. Man hätte nichts auf der anderen Seite gehört.

»Okay«, sagte Kipling. »Dann starten wir mal neu.«

Die Menge schwieg. Sie wirkte beinahe andächtig, so wie Gläubige, die ihrem Priester bei einem Ritual zusahen.

Kipling drückte auf einen Knopf, der mit dem Prozessor eines Medienplayers, einer kleinen Tastatur und dem Display eines Bilderrahmens verbunden war. Er wirkte selbstsicher und souverän. Nur sein Fuß, der auf und ab zuckte, verriet, wie nervös er war.

Der Prozessor summte, das Display sprang an. Die Menge holte kollektiv Luft. Kipling beugte sich vor und tippte rasend schnell Befehle ein. Er neigte den Kopf, murmelte etwas, zog an einem der Drähte und sah dann auf. »Ladys und Gentlemen, wir haben Netz.«

»Ja!«, schrie einer der Jugendlichen. Andere applaudierten und johlten.

Kipling hob die Hände. »Seid leise. Wir sind nicht allein an Bord.«

Die Geräusche verstummten. Er hatte die Menge in der Hand. Rin konnte sehen, wie sehr er das genoss.

»Ich schicke schnell eine Nachricht ab, danach kann jeder ran.« Er tippte, während er redete. »Es gibt keine graphische Oberfläche, aber ihr werdet schon klarkommen. Wenn nicht, sagt mir Bescheid.«

Er stand auf und streckte sich. »Ach ja, das T funktioniert nicht, also seid kreativ.«

Einige klopften ihm auf die Schulter, als er sich seinen Weg durch die Menge bahnte. Er lächelte und schüttelte Hände. Kurz bevor er Rin und Lanzo erreichte, drehte er sich noch einmal um. »Und wehe, einer müllt mir die Platte mit Torrents zu.«

Einige Leute lachten. Die Stimmung war auf einmal gelöst.

»So«, sagte Kipling, als er vor Rin stehen blieb. »Ama'Ru, Arnest und Auckland sind offline, aber ich habe ihnen Nachrichten geschickt. Also Ama'Ru und Auckland. Arnest ging nicht wegen des T-Problems. Sobald sie online gehen, werden sie wissen, dass wir die *Polk* verloren haben und irgendwohin gebracht werden. Ist nicht viel, aber immerhin ein Anfang.«

»Kannst du rausfinden, wo wir sind?«, fragte Lanzo.

»Nicht im Hyperraum, später im Normalraum wahrscheinlich schon. Keines der Geräte hat einen Navigationschip, aber es sollte möglich sein, das nächstgelegene Googlegate anzupingen. Das wird uns einen Anhaltspunkt geben.«

Rin sah, wie die Menschen eine lange Schlange bildeten. Sie verhielten sich erstaunlich diszipliniert. Einer nach dem anderen setzte sich vor die Tastatur, tippte etwas ein, stand wieder auf und ließ den nächsten an das Gerät. »Was glaubst du, was sie im Netz machen?«

Kipling hob die Schultern. »Dasselbe wie ich. Nachrichten schicken, andere warnen, hoffentlich ganz Twitter mit dem zuspammen, was ihnen passiert ist. Darüber muss geredet werden und zwar nicht nur unter Menschen, sondern auch unter Jockeys. Wir können uns selbst nicht helfen, das können nur sie.«

Lanzo hob nur die Augenbrauen, sagte aber nichts.

»Hey, Kipling«, rief ein Mann, der vor der Tastatur saß. »Ich glaub, ich hab Scheiße gebaut. Kannst du mir mal helfen?«

Kipling lächelte. »Entschuldigt mich einen Moment. Mein Volk braucht mich.«

Rin wartete, bis er außer Hörweite war, dann wandte sie sich an Lanzo. »Du glaubst nicht, dass das irgendwas bringen wird, oder?«

»Menschen auf der einen Seite, Jockeys auf der anderen. So wird das immer sein. Ein paar werden Mitgefühl heucheln, aber insgeheim werden alle froh sein, wenn sie uns los sind. Wir gehören nicht in ihre Welt. Das wissen wir und sie auch.«

»Das Universum ist groß genug –«

Ein Ruck ging durch die *Old Pine Box*. Das Dröhnen des Bubble-Antriebs verstummte, nur Sekunden später sprangen die unterlichtschnellen Triebwerke summend an. Sie näherten sich ihrem Ziel.

Kipling schob den Mann, dem er hatte helfen wollen, beiseite. »Lass mich mal ran. Vielleicht kann ich rausfinden, wo wir sind.«

»Aber ich wollte meinem Sohn noch was schreiben.«

Einer der Teenager stellte sich zwischen ihn und Kipling. »Hau ab. Das ist jetzt wichtiger.«

Der Mann breitete in einer hilflosen Geste die Arme aus und ging an der Schlange vorbei zu seinem Gepäck. Marco saß ganz in seiner Nähe. Er sagte etwas zu dem Mann, was Rin nicht verstehen konnte, aber der winkte nur ab.

Rin ging zur Tür und legte ihr Ohr an das Metall. Draußen war es still. Sie warf einen Blick zurück zu Kipling, der hastig Befehle eingab. »Scheiß T«, stieß er auf einmal hervor. Er wusste, dass ihm nur wenig Zeit blieb. Wenn die Jockeys seinen Computer entdeckten, verloren sie damit die einzige Verbindung zur Außenwelt.

»Bau den Rechner ab, bevor du erwischt wirst«, sagte nun auch Lanzo. »Das ist zu gefährlich.«

Kipling schüttelte den Kopf. »Wenn ich den abbaue, kriege ich ihn vielleicht nie wieder gestartet. Es ist ein Wunder, dass er überhaupt läuft. Eine Sekunde noch.«

Marco stand auf. Scheinbar ziellos ging er durch den Frachtraum, näherte sich dabei jedoch mehr und mehr der Tür. Seine Augen waren fast zugeschwollen und blau verfärbt. Es wunderte Rin, dass er durch die schmalen Schlitze, die ihm geblieben waren, überhaupt noch etwas sehen konnte.

»Lanzo«, sagte sie leise und deutete in Marcos Richtung. Sie ahnte, was er vorhatte. Sobald die Jockeys die Tür öffneten, würde er zu ihnen laufen und Kipling ausliefern.

Lanzo nickte. Er ging zu Marco herüber und blieb neben ihm stehen. Der bemerkte ihn erst, als er angesprochen wurde, so eng war sein Gesichtsfeld. Er zuckte zusammen, hörte zu, nickte und ging an seinen Platz.

»Womit hast du ihm gedroht?«, fragte Rin, als er zurückkam.

»Mit etwas, das einen Jungen in seinem Alter mehr schockt als die Aussicht, noch ein paar Zähne zu verlieren.« Lanzo lehnte sich neben der Tür an die Wand. »Er wird keinen Ärger machen.«

»Ich hab's!«, rief Kipling im gleichen Moment. »Das Googlegate, das uns am nächsten ist, befindet sich in einem System mit der Jockeykennung *UXQR78*. Da ist nicht viel los, ein paar tote Planeten, Monde … und etwas namens *Scania*.«

»Was soll das sein?«, fragte Lanzo.

»Keine Ahnung. Der Name steht auf einer Karte, mehr weiß ich auch nicht.« Er wandte sich der Tastatur wieder zu und tippte etwas ein. Dann drückte er auf den Knopf und fuhr den Rechner herunter. »Sorry, Leute«, sagte er zu den Wartenden. »Die Jockeys dürfen den nicht finden.«

Niemand murrte. Die Menschen waren seit Omega an Enttäuschungen gewöhnt. Rin ging zu Kipling, während Lanzo an der Tür blieb. »Hast du den anderen Bescheid gesagt?«

Kipling nickte, während er damit begann, die Kabel und Drähte aufzurollen und den Rechner auf einige Taschen zu verteilen. »Wir sind am Arsch der Welt«, sagte er leise. »Die können hier mit uns machen, was sie wollen. Niemand wird etwas davon bemerken.«

Er wirkte nervös.

»Außer du bringst uns wieder ins Netz«, sagte Rin. »Dann werden alle Welten davon erfahren.«

»Wenn ich den Frankenstein-Rechner je wieder zum Leben erwecken kann.« Er zog den Reißverschluss der letzten Tasche zu und wollte aufstehen, aber ein weiterer, stärkerer Ruck warf ihn gegen Rin. Metall schlug auf Metall.

»Tut mir leid«, sagte Kipling. »Was war denn das?«

»Das war ein Pilot, der nicht weiß, wie man vernünftig andockt.« Rin half ihm auf die Beine. Die Tür zum Frachtraum öffnete sich. Lanzo machte einen Schritt zur Seite, aber niemand betrat den Raum. Der Gang hinter der Tür war leer.

»Achtung, Menschengruppe!« Die Stimme hallte aus den Bordlautsprechern. »Verlasst unverzüglich das Schiff auf dem ausgewiesenen Weg. Der Frachtraum wird in einhundertzwanzig Sekunden desinfiziert. Dieser Vorgang könnte sich für euch als tödlich erweisen.«

Chaos brach aus. Menschen stolperten, rafften ihre Habseligkeiten zusammen und liefen zur Tür. Rin warf sich zwei der Taschen über die Schulter, Kipling und Lanzo nahmen die Rucksäcke. Sie sah sich suchend nach Marco um, aber er war zwischen all den Menschen nicht zu finden.

An der Tür staute es sich. Leute fluchten, einige schrien, eine Frau stürzte. Lanzo zog sie vom Boden hoch, bevor andere sie niedertrampeln konnten. Er deckte sie mit seinem Körper und schob sie durch die Tür. Rin und Kipling folgten ihm.

Der Gang war leer. Die Jockeys hatten während des Flugs Pfeile aus rotem Klebeband an den Wänden angebracht, die den Menschen den Weg zur geöffneten Schleuse wiesen.

»Geht zügig weiter«, befahl die Stimme aus den Lautsprechern. »Nicht stehen bleiben.«

»Das geht auch freundlicher«, sagte Kipling.

Rin stellte sich auf die Zehenspitzen und warf einen Blick über die Schultern der Menschen, die vor ihr die Schleuse betraten. Dahinter lag ein langer, hell erleuchteter Gang.

»Das ist kein Schiff«, sagte sie, »sondern eine Station.«

»Scania?«, fragte Lanzo.

Bevor Rin antworten konnte, meldete sich die Stimme des

Jockeys. »Bildet jeweils eine Schlange an der rechten und der linken Wand. Euch wird Blut abgenommen. Das geschieht zu eurem Besten. Wehrt euch nicht.«

»Was ist das für ein Scheiß?«, rief jemand. Die Antwort, die er darauf bekam, bestand aus Waffenmündungen, die sich aus Klappen unter der Decke in den Gang schoben.

»Wehrt euch nicht«, wiederholte die Stimme. Kleine Kameras blinkten und drehten sich surrend. Die Menge wurde still. Ohne zu murren befolgten sie die Befehle. Die Waffenmündungen raubten ihnen den Mut.

Wie Schafe zur Schlachtbank, hatte der Pessimist gesagt. Rin schüttelte den Gedanken ab. Faustgroße Drohnen flogen im Schwarm hinter ihr lautlos aus der Schleuse. Wie Insekten setzten sie sich auf die Haut der Menschen und stachen zu. Die meisten Leute zuckten nur kurz zusammen. Einige wenige riefen »Au«, verstummten aber sofort wieder, als sich Kameras und Mündungen auf sie richteten.

Rin versteifte sich, als eine der Drohnen sich auf ihre Hand setzte. Die Nadel, die sich an der Unterseite befand, durchstieß ihre Haut mit einem schmerzhaften, kurzen Stich und wurde direkt wieder eingefahren.

Nur Minuten später sammelten sich die Drohnen und flogen zurück zur Schleuse.

»Sir?«

Rin biss sich auf die Lippe, als sie sah, wie Kipling aus der Schlange heraustrat und die Hand hob. Kameras und Waffenmündungen schwenkten in seine Richtung.

»Sir«, sagte er mit einem unterwürfigen Tonfall. »Mir wurde kein Blut abgenommen.«

Die Stimme im Lautsprecher schwieg. Nach einem Moment flog eine einzelne Drohne aus der Schleuse, setzte sich auf Kiplings Hand und stach zu.

»Danke, Sir«, sagte Kipling, als sie abhob und wieder in der

Schleuse verschwand. »Wenn es zu meinem Besten ist, möchte ich natürlich kooperieren.«

»Was sollte das denn jetzt?«, flüsterte Rin, aber Kipling lächelte nur und schwieg.

Die Mündungen zogen sich in die Wand zurück, die Lichter der Kameras gingen aus.

»Willkommen in eurem neuen Zuhause«, sagte die Stimme. Die Schleuse schloss sich mit einem Knall. Am Ende des Gangs öffnete sich eine Tür.

Die Menge zögerte. Lanzo ging voran, Rin und Kipling folgten ihm. Nach und nach schlossen sich ihnen andere an.

Der Raum hinter der Tür war dunkel. Abgestandene, faulig riechende Luft schlug Rin entgegen. Sie machte einen Schritt in den Raum hinein und trat in etwas Klebriges, das sich mit einem schmatzenden Geräusch von ihren Sohlen löste.

»Geh nicht weiter«, sagte Lanzo. Er drehte den Kopf. »Hat jemand eine Taschenlampe?«

»Ja, ich.« Rin hörte, wie ein Reißverschluss aufgezogen wurde, dann reichte ihr jemand eine kleine, wohl ursprünglich als Schlüsselanhänger gedachte Taschenlampe. Sie schaltete sie ein und richtete den Lichtstrahl in den Raum.

Schwarze Pfützen wurden aus der Dunkelheit gerissen. Sie bedeckten den Boden und sahen aus wie Teer. Sie ließ den Lichtstrahl über die Wände gleiten. Auch sie waren schwarz. Die Spritzer reichten bis zur Decke hinauf.

»Blut«, flüsterte eine Frauenstimme hinter ihr. »Überall Blut.«

14

Arnest lag auf dem Bauch im Gras. Halme kitzelten seine Nase. Er hielt den Atem an und konzentrierte sich auf die Stiefel des Hais, die sich ihm näherten. Den Knüppel hielt er fest in der Hand.

Auckland befand sich einige Meter von ihm entfernt, rechts von den Haien. Er hatte seinen Stein im Zelt zurückgelassen und war unbewaffnet.

Schön blöd, dachte Arnest.

Er wusste nicht, ob die anderen Haie sich in der Nähe aufhielten oder in ihre Richtung sahen, aber das war ein Risiko, das er und der Roboter eingehen mussten. Sie hatten keine andere Wahl.

Die Haie waren so nahe, dass er hören konnte, wie sie unter ihren Helmen atmeten. Ihre Gewehrläufe strichen über die Spitzen der Grashalme. Auckland nickte ihm zu. *Jetzt.*

Er warf sich nach vorn. Mit der Schulter prallte er gegen die Hüfte eines Hais und warf ihn zu Boden. Bevor er reagieren konnte, riss Arnest den Jockey von seinen Schultern und rammte ihm den Knüppel direkt unterhalb des Helms in den Hals. Ein erstickter, kaum hörbarer Schrei, ein zweiter Stoß mit dem Knüppel. Der Hai schlug mit seinen Fäusten nach ihm, aber Arnest lag auf ihm. Sein Gewicht presste ihn gegen den Boden.

Der Jockey erschlaffte. Der Hai zuckte und stöhnte. Arnest zog dem Jockey den Helm vom Kopf und zertrümmerte seinen Schädel. Blut spritzte ihm ins Gesicht. Der Hai lag still.

Arnest rollte sich von ihm herunter, nahm das Schnellfeuergewehr und die Pistole des Jockeys. Dann sah er zu Auckland hinüber. Auch sein Gegner lag tot am Boden, auch er hielt Gewehr und Pistole in den Händen.

Unentschieden.

Auckland bedeutete ihm mit einer Geste, liegen zu bleiben und hob den Kopf. Nach einem Moment duckte er sich wieder und zeigte nach links. Arnest nickte und hob den Daumen.

Nebeneinander krochen sie durch das Gras. Es war still geworden im Dorf. Die Bewohner hatten sich zurückgezogen, keiner von ihnen griff ein. Arnest bedankte sich innerlich bei dem Hai, der Ven'Por umgebracht hatte. Ohne ihn hätten sich die Flugsaurier vielleicht auf die Seite der Haie geschlagen, was ein Problem gewesen wäre. Doch ohne deren Luftüberwachung waren Menschen und Haie auf einer Ebene. *Infanterie gegen Infanterie.*

Auckland hob die Hand. Arnest hielt an. Durch die Grashalme sah er zwei Haie, die gerade eine Hütte verließen und am Rand des Grasstreifens auf eine andere zugingen. Auckland zeigte auf das Gewehr und schüttelte den Kopf. Er wollte sie lautlos überwältigen.

Ich hab keinen Bock auf die Scheiße, dachte Arnest. Er hatte die Waffen erobert und jetzt sollte er sie nicht benutzen, obwohl es genügend Deckung gab und sie das Überraschungsmoment auf ihrer Seite hatten?

Er zeigte auf sein eigenes Gewehr, streichelte den Lauf und streckte Auckland den Mittelfinger entgegen. Der runzelte die Stirn, so als wisse er nicht, was das zu bedeuten hatte.

Dann zeige ich's dir. Arnest hob den Kopf. Die beiden Jockeys gingen auf einem Pfad vor ihm am Gras entlang. Die einzigen anderen, die er entdecken konnte, waren die Wachen neben der Fähre. Sie standen rechts von ihm, in einem Winkel, der Auckland freies Schussfeld gab. *Um die kann er sich kümmern.*

Er sprang auf und berührte den Abzug mit dem Zeigefinger. Seine Schüsse zerrissen die Stille. Die beiden Haie zuckten unter dem Einschlag der Kugeln.

Aus den Augenwinkeln sah er, wie die Haie neben der Fähre herumfuhren und ihre Waffen hoben. *Lass mich nicht im Stich, Roboter.*

Nur eine Sekunde später platzten die Helme der Jockeys auf. Die beiden Haie brachen zusammen. *Meine Fresse, das war geil.*

Auckland ließ seine Pistole sinken. Er hatte knieend geschossen und richtete sich nun auf. »Zum Schiff! Du hast eins bis sechs, ich sieben bis zwölf.«

Rechts und links. Arnest rannte los. Er hatte keine Ahnung, wo sich die anderen beiden Jockeys befanden, aber er vermutete, dass sie sich irgendwo auf der anderen Seite des Schiffs aufhielten. Dreck spritzte plötzlich neben ihm hoch. Das Echo der Schüsse hallte im Tal wider.

Scheiße, wo sind die Arschlöcher? Instinktiv schlug er einen Haken. Eine Kugel pfiff an ihm vorbei und prallte funkensprühend vom Schiff der Jockeys ab. Arnest hob das Gewehr und feuerte in die Richtung, aus der die Schüsse gekommen sein mussten.

»Nicht die Zivilisten!«, brüllte Auckland von der anderen Seite des Schiffs.

Was für Zivilisten? Das sind scheiß Jockeys. Trotzdem schoss er nicht weiter. Vielleicht wegen der Kinder, die er gesehen hatte, vielleicht wegen Ven'Por und den anderen, die ihm geholfen hatten, vielleicht, weil er keinen Ärger mit Lanzo haben wollte, wenn sie sich wiedersahen. Er dachte nicht darüber nach.

Auckland kniete bereits im Schiff, als er die Rampe nach oben stürmte. Ein Schuss, ein Schmerzensschrei, kein Todesschrei. Er hatte gelernt, beides voneinander zu unterscheiden.

Perfekt bist du also doch nicht, Roboter, dachte er. *Den hast du nicht richtig getroffen.* »Mach die scheiß Rampe zu.«

Er warf sich hinter eine der beiden Bänke, die mit der Wand verschraubt waren. Die beiden letzten Haie rannten schießend auf das Schiff zu. Mündungsfeuer stach aus ihren Gewehren. Kugeln prallten von Metall ab und bohrten sich in den Boden vor dem Schiff.

Vollidioten. Entweder schießen und laufen, beides zusammen ist Scheiße. Er folgte Auckland, der geduckt ins Cockpit lief. Hinter ihnen schloss sich die Rampe.

Es gab keine Sitze im Cockpit, nur zwei hufeisenförmige Geländer, von denen Sicherheitsgurte hingen. Arnest wusste nicht, wie man sie anlegte, also verzichtete er darauf. Auckland drückte auf einige Knöpfe und nahm die Joysticks in die Hände. Die Triebwerke heulten auf.

»Festhalten.«

Mit einem Ruck hob das Schiff ab. Arnest spürte, wie sein Magen nach unten sackte, als das Schiff senkrecht startete. Die Außenkameras schalteten sich automatisch ein und zeigten zwei Haie, die ihre Gewehre nach oben richteten. Die Kugeln, die vom Rumpf des Schiffs abprallten, klangen dumpf. Er glaubte nicht, dass sie das Metall durchdringen würden.

Das Schiff raste über das Dorf hinweg, durch eine grüne Landschaft, Wolken und dann hinein in die Schwärze des Alls. Arnest entspannte sich, als er die Sterne sah.

»Geile Scheiße«, sagte er. Adrenalin prickelte auf seiner Zunge. »Echt geile Scheiße.«

Auckland lehnte sich an das gepolsterte Geländer. Der Bildschirm zeigte, wie der Planet hinter ihnen langsam kleiner wurde.

»Deine Entscheidung war richtig.«

Arnest sah Auckland an. »Was?«

»Die Jockeys offen anzugreifen, war die richtige Taktik. Du hast das erkannt, ich nicht.«

»Echt jetzt?« Arnest grinste. »Das musst du Lanzo erzählen, okay?«

»Wenn du willst.« Auckland schien etwas hinzufügen zu wollen, doch ein blinkendes Licht an seiner Konsole lenkte ihn ab. »Eingehende Funkverbindung.«

»Von wem?«

»Der *Eliot*.«

Arnest trat unwillkürlich einen Schritt vor, als Ama'Ru auf dem Bildschirm erschien. Die vertraute Umgebung der Brücke, die er hinter ihr sehen konnte, machte ihn gleichzeitig wütend und glücklich.

»Ama'Ru«, sagte Auckland. »Wie ich sehe, hast du immer noch mein Schiff.«

»Und ich würde es dir gern zurückgeben.« Der überlegene Tonfall, den Arnest so hasste, verschwand aus ihrer Stimme. »John, es –«

»Später. Lass uns einfach auf das Schiff, okay?«

Sein schroffer Tonfall schien sie zu überraschen. Sie zögerte einen Moment, bevor sie antwortete. »Natürlich. Aber du solltest wissen, dass Kipling sich gemeldet hat. Er und die anderen sind im System *UXQR78*, vermutlich an einem Ort namens …« Sie schien etwas abzulesen. »Scania? Ich hoffe, ich spreche das richtig aus.«

Scania. Arnest wurde plötzlich kalt.

»Ach du Scheiße.«

TEIL 5

NUR WEG VON HIER

»Jedes Schiff, jede Station, jeder Ort, an dem Menschen zusammenkommen, besitzt eigene urbane Legenden. Eine der bekanntesten ist wohl die über Trevor Reillys Song ›See You In Nashville‹. Wenn man das MP3 in einem Editor öffnet, jede siebte Codezeile kopiert und die neue Datei wieder als MP3 abspeichert, soll man angeblich einen Jockey hören, der die Menschheit auslacht und verhöhnt. Ich habe das mindestens ein Dutzend Mal probiert, aber es hat noch nie funktioniert.«

– Nerdprediger Dan, *ASCII-Zeichen für die Ewigkeit*

1

Sie sahen mitgenommen aus.

Ama'Ru setzte sich in ihrem Sattel auf, als Auckland und Arnest die Brücke der *Eliot* betraten. Ihre Kleidung bestand aus zerrissenen, schmutzigen Lumpen, sie selbst waren barfuß, zerschlagen und bewegten sich mit der zögernden Langsamkeit von Menschen, die Schmerzen hatten.

»Ich –«, setzte Ama'Ru an, aber Arnest ließ sie nicht zu Wort kommen.

»Was is' denn mit der los?«, fragte er und deutete mit dem Kinn auf die *Andere*. Sie saß unter Ama'Ru am Boden und hatte ein Hinterbein ausgestreckt.

»Sie hat sich das Bein gebrochen«, sagte Ama'Ru. Das war keine schlimme Verletzung. Die Knochen der *Anderen* waren leicht und schmal. Sie heilten schnell. »Wir mussten uns einem Kampf stellen.«

»Dann fing dein Tag ja so geil an wie unserer.« Arnest grinste Auckland an, aber der setzte sich nur schweigend auf die Treppe.

Ama'Ru wandte sich an ihn. »Ich habe einen Fehler begangen, der erhebliche Konsequenzen nach sich gezogen hat. Dafür entschuldige ich mich.«

»Dein Freund ist tot«, sagte er unvermittelt.

Sie wusste nicht, wovon er sprach. »Mein Freund?«

»Ven'Por.«

»Typ mit 'nem Saurier unterm Hintern, quatscht dämliches

Zeug«, fügte Arnest hinzu. Er ließ sich in einen der Sitze fallen und streckte die Beine aus.

»Ven'Por?« Ama'Ru sah zuerst Arnest, dann Auckland an. »Woher wisst ihr, wer das ist? Wieso ist er tot?«

Es fiel ihr schwer, ihre Gedanken zu ordnen. Das Gespräch ergab auf einmal keinen Sinn mehr für sie.

Auckland schien das zu erkennen. »Ven'Por sagte, du hättest ihn gebeten, uns zu helfen. Er starb, als er versuchte, uns die Flucht vom Planeten zu ermöglichen.«

»Ich hätte so etwas nie von ihm –« Sie unterbrach sich, als sie an das dachte, was Mak'Uryl zu ihr gesagt hatte. *Im Internet kann jeder alles sein.*

»Er hat sich für mich ausgegeben.«

»Wer?«, fragte Auckland.

»Mak'Uryl.«

Arnest setzte sich auf. »Was hat denn das Arschloch damit zu tun?«

»Er hat uns gefangen genommen und gefoltert, bis ich ihm alles verraten habe, was er wissen wollte.«

Sie sah, wie Auckland blinzelte, aber er ging nicht weiter auf das ein, was sie gesagt hatte.

»Wenn du uns nicht geholfen hast, woher wusstest du, welches Schiff du anfunken musstest?«

»Ich wusste es nicht, also habe ich einfach alle angefunkt, die sich in Reichweite befanden und gehofft, dass ihr auf einem seid.«

»Na geil«, sagte Arnest. »Das heißt, jetzt hält man uns auch noch für Spammer. Gut, dass Kipling das nicht mitkriegt.«

Ama'Ru hörte ihm kaum zu. Sie dachte an Ven'Por und das Opfer, das er im Glauben, ihr helfen zu können, gebracht hatte. *Wie soll ich das alles jemals wiedergutmachen?*

Auckland stand auf und ging zum Sitz des Piloten. Er stieg über das verletzte Bein der *Anderen* hinweg und sagte, ohne

Ama'Ru anzusehen: »Hast du die Koordinaten schon eingegeben?«

Er nimmt es persönlich, dass ich die Eliot *gestohlen habe*, dachte Ama'Ru, während sie ein menschliches Nicken imitierte.

Auckland setzte sich und schaltete die Triebwerke ein. Er musste irgendwann den Verband von seiner Hand entfernt haben. Eine rote, wulstige Narbe zog sich zwischen seinem kleinen Finger und dem Mittelfinger entlang.

Ich könnte ihm helfen, die Narbe zu verkleinern, aber er wird mich nicht lassen. Nicht jetzt.

»Interessiert es denn keine Sau, was ich über Scania weiß?«, fragte Arnest, als die *Eliot* sich drehte und beschleunigte.

»Kannst du das so erzählen, dass jemand außer dir es versteht?«

»Was soll die Scheiße denn jetzt heißen?«

Es überraschte Ama'Ru immer wieder, wie schnell Arnests Stimmung umschlagen konnte. Zwischen Entspannung und Wut lag manchmal nur eine Sekunde.

»Also …«, setzte Arnest an.

2

»Das war so ungefähr vier Monate, bevor die ganze Scheiße losging. Oder fünf? Nee, ich bin mir ziemlich sicher, dass es drei waren. Wann is' *Ewok Erection* raus gekommen? Ihr wisst schon, diese Pornverarsche, die so viel Wirbel ausgelöst hat? Wisst ihr nich'? Ach, scheißegal, das war in jedem Fall in der gleichen Woche.

Ich war in irgendeinem von diesen Drecksdschungeln stationiert, in so einem Kackstaat, den keine Sau aussprechen kann. Überall Fliegen, scheiß Internet, warmes Bier un' nichts zu ficken. Was soll man da machen außer labern?

Wir waren mit ein paar anderen Söldnereinheiten zusammengelegt worden. Hatte keiner Bock drauf, weder die noch wir. Is' scheiße, wenn du nich' weißt, wer neben dir im Dreck liegt.

Was? Lanzo? Nee, der war nich' dabei. Das war bevor er … spielt keine Rolle. Jedenfalls hingen wir alle in diesem Lager ab, also nich' Lanzo, sondern ich und meine Jungs, und warteten auf Befehle. Eine der anderen Einheiten hatte ihre Zelte direkt neben unseren aufgebaut. Das waren hauptsächlich Asiaten, Japaner, Chinesen, Koreaner un' so. Bei denen war ein Typ, der hieß Heroku, glaube ich, jedenfalls fiel der auf wie 'n Spermafleck auf 'ner Soutane. Schneeweiße Haare un' Augenbrauen, aber jung dabei, noch jünger als ich. Er sprach mit keinem, soff nich' und blieb für sich. Wir nannten ihn den Albaner, weil er halt so weiße Haare hatte.

Albino heißt das? Echt? Scheißegal, ihr wisst doch, was ich meine.

Na ja, also 'ne Weile passierte nichts, dann tauchten auf einmal ein paar Typen in Anzügen auf. Die waren mit einem Hubschrauber gelandet und spielten sich total auf. Unser Kommandant kroch denen bis zu den Fußknöcheln in den Arsch. War eh ein Dreckskerl. Den haben die Zombies gleich beim ersten Angriff zerlegt. Is' also nich' alles schlecht an der ganzen Scheiße.

Der Arsch ruft also unsere Einheit im Messezelt zusammen. Hatte vorher extra gesagt, dass es kaltes Bier gibt, damit die Hälfte von uns sich nicht verpisst. Klappte auch, das Zelt war brechend voll. Er labert also ein bisschen rum, während wir saufen, dann tauchen die drei Typen auf und stellen sich vor. Die kamen von irgendeiner Firma oder so, hab ich vergessen. Jedenfalls sagen die, dass sie Leute suchen für einen Job auf einer Raumstation namens Scania. Die wollen nur die Besten, deshalb sin' sie zu uns gekommen. Hat natürlich kein Schwein geglaubt, die wollten nur, dass wir uns toll fühlen. Wir fühlten uns auch alle toll, das hatte aber nix mit dem Gequatsche zu tun, sondern mit den mindestens fünf Bier, die jeder von uns schon drin hatte.

Die Typen sagten, wir müssten auf dieser Station irgendwas bewachen. Sollte ein Laujob sein, also so einer, wo du nur rumsitzt und dich am Sack kratzt, außer es passiert irgendwelche Scheiße. Aber was soll auf so 'ner Station schon passieren?

Wir wurden also langsam neugierig. Die Kohle war super und nach ein paar Wochen in diesem scheiß Dschungel hörte sich ein Job im All geil an. Als die Typen dann fragten, wer Bock hätte, meldeten sich alle, die noch nich' zu besoffen waren, um den Arm zu heben, ich auch. Unser Kommandant sah total stolz aus. Hätte mir zu denken geben sollen. Die Typen waren zufrieden und meinten, sie müssten nur noch irgendwelche Tests machen, Blut abnehmen, Fitnesstest und so.

Als ich das hörte, war ich aus der Nummer raus. Ich kenn die ganzen Tricks, mit denen einen Offiziere verarschen wollen. Die suchen doch nur nach einem Grund, um dir den Sold zu kürzen und ne Blutprobe, in der ein Dutzend illegale Substanzen Party machen? Besser geht's nich' mehr.

Ich hab die anderen gewarnt, aber die waren so geil auf den Job, dass sie das nich' hören wollten. Einen Tag später tauchte ein Lkw auf und holte sie ab. Danach habe ich sie nie wieder gesehen.

Nee, wartet, ich bin noch nich' fertig. Abends sitz ich also vor meinem Zelt un' denk drüber nach, ob ich vielleicht Scheiße gebaut hab und ne Riesenchance verpasst hab. Da kommt der Albaner auf einmal rüber, setzt sich neben mich und fängt an zu labern. Sagt, dass ich's genau richtig gemacht hätte und nich' so blöd gewesen wäre wie er.

Ich frag ihn, was er damit meint und er sagt, weil er nach Scania geflogen is' mit acht anderen aus seiner Einheit. Aber als sie da ankommen, sehen sie, dass die Station noch gar nich' fertig is' und sie sin' ganz allein da. Denken sie jedenfalls. Aber auf einmal geht da so'n Alienscheiß los. Einer nach dem anderen wird gekillt oder verschwindet einfach, bis nur noch der Albaner übrig is'. Er sagt, dass er nie einen Angreifer gesehen hat, aber da war Blut und so'n Scheiß. Und einmal saß jemand direkt neben ihm. Der Albaner hat nur geblinzelt und zack, war der Typ weg. Heftige Scheiße, oder?

Na ja, er hat's irgendwie geschafft, am Leben zu bleiben und is' mit einem alten Transporter, der an der Station angedockt hatte, abgehauen. Als er im Hyperraum war und nichts mehr passieren konnte, wollte der Albaner scheißen gehen und sieht im Spiegel, dass seine Haare schneeweiß geworden sin'. Und so sind sie bis heute geblieben.«

»Schwachsinn.«

Ama'Ru sah aus den Augenwinkeln, wie Auckland aufstand und zur Treppe ging.

»Hey!«, rief Arnest ihm nach. »Ich hab das selbst gesehen. Der Typ hatte weiße Haare. Wo sollen die denn sonst hergekommen sein?«

Auckland antwortete nicht, sondern stieg nur kopfschüttelnd die Stufen empor und verschwand in seiner Kabine. Ama'Ru hörte, wie sich die Tür hinter ihm schloss.

»Wieso schenkt er deiner Geschichte keine Beachtung?«, fragte sie. »Ich finde sie faszinierend und ein wenig angsteinflößend.«

»Keine Ahnung.« Arnest hob die Schultern. »Wahrscheinlich is' er sauer, weil ich mal mehr weiß als er.«

»Trotzdem sollte er sich damit befassen«, sagte Ama'Ru. »Ein Mensch, dessen Haar an dem Ort, zu dem wir unterwegs sind, vor Entsetzen schlagartig weiß wird, ist doch Grund zur Besorgnis. Wer würde sich so etwas ausdenken?«

Die Vorstellung ließ sie nicht los. In den Spiegel zu sehen und plötzlich zu entdecken, dass man ein anderer geworden war, ohne es zu bemerken, war ein erschreckender Gedanke.

»Das is' ganz schön kranke Scheiße«, sagte Arnest. Ausnahmsweise war Ama'Ru seiner Meinung.

»Und dieser … Albaner hat dir keine weiteren Erklärungen gegeben? Zum Beispiel, was ihn angegriffen hat oder welchen Plan die Männer verfolgten, die ihn zur Station geschickt haben?«

»Nichts. Wir wurden auch schon am nächsten Tag in die Schlacht geschickt un' danach hab ich ihn nie wiedergesehen.« Arnest kratzte sich am Kopf. »Wenn mir nur der Name von dieser kack Firma einfallen würde, dann könnte ich Auckland beweisen, dass ich keine Scheiße rede.«

»Ich halte es für wichtiger, geeignete Vorkehrungen zu treffen, damit wir nicht in die gleiche Situation geraten wie der Albaner und seine Leute.«

»Hm.«

Ama'Ru bemerkte, dass sie nicht zu Arnest durchdrang. Er richtete den Blick auf das wabernde Grau des Hyperraums, das die Bildschirmwand ausfüllte und wirkte konzentriert. Wenn er sich in seiner Ehre getroffen fühlte, das wusste Ama'Ru, war ihm nichts wichtiger, als das zu klären. Was auch immer nur einige Stunden entfernt von ihnen lauerte, interessierte ihn momentan nicht.

Sie warf einen Blick auf den Countdown. Fünf Stunden noch bis zum Ende des Sprungs. Wahrscheinlich würden Abfangjäger sie bereits bei der Rückkehr in den Normalraum erwarten. Auckland schien sich darüber keine Sorgen zu machen, er musste also die Lösung für dieses Problem kennen. Oder er ignorierte es ebenso wie den weißhaarigen Albaner.

Die *Andere* schmatzte leise unter ihr. Sie wirkte unbesorgt, fast schon heiter. Seit Auckland ihnen beiden bei dem plötzlichen Schwerkraftausfall auf der *Eliot* das Leben gerettet hatte, fühlte sie sich in seiner Gegenwart sicher. Wie verärgert er war, schien sie nicht zu erkennen. In manchen Dingen war die *Andere* sehr sensibel, in anderen fast schon tumb.

»BetterLifeSolutions!«, stieß Arnest plötzlich hervor.

Ama'Ru wandte sich ihm zu. »Bitte?«

Er grinste stolz. »Der Name von dem Laden, zu dem die Typen gehörten. BetterLifeSolutions. Ich wusste doch, dass der –«

Ama'Ru ließ ihn nicht ausreden. Sie warf einen Blick auf die Galerie und die geschlossene Tür, die zu Aucklands Kabine führte.

Sie holte tief Luft. »John?«

3

»Wir bleiben zusammen.« Lanzo richtete seine Taschenlampe, eine von vieren, die die Gruppe hatte auftreiben können, in die Dunkelheit. Blutgeruch hing schwer in der Luft. Schwarze Pfützen bedeckten den Boden, ebenso schwarze Spritzer die Wände. Was auch immer auf Scania geschehen war, lag noch nicht lange zurück. »Jeder achtet auf die Person neben sich. Wer etwas Ungewöhnliches bemerkt, meldet sich. Seid nicht schüchtern.«

Niemand antwortete ihm. Im Lichtstrahl der Taschenlampe sah Lanzo bleiche Gesichter und Blicke, die nervös zuckten.

»Wenn ihr euch daran haltet, werden wir schon zurechtkommen«, sagte er. »Noch Fragen?«

»Wohin gehen wir überhaupt?«, fragte jemand nuschelnd hinter ihm. Es war Marco, der Junge, den er zusammengeschlagen hatte. Lanzo bedauerte, dass er sich dazu hatte hinreißen lassen. Die Tat ließ sich rechtfertigen, schließlich hatten Marco und seine Gang ihn bedroht, aber Lanzo hatte vor allem den Frust loswerden wollen, der sich in ihm aufgebaut hatte. An seine Stelle war nun ein drückendes schlechtes Gewissen getreten und die Erkenntnis, dass ein Stück Arnest auch in ihm steckte.

Wir sind eben doch Brüder, dachte er, bevor er auf Marcos Frage antwortete. »Zum Maschinenraum. Von dort aus sollten wir die Energieversorgung der Station wiederherstellen können.«

»Wieso bleiben wir nicht einfach hier, gehen ins Internet und holen Hilfe?« Marco verschränkte die Arme vor der Brust. Er suchte die Konfrontation. »Die Rumrennerei ist doch idiotisch.«

Lanzo richtete den Strahl seiner Taschenlampe auf eine der dunklen Pfützen. »Das haben die Leute, die vor uns hier verblutet sind, wahrscheinlich auch gedacht.«

Ein paar Menschen nickten. »Dieser Bereich ist nicht sicher«, fuhr Lanzo fort. »Wir müssen weg von hier und in Bewegung bleiben, bis wir einen Teil dieser Station sichern können. Und dazu brauchen wir Licht. Alles andere muss warten, bis wir diese Grundvoraussetzung für unser Überleben erfüllt haben.«

Er sah, dass Marco widersprechen wollte und wandte sich von ihm ab. »Sonst noch Fragen?«

Kopfschütteln antwortete ihm.

»Also gut, dann los.«

Die Gruppe bildete eine Zweierreihe, so wie Lanzo vorgeschlagen hatte. Er selbst ging zusammen mit einem der Jugendlichen – der sich als Weed vorgestellt hatte und auch so roch – an der Spitze, Kipling überwachte die Mitte der Schlange mit seiner Taschenlampe, Rin ihr Ende. Die vierte Taschenlampe hielt eine ältere Frau namens Natasha in der Hand, die neben Kipling ging. Ihre Aufgabe bestand darin, den Lichtstrahl über Wände und Decken gleiten zu lassen. Lanzo hoffte, dass sie sich auf diese Weise zumindest halbwegs vor Überraschungen schützen konnten. Er hoffte es, aber er hatte zu viele Hinterhalte miterlebt, um wirklich daran zu glauben.

Dass Kipling die *Eliot* kontaktiert hatte, wusste außer ihm und Rin niemand. Damit hätten sie Marcos Argument gestärkt und wohl auch andere auf den Gedanken gebracht, dass Warten besser war als Erkunden. Doch hier, an den Schleusen der Raumstation, lauerte der Tod. Das war das Einzige, was Lanzo mit Sicherheit wusste.

Er ging voran. Niemand machte ihm die Stellung als Anführer streitig. Sogar Marco schien froh zu sein, dass jemand das Kommando übernahm.

Das Licht der Taschenlampe riss einen langen Gang aus der Dunkelheit. Lanzo hatte sich die stärkste Lampe genommen, aber selbst sie erhellte gerade mal zehn Meter davon. Alles dahinter verlor sich in Schwärze.

Hinter Lanzo wurde gehustet, geschnauft und geflüstert. Er wies niemanden zurecht. Die Gruppe der rund sechzig Menschen war zu groß, um sich leise zu bewegen und wer auch immer sie auf der Station erwartete, wusste längst, dass sie da waren.

Wir müssen uns überraschend verhalten, dachte Lanzo. Nur, wenn wir von den Mustern abweichen, die sie erwarten, haben wir eine Chance.

»Was soll die ganze Aktion?«, fragte Weed neben ihm. Er hielt einen Schraubendreher in der Hand, eine der wenigen Waffen, die sie im Gepäck der Menschen aufgetrieben hatten. »Wieso haben uns die Jockeys hierher gebracht?«

»Für solche Fragen wird später noch Zeit sein«, sagte Lanzo leise. »Im Moment zählt nur die Aufgabe, die vor uns liegt. Und die besteht darin, diese Leute in Sicherheit zu bringen. Konzentriere dich darauf.«

»Ja, okay.«

Lanzo bemerkte, dass Weed ihn aus den Augenwinkeln musterte. »Was ist?«

»Ich hab mich nur gefragt, ob du so ein Special-Forces-Typ bist. Du weißt schon, so einer, der zehn Methoden kennt, um jemanden mit einer Papierserviette umzubringen.«

Lanzo lächelte. »Dafür bräuchtest du meinen Bruder, aber ich weiß auch ein bisschen, was ich tue.«

»Sei mir nicht böse«, sagte Weed, »aber unter diesen Umständen fände ich es besser, wenn dein Bruder hier wäre.«

»Sei dir da mal nicht so sicher.« Lanzo schüttelte den Kopf, als Weed antworten wollte, und blieb stehen. Hinter ihm verstummten die Geräusche der Gruppe. Vielleicht hatten auch andere so wie er etwas gehört, vielleicht reagierten sie nur darauf, dass er nicht weiterging.

Der Gang erstreckte sich gerade vor ihm. So weit der Strahl der Taschenlampe reichte, war keine Biegung und keine Tür zu erkennen. Was sich in der Schwärze dahinter verbarg, wusste Lanzo nicht.

Er lauschte. Das Geräusch, das er zuvor nur erahnt hatte, war nun deutlich zu hören. Es war ein rhythmisches, dumpfes Klopfen, nein, kein Klopfen, ein Hämmern oder –

Schritte, unterbrach Lanzo seine eigenen Gedanken. Das Geräusch stammte von nackten Fußsohlen, die auf den Metallboden klatschten. Zuerst dumpf, dann lauter und klarer. Jemand rannte ihnen mit kräftigen, schnellen Schritten entgegen. Lanzo hörte keine Panik darin. Wer auch immer sich ihnen näherte, klang entschlossen, nicht verängstigt.

»Rin«, sagte Lanzo leise. »Kipling.«

Hinter ihm rückte die Gruppe näher zusammen. Kipling und Rin zwängten sich zwischen den Menschen hindurch und blieben neben Lanzo stehen. Das Licht ihrer Taschenlampen erhellte zwar den Gang, reichte aber auch nicht weiter als ein paar Meter.

Die Schritte kamen näher.

Lanzo reichte Weed seine Taschenlampe und wollte ihm den Schraubendreher aus der Hand nehmen. Weed sträubte sich.

»Vertrau mir«, sagte Lanzo leise. »Ich kann mehr damit anfangen.«

Der Junge ließ los.

Lanzo trat vor die anderen, den Schraubendreher in der einen, den Hammer in der anderen Hand. Er kam sich ein wenig albern vor, wie ein Spielzeugritter mit einem Plastikschwert, der sich einem echten Drachen stellen musste.

Die Schritte wurden immer lauter. Sie hallten von den Wänden wider. Wer auch immer sich vor ihnen befand, wurde nicht langsamer. Vielmehr hatte Lanzo den Eindruck, dass die Schritte kraftvoller klangen, so als sähe der Läufer sein Ziel vor sich und spornte sich noch einmal an.

Lanzo starrte in die Dunkelheit.

»Wo ist der Typ?«, flüsterte Kipling. »Warum sehen wir ihn nicht?«

Das Klatschen der Fußsohlen war so nahe gekommen, dass Lanzo glaubte, er müsse nur den Arm ausstrecken, um den Läufer zu berühren. Doch sehen konnte er ihn nicht.

Panik fuhr durch die Gruppe wie ein Windstoß und trieb sie auseinander.

»Zusammenbleiben!«, sagte Lanzo laut. Im nächsten Moment waren die Schritte neben ihm, dann über ihm. Er fuhr herum, starrte aber nur in verängstigte Gesichter. Die Schritte entfernten sich, wurden leiser und verstummten schließlich ganz.

Lanzo lauschte noch einige Sekunden lang, dann ließ er Hammer und Schraubendreher sinken. »Hat einer von euch eine Berührung gespürt, einen Luftzug, irgendwas?«

Niemand antwortete. Einige schüttelten den Kopf oder hoben die Schultern. Lanzo konnte sehen, wie verstört sie waren.

Nicht nur sie, dachte er. Sein Herz schlug zu schnell und er spürte Schweiß auf seiner Stirn.

»Selbst wenn die Tarntechnologie der Jockeys so hochentwickelt wäre, was sie nicht ist«, sagte Rin, die wohl auf die gleiche Idee wie er gekommen war, »hätte jemand etwas spüren müssen. Wir stehen zu dicht zusammen.«

Lanzo nickte.

Kipling fuhr sich mit der freien Hand durch die Haare. »Und als ob das Ganze nicht schon genug Geisterbahn wäre …! Ist einem von euch aufgefallen, dass wir zwar Schritte gehört haben, aber keine Atemzüge? Das, was uns da entgegenkam, war unsichtbar, gestaltlos und hat nicht geatmet. Wie ein …«

Sprich es nicht aus, dachte Lanzo. *Du machst es nur schlimmer.*

»… G–«

»Karin?« Eine Männerstimme, in der ein harter Akzent lag, unterbrach ihn. »Karin!«

Rin richtete ihre Taschenlampe in die Menge. Ein älterer Mann mit schütterem Haar und grauem Vollbart, sah sich suchend um. »Karin!«

»Was ist los?«, fragte Lanzo, obwohl er es bereits ahnte.

Der Mann hob die Hand vor die Augen, um sich vor dem Licht der Taschenlampe zu schützen. »Mein Tochter«, sagte er in gebrochenem Englisch. »Eben noch hier, neben mich, jetzt weg. Wo? Wo?!«

Er schrie das letzte Wort.

Lanzo schloss die Augen.

4

»BetterLifeSolutions? Bist du ganz sicher?«

Verärgerung und Erschöpfung waren aus Aucklands Blick verschwunden, aber in seinem Blick sah Ama'Ru immer noch Zweifel.

»Ja«, sagte Arnest ohne zu zögern. »Mir kam der Name schon bekannt vor, als du erzählt hast, das wär die Firma, die Roboter wie dich herstellt.«

Aucklands Augenlider zuckten kurz, ansonsten reagierte er nicht. Ama'Ru war sich fast sicher, dass Arnest ihn nur Roboter nannte, um ihn zu reizen. Allerdings hatte Kipling, als sie das einmal ansprach, geantwortet, es sei ein Fehler, das Ausmaß von Arnests Ignoranz zu unterschätzen.

»Und als ich dann eben nachgedacht hab«, fuhr Arnest fort, »fiel's mir wieder ein. So'n schwarzes Logo mit weißen Buchstaben hatten die, richtig?«

»Richtig.« Auckland setzte sich auf die Treppe und strich geistesabwesend über die Narbe an seiner Hand.

Arnest verschränkte die Arme vor der Brust. »Ich warte.«

»Worauf?«

»Auf deine Entschuldigung. Du hast gedacht, ich laber nur Scheiße, aber das stimmt nich', oder? Also sei ein Mann und entschuldige dich.«

»Entschuldigung«, sagte Auckland. Ama'Ru hatte nicht den Eindruck, dass er zugehört hatte. Doch Arnest schien das egal zu sein, denn er nickte und stand von seinem Platz an einer der dunklen Konsolen auf.

»Angenommen. Jetzt wissen wir wenigstens, in welche Scheiße wir volles Rohr reinrennen.«

»Nein, wir wissen nur, in welche Scheiße wir vor einem Jahr reingerannt wären. Seitdem hat sich viel geändert.«

»Aber nicht zum Besseren.«

Auckland neigte den Kopf, so als würde er den Einwand akzeptieren, sagte aber nichts dazu.

Ama'Ru sah beide nacheinander an. Die scheinbare Gleichgültigkeit, mit der sie die neue Situation, die sich ihnen bot, hinnahmen, verwirrte sie. »Ihr seid Soldaten, oder?«, fragte sie. »Wäre es in diesem Fall nicht angebracht, eine Taktik auszuarbeiten und euch auf den Kampf, der uns wahrscheinlich erwartet, vorzubereiten?«

Aucklands Blick entnahm sie, dass er ihre Frage für naiv hielt. Arnest lachte und ging zum Fahrstuhl. »Klar bereite ich mich vor. Waffen reinigen, schlafen und dann noch mal richtig gut kacken gehen. Der Roboter soll sich eine Taktik überlegen.«

Die Fahrstuhltüren öffneten sich. Arnest verließ die Brücke und ließ Ama'Ru allein mit Auckland zurück. Die *Andere* schmatzte leise. Die einsetzende Stille schien ihr zu behagen. Sie hatte die Erlebnisse auf der Station noch nicht verkraftet, weder geistig noch körperlich. Der Halbschlaf, in den sie sich selbst versetzte, half ihr bei der Heilung.

»Warum hast du Arnests Geschichte nicht geglaubt?«, fragte Ama'Ru, als sich die Stille unangenehm in die Länge zog. Die Frage erschien ihr wie eine angemessen neutrale Gesprächseröffnung.

»Weil sie nicht wahr ist.« Auckland betrachtete das wirbelnde Grau auf der Bildschirmwand. »Zumindest nicht der Teil, den dieser Albaner erzählt hat. Das sind nur Versatzstücke aus Horrorfilmen und Gruselromanen. Wenn du sie googelst, wirst du wahrscheinlich Tausende Treffer bekommen.«

Sie nahm sich vor, genau das zu tun. »Und BetterLifeSolutions?«

»Vielleicht waren sie dort, vielleicht verwechselt Arnest etwas. Du weißt ja, wie er ist.«

»Aber die Vorstellung, dass er nichts verwechselt, bereitet dir Sorge?«

»Ja.« Auckland richtete den Blick zwar immer noch auf die Bildschirme, aber Ama'Ru war sich sicher, dass er nicht wahrnahm, was dort geschah.

»Warum?«, fragte sie.

»Ich habe Dinge gehört …« Er schüttelte den Kopf und räusperte sich, so als müsse er seine Gedanken ordnen. »Dinge, die wahrscheinlich genauso gelogen waren wie die Geschichte des Albaners. Es bringt nichts, darüber zu reden.«

»Vielleicht bringt es dir etwas.« Sie hatte den Satz noch nicht ganz ausgesprochen, als sie erkannte, wie herablassend er klang. »Entschuldige, das war –«

»Typisch.« Auckland stand auf und ging die Stufen zur Galerie hinauf. »Du glaubst, dass du uns überlegen bist, dass du uns besser kennst als wir selbst, dabei weißt du nicht einmal, dass unser Haar sich über Nacht nicht weiß färben kann. Du weißt nichts über uns.«

Er blieb vor der Tür zu seiner Kabine stehen. Seine Hand schwebte über dem Touchpanel an der Wand, ohne es zu berühren. Die *Andere* richtete sich unter Ama'Ru auf, spürte nun wohl doch die angespannte Stimmung auf der Brücke.

»Warum hast du nicht mit mir geredet?«, fragte Auckland unvermittelt. Ama'Ru war klar, worauf er sich bezog. »Ich hätte dir geholfen.«

Einen Moment lang dachte sie darüber nach, ihn anzulügen, aber dann entschied sie sich dagegen. »Es erschien mir sicherer, das nicht zu tun.«

Auckland musste das Panel berührt haben, denn die Tür öffnete sich. Er trat nicht ein. »Hast du gedacht, ich würde die Gelegenheit nutzen, um Ryn'Nel umzubringen?«

Die *Andere* ließ sich nieder und streckte ihr verletztes Bein aus. Sie schien zu glauben, dass die Anspannung sich gelegt hatte, weshalb sie das glaubte, wusste Ama'Ru nicht.

»Mir war klar, dass sein Name auf deiner Liste stehen würde», sagte sie. »Warum hätte ich das Risiko, dich in seine Nähe zu bringen, eingehen sollen?«

Er drehte sich zu ihr um, legte die Hände auf das Geländer der Galerie und sah auf sie hinab. Ama'Ru kam es so vor, als nähme er sich das Recht heraus, über sie zu urteilen. Das missfiel ihr.

»Um zu zeigen, dass du mir vertraust«, sagte er.

»Aber das tue ich nicht.«

Sie sagte das, um ihn zu treffen und das gelang. Sein Gesicht verschloss sich.

»Dann haben wir ein Problem.« Seit ihrer ersten Begegnung hatte sie eine solche Härte nicht mehr in seiner Stimme gehört. »Ich habe beschlossen, dir zu vertrauen«, fuhr er fort, »obwohl ich nicht verstehe, weshalb du zuerst einen Virus erschaffen hast und dich jetzt auf einmal für seine Heilung einsetzt, und obwohl ich keine Ahnung habe, was es bedeutet, dass du Hhalim bist, was auch immer das sein mag.«

Die *Andere* zuckte unter Ama'Ru zusammen, als er das Wort aussprach. Ama'Ru selbst ließ sich nichts anmerken, auch wenn sie sich fragte, wo er das Wort gehört hatte.

Aucklands Knöchel traten hervor, so fest umklammerte er das Geländer. »Aber ich werde dir trotzdem vertrauen, bis man mir beweist, dass du mich hintergehst. Wenn du nicht in der Lage bist, dasselbe zu tun, musst du die *Eliot* verlassen. Ich habe gesehen, was Misstrauen anrichtet und ich werde es an Bord nicht mehr dulden – weder von dir, noch von anderen.«

Er wandte sich ab. »Gute Nacht.«

Die Kabinentür schloss sich hinter ihm.

Ama'Ru strich der *Anderen* nachdenklich über den Hals. »Man setzt uns wohl ein Ultimatum«, sagte sie. »Wie sollen wir damit umgehen?«

5

»Weiter! Nicht stehen bleiben.«

Lanzo stieß die Menschen an, trieb sie mit Worten und Gesten vorwärts, aber sie folgten ihm nur zögernd.

Sie vertrauen ihm nicht mehr, dachte Rin. Karins Vater schrie immer noch nach seiner Tochter. Die anderen wichen von ihm zurück, so als wäre sein Leid ansteckend.

»Karin!«

»Weiter!« Lanzo ergriff seinen Arm, aber der Mann riss sich los und stolperte einige Schritte in den dunklen Gang hinein.

»Wir müssen suchen. Ich sie nicht können zurücklassen hier –«

»Mann, halt endlich die Fresse!«, brüllte ihn ein Teenager namens Bryce an. »Keinen interessiert deine scheiß Tochter!«

Der ältere Mann fuhr herum. Rins Taschenlampe leuchtete sein faltiges, verzerrtes Gesicht an. Lanzo drückte ihn gegen die Wand, bevor er sich auf Bryce stürzen konnte.

»Sie ist weg. Wir wissen nicht, wo«, sagte er eindringlich. »Wenn du versuchst, sie zu suchen, wirst du der Nächste sein.«

Der Mann warf sich gegen ihn, aber Lanzo war weitaus kräftiger als er und jünger. Er schien in sich zusammenzufallen, als er das erkannte. Seine Schultern sackten herab, er senkte den Kopf und hob beschwichtigend die Hände. »Okay … okay …«

»Ganz ruhig.« Lanzo trat einen Schritt von ihm zurück. Der Mann blieb stehen. »So ist gut. Wie heißt du?«

»Jakob.«

»Okay, Jakob. Hör nicht auf diesen Idioten. Wir alle wollen Karin helfen, aber dazu müssen wir herausfinden, wer uns bedroht und warum. Dann –«

Weiter kam er nicht. Jakob sprang zur Seite, schneller und energischer, als Rin es für möglich gehalten hätte, riss Weed die Taschenlampe aus der Hand und rannte an den anderen vorbei in den Gang. Niemand hielt ihn auf.

»Hey!«, schrie Weed. Er wollte Jakob folgen, aber Lanzo hielt ihn fest und schüttelte den Kopf. »Was ich gesagt habe, gilt auch für dich. Wir bleiben zusammen, egal, was passiert.«

Rin sah dem über die Wände tanzenden Lichtstrahl nach, bis er in der Dunkelheit verschwand und Jakobs Schritte verhallten.

»Damit sind es schon zwei«, sagte Kipling neben ihr leise.

Rin nickte. Sie verstand nicht, wie Karin so schnell hatte verschwinden können. Sie hatte nur kurz nicht aufgepasst, aber das hatte gereicht. Sie richtete die Taschenlampe auf die Decke.

»Keine Schweißnähte oder so was in der Art«, sagte Kipling. »Ich habe schon danach gesucht.«

Die Gruppe setzte sich in Bewegung. Rin und Kipling schlossen sich ihr an.

»Aber es muss verborgene Zugänge geben.« Rin leuchtete die Decke ab. »Das ist die einzige Erklärung.«

»Abgesehen von Unsichtbaren oder Geistern.«

Rin schüttelte den Kopf, als sie bemerkte, dass die Menschen hinter und neben ihr ihnen zuhörten.

»Die Lage ist zu ernst für Scherze«, sagte sie, um die anderen zu beruhigen. Die Panik, die sie in ihren Gesichtern sah, war auch so schon groß genug.

Kipling schien das nicht zu erkennen. »Wieso glaubst du, dass das ein Scherz sein soll?«

Er richtete die Taschenlampe in den Gang, der sich vor ihnen erstreckte. »Ich muss ins Internet. Ohne Informationen tappen wir hier nur blind herum.«

Lanzo drehte sich zu ihnen um. »Sobald wir einen sichereren Ort gefunden haben, kannst du es versuchen. Aber zuerst –«

»Sicher?« Es überraschte Rin nicht, dass Marco Lanzos Entscheidung hinterfragte. »Wie willst du denn hier etwas finden, wo es sicher ist? Du hast doch keine Ahnung, wie es hinter diesen Wänden aussieht!«

Anscheinend hatte er den gleichen Gedanken wie Rin gehabt. Je länger sie darüber nachdachte, desto weniger behagte ihr Lanzos Plan. Kipling und Marco hatten recht: Nur Informationen über die Station konnten ihnen Sicherheit verschaffen.

»Lanzo«, sagte Rin. Sie wollte ihn zur Seite nehmen, um seine Führungsrolle nicht vor allen infrage zu stellen. Er hatte das Kommando und niemand sollte den Eindruck bekommen, dass sie an ihm zweifelte. »Kann ich dich kurz –«

Ein Rumpeln und Klirren unterbrach sie. Es klang, als würde unmittelbar neben ihr die Zugbrücke einer mittelalterlichen Burg heruntergelassen. Ein lautes Zischen mischte sich in das Geräusch. Weißer Dampf stieg aus dem Boden empor.

»Gas!«, schrie jemand.

Menschen prallten gegen Rin, als sie alle vor dem Gas zurückwichen. Ein großer, dicker Mann, der ein weites Hawaiihemd trug, warf sie beinahe um. Er hatte sich den Arm vor Mund und Nase gelegt. Rin hielt instinktiv den Atem an, aber dann wurde ihr klar, wie sinnlos das war. Der Dampf breitete sich im ganzen Gang aus. Sie konnte ihm nicht entkommen.

»Zusammenbleiben!«, brüllte Lanzo.

Rin breitete die Arme aus und versuchte, die Menschen daran zu hindern, zurück zur Schleuse zu fliehen. Weißer Nebel hüllte sie ein und legte sich bitter auf ihre Zunge.

»Vorwärts!«, rief sie. »Nicht zurück!«

Die Schwaden wurden immer dichter. Sie konnte nicht mehr erkennen, ob jemand ihrer Aufforderung folgte. Schritte hallten dumpf durch die Gänge, Menschen schrien verängstigt. Die

Metallwände und der dichte Nebel verzerrten alle Geräusche.

»Hier lang!«

Rin versuchte, Kiplings Stimme zu folgen. Sie prallte gegen jemanden und zog ihn mit sich. Ein Knall, wieder Schreie, dieses Mal dumpfer und leiser. Und dann noch ein Knall, gefolgt von einem nassen, klatschenden Geräusch.

Das Licht ihrer Taschenlampe brach sich in weißen Schwaden. Schatten huschten hindurch. Irgendwo knallte es erneut. Das Geräusch klang wie ein Schuss.

Aber keiner von uns ist bewaffnet, dachte Rin. Ihr Mund wurde trocken.

Der Mensch, den sie mitgezogen hatte, rannte ohne ein Wort zu sagen los. Rin wollte ihn aufhalten, als ihre Hand von seinem Arm glitt, aber sie bekam nur noch ein Stück seines Ärmels zu fassen. Stoff riss, dann verschwand der Mensch im Nebel. Rin ließ das Stück seiner Jacke los, das sie noch in der Hand hielt. Sie lief weiter, Lanzo und den anderen hinterher, wie sie glaubte, doch plötzlich war eine Wand vor ihr.

Sie blieb mit klopfendem Herzen stehen und leuchtete daran entlang. Sie war sich so sicher gewesen, in die richtige Richtung zu laufen, doch die Wand raubte ihr die Orientierung. Die Nebelschwaden wurden dünner. Wind strich über Rins Nacken. Die Klimaanlage schien den Nebel abzusaugen.

Und wir leben noch, dachte sie. *Das war kein Gas*.

Vor ihr schälte sich eine lange Wand aus dem Nebel. Rin schien nicht als Einzige dort einen Gang vermutet zu haben, denn mehrere Menschen standen sichtlich ratlos davor. Einige von ihnen drückten mit den Händen gegen das Metall.

Rin sah einen zweiten Lichtstrahl – es war Kiplings, erkannte sie im nächsten Moment. Das Licht erhellte die Umgebung. Seltsamerweise befand sich nun rechts statt geradeaus eine Öffnung und dahinter erstreckte sich ein Gang. Links von ihnen sah sie ein geschlossenes Schott.

Dahinter hörte Rin dumpfe Schreie und das Hämmern von Fäusten auf Metall. Kiplings Lichtstrahl riss einen menschlichen Oberkörper aus der Dunkelheit, der zuckend vor dem Schott lag. Eine Pfütze aus tiefrotem Blut umgab ihn. Das Schott musste seinen Körper in zwei Hälften gespalten haben, als es sich schloss. Normalerweise verhinderten Sensoren, das so etwas geschah, doch sie konnten im Notfall ausgeschaltet werden, wenn es um mehr ging als ein oder zwei Menschenleben, zum Beispiel um einen drohenden Druckabfall in der ganzen Station. Rin bezweifelte, dass das in diesem Fall zutraf.

Der Oberkörper zuckte und verkrampfte sich. Hände streckten sich aus und griffen ins Leere. Im Lichtstrahl sah Rin das Gesicht des Mannes, der unter dem Schott gestorben war. Seine Augen hatten sich milchig weiß verfärbt, sein Mund war aufgerissen. Dichte braune Locken hingen über seine Stirn.

Rin spürte Erleichterung, als ihr klar wurde, dass sie ihn nicht kannte und schämte sich im nächsten Moment dafür. Der Fremde war ein menschliches Wesen. Er hatte es nicht verdient, dass das einzige Gefühl, das sein Tod hervorrief, ein Aufatmen war.

»Der Kerl wird zum Zombie!«, rief Kipling über die Schreie auf beiden Seiten des Schotts hinweg. »Ich brauche was Schweres.«

»Paul«, sagte jemand und schob den dicken Mann im Hawaiihemd vor. »Mach du das.«

Paul schien von der Idee nicht sonderlich angetan zu sein. Er wischte sich die Hände an der Hose ab und blieb neben Kipling stehen. Der Tote streckte die Hände nach ihm aus, schien aber nicht zu begreifen, weshalb er sich nicht bewegen konnte. Wenn der Virus erwachte, benötigte es oft einige Minuten, bevor es sich in seinem neuen Körper zurechtfand, vor allem, wenn dieser Körper beschädigt war.

»So wie immer?«, fragte Paul in die Menschengruppe hinein,

die ihn nach vorn gestoßen hatte. Er sprach schleppend und schwerfällig und Rin erkannte, dass er geistig zurückgeblieben oder behindert war.

»Ja, so wie immer«, antwortete jemand, der in der Dunkelheit verborgen blieb.

Paul nickte, ging zu dem Toten und hob einen Fuß. Er musste sich an der Wand abstützen, um nicht umzufallen. Der Tote krallte sich in seinen anderen Fuß, aber Rin sah, dass die Stiefel, die Paul trug, stahlverstärkte Kappen besaßen.

Die haben ihm wahrscheinlich schon oft das Leben gerettet, dachte sie, als Paul zutrat. Er war langsam, aber kräftig genug, um diesen Nachteil auszugleichen. Rin wurde klar, dass seine Stärke ihm einen Platz in der Gruppe sicherte.

So war es in der neuen Welt. Wer über eine Fähigkeit verfügte, die gebraucht wurde, überlebte. Wer keine besaß, starb.

Der Kopf des Toten knackte laut, als der Schädel aufbrach. Der Körper zuckte ein letztes Mal. Fingernägel kratzten laut über den Metallboden. Rin verzog das Gesicht.

»Kann ich wieder gehen?«, fragte Paul. Er betrachtete seinen blutverschmierten Stiefel, versuchte, ihn am Boden abzuwischen, erreichte damit aber nur, dass sich das Blut über den ganzen Stiefel verteilte. Rin sah, wie angewidert er von dem war, was er getan hatte. Er wusste, dass es von ihm erwartet wurde, aber er hasste es.

»Ja«, sagte Kipling. »Vielen Dank.«

Paul verschwand aus den Lichtkegeln, ohne darauf zu antworten. Kipling drehte seine Taschenlampe um und schlug mit dem Griff gegen das Schott, das wie aus dem Nichts aufgetaucht war.

»Könnt ihr mich hören?«, rief er.

Keine Antwort, aber Rin kam es so vor, als würden die Schreie verzweifelter und das Klopfen lauter. Sie trat neben Kipling und richtete ihre Taschenlampe auf das glatte, weder mit einer Verriegelung, noch mit einem Touchpad versehene Schott. Das Einzige, was es von den ebenso plötzlich aufgetauchten Wänden unterschied, war die große, ins Metall eingestanzte Zahl 4.

Rin unterdrückte ein Schaudern und schüttelte über sich selbst den Kopf. Dass eine Zahl Unglück bringen konnte, war ein dummer Aberglaube.

»Vier, hm?«, sagte Kipling, so als habe er ihre Gedanken erraten. »Fehlt nur noch eine schwarze Katze.«

Rin ging nicht darauf ein. Mit dem Kinn deutete sie auf das Schott. »Kannst du es öffnen?«

»Ich bezweifle es«, sagte Kipling. Seine Augenwinkel zuckten. Die Schreie zerrten wohl an seinen Nerven. »Das ist kein Standardschott, das sich auch mechanisch öffnen lässt. Wenn ich Internet hätte –«

Die Schreie hinter dem Schott wurden zu einem Kreischen, das den Rest seiner Worte übertönte. Ein Dröhnen und Rasseln mischte sich hinein, ein Klatschen und Schlagen, Hämmern und Rattern.

Aus dem Kreischen wurde ein Schluchzen, dann ein Wimmern, das über die anderen Geräusche kaum noch zu hören war.

»Sie sterben«, flüsterte Kipling, so als wolle er verhindern, dass die Menschen, die dicht gedrängt hinter ihnen standen, ihn hörten.

Rin bezweifelte, dass das nötig war. Wer ein Jahr nach Omega noch lebte, wusste, wie der Tod klang.

Schweigend blieben sie stehen, während auf der anderen Seite des Schotts Menschen starben. Rin fühlte sich wie bei einer Beerdigung. Sie war Teil eines Trauerzugs, der den Toten den letzten Respekt zollte. So viele hatte sie bereits sterben sehen, dass es ihr schwerfiel, mehr zu empfinden als Bedauern. Sie hatte keine Angst, dass das, was auf der anderen Seite wütete, auch sie angreifen würde. Sie fing an, seine Denkweise zu verstehen. Es würde mit dem nächsten Angriff warten. Das gehörte zu seiner Methode.

Trotz dieser Überzeugung wunderte es Rin, dass Lanzo sie nicht zur Eile antrieb. Sie drehte sich um und leuchtete in die Gruppe hinein, betrachtete die verkrampften, blassen Gesichter. Ein Stich fuhr durch ihren Magen, als sie sah, wie wenige Menschen übrig geblieben waren. Nur rund ein Dutzend drängte sich vor ihr zusammen wie Vieh, das sich gegenseitig Wärme speden wollte.

»Lanzo?«, fragte sie.

Einige drehten den Kopf und sahen sich suchend um. Keine Antwort.

»Scheiße«, sagte Kipling.

6

»Was zum Teufel ist hier los? Was ist das für eine verfickte Scheiße?!«

Marco trat gegen die Tür, die aus dem Nichts vor ihnen aufgetaucht war und den Gang versperrte.

Lanzo ließ ihn gewähren und sah sich währenddessen dort um, wo sie nun gelandet waren.

Sie waren zu zehnt: Lanzo, Marco, Weed und sieben andere, darunter auch die ältere Frau, mit der Lanzo auf dem Transportschiff geredet hatte. Sie alle blieben dicht zusammen und hielten sich von der Schwärze fern, die hinter ihnen waberte.

Noch bevor Lanzo den Strahl seiner Taschenlampe in die Dunkelheit richtete, wusste er, dass ihn dort kein Gang erwartete. Ihre Stimmen trugen weiter und die Schwärze wirkte auf einmal weniger bedrängend und klaustrophobisch.

Er behielt recht. Im Lichtstrahl sah er nicht die Metallwände eines schmalen Gangs, sondern einen Raum, dessen Größe er nur schwer einschätzen konnte. Er richtete die Taschenlampe auf die Seitenwand, die rechts neben der Tür begann. Der Strahl erhellte dunkle Monitore, Touchpanel und ausziehbare Konsolen, verlor sich aber rasch in der Schwärze.

Er wandte sich ab. Der Lichtstrahl glitt über den Boden, bis Lanzo Kisten und umgeworfene Tische entdeckte. Sie bildeten einen Kreis in der Mitte des Raums und erinnerten Lanzo an eine Wagenburg aus einem alten Western.

»Hier war schon jemand«, sagte Weed. Lanzo hatte den Eindruck, dass er dazu neigte, das Offensichtliche auszusprechen.

»Kein Scheiß.« Marco ging an Lanzo vorbei tiefer in den Raum hinein, achtete aber darauf, den Lichtstrahl nicht zu verlassen. »Hast du sonst noch was beizutragen?«

»Halt die Fresse! Du hast mir gar nichts –«

»Das reicht.« Lanzo schaltete eine Sekunde lang die Taschenlampe aus und hüllte sie alle schlagartig in Dunkelheit. Er hörte, wie einige überrascht die Luft einzogen. Irgendjemand stieß einen kurzen, spitzen Schrei aus. Lanzo glaubte, Marcos Stimme zu erkennen und lächelte.

Als Stille einsetzte und er sich sicher sein konnte, dass sich die Aufmerksamkeit aller auf ihn richtete, schaltete er die Taschenlampe wieder ein.

»Unser Feind versucht, uns zu trennen und gegeneinander auszuspielen«, sagte er. »Das heißt, dass er schwach ist. Ein starker Gegner hätte so etwas nicht nötig. Er könnte uns alle zusammen angreifen.«

»Er hat uns doch schon getrennt«, sagte die ältere Frau. Lanzo glaubte, dass sie Ellen hieß.

»Aber er greift uns immer noch nicht an, oder?« Lanzo ging auf die Wagenburg aus Kisten und Tischen zu. »Wie schon gesagt: Wir müssen zusammenbleiben, körperlich wie geistig.«

Er leuchtete Marco kurz an und spürte einen Stich des schlechten Gewissens, als er dessen verquollenes Gesicht sah. »Wir alle, egal, was vorgefallen ist, okay?«

Lanzo wartete Marcos Antwort nicht ab, sondern richtete die Taschenlampe auf die Mitte der Wagenburg. Er hatte damit gerechnet, Blutspritzer und Kampfspuren zu entdecken, doch stattdessen sah er einige Buchstaben, die jemand mit einer dunklen Flüssigkeit – Blut? – auf eine der Kisten gekrakelt hatte. Die Buchstaben bildeten einen Satz. Zögernd las er ihn vor.

»Der Kuchen ist eine Lüge.« Lanzo runzelte die Stirn. »Weiß jemand, was das bedeuten könnte?«

»Ich hab den Spruch schon mal gehört«, sagte Weed nach einem Moment, als habe er erst abwarten wollen, ob sich kein anderer meldete. »Ich weiß nicht mehr, wo, aber das fällt mir schon noch ein.«

Er wiederholte den Satz leise. »Der Kuchen ist eine Lüge … der Kuchen ist eine Lüge …«

Lanzo setzte ihn nicht unter Druck. Solche Dinge klärten sich früher oder später von selbst. Er musste ihnen nur Zeit lassen, so schwer ihm das auch fiel.

Er trat mit seinem Stiefel gegen eine der hüfthohen, rechteckigen Kisten. Sie war schwer und ließ sich nicht bewegen. Lanzo nahm den Tisch, den jemand mit der Platte nach unten daraufgelegt hatte und stellte ihn auf den Boden. Die Kiste war mit schwarzem Klebeband verschlossen. Es gab weder einen Adressaufkleber an der Außenseite noch einen Barcode oder eine andere Art der Identifizierung. Lanzo zog den Hammer, den er in seinen Gürtel gesteckt hatte, heraus und reichte Weed den langen Schraubendreher.

»Bleib zurück«, sagte er.

»Okay, Mann.« Und dann, nach einer kurzen Pause: »Wie weit zurück?«

Lanzo schloss einen Moment die Augen, dann richtete er den Strahl der Taschenlampe auf einen Punkt, der sich rund zwei Meter von der Wagenburg und ihm selbst entfernt befand. »So weit.«

»Alles klar.« Weed stellte sich in den Lichtkreis, mit der Genauigkeit eines Schauspielers, der einer Regieanweisung Folge leistete. »Und jetzt?«

»Jetzt bleibst du da stehen. Das ist nur eine Vorsichtsmaßnahme.«

Als er das sagte, wichen auch die anderen zurück. Nur Marco stellte sich demonstrativ neben Lanzo und verschränkte die Arme vor der Brust. *Du hast mir gar nichts zu sagen*, schien er damit ausdrücken zu wollen, *und ich habe auch keine Angst.*

Mach, was du willst, dachte Lanzo. Er schlug die spitze Seite des Hammers in die mit Klebeband verschlossene Lücke zwischen den beiden Kartonhälften und zog daran. Das Klebeband riss, die beiden Kartonhälften klafften auf. Kleine Styroporkugeln rutschten heraus und sammelten sich zwischen Lanzos Stiefeln. Er legte den Hammer beiseite und zog mit beiden Händen an den Kartonhälften. So schwer wie die Kiste war, konnten sich nicht nur Styroporkugeln darin befinden. Die Hälften klappten auf. Styropor rutschte Lanzo wie eine Lawine entgegen. Dahinter sah er –

»Scheiße!« Er stieß sich mit den Fersen ab, als eine Hand aus der dunklen Kiste schoss. Finger krallten sich in den Stoff seiner Hose. Hinter ihm schrie jemand. Aus den Augenwinkeln sah er, wie Marco zurückwich. Weed blieb auf seinem zugewiesenen Platz stehen und umklammerte den Schraubendreher mit beiden Händen.

»Und jetzt?«, rief er.

Lanzo beachtete ihn nicht. Er landete auf dem Rücken, rollte sich über die Schulter ab, kam auf die Knie und griff nach dem Hammer. Vor ihm kroch die Tote auf Händen und Knien aus der Kiste. Es war ein Mädchen mit langen, dunkelblonden Haaren, die fast bis auf den Boden hingen. Jemand hatte ihm den Mund mit Klebeband zugeklebt. Es war das gleiche, mit dem die Kiste verschlossen worden war.

Karin, dachte Lanzo, als die Tote den Kopf hob und ihn aus milchig weißen Augen anstarrte. Seine Finger schlossen sich um den Hammer. Er holte aus, bevor Karin die Kiste vollständig verlassen hatte und schlug zu. Die spitze Seite des Hammerkopfes grub sich tief in die Stirn der Toten. Deren Arme knickten ein. Mit dem Kinn voran schlug sie hart zwischen Styroporkugeln auf. Einen Moment lang blieb sie so liegen, den Hintern grotesk in die Luft gestreckt, dann kippte sie zur Seite.

Lanzo zog den Hammer aus Karins Stirn und wischte ihn an ihrer Jacke ab.

»Durchzählen«, sagte er. Seine Kehle verkrampfte sich.

Eine Stimme nach der anderen meldete sich. Zuerst Marco, dann Weed, Ellen, zwei Männer, eine weitere Frau und schließlich Lanzo.

»Sieben«, sagte er.

Stille setzte ein.

»Meldet euch doch«, sagte Ellen. Ihre Stimme zitterte. »Wir sind erst bei sieben.«

Und dabei wird es auch bleiben, dachte Lanzo. Nur eine Sekunde Unaufmerksamkeit hatte gereicht, um drei von ihnen verschwinden zu lassen.

»Das kann doch nicht sein«, sagte Weed. Er stand immer noch auf seinem Platz, so als gäbe der Befehl, der ihn dorthin geschickt hatte, ihm Sicherheit. »Warum sind wir nur zu siebt? Wir waren doch eben noch zehn!«

Wie kann das alles sein?, fragte sich Lanzo, während die anderen anfingen, zu diskutieren. Karin war noch nicht lange verschwunden. Jemand musste sie ermordet und in diese Kiste gesteckt haben, aber warum? Und wie war es möglich, dass gleich drei von ihnen innerhalb weniger Sekunden verschleppt worden waren?

Er warf einen Blick auf die Wagenburg. Sie war mitten im Raum errichtet worden, meterweit von den Wänden entfernt. Er fragte sich, ob Menschen, die vor ihnen in diesen Raum gelockt worden waren, sie errichtet hatten oder ob sie nur dem Zweck gedient hatte, einen Zombie zu verbergen

Lanzo schritt die Burg langsam ab und trat dabei gegen eine Kiste nach der anderen, aber sie waren alle leer. Karin war die einzige Tote gewesen, die man in dem Raum versteckt hatte.

Vielleicht, weil sie noch keine weiteren Zombies haben, dachte Lanzo. Kurz fragte er sich, ob die, von denen er getrennt worden war, sich in einer ähnlichen Situation befanden. Er war sich ziemlich sicher, dass sich nicht nur eine Tür, sondern auch ein schwer klingendes Schott geschlossen hatte. Damit gäbe es nun drei Gruppen. Er hoffte, dass es Rin und Kipling gelungen war, zusammenzubleiben.

»*Portal*«, sagte Weed plötzlich.

Lanzo richtete seine Taschenlampe auf ihn. »Was?«

»›Der Kuchen ist eine Lüge‹. Der Spruch stammt aus *Portal*. Du weißt schon, das Computerspiel.«

»Nein, das weiß ich nicht«, sagte Lanzo. »Was bedeutet der Satz?«

Weed schien die Aufmerksamkeit, mit der er auf einmal bedacht wurde, zu verunsichern. Nervös drehte er den Schraubendreher zwischen den Fingern. »Na ja, also, du spielst so eine Frau, die in einem Labor aufwacht und von einer Computerstimme zugequatscht wird. Die sagt dir, dass du ein paar Tests machen muss und dass du danach frei bist und Kuchen bekommst. Aber wenn du die Tests machst, siehst du, dass die Leute, die sie vor dir machen mussten, überall diesen Spruch hingeschmiert haben. Und du kapierst, dass, wenn dieser irre Computer dich dabei schon anlügt, du auch nie …«

Er ließ den Satz unausgesprochen, so als würde er in diesem Moment erkennen, welche Bedeutung er für ihre gegenwärtige Lage hatte.

»… du auch nie freikommen wirst«, führte Lanzo ihn an seiner Stelle zu Ende.

Weed nickte. »Ich würde schwören, dass ein Mensch das geschrieben hat. Bei uns hat das Spiel Kultstatus erlangt, aber die wenigsten Jockeys kennen es.«

»Wir wissen trotzdem nicht, auf welcher Seite dieser Mensch steht«, sagte Ellen. Im Licht der Taschenlampe sah Lanzo, dass sie die Arme um den Körper geschlungen hatte, so als wäre ihr kalt.

»Aber wir wissen, dass er Teil dieses Tests ist.« Lanzo steckte den Hammer ein. Er war sich sicher, dass es sich bei allem, was sie seit Betreten der Station erlebt hatten, um einen Test handelte – für was auch immer. Nichts anderes ergab Sinn. Aber wenn es ein Test war, dann musste es jemanden geben, der ihn überwachte, auswertete, vielleicht sogar die Kandidaten aussuchte.

Und Beobachter hinterlassen Spuren, dachte Lanzo. Er spürte neue Zuversicht. Schluss mit dem planlosen Herumlaufen, der Angst und der Unsicherheit. Nun hatte er ein Ziel, das aus mehr bestand als der vagen Idee, die Station irgendwie zu verlassen. Darauf konzentrierte sich Lanzo.

»Weg von den Wänden«, befahl er. Seine Stimme klang sicherer als zuvor. Die anderen traten in die Mitte des Raums. Sogar Marco schloss sich ihnen an. Ihm wandte sich Lanzo zu, wenn auch leicht zögernd. Doch er hatte gesagt, dass sie die Vergangenheit hinter sich lassen sollten und nun musste er entsprechend handeln. Er reichte Marco seine Taschenlampe.

»Richte den Strahl auf mich, okay?«, sagte er.

»Wieso?«, fragte Marco, nahm die Lampe jedoch an.

»Weil sie mich holen werden, wenn du das nicht machst«, sagte Lanzo. Er drehte sich um, zog den Hammer aus dem Gürtel und ging zur Wand neben der Tür. Mit der flachen Seite des Hammerkopfes schlug er gegen das Metall und klopfte es methodisch ab.

»Wo bist du?«, fragte er leise. »Und was wirst du tun, wenn ich dich finde?«

7

»Was soll das heißen: Bleibt zusammen?!«, schrie eine Frau, deren Namen Kipling nicht kannte. Sie war jung, übergewichtig und trug ein verblichenes, viel zu enges Nirvana-T-Shirt. »Wir bleiben die ganze Zeit schon zusammen und es bringt nichts!«

»Wir müssen es weiter versuchen«, sagte Rin. Sie klang ruhig, aber Kipling kannte sie so gut, dass er das Zittern in ihrer Stimme wahrnahm. Sie hielten sich noch keine Stunde in der Raumstation auf, hatten aber schon Dreiviertel der Gruppe verloren – und Lanzo.

Kipling versuchte, den Gedanken, dass er bei den Menschen gewesen sein könnte, die hinter dem Schott gestorben waren, zu verdrängen. Schließlich gab es noch eine zweite Tür, durch die kein einziger Laut drang. Vielleicht saß dort eine zweite Gruppe fest, die sich entweder nicht melden wollte oder konnte. Die Tür konnte schalldicht sein.

Das bringt mich nicht weiter, dachte Kipling. Er konnte den ganzen Tag über das Schicksal der anderen spekulieren, ohne zu einem Ergebnis zu kommen. Das Einzige, was er mit Sicherheit sagen konnte, war, dass ihnen nur ein Weg offenstand: ein Gang, der sich rechts von ihm erstreckte und nach wenigen Metern abknickte.

»Rin hat recht«, sagte er, um ihr den Rücken zu stärken. Er wollte nicht, dass jemand anderes das Kommando übernahm, vor allem nicht die Nirvana-Frau, die sich bereits vor die Gruppe stellte, so als spräche sie für alle. »Es läuft zwar nicht ganz so gut für uns«, fuhr er fort, »aber wenn wir uns trennen, werden wir alle sterben.«

»Okay, dann bleiben wir zusammen.« Zu seiner Überraschung trat die Nirvana-Frau sofort einen Schritt zurück und verschmolz mit dem Rest der Gruppe. »Sag uns, was wir jetzt tun sollen.«

»Ich?«

Alle Blicke richteten sich auf ihn. Kipling schluckte.

»Einen Moment«, sagte er. »Ich muss mich kurz beraten.« Er ergriff Rins Arm und zog sie zur Seite.

»Was ist denn jetzt los?«, flüsterte er, als sie weit genug von den anderen entfernt waren.

»Sie kennen dich«, sagte Rin ebenso leise. »Du bist der Typ, der Tasha's Tool programmiert hat, du bist ihr Held. Von mir haben sie noch nie gehört, also vertrauen sie dir, nicht mir.«

Sie lächelte, was auf Kipling etwas verkrampft wirkte. »Herzlichen Glückwunsch. Du führst jetzt das Kommando.«

Er schüttelte den Kopf. Die Vorstellung drückte so sehr auf seinen Magen, dass ihm übel wurde. »Nein, Rin, ich bin kein Kirk, sondern ein Scotty oder höchstens ein McCoy. Ich gebe keine Befehle, ich kritisiere sie und nörgele an ihnen herum. Das ist meine Default-Einstellung.«

»Dann solltest du so schnell wie möglich ein Update aufspielen.« Rins Lächeln erstarb. Sie wurde ernst. »Ich werde dich unterstützen, wo ich kann, aber die Leute vertrauen dir, nicht mir. Das kann ich dir nicht abnehmen.«

»Was ist denn jetzt?«, fragte die Nirvana-Frau. Auch die anderen wirkten ungeduldig. Kipling fuhr sich mit den Fingern durch die Haare. »Okay …« Er sah sich rasch um. Rin hielt eine Taschenlampe in der Hand, er selbst die andere. Er reichte seine der Nirvana-Frau.

»Du und Bryce … ihr behaltet die Biegung im Auge. Rin, du wirst mir assistieren. Alle anderen fassen sich an den Händen und bleiben zusammen.«

»Du willst nicht weitergehen?«, fragte Bryce.

»Nein.« Kipling setzte sich mit übereinandergeschlagenen Beinen auf den Boden. »Wir haben doch gesehen, dass sie unsere Umgebung jederzeit verändern können. Es gibt keinen sicheren Ort, also werden wir es hier tun.«

»Was tun?«, fragte die Nirvana-Frau. Sie richtete den Strahl der Taschenlampe in den Gang und wandte sich auch nicht davon ab, während sie mit Kipling sprach. Sie nahm ihre Aufgabe ernst. »Was hast du vor?«

Kipling zog einige Teile des improvisierten Computers aus seiner Tasche und breitete sie vor sich aus. »Das, was ich am besten kann«, sagte er mit gespielter Zuversicht. »Ins Internet gehen.«

Es freute ihn, dass einige lachten.

Aus den Augenwinkeln sah er, wie Rin immer wieder nervöse Blicke auf das geschlossene Schott warf. Die Schreie dahinter waren längst verstummt, die Menschen wahrscheinlich tot. Vielleicht waren sie bereits wieder erwacht, waren zum zweiten Mal Opfer geworden, dieses Mal die des Virus. Kipling stellte sich vor, wie sie stumm hinter der Tür standen, während irgendwo ein Fremder saß, dessen Finger über dem Knopf schwebte, der das Schott öffnen würde.

Er verdrängte den Gedanken. Was er den anderen gesagt hatte, stimmte: Wenn jede Wand eine Illusion sein konnte, gab es keinen sicheren Ort.

»Wisst ihr, was mich an Alien immer gestört hat?«, sagte er, während er die Einzelteile des Computers auf ihre Funktionstüchtigkeit untersuchte. Bryce, Rin, die Nirvana-Frau und sogar Paul schüttelten den Kopf. Ein bärtiger Mann, der Ivan, Igor oder Ian hieß, fragte leise: »Was ist Alien?«

Ein anderer Mann antwortete, indem er sich einen Zeigefinger auf die Lippen legte. Igor/Ivan/Ian hob die Schultern.

»Warum versteckt sich das Alien vor den Menschen?« Kipling

verband den Arbeitsspeicher mit dem Prozessor. »Wir reden hier über ein Vieh, dessen Säure sich durch den Schiffsrumpf frisst und das so stark ist, dass es Menschen bis zur Decke tragen und in einen Kokon oder so etwas in der Art einspinnen kann. Dieses Alien ist eine Mordmaschine.«

Die Kabel, mit denen Board und Netzteil miteinander verbunden worden waren, hatten sich gelöst. Einer der Anschlüsse war angebrochen. Kipling steckte den Stecker vorsichtig darauf. »Also warum bringt es nicht alle auf einmal um, sondern lässt sich auf dieses Spiel ein?«

»Sadismus«, sagte Rin. »Es will seine Opfer leiden sehen.«

»Das ist genau der springende Punkt.« Kipling setzte den Lüfter auf den Prozessor und überprüfte sämtliche Anschlüsse. »Um das Leid zu sehen, müsste es seine Opfer beobachten, aber das tut es nicht. Das Alien verhält sich nicht wie ein sadistischer, sondern wie ein schwacher Gegner. Und das ergibt keinen Sinn.«

Er schloss den kleinen Monitor an und legte den Finger auf den Schalter des Netzteils.

»Was willst du damit sagen?«, fragte Igor/Ivan/Ian.

»Das ist doch völlig klar«, sagte die Nirvana-Frau. Sie nahm den Blick immer noch nicht von der Gangbiegung. »Unser Feind täuscht Stärke nur vor. In Wirklichkeit ist er schwach, sonst hätte er uns alle auf einmal getötet.«

Bryce schüttelte den Kopf. »Ich habe es eher so verstanden, dass unser Feind ein Sadist sein muss, da wir ja wissen, dass er nicht schwach ist. Also beobachtet er uns irgendwie.«

»Mir ist nur klar, dass er was Schlechtes über Alien gesagt hat«, warf Paul schwerfällig ein. »Und das finde ich nicht richtig. Gar nicht richtig.«

Das ist gerade ein bisschen Leben des Brian *hier*, dachte Kipling, während er mit der Hand über den zusammengebauten Computer strich, so als könne er ihn durch Zuneigung dazu bringen, zu funktionieren.

Du wirst laufen. Du wirst ins Netz kommen. Du kriegst das hin. Kipling berührte den Schalter und –

»Hört ihr das?«, fragte Rin.

Er nahm den Finger vom Schalter des Netzteils. »Was?«

Rin lauschte. Die anderen brachen ihre Diskussion ab und wurden still. Es dauerte einen Moment, bis Kipling das Geräusch, das Rin meinen musste, ebenfalls hörte: Ein leises, rhythmisches Klopfen, das rasch lauter wurde.

»Schritte«, flüsterte die Nirvana-Frau.

Nicht schon wieder, dachte Kipling. Er kam sich auf dem Boden auf einmal wehrlos vor und stand auf. Schützend stellte er sich vor seinen Computer und hätte beinahe gelacht, als ihm klar wurde, wie er sich verhielt.

»Fasst euch an den Händen«, sagte er und räusperte sich. Seine Stimme klang rau. »Niemand bleibt allein.«

Er streckte die Arme aus. Rin ergriff seine linke Hand, Ivan/Igor/Ian seine rechte. Kipling verzog das Gesicht, als er schweißnasse Haut berührte.

»Sorry«, flüsterte Ivan/Igor/Ian. »Das passiert mir immer, wenn ich nervös bin.«

»Du hast allen Grund, nervös zu sein«, sagte Kipling leise. »Jetzt, wo jeder weiß, dass du Alien noch nie gesehen hast, wird dich keiner mehr ernst nehmen.«

Ivan/Igor/Ian lachte.

Die Schritte wurden lauter und schneller. Sie erinnerten Kipling an die, die er zu Beginn ihrer Reise durch die Raumstation gehört hatte, aber sie klangen doch anders.

Realer, dachte er. *Wie die eines Menschen, nicht die eines Geists.*

»Ruhig stehen bleiben«, sagte er, als einige anfingen, von einem Fuß auf den anderen zu treten. »Nicht bewegen. Warten wir ab, wer da kommt.«

Er sah, wie Rin ihre Taschenlampe drehte, sodass der Griff wie ein Knüppel wirkte. Das dünne Plastik würde wahrscheinlich schon beim ersten Schlag zerplatzen, aber Kipling wusste die Geste zu schätzen. Sie würden bis zum Ende kämpfen, drückte Rin damit aus.

Die Schritte kamen näher. Kipling hörte, wie Stiefelsohlen auf Metall schlugen. Es war nur eine Person, die sich auf ihn und die anderen zubewegte, trotzdem spürte er seinen Herzschlag bis in die Schläfen.

»Und wenn wir wissen, wer da kommt?«, fragte Ivan/Igor/Ian.

Rennen wir in Panik davon und vergessen alles, was wir uns vorgenommen haben, dachte Kipling, ohne es auszusprechen. »Das sehen wir dann«, sagte er stattdessen.

Der Lichtkreis einer Taschenlampe traf plötzlich auf die Rückwand des Gangs und tanzte im Rhythmus der Schritte über das Metall. Wer auch immer auf sie zulief, konnte im Dunkeln ebenso wenig sehen wie sie selbst. Der Gedanke beruhigte Kipling ein wenig. In den meisten Filmen, die er kannte, benötigten nur die Guten Taschenlampen. Die Bösen kamen auch so zurecht.

Hoffentlich spiegelt die Kunst die Realität wider.

Nur eine Sekunde später hörte er keuchende Atemzüge. Dann bog auch schon eine Gestalt um die Ecke. Sie rannte so schnell, dass sie in der Kurve wegrutschte und sich an der Wand festhalten musste. Das Licht ihrer Taschenlampe blendete Kipling einen Moment lang.

»Gott sei Dank!«, stieß eine dunkle Männerstimme hervor. »Ich dachte schon, ich wäre zu spät.«

Die Nirvana-Frau leuchtete den Mann an. Er blieb stehen, beugte sich vor und stemmte die Hände gegen die Knie, so wie ein Marathonläufer hinter der Ziellinie. Er keuchte und hustete.

»Wer bist du?«, fragte Rin. »Was machst du hier?«

Der Mann hob die Hand und bedeutete ihr mit einer Geste, dass er erst zu Atem kommen musste.

Einen Moment später hob er den Kopf und Kipling blickte

in ein asiatisch wirkendes, junges Gesicht. Die weißen Haare, die es umgaben, schienen nicht dazu zu passen.

»Man nennt mich den Albaner«, sagte der Mann.

8

Tock-tock Tock-tock

Zentimeterweise klopfte Lanzo die Wand ab. Weed hatte eine Eisenstange in der Wagenburg gefunden, die er nun in den Händen hielt, angriffsbereit und konzentriert. Lanzo sah seinen Schatten im Lichtkreis der Taschenlampe auf dem grauen Metall. Er sah aus wie der eines Kriegers, der sein Schwert erhoben hatte.

Tock-tock Tock-tock

Lanzo schätzte, dass er fast zehn Meter zurückgelegt hatte, aber die Wand klang immer noch nicht hohl. Er hatte nur eine Tür entdeckt, die er jedoch ignorierte. Hinter ihr befand sich wahrscheinlich der Weg, den sie nehmen sollten, damit der Test weitergehen konnte. Ihn interessierte aber der Weg, den ihr Feind vor ihnen verbergen wollte.

Er muss hier irgendwo sein, dachte er. Vielleicht handelte es sich um eine versteckte Tür, vielleicht auch nur um einen Hohlraum, der in ein zweites Gangsystem hinter dem führte, durch das sie sich bewegten. Es kam ihm so vor, als befänden er und die anderen Menschen sich auf einer Bühne. Alles, was sie sahen, war für sie konstruiert und erschaffen worden, aber irgendwo befand sich ein Weg, der sie hinter die Kulissen führen würde. Den musste er finden, bevor er noch mehr Leute verlor.

Tock-tock Tock-tock

»Wir könnten dir helfen«, sagte Ellen. Sie klang nervös,

befürchtete wohl, jeden Moment Opfer des nächsten Angriffs zu werden.

»Nein, das könnt ihr nicht.« Lanzo drehte den Kopf und sah sie an. »Wir haben nur eine Taschenlampe und an der Wand ist es nur in ihrem Licht sicher.«

»Warum?«, fragte einer der Männer.

»Weil die Ärsche, die uns jagen, nicht gesehen werden wollen. Deshalb greifen sie nur im Dunkeln an oder wenn wir abgelenkt sind.«

Es war das erste Konstruktive, das Marco seit Beginn ihrer Flucht gesagt hatte. Lanzo hielt das für ein gutes Zeichen.

»Ganz genau«, sagte er und machte weiter.

Tock-tock Tock-tock. Dong.

Wie ein Glockenschlag hallte das Geräusch durch den Raum. Lanzo hielt inne, legte die linke Hand auf die Stelle, die hohl geklungen hatte und fing an, die Wand in deren unmittelbarer Umgebung abzuklopfen. Nach und nach ordnete er dem Hohlraum eine Form zu. Es schien sich um einen langen, schmalen Schacht zu handeln, kaum breiter als sein Arm. Er verzog das Gesicht, während er dem Schacht mit dem Hammer langsam nach oben folgte. Der Hohlraum war zu schmal, um jemanden hindurchzuziehen. Wahrscheinlich diente er nur als Schacht für Leitungen und Kabel.

»Hast du was?«, fragte Weed. So wie jeder im Raum hatte er das Geräusch gehört.

»Ich bin mir nicht –« Lanzo unterbrach sich, als der Hammer erneut auf einen Hohlraum traf. Er befand sich einige Zentimeter links neben dem Schacht. Er klopfte ihn weiter ab, zuerst nach oben, dann nach links, weiter und weiter, bis aus dem *Dong* wieder ein *Tock-tock* wurde.

»Ja«, sagte er dann. »Ich habe was.«

Der Hohlraum war so breit wie eine große Tür und reichte vom Boden bis in eine Höhe von über zwei Metern. Als Lanzo die Hand darauflegte, spürte er kein kaltes Metall, sondern etwas Wärmeres und Weicheres.

Kunststoff, dachte er und drehte sich zu Weed um. »Gib mir mal die Stange.«

»Nur, wenn ich dafür den Hammer kriege.«

»Klingt fair.« Sie tauschten die Waffen. Lanzo wog die Eisenstange in der Hand. Sie war schwerer, als er gedacht hatte, rund einen Meter lang und an beiden Enden stumpf. Kurz fragte er sich, wie sie in diesen Raum gelangt war. Gehörte sie zu den Kulissen oder hatte jemand sie auf die Station geschmuggelt? Beides erschien ihm gleich wahrscheinlich.

Lanzo nahm die Stange wie einen Baseballschläger in beide Hände, holte aus und schlug zu. Die Farbe, die dem Kunststoff sein metallisches Aussehen verliehen hatte, platzte ab. Darunter kam weißes Plastik zum Vorschein. Lanzo schlug erneut zu. Ein Riss entstand, ungefähr so lang wie seine Hand. Licht drang hindurch. Er hörte, wie es hinter ihm raschelte. Die Menschen versuchten zu erkennen, was er tat.

»Bleibt zurück«, sagte er.

Das Rascheln hörte auf.

Lanzo konzentrierte seine Schläge auf den Riss. Kunststoff brach ab, aus dem Riss wurde ein faustgroßes, dann ein kopfgroßes Loch. Das Licht, das durch es in den Raum fiel, war so hell und weiß, dass Lanzo im ersten Moment die Augen tränten. Er wischte sich mit dem Ärmel über das Gesicht, bevor er weitermachte. Mit jedem Schlag konnte er mehr erkennen. Hinter dem Kunststoffsegment befand sich ein Gang, an dessen Rückwand ein kleiner Monitor hing. Lanzo sah sich selbst darin, allerdings von hinten aufgenommen. Auf der gegenüberliegenden Seite des Raums musste es eine Kamera geben. An eine Seite des Monitors hatte jemand mit Klebeband ein Tablet befestigt. Darauf blinkte etwas rot. Lanzo nahm an, dass das Durchbrechen der Wand nicht unbemerkt blieb.

Er drehte sich um und sah in die Richtung, in der er die Kamera vermutete. »Und was jetzt?«, rief er. »Wir wissen, dass es dich gibt und wir werden dich holen.«

Lanzo fuhr herum und legte den Schwung dieser Bewegung in einen Tritt, der das Kunststoffsegment aus seiner Verankerung riss und in den Gang dahinter schleuderte. Eine Kante zertrümmerte das Display des Monitors. Das Bild des Raums flackerte und verschwand.

»Kommt!«

Sie mussten schnell handeln, bevor ihr Feind sich von seiner Überraschung erholte und seine Leute zusammenzog. Wahrscheinlich hatte er schon damit begonnen, als Lanzo die erste Wand abklopfte, aber das er so weit gekommen war, verriet ihm, dass die Gegenmaßnahmen – wie auch immer sie aussehen würden – noch nicht einsatzbereit waren.

»Ich geh nicht als Erster«, sagte Weed.

»Ich aber.« Marco steckte die Taschenlampe in seinen Gürtel und lief auf Lanzo zu. Die anderen folgten ihm, langsam und zögerlich.

»Beeilt euch!« Lanzo wurde ungeduldig. Sie mussten den Testbereich verlassen und von der Bühne hinter die Kulissen treten. Dort würde es weder Tricks noch Fallen geben.

Er drehte den Kopf, als er ein lautes Knarren hörte. Die Tür, die er kurz zuvor entdeckt und ignoriert hatte, schwang so langsam wie in einem Horrorfilm auf. Ein Schlurfen, ein Knurren, ein tiefes, heiseres Stöhnen, dann taumelte ein Zombie in den Raum. Und dann noch einer. Und noch einer. Mehr und mehr quollen durch die Tür.

Ellen schrie entsetzt auf. Die Zombies, gerade noch orientierungslos, schwangen herum und fauchten. Weed hob den Hammer, aber Lanzo packte ihn an der Schulter und stieß ihn durch die Lücke in der Wand.

»In den Gang! Los! Ignoriert die Toten.«

Etwas rasselte tief in den Wänden, so wie Ketten, die sich bewegten. Das gleiche Geräusch hatte er gehört, als die Gruppe voneinander getrennt wurde, doch nun erkannte er, von was es ausgelöst wurde. Die Wände rechts und links der Lücke schoben sich aufeinander zu, drohten sich zu schließen.

Lanzo drehte die Eisenstange in seinen Händen, hob sie hoch und klemmte sie zwischen die Wände. Er hörte ein Knirschen, das Rasseln erstarb. Die Lücke wurde nicht kleiner.

»Macht schon!«

Einer nach dem anderen lief an ihm vorbei und quetschte sich durch den Zwischenraum in den Gang. Aus den Augenwinkeln sah er, dass Marco zurückblieb und ihnen half. Damit hatte er nicht gerechnet.

Die Zombies schlurften auf ihn zu. Ihre Kleidung war blutverschmiert, klaffende, tiefe Wunden hatten ihre Körper entstellt. Lanzo erkannte einige von ihnen wieder. Sie hatten zu der Gruppe gehört, von der er getrennt worden war. Nervös blickte er in ihre Gesichter, in die trüben Augen und auf das teigig weiße Fleisch. Er entdeckte weder Kipling noch Rin unter ihnen.

Ellen war die Letzte, die an ihm vorbeilief. Eine Sekunde lang verharrte sie und drückte seine Hand.

»Danke«, sagte sie.

Er lächelte und schob sie durch die Lücke. Der Zombie, der ihm am nächsten war, Karins Vater, stolperte über die Leiche seiner Tochter, ohne sie zu bemerken. Etwas hatte seinen Brustkorb aufgerissen und die Rippen gebrochen. Lanzo sah das reglose Herz hinter ihnen.

»Marco«, sagte er. »Jetzt du.«

Ein Dutzend Schritte trennten ihn noch von Karins Vater und den anderen Zombies, mehr als genug, um den Raum zu verlassen und die Lücke zu schließen.

Marco nickte und trat an Lanzo vorbei in den hellen Gang.

Lanzo sah ihn an. »Du machst das gut. Wenn wir zusammenhalten, kommen wir hier raus.«

Er bemerkte auf einmal, dass Marco den Hammer, den er Weed gegeben hatte, in der Hand hielt.

»Wieso –«, setzte er an, kam jedoch nicht weiter.

Marco zog die Oberlippe zurück und zeigte ihm die Lücke, die seine ausgeschlagenen Schneidezähne hinterlassen hatten. »Fick dich, du Arschloch.«

Als er den Hammer hob, wusste Lanzo, was passieren würde. Er machte einen Satz nach vorn, aber Marco war schneller. Der Hammer traf die Eisenstange, schlug sie in den Raum hinein. Laut klirrend landete sie auf dem Boden. Im gleichen Moment setzte das Rasseln wieder ein.

»Marco!«

Die Wandhälften schlossen sich mit einem Knall. Schlagartig wurde es dunkel. Lanzo konnte seinen Schwung nicht mehr bremsen und prallte gegen die Wand. Stechender Schmerz zuckte durch seine Schulter.

Scheiße!, dachte er. *Scheiße! Scheiße!*

In der Schwärze tastete er nach der Eisenstange. Karins Vater fauchte. Fingerspitzen streiften Lanzos Stirn.

9

»Du siehst nicht aus wie ein Albaner«, sagte Kipling. Er klang ebenso verwirrt wie misstrauisch.

Der Mann, dessen Gesichtszüge auf Rin japanisch oder koreanisch, aber definitiv nicht albanisch wirkten, wischte sich den Schweiß von der Stirn.

»Und du«, sagte er, »wirkst auf mich nicht wie das Genie, das Tasha's Tool programmiert hat. Nicht jeder entspricht unseren Erwartungen.«

Er lehnte sich an die Wand und atmete tief durch. »Ich werde euch später alles erklären, aber erst mal müssen wir hier weg.«

»Wohin?« Rin hätte beinahe gelacht, als sie bemerkte, dass sie und Kipling die Frage gleichzeitig gestellt hatten.

Der Albaner schüttelte den Kopf. Sein weißes Haar fiel ihm in die Augen. Er setzte zu einer Antwort an, schien es sich dann aber anders zu überlegen und fragte: »Wie viele habt ihr seit der Schleuse verloren?«

»Viele«, sagte Kipling. Sein Blick glitt über die kleine Gruppe, die sich hinter ihm versammelt hatte. »Zu viele.«

»So ist es uns allen gegangen. Wenn ihr mich lasst, werde ich euch an einen Ort bringen, an dem ihr niemanden mehr verliert. Wäre das in eurem Sinn?«

Es überraschte Rin, dass Paul vortrat und darauf antwortete. »Ja«, sagte er. »Nur weg von hier.«

»Du hast ein Schiff?«, fragte Kipling und verlieh damit erneut Rins Gedanken Ausdruck.

Du hältst dich für einen schlechten Kommandanten, dachte sie, *aber bis jetzt schlägst du dich ganz gut.*

»Nein, aber diese Station ist größer, als ihr denkt.« Der Albaner machte eine kurze, theatralisch wirkende Pause. »Und nicht alle Bereiche stehen unter der Kontrolle der Jockeys.«

Er hob die Hand, so als ahne er voraus, welche Frage als Nächstes folgen würde. »Ich weiß, dass ihr mir nicht traut und das ist auch gut so, aber mal ganz ehrlich: Wie viel schlimmer könnte der Ort, an den ich euch bringen will, sein?«

Kipling hob die Augenbrauen. Ihm gefiel das Argument sichtlich und auch Rin konnte sich der Logik nicht entziehen. Deshalb nickte sie, als Kipling ihr einen kurzen Blick zuwarf.

»Okay«, sagte er daraufhin. »Wir kommen mit.«

Der Albaner atmete tief durch. »Mann, wenn alle, denen wir helfen wollen, sich so anstellen würden wie ihr, kämen wir nie weiter.«

Doch dann lächelte er. »Aber ich bin froh, dass wir uns einigen konnten. Ob ihr es glaubt oder nicht, ihr habt euch bis jetzt gar nicht dämlich angestellt. Leute wie euch können wir brauchen. Das gilt vor allem für dich, Kipling.«

»Wer ist wir?«, fragte Kipling. »Und woher weißt du, dass Tasha's Tool von mir stammt?«

»Wir klinken uns in den Feed der Überwachungskameras ein.« Der Albaner schaltete seine Taschenlampe ein und klopfte mit dem Finger kurz gegen das Glas, hinter dem die LED saß. Rin erschien das wie eine Art Ritual.

»Alles andere später«, fuhr er dann fort. »Kommt.«

Als Kipling zustimmend nickte, setzte sich die Gruppe in Bewegung. Rin richtete den Strahl ihrer Taschenlampe nach unten, um niemanden zu blenden. Das Licht traf ein olivfarbenes, ausgefranstes Stück Stoff, das vor ihr auf dem Boden lag. Sie dachte an den Mann, der sich von ihr losgerissen hatte und an den Stoff, den sie zwischen den Fingern gespürt hatte.

»Was ist das?«, fragte Kipling leise, als sie sich bückte und den Fetzen aufhob.

»Als der Nebel kam«, sagte sie, »stand ein Mann neben mir, Ich habe versucht, ihn festzuhalten, aber nur seine Jacke erwischt. Der Fetzen stammt von ihr.«

Sie leuchtete den Stoff an und entdeckte ein schwarzes, aufgenähtes Logo, in dem sich drei weiße Buchstaben befanden.

»BLS«, las sie vor.

Kipling zog scharf den Atem ein. »BetterLifeSolutions. Das ist der Laden, der Auckland und die anderen Supersoldaten produziert hat. Die Jacke gehört keinem von uns.«

»Ich weiß.« Rin stellte sich vor, wie dieser Fremde im Nebel aufgetaucht war und sich von ihr hatte festhalten lassen, bis die Schwaden sich lichteten und er riskierte, erkannt zu werden. Er hätte sie töten oder verschleppen können, doch stattdessen hatte er mit ihr gespielt. Sie schüttelte sich. Der Gedanke widerte sie an.

»Was ist hier los, Kipling?«, fragte Rin, als sie zu den anderen aufschlossen. Paul hatte sich ganz nach vorn gedrängt und ging neben dem Albaner her. Die anderen folgten schweigend.

»Hammer House of Horrors«, sagte Kipling leise. Er schien noch etwas hinzufügen zu wollen, aber Pauls Stimme lenkte ihn ab.

»Lebst du hier?«

»Manchmal«, sagte der Albaner.

Die Antwort erschien ihr seltsam, aber Paul hinterfragte sie nicht. Wie ein Kind arbeitete er die Dinge ab, über die er sich Gedanken machte.

»Bringst du uns an einen schönen Ort?«

»Ich denke schon.«

»Das ist gut. Kann ich da bleiben? Ich darf sonst nie irgendwo bleiben.«

»Wenn es dir gefällt, kannst du bleiben. Wenn nicht, kannst du gehen. Ist deine Entscheidung.«

Paul schwieg einen Moment. Rin sah über die Schulter der Nirvana-Frau, wie Kipling sie nannte, in den Korridor, durch den sie gingen. Er war breit und führte geradeaus in die Dunkelheit. Sie konnte weder Türen noch Abzweigungen entdecken.

»Wie alt bist du?«, fragte Paul.

»Dreiundzwanzig«, sagte der Albaner.

»Nee, bist du nicht. Du hast ja so weiße Haare wie mein Opa. Sag mal ehrlich.«

»Ich bin ehrlich. Als ich hierherkam, waren meine Haare schwarz, aber als ich nach der ersten Nacht auf der Station in den Spiegel sah, hatten sie sich weiß gefärbt. War wahrscheinlich der Stress oder der Schock oder so. Alle Leute, mit denen ich durch die Schleuse kam, sind in dieser Nacht gestorben. So etwas hinterlässt Spuren.«

»Wow …«, sagte Paul. Er klang beeindruckt.

»Das ist doch Geisterbahn.« Kipling sprach so leise, dass nur Rin ihn verstehen konnte. »Die Schritte von Unsichtbaren, weißer Nebel, Kettenrasseln und jetzt ein Typ, der angeblich über Nacht ergraut ist? Ich kann dir zehn Horrorfilme nennen, in denen das passiert: Poltergeist, Evil Dead 2, Nightmare on Elm Street –«

Rin unterbrach ihn. »Okay, das sind also alles Klischees. Was bedeutet das?«

»Das nichts hier real ist. Alles ist fake.«

Der Albaner blieb stehen und drehte sich zu ihnen um. Rin bemerkte, dass er sie und Kipling kurz musterte und befürchtete einen Moment lang, er hätte ihre Unterhaltung doch gehört. Doch dann wandte er sich einem Wandsegment zu, das sich für sie nicht von den anderen im Gang unterschied. Er legte eine Hand darauf.

Ein hydraulisch klingendes Zischen, dann öffnete sich das Segment. Licht strömte in den Gang und blendete Rin. Sie hob den Arm, bis sein Schatten über ihre Augen fiel. Einige der anderen wandten sich ab. Nur Paul schloss die Augen und lächelte. Es sah aus, als wolle er in der Helligkeit baden wie in Sonnenlicht an einem heißen Sommertag.

Der Albaner schaltete die Taschenlampe aus und zeigte auf die Öffnung. »Soll ich vorgehen?« Er klang locker, aber Rin hörte die Anspannung in seiner Stimme.

»Wenn du möchtest«, erwiderte sie. »Du weißt ja als Einziger, wo es hingeht.« Er tat es nicht, stattdessen wartete er mit ihr, bis die anderen durch die Öffnung getreten waren, dann folgten sie ihnen. Der Gang, in den sie gelangten, war gerade breit genug, um zu zweit nebeneinander zu gehen. Grelles, weißes Licht, das von den Deckenplatten abgestrahlt wurde, erhellte Kabel und Leitungen. Sie zogen sich im Zickzack über die Wände und waren teilweise nur notdürftig mit Klebeband befestigt. In regelmäßigen Abständen sah Rin kleine Monitore, deren Aufhängung ebenso improvisiert wirkte. Kipling schaltete einige von ihnen im Vorbeigehen ein, aber sie blieben dunkel. Kein Signal blinkte auf einem der Displays.

Vor ihnen knickte der Gang ab. Der Albaner blieb stehen und drehte sich zu ihnen um. »Ab jetzt bitte kein Wort mehr«, sagte er. »Man könnte uns sonst bemerken.«

Wer?, wollte Rin fragen, entschied sich jedoch dagegen. Sie bezweifelte, dass sie eine brauchbare Antwort auf ihre Frage bekommen hätte.

Neben ihr seufzte Kipling leise. Er war wohl zu der gleichen Schlussfolgerung gelangt.

Sie gingen weiter, langsamer und vorsichtiger als zuvor. Niemand sagte etwas. Die ominöse Warnung des Albaners zeigte Wirkung. Der Gang veränderte sich nicht, aber Rin glaubte, jenseits der Wand dumpfe Stimmen zu hören. Als sie Kipling ansah, nickte er. Sie wünschte, sie hätte verstehen können, was die Stimmen sagten, aber sie konnte noch nicht einmal die Sprache erkennen, die sie benutzten.

Nach einigen Minuten wurden die Stimmen leiser und verstummten schließlich ganz. Der Albaner drehte sich erneut zu der Gruppe um. »Okay«, sagte er. »Die größte Gefahr liegt hinter uns. Ihr könnt ganz normal reden, wenn ihr wollt, übertreibt es nur nicht.«

Die Erleichterung der anderen war spürbar. Leise Unterhaltungen setzten ein. Die Nirvana-Frau lachte sogar und legte sich dann erschrocken die Hand auf den Mund.

»Mir gefällt das immer weniger«, murmelte Kipling. »Wir folgen dem Typen wie Ratten einem Flötenspieler. Vielleicht war das doch keine so gute Idee.«

Die Verantwortung lastete so schwer auf ihm, dass er anfing, sich zu hinterfragen. In den Wochen vor dem endgültigen Kollaps der Zivilisation auf der Erde hatte Rin das Gleiche bei vielen frisch beförderten Offizieren erlebt, die nicht auf ihre Führungsrolle vorbereitet worden waren.

Sie legte Kipling die Hand auf den Arm. »Du konntest nicht anders entscheiden. Der Albaner hat uns zumindest aus dem Labyrinth rausgeholt.«

»Und in ein neues geführt.« Kipling sprach nicht weiter, sondern deutete mit dem Kinn nach vorn. Er war größer als Rin und konnte über die Schultern der anderen blicken. Als Rin sich auf die Zehenspitzen stellte, sah sie, dass der Gang an einer Tür endete. Jemand hatte einen Smiley daraufgemalt.

»Kein blutiger Smiley«, murmelte Kipling. Er schien mit sich selbst zu reden, nicht mit Rin. »Das ist schon mal ein Anfang.«

Der Albaner blieb an der Tür stehen und legte seine Hand auf das Touchpanel. Das rote Licht, das darauf geblinkt hatte, wurde grün.

»Die Zeit eurer Odyssee, die Zeit eurer Angst und eurer Hoffnungslosigkeit ist vorbei. Tretet ein.«

»Geisterbahn mit einem Hauch Sekte«, sagte Kipling leise. Rin lächelte, bemerkte aber dann die erwartungsvollen, sehnsüchtigen Blicke der Menschen, deren Gesichter sie sehen konnte. Die meisten hatten seit Omega wahrscheinlich härtere Leben geführt als sie selbst. Sie würden sich jedem anschließen, der ihnen eine bessere Zukunft versprach – oder drei regelmäßige Mahlzeiten am Tag.

Der Albaner wartete, bis es im Gang vollkommen still geworden war, dann nahm er die Hand vom Touchpad. Die Tür schwang auf.

Rin schlug frische, leicht süßlich riechende Luft entgegen. Sie folgte den anderen in eine große Kuppel, an deren Wänden Pflanzen wuchsen. Licht schien auf sie herab. Es war warm und weich, so wie das der Sonne. Unwillkürlich drehte sie dem Himmel ihr Gesicht entgegen, bis ihr nur eine Sekunde später klar wurde, dass es kein Himmel war, sondern die Decke einer Raumstation tief im All.

Sie hörte Wasser plätschern und Vögel in den Zweigen künstlicher Bäume zwitschern. Menschen saßen auf Parkbänken oder schlenderten über gelb gepflasterte Wege.

Ich habe das schon mal gesehen, dachte Rin plötzlich.

Kipling ergriff ihren Arm. »Hier sieht es aus wie in dem Habitatvideo, das die Jockeys online gestellt haben. Wieso –«

Er unterbrach sich, als sich ein Mann mit langen Schritten der Gruppe näherte. Er trug einen perfekt sitzenden, dunklen Anzug und ein weißes Hemd, aber keine Krawatte. Sein Haar war angegraut, seine Haut gebräunt. Er hatte ein offenes, sympathisches Lächeln.

»Hallo«, sagte er, als er vor den Menschen stehen blieb. »Mein Name ist Algernon Reynolds. Ihr kennt mich vielleicht aus Sendungen wie *Hard News* und *Faktencheck*.« Sein Blick glitt über die Gesichter der Neuankömmlinge. Rin sah Stolz darin.

»Willkommen auf Scania. Willkommen in eurer neuen Heimat.«

»Ach du scheiße«, sagte Kipling leise.

10

Algernon Reynolds. Der Mann, der die ganze Welt aufgerüttelt und das Wort Zombie in aller Munde gelegt hatte. Das Idol von Bloggern und Journalisten weltweit. Als der Hashtag #ZombiesAreReal und die Videos und Fotos, die Menschen darunter posteten, weltweit Aufmerksamkeit erregte, hatte er Kipling mehrfach um ein Interview gebeten. Kipling hatte stets abgelehnt, nicht, weil er etwas gegen Reynolds hatte, sondern weil sein Wunsch nach Anonymität seinen Drang sich mitzuteilen übertraf.

Nun richtete Reynolds den Zeigefinger auf ihn und sagte: »Der Programmierer von Tasha's Tool. In einem früheren Leben hätte ich alles dafür gegeben, mit dir über deine Schöpfung zu sprechen – und über ihre Konsequenzen.«

Kipling hob die Schultern. »Aber jetzt bist du sehr in diese ganze *Bioshock*-Nummer eingespannt, oder?«

Sie saßen auf Bänken an einem Kunststofftisch, der wie Holz aussehen sollte, er, Reynolds, Rin und der Albaner. Ein Begrüßungskomitee, das aus zwei lächelnden Männern und einer ebenfalls lächelnden Frau bestand, zeigte dem Rest der Gruppe die Unterkünfte. Auf dem Weg dorthin hatten sich die Neuankömmlinge staunend umgesehen. Anscheinend konnten sie noch nicht ganz fassen, wie weiträumig, sauber und angenehm ihre neue Umgebung war.

Gewöhnt euch besser nicht daran, dachte Kipling.

Reynolds lächelte, »Bioshock … kein schlechter Vergleich.

Aber ich bin kein wahnsinniger Milliardär, der ein Paradies für Superreiche erschaffen will. Ich versuche nur, möglichst vielen Menschen zu helfen. So weit mir das möglich ist.«

Seine Bescheidenheit wirkte nicht aufgesetzt. Kipling betrachtete den künstlichen Teich, an dem sie saßen, einen Moment lang und bewunderte das Schauspiel der vermeintlichen Sonnenstrahlen, die sich in der Wasseroberfläche brachen. Kunststoffschilf bewegte sich in einer leichten Brise und raschelte. Aus winzigen Lautsprechern, die zwischen den Halmen angebracht waren, drang das Zwitschern von Vögeln. Obwohl Kipling die Illusion durchschaute, fühlte er sich inmitten dieser vorgetäuschten Natur wohl. Er war zu lange im All gewesen, um große Ansprüche zu stellen.

»Dann erklär uns, wie das hier läuft«, sagte er.

Reynolds stützte die Ellenbogen auf die Tischplatte und faltete die Hände. »Ihr befindet euch in der Kulisse des Werbevideos, das ich für die Jockeys gedreht habe. Wahrscheinlich habt ihr es gesehen.«

Kipling und Rin nickten.

»Ich bin nicht stolz darauf, aber ich glaube, dass das Abkommen, das ich mit ihnen geschlossen habe, die Lügen, die in dem Video erzählt werden, wettmacht.«

Er nickte kurz einem Mann zu, der an dem Tisch vorbeiging und »Guten Morgen, Sir« sagte.

Sir, dachte Kipling. Es gab nicht mehr viele Menschen, die so angesprochen wurden.

»Mit einem haben die Jockeys recht«, fuhr Reynolds fort. »Das ist nicht mehr unsere Welt und wenn wir in ihr überleben wollen, brauchen wir Schutzzonen. Scania ist eine solche Zone. Ich habe den Jockeys das Versprechen abgerungen, jeden in Ruhe zu lassen, den wir aus ihrem Horrorlabyrinth befreien können.«

»Was?« Rin runzelte die Stirn. Sie schien das ebenso wenig zu glauben wie Kipling. »Sie wissen, dass ihr hier seid?«

Reynolds nickte. »Für sie ist das ein Spiel. Das ist nur eine kleine Gruppe. Ich glaube, dass die allgemeine Bevölkerung keine Ahnung hat, was hier geschieht. Die Jockeys, es handelt sich größtenteils um Haie, jagen die Menschen, die man auf die Station bringt, zum Sport. Ein Teil der Station gehört ihnen und wenn sie uns dort erwischen, können sie mit uns machen, was sie wollen. Aber die Kulissen des Videos gehören uns. Bis jetzt haben sie die Aufteilung respektiert. Im Gegenzug habe ich mich bereit erklärt, für weitere Propagandafilme zur Verfügung zu stehen.«

Er verzog das Gesicht. »So wie man mir sagte, war der erste sehr erfolgreich. Tausende haben sich freiwillig für einen Umzug in ein Habitat gemeldet.«

»Wo sie dann abgeschlachtet werden.« Rins Stimme zitterte vor Wut.

»Ich weiß nicht, wie auf anderen Stationen mit ihnen umgegangen wird, aber ehrlich gesagt, würde es mich wundern, wenn diese Jagden ein flächendeckendes Phänomen wären. Ich habe früher oft mit Jockeys gesprochen und ich glaube, die meisten wären entsetzt, wenn sie wüssten, was hier geschieht.«

»Warum sagst du es ihnen dann nicht?«, fragte Kipling.

»Das wollte ich ursprünglich, aber unsere kleine Gemeinschaft wuchs so rasch.« Reynolds schüttelte den Kopf. »Hier leben mittlerweile über zweihundert Menschen. Wenn ich an die Öffentlichkeit gehen würde, wäre das ihr Todesurteil.«

»Und deines«, sagte Rin.

»Natürlich spielt Selbsterhalt eine Rolle bei meiner Entscheidung, aber die Wahl, vor der ich stehe, geht darüber hinaus. Entweder schweige ich und rette ein paar oder ich rede und rette niemanden. Und zu Letzterem bin ich nicht bereit.«

Er hat auf alles eine Antwort, dachte Kipling. Aus den Augenwinkeln sah er, wie der Albaner den Zeigefinger gegen sein rechtes Ohr presste. Nach einem Moment nickte er.

»Algernon«, sagte er dann. »Wir haben noch ein paar aufgelesen. Sie sind auf einmal in den Tunneln aufgetaucht.«

Kipling drehte sich zu ihm um. »Sind das Überlebende von der *Old Pine Box?*«

»Da seitdem kein anderes Schiff angelegt hat, gehe ich davon aus.« Der Albaner stand auf und wandte sich wieder an Reynolds. »Sie werden gerade hereingebracht. Ich werde sie abholen.«

Er formulierte das nicht als Frage, sondern als Tatsache. Vielleicht waren die Hierarchien in diesem Habitat doch nicht so klar, wie Kipling angenommen hatte.

»Bring sie gleich hierher«, sagte Reynolds. »Ich bin sicher, dass unsere neuen Freunde hier einige aus ihrer Gruppe vermissen.«

Der Albaner nickte und verließ den Tisch.

Kipling sah Reynolds an. »Was hat BetterLifeSolutions mit all dem zu tun?«

»Better-was?«

»Du bist Journalist. Willst du wirklich behaupten, dass du noch nie von BetterLifeSolutions gehört hast?«

Reynolds nahm die Hände herunter und verschränkte sie vor der Brust, eine defensive Geste, derer er sich vielleicht nicht einmal bewusst war.

Oder er weiß genau, was er tut, dachte Kipling.

»Ja, ich bin … ich *war* Journalist«, sagte Reynolds, »was bedeutet, dass ich Hunderte Geschichten gemacht, Tausende Gesichter gesehen und Zigtausende Namen gehört habe. Niemand könnte alle behalten. Das wäre so, als könntest du dich an jedes Spiel erinnern, das du jemals gespielt hast.«

Kipling lächelte. »Du kannst mich gern abfragen.«

Einen Moment herrschte Stille am Tisch. Reynolds musterte Kipling, Kipling hielt seinen Blick und versuchte den Gedanken, den er hatte – *ich glaube dir kein Wort* – hineinzulegen.

Rin berührte seine Hand. »Sie kommen.«

Er wandte den Blick ab. Eine kleine Gruppe Menschen folgte dem Albaner über den gelb gepflasterten Weg zu den Tischen, an denen er, Rin und Reynolds saßen. Er sah Ellen unter ihnen und Marco. Reynolds stand auf, um sie zu begrüßen. Sie waren zu weit weg, um seine Worte zu hören, aber Kipling war sich sicher, dass er die gleichen benutzte wie bei ihrer Ankunft.

»Lanzo ist nicht dabei«, sagte Rin.

»Er wird schon okay sein.« Kiplings Mund war so trocken, dass er die Worte kaum herausbekam. »Ein paar Jockeys kriegen den nicht klein.«

»Nein, bestimmt nicht.«

Rins Worte klangen ebenso wie seine eigenen nach einem schlecht auswendig gelernten Text.

Kipling sah zu, wie Reynolds den Neuen die Hände schüttelte und sie dann stehen ließ. Er führte nur Marco zum Tisch. Unter dessen Augen hatten sich tiefschwarze Blutergüsse gebildet. In einer Hand hielt er einen Hammer.

»Dieser junge Mann«, sagte Reynolds, »hat sich bereit erklärt, seine Geschichte zu erzählen. Er scheint einiges mitgemacht zu haben.«

»Aber nicht aus den Gründen, die du annimmst«, sagte Rin. Sie wandte sich an Marco: »War Lanzo bei euch?«

Marco steckte den Hammer in seinen Gürtel und setzte sich. »Ja.«

Ein heißer Stich schoss durch Kiplings Magen. »Und wo ist er jetzt?«

Es fiel ihm schwer, Gefühle in dem geschwollenen Gesicht zu erkennen, aber trotzdem kam es ihm so vor, als würde Marco die Situation genießen. Er ließ sich mit jeder Antwort Zeit.

»Weg.«

Rin sprang auf. »Verdammt noch mal! Sag jetzt endlich, was

passiert ist, oder ich schwöre, dass ich da weitermache, wo Lanzo aufgehört hat!«

Sie zitterte vor Wut und Nervosität. Kipling hatte sie so noch nie gesehen. Reynolds beobachtete die Auseinandersetzung schweigend.

Marco strich mit den Händen über die Tischplatte. »Gibt nicht viel zu erzählen. Wir waren in einem Raum. Auf einmal kamen Zombies rein. Wir haben es geschafft, abzuhauen, bevor die Tür zuging, Lanzo nicht. Ende.«

»Ihr habt ihn da zurückgelassen?«

»Die Tür ging ja nicht mehr auf. Was hätten wir sonst tun sollen?«

Kipling fuhr sich durch die Haare. »Wie viele Zombies?«

»Keine Ahnung, ein Dutzend oder so.«

»Aber ihr habt nicht gesehen, dass sie ihn erwischt haben?«, hakte Kipling nach.

»Nee, die Tür war ja –«

»Zu.« Rin ging neben dem Tisch auf und ab. »Das hast du schon erwähnt. So lange wir nicht sicher wissen, dass er tot ist, lebt er, verstanden?«

Kipling hatte den Eindruck, dass sie die Frage mehr an sich selbst als an einen anderen Tisch richtete. Sie wollte sich den Gedanken an Lanzos Tod verbieten.

»In welchem Raum war das?«, fragte Reynolds und zog V-Specs aus seiner Anzugtasche. Es war das letzte Modell, das vor Omega herausgekommen war, wie Kipling sofort bemerkte, als er sie aufsetzte.

»Woher soll ich das wissen?« Marco klang auf einmal aggressiv. Das Verhör schien ihm nicht zu passen. »Irgendso ein Raum mit Kisten drin.«

»Standen die in der Mitte?«

Marco nickte. »Glaub schon.«

»Dann weiß ich, wo das ist.« Reynolds streifte sich einen Sensorhandschuh über. Wie ein Netz legte er sich auf seine Haut. Seine Finger tippten in die Luft. »Die Jockeys haben fast in jedem Raum Kameras angebracht, aber wir konnten noch nicht alle anzapfen. Diese aber schon.«

Marco nahm die Hände vom Tisch und rieb sie sich an den Oberschenkeln seiner Hose. »Echt?«

»Ja, ihr habt Glück«, sagte Reynolds. Er griff erneut in seine Tasche und legte eine Fingerknöchel-große, schwarze Halbkugel auf den Tisch.

Ein Hologrammtransmitter, dachte Kipling. Entweder hatte Reynolds all seine Ausrüstung bei seiner Flucht von der Erde mitnehmen können oder sein Deal mit den Jockeys umfasste mehr, als er bisher preisgegeben hatte.

Aus dem Holotransmitter stieg ein dünner Lichtstrahl empor, der zu einem Bild auffächerte. Es zeigte einen Raum, der ungleichmäßig von einem Licht erhellt wurde, das aus einem großen Loch in der Wand drang.

Lanzo stand mit dem Rücken zur Kamera. Kipling erkannte ihn an seinen Bewegungen und an der Kleidung, die er trug. Das Bild war grobkörnig, die Farben verwaschen. Anscheinend fiel es Reynolds und seinen Leuten schwer, die Verschlüsselung der Kamerasignale ohne Qualitätsverlust zu umgehen.

Ein zweites Gesicht tauchte kurz auf der anderen Seite des Lochs auf.

»Bist du das, Marco?«, fragte Reynolds.

»Weiß nicht. Vielleicht.« Er drückte sich seltsam zögerlich aus.

Kipling zuckte zusammen, als Zombies vor dem Objektiv auftauchten. Die Lücke schloss sich plötzlich und das Bild wurde schwarz.

»War das alles?« Rin stand neben Kipling und stützte die Hände auf den Tisch.

»Nein«, sagte Reynolds. »Die Kamera müsste gleich auf Infrarot umschalten.«

Im nächsten Moment flackerte das Bild. Eine rot-orangefarbene Silhouette tauchte dort auf, wo eben noch Lanzo gestanden hatte, schien jedoch zu knien oder zu hocken. Ihre Arme bewegten sich, so als würden sie nach etwas tasten.

»Wo sind die Zombies?«, fragte Marco.

»Unsichtbar«, sagte Kipling. »Die haben Zimmertemperatur.«

Er wünschte sich, er hätte etwas trinken können. Ihm war so übel, dass er Galle schmeckte.

Die Silhouette sprang auf und schlug plötzlich um sich. Schatten schienen nach ihr zu greifen, als sich die Zombies zwischen sie und die Kamera schoben. Rin holte neben Kipling tief Luft.

Hellgelbe, wabernde Flecken tauchten an den Wänden des Raums auf. Einige bildeten Tropfen, die wie Lava langsam zu Boden floss. Auf dem Boden entstanden weitere Flecken. Sie wurden rasch größer.

»Er blutet«, sagte Kipling. Die Silhouette taumelte.

»Fall nicht hin«, flüsterte Rin. »Bleib aufrecht …«

Die Bewegungen der Silhouette wurden langsamer. Bei jeder Drehung spritzten gelbe Flecken auf die Wände. Dann auf einmal lag sie am Boden. Als die Zombies über sie herfielen, sah es so aus, als würden schwarze Schatten sie verschlingen. Igendwie war es auch so.

Nach und nach verblassten die gelben Flecken und mit ihr auch die Silhouette. Kipling legte seine Hand auf Rins. Stumm sahen sie zu, wie das Licht schwächer wurde, bis schließlich nur noch Schwärze blieb.

»Es tut mir leid«, sagte Reynolds. Seine Stimme war nicht mehr als ein unverständliches Rauschen. Kipling stand auf und umarmte Rin. Ihre Finger gruben sich in seinen Rücken.

»Alles wird gut.« Seine Kehle schmerzte bei jedem Wort. »Alles wird gut …«

Er wusste nicht, weshalb er das sagte. Nichts würde gut

werden, gar nichts. Niemals wieder.

Und doch konnte er nicht damit aufhören, es zu sagen. »Alles wird gut. Alles wird gut …«

Reynolds schaltete den Holotransmitter aus. Das schwarze Bild verschwand und Kipling blickte in Marcos zerschlagenes, lächelndes Gesicht.

Alles wird gut.

TEIL 6

DIE GANZE SCHEIßE

»Man sagt, jeder sei zu etwas gut, da er, im schlimmsten Fall, immer noch als schlechtes Beispiel zu gebrauchen sei. Manchmal glaube ich, dass die Jockeys uns nur deshalb am Leben lassen, als Warnung für kommende und heutige Generationen. Wie ein Google Alert, den man vor Monaten gesetzt und längst vergessen hat, tauchen wir auf einmal vor ihnen auf und erinnern sie daran, wohin Arroganz, Dummheit und Gier führen können. Ich hoffe nur, dass sie nicht eines Tages genug davon haben und uns einfach wegklicken.«

– Nerdprediger Dan, *ASCII-Zeichen für die Ewigkeit*

1

Es klickte. Das Licht an der Schleuse der *Eliot* sprang auf Grün. Auckland legte die Hand auf seine Waffe.

»Verriegelung aufgehoben«, sagte eine freundlich klingende Frauenstimme aus den Lautsprechern. »Dies ist das …«

Ein Mann mit gutturalem Akzent fuhr fort: »… siebte …«

»… Mal«, ergänzte die Frauenstimme, »dass Sie *Crack & Go* verwendet haben. Ihre Trial-Version ist auf zehn Mal beschränkt. Die Vollversion können Sie auf www.crackandgo.tk erwerben. Oder Sie klicken einfach auf den Link am unteren Rand des Fensters. Vielen Dank.«

»Kipling ist wohl nicht mehr dazu gekommen, sich um die Vollversion zu kümmern«, sagte Ama'Ru.

Arnest zog das Magazin aus seiner Pistole, betrachtete es kurz und schob es wieder hinein. »Red nich' über ihn, so als ob er schon tot wär'.«

»So habe ich das nicht gemeint.«

Arnest knurrte nur. Auckland ahnte, wie nervös er war, auch wenn er sich äußerlich nichts anmerken ließ. Doch er hatte das Magazin schon mindestens vier Mal zuvor überprüft und schien nicht zu wissen, wohin mit seinen Händen. Ab und zu steckte er sie in die Taschen, dann nahm er sie heraus, hakte die Daumen in den Gürtel oder ließ die Hände an den Seiten seines Körpers herabhängen.

Sie hatten Scania unbehelligt erreicht, niemand hatte sie aufgehalten. In der Reichweite der Scanner gab es keine Schiffe und die einzige Sicherheitsvorkehrung der Raumstation schien die Verriegelung der Schleuse zu sein.

»Wäre es möglich, dass sie uns nicht bemerkt haben?«, fragte Ama'Ru. Sie schien den Grund für Aucklands Zögern richtig einzuschätzen.

Er schüttelte den Kopf. »Nein. Sie wissen, dass wir hier sind. Die *Eliot* übersieht man nicht.«

»Richtig.« Arnest trat neben ihn. »Und je länger wir hier 'rumstehen, desto mehr Zeit haben sie, sich Scheiße für uns zu überlegen.«

Wo er recht hat ..., dachte Auckland. Er sah Ama'Ru an. »Wird sie mithalten können?«

Sie warf einen Blick hinunter auf das bandagierte, geschiente Hinterbein der Gottesanbeterin. »Ich würde es vorziehen, sie ausruhen zu lassen, aber ...« Sie lächelte auf die typisch gezwungen wirkende Art der Jockeys. »... du wirst uns wohl nicht noch einmal allein an Bord lassen.«

Auckland erwiderte ihr Lächeln nicht. »Sie schon, dich nicht.«

»Ha!« Arnest stieß ein Geräusch aus, das irgendwo zwischen Lachen und Grunzen angesiedelt war. »Und jetzt mach endlich die scheiß Schleuse auf.«

»Nur, wenn klar ist, dass du meine Befehle befolgst, so wie Lanzo es wollte. Ist das klar?«

»Ja, is' klar.«

»Sag es.«

»Hab ich doch.«

»Vernünftig.« Auckland kam sich vor, als würde er mit einem Fünfjährigen reden. »Als ganzer Satz.«

Einen Moment lang blitzte es in Arnests Augen und Auckland befürchtete, dass er zu weit gegangen war. Arnest fuhr sich mit der Hand über das kurz geschorene Haar, vor und zurück, vor und zurück, fast ein Dutzend Mal. Er schüttelte sich wie ein Hund und ließ die Hand sinken.

»Ich werde deine Befehle befolgen, so wie Lanzo es wollte«, sagte er. In seiner Stimme lag ein seltsamer Unterton, der Auckland nicht gefiel. »Zufrieden?«

»Ja. Danke, Arnest.« Er öffnete die Schleuse.

Der Gang, der sich rechts von ihnen erstreckte, war hell erleuchtet und leer. Als Auckland vor den anderen beiden hineintrat, roch er Desinfektionsmittel und abgestandene, recycelte Luft. Der Gang endete in einem offen stehenden Schott. Der Bereich dahinter war ebenfalls beleuchtet.

Auf dem Bildschirm der *Eliot* hatte die Station fast wie ein Güterzug ausgesehen – einige große, durch Gänge verbundene Metallcontainer, die sich aneinanderreihten. In einigen gab es Fenster, durch die Licht ins All drang, andere waren dunkel. Ob es Lebewesen auf der Station gab, wusste Auckland nicht. Die Scanner wurden blockiert und ein Blick auf sein Pad verriet ihm, dass das auch für das Internet galt.

Er steckte das Pad wieder in die Oberschenkeltasche seiner Cargohose. Arnest ging an ihm vorbei, die Mündung der großkalibrigen Pistole auf den Boden gerichtet. Er blieb an der Wand, um kein Ziel für Gegner, die möglicherweise irgendwo auf der anderen Seite des Schotts lauerten, zu bilden. Abgesehen von seinen Schritten und dem leisen, unregelmäßigen Klacken, mit dem sich die Gottesanbeterin über das Metall bewegte, war es still.

Auckland schloss zu Arnest auf und zog seine eigene Waffe. »Bleib zurück«, sagte er. Arnest verdrehte die Augen, blieb aber stehen und ließ Auckland als Erstes durch das Schott treten. Der Gang, der dahinter lag, verlief rund zehn Meter geradeaus und knickte dann nach links ab. Große Pfützen aus getrocknetem Blut bedeckten den Boden, schwarze Spritzer die Wände. Es roch nach Eisen.

Menschen sind hier gestorben, dachte Auckland, *aber nicht kürzlich.*

»Typisch Jockeys«, sagte Arnest. »Erst 'ne riesen Schweinerei veranstalten und dann nich' aufräumen.«

Aus den Augenwinkeln sah Auckland, wie Ama'Ru im Schott auftauchte. Die Gottesanbeterin musste sich bücken, um nicht mit dem Kopf gegen den Türrahmen zu stoßen.

»Das könnte auch Jockeyblut sein«, sagte Ama'Ru. »Ihr solltet keine Schlussfolgerungen ziehen, ohne die Tatsachen zu kennen.«

»Ich hab so Tatsachen schon hundert Mal gesehen. Die verschissenen Jockeys sterben nie, nur wir.«

»Du weißt sehr gut, dass das nicht stimmt.« Ärger kroch in Ama'Rus Stimme. Das überraschte Auckland. »Diese Station wurde nicht von uns erbaut, sondern von Menschen. Und ihr seid durchaus in der Lage, einander Gewalt zuzufügen. Das habe ich auch schon hundert Mal gesehen.«

Die Gottesanbeterin stakste an Arnest und Auckland vorbei. Das gebrochene Hinterbein hielt sie dabei hoch, aber es schien sie kaum zu behindern. Als sie die Biegung erreichte, drehte Ama'Ru sich in ihrem Sattel um.

»Kommt«, sagte sie. »Oder habt ihr Angst, dass das, was ihr findet, nicht zu euren voreiligen Theorien passen könnte?«

Sie wandte sich ab. Arnest verließ das Schott und folgte ihr kopfschüttelnd. »Hat die ihre Tage oder was ist los?«, fragte er, als er Auckland erreichte. Aber er sprach leise, so als wolle er nicht, dass Ama'Ru ihn hörte. Die Scheren der Gottesanbeterin flößten auch ihm Respekt ein.

Auckland hob nur die Schultern. Er wollte sich weder auf eine Diskussion mit noch über Ama'Ru einlassen. Sie mussten sich auf ihre Umgebung konzentrieren, nicht auf die Probleme, die sie untereinander hatten.

Die aber irgendwann geklärt werden müssen, dachte er.

Ama'Ru war kurz hinter der Biegung stehen geblieben. Auckland sah einen langen, hell erleuchteten Gang, der rund zwanzig Meter entfernt in einem geschlossenen Schott endete.

An der linken Wand lehnten einige große, graue Metallplatten. Neben ihnen stand eine Kabelrolle.

Auckland hob seine Waffe und ging langsam auf die Platten zu. Arnest und Ama'Ru blieben hinter ihm. Niemand sagte ein Wort. Als er näher kam, sah er, dass die Platten nicht aus Metall bestanden, sondern aus Sperrholz, das auf einer Seite mit einem grauen Anstrich versehen worden war. Man hatte sie anscheinend aus der Wand entfernt, denn hinter ihnen entdeckte Auckland ein breites Loch, durch das er in einen Tunnel sehen konnte. Kabel und Drähte zogen sich an der Tunnelwand entlang, eine daumennagelgroße, kreisrunde Kamera zeigte in den Gang hinein wie das Stabauge eines Insekts. Ein grünes Licht blinkte unter ihr.

»Was für Vollidioten bauen denn eine Station aus Sperrholz?«, fragte Arnest.

Auckland drehte den Kopf und legte den Zeigefinger auf seine Lippen. Dann zeigte er in den Tunnel. Arnest beugte sich vor, sah die Kamera und nickte. Mit dem Griff seiner Pistole schlug er in seine Handfläche.

Die Frage war eindeutig. *Sollen wir sie zerstören?*

Auckland dachte einen Moment darüber nach, dann nickte er. Wer auch immer auf der anderen Seite der Kamera saß, wusste zwar mit großer Wahrscheinlichkeit, dass ein Schiff angedockt hatte, aber vielleicht wusste er nicht, wie viele Leute es verlassen hatten und mit welcher Bewaffnung.

Arnest machte einen Schritt an ihm vorbei, streckte der Kamera den ausgestreckten Mittelfinger entgegen und riss sie aus der Wand. Die Plastikschellen, die das Kabel, mit dem sie verbunden war, gehalten hatten, platzten ab. Arnest zog mit beiden Händen an der Kamera und stolperte zurück, als das Kabel plötzlich nachgab und das Licht neben dem Objektiv erlosch. Er ließ die Kamera fallen und zertrat sie mit der Ferse seines Stiefels.

»So«, sagte er.

Auckland warf einen Blick in den Tunnel. Er war schmal und verlief parallel zum Gang. Es schien keine weiteren Kameras oder Mikrofone zu geben. Zumindest nicht in dem Segment, das Auckland überblicken konnte, aber er war sich sicher, dass es noch weitere gab. So eine Mühe machte man sich nicht, um nur einen Gang zu überwachen.

Er legte die Hand auf die Rückwand des Tunnels. Sie war kühl und fühlte sich wie Metall an. Die Sperrholzwände schien es nur auf der gangzugewandten Seite zu geben und auch dort nur an einigen Stellen. Auckland stutzte, als er Markierungen auf dem Boden bemerkte. Sie bestanden aus langen, oft halbkreisförmigen Strichen, die mit Zahlen versehen waren. Er wusste nicht, was sie bedeuten sollten.

Er verließ den Tunnel, bückte sich und strich über die Kabelrolle neben den Sperrholzplatten. Kein Staub. Jemand hatte sie erst vor Kurzem im Gang abgestellt.

Vielleicht haben wir ihn überrascht, dachte Auckland. Er richtete sich auf und sah, dass die Gottesanbeterin die zerstörte Kamera aufgehoben hatte und sie nun Ama'Ru reichte. Die betrachtete den aufgeplatzten Kunststoff und die heraushängenden Drähte.

»Das ist keine Jockey-Technologie«, sagte sie dann. »Solche Kameras stellen wir nicht her.«

»Weil ihr zu blöd dazu seid.« Arnest wartete ihre Antwort nicht ab. »Bleiben wir im Gang oder nehmen wir den Tunnel?«

»Wir bleiben im Gang«, sagte Auckland. »Der Tunnel ist zu schmal. Wenn wir dort angegriffen werden, haben wir keine Chance.«

»Okay.«

Sie gingen weiter auf das Schott zu, Auckland an der Spitze, dann Arnest, zuletzt Ama'Ru. Einige Schritte lang herrschte Stille, dann sagte sie: »Das hat mit Dummheit nichts zu tun.

Unsere Technologie hat sich in eine andere Richtung als eure entwickelt, das ist alles.«

Arnest winkte mit der freien Hand ab. Er hatte wohl das Interesse an der Diskussion verloren.

Wieso lässt sie sich von ihm so leicht provozieren?, fragte sich Auckland. *Das ist doch sonst nicht ihre Art.*

Er schob den Gedanken beiseite, nahm seine Pistole am Lauf und schlug in regelmäßigen Abständen gegen die Wand des Gangs. Bis er das Schott erreicht hatte, hörte er zweimal das dumpfe Geräusch von Holz. Der Rest der Wand bestand aus Metall.

Vor dem Schott blieb er stehen. Das Touchpad, das zum Öffnen und Schließen gedacht war, leuchtete nicht auf, als er die Hand darauflegte, das Schott blieb zu. Es gab keine mechanische Vorrichtung, nichts, das ein manuelles Öffnen ermöglicht hätte.

»Doch den Tunnel?«, fragte Ama'Ru.

»Ungern. Aber wenn –«

Auckland unterbrach sich, als das Touchpad vor ihm aufleuchtete. Er nickte Arnest zu, der seine Waffe in Anschlag brachte und sich in die Lücke zwischen Schott und Wand drückte. Kurz fragte er sich, ob er sich seine Bewegungen von ihrem Gegner diktieren ließ, ob der ihn durch strategisch geöffnete Schotten locken konnte, wohin er wollte. Doch er sah keine Alternative zu diesem Risiko. Dass der Tunnel schmal war, stimmte zwar, aber der wahre Grund, weshalb er ihn nicht nehmen wollte, war ein anderer. Im Tunnel hätte sich Ama'Ru – und damit auch die Scheren der Gottesanbeterin – hinter ihm befunden, ohne dass er hätte ausweichen können. In ihrer gegenwärtigen Stimmung und nach all dem, was geschehen war, schreckte er davor zurück. Er vertraute ihr noch, so wie er auf der *Eliot* gesagt hatte, er wollte sie nur nicht in seinem Rücken haben.

Das ist kein Vertrauen, das ist Heuchelei. Die innere Stimme, die er hörte, klang wie die von »Doc« Brown, dem Kommandanten, dem er und alle anderen in seiner Einheit von Geburt an unterstanden hatten. Er hörte sie oft, wenn er sich selbst widersprechen musste.

»Heute noch?« Arnest trat ungeduldig von einem Fuß auf den anderen.

Auckland nickte und legte die Hand auf das Touchpad. Mit einem hydraulischen Zischen öffneten sich die beiden Hälften des Schotts. Dahinter breitete sich ein großer Raum aus. Auckland versuchte, ihn mit dem Anblick, den die Station aus dem All geboten hatte, in Einklang zu bringen, aber das gelang ihm nicht. Die rechteckige Form der Container schien nicht zu den Gegebenheiten zu passen, durch die sie sich bewegten.

Scharfer Eisengeruch legte sich auf seine Zunge, als er den Raum betrat. In seiner Mitte standen Kisten und Fässer, die jemand zu einem Kreis angeordnet hatte. Manche Kisten waren hüfthoch, kleinere hatte man gestapelt. Eine war geöffnet worden. Styroporkugeln bedeckten den Boden vor ihr, abgesehen davon war sie leer.

Arnest ging mit angelegter Waffe auf die Kisten zu. »Hey, sieht das nich' aus wie diese Dinger aus den alten Western? Ihr wisst schon, wo die Siedler sich vor den Indern versteckt haben?«

»Wagenburgen«, sagte Auckland. Er machte sich nicht die Mühe, Arnest zu korrigieren.

»Ja, genau.«

Er hatte recht. Die Konstruktion sah tatsächlich so aus, als habe sich jemand vor Angreifern schützen wollen. Auckland ließ seinen Blick über die Wände und den Boden gleiten und stutzte, als er etwas nass im Licht glänzen sah. Als er näher an die Wand heranging, erkannte er, dass es sich um eine Pfütze aus Blut handelte. An den Rändern gerann es bereits, doch in der Mitte war es noch rot und flüssig. Die Pfütze breitete sich fast einen Meter tief in den Raum aus und verschwand unter der Wand. Es musste dort eine Lücke zwischen Wand und Boden geben, auch wenn Auckland keine erkennen konnte. Neben der Pfütze lag eine Eisenstange. Blut und Haare klebten an einem Ende.

»Scheiße«, sagte Arnest. »Könnte einer von uns gewesen sein.«

Er stieß Auckland mit dem Ellenbogen an. »Ey, guck mal da.«

Auckland folgte seinem Blick und entdeckte einen blutigen, zur Wand ausgerichteten Fußabdruck. Er war breiter als der eines Menschen und dreizehig wie ein Entenfuß. Es gab nur eine Spezies, die solche Abdrücke hinterließ.

Auckland hob den Kopf und sah Ama'Ru an. »Haie.«

2

So eine Scheiße.

Jedes Mal, wenn Arnest einen Blick auf das Blut warf, spürte er einen unangenehmen Druck im Magen. Die Pfütze war der erste Hinweis darauf, dass den anderen etwas passiert sein konnte, dass Lanzo etwas passiert sein konnte.

Hör auf, so eine Scheiße zu denken! Lanzo ließ sich nicht so einfach umbringen. Er hatte alles überlebt, was dieses kack Universum ihm entgegengeschleudert hatte. Er war nicht gestorben, nicht hier, nicht so … nicht allein.

Auckland hatte angefangen, die Wände mit seinem Pistolengriff abzuklopfen. Es gab nur eine Tür, die, durch die sie eingetreten waren. Wenn sie keine andere fanden, würden sie doch in den Tunnel ausweichen müssen. Die Vorstellung gefiel Arnest nicht, doch im Gegensatz zu Auckland war ihm die Enge eigentlich egal. Er wollte nur nicht, dass Ama'Ru hinter ihm herging, wenn ihm kaum Raum zum Ausweichen blieb. Dass Auckland ihr immer noch traute und darauf verzichtet hatte, sie einzusperren, verstand er nicht. Vielleicht hätte Lanzo es ihm erklären können, aber der …

Er führte den Gedanken nicht zu Ende, sondern schüttelte kurz den Kopf und ging zu den gestapelten Kisten, die der Roboter als Wagenburg bezeichnet hatte. Er schwang sich über die Barriere und blieb im Inneren des Kreises stehen. Auf eine der Kisten hatte jemand etwas geschrieben.

»Der Kuchen ist eine Lüge«, las er vor. »Hey, Auckland,

weißt du, was das heißen soll?«

Schulterzucken antwortete ihm. Auch Ama'Ru schwieg. Die Neuigkeit, dass es mindestens einen Hai auf der Station gab, hatte sie ohne eine Reaktion zur Kenntnis genommen. Ob sie versuchte, ihre Überraschung zu vertuschen oder wirklich nicht überrascht war, wusste er nicht. Es fiel ihm schon schwer genug, die Gefühle von Menschen richtig einzuschätzen, bei Jockeys war er verloren.

Arnest hob seine Waffe und drehte sich einmal um die eigene Achse. Die Erbauer der Wagenburg hatten gewusst, was sie taten. Die Barrikaden waren hoch genug, um einen Gegner aufzuhalten, aber nicht so hoch, dass sie das Schussfeld einschränkten. Er fragte sich, vor wem sie sich hatten schützen wollen, Zombies, Jockeys oder jemand anderem?

»Diese Wagenburg«, sagte er. »Warum gibt's die? Was –?«

Dunkelheit fiel auf ihn herab wie ein Vorhang. Um ihn herum knallte es, Metall knirschte. Etwas, das wie Ketten klang, rasselte. Arnest duckte sich hinter den Kisten, die Waffe in der Hand. Helle Flecke, Nachbilder des Lichts, das den Raum eben noch ausgefüllt hatte, tanzten vor seinen Augen. Er kniff die Lider zusammen und öffnete sie nach einem Moment wieder. Die Flecke verschwanden, aber die Schwärze blieb. Sie war undurchdringlich. Er sah nicht einmal seine eigene Hand, als er sie vor sein Gesicht hob und damit wedelte. Er spürte nur den Luftzug.

»Auckland!«, rief er.

Stille.

»Auckland!« Seine Stimme klang dumpf. Es kam ihm so vor, als sei der Raum kleiner als zuvor. Arnest lauschte in die Dunkelheit hinein, aber da war nichts – kein Atmen, keine Schritte, nicht einmal das Summen der Maschinen, die diese Station mit Strom versorgten. Die Stille war so allumfassend wie die Schwärze.

Arnest lehnte sich mit dem Rücken gegen eine der Kisten und richtete die Mündung seiner Waffe auf den Boden. Seine Muskeln waren angespannt, er schmeckte Adrenalin auf der Zunge. Alles in ihm schrie danach, aufzuspringen und um sich zu schießen. Er war noch auf kein Problem gestoßen, dass sich nicht mit einer Kugel lösen ließ. Doch dafür musste er das Problem erst mal finden.

Was würde Lanzo tun? Sein Bruder hatte ihm einmal geraten, sich diese Frage zu stellen, wenn sie voneinander getrennt waren und er nicht wusste, was er machen sollte. Manchmal half das, manchmal nicht.

Lanzo würde …, dachte Arnest. *Lanzo würde …* Weiter kam er nicht. In seinem Kopf herrschte die gleiche Stille wie draußen. Arnest spuckte aus und hörte, wie Speichel auf den Boden klatschte. *Das würde Lanzo garantiert nicht tun.* Er hielt Spucken für eine widerliche Angewohnheit, weshalb auch immer. Arnest hatte ihn nie danach gefragt. *Aber das werde ich, wenn dieser Kack vorbei ist, wir auf der* Eliot *sitzen und Bier saufen.* Dieses Versprechen gab er sich selbst. Und wenn Lanzo darauf bestand, würde er sogar mit dem Spucken aufhören.

Ein Knacken. Schlagartig wurde es hell. Arnest knurrte, als das grelle Licht in seine Augen stach und wandte den Kopf ab. Durch einen Vorhang aus Tränen betrachtete er seine Umgebung. Er war allein und der große Raum hatte sich in einen Schlauch verwandelt, an dessen Ende sich die Wagenburg befand. Es gab nur eine Tür, am anderen Ende. Arnest glaubte nicht, dass es die war, durch die sie den Raum betreten hatten.

Mindfuck, dachte er. *Die versuchen, mir ins Gehirn zu scheißen, damit ich nicht mehr klarkomme.*

Er richtete sich auf und wischte sich die Tränen mit seinem Jackenärmel aus dem Gesicht. »Glaubt ihr, dass ihr mich so fertigmachen könnt?«, rief er. »Ein paar verschobene Wände und 'ne Tür, wo keine hingehört? Is' nich' schlimmer als durch den kack Ikea zu laufen, also überlegt euch was Besseres, ihr Arschlöcher.«

Die beiden Hälften des Schotts verschwanden zischend in der Wand. Arnest hörte schlurfende Schritte und ein gutturales Stöhnen, dann taumelte der erste Zombie in den Raum. Es war ein älterer, dicker Mann, in dessen Brust ein faustgroßes Loch saß, durch das Arnest die Zombies sehen konnte, die sich hinter ihm drängten. Wie viele es waren, konnte er nicht erkennen, aber er schätzte wenigstens zehn, vielleicht mehr.

»Na also, geht doch. Jetzt schaltet ihr endlich mal einen Gang hoch.« Arnest grinste, als er seine Waffe auf den ersten Zombie richtete. Seine Unsicherheit verschwand, der dumpfe Druck in seinem Magen verging. Kämpfen war einfach. Er wusste genau, was er zu tun hatte: töten und nicht getötet werden. Im Kampf gab es keine Zweifel, keine Unbeholfenheit, keine sozialen Regeln, an die man sich halten musste, obwohl man sie nicht verstand. Es gab ihn und seine Gegner, nicht mehr und nicht weniger. Alles war klar. Nur der Augenblick zählte.

Ich liebe diese Scheiße, dachte Arnest und schoss dem dicken Mann in den Kopf.

3

Auckland zuckte zusammen, als er die Schüsse hörte. Sie ließen sich nicht orten, sondern schienen aus allen Richtungen in den kleinen Raum, in dem er und Ama'Ru standen, einzudringen. Die Geräusche klangen zu hell für die großkalibrige Waffe, die Arnest benutzte. Aus den Augenwinkeln sah Auckland, wie Ama'Ru den Mund öffnete. Mit einer Geste hielt er sie davon ab, etwas zu sagen und lauschte weiter auf die Schüsse. Ein kurzes Stakkato, gefolgt von Stille und drei einzelnen Schüssen, dann fast ein Dutzend in schneller Folge. Wer auch immer da schoss, musste nicht nachladen.

»Das ist nicht real«, sagte Auckland, als er sich umdrehte. »Sie spielen mit uns.«

Die Schüsse verstummten.

»Sie?« Ama'Ru legte die Hände auf den Knauf ihres Sattels. »Du meinst die Jockeys?«

»Ich meine die, die hinter diesem ganzen Theater stecken.« Auckland sah sich um. Er schätzte, dass das Licht nur wenige Sekunden lang ausgeschaltet gewesen war und doch hatte sich seine Umgebung in dieser kurzen Zeit drastisch verändert. Der große Raum war verschwunden, geblieben war einer, der kaum größer als eine Abstellkammer war. Es war beinahe unmöglich, nicht in die Blutpfütze zu treten, die sich von der Wand über den Boden ausbreitete. Die Decke hing so tief herab, dass die Gottesanbeterin sich ducken musste, sonst wäre sie dagegen gestoßen. Eine Tür gab es nicht mehr.

Wo Arnest war, wusste er nicht, aber er nahm an, dass man sie absichtlich voneinander getrennt hatte.

Auckland bückte sich und hob die Eisenstange auf. Sie war schwerer, als er erwartet hatte. Die blutverschmierten Haare, die an einem Ende klebten, waren blond und lang. Sie passten zu niemandem, den er kannte.

»Wir tun so etwas nicht«, sagte Ama'Ru. Einen Moment lang glaubte Auckland, sie würde sich auf die Eisenstange beziehen, doch dann erkannte er, dass sie das meinte, was er als *Theater* bezeichnet hatte.

Er zeigte mit der Stange auf den Fußabdruck am Boden. »Die Beweise sprechen dagegen.«

»Wenn die Schüsse nicht real waren, wieso sollte es dieser Abdruck sein?«, fragte Ama'Ru. »Kommt dir das alles hier nicht wie eine Kulisse vor, wie etwas Künstliches, durch das wir geführt werden sollen?«

»Doch.« Auckland klopfte mit der Eisenstange gegen die Wand oberhalb des Blutflecks. Sie klang dumpf. »Aber die Ressourcen, um so etwas zu konstruieren und zu betreiben, haben wir schon lange nicht mehr.«

»Was ist mit *BetterLifeSolutions*?«

Auckland dachte an die Geschichte, die Arnest erzählt hatte: Medizinische Tests im Urwald, ein Soldat, dessen Haare vor Entsetzen weiß geworden waren, geheimnisvolle Experimente tief im All.

»Der Konzern hätte niemals eine ganze Raumstation erbauen können, ohne dass es jemand merkt. Es ist ihm ja kaum gelungen, fünfzig Kinder zu verstecken.«

»Aber er existiert noch?«

»Ich glaube nicht. Schon Wochen vor dem Ende waren die internen Strukturen zusammengebrochen.« Er sah Ama'Ru an. »Wieso beharrst du so sehr darauf, dass die Jockeys nichts mit dieser Station zu tun haben? Du bist nicht verantwortlich für die Taten anderer.«

Sie zögerte. Die Augen der Gottesanbeterin starrten ihn ausdruckslos an. »Ihr behandelt mich so, als wäre ich es«, sagte Ama'Ru schließlich. »Ich kann damit meistens umgehen, aber nicht heute.«

»Warum?« Auckland legte die Eisenstange auf den Boden und trat von der Wand zurück. Er machte einen großen Schritt über die Pfütze hinweg und blieb an der gegenüberliegenden Wand neben der Gottesanbeterin stehen. Sie folgte ihm mit ihrem Blick.

»Weil die *Andere* Schmerzen hat, körperliche und seelische. Ich versuche, ihr zu helfen und mich gleichzeitig von ihr zu distanzieren, damit ihre Gefühle mich nicht überwältigen. Das ist … schwer.«

»Hängt das mit Hhalim zusammen?«

Er sah ihr Lächeln aus den Augenwinkeln. »Du weißt nicht, was das bedeutet.«

»Weil du es mir nicht sagst.« Auckland schätzte die Entfernung zur Wand ab. »Bleib zurück.«

Bevor Ama'Ru nach dem Grund fragen konnte, stieß Auckland sich ab. Seine Stiefelsohlen hämmerten auf Metall, ein Schritt, zwei, drei. Der vierte klatschte in Blut, doch das ließ sich nicht ändern. Auckland sprang, drehte sich im Flug und krachte mit der Schulter gegen die Wand – und hindurch. Holz splitterte. Jemand schrie unmittelbar vor ihm, zuerst überrascht, dann schmerzerfüllt. Die Sperrholzplatte brach in der Mitte auseinander, die beiden Hälften fielen in den Tunnel dahinter. Auckland landete zwischen ihnen auf einem weichen Körper. Ein zweiter Schrei.

Seine Hände glitten über raue, schuppige Haut, dann über Stoff. Er krallte die Finger hinein, kam auf die Beine und zog den Körper mit einem Ruck aus dem Tunnel. Das Blinken der Kamera, die vor ihm an der Wand hing, ignorierte er. Er hatte nicht damit gerechnet, dass sich jemand hinter der Sperrholzplatte befand, doch es war so und er musste sein Vorgehen daran anpassen.

Breite, entenartige Füße glitten im Blut aus, als der Hai versuchte, sich hochzustemmen. Der Jockey auf seinem Rücken klammerte sich verzweifelt fest. Auckland sah, wie er nach einer Pistole griff, die in der Satteltasche steckte, und schlug ihm die Faust ins Gesicht. Der Jockey schüttelte sich benommen. Auckland nahm ihm die Pistole ab und warf sie in den Tunnel. Ein Tritt in die Kniekehle ließ den Hai einknicken. Die Hosenbeine seiner hellblauen Uniform färbten sich dunkel, als Blut aus der Lache sie durchtränkte. Wie ein Soldat, der auf seine Exekution wartete, kniete der Hai vor Auckland.

Der ließ ihn los und nahm den Kopf des Jockeys in beide Hände. Tier und Reiter erstarrten. Die Kamera, die an der Tunnelwand hing, blinkte unablässig. Ein winziges Loch in ihrer Umrandung verriet, dass sie mit einem Mikrofon ausgestattet war. Irgendwo musste es Lautsprecher geben, da war Auckland sich sicher, sonst hätte er die Schüsse nicht hören können.

»Ich will wissen, wer du bist und was du hier tust«, sagte er zu dem Jockey und drehte dessen Kopf, sodass sie sich ansahen.

Der Jockey presste die schmalen, hart aussehenden Lippen zusammen und schwieg. Auckland drehte seinen Kopf weiter, bis er den Schmerz im Blick des Jockeys sah. Die Drohung, die in der Geste steckte, war so klar, dass er sie nicht aussprach.

»Wer bist du und was tust du hier?«, wiederholte er stattdessen. Der Jockey schloss die Augen. »Denk darüber nach, ob die Informationen, die du mir vorenthältst, wirklich wichtiger als dein Leben sind. Normalerweise sind sie das nicht, aber die Entscheidung liegt bei dir, nicht bei mir.«

Er ließ seine Worte einen Moment sacken, bevor er fortfuhr, wohl wissend, dass auf der anderen Seite der Kamera jemand zuhörte. »Ich werde jetzt bis drei zählen. Wenn du bei der letzten

Zahl noch nicht geredet hast, werde ich davon ausgehen, dass deine Entscheidung zu meinen Ungunsten ausgefallen ist. Du weißt, was dann passiert. Eins …«

Der Jockey hielt die Augen geschlossen. Die Flüssigkeit, die durch die Nabelschnur zwischen ihm und dem Hai floss, warf Blasen und floss mit jeder Sekunde schneller. Auckland hatte so etwas noch nie gesehen.

»Zwei.«

Er ahnte, dass der Jockey nicht reden würde. Die geschlossenen Augen, die zu Fäusten geballten Hände und der erstarrte Körper verrieten Auckland, dass er sich mit seinem Tod bereits abgefunden hatte.

Wenn du es so willst … Ein letztes Mal verstärkte er den Druck auf den Kopf des Jockeys. »Dr–«

Etwas Scharfes kratzte über seinen Hals. Auckland hielt den Atem an, als ihm klar wurde, dass es sich um eine Schere der Gottesanbeterin handelte. Sie ritzte seine Haut ein, nur Millimeter über der Schlagader. Blut lief warm in den Kragen seiner Jacke.

»Ich werde nicht zulassen, dass du ihn tötest«, sagte Ama'Ru.

Der Jockey öffnete die Augen. In seinen Blick trat ungläubige Hoffnung.

Auckland hielt seinen Kopf weiter fest. »Wirst du mich töten, um ihn zu retten?«

»Wenn es sein muss.«

Er spürte die Ruhe, die ihn vor einem Kampf überkam. In Gedanken ging er seine Optionen durch. Er hatte die Gottesanbeterin schon einmal überwältigt und er traute sich zu, der Schere zu entgehen, bevor sie zuschnappte. Doch dazu musste er den Jockey loslassen und in dem winzigen Raum hatte er gegen einen Hai und eine Gottesanbeterin keine Chance. Eines der beiden Tiere würde ihn erwischen, bevor er seine Waffe ziehen konnte. Ihm blieb nur eine Wahl.

Auckland drehte vorsichtig den Kopf und sah Ama'Ru an. »Ja«, sagte er. »Ich glaube, dass du das tun würdest.«

Er spannte seine Armmuskeln an. Ein Ruck und das Genick des Jockeys brach mit lautem Knacken. Sein Körper sackte zusammen, der Hai wand sich in Todeszuckungen. Ama'Rus Augen weiteten sich.

Auckland richtete seinen Blick auf die Gottesanbeterin. »Aber sie nicht.«

4

Hände griffen über die Kiste. Zähne wurden gefletscht. Ein Knall und das Gesicht der Frau verschwand in einer Wolke aus Blut und Knochensplittern.

In Arnests Ohren klingelte es. Pulverdampf zog in Schwaden durch den Raum und lag bitter auf seiner Zunge. Zwölf Zombies, dreizehn Schüsse. Kein perfektes Ergebnis, aber eines, mit dem er zufrieden war.

Besser wäre der Roboter auch nicht gewesen, dachte er und machte einen Satz über die Kisten hinweg. Die Wagenburg hatte ihren Zweck erfüllt. Die letzten Zombies lagen reglos vor ihr, der Rest verteilte sich im Raum und in der Tür.

Arnest lud nach, während er auf den Gang, den er dahinter sah, zulief. Er musste in Bewegung bleiben, um dem Gegner keine Zeit zum Nachdenken zu lassen. Das war der Fehler, den sie bisher bei der Erkundung der Station gemacht hatten.

Wir waren zu verdammt lahmarschig. Er blieb abrupt stehen, als er den einbeinigen Zombie sah, der vor ihm über den Boden kroch. Ebenso wie die anderen war er höchstens seit ein paar Stunden tot. Seine Haut war blass und teigig, aber noch spannte sie sich nicht über einen ausgemergelten Körper. Wie der Mann sein Bein verloren hatte, wusste Arnest nicht, aber er schien an der Verletzung gestorben zu sein, denn er hatte nur die eine.

Noch, dachte Arnest. Er richtete seine Waffe auf den Zombie und wollte gerade abdrücken, als der den Kopf hob. Jemand hatte ihm mit schwarzer Farbe etwas auf die Stirn geschrieben.

TUNNEL :) stand dort.

Was für eine kranke Scheiße ist das denn schon wieder? Arnest erschoss den Zombie. Der Knall hallte durch den Gang, der sich vor ihm erstreckte. Es war nicht der, durch den sie gekommen waren und er konnte nicht mehr sagen, in welcher Richtung sich die Schleuse befand. Die Station erschien ihm wie ein Labyrinth, dessen einziger Zweck darin bestand, ihn zu verarschen.

Er stieg über den reglosen Zombie hinweg und klopfte die Wände des Gangs mit seiner Pistole ab. Schon das zweite Segment klang dumpf. Arnest fragte sich kurz, ob es klug war, den Rat von jemandem zu befolgen, der Zombies vollschrieb, aber es fehlte ihm an Alternativen. Seine Feinde kontrollierten seine Umgebung, sie mussten ihn nicht an einen anderen Ort locken, sie konnten das Labyrinth so verändern, dass er automatisch dorthin gelangte.

Und kein Jockey würde auf so eine Idee kommen, dachte er, *also scheiß drauf.*

Mit aller Kraft trat er gegen die Wand. Beim dritten Tritt zerbrach die Sperrholzplatte und Arnest konnte sich durch die Lücke in den dahinterliegenden Tunnel quetschen. Die Luft roch noch abgestandener als im Gang, aber die Enge vermittelte ihm ein Gefühl von Sicherheit. Nichts konnte sich unbemerkt an ihn heranschleichen.

Arnest drehte sich um und folgte dem Tunnel. An seinen Wänden hingen Kabel und Drähte, unter der Decke liefen Rohre entlang. Er hob die Hand und berührte eines. Es war warm. Die in regelmäßigen Abständen angebrachten Kameras ignorierte er. Sie hingen an Metallstangen von der Decke und richteten ihre Objektive durch winzige Löcher in den Gang. Nur an einer, die mit einem Monitor ausgestattet war, blieb er stehen. Er schaltete den Monitor ein, sah aber nur Dunkelheit. Der Gang schien unbeleuchtet zu sein.

Nach einer Weile knickte der Tunnel nach rechts ab. Es war

still. Arnest hörte nur das Geräusch seiner eigenen Schritte und das leise Summen der Elektronik, die ihn umgab. Der Boden war voller Markierungen – Striche und Zahlen. Er verstand ihre Bedeutung nicht, aber er nahm an, dass sie etwas mit dem Labyrinth zu tun hatten.

Scheiße, ist das langweilig hier. Er hatte den Eindruck, schon seit Stunden durch den Tunnel zu laufen. Seine Umgebung veränderte sich nicht, es war, als wäre er in einem .gif gefangen, das immer wieder zum Ausgangspunkt zurücksprang. Arnest dachte bereits darüber nach, in den Gang zurückzukehren, als sich vor ihm, hinter einer Biegung, jemand räusperte.

Na endlich. Er zog seine Waffe und ging geduckt weiter. An der Biegung blieb er stehen. Er hörte Atemzüge und das Rascheln von Stoff.

»Du kannst rauskommen«, sagte eine Stimme so laut, dass er zusammenzuckte. »Ich warte schon eine ganze Weile auf dich. Du hast es nicht gerade eilig, oder?«

Die Stimme klang entspannt, fast schon ein bisschen überheblich. Arnest sah um die Ecke, die Waffe weiterhin in der Hand, und entdeckte einen Menschen, der mit übereinandergeschlagenen Beinen auf dem Boden saß. Seine Gesichtszüge waren asiatisch, das Haar weiß.

Arnest starrte ihn an. Er brauchte einen Moment, bis er Worte fand, die seiner Überraschung Ausdruck verliehen. »Albaner? What the fuck?«

Der Albaner lächelte. »Schön, dass du dich noch an mich erinnerst. Ist ja 'ne Weile her, dass wir uns gesehen haben.«

Arnest steckte seine Waffe ein und ging auf ihn zu. »Was zum Teufel machst du denn hier?«

»Das ist eine lange Geschichte.« Er stand in einer fließenden, geschmeidigen Bewegung auf. »Und ich bin nicht sehr stolz auf sie, aber jeder tut, was er muss, richtig?«

»Das kannst du wohl sagen.« Arnest machte eine Handbewegung, die die gesamte Station einschloss. »Was läuft denn hier für eine Scheiße?«

»Ich bin nicht die richtige Person, um das zu beantworten. Komm, ich bringe dich in Sicherheit. Dann können wir über alles reden.«

Er ging voraus. Arnest folgte ihm. Seine Blicke richteten sich abwechselnd auf den Rücken des Albaners und seine Umgebung. Er war angespannt. Dass er den Mann kannte, bedeutete nicht, dass er ihm trauen konnte. Diese Erfahrung hatte er nicht erst nach der ganzen Scheiße gemacht.

»Hast du den Zombie vollgekritzelt?«, fragte er.

Der Albaner lachte. »Da war er noch kein Zombie, nur tot. Ich dachte, du würdest die Botschaft schon verstehen.«

»Du hast 'ne Sauklaue. Ich konnte die Scheiße fast nicht lesen.«

»Tut mir leid.« Es klang nicht so, als meine er es ernst.

Arnest fuhr sich mit der Zunge über die Lippen. »Hast du meinen Bruder gesehen?« Sein Herz schlug auf einmal schneller.

»Woher soll ich wissen, wer dein Bruder ist?«

»So'n drahtiger Kerl, bisschen kleiner als ich. Sein Name ist Lanzo.«

Er glaubte zu sehen, wie die Schritte des Albaners einen Moment lang aus ihrem Rhythmus gerieten.

»Ich kenne niemanden, der so heißt.«

»Bist du sicher?«

»Ist ja ein ungewöhnlicher Name.«

»Stimmt«, sagte Arnest. Etwas störte ihn an der Unterhaltung, aber er konnte nicht genau bestimmen, was es war. Lanzo hätte ihm das erklären können. Er verstand Menschen so viel besser als Arnest.

Der Albaner blieb stehen, hob den Kopf und starrte ins Nichts, so wie jemand, der auf etwas lauschte. Arnest hatte diesen Blick oft genug gesehen, um zu wissen, dass der Albaner gerade über Funk angesprochen wurde. Er musste ein Gerät im Ohr tragen.

»Scheiße.«

Arnest legte instinktiv die Hand auf die Waffe, als er das Wort hörte. »Was ist los?«

»Die Hölle.« Der Albaner drehte sich zu ihm um. Sein überlegener Gesichtsausdruck war verschwunden, eine steile Falte hatte sich auf seiner Stirn gebildet und er blinzelte nervös. »Wir müssen weg hier, komm.«

Er achtete nicht darauf, ob Arnest ihm folgte, als er loslief. Er bewegte sich so schnell, dass er an der nächsten Biegung ins Rutschen geriet und beinahe gestürzt wäre.

»Komm schon!«, rief er.

Arnest blieb einige Meter hinter ihm. »Warum? Was ist denn los?«

Der Albaner drehte sich nicht um, während er antwortete. »Die Jockeys drehen durch. Jemand hat einen von ihnen umgebracht, hat ihn wohl förmlich hingerichtet.«

Arnest lachte. »Auckland.«

»Das ist nicht lustig!« Die Stimme des Albaners zitterte. »Sie werden jeden Menschen umbringen, der ihnen in die Hände fällt. Wir sind in großer Gefahr.«

»Ja, ja.« *Wenn ich für jedes Mal, dass ich diesen Satz gehört habe, eine Kugel bekommen hätte, würde mir nie wieder die Munition ausgehen.* Trotzdem schloss er zu dem Albaner auf, weil er nichts Besseres zu tun hatte.

Sie liefen schnell durch die Tunnel. Schon nach wenigen Abzweigungen und Kurven verlor Arnest die Orientierung. Ab und zu kam es ihm so vor, als liefen sie im Kreis und er fragte sich, ob der Albaner absichtlich versuchte, ihn zu verwirren.

»Ich kriege Updates über Funk rein«, sagte der, so als habe er seine Gedanken erraten. »Unsere Leute verfolgen die Jockeys über die Streams ihrer Kameras. Ich will ihnen nicht zu nahe kommen, deshalb mache ich lieber ein paar Umwege.«

»Das sind deine Leute, nich' meine«, sagte Arnest. Es gefiel ihm nicht, einer Gruppe zugeordnet zu werden, der er nie begegnet war.

»Was?«

»Du hast *unsere* gesagt, is' aber nich' so.«

»Hab dich gar nicht so spitzfindig in Erinnerung.« Der Albaner drückte einen Zeigefinger in sein Ohr und lauschte einen Moment. »Wir sollen hier warten. Die Jockeys sind vor und hinter uns in den Gängen.«

»Weißt du, wie viele?«

Der Albaner sah ihn an. »Das spielt keine Rolle, weil wir sie nicht angreifen werden, okay?«

»Ich lasse mir von dir keine Befehle erteilen.« Arnest schluckte seine Wut mühsam herunter. Manchmal überkam sie ihn so schnell, dass er nicht mehr reagieren konnte, doch dieses Mal hatte er sie rechtzeitig bemerkt. Lanzo hatte ihm gezeigt, wie man die Wut unterdrückte – indem man an etwas anderes dachte oder einen Sixpack trank – aber beides funktionierte nicht immer. *Du musst die Wut beherrschen*, sagte er immer, *nicht die Wut dich.* Wenn er nur wüsste, wie.

»War nicht so gemeint.« Der Albaner hob beschwichtigend die Hände. »Wir bleiben hier einfach ein paar Minuten stehen, dann gehen wir weiter. Vielleicht sind …« Er zögerte kurz, bevor er weitersprach. »… deine Leute ja inzwischen bei uns angekommen.«

»Ja, vielleicht.« Arnest lehnte sich an die Wand und verschränkte die Arme vor der Brust. Es wurde still im Tunnel. Der Albaner steckte die Hände tief in die Taschen seiner Uniformhose und ging unruhig auf und ab. Die Stille schien ihm nicht zu behagen.

»Uns Söldner haben sie ja damals ziemlich verheizt«, sagte er schließlich. Arnest hatte keine Ahnung, wie er auf das Thema kam. Wahrscheinlich wollte er nur über etwas reden, das ihm keinen Schlag ins Gesicht einbrachte. »Ich hatte Glück. Meine Einheit war am Ende in Kanada stationiert. Westküste. Besser ging's fast nicht. Und du?«

Arnest verzog das Gesicht. »Korea.«

Der Albaner blieb stehen. Seine Augen weiteten sich. »Korea? Wie bist du denn da rausgekommen?«

»Mein Bruder hat mich rausgeholt. Hat mich an den Haaren gepackt und aus der Scheiße gezogen, wenn du so willst. Ich hab nich' kapiert, dass sie mir schon gegens Kinn schwappt, aber er.«

Er schloss einen Moment lang die Augen. Er glaubte, die Kälte zu spüren, die in seinen Körper kroch und die Schreie zu hören.

»War ein echt beschissener Tag«, sagte er.

5

EIN JAHR ZUVOR

Es war kalt. Eisregen trommelte auf Arnests Helm und tropfte von dem Regenponcho, den er sich über Uniform und Winterjacke gezogen hatte. Trotz gefütterter Handschuhe brannte die Kälte in seinen Fingern. Nur seine Füße waren warm. Er hatte die Stiefel einem toten Offizier abgenommen, nach irgendeiner verlorenen Schlacht, an deren Namen er sich nicht erinnern konnte. Niemand hatte ihn dafür zur Rechenschaft gezogen. Solche Dinge spielten längst keine Rolle mehr.

Der Soldat, der neben ihm stand, stieß ihn an. »Willst du?«

Sein Name war Yaghmurasen Tabaamrant, aber alle nannten ihn nur Private Yag. Er stammte aus Nordafrika und gehörte zur Fremdenlegion. Söldnertrupps verstärkten schon längst die regulären Armeen, hatten sie an manchen Orten sogar ersetzt. Die Bezahlung war besser als je zuvor und niemand machte Ärger, wenn geplündert wurde. Die Regierungen waren so verzweifelt, dass sie alles taten, um ihre letzten Streitkräfte bei Laune zu halten.

Arnest warf einen Blick auf den Flachmann, den Private Yag unter seinem Poncho hervorgezogen hatte und schüttelte den Kopf. »Nee, lass mal.«

»Meld dich, wenn du deine Meinung änderst«, sagte Yag und trank einen großen Schluck. Er sprach Englisch mit einem weichen Akzent, machte aber nur selten Fehler. Seit einer Woche färbte er sich seinen kurzen Vollbart rot. Er sagte nicht, wieso.

Yag und Arnest gehörten zu einer Gruppe von rund hundert

Soldaten, die in Zweiergruppen entlang der Grenze zu Nordkorea positioniert waren. Offiziell stellten sie eine zweite Verteidigungslinie dar, inoffiziell nannte man sie die »Hundefänger«. Ihre Aufgabe bestand darin, Deserteure, die auf dem Weg nach Norden waren, aufzuhalten und zu erschießen. Ein Dutzend hatten sie an diesem Tag schon erwischt und es war noch nicht einmal Mittag.

Es werden mehr, dachte Arnest. *Feige Arschlöcher.*

Nordkorea war neben Madagaskar das einzige Land, das von dem Virus verschont geblieben war. Angeblich hatte die Junta fast die Hälfte ihrer Bevölkerung umgebracht, um das zu erreichen, aber viele Regierungen wünschten sich wohl, sie hätten das Gleiche getan. Jemand hatte Arnest erzählt, dass es mittlerweile mehr Zombies als richtige Menschen auf der Welt gab. Er wusste nicht, ob das stimmte, aber es hätte ihn nicht überrascht.

»Hoffentlich läuft mir heute ein Offizier mit Schuhgröße fünfundvierzig vor die Mündung«, sagte Yag, so wie jeden Tag. »In meinen Stiefeln frieren mir noch die Zehen ab.«

Arnest spuckte aus. »So blöd ist kein Offizier. Die wissen doch genau, dass sie hier abgeknallt werden. Wenn die abhauen wollen, bestechen sie irgendwen.«

»Nimm mir ruhig meine Träume.« Yag grinste und betrachtete die öden, grasbedeckten Felder, die sich vor ihnen erstreckten. Auf einem stand ein langsam verrostender Traktor. In den Dörfern an der Straße lebte längst niemand mehr. Nur Soldaten kamen noch dorthin und nahmen mit, was sie gebrauchen konnten. Von einem hatte Arnest eine Holokonsole mit ein paar Spielen gekauft. Das Geld dafür hatte er im Safe eines verlassenen Büros gefunden.

Wenn diese Scheiße vorbei ist, werde ich reich sein, dachte er, um sich von der Kälte abzulenken. In den letzten Wochen hatte er mehr Geld zusammengetragen, als er in seinem ganzen Leben verdient hatte. Hinzu kamen Juwelen, Elektronik, Schmuck.

Gegen eine Kommission von zehn Prozent passte der Quartiermeister darauf auf und sorgte dafür, dass alles von einem Einsatzort zum nächsten transportiert wurde. Arnest war nicht der Einzige, der mit ihm eine solches Arrangement getroffen hatte. Wahrscheinlich war der Quartiermeister der reichste von allen.

»Da kommt jemand«, sagte Yag.

Arnest hörte den Jeep, bevor er ihn sah. Er drückte sich das Gewehr gegen die Schulter und warf einen Blick durch das Zielfernrohr. Der Jeep rumpelte über das Feld. Blaue Dieselwolken stiegen in den Himmel. Der Wagen gehörte zur längst eingemotteten Fahrzeugflotte der Amerikaner und war wahrscheinlich älter als Arnest und Yag zusammen, aber er fuhr mit beinahe jeder Flüssigkeit, die man in den Tank schüttete.

Er hob das Gewehr einen Millimeter an, bis er durch die Windschutzscheibe das Gesicht des Mannes sehen konnte, der am Steuer saß.

»Das ist mein Bruder«, sagte er.

»Shit.« Yag griff unter seinen Poncho und klopfte die Hosentaschen ab. »Hast du ein Pfefferminz oder ein Kaugummi?«

»Ist dem doch scheißegal, ob du gesoffen hast oder nich'. Hauptsache, du machst deinen Job.«

»Wenn du meinst.« Yag klang unsicher. Arnest kannte niemanden, der mehr Angst vor Offizieren hatte. *Is' vielleicht so'n Fremdenlegionsding*, dachte er.

Lanzo bremste den Jeep vor ihnen ab und stieg aus. Scharfer Dieselgeruch hüllte Arnest ein. Er hustete. »Musst du die scheiß Kiste so dicht ranfahren?«

Neben ihm nahm Yag Haltung an und salutierte. »Sir!«

Lanzo erwiderte den Gruß. Er trug ebenfalls einen Poncho über seiner Winterjacke, der an einigen Stellen feucht glänzte. Die Plane, die den Jeep abdeckte, schien nicht ganz dicht zu, sein.

»Weitermachen, Private«, sagte er.

»Ja, Sir!«

Dann wandte er sich an Arnest. »Ich muss mit dir reden.«

Das war nur selten ein guter Gesprächsauftakt. Während er seinem Bruder zu einer kleinen Baumgruppe am Rand des Feldes folgte, fragte er sich, was von dem, das er getan hatte, aufgeflogen war.

Was habe ich ihm verschwiegen?, dachte er. *Okay, das Übliche: Nutten, Drogen, Alkohol, aber was sonst?*

Ihm fiel nur seine Schatztruhe ein, aber er konnte sich nicht vorstellen, dass der Quartiermeister ihn und die anderen verraten hatte. Das hätte er nicht überlebt.

Lanzo blieb unter einem Baum stehen und sah sich kurz um. Regentropfen sammelten sich am Rand seines Helms. Er hatte tiefe Ringe unter den Augen und wirkte blass. *Je höher der Rang, desto schlechter der Schlaf.* Das sagte man nicht umsonst.

»Was wir jetzt besprechen«, sagte Lanzo leise, »darf niemand erfahren, verstehst du? Niemand.« Er stutzte. »Wieso grinst du so blöd?«

Arnest hatte nicht bemerkt, dass sich seine Erleichterung an seinem Gesicht ablesen ließ. Lanzo wusste nichts über das, was er getan hatte. »Kein Grund«, sagte er. »Ich musste nur grad an was denken.«

»Konzentrier dich, verdammt noch mal!« Lanzo schlug ihm mit der flachen Hand gegen den Helm und Arnest wurde klar, wie ernst er es meinte.

»Okay, tut mir leid.«

»Die Dinge werden sich für uns alle ändern, sehr schnell und zum Schlechteren. Ich weiß nur davon, weil der General seine Notizen überall herumliegen lässt.«

»Wovon?«, fragte Arnest. Schnee mischte sich in den Eisregen. Die Flocken schmolzen auf den kahlen Zweigen der Bäume.

»Die Chinesen haben einen Schwarm entdeckt. Er bewegt sich auf ihre Grenze mit Nordkorea zu.«

»Wie groß?«

Lanzo fuhr sich mit der Zunge über die Lippen. »Elf bis zwölf Millionen, vielleicht mehr.«

Die Zahlen trafen Arnest wie ein Schlag. »Du verarschst mich, oder?«

Aus den Augenwinkeln bemerkte er, dass Yag zu ihnen herübersah. Er hatte zu laut gesprochen. Leiser fuhr er fort. »Das ist ja mehr als der scheiß Schwarm, der Tokio überrannt hat.«

Lanzo nickte. »Und sie haben ihn schon mit Bomben um ein paar Millionen reduziert. Sie arbeiten weiter daran, aber sie werden den Schwarm nicht aufhalten können. Er ist einfach zu groß.«

Arnest war erst einmal in einen Schwarm geraten, kurz nach der Keulung Dublins. Wie aus dem Nichts war er aufgetaucht und hatte die Kaserne, in der sie stationiert gewesen waren, innerhalb von Minuten überrannt. Arnest und drei andere aus seiner Einheit hatten überlebt, weil sie sich auf dem Dach eines Lkw versteckt hatten.

Und das waren nur ein paar tausend Zombies, keine kack Millionen. »Und jetzt?«, fragte er.

Lanzo warf einen Blick auf seine koreanische, neu aussehende Smartwatch. »In vier Stunden beginnt die Operation *Letztes Gefecht.* Jeder Soldat, jeder Mann und jede Frau, die eine Waffe halten können, werden zur Grenze zwischen Nordkorea und China gebracht. Die Nordkoreaner werden einen Korridor durch ihr Land öffnen, um den Transport zu beschleunigen. Marine und Luftwaffe sind ebenfalls beteiligt. Die Devise lautet, dass Nordkorea um jeden Preis gehalten werden muss.«

»Kriegen wir das hin?«, fragte Arnest, obwohl er die Antwort bereits an Lanzos Gesicht ablesen konnte.

»Nein. Jeder weiß es, niemand traut sich, es zu sagen. Nordkorea wird fallen und damit Asiens letzte Hoffnung.«

Arnest kratzte sich am Kopf. Im Gegensatz zu Lanzo kümmerte er sich nicht um die Gesamtlage des Kampfes gegen die Untoten. Er erledigte nur die Jobs, die man ihm gab und hoffte, dass er lange genug lebte, um das Geld, das er damit verdiente, auszugeben. Ihm war nie der Gedanke gekommen, dass die Menschheit den Kampf gegen einen Gegner, der nicht einmal in der Lage war, sich allein die Hose zuzumachen, verlieren könnte.

»Also war's das«, sagte er.

»So ziemlich.«

Arnest erwartete, dass er etwas spüren würde: Trauer, Angst, Entsetzen, aber da war nichts außer dieser Leere, die in ihm immer größer zu werden schien. Er stellte sie sich vor wie ein Schwarzes Loch, das seine Gefühle eines nach dem anderen verschlang.

»Tja, blöd gelaufen«, sagte er, weil er den Eindruck hatte, dass Lanzo eine Antwort erwartete.

Sein Bruder blinzelte. »Blöd gelaufen? Das ist alles, was dir dazu einfällt?«

Er hob die Schultern. »Ja.«

Lanzo fuhr sich mit den Händen durch das Gesicht. »Also hast du kein Problem damit, nach Nordkorea zu gehen und zu sterben?«

»Wir sind Söldner. Wir kämpfen, bis uns einer umlegt. So läuft die Scheiße nun mal.«

»Und wenn ich dir sage, dass wir nicht sterben müssen? Dass ich einen Ausweg gefunden habe?«

Arnest dachte einen Moment darüber nach. »Willst du etwa abhauen wie diese feigen Schweine, die ich hier jeden Tag erschieße?«

Die Vorstellung widerte ihn an.

Lanzo schüttelte den Kopf. »Nicht wie diese Idioten. Wir werden auf intelligente Weise abhauen.«

»Du kannst machen, was du willst, aber ich werde niemanden im Stich las–« Arnest unterbrach sich, als ein Militärlaster an ihnen vorbeirauschte. Schmutzwasser spritzte hoch. Er konnte nicht fassen, dass sein eigener Bruder, der wie er fast sein ganzes Leben lang an der Seite anderer gekämpft hatte, desertieren wollte. »Ich bin kein Arschloch. Wenn du eins sein willst, dann verpiss dich. Ich bleibe hier.«

»Du wirst niemanden im Stich lassen«, sagte Lanzo eindringlich. »Im Stich lassen würde bedeuten, dass sie mit dir zusammen eine Chance hätten, aber nicht ohne dich. Weißt du, was passiert, wenn du nach Nordkorea gehst? Ein Mensch mehr wird sterben, das ist alles. Willst du dafür dein Leben wegwerfen? Für einen sinnlosen, dummen Tod?«

Scheiße, dachte Arnest. So war es jedes Mal, wenn er mit seinem Bruder stritt. Er sagte etwas, Lanzo sagte etwas und nichts von dem, was er bis dahin geglaubt hatte, ergab noch Sinn.

Lanzo schwieg und wartete auf seine Antwort. In den Regen mischte sich mehr und mehr Schnee. Schon bald würde er Straßen und Felder bedecken, die Dächer der Häuser – und die Toten, die wie eine gewaltige Flutwelle aus Zähnen und Klauen unaufhörlich näher kamen.

Er schüttelte sich. Nasse, halbgefrorene Eiskristalle flogen von seinem Poncho. »Scheiß drauf«, sagte er, »aber Yag kommt mit.«

»Was?« Lanzo schien von der Idee nicht gerade angetan zu sein. »Du kennst den Typen doch kaum.«

»Nee, aber wenn ich ihn im Stich lasse, stirbt er und wenn nicht, lebt er und darum geht's doch, oder?« Er grinste, als er den Blick des Bruders sah. Dann drehte er sich um. »Ey, Yag, komm mal rüber!«

Sie mussten Yag nicht überreden. Er sprang bereits auf die Ladefläche des Jeeps, als er das Wort *Schwarm* hörte. Lanzo fuhr, Arnest saß neben ihm, das Gewehr auf den Knien. Yag hielt sich an einer Metallstange hinter den Sitzen fest.

»Was ist in den Seesäcken, Sir?«, fragte er, als sie losgefahren waren. Arnest drehte den Kopf und sah zwei prall gefüllte, unter einem Tarnnetz liegende Seesäcke.

»Zigaretten, Konserven, Medikamente und Schnaps«, rief Lanzo über den Lärm des Dieselmotors und den Fahrtwind hinweg. »Alles, wofür sich Leute schon bald gegenseitig umbringen werden.«

Er machte eine kurze Pause. »Und hör auf, mich Sir zu nennen. Ich heiße Lanzo.«

»Ja, Sir«, sagte Yag.

Arnest schüttelte den Kopf.

Sie blieben den Straßen fern, benutzten stattdessen Feldwege und Äcker, weitab von allen Kontrollposten. Die Tags, die Arnest und Yag trugen, waren für das Grenzgebiet freigegeben, enthielten aber auch ihre Dienstzeiten. Selbst Lanzo würde es schwerfallen, eine Erklärung dafür zu finden, dass er zwei Soldaten ohne Ersatz von ihrem Posten abgezogen hatte. Er war nur ein Captain, kein General, dessen Entscheidungen kein MP hinterfragte.

Arnest nickte in Richtung der Seesäcke. »Wie lange planst du das schon?«

»'ne ganze Weile«, sagte Lanzo, ohne den Blick von dem Feldweg zu nehmen, über den der Jeep rumpelte. »Seit abzusehen ist, wie alles ausgehen wird.«

Für Arnest war das erst seit ein paar Minuten abzusehen, doch das sagte er nicht. »Wo fahren wir hin?«

»Zum alten Luftwaffenstützpunkt der Amerikaner. Dort stehen zwei Raumgleiter. Einen davon werden wir uns holen.«

Arnest runzelte die Stirn. »Die lassen uns auch einfach reinfahren und ihren Scheiß klauen.«

»Die ganze Operation wird vom Stützpunkt aus koordiniert. Da herrscht so ein Chaos, die werden das nicht mal merken. Und wenn doch ...« Er nahm eine Hand vom Steuer und klopfte auf seine Brusttasche. »… habe ich hier einen von General Preston nicht ganz selbst unterschriebenen Requirierungsbefehl. Den stellt niemand infrage. Wenn wir den Gleiter erst mal haben, fliegen wir rauf zu den Kolonien. Da ist es nicht so schlimm wie –«

»Zombie!«, schrie Yag plötzlich in Arnests Ohr. Im gleichen Moment taumelte eine Gestalt aus dem Waldstück rechts des Feldwegs heraus. Schnee bedeckte ihren Kopf wie ein weißes Tuch. Sie trug Shorts und einen schwarzen BH, der grotesk über blutigen Rippen hing. Zombies oder Tiere hatten ihren Oberkörper bis auf die Knochen abgenagt. Nur die Wirbelsäule verband ihn noch mit Hüften und Beinen.

Lanzo wich ihr nicht aus. Sie prallte gegen den Kotflügel des Jeeps und wurde auf die Motorhaube geschleudert. Eine Sekunde lang kratzten ihre langen, spröden Fingernägel über das Metall, dann rutschte sie an Arnests Seite nach unten und verschwand. Der Wagen holperte kurz, als der Hinterreifen sie überrollte.

Arnest sah in den Rückspiegel, konnte sie aber nicht mehr entdecken.

»Du hast ein gutes Auge, Yag«, sagte Lanzo.

»Danke, Sir.«

Er wird's schon irgendwann kapieren, dachte Arnest. Er räusperte sich. »Ich hab noch ein paar Sachen in der Kaserne. Die würde ich nich' so gern zurücklassen.«

»Liegen die zufällig bei Sergeant Roie, dem Quartiermeister?« Lanzo lachte, als Arnest ihn anstarrte. »Jeder hat so eine Abmachung mit Roie. Ich glaube, das ganze Lager ist voll mit irgendwelchem Plunder.«

»Scheißwertvoller Plunder.«

»Noch. Das wird sich bald ändern.«

Arnest widersprach ihm nicht. Lanzo schien sich viele Gedanken über die Welt, die ihnen bevorstand, gemacht zu haben. Arnest musste darauf vertrauen, dass er das Richtige tat. *Aber die scheiß Holokonsole hätte ich schon gern.*

Schweigend fuhren sie weiter. Sie ließen das Waldstück hinter sich und fuhren an Äckern mit schneebedeckten Furchen vorbei. Durch das Fenster sah Arnest eine Fünfergruppe Zombies, die ziellos durch den Dreck schlurften. Ein sechster kam ihnen aus einem von Unkraut überwucherten Feld entgegen. Als sie den Motorenlärm des Jeeps hörten, wandten sie sich dem Feldweg zu.

Vielleicht entstanden so Schwärme. Zombies, die von den Geräuschen, die andere machten, angezogen wurden und bei ihnen blieben, weil es kein Ziel für sie gab. Je größer die Gruppe, desto lauter die Geräusche.

Bis aus dem Schneeball eine Lawine wird. Er drehte den Kopf, um Lanzo seine Theorie zu erzählen, doch der konzentrierte sich sichtlich auf den unebenen Weg und auf die Karte, die er an der Seite der Windschutzscheibe befestigt hatte. Navigationssysteme ließen sich orten, Papier nicht.

»Wenn man uns erwischt, sind wir erledigt«, sagte Yag.

»Wir kommen schon klar.« Arnest dachte immer noch über seine Theorie nach. Er fragte sich, ob schon jemand darauf gekommen war.

»Mit einer Kugel im Kopf wollte ich eigentlich nicht enden.«

»Memm nich' rum, Yag. Wenn mein Bruder sagt, die Scheiße läuft, dann läuft die Scheiße auch.«

Yag antwortete nicht darauf, aber im Rückspiegel sah Arnest, wie seine Kiefer mahlten.

Lanzo bremste den Jeep ab und bog auf einen Acker ein. »Gut festhalten, Yag. Jetzt wird es ein bisschen holprig.«

»Halt an.«

Arnest drehte sich zu Yag um. »Wa–?«

Er unterbrach sich, als er die Pistolenmündung sah, die sich auf sein Gesicht richtete.

»Halt an«, wiederholte Yag, »oder ich blas deinem Bruder den Schädel weg.«

Schweiß stand auf seiner Stirn. Seine Augenlider zuckten. Lanzo stoppte den Jeep, ohne ein Wort zu sagen, zog die Handbremse an und schaltete den Motor aus. Es wurde still. Nur das abkühlende Metall knackte leise.

»Bist du bescheuert?« Arnest war so wütend, dass er die Mündung kaum beachtete. »Wir retten dir das Leben, du Arschloch.«

Yag blinzelte den Schweiß aus seinen Augen. »Einen Scheiß macht ihr. Glaubst du wirklich, dass dein Bruder, ein kleiner Captain, es besser weiß als alle Generäle und Stabschefs zusammen? Wie kann man nur so anmaßend sein?«

»Jetzt pass mal auf, du Pisser«, setzte Arnest an, aber Lanzo legte ihm die Hand auf den Arm und brachte ihn so zum Schweigen.

»Was hast du jetzt vor, Yag?«, fragte er ruhig.

»Ich fahr zurück. Wenn noch keiner was gemerkt hat, sage ich einfach, Arnest wäre abgehauen und wenn doch, behaupte ich, ihr hättet mich entführt, aber ich wäre euch entkommen.«

»Ein guter Plan.«

Nur der Druck von Lanzos Hand hielt Arnest davon ab, Yag anzuschreien. Er ballte die Fäuste, bis seine Finger schmerzten, aber die Wut nahm trotzdem zu.

»Ich nehme an, dass du den Jeep brauchen wirst«, fuhr Lanzo fort.

»Ja, genau … Sir.« Lanzos Ruhe schien Yag zu verwirren. Er wich bis an den hinteren Rand der Ladefläche zurück. »Werft eure Waffen nach hinten und steigt aus.«

»Kein Problem.« Lanzo nickte Arnest zu, während er seine Pistole am Lauf nahm und hinter sich legte. »Keinem von uns muss etwas passieren. Du hast nur deine Meinung geändert. Das ist dein gutes Recht.«

»Richtig. Das ist es. Ich hab nachgedacht und gemerkt, dass ich einen Fehler begangen habe. Ich will nicht desertieren. So ein Schwein bin ich nicht.«

Arnest warf Pistole und Gewehr auf die Ladefläche. Seine Hoffnung, dass sich ein Schuss lösen und Yag den Kopf von den Schultern reißen würde, erfüllte sich nicht.

»Und jetzt aussteigen.«

Lanzo hob die Hände. »Du musst Arnest rauslassen. Der Griff an der Innenseite der Beifahrertür ist kaputt. Ich werde so lange angeschnallt bleiben, okay?«

Im Rückspiegel sah Arnest, wie sich Yag mit der Zunge über die Lippen fuhr. Das Hindernis kam für ihn überraschend und er wusste nicht, wie er damit umgehen sollte. Arnest war sich sicher, dass Lanzo gelogen hatte. *Der Griff funktioniert. Er will mir nur die Gelegenheit geben, dieses Arschloch umzulegen.* Und er würde Lanzo nicht enttäuschen. Nicht noch einmal.

»Okay«, sagte Yag nach einem Moment. Er schob die Plane zur Seite und stieg von der Ladefläche. »Aber baut keine Scheiße. Vergesst nicht, wer die Waffen –«

Der Satz endete in einem Schrei. Der Schrei wurde zum Kreischen. Ein Schuss, dann noch einer. Das Kreischen hörte nicht auf. Arnest duckte sich und öffnete die Tür. Der Griff funktionierte, so wie er erwartet hatte. Lanzo beugte sich nach hinten und nahm seine Pistole, bevor er ebenfalls ausstieg.

Yag lag am Boden und umklammerte sein Bein mit beiden Händen, die Pistole vergessen neben sich. Blut quoll zwischen den Fingern hervor. Arnest hob die Waffe auf und starrte ungläubig auf den Anblick, der sich ihm bot.

»Mal ehrlich, Lanzo«, sagte er über Yags Kreischen und Weinen hinweg. »Ist das nicht die verrückteste Scheiße, die du je gesehen hast?«

Lanzo ging neben ihm in die Hocke und schüttelte den Kopf. »Wie ein Sechser im Lotto.«

Die Zombiefrau, die sie überfahren hatten, streckte die Arme nach ihnen aus und fauchte. Ihre Beine fehlten, ihre Wirbelsäule hatte sich in den Verstrebungen der Plane verfangen und krümmte sich bei jeder Bewegung wie eine Schlange. Sie kaute auf einem Stück Fleisch, das sie Yag aus der Wade gerissen hatte.

Lanzo erschoss sie und stand auf. »Fahren wir weiter.«

»Was ist mit mir?«, schrie Yag. »Ihr könnt mich doch nicht einfach liegen lassen!«

»Keine Sorge.« Arnest lud Yags Pistole durch und richtete sie auf dessen Kopf. »Das werden wir nicht.«

»Nein, nein, nein, nein, ne–«

Die Kugel durchschlug seine abwehrend ausgestreckte Hand und traf die Stirn. Das Wort brach abrupt ab. Arnest steckte sich die Waffe in den Gürtel und stieg in den Jeep. Lanzo saß bereits auf dem Fahrersitz. Er startete den Motor und fuhr los.

Arnest schüttelte den Kopf. »Ich komm nicht über die Alte über dem Radkasten weg. Die muss irgendwie hochgeschleudert worden sein, oder?«

»Wahrscheinlich.«

Mehr sagte Lanzo darauf nicht. Arnest seufzte und fuhr sich mit der Hand durchs Gesicht. Er ahnte, worauf sein Bruder wartete.

»Hör mal«, sagte er, »die Scheiße mit Yag gerade tut mir echt leid. Ich hab nich' gewusst, dass das so'n Vollidiot is'.«

»Du konntest das nicht wissen.« Lanzo warf abwechselnd einen Blick auf den Weg und auf die Karte. »Du hast ihn ja kaum gekannt.«

»Ja, stimmt.«

»Und das ist das Ding, Arnest. Du und ich, wir können einander vertrauen. Wir sind Brüder. Ich würde dich nie verraten und du mich auch nicht.«

»Verdammt richtig«, sagte Arnest.

»Aber das gilt für niemanden sonst. An unserem Ziel, wo auch immer das ist, wird es gute Leute und böse Leute geben. Den Bösen gehen wir aus dem Weg und wenn das nicht geht, legen wir sie um.«

Arnest grinste.

»Die Guten lassen wir an uns heran, jeder braucht Freunde, aber nie – vergiss das nicht, Arnest! – nie so nahe, dass sie zwischen uns treten. Wir haben das gleiche Blut. Das kann kein anderer von sich behaupten. Und wir werden zusammenbleiben und wenn die ganze scheiß Welt um uns herum zusammenbricht. Nichts wird uns trennen.«

Er streckte die Faust aus. »Brüder.«

Arnest schlug mit seiner Faust gegen Lanzos. »Brüder.«

Vor ihnen ragte der Tower des Luftwaffenstützpunkts über die Bäume. Der Schneefall ließ nach.

»Danach lief alles, wie Lanzo es geplant hatte«, sagte Arnest. »Du kannst dir das Chaos auf diesem Stützpunkt nich' vorstellen, Mann. Wir haben fast 'ne Stunde gebraucht, bis wir die scheiß Raumgleiter gefunden haben. Nachher haben wir sogar die MPs gefragt, weil wir langsam die Schnauze voll hatten.«

»Aber ihr habt sie gefunden, sonst wärst du nicht hier«, sagte der Albaner. Er hatte auf dem Boden gesessen und stand nun auf.

»Ja, als es in Nordkorea losging, waren wir schon auf dem Weg zum Mars.«

»An Nordkorea kann ich mich gut erinnern. Wie hieß es damals? Die Schlacht, die uns den Krieg gekostet hat? Größte Fehlentscheidung seit Little Big Horn? Dein Bruder hat's kommen sehen. Sei froh, dass du auf ihn gehört hast.«

Vielleicht hätte ich öfter auf ihn hören sollen, dachte Arnest.

Der Albaner zeigte in den Tunnel. »Wir können weitergehen, die Jockeys sind weg. Es ist auch nicht mehr weit.«

Er zögerte, dann sah er Arnest an. »Das klingt jetzt vielleicht komisch, aber hast du ein Foto von der halben Zombiefrau gemacht, die an eurem Jeep hing?«

»Mann!« Arnest schlug sich mit der Faust auf den Oberschenkel. Vor ihm wich der Albaner zurück. Er bemerkte es, ohne darüber nachzudenken. »Das fragt mich jeder. Ich hab in dem Moment nich' dran gedacht, aber heute könnte ich mich dafür in den Arsch beißen.«

Der Albaner lächelte. »Wenigstens hat sie dich nicht in den Arsch gebissen.«

»Auch wieder wahr.«

Sie gingen durch einen weiteren Tunnel und blieben schließlich vor einer Tür stehen. »Wir sind da«, sagte der Albaner. Er legte seine Hand auf das Touchpad und fuhr sich mit der Zunge über die Lippen. »Und nur, dass du's weißt: Es war nicht meine Entscheidung, dir nichts zu sagen.«

»Was zu sagen?« Arnest runzelte die Stirn. Die Tür öffnete sich. Klare, kühle Luft strömte in den Tunnel. Auf der anderen Seite standen Kipling und Rin. Als Arnest in ihre Gesichter blickte, wusste er, was der Albaner ihm verschwiegen hatte.

»Wo ist er?«, fragte Arnest. Sein Mund war trocken.

6

Er hatte recht.

Ama'Ru sah, wie die *Andere* ihre Schere von Aucklands Hals nahm und einen Schritt zurücktrat. Der Anblick schockierte und verstörte sie. Es war, als würde ihre Hand sich weigern, ihr zu gehorchen. Ama'Ru fühlte sich in ihrem Sattel hilflos, wie eine Zuschauerin in ihrem eigenen Körper. Noch nie war die *Andere* ihr so fremd gewesen.

Sie rang um ihre Fassung. »Hast du ihn umgebracht, um mir zu beweisen, dass sie nicht auf mich hört?«, fragte sie und war überrascht, wie ruhig sie klang.

Die Todeszuckungen des Hais ließen langsam nach. Auckland richtete sich auf. »Nein«, sagte er. »Ich habe ihn umgebracht, weil ich nicht gegen zwei von euch kämpfen kann.«

Er musterte Ama'Ru einen Moment lang, die Hand locker auf den Griff seiner Pistole gelegt. »Etwas stimmt nicht mit dir. Was ist es?«

Ja, was ist es? Sie fühlte, was er sah, einen Ärger, der tief in ihr brodelte, eine irrationale Wut auf etwas, das sie nicht bestimmen konnte. Sie war bereit gewesen, Auckland zu töten und sie wusste nicht einmal, warum.

»Hhalim«, sagte sie. Auckland hob die Augenbrauen, so als verstünde er den Zusammenhang zwischen seiner Frage und ihrer Antwort nicht. »Hhalim bedeutet Eingeständnis. Wir Jockeys werden kurz nach der Geburt mit unseren ...« Sie suchte nach einem Wort, das die Beziehung richtig wiedergab und scheiterte. »... Begleitern verbunden. Man bringt uns bei, sie als Verlängerung unseres eigenen Körpers zu sehen, als etwas ohne Willen oder Verstand.

Den Begleiter wahrzunehmen, gilt als Tabu und ergibt in dieser Philosophie auch keinen Sinn.«

»So als würde man die Kleidung ansprechen und nicht ihren Träger?«

»Ja, genau.« Die *Andere* hockte sich auf den Boden und drehte den Kopf zur Seite, um den toten Hai nicht ansehen zu müssen. »Einige von uns halten das für falsch. Wir betrachten unsere Begleiter als eigenständige Wesen, als Partner. Wir gestehen uns ein, dass wir nicht einer sind, sondern zwei. Wir heißen die Gefühle und Gedanken unserer Begleiter in uns willkommen und behandeln sie mit dem gleichen Respekt wie unsere eigenen.«

»Du hörst ihre Gedanken?«, fragte Auckland. Er wirkte fasziniert, aber Ama'Ru bemerkte auch, dass seine Hand sich nicht von der Pistole entfernte. Besorgt erkannte sie, wie wütend sie das machte.

»Nein … vielleicht einmal bisher … ich bin mir nicht sicher.« Ama'Ru kämpfte gegen die Wut an und gewann. »Ich spüre die *Andere* in mir und wie alle, die Hhalim sind, glaube ich, dass wir im Tod miteinander verschmelzen und einander endgültig erkennen werden.«

Sie neigte den Kopf. »Unser Glaube ist nicht gerade Mainstream, wie Kipling sagen würde. Die meisten belächeln uns, einige denken, wir seien gefährlich. Kaum jemand bekennt sich öffentlich dazu, Hhalim zu sein.«

»Aber du hast das getan.«

»Ich hielt es für richtig und das tue ich immer noch.« Sie richtete sich im Sattel auf. »Und was deine Frage angeht, ich glaube, dass sich mein Verhalten verändert hat, weil ich den Schmerz der *Anderen* abblocken wollte und sie aus mir verbannt habe. Vielleicht stammt alles, was in mir gütig und mitfühlend ist, von ihr und in Wirklichkeit bin ich wie all die anderen Jockeys, die du kennst. Das würde mir zwar nicht gefallen, aber ich müsste lernen, damit zu leben.«

»So erklärst du dir das?«

Sie sah Auckland an, dass er ihr kein Wort glaubte. *Ich bin eine schlechte Lügnerin*, dachte sie. Trotzdem beharrte sie darauf, weil diese Lüge die einzige Erklärung war, die sie für eine Veränderung geben konnte, die sie selbst nicht verstand. »Ja.«

»Also gut.« Auckland packte den Hai am Kragen und zog ihn zur Seite. Schlieren aus Blut färbten den Boden rot. »Dann schlage ich vor, dass du den Schmerz in Kauf nimmst und die *Andere* wieder hereinlässt. Dein …« Er zögerte. »Dein wahres Ich können wir hier nicht gebrauchen.«

»Ich habe das bereits getan.« Das war nicht gelogen. Der Schmerz, körperlich wie seelisch, loderte in ihr, so heiß, dass es ihr fast den Atem raubte. Doch zu ihrer Überraschung verging die Wut und Ruhe überkam sie. Zum ersten Mal seit Betreten der Station fühlte Ama'Ru sich gut. *Vielleicht war die Lüge doch nicht so groß, wie ich dachte.*

Auckland zeigte auf das Loch in der Wand. »Du gehst vor.«

Ama'Ru griff in ihre Satteltasche, fand aber nur Kiplings V-Specs und ein paar Kleinigkeiten. »Ich habe keine Waffe.«

»Gut.« Auckland schien zu erkennen, wie hart das klang, denn er lächelte knapp und sagte: »Ich bin direkt hinter dir. Mach dir keine Sorgen.«

Sie hatte den Eindruck, dass er mit der *Anderen* sprach, nicht mit ihr. Die stakste um die Blutlache herum und betrat unsicher den Tunnel. Ama'Ru ließ ihr all die Zeit, die sie brauchte.

Die Luft im Tunnel roch nach altem Holz und Staub. Die *Andere* musste sich ducken, um nicht gegen die Rohre zu stoßen, die unter der Decke entlangliefen. »Wohin gehen wir?«

»Ich weiß es nicht, aber auf dem Weg dorthin werden wir jede Sperrholzwand eintreten, bis sich die Besitzer der Station zeigen oder wir die anderen finden.«

Ama'Ru drehte sich zu ihm um. »Das klingt nach etwas, das Arnest tun würde.«

Auckland hob die Schultern. »Er liegt nicht immer falsch.«

Sie wandte sich ab. Der Schmerz brannte, aber es ging ihr gut.

7

»Er ist also tot?«

Kipling hörte kein Gefühl in Arnests Stimme, keine Trauer, keine Wut, kein Entsetzen. Sein Gesicht war ausdruckslos. Er starrte auf den künstlichen Teich, seine Hände lagen flach auf dem Tisch, an dem sie saßen.

»Ja«, sagte Rin. Ihre Augen waren gerötet. Ebenso wie Kipling hatte sie geweint.

»Seid ihr sicher?«

»Ja.« Kipling zeigte auf Marco, der zusammen mit Reynolds und dem Albaner ein Stück abseits stand. »Er war dabei und es gibt auch ein Video.«

Arnest hob den Kopf und musterte Marco. »Was ist mit seinem Gesicht passiert?«

»Lanzo musste ihm eine Lektion erteilen.« Kipling schluckte. Er schreckte davor zurück, den Namen *Lanzo* auszusprechen, so als wäre jede Erwähnung wie ein Funke, der in ein Fass voller Sprengstoff fiel. Früher oder später würde es explodieren, aber niemand wusste, wann.

»Mein Bruder war das?« Arnests Mundwinkel zuckten. »Dann muss der Typ ein echtes Arschloch sein.«

Er strich mit seinen großen, vernarbten Händen über den Kunststoff. »Ich will mit ihm reden und ich will das Video sehen.«

»Natürlich.« Rin nickte. Kipling sah, wie sie ihre Hand nach Arnests ausstreckte, sie aber sofort wieder zurückzog. Sie wussten beide nicht, wie sie sich verhalten sollten. »Jetzt?«

»Nein, später. Der Typ neben der Hackfresse, ist das Algernon Reynolds?«

Kipling nickte, erleichtert darüber, dass sie ein neutrales Thema gefunden hatten. »Er ist der Chef hier. Anscheinend hat er eine Art Abkommen mit den Jockeys geschlossen. Sie jagen Menschen durch die Station, so *Most-Dangerous-Game*-mäßig, aber wen er retten und hierher bringen kann, den lassen sie in Ruhe. Im Gegenzug dreht er Propagandavideos für die Jockeys.«

»Glaubst du den Scheiß?«

»Nicht so richtig, aber bis jetzt –«

Arnest ließ ihn nicht ausreden. »Ey, Reynolds«, rief er so laut, dass Kipling und Rin zusammenzuckten. »Komm mal her.«

Reynolds trat an den Tisch und streckte die Hand aus. »Ich würde dir gern mein Beileid aussprechen. Ich kannte deinen Bruder leider nicht, aber ich habe gehört, dass er sich für andere geopfert hat. Das verdient den größten Respekt.«

Arnest ignorierte seine Hand. Reynolds hielt einen Moment inne, dann steckte er sie mit einem peinlich berührten Gesichtsausdruck in die Tasche seiner Anzugjacke und räusperte sich. »Also, was kann ich für dich tun?«

»Uns fehlen noch zwei Leute, so'n großer, hagerer Kerl und 'n Rieseninsekt mit Jockey. Ihr habt die gesehen, oder?«

»Stimmt das?« Kipling hob den Blick. »Warum hat uns das keiner gesagt?«

Reynolds seufzte. Er zog einen Stuhl heran und setzte sich ans Kopfende des Tischs. Mit einer knappen Geste hielt er den Albaner davon ab, zu ihm zu kommen. »Ja, das stimmt und wir haben nichts gesagt, weil niemand mehr etwas für sie tun kann.«

»Was?« Rin sah ihn scharf an.

»Sie haben einen Jockey getötet.« Reynolds breitete die Arme aus. Einen Moment lang erinnerte er Kipling an einen Priester. »Es gibt kein schlimmeres Verbrechen auf Scania. In dem Augenblick, als das Genick des Jockeys brach, waren eure

Freunde bereits tot. Sie wissen es nur noch nicht. Die Jockeys werden sie jagen und töten. Es tut mir wirklich leid, aber wir können ihnen nicht helfen.«

Kipling fuhr sich mit beiden Händen durch die Haare. »Natürlich könntet ihr ihnen helfen, ihr seid nur zu feige.«

Die Beleidigung prallte an Reynolds ab. »Ihr nennt es feige, ich nenne es zwei Menschenleben gegen all das. So bedauerlich das auch sein mag Und glaubt mir, ich bedaure es wirklich, aber ich weiß, was mehr wert ist.«

»Was *dir* mehr wert ist«, sagte Rin. Sie stand auf. Aus den Augenwinkeln sah Kipling, dass der Albaner sich anspannte, seinen Platz aber nicht verließ. »Wir werden unseren Freunden helfen.«

Reynolds schüttelte den Kopf. »Das kann ich leider nicht –«

Es klickte, dann presste sich Arnests Pistolenmündung an seine Stirn. Reynolds erstarrte. Der Albaner griff nach seiner Waffe und richtete sie auf Arnest, der den Finger auf den Abzug gelegt hatte und Reynolds ansah.

»Du hältst die Fresse und wir gehen«, sagte er. »Ganz einfach. Wir holen unsere Leute da raus, hauen mit unserem Schiff ab und ihr könnt auf eurer Kackstation den Jockeys weiter in den Arsch kriechen. Okay?«

Einige Menschen, die in der Nähe des kleinen Parks unterwegs gewesen waren, blieben nun stehen und zeigten auf Arnest und Reynolds. Kipling wusste, dass sie sich beeilen mussten, sonst würde man sie einkesseln.

Reynolds hob die Hände. »Okay.«

Er schien Arnests Aufforderung, die *Fresse zu halten* ernst zu nehmen, denn er beließ es bei dem einen Wort. Gemeinsam mit Arnest stand er auf. Kipling und Rin folgten ihm. Der Albaner senkte die Waffe, als Arnests Blick den seinen traf. Kipling konnte sie ihm mühelos abnehmen und reichte sie Rin.

»Du kannst damit mehr anfangen als ich.«

Sie nickte, legte an und richtete die Mündung auf die Zuschauer, die erschrocken zurückwichen. »Bleibt ruhig«, rief sie, »dann wird keinem was passieren.«

Da bin ich mir nicht so sicher, dachte Kipling. Er hatte zu Arnest aufgeschlossen und sah dessen harten, stumpfen Blick. Er wirkte wie eine Waffe, die jeden zurückschlug, der sich nähern wollte.

Sie gingen den gelb gepflasterten Weg entlang. Der Albaner folgte ihnen in einigen Metern Abstand. Seine Lippen bewegten sich. Er schien mit jemandem über Funk zu reden.

Bau keine Scheiße. Du ahnst nicht, mit wem du es zu tun hast.

An der Tür, durch die sie in das Habitat gekommen waren, blieb Arnest stehen. Er hielt Reynolds am Kragen fest.

»Albaner«, sagte er. »Komm her.«

»Kein Problem, Arnest. Du bist hier der Boss.« Der Albaner kam näher und hob die Hände. Er wirkte angespannt, aber nicht nervös. Kipling sah sich unter den Zuschauern um. Die wenigsten waren bewaffnet und von denen wirkte keiner so, als wolle er sein Glück versuchen. Er dachte an das Werbevideo, in dem sich Selbstschussanlagen in den Wänden und hinter Grünpflanzen befunden hatten und hoffte, dass es sich dabei um CGI gehandelt hatte.

»Funkgerät raus«, sagte Arnest.

»Okay.« Der Albaner griff in sein Ohr und zog ein winziges Gerät heraus, das kabellos mit einem fingernagelgroßen Mikrofon an seiner Kehle verbunden war. Beides legte er auf den Boden.

»Kipling, mach die Tür auf.«

Es gab kein Touchpad auf dieser Seite der Tür, nur einen Knopf, den Kipling drückte. Zischend fuhr die Tür in die Wand zurück. Der Tunnel dahinter war beleuchtet.

Arnest ließ Reynolds los und richtete seine Waffe auf den Albaner. »Geh vor.«

»Echt jetzt? Muss das sein?« Der Albaner schüttelte den Kopf. »Wir werden euch nicht verfolgen, Arnest. Die Jockeys werden jeden umlegen, der ihnen da draußen begegnet und darauf ist keiner von uns scharf.«

»Geh vor.«

»Tu, was er sagt.« Reynolds nickte ihm zu. »Du kannst mit ihm nicht diskutieren.«

Gut erkannt, dachte Kipling. Der Albaner ließ in einer fast schon theatralischen Geste die Schultern hängen, seufzte und trat durch die Tür. Rin folgte ihm rückwärts, ohne die Zuschauer aus den Augen zu lassen. Kipling hob Funkgerät und Mikro auf und steckte es ein. Sein Handrücken berührte die Drohne, die er beim Betreten der Station gestohlen hatte. *Dich werde ich noch brauchen.*

Arnest verließ hinter ihm als Letzter das Habitat und schloss die Tür. Abgestandene Luft hüllte Kipling ein. Er drehte sich zu Arnest um. »Und was jetzt?«

»Jetzt suchen wir.«

Arnest schob sich an ihm vorbei und Kipling wurde auf einmal klar, was das ungute Gefühl in ihm auslöste. Arnest fluchte kaum noch. Seit er von Lanzos Tod erfahren hatte, beschränkten sich seine Worte auf das Nötigste. Dass *Scheiße* nicht dazugehörte, machte Kipling mehr Sorgen als alles andere.

Er biss sich auf die Unterlippe und folgte den anderen durch den Tunnel.

8

Die Sperrholzplatte brach auseinander. Staub wallte auf. Auckland hustete, zog seinen Fuß aus dem Loch und warf einen Blick in den Raum, der dahinter lag. Er war kleiner als eine Abstellkammer und leer. Eine Tür gab es nicht.

»Wozu benötigt man einen solchen Raum?«, fragte Ama'Ru, während er den Staub mit einer Hand wegwedelte.

»Das ist kein Raum, nur eine Ecke, die übrigbleibt, wenn sich hier alles verschiebt.« Nach einem halben Dutzend eingetretener Wandsegmente und vier abgerissenen Kameras glaubte er zu verstehen, zu welchem Zweck Scania erbaut worden war.

Er ging in die Hocke und wischte Staub beiseite. Striche und Zahlen kamen zum Vorschein. »Anhand dieser Markierungen kann man erkennen, wo man sich befindet und welche Wände sich wie verschieben lassen. Gesteuert wird das alles von einer Kommandozentrale, nehme ich an, da man in den Tunneln nur die Sperrholzplatten öffnen, aber nicht die Wände verschieben kann.«

»Warum trittst du dann jede Platte ein, anstatt sie zu öffnen?«

Auckland stand auf. »Weil ich verhindern möchte, dass jemand sie wieder schließt und uns die Orientierung raubt.«

»Dann basiert dein Vorgehen also auf Logik und dient nicht der Reduzierung von Frustration.«

Er lächelte unwillkürlich. »Das schließt einander nicht aus.«

Die *Andere* wandte sich ab und setzte ihren Weg durch den Tunnel fort. Auckland sah, dass Ama'Ru Schmerzen hatte. Sie verschob ihre Position im Sattel immer wieder, so als versuche sie, die zu finden, die nicht ganz so unangenehm wie die anderen war.

Aber er sah auch, wie entspannt und gelassen sie war. Die *Andere* wieder an sich heranzulassen, schien geholfen zu haben. *Vielleicht habe ich mich geirrt und ihre Erklärung war keine Lüge*, dachte er. Doch es fiel ihm schwer, das zu glauben.

»Ich nehme an, dass du mir mittlerweile zustimmst«, sagte Ama'Ru, ohne sich zu ihm umzudrehen. »Diese Station wurde nicht von uns erbaut. Wir verwenden weder Sperrholz noch arabische Zahlen.«

»Nein, ihr wart das nicht.« Auckland folgte der Gottesanbeterin. Sie bewegte sich steif und zuckte bei jedem Geräusch zusammen. Die Enge des Tunnels schien ihr unangenehm zu sein. »Das waren wir. Irgendeine Regierung, vielleicht auch mehrere, möglicherweise sogar in Zusammenarbeit mit *BetterLifeSolutions*.«

»Und was habt ihr hier getan?« Der Tunnel knickte nach links ab. Einige Meter hinter der Abbiegung sah Auckland die nächste Sperrholzplatte.

»Spezialeinheiten ausgebildet, nehme ich an. Das würde Arnests Geschichte erklären.« Er blieb vor der Platte stehen und holte mit dem rechten Bein aus, um zuzutreten. »Nach Omega habt ihr wohl die Station übernommen. Was auch immer ihr hier wollt.«

Die *Andere* stieß ein schrilles Pfeifen aus. Instinktiv ließ Auckland sich fallen. Im nächsten Moment durchschlugen Kugeln das Holz über ihm. Splitter regneten herab. Er zog seine Waffe und schoss. Jemand schrie auf der anderen Seite der Platte. Ein Körper schlug dumpf auf. Auckland hörte Rufe und das Hämmern von Stiefeln auf Metall.

»Bleib hinter der Wand!« Er stieß sich ab und krachte durch das Sperrholz. Ein Knall und dann das Jaulen eines Querschlägers. Auckland landete auf einem weichen Körper, ein Hai, auf dessen Brust sich ein dunkler Fleck ausbreitete. Er riss ihn mit der freien Hand hoch, hörte zwei Schüsse und spürte, wie sie in den Toten einschlugen. Jemand schrie ein Wort, das wie ein Fluch klang. Auckland hob den Kopf.

Der Hai, der auf ihn geschossen hatte, lief zu einigen Kisten, die vor einer Wand standen. Der Jockey auf seinem Rücken drehte sich um und hob seine Pistole. doch bevor er schießen konnte, tauchte der Hai hinter den Kisten unter. Ein weiterer Fluch. Auckland lächelte. Anscheinend lief die Koordination zwischen Jockey und Begleiter nicht immer reibungslos ab.

Er kam hoch, ohne den Körper loszulassen. Wie einen Schild trug er ihn vor sich, während er auf die Kisten zulief. Der tote Jockey war aus dem Sattel gerutscht und schwang an seiner Nabelschnur hin und her. Ein Schuss. Die Nabelschnur riss und der Jockey flog durch den Raum.

Auckland fuhr herum. Ein Hai stand in einer Tür, die er vorher nicht einmal bemerkt hatte. In den Händen hielt er eine Shotgun, ein menschliches Fabrikat, wie Auckland auf den ersten Blick erkannte. Geschossen hatte jedoch der Jockey auf seinem Rücken, der nun breit und verstörend lächelte. Der Hai hob die Shotgun.

Scheiße.

Auckland ließ seinen Schild aus Fleisch und Knochen fallen. Er nützte ihm nichts gegen diese Waffe. Mit einem Hechtsprung landete er hinter den Kisten – und hinter dem Hai, der sich gerade aufrichten wollte. Auckland warf sich auf ihn. Seine Fäuste suchten den Jockey, aber der Hai schützte ihn mit seinem Körper. Bei jedem Schlag auf die schuppige Haut stach Aucklands linke Hand. Er biss die Zähne zusammen.

Ein lauter, tiefer Knall dröhnte durch den Raum. Eine der Kisten explodierte. Styroporkugeln spritzten heraus. Auckland duckte sich unwillkürlich, bevor er erkannte, von was er getroffen wurde. Der Hai nutzte diese Sekunde der Unachtsamkeit und rammte ihm den Ellenbogen in den Magen.

Auckland stieß die Luft aus. Eine Welle der Übelkeit stieg in ihm empor. Er schluckte Schmerz und Galle herunter und schlug mit beiden Fäusten zu. Seine Pistole, die ihm wohl bei der Landung aus der Hand geprellt worden war, lag an der Wand, keinen Meter entfernt.

Der Jockey unter ihm schrie etwas. Er klang wütend, aber nicht ängstlich. Sein Gesicht tauchte kurz hinter dem des Hais auf, aber bevor Auckland danach schlagen konnte, verschwand es schon wieder. Der Jockey wusste, dass er die Schwachstelle bei diesem Kampf war.

Der Hai wand sich unter ihm, versuchte sich zu befreien. Auckland packte ihn an den Schultern und ließ die Drehung zu. Auf einmal lag er unten und wurde vom Gewicht des Hais gegen den Boden gepresst. Ein Schlag traf seinen Kopf, ein zweiter seine Brust. Er wehrte sich nur mit einer Hand, die andere tastete nach der Pistole, der er dank der Drehung näher gekommen war.

Der Hai änderte seine Taktik, beugte den Kopf und schnappte nach Aucklands Arm. Die Zähne rissen den Ärmel seiner Jacke auf. Der Hai spuckte Stoff und Styroporkugeln aus. Auckland streckte die Finger aus – und spürte den kühlen Lauf seiner Pistole. Er packte ihn, holte aus und schlug dem Hai den Pistolengriff mitten ins Gesicht. Haut platzte auf, Blut tropfte auf Auckland herab. Der Hai schüttelte sich und es spritzte gegen die Wand. Ein zweiter Schlag riss seinen Kopf herum. Sein Blick wurde glasig. Die Arme sanken herab. Sein Jockey hing benommen im Sattel.

Auckland drehte die Pistole. Der Griff war so glitschig, dass sie ihm beinahe entglitten wäre. Er drückte dem Hai die Mündung gegen die Kehle und wartete.

Zögernde Schritte auf der anderen Seite der Kiste. Eine guttural klingende Stimme sagte etwas. Der Jockey zuckte und blinzelte. Seine Augen weiteten sich, als er die Pistole sah. Auckland legte den Zeigefinger auf seine Lippen und hoffte, dass er die Geste verstand. Der Jockey schwieg.

Die Stimme wiederholte ihre Worte, die Schritte kamen näher. Auckland blieb ruhig liegen. Er setzte sein Leben darauf, dass der Jockey nicht einfach schießen, sondern sich zuerst Gewissheit darüber verschaffen würde, was hinter den Kisten geschehen war.

Die Schritte waren fast heran. Ein Schatten fiel auf die Wand und wanderte langsam nach rechts. Der Jockey ging um die Kisten herum, anstatt sich über sie zu beugen.

Dumm ist er nicht, dachte Auckland bedauernd.

Ein Schuss. Er zuckte zusammen. Nur einen Lidschlag später hörte er einen dumpfen Aufschlag und ein rasselndes, keuchendes Stöhnen. Durch die Lücke zwischen Kisten und Wand sah er den blutbespritzten Kopf eines Hais.

Auckland drückte den benommenen Hai, der auf ihm hockte, zur Seite und richtete sich auf. Ama'Ru stand neben der zerborstenen Spanplatte. Die Pistole des Jockeys, der dort gestorben war, hielt sie in beiden Händen.

»Du kannst mir vertrauen, John«, sagte sie. Es war das erste Mal seit Betreten der Station, dass sie ihn beim Vornamen nannte.

Er nickte.

9

Sie sah den Jockey, den sie erschossen hatte, in dessen Kopf wegen ihr nun ein faustgroßes Stück fehlte, nicht an und auch die *Andere* wandte den Blick ab.

Es war nötig, dachte Ama'Ru.

Auckland saß auf einer der Kisten. Die Pistole lag locker in seiner Hand, die Shotgun, wie er die Waffe nannte, hing in einer Schlaufe über seiner Schulter. Er wirkte selbstsicher und entspannt, nicht wie jemand, der Minuten zuvor noch um sein Leben gekämpft hatte.

Er wurde dafür gezüchtet. Das ist seine Welt.

Der überlebende Hai kniete am Boden. Blut tropfte aus zwei Platzwunden in seinem Gesicht, aber er und sein Jockey waren aufmerksam und bei Bewusstsein. Auckland hatte sie entwaffnet. Gefesselt hatte er sie nicht.

»Was macht ihr hier?«, fragte er.

Der Jockey schwieg.

Auckland richtete seine Waffe auf den Kopf des Hais. »Was macht ihr hier?«

Ama'Ru lachte, als der Jockey sich mit dem Handrücken unter das Kinn schlug.

»Du verstehst, was das bedeutet?«, fragte Auckland.

»Ja.« Sie dachte einen Moment nach und streckte den Mittelfinger ihrer rechten Hand aus. »Ungefähr das gleiche wie das.«

»Verstehe.« Er strich sich mit der freien Hand über die Augenbrauen und sah den Jockey an. »Ich frage ein letztes –«

Ama'Ru unterbrach ihn. »Er versteht dich nicht.«

»Ein Jockey, der kein Englisch spricht?«

»Nicht jedem gefällt eure Kultur.«

Auckland neigte den Kopf. »Verstehst du ihn?«

»Ich denke schon.« Sie hatte die Sprache des Salzvolkes, wie man die Haie auf ihrer Welt nannte, vor langer Zeit gelernt, in einer anderen Zeit, ohne Menschen und, so dachte sie manchmal, ohne Probleme. »Soll ich deine Frage für ihn übersetzen?«

»Ja.«

Ihre Lippen schienen sich schwerfällig um die Worte zu formen, die ihr Gehirn bereitstellte, aber der Jockey lauschte und antwortete.

Auckland sah sie erwartungsvoll an. »Und?«

Sie zögerte. »Er sagt etwas Unfreundliches über deine Geschlechtsteile. Ich glaube nicht, dass du es hören möchtest.«

»Wahrscheinlich nicht.« Auckland schüttelte den Kopf und stand auf. Seine Waffe blieb auf den Kopf des Hais gerichtet, während er um die Kisten herumging und sich an die Wand lehnte. »Rede du mit ihm. Vielleicht ist er dir gegenüber etwas aufgeschlossener … und höflicher.«

»Wirst du ihn töten?«

»Wenn er redet? Nein.« Er sah sie an. In seinem Blick lag kein Lächeln, keine Ironie. »Du kannst mir vertrauen, Ama'Ru.«

Der Jockey beobachtete ihre Unterhaltung schweigend. Seine Augen waren so blau wie das Meer, von dessen Küsten er stammte, und lebendig. Sie passten nicht zu den Falten, die seine Haut durchzogen und zu dem lückenhaften, gelben Gebiss seines Hais.

Ama'Ru ging näher an ihn heran. Die *Andere* schloss ihre Scheren und klemmte sie unter die Vorderläufe, um zu zeigen, dass sie keine Bedrohung darstellte.

»Der Treibende wird dein Leben verschonen, wenn du seine

Fragen beantwortest«, sagte sie. *Treibende*, das war der Name, den sie den Menschen gegeben hatten. Er hatte zu ihrer Natur gepasst und nun passte er auch zu ihrem Schicksal.

»Glaubst du, das interessiert mich noch?« Der Jockey berührte sein Gesicht. »Sieh mich doch an.«

Das Altern war die Tragödie seines Volkes. Niemand wusste, wie viel Leben in einem Jockey steckte, denn sein Alterungsprozess war fest mit dem seines Begleiters verbunden. Der Jockey, der vor Ama'Ru hockte, war höchstens dreißig Menschenjahre alt, doch der Hai war bereits ein Greis. Beiden blieb nicht mehr viel Zeit.

»Wie heißt du?«, fragte Ama'Ru, ohne seine Frage zu beantworten.

»Goy'Man ar Num.«

»Ich bin Ama'Ru en Rahlyn od Fir.« Sie sah, wie sich seine Augen weiteten. Einen solchen Namen hörte man nicht jeden Tag. »Du weißt, was das bedeutet?«

»Ja.«

»Dann weißt du auch, dass ich die Wahrheit nicht aus Bequemlichkeit oder Feigheit oder weil es meinen Interessen dienen könnte, verschweige.« Die *Andere* hockte sich hin, um Ama'Ru und Goy'Man ar Num auf Augenhöhe zu bringen. »Wenn du dem Treibenden antwortest, verspreche ich dir, dass du in der Gischt eures Ozeans sterben wirst, so wie es bei euch Brauch ist.«

Goy'Man musterte sie einen Moment, dann nickte er. »Ich glaube dir. Die Sache ist nur die: Ich kam hierher, um zu leben. Mir steht diese Option nun nicht mehr offen, den anderen schon. Und so soll es bleiben.«

Der Hai riss die Arme hoch. Die *Andere* wich erschrocken zurück. Seine Klauen legten sich um die Nabelschnur.

»Nein!«, schrie Ama'Ru, aber es war zu spät. Mit einem Schrei aus Wut, Verzweiflung und Angst zerfetzte der Hai das, was ihm und Goy'Man Leben gab. Zuckend fielen beide zu Boden. Goy'Mans Gesicht verzerrte sich. Sein Mund stand offen. Seine Schmerzen mussten entsetzlich sein. Blut und trübe Flüssigkeit spritzten aus der Nabelschnur. Der Hai schrie seinen Schmerz hinaus. Goy'Man presste seinen Kopf an den seines Begleiters und streichelte dessen Hals, vielleicht zum ersten Mal in seinem Leben. Aus den Schreien des Hais wurde ein leises Wimmern, das nach einem Moment verstummte. Goy'Mans Arme erschlafften. Jockey und Begleiter waren tot.

Ama'Ru atmete durch. Die *Andere* zitterte unter ihr. Auckland steckte seine Pistole ein und schob die Hände tief in die Hosentaschen. »Das hatte ich mir ein bisschen anders vorgestellt«, sagte er.

»Er starb, um die anderen zu schützen.« Ama'Ru wich von den Leichen zurück. Es fiel ihr schwer, einen Punkt im Raum zu finden, der sie nicht an Tod erinnerte. »Und er sagte etwas Seltsames: dass er hierher gekommen sei, um zu leben.«

»Im Sinne von Ausleben? Er könnte die Jagd auf Menschen damit gemeint haben.«

»Nein, das sind sehr unterschiedliche Konzepte in seiner Sprache. Er meinte genau das, was er gesagt hat.«

Auckland ging durch den Raum, blieb nacheinander vor den Leichen stehen und betrachtete sie. »Täusche ich mich oder sind die alle alt?«

Ama'Ru zwang sich, hinzusehen. Die *Andere* wandte den Kopf weiterhin ab. Er hatte recht. Zwei von ihnen, Goy'Man und der Jockey an der Tür, waren Greise, der dritte wirkte etwas jünger, ein paar Jahre vielleicht. Für einen Hai waren schon zwei Jahre eine lange Zeit.

»Ihre Lebenserwartung ist sehr niedrig«, sagte Ama'Ru. »Sie ziehen sich im Alter nicht zurück, so wie andere Völker. Deshalb sieht man recht viele alte Haie.«

»Dann ist das also normal?«

Ama'Ru dachte darüber nach und schüttelte den Kopf. »Nein, das ist nicht normal.«

Sie spürte die Unruhe der *Anderen*. Der Anblick der Leichen und der Geruch nach Blut und Tod verstörten sie. »Wir würden diesen Raum gern verlassen. Er –«

Sie unterbrach sich, als die *Andere* ihre Fühler aufstellte. Sie hatte ein hervorragendes Gehör, weit besser als das eines Jockeys oder eines Menschen. Nur deshalb hatte sie Auckland im Tunnel vor dem Jockey warnen können. Und nun hörte sie wieder etwas.

Als Auckland ihre Reaktion sah, zog er seine Waffe. »Geh zum Tunnel«, sagte er, aber Ama'Ru blieb stehen. Das war nicht das Geräusch sich nähernder Schritte, sondern ein leises Summen, fast so wie das eines Insekts. Es kam aus Richtung des Gangs. Auckland richtete seine Pistole auf die Tür und wich zu den Kisten zurück, bereit, sofort in Deckung zu gehen.

Nur wenige Sekunden später trudelte ein fingerlanges Metallobjekt mit filigran aussehenden, glitzernden Flügeln in den Raum. Es kollidierte mit der Wand, mit der Decke und schwebte dann langsam zu Boden. Mit einem Ruck setzte es in einer der Blutlachen auf. Eine kleine Spritze fuhr wie ein Rüssel aus ihrem Kopf und füllte sich rasch mit Blut.

Auckland sah Ama'Ru an. Sie schüttelte den Kopf. *Ich weiß es auch nicht.*

Die Drohne hob ab. Das zusätzliche Gewicht schien ihr Probleme zu bereiten, denn sie setzte zwei Mal auf, bevor es ihr gelang, in der Luft zu bleiben. Schließlich schwebte sie nur Millimeter von einer der Wände entfernt, die Spritze immer noch ausgefahren. Die Nadel berührte die Wand. Ein Strich entstand, dann ein Kreis.

»Sie schreibt etwas«, sagte Ama'Ru überrascht, als die Drohne dem Kreis ein x hinzufügte. »Zehn x … zehn Mal?«

Auckland nickte. Die Drohne malte etwas, das wie ein

kurzer, holpriger Strich aussah und darüber ein Λ. Ama'Ru hatte keine Ahnung, was das bedeuten sollte. Sie sah Auckland fragend an.

»Eine Haiflosse auf einer Welle«, sagte er und lächelte. »Ich weiß mit ziemlicher Sicherheit, wer diese Drohne steuert.«

Ama'Ru beschäftigte der Inhalt der Botschaft mehr als dessen Verfasser. »Soll das zehn Haie heißen?« Sie warf nervös einen Blick zur Tür. Die *Andere* öffnete die Scheren. »John ...«

Er hob die Hand. »Sie ist noch nicht fertig.«

Die Drohne zeichnete etwas, das man mit einiger Fantasie als F erkennen konnte, dann einen Kreis, ein L, einen unentzifferbaren Kringel, ein E ...

»Folgen«, sagte Ama'Ru. »Wir sollen der Drohne folgen.«

Die Spritze wurde eingefahren, die Drohne wandte sich von der Wand ab und flog auf den Tunnel zu. Sie prallte kurz gegen die Überreste der Sperrholzplatte, dann tauchte sie durch die Lücke.

Auckland neigte den Kopf. »Tun wir, was sie sagt.«

Sie folgten der Drohne in den Tunnel.

10

»Das kann doch keine Sau lesen«, sagte Arnest. Er blickte über Kiplings Schulter und beobachtete auf dem Monitor, was die ferngesteuerte Drohne schrieb. »Warum schreibst du nicht *Haie* wie jeder normale Mensch?«

»Das würde mehr Blut verbrauchen. Ich hab noch sechs Buchstaben vor mir.«

Arnest knurrte, sagte aber nichts mehr. Rin richtete ihre Waffe auf den Albaner und ließ ihn nicht aus den Augen.

Sie standen hinter einer der kaputt getretenen Spanplatten, denen sie bisher gefolgt waren. Auckland und Ama'Ru hatten bei ihrem Weg durch die Station eine Schneise der Verwüstung hinterlassen, die sich kaum übersehen ließ. Zum Glück hatten sie die Monitore, die neben manchen Kameras angebracht waren, ignoriert. Einen von ihnen und Teile seines improvisierten Computers benutzte Kipling nun, um die Drohne zu steuern. Er hatte sie von Aucklands und Ama'Rus Weg abweichen lassen, um sich einen besseren Überblick der Station zu verschaffen. Dabei war er auf die Haie getroffen, die sich in einem Raum nicht weit von Auckland und Ama'Ru entfernt aufhielten. Sie waren zu zehnt, aber Kipling vermutete, dass sie noch auf Verstärkung warteten. Er nahm an, dass sie die Schüsse gehört hatten und deshalb vorsichtig geworden waren, doch genau wusste er das nicht. Die Drohne verfügte weder über ein Mikrofon noch einen Lautsprecher.

Für etwas, das nur zur Blutabnahme konstruiert worden war,

funktionierte es aber gut. Kipling hoffte nur, dass der Akku lang genug durchhielt, um Ama'Ru und Auckland zu ihnen zu bringen.

Er fluchte leise, als ihm das G des Wortes FOLGEN verrutschte und die Drohne stattdessen einen Kringel an die Wand malte. Er hängte ein E an und drehte die Kamera. »Sie haben es kapiert«, sagte er, als er die Blicke von Mensch und Jockey sah.

»Bringst du sie hierher?«, fragte Rin.

»Wenn alles gut geht, ja.« Kiplings Finger berührten die Pfeiltasten und steuerten so die Drohne. Sie reagierte schwerfällig und er kollidierte gelegentlich mit Wänden und Decke, einmal sogar mit der Gottesanbeterin. Die Kamera im Kopf der Drohne wies ihm den Weg, aber immer wieder musste er sie drehen, um die Umgebung außerhalb der Tunnel zu betrachten und sich zu orientieren.

»Ich glaube, sie drehen die Wände«, sagte er nach einer Weile. »Der Raum war eben noch nicht da.«

Der Albaner nickte. »Sie wissen, dass eure Freunde in den Tunneln sind und suchen nach einer Abkürzung. An eurer Stelle würde ich alle Kameras im Umkreis zerstören und ein paar Haken schlagen. Ihr dürft die Haie nicht auf eure Spur bringen.«

»Rin, mach das.« Arnest nahm den Blick nicht von dem Monitor. Er schien zu glauben, dass er das Kommando über die kleine Gruppe hatte und niemand widersprach ihm. Sogar der Albaner musterte ihn nur verstohlen aus den Augenwinkeln, so als wolle er ihn nicht provozieren.

Rin nickte, steckte ihre Waffe ein und lief tiefer in das Tunnelsystem hinein. Wenig später hörte Kipling das Splittern von Glas.

»Über wie viele Haie reden wir eigentlich?«, fragte er.

Der Albaner hob die Schultern. »Das ändert sich ständig. Im Moment würde ich schätzen, dass es ungefähr zwanzig sind, aber es gab auch schon Zeiten, als hier doppelt so viele herumliefen.«

»Dann haben wir also Glück.«

»Ärger mit zwanzig schwer bewaffneten, kampferprobten Haien zu haben, würde ich nicht als Glück bezeichnen.«

»Aber Auckland hat jetzt die Shotgun. Damit wird jedes Level zum Kinderspiel.«

Niemand lachte. Kipling verzog das Gesicht und steuerte die Drohne in eine Abzweigung hinein. Im Gegensatz zu den Gängen blieben die Tunnel gleich. Wenn man das System, nach dem sie erbaut worden waren, erst einmal verstanden hatte, fiel die Orientierung leicht. Die Drohne führte Auckland und Ama'Ru zuerst ein Stück zurück und dann durch einen weiteren Tunnel wieder nach vorn. Auckland zerstörte weiterhin jede Kamera, auf die sie trafen, aber die Sperrholzplatten trat er nicht länger ein. Es gab keinen Grund mehr dafür.

»Du hättest meinen Witz zu schätzen gewusst«, sagte der Albaner unvermittelt.

Kipling sah auf. Die Drohne flog durch einen langen, geraden Tunnel, in dem kaum etwas schiefgehen konnte. »Welchen Witz?«

»Ich habe *Der Kuchen ist eine Lüge* in einem Raum auf eine Kiste geschrieben.«

»Echt?« Kipling lachte. »Sehr geil.«

»Ich wollte den Leuten vermitteln, dass sie hier nichts für bare Münze nehmen können. Die Jockeys lassen so kryptische Botschaften stehen. Sie würden nur eingreifen, wenn ich *Tretet das zweite Wandsegment von links ein* schreiben würde. Für sie ist das alles ein Spiel.«

»Survival Horror.« Kipling nickte. »War mal mein Lieblingsgenre, aber nicht mehr. Zu nahe an der Realität.«

»Stimmt auch wieder.« Der Albaner seufzte. »Kann ich mich setzen? Das könnte noch eine Weile dauern.«

»Nein«, sagte Arnest. Aus den Augenwinkeln sah Kipling, dass er seine Waffe auf den Albaner gerichtet hatte. Die Knöchel seiner Hand waren weiß, so fest umklammerte er den Griff. Es wunderte Kipling, dass die Kunststoffschalen nicht aufplatzten.

Die Zeitbombe tickt, dachte er.

»Achte lieber auf deine Drohne«, sagte Arnest und einen Moment lang glaubte Kipling, er könne seine Gedanken lesen. Dann wurde ihm klar, dass sich der Kommentar auf die Unterhaltung mit dem Albaner bezog.

Er antwortete nicht und konzentrierte sich wieder auf den Monitor. Die Drohne erreichte das Ende des Tunnels und er steuerte sie nach links. Einer ihrer Flügel kratzte an der Wand entlang und sie geriet ins Trudeln, aber Kipling stabilisierte sie mit ein paar sanften Tastenkorrekturen.

Sie müssten bald hier sein, dachte er. Der Gedanke beruhigte ihn. Seit Lanzos Tod gab es nur einen, dem er zutraute, im Notfall mit Arnest fertigzuwerden und das war Auckland. Und dieser Notfall würde eintreten, da war er sich sicher, die Frage war nur, wann.

Rin tauchte vor der Drohne im Tunnel auf. Sie winkte kurz in die Kamera, dann lief sie auf Auckland zu und umarmte ihn. Vor Ama'Ru blieb sie einen Moment unschlüssig stehen, so als wisse sie nicht so recht, welche Begrüßung angemessen war. Sie löste die Situation auf, indem sie sich umdrehte und in den Tunnel zeigte.

Kipling beschleunigte die Drohne und brachte sie vor die Gruppe. Nur Sekunden später hörte er ihr Summen und die Schritte der anderen. Sie bogen bereits um die Ecke. Er stand auf, fing die Drohne aus der Luft und schaltete sie ab.

Dann lächelte er. »Auckland, Ama'Ru, ihr könnt euch nicht vorstellen, wie sehr wir euch verm–«

Auckland blieb abrupt stehen und riss die Shotgun hoch. »Weg von dem Mann!«

»Was?« Rin presste sich gegen die Wand, um nicht in die Schusslinie zu geraten.

»Arnest, Kipling, weg von ihm!«

Kipling wich zurück, Arnest blieb stehen. Der Albaner verschränkte die Hände vor dem Körper und lächelte.

»Ich hatte gehofft, dass es einer von euch ist«, sagte er.

11

Auckland spürte den Abzug der Shotgun unter seinem Zeigefinger. Sein Blick war auf den Albaner gerichtet. Er wagte kaum, zu blinzeln.

»Warum?«, fragte er.

»Weil es unsere Annahme bestätigt.« Der Albaner regte sich nicht. Er stand vollkommen still. »Brown ist noch aktiv. *Ihr* seid noch aktiv.«

Auckland schwieg. Der Albaner lächelte. »Ich würde mich gern mit dir unterhalten, über früher, wie es damals so war, aber meine Termine lassen das nicht zu. Ich muss mich leider verabschieden.«

»Du gehst nirgendwo hin.« Arnest richtete seine Pistole auf den Kopf des Albaners. Sein Gesicht war starr und blass und Auckland fragte sich unwillkürlich, was mit ihm nicht stimmte.

»Tu ihm nichts«, sagte er.

Arnests Augenlider zuckten. »Ich mache, was ich will.«

»Ich habe nicht dich gemeint.«

Der Albaner ließ die Arme locker hängen. Auf die anderen musste es wie eine harmlose Geste wirken, aber Auckland sah die Kraft, die sich dahinter verbarg, die Geschmeidigkeit, die tödliche Absicht. Wenn er Arnest umbringen wollte, würde niemand das verhindern können.

»Tu ihm nichts«, sagte er noch einmal.

»Es gibt keinen Grund, ihm etwas zu tun.« Dass sich zwei Waffen auf seinen Kopf richteten, schien den Albaner nicht zu interessieren. »Aber vielleicht wird sich das ändern, wenn wir uns wiedersehen. Bis bald.«

Aus dem Stand sprang er bis unter die Decke. Er bewegte sich so schnell, dass er vor Aucklands Augen verschwamm. Als Arnest den Finger um den Abzug krümmte, lag keine Waffe mehr in seiner Hand. Der Platz, an dem der Albaner gestanden hatte, war leer, er selbst verschwunden.

Arnest blinzelte.

»Ninja«, sagte Kipling.

Auckland schlang sich die Shotgun über die Schulter. Seine Gedanken überschlugen sich. Er hätte erkennen müssen, von wem Arnest sprach, als der den Asiaten mit dem weißen Haar erwähnte. Doch das hatte er nicht getan, denn zu diesem Zeitpunkt hätte der Albaner höchstens vierzehn Jahre alt sein können. Und selbst Arnest wäre aufgefallen, wenn es sich bei dem Söldner um einen Teenager gehandelt hätte.

Er erinnerte sich daran, wie die Kinder durch die Gänge marschiert waren, vorbei an ihm und den anderen. Manche waren weißhaarig gewesen, ein unerwarteter Nebeneffekt der Genveränderungen, andere nicht. Sechs Jahre waren sie alt gewesen, als er sie zum ersten und zum letzten Mal gesehen hatte, perfekte kleine Soldaten mit maskenhaften Gesichtern und kaltem Blick. *Gen2*, hatte man sie genannt. Die zweite Generation.

Die gleiche Kälte hatte er nun im Blick des Albaners gesehen, hinter der Fassade, die er für seine Umwelt erschaffen hatte. Obwohl der Mann mindestens zehn Jahre älter wirkte, als er hätte sein dürfen, gab es für Auckland keinen Zweifel. Der Albaner gehörte zur Gen2.

Ama'Rus Stimme riss ihn aus seinen Gedanken. »Wer war dieser Mann?«

Auckland fuhr sich mit der Hand durch das Gesicht. »Das ist schwer zu erklären. Er –«

»Auckland 2.0«, unterbrach ihn Kipling. »Die nächste Generation der Supersoldaten. Habe ich das richtig erklärt?«

»Annähernd. Aber er ist mehr als nur eine neue Generation. Bei uns war *BetterLifeSolutions* noch vorsichtig. Sie bewegten sich auf unbekanntem Terrain, aber beim zweiten Anlauf sind die Dämme gebrochen. Ein Arzt sagte mal zu mir, dass Gen2 aus medizinischer Sicht nicht mehr menschlich wäre.« Er suche nach den richtigen Worten. »Ihn und mich zu vergleichen, wäre so, als ließe man ein Rennpferd gegen einen Ferrari antreten.«

Kipling hob eine Augenbraue. »Und ich nehme an, dass du in diesem Bild nicht der Ferrari bist.«

»Korrekt.« Auckland schüttelte die Spekulationen und Theorien ab, mit denen sein Verstand sich beschäftigen wollte. »Lasst uns später darüber reden. Erst mal müssen wir runter von der Station.«

Er sah sich um. »Wo ist Lanzo?«

»Tot«, sagte Arnest. Das Wort traf Auckland wie ein Schuss.

»Was?«

Er hörte, wie Ama'Ru hinter ihm scharf einatmete. »Was ist passiert?«

Rin und Kipling sahen zu Boden, Arnest zwängte sich an ihnen vorbei. »Zombies.« Er streckte die Hand aus. »Gib mir deine Pistole. Ich habe keine Waffe mehr.«

Auckland war zu überrascht, um zu widersprechen. Er reichte Arnest die Waffe am Lauf. »Es tut mir wirklich –«

»Weiter.«

Rin schüttelte den Kopf, als Auckland Arnest aufhalten wollte. Er ließ ihn gehen. Kipling räusperte sich. »Die Haie werden davon ausgehen, dass wir auf dem schnellsten Weg zur *Eliot* zurück wollen. Deshalb schlage ich ein anderes Ziel vor.«

»Und welches?«, fragte Rin. Auckland bemerkte, wie sehr sie sich um Normalität bemühte. Arnest ging mit langen, festen Schritten vor ihnen her, wie jemand, der ein klares Ziel vor Augen hatte.

Aber ein Ziel, das er nicht einmal kennt.

»Die Kontrollstation.« Kipling zeigte auf die Rohre und Kabelbäume, die unter der Decke verliefen. »Die Station ist old school. Dreifache Redundanz in allen Systemen. Ich wette mit euch, dass sich zur Not jede Wand manuell verschieben ließe und die Kontrollstation ist definitiv komplett verkabelt. Die Kabel werden uns ans Ziel bringen.«

Auckland nickte. »Dann los.«

Arnest blieb an der Spitze. Er riss mit bloßen Händen jede Kamera heraus, an der sie vorbeikamen. Nach einer Weile hinterließen seine Finger blutige Abdrücke auf dem Kunststoff, aber er machte weiter.

Auckland spürte, wie Rin seinen Rücken berührte. »So ist er, seit er es erfahren hat«, flüsterte sie. »Das geht nicht gut.«

Wahrscheinlich nicht, dachte Auckland. Aber er ließ die Worte unausgesprochen. »Warten wir ab«, sagte er stattdessen ebenso leise. Er wollte nicht, dass sie einander misstrauten.

Noch mehr misstrauen.

»Haie.« Ama'Rus Stimme. Die Gottesanbeterin musste sie gehört haben. Rin und Kipling blieben stehen. Auckland ergriff Arnest am Arm, doch der riss sich los und ging weiter, ohne sich umzudrehen. Seine Stiefelsohlen schlugen auf den Metallboden.

»Scheiße«, flüsterte Kipling.

Schwere Schritte näherten sich aus dem Gang oder Raum auf der anderen Seite des Tunnels. Stimmen mischten sich hinein. Auckland unterschied zwei, eine männliche und eine weibliche. Sie klangen guttural.

Er sah Arnest nach, der fast eine T-Kreuzung am Ende des Tunnels erreicht hatte. Dass die anderen zurückgeblieben waren, schien er nicht einmal zu bemerken. Auckland fluchte lautlos, als die Stimmen draußen verstummten, die Schritte sich aber weiter näherten. Er zog seine Stiefel aus und lief los. Die beiden Haie waren ungefähr auf seiner Höhe. Wenn sie nicht taub waren, würden sie Arnest in nur wenigen Sekunden hören.

Der Metallboden fühlte sich kalt unter seinen Socken an. Auckland schloss zu Arnest auf, packte ihn an der Schulter und riss ihn herum. Die freie Hand presste er ihm auf den Mund. Er wäre beinahe zurückgewichen, als er Arnests verzerrtes, schweißnasses Gesicht sah. Ein Blick, in dem Wut und Hass loderten, richtete sich auf ihn. Fäuste wurden geballt.

Arnest war nur wenig größer als Auckland, wog aber mindestens zwanzig Kilo mehr. Ihn lautlos auszuschalten, war unmöglich.

»Haie«, flüsterte Auckland. »Da draußen sind Haie.«

Er war sich nicht sicher, ob Arnest ihm zuhörte. Er reagierte weder auf die Worte noch auf die Hand, die seinen Mund schloss. Es war, als stünde man vor einem Zombie.

Draußen gingen die Haie weiter. Ihre Schritte wurden zuerst lauter, dann leiser, als sie um die Ecke bogen. Auckland wartete, bis sie nicht mehr zu hören waren, dann nahm er die Hand von Arnests Mund.

»Reiß dich zusammen, verdammt noch mal«, sagte er. »Das ist ein Befehl. Hast du ihn verstanden?«

»Ja.«

Auckland schlug ihm beiden Händen so hart gegen die Brust, dass Arnest gegen die Wand prallte. »Hast du ihn verstanden?«

Er hoffte beinahe, dass Arnest die Fäuste heben und sich wehren würde, aber er stand nur mit seinem hass- und wuterfüllten Blick da und sagte: »Ja, Sir.«

»Gut.«

Er zog die Stiefel an, die Kipling ihm reichte. »Ich übernehme die Führung. Arnest, du bleibst hinter mir. Du machst nur das, was ich dir sage.«

»Ja, Sir.«

Auckland dachte an Rins Worte. *Das geht nicht gut.*

12

»Wir sind da«, sagte Kipling leise. »Hinter dieser Wand liegt die Kontrollstation.«

Für Rin unterschied sich die Wand nicht von all den anderen, an denen sie vorbeigegangen war, aber Kipling wirkte so überzeugt, dass sie darauf verzichtete, ihn zu fragen, ob er sich sicher sei.

Auckland sah sich um. »Keine Sperrholzplatten. Wir müssen umkehren. Kommt.«

Arnest folgte ihm, ohne ein Wort zu sagen. Rin hatte den Eindruck, dass sein Zustand sich verschlechtert hatte. Er schien sich immer mehr von ihnen zurückzuziehen. Sie drehte sich um und folgte den anderen, bis sie die erste Spanplatte erreichten. Sie befand sich rund ein Dutzend Meter von der Wand entfernt, hinter der die Kontrollstation liegen sollte.

Sie sah, wie Auckland das Gesicht verzog, und wusste, was er dachte. Hätten sie direkt in die Station eindringen können, wäre das Überraschungsmoment auf ihrer Seite gewesen, aber so würden sie sich wahrscheinlich schon auf dem Weg dorthin verraten. Doch eine andere Möglichkeit hatten sie nicht. Von den zwanzig Haien, die der Albaner auf Scania vermutete, suchte mindestens die Hälfte nach ihnen. Sie mussten davon ausgehen, dass auch die *Eliot* bewacht wurde.

Auckland und Kipling lösten die Schrauben, von denen die Spanplatte festgehalten wurde und öffneten das Segment einen Spaltbreit. Kipling schob die Drohne hindurch. Auf dem winzigen Monitor, der zu seinem improvisierten Computer gehörte, betrachtete er die Aufnahmen ihrer Kamera.

»Mal seh–« Er unterbrach sich und fluchte leise, als der Monitor dunkel wurde. »Akku leer.«

»Konntest du irgendetwas erkennen?«, fragte Rin.

»Einen Gang oder die Ecke eines Raums, schwer zu sagen. Links von uns war niemand, alles andere …« Kipling hob die Schultern. »Keine Ahnung.«

»Nicht zu ändern. Wir müssen es riskieren.« Auckland nickte ihm zu. Gemeinsam entfernten sie die Platte und stellten sie neben sich an die Wand. Draußen war es still. Rin sah einen breiten Gang, an dessen gegenüberliegender Wand in Großbuchstaben das Wort *SCANIA* stand. Es war umgeben von mehreren aufgedruckten Länderfahnen und den Logos einiger Konzerne. *BLS* war eines von ihnen.

Auckland erhob sich und nahm die Shotgun in beide Hände. »Gib mir Deckung«, flüsterte er. Arnest zog wortlos seine Pistole.

Rin hielt den Atem an, als Auckland in den Gang trat. Er blieb geduckt stehen, sah sich um und ging nach rechts, verschwand damit aus ihrem Gesichtsfeld. Nach einem Moment folgte ihm Arnest. Er wirkte weder angespannt noch nervös, nur wie jemand, der tat, was man ihm befohlen hatte. Ama'Ru blieb zurück, Kipling ebenfalls. Rin ging an ihnen vorbei und warf einen Blick in den Gang. Er endete rechts in einer Tür. *Control 1* stand daneben.

»Keine Kameras«, flüsterte Kipling. »Keine Wachen. Die fühlen sich sicher.«

Arnest stellte sich links neben die Tür, Auckland rechts. Einen Moment lauschte er in den Raum hinein, dann legte er seine Hand auf das Touchpad. Die Tür öffnete sich zischend. Etwas klimperte, dann rollte eine Kugel in den Gang hinein.

»Granate!«, schrie Rin. Sie zog Kipling in den Tunnel und presste sich gegen die Wand. Ein Blitz, ein Knall, der in ihre

Ohren stach und beißender Qualm, der sich rasch im Gang ausbreitete. Rin hörte Pistolenschüsse und das Donnern von Aucklands Shotgun. Jemand brüllte Befehle in einer fremden Sprache, ein Schrei unterbrach ihn.

»Schieß doch!« Aucklands Stimme. Rin legte sich den Arm vor Mund und Nase und lief in den Gang. Der Rauch war dicht und grau. Ihre Augen begannen zu tränen. Sie spürte die Wand rechts neben sich und schob sich daran entlang. Schüsse hallten durch den Qualm, Mündungsfeuer blitzte auf. Rin konnte weder Auckland noch Arnest sehen.

Sie erreichte die Tür. Rauch zog träge an ihr vorbei in die Kontrollstation. Der Raum war sechseckig und bestand aus zwei langen, hufeisenförmigen Konsolenreihen, die zusammen einen Kreis bildeten. In ihrer Mitte stand ein einzelner Sitz, der wahrscheinlich dem Kommandanten vorbehalten war. Ein toter Hai hing über der Rückenlehne.

»Rin!«

Sie drehte den Kopf und sah Auckland, der vor einer der Konsolen hockte und Patronen in seine Shotgun schob. Er duckte sich unter Schüssen, die von zwei Positionen, rechts und links vor ihm, abgefeuert wurden. Sie nagelten ihn fest.

Rin ahnte, was geschehen war. Die Haie hatten einen Ausfall versucht, waren aber zurückgeworfen worden. Auckland war ihnen gefolgt und saß nun ebenso fest wie sie.

»Wo ist Arnest?«, rief Rin, aber Auckland hob nur die Schultern.

»Hier«, sagte eine Stimme und Arnest schälte sich neben ihr aus dem Rauch. Sie fragte ihn nicht, was er dort tat.

»Sperrfeuer«, sagte sie stattdessen. »Du und ich. Jetzt.«

»Ja.«

Sie schossen. Rin jagte ihr ganzes Magazin in den Raum hinein, Arnest schoss verhaltener, langsamer. Auckland nutzte die Gelegenheit, die sie ihm boten, doch anstatt zurückzufallen, wie Rin vermutet hatte, setzte er über die Konsole hinweg. Drei Schritte brachten ihn zu den hinteren Konsolen. Er sprang, landete auf den Knien hinter einem Monitor, hielt die Shotgun an die Schulter und schoss zweimal.

Rin hörte keinen Schrei, sah jedoch, wie Auckland sich auf ihrer Seite der Konsole fallen ließ und die Hand über seine Kehle zog.

»Sperrfeuer einstellen«, sagte Rin. Arnest hörte auf zu schießen. Fast überraschte es sie, dass er selbstständig nachlud. Sie wechselte das Magazin ebenfalls. Es war ihr letztes.

Zwei Haie tauchten für einen Sekundenbruchteil rechts hinter den Konsolen auf. Links sah sie niemanden. Zumindest dieses Problem schien Auckland gelöst zu haben.

»Wir warten auf sein Okay«, sagte Rin, als Arnest den Schlitten seiner Waffe durchzog. Er sah sie nicht einmal an. Stattdessen hob er die Pistole und ging an ihr vorbei in die Kontrollstation. Rin wollte ihn festhalten, aber er war zu schnell. Ihre Finger glitten am Stoff seiner Jacke ab.

»Hey!«, brüllte Arnest, während er in rasend schneller Folge schoss. »Kommt raus!«

Auckland stieß sich ab und lief geduckt auf ihn zu, aber Arnest wich ihm aus. Er hatte die hintere Konsole fast erreicht, als es *Klick* machte. Sein Magazin war leer. Ruhig blieb er stehen und griff nach dem nächsten.

Die Haie reagierten sofort. Beide sprangen auf. Sie hielten Gewehre in den Händen, ihre Jockeys Pistolen. Auckland fuhr herum und schoss. Der erste Schuss traf nur die Wand hinter den beiden Jockeys, der zweite riss den rechten Hai von den Füßen. Der linke schoss. Rin hob ihre Pistole, aber Arnest stand ihr im Weg. Sie hatte kein freies Schussfeld.

Die Kugel des Hais riss Arnests Jacke auf und streifte seine Schulter. Sie hörte ihn knurren. Blut quoll aus der Wunde. Im gleichen Moment warf Auckland sich auf ihn. Er zog Arnest die

Beine unter dem Körper weg. Die beiden Kugeln, abgefeuert vom Hai und seinem Jockey, pfiffen über die beiden Männer hinweg und schlugen neben der Tür in die Wand. Funken sprühten und stachen Rin in die Haut.

Sie schoss.

Der Jockey wurde aus dem Sattel geworfen, sein Hai brach zusammen. Auckland kam auf die Beine, sprang auf die Konsole und feuerte seine Shotgun ab. Er sah sich einen Moment lang um, dann ließ er sie sinken.

»Raum gesichert«, sagte er.

Rin steckte ihre Waffe ein und drehte sich um. Sie wollte Kipling und Ama'Ru rufen, aber die beiden standen bereits hinter ihr.

»Ich suche nach unseren Freunden«, sagte Kipling. Ama'Ru folgte ihm in die Kontrollstation und blieb neben dem am Boden sitzenden Arnest stehen. Mit den langen Fingern der Gottesanbeterin untersuchte sie seine Verletzung.

Noch vor ein paar Stunden wäre Arnest eher verblutet, als sich von ihr untersuchen zu lassen, dachte Rin.

Auckland nahm ihm die Pistole aus der Hand und steckte sie ein. Er schrie Arnest nicht an, machte ihm keine Vorwürfe, beachtete ihn nicht einmal.

Vielleicht war es so am besten.

13

»Das ist so geil.«

Kipling saß an einer der Konsolen und rief die Kamerabilder ab. Die Jockeys hatten die menschlichen Beschriftungen mit ihren eigenen überklebt, aber die Bedienung der Systeme erklärte sich von selbst und er machte sich nicht die Mühe, die Aufkleber abzulösen.

»Ich kann alles sehen«, fuhr er fort. Die anderen hatten einen Halbkreis um ihn gebildet und sahen zu. »Wir haben nicht mal ein Zehntel der Kameras zerstört, die meisten sind so klein, dass wir sie übersehen haben.«

Er gruppierte drei Kamerabilder nebeneinander. Sie zeigten die Schleuse, an der vier Haie warteten und einen Gang, durch den fast ein Dutzend mit erhobenen Pistolen ging. Auf dem dritten Bild sah man einen leeren Raum.

»Passt auf, jetzt kommt der Kracher.« Kipling streckte den Finger aus und berührte eine Wand in dem leeren Raum. Ein blauer Rahmen entstand. Er zog ihn zur Seite und nur einen Moment später glitt die Wand an ihre neue Position.

Er drehte sich zu den anderen um. »Ist das nicht geil?«

Auckland nickte, obwohl Kipling sah, dass er seine Begeisterung nicht ganz nachvollziehen konnte. »Können wir sie einsperren?«

»Klar.« Kipling zeigte auf die Gruppe vor der Schleuse. »Ich bin mir nur nicht ganz sicher, wie wir die weglocken sollen. Ich spreche jedenfalls kein Hai.«

Auckland wandte sich ab. »Ama'Ru?«

»Ich kann es versuchen. Was soll ich sagen?«

»Dass die Menschen auf dem Weg zur Kontrollstation sind und alle hierherkommen sollen, um sie zu verteidigen. So was in der Art.«

Kipling beugte sich zur Nebenkonsole hinüber und rief eine Karte der Station auf. Alle verschiebbaren Wände waren blau eingezeichnet. Mit dem Finger markierte er die möglichen Wege, die von der Schleuse in den Bereich führten, den er ausgewählt hatte.

»Bist du bereit?«, fragte er, als er fertig war.

»Ja.« Ama'Ru trat an die Konsole. Kipling berührte ein Mikrofonsymbol im Fenster mit dem Bild der Schleuse und nickte. Einen Moment lang fragte er sich, ob es eine gute Idee war, eine Jockey in einer ihnen allen unbekannten Sprache mit anderen Jockeys reden zu lassen, doch dann drängte er den Gedanken beiseite. Sie mussten einander vertrauen, so schwer das manchmal auch fiel.

Die Worte, die Ama'Ru ausstieß, klangen für ihn wie sinnlos zusammengewürfelte Laute, unterbrochen von Grunzgeräuschen. Die Haie an der Schleuse sahen auf. Einer von ihnen trat vor, als Ama'Ru geendet hatte und antwortete etwas in ebenso sinnlos klingenden Lauten. Fast dreißig Sekunden lang redete er, dann liefen er und die anderen Haie los.

Kipling rutschte auf seinem Sitz hin und her. Eine nervöse Energie erfüllte ihn. Er versuchte, den Weg vorherzusehen, den die Haie nehmen würden und verschob die Wände vor ihnen, bevor sie die Räume und Gänge betraten. Die zweite Gruppe führte er auf sie zu. Es war wie ein Spiel, in dem man seinen Armeen den Weg ebnen musste. Kipling genoss die Konzentration und Schnelligkeit, die es erforderte.

»Was hat er gesagt?«, fragte Rin leise.

»Er hat versprochen, sich zu beeilen, und uns ansonsten

einen ehrenvollen Tod gewünscht«, sagte Ama'Ru. »Letzteres beinhaltete auch eine Auflistung der möglichen Todesarten. Das Volk, das ihr Haie nennt, kann sehr morbide sein.«

Kipling blendete ihre Worte aus. Er vergaß Arnest, die Trauer um Lanzo und die Angst, an diesem Ort zu sterben. Sein Blick glitt von der Karte zu den Kamerabildern und wieder zurück. Seine Finger glitten über den Monitor, erschufen Gänge, wo es vorher keine gegeben hatte und verschlossen andere.

Nach einer Weile stießen die beiden Gruppen aufeinander. Kipling schaltete den Ton ein und hörte, wie sie sich unterhielten.

»Sie sind nicht misstrauisch, nur überrascht«, sagte Ama'Ru, bevor er fragen konnte. Die Gruppen schlossen sich kurz darauf zusammen und liefen in einen Gang hinein. Kipling versiegelte ihn hinter ihnen mit einer Wand und ließ das Schott vor ihnen einrasten. Der erste Hai prallte dagegen und tastete es überrascht ab. Ein anderer schlug mit dem Gewehrkolben gegen die Wand, die wie aus dem Nichts hinter ihnen entstanden war. Die wütenden Schreie und Rufe bedurften keiner Übersetzung.

»Das war's.« Kipling lehnte sich zurück. Erst jetzt bemerkte er, wie erschöpft er war. Seine Finger zitterten, seine Augen brannten. Schweißnass klebte ihm das Hemd am Rücken. »Keine Sperrholzwände, keine Notverriegelungen. Sie sitzen fest.«

Rin legte ihm die Hand auf die Schulter und lächelte. »Gute Arbeit.«

Auckland nickte. »Okay, zur Schleuse.«

»Warte«, sagte Kipling. »Das wird hier immer so weitergehen, ein Transportschiff nach dem anderen. Die Jagd, das Morden, Reynolds' gruseliges kleines Reich.«

Er hob die Hand, als Rin etwas sagen wollte. »Ich weiß, dass wir dagegen nichts tun können, nicht jetzt, aber ich denke, dass wir den Leuten, die hier leben, zumindest die Wahl lassen sollten. Die *Eliot* ist groß genug für ein paar Dutzend Leute mehr.«

Er sah Auckland an. »Oder?«

Es war eine spontane Idee. Er hatte nicht darüber nachgedacht, weder über die Logistik noch die Konsequenzen, aber es erschien ihm unmenschlich, die Leute, die sich wie er durch Scania gekämpft hatten, sich selbst zu überlassen – und Reynolds.

»Okay.« Mehr sagte Auckland nicht. Kipling lächelte und schaltete die Kamerabilder durch, bis er auf eines stieß, das den gelb gepflasterten Weg des Habitats und den künstlichen Teich zeigte. Reynolds stand mit einigen Menschen zusammen und diskutierte, andere saßen auf Bänken und spazierten über die Wege. Kipling fragte sich, ob sie wussten, dass sie beobachtet wurden.

Gleich schon, dachte er und schaltete den Lautsprecher ein. »Hi«, sagte er und kam sich vor wie eine Gottheit, als all die Menschen nach oben blickten. »Mein Name ist Kipling. Ein paar von euch kennen mich. Meine Freunde und ich sind nicht tot, wir haben überlebt und werden gleich mit unserem riesigen, gut ausgestatteten Schiff abhauen. Jeder, der mitkommen möchte, Männer, Frauen, Kinder, ist herzlich willkommen. Der Weg zur Schleuse ist frei. Ihr müsst vor nichts Angst haben.«

Er hatte nicht mit Jubel gerechnet, aber doch mit ein wenig mehr Enthusiasmus. Einige Leute winkten ab oder schüttelten den Kopf, die meisten ignorierten ihn. Reynolds löste sich aus seiner Gruppe und trat vor.

»Und was dann?«, rief er. »Eine ungewisse Flucht in eine noch ungewissere Zukunft? Was kannst du diesen Menschen bieten außer Angst und Leid?«

»Es kommt ein Schiff«, sagte Rin leise. »Wir müssen weg.«

Kipling sah es ebenfalls auf den Monitoren. Es hatte gerade das Sprungtor verlassen.

»Ich biete ihnen Freiheit«, sagte er.

»Niemand ist mehr frei, Kipling. Die Jockeys werden euch alle versklaven. Ihr habt das Video doch selbst gesehen. Es gibt keinen besseren Ort mehr als diesen. Wenn ich könnte, würde ich die ganze Menschheit hierher einladen.«

Die Gruppe, bei der er gestanden hatte, applaudierte.

»Kipling.«

Auckland und die anderen standen schon in der Tür. Kipling stand auf. Er suchte nach den richtigen Worten, nach Argumenten, um Reynolds' zu entkräften, aber sein Gehirn verweigerte sie ihm.

»Chattet mich an«, sagte er stattdessen. »KiplingJ, ganz einfach. Ich werde jedem helfen, der von hier wegwill. KiplingJ.«

Er schaltete die Kamera aus und lief mit den anderen zur *Eliot*. Sie verließen die Station, bevor das andere Schiff nahe genug herangekommen war, um sie zu bemerken. Vielleicht war es ein Transporter. Er stellte sich die Menschen an Bord vor, hungrig, verschwitzt, erfüllt von der Angst vor dem Ungewissen und der Hoffnung auf eine bessere, nein, auf irgendeine Zukunft. Sie würden sie nicht finden, nicht auf Scania.

Kipling senkte den Kopf.

14

Es war so unwahrscheinlich, dass Ama'Ru sich fragte, weshalb sie einen Gedanken daran verschwendete, geschweige denn Blut. Und doch tat sie beides.

In der Krankenstation der *Eliot* hatte sie ein Reagenzglas mit ihrem Blut gefüllt, einen beschichteten Streifen Papier hineingesteckt und das Glas verschlossen. Der Test würde zehn Minuten brauchen, erst fünf waren verstrichen und doch saß sie in ihrer Kabine und starrte auf den Papierstreifen, während die *Andere* schlief.

Lächerlich, dachte sie.

Ein Klopfen an ihrer Tür ließ sie zusammenzucken. Rasch steckte sie das Reagenzglas in ihre Satteltasche.

»Komm herein«, sagte sie, wohl wissend, wer vor der Tür stand. Es gab nur eine Person, auf der *Eliot*, die sie in ihrer Kabine aufsuchte.

Auckland trat ein. Er trug ein T-Shirt und Army Shorts aus den Beständen des Schiffs.

Ama'Ru lächelte. »Hast du die Hitze vermisst?«

»Nicht besonders.« Er lehnte sich an die Wand und schob die Hände in die Hosentaschen. »Ist alles in Ordnung?«

»Ja«, sagte sie und dachte an das Reagenzglas. »Danke.«

»Gut.«

Sie glaubte, er würde sich abwenden. Es wäre nicht die erste Unterhaltung gewesen, die nach wenigen Sätzen endete. Aber sie wollte nicht, dass er ging, nicht, wenn ihr noch fast fünf

Minuten bis zum Ergebnis des Tests blieben.

»Machst du dir Sorgen wegen dieses Albaners?«, fragte sie.

»Nein.« Er zögerte und lächelte knapp. »Vielleicht ein wenig. Aber ich kann weder beeinflussen, was er tut, noch was er damit auslöst. Ich muss warten, bis etwas passiert.«

Er musterte sie einen Moment lang. »Ich wollte dich etwas fragen«, sagte er dann. »Dieser Jockey auf der Station …«

»Goy'Man.«

»Ja. Als du deinen Namen nanntest, wirkte er so, als würde er ihn kennen.«

Sie schüttelte auf menschliche Weise den Kopf. »Nein, er wusste nur, was er bedeutet.«

»Und was bedeutet er?«

Ama'Ru strich über den Kopf der *Anderen*. »Du weißt, dass wir uns unsere Namen selbst geben oder sie von anderen erhalten, dass sie aber erst real werden, wenn wir selbst und alle, die uns begegnen, sie verwenden?«

»Ja.«

»Du hast dir deinen Namen selbst gegeben, John Auckland, und jeder nennt dich so. Also ist er real. Was bedeutet er?«

»Versuchst du auszuweichen?« Er klang amüsiert.

Ama'Ru blieb ernst. »Nein, ich möchte nur, dass du die Frage verstehst, die du gestellt hast. Was bedeutet dein Name, John?«

Auckland ließ sich Zeit mit seiner Antwort. Schließlich sagte er: »Er bedeutet, dass ich keine Nummer bin, sondern ein freier Mann.«

»Eine gute Bedeutung. Meine Namen wurden mir von anderen gegeben. Ama'Ru en Rahlyn od Fir … Ama'Ru, die Erleuchtete, die Schwachsinnige.«

Sie lachte, als sie seinen überraschten Blick sah.

»Und so nennst du dich selbst?«, fragte er.

»Mir gefällt die Ironie.« Sie spürte, dass die *Andere* langsam erwachte. Die Unterhaltung störte ihren Schlaf. »od Fir ist der Name, den jeder Hhalim bekommt, der sich öffentlich zu seiner Philosophie bekennt. Du wirst verstehen, dass das nicht viele tun.«

»Nicht jeder teilt wohl deinen Sinn für Ironie.«

»In der Tat.« Ama'Ru setzte sich auf. Das Reagenzglas drückte gegen ihr Bein. »Ich würde die Unterhaltung gern ein anderes Mal fortsetzen. Die *Andere* ist erschöpft.«

»Natürlich.« Er öffnete die Tür und drehte sich im Gang noch einmal um. »Gute Nacht«, sagte er, bevor sie sich schloss.

Ama'Ru wartete, bis sie seine Schritte nicht mehr hörte, dann zog sie das Reagenzglas aus der Satteltasche. Die zehn Minuten waren vorüber, das Testergebnis war da. Sie hielt die Blutprobe ins Licht und betrachtete den Papierstreifen.

Er war schwarz.

Die *Andere* richtete sich ruckartig auf. Ihre Hinterbeine zitterten, ihre Mandibeln rieben gegeneinander. Ama'Rus Gefühle wühlten sie auf.

Es ist passiert, dachte Ama'Ru. Die Gedanken krochen durch ihren Kopf wie durch einen Sumpf, so schwarz wie der Papierstreifen. Alles fühlte sich taub an. Die Wände ihrer Kabine stürzten auf sie ein. Ihr wurde kalt.

Ich bin infiziert.

15

Nicht die Kontrolle verlieren. Nicht die Kontrolle verlieren. Nicht die Kontrolle verlieren.

Es war der einzige Gedanke, den er sich selbst erlaubte. Er dachte ihn, bis die Worte ihre Bedeutung verloren und er nur noch ihren Rhythmus wahrnahm.

Arnest saß auf dem Bett, die Hände auf die Knie gelegt, die Arme angewinkelt. Er trank nicht, er aß nicht, er schlief nicht, er tat nichts, was ihn von dem Gedanken ablenken konnte. Krämpfe zuckten durch seine Waden, sein Rücken schmerzte und seine Hände waren steif, aber er blieb sitzen. Nichts zu tun, das war sein Kampf gegen die Wut.

Sie brannte und wütete in ihm, brodelte empor wie Lava, heißer als alles, was er jemals gespürt hatte, aber er kämpfte sie nieder, immer und immer wieder.

Nicht die Kontrolle verlieren. Nicht die Kontrolle verlieren. Nicht die Kontrolle verlieren.

Auckland und Rin hatten seine Kabine durchsucht und alle Waffen entfernt, die sie finden konnten, bevor sie ihn hineinließen. Sie hatten acht von neun entdeckt. Acht von neun. Nicht neun.

Neun lag neben Arnest, geladen und entsichert. Er würde sie benutzen, wenn er den Gedanken aus den Augen verlor, wenn die Wut so heiß wurde, dass sie seinen Verstand verbrannte und er sich in sie hineinfallen ließ, eins mit ihr wurde, ein Körper aus Feuer, aus Zähnen und Klauen, Kugeln und Klingen. Zu verbrennen wäre so einfach, so …

Nicht die Kontrolle verlieren. Nicht die Kontrolle verlieren. Nicht die Kontrolle verlieren.

Es wurde schwieriger. Arnests Blick zuckte zu Neun. Ihr schwarzer Stahl glänzte im Licht der Kabine. In ihr lag nur eine Kugel, wartend, lockend. Vielleicht sollte er sie benutzen, bevor es zu spät war und die Wut sie verbrannte, die keine Schuld an ihr hatten. Eine kalte Mündung unter dem Kinn, ein Knall … warum nicht? Dann wäre sie wenigstens vorbei, die ganze Scheiße.

Seine Finger zuckten.